KB165182

셰익스피어 4대 비극

햄릿, 맥베스, 리어왕, 오셀로

LINN
인문고전
클래식
9

아무리 힘든 날일지라도
시간은 흐르기 마련이다

셰익스피어
4대 비극

FOUR
GREAT TRAGEDIES

윌리엄 셰익스피어 지음   김성진 편역

LINN
도서출판 린

불멸의 비극과 마주하다

셰익스피어 4대 비극은 『햄릿』, 『맥베스』, 『리어왕』, 『오셀로』, 가장 위대한 비극 연극을 말한다. 비극이란 무엇인가? 엘리자베스 시대 사람들은 그것을 '번영하게 시작해 불행하게 끝나는' 슬픈 행동에 사로잡힌 '위대한 국가의 인물'을 보여주는 고상한 연극으로 정의했다. 이 기준으로 판단되듯 컬렉션에 선정된 연극은 셰익스피어 4대 비극을 중심 작품으로 간주되며 세계 최고의 비극문학 목록에 포함된다.

셰익스피어 4대 비극에 대한 컬렉션은 다음과 같다.

『햄릿(Hamlet)』

역사상 가장 유명한 연극 중 하나인 『햄릿』은 셰익스피어 4대 비극 중 맨 먼저 쓴 작품이다. 망각에 대한 갈망과

아버지의 피살에 대한 복수의 의무를 조화시켜야 하는 덴마크 왕자 햄릿의 강렬한 비극은 셰익스피어의 가장 위대한 작품 중 하나다. 억울하게 죽은 선왕의 복수를 하려는 햄릿과 이를 눈치챈 클로디어스의 외적 대립이 주를 이루지만 사실 극의 핵심은 수없이 전개되는 햄릿의 내적 갈등에 있다. 그리고 이 같은 내면적(변민적) 갈등은 외부적 갈등과 만났을 때 극단적 행동으로 발현되며 파국으로 치닫는다.

『맥베스(Macbeth)』

찬란하고 피비린내 나는 이 악의 비극에서 셰익스피어보다 살인자의 마음과 정신을 더 무섭도록 명확히 본 극작가는 없다. 야심찬 아내에게 자신의 '남성성'을 주장하도록 조롱당한 맥베스가 이상한 자매의 예언을 받아들여 왕을 죽이는 범죄를 저지르고 죄책감에 빠지고 공포와 절망 속에 갇혀 무분별하게 죄를 더하며 파멸해가는 과정이 그려진다. 극의 분위기가 폭풍우와 피비린내로 살기등등한 가운데 어둠 속에서 등장하는 마녀와 유령 등 초자연적 존재는 신비감을 주는 동시에 공포와 두려움도 배가시킨다. 이 작품에서도 정치적 욕망의 경위가 아니라 인간의 양심과 영혼의 절대적 붕괴라는 명제를 집중적으로 다루었기 때문에 주인공 맥베스는 악인이면서도 우리에게 공포와 더불어 공감을 자아낸다.

『리어왕 (King Lear)』

어리석게도 사악한 두 딸에게 왕국을 나눠주고 사랑하는 어린 딸로부터 자신을 멀어지게 하는 왕의 유명하고 감동적인 비극이다. 세 딸에 대한 늙은 왕의 애정 시험이라는 설화적(說話的) 모티프를 바탕에 깔고 있지만 혈육간 유대 파괴가 우주적 질서 붕괴로 확대되는 과정을 그린 비극이다. 작품은 허울만 믿고 경솔한 판단을 내렸다가 모든 것을 잃고 비

THE TRAGEDIE OF KING LEAR

참한 파국을 맞는 노년의 왕을 통해 진실의
가치를 조명하고 나아가 인간의 정체성을
냉혹히 성찰한다.

『오셀로 (Othello)』

타의 추종을 불허하는 강렬함과 감정의
이 위대한 비극은 르네상스의 화려함을
배경으로 펼쳐진다. 데스데모나와 무어인
오셀로의 운명적 결혼은 극악무도한 악당
이야고가 선동한, 인자한 성품과 유능함으로 명망 높은 장군 오셀로에게는
명문가 출신의 아름답고 정숙한 아내 데스데모나가 있다. 그러나 오셀로는
이야고의 모략에 빠져 데스데모나를 의심해 결국 고귀하고 따뜻했던 그의
인성마저 속절없이 무너진다. 결국 아내를 죽이고 자신도 목숨을 끊는 비극
으로 막을 내린다.

위대한 셰익스피어 비극의 주제는 그의 본성의 결함으로 인해 위대한 자의 은혜에서 떨어지는 것이다. 햄릿의 결기 부재든, 맥베스의 무자비한 야망이든, 리어의 어리석음이든, 오셀로의 의심이든 비극의 원인은 왕의 피살이더라도 그것이 촉발하는 재앙에 비하면 하찮은 것이다.

그러나 그의 결함 있는 본성에도 불구하고 비극적인 영웅은 인간의 위대함을 강조하는 귀족을 가지고 있다. 이 역설에서 관객은 고통에 대한 더 큰 이해와 동정을 갖게 된다. 이 컬렉션의 네 가지 비극에서는 각 텍스트에 대한 세밀한 분석이 제공되어 더 알차고 특별한 가치를 만날 것이다.

윌리엄 셰익스피어 전기_12
셰익스피어 4대 비극 주요 장면_14

『햄릿(Hamlet)』_31
1막 1장~5막 2장 작품분석

『맥베스(Macbeth)』_197
1막 1장~5막 9장 작품분석

『리어왕(King Lear)』_359
1막 1장~5막 3장 작품분석

『오셀로(Othello)』_557
1막 1장~5막 2장 작품분석

윌리엄 셰익스피어 전기

윌리엄 셰익스피어(William Shakespeare, 1564년 4월 26일 침례)는 영국 시인이자 극작가로 영어에서 가장 위대한 작가이자 세계적으로 저명한 극작가다. 종종 그는 영국의 국민 시인이자 '에이번의 음유시인'으로 불린다. 그의 전해지는 작품은 38개 연극, 154개 소네트, 두 개의 장편 서사시와 기타 여러 시로 구성된다. 그의 희곡은 모든 주요 생활언어로 번역되었고 다른 극작가의 희곡보다 자주 공연되고 있다.

셰익스피어는 스트랫퍼드 어폰 에이번에서 태어나 자랐다. 학자들은 그가 '성 조지의 날'과 일치하는 52번째 생일에 사망한 것으로 추정하고 있다. 18세에 그는 앤 해서웨이와 결혼해 수잔나와 쌍둥이 햄넷과 주디스 세 자녀를 낳았다. 1585~1592년 런던에서 배우와 작가로 나중에는 '왕의 남자'로 알려진 체임벌린 경의 남자의 일부 소유자로 성공적인 경력을 시작했다. 1613년경 스트랫퍼드에서 은퇴한 것으로 보이며 3년 후 그곳에서 사망했다. 사생활 기록은 거의 남아있지 않으며 그의 성, 종교적 신념, 작품이 다른 사람들에 의해 쓰여졌는지 등의 문제에 상당한 추측이 있다.

1590~1613년 사이 셰익스피어는 알려진 대부분의 작품을 썼다. 그의 초기 연극은 주로 코미디와 역사였고 장르는 16세기 말까지 정교함과 예술성의 절정에 다다랐다. 다음으로 그는 1608년경까지 주로 비극을 썼는데 영어에서 가장 훌륭한 예로 추앙받는 『햄릿』, 『맥베스』, 『리어왕』, 『오셀로』가 여기에 포함된다. 마지막 단계에서 그는 로맨스라고도 알려진 비극 코미디를 썼고 다른 극작가들과 협업했다. 그의 연극 중 많은 부분이 그의 생애 동안 다양한 품질과 정확성이 깃든 판으로 출간되었다.

셰익스피어는 당대 존경받는 시인이자 극작가였지만 그의 명성은 19세기까지만 해도 오늘날과 같은 높이까지 올라가진 않았다. 특히 낭만주의자들은 셰익스피어의 천재성에 찬사를 보냈고 빅토리아 시대의 영웅들은 조지 버나드 쇼가 '바르돌라트리'라고 불렀던 존경심으로 셰익스피어를 숭배했다. 20세기 그의 작품은 학문과 공연의 새로운 시류에 의해 반복적으로 채택되고 재발견되었다. 오늘날에도 여전히 그의 연극은 인기가 높으며 전 세계 다양한 문화적, 정치적 맥락에서 꾸준히 공연되고 재해석되고 있다.

『햄릿(Hamlet)』 주요 장면

햄릿_여유 있고 유연한 성격이였지만 아버지의 갑작스러운 죽음, 어머니의 재혼, 삼촌의 즉위 등의 사건들로 자살 충동을 느낄 만큼 우울증과 압박감을 겪으며 냉소적인 모습으로 변해 간다.

클로디어스_덴마크의 왕. 햄릿의 숙부이자 햄릿의 어머니와 결혼해 왕좌를 차지했다.

거트루드_덴마크의 왕비. 햄릿의 어머니로 선왕이 죽자 시동생과 결혼해 비난을 받는다.

폴로니어스_덴마크의 재상. 레어티스와 오필리아의 아버지로 햄릿에 의해 죽임을 당한다.

호레이쇼_햄릿이 유일하게 마음을 터놓고 의논하는 친구이자 부하다.

선왕의 유령과 만나는 호레이쇼_『햄릿』1막 1장을 여는 장면으로 햄릿 왕자와 친구인 호레이쇼는 유령이 죽은 선왕임을 알아보고 햄릿에게 알린다.

연극 관람_『햄릿』3막 2장 장면으로 햄릿이 연극 배우들에게 선왕을 독살한 숙부와 어머니를 고발하는 연극「쥐덫」을 공연하게 해 왕과 왕비에게 충격을 준다.

오필리아의 죽음_『햄릿』4막 7장 장면으로 사랑하는 햄릿이 그녀의 아버지를 클로디어스로 착각해 죽이자 실성해 숲속을 거닐다가 결국 강물에 빠져 익사한다.

햄릿의 최후_『햄릿』5막 2장 장면으로 햄릿을 비롯한 레어티스, 거트루드 왕비, 클로디어스 왕이 같은 시각 최후를 맞는 비극적인 장면이다

『맥베스(Macbeth)』 주요 장면

맥베스 부인_권력욕이 넘치는 비정한 여인으로 남편 맥베스가 왕을 시해해 왕위 찬탈을 망설이며 결단을 내리지 못하자 앞장서 맥베스를 부추겨 왕위를 손에 넣는다.

맥베스_덩컨 왕의 장군으로 마녀로부터 예언을 듣고 부인의 독려를 받고 왕을 암살한다.

덩컨_스코틀랜드의 왕. 맥베스와 맥베스 부인으로부터 암살을 당하고 왕좌를 빼앗긴다.

뱅코_맥베스와 예언을 함께 듣게 되어 맥베스가 보낸 자객에게 죽임을 당한다.

맥더프_어머니 배를 가르고(제왕절개) 나온 자로 맥베스에게 최후를 안긴다.

세 마녀를 만나는 맥베스와 뱅코_세 마녀로부터 맥베스가 새로운 왕이 될 수 있음을 예언받는 장면
으로 1막 1장은 세 마녀의 등장으로 시작된다.

덩컨 왕의 죽음을 확인하는 맥베스 부인_『맥베스』 1막 7장 장면으로 맥베스가 왕을 암살한 후 죽었는
지 확인하는 맥베스 부인의 모습이다.

뱅코의 유령_맥베스의 사주로 죽임을 당한 뱅코가 즉위식 파티에 유령으로 나타나 맥베스의 정신을 어지럽히는 3막 4장 장면이다.

맥베스의 최후_맥베스는 '자궁으로 낳은 자에게 쓰러지지 않을 것이다'라는 마녀의 예언에 용감하게 전장에 나섰지만 '제왕절개'로 태어난 맥더프로부터 목이 잘리는 비극을 맞는 5막 8장 장면이다.

『리어왕(King Lear)』주요 장면

리어 왕_딸들에게 유산을 물려주고자 거짓 대답한 두 딸에게만 유산을 물려주고 정직하게 말한 셋째 딸을 밉게 봐 쫓아버린다. 고령임에도 검술에 뛰어나 코델리아를 암살한 자를 검으로 죽인다.

리어 왕의 세 자매_첫째 고너릴(맨 왼쪽)과 둘째 리건(중간)과 막내 코델리아의 모습으로 코델리아는 두 언니와 달리 심성이 고왔다.

에드먼드_권력욕에 눈이 멀어 형 에드거와 아버지 글로스터를 배신하고 고너릴의 정부가 된다.

에드거와 글로스터_리건 측으로부터 두 눈을 잃은 글로스터를 부축하는 쫓겨난 아들 에드거

프랑스 왕의 청혼을 받는 코델리아_리어 왕의 미움을 산 코딜리아는 그녀에게 결혼 지참금을 없애자 청혼한 버건디 공작은 단념하고 프랑스 왕은 그녀를 아내로 맞는다. 1막 1장

폭풍우 속에서 절규하는 리어 왕_모든 것을 물려준 두 딸(고너릴과 리건)로부터 버림받자 의지할 곳 없이 광야에서 절규하는 리어의 모습이다.

리어 왕을 찾아온 코델리아_프랑스 왕비가 된 코델리아가 아버지를 구하러 군대를 이끌고 스코틀랜드에 상륙하는 장면으로 리어는 반쯤 실성해 있다.

코델리아의 죽음_에드먼드의 포로가 된 코델리아는 죽고 리어 왕은 정신을 차린다. 리건은 고너릴에 의해 독살당하고 고너릴은 그녀의 정부 에드먼드가 에드거에 의해 죽자 자결하고 만다.

『오셀로(Othello)』 주요 장면

오셀로_무어인 용병 출신으로 직위는 장군이다. 아름답고 정숙한 아내와 결혼한 인생의 승자였지만 백인들 속에서 인종차별을 받아 주변 환경에 열등감을 갖는다.

이야고_셰익스피어 작품 중 가장 악랄한 인물이다.

데스데모나_오셀로를 사랑해 아버지를 배신하고 결혼한다.

카시오_오셀로의 부관으로 이야고의 음모로 부관 직위에서 쫓겨나는 곤혹을 치른다.

에밀리아_이야고의 아내로 데스데모나를 수발하며 그녀의 손수건을 남편에게 건넨다.

데스데모나의 선택_데스데모나가 오셀로를 사랑한다고 선언함으로써 그녀의 아버지 브라반시오는 어쩔 수 없이 둘의 사랑을 허락하고 만다.

오셀로를 현혹하는 이야고_데스데모나와 부관 카시오가 불륜 관계임을 이야고가 지속적으로 현혹해 점점 의심에 빠지게 한다.

염탐하는 오셀로_카시오가 자신의 복직을 위해 데스데모나에게 선처를 부탁하는 장면을 오셀로가 염탐하는 모습이다.

데스데모나의 침실에 든 오셀로_5막 2장 마지막 장면으로 의처증을 떨치지 못한 오셀로가 이야고와 의 약속을 지키기 위해 데스데모나의 침실로 들어서는 장면이다.

데스데모나의 목을 조르는 오셀로_ 오셀로는 데스데모나의 애원에도 불구하고 그녀를 목졸라 숨을 끊는다. 결국 모든 진실이 밝혀지고 어리석은 오셀로는 스스로 목숨을 끊는다.

윌리엄 셰익스피어의 4대 비극

햄릿

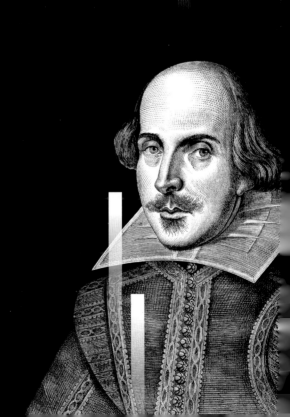

GVLIELMO SHAKSPEARE
ANNO POST MORTEM CXXIV
AMOR PVBLICVS POSVIT

WILLIAM SHAKESPEARE 1564 ~ 1616
BURIED AT STRATFORD~ON~AVON

햄릿

등장 인물

[햄릿] 덴마크 왕자

[유령] 햄릿의 아버지. 선왕의 혼령

[호레이쇼] 햄릿의 친구이자 의논 상대

[클로디어스] 덴마크 왕. 햄릿의 삼촌

[거트루드] 왕비. 햄릿의 어머니. 지금은 클로디어스의 아내

[로젠크란츠, 길덴슈테른] 조신. 햄릿의 옛 학교 친구들

[폴로니어스] 재상

[레어티스] 폴로니어스의 아들

[오필리아] 폴로니어스의 딸

[포틴브라스] 노르웨이 왕자

[배우들]

◀ 웨스트민스터 사원에 있는 셰익스피어 기념상

HAMLET

1막 1장

Act I, Scene I

"연약함이여! 그대 이름은 여자로다!"

_햄릿

● 엘시노어 궁전 앞 망대

(프란시스코가 보초를 서고 있다. 그 앞으로 베르나르도가 등장한다.)

[베르나르도] 거기 누구야?

[프란시스코] 넌 누구야? 정지! 이름을 대라.

[베르나르도] 국왕 만세!

[프란시스코] 베르나르도 장교님이신가요?

[베르나르도] 그렇다.

[프란시스코] 시간에 꼭 맞춰 오셨군요.

[베르나르도] 자, 교대다. 가서 자게나.

[프란시스코] 고마워. 추위에 뼛속까지 얼었네.

[베르나르도] 이상 없었나?

[프란시스코] 쥐새끼 한 마리 얼씬하지 않았소.

[베르나르도] 그럼 어서 가서 자게. 호레이쇼와 마르셀루스를 만나면 빨리 오라고 전해주게.

(호레이쇼와 마르셀루스 등장)

[프란시스코] 저기 오는가 보군요. 정지! 거기 누구야?

[호레이쇼] 이 나라 백성이오.

[마르셀루스] 국왕의 신하.

[프란시스코] 물러가오.

[마르셀루스] 잘 가게나. 교대는 누구지?

[프란시스코] 베르나르도. 그럼 부탁해요.

(퇴장)

[마르셀루스] 베르나르도!

[베르나르도] 호레이쇼 장교님도 오셨나요?

[호레이쇼] 올 때가 되었네.

[베르나르도] 잘 오셨어. 자네도. 마르셀루스.

[호레이쇼] 그래, 그것이 또 나왔나? 오늘 밤에?

[베르나르도] 아직 못 보았어요.

[마르셀루스] 호레이쇼 님은 우리가 헛것을 보았다고 하네. 도무지 믿어주질 않아. 우리가 두 번이나 겪은 그 무시무시한 광경을. 그래서 오늘 밤은 꼭 함께 보냈지. 그놈의 허깨비가 오늘도 나타난다면 우리를 믿어줄 것이고 할 수 있다면 유령에게 말이라도 한 번 걸어보자는 거지.

[호레이쇼] 나오기는 뭐가 나와?

[베르나르도] 앉아서 좀 들어보세요. 우리가 이틀 밤이나 목격한 거야. 바로 어젯밤 일이죠. 북두칠성 저 별이 지금 반짝이는 바로 저 자리에 왔을 때 마르셀루스와 나 둘뿐이었는데 종이 한 번 울렸을 때에….

(유령 등장)

[마르셀루스] 쉿! 저기 봐요. 또 나왔어요.

[베르나르도] 승하하신 선왕 모습 그대로.

[마르셀루스] 호레이쇼 님. 말을 걸어보세요.

[호레이쇼] 틀림없는 그 어른! 온몸이 오싹해. 어떻게 이럴 수가?

[베르나르도] 말을 걸어주길 바라는 눈치.

[마르셀루스] 물어보세요, 호레이쇼 님.

[호레이쇼] 도대체 너는 누구냐? 승하하신 선왕의 늠름하신 무장을 차리고 무엄하게도 이 야밤에 나타나다니. 어서 말하라.

[마르셀루스] 화가 났나봐요.

[베르나르도] 저것 봐. 가버리네.

[호레이쇼] 거기 서라. 말해라. 어서 말해보라.

(유령 퇴장)

[마르셀루스] 가버렸어. 대꾸하기 싫은 모양이군.

[베르나르도] 아니, 호레이쇼 님이 떨고 있잖아요? 안색도 창백하고 허깨비를 본 건 아니죠?

[호레이쇼] 이 두 눈으로 똑똑히 보았는데 어찌 안 믿을 수 있나?

[마르셀루스] 선왕을 방불케 하죠?

[호레이쇼] 같다 뿐인가? 선왕께서 야심만만한 노르웨이 왕과 일전하셨을 때의 갑옷 그대로. 게다가 미간을 찌푸린 성난 표정은 썰매 탄 폴란드 군졸을 빙판 위에서 쳐부수던 바로 그 모습이야. 정말 해괴하군.

[마르셀루스] 전에도 저렇게 두 번이나 시간도 똑같은 자정에 무장한 채 이 망대 곁을 지나갔어요.

[호레이쇼] 나라에 변고라도 생길 흉조 아닐까?

[마르셀루스] 좀 앉으세요. 그렇지 않아도 불안해 죽겠는데 도대체 왜 이렇게 밤마다 파수를 세워가며 삼엄하게 경비할까요?

(유령 다시 등장)

[호레이쇼] 쉿! 저기 또. 가로막아 보자. 급살을 맞더라도. 거기 섰거라! 입이 있으면 말해보라. 네 원을 풀어주마. 미리 알아 피할 수도 있을 이 나라의 화근을 안다면 제발 말해다오. 제발! 가지 말고 말해봐! 막아라. 마르셀루스!

(닭이 운다.)

[마르셀루스] 창으로 찌를까요?

[호레이쇼] 그래라. 안 서면.

[베르나르도] 여기다!

[호레이쇼] 이쪽이다!

[베르나르도] 사라졌어.

[마르셀루스] 잘못했어요. 어쨌든 선왕의 형상인데 그걸 난폭하게 다루었으니. 허공을 치든 매일반 쳐도 창칼을 안 받는 걸.

[베르나르도] 입을 열 것 같더니. 아, 그만 닭이 울었지.

[호레이쇼] 닭이 우니 깜짝 놀라더군. 무서운 호출이나 당한 죄인처럼. 닭은 새벽이 왔음을 알리는 나팔수. 그 날카로운 소리가 하늘에 울려 태양신을 일깨운다고. 그 울림소리에 천지간을 방황하던 헛것들이 자기 처소로 허겁지겁 달려간다는 거야. 저것 보게! 아침 해가 붉은 도포를 걸치고 이슬을 밟으며 동녘 산마루를 건너오고 있어. 자, 파수도 그만 걷어치워. 햄릿 왕자님께 이 자초지종을 알리게. 유령이 우리에게는 끝내 입을 닫았지만 왕자님께는

유령을 쫓는 호레이쇼
햄릿 왕자의 충신 호레이쇼가 유령의 정체를 밝히려는 장면이다.

그러지 않을지 누가 아나?

[마르셀루스] 그래요. 때마침 왕자님을 쉽게 만날 수 있는 곳을 제가 알아요.

(퇴장)

▮1막 1장 분석

프란시스코가 그와 베르나르도가 게시물을 교환하며 묘사하는 으스스한 추위는 연극의 분위기를 철저히 설정하고 있다. 이 장면은 외모와 현실을 분별하는 문제를 매우 극명하게 보여준다. 유령이 나타나지만 실제로 거기 있는 것일까? 있다면 정말 왕의 장엄한 모습과 옷을 취하는 악마일까? 진실과 환상을 구별하는 것은 1막의 초점 딜레마이며 4막의 장면 4에서 연극의 전환점까지 햄릿에게 도전할 것이다.

프란시스코에 대한 베르나르도의 질문은 햄릿의 세계가 거꾸로 되어 있다는 생각을 소개한다. 프로토콜은 프란시스코가 새로 온 사람에게 질문하라고 지시하지만 여기서 침입자는 경비원에게 질문한다. 프란시스코의 반응은 불쾌감을 더한다. 그의 '마음의 병'은 뒤이은 비극의 긴장을 예고하는 반면, 경비병의 변화는 덴마크 정치 분위기의 미약함, 즉 한 왕에서 다른 왕으로의 전환과 왕좌의 정당한 지위를 찬탈한 왕자의 도착을 반영한다.

『햄릿』의 이 첫 장면에서 셰익스피어는 전체에 퍼질 거울 세트를 소개한다. 아버지가 적에게 패하고 아버지의 죽음을 복수하고 빼앗긴 재산을 되찾는 것이 의무인 청년 포틴브라스는 햄릿의 포일 역할을 한다. 여러 캐릭터가 햄릿을 반영하지만 포틴브라스는 덴마크 왕자와 닮은 것을 본 연극에서 처음 지명되었다.

포틴브라스는 연극에 또 다른 의미를 둔다. 첫 번째 장면은 햄릿의 중요한 주제인 스레드를 예고하는데 횃불이 노인에게서 젊은이에게 넘어가는 것은 필연적으로 노인의 기대에 부응해야 하는 젊은이의 의무를 수반한다는 것이다. 아들은 그 지시가 아무리 불합리해 보여도 아버지의 지시에 순종해야 한다. 1장에서 호레이쇼는 어린 포틴브라스가 선왕의 손에 아버지가 패한 것을 복수하려고 해 덴마크 전체가 전쟁 준비를 한다고 설명한다. 하나의 언약은 연극의 사건을 가차없이 추진하며 햄릿의 삶을 지배하는 중세 진실이다.

유령에 대한 호레이쇼의 두려움은 엘리자베스 시대와 자코뱅 사이에서 마녀와 유령에 대한 지배적 태도를 반영한다. 셰익스피어의 동시대 사람들은 유령을 믿었고 유령을 악마의 힘과 지상의 지옥 지배에 대한 종교적 두려움과 밀접히 연결했다. 마녀와 마찬가지로 유령은 사후세계의 대리인으로 여겨졌다. 그러나 마녀와 달리 그들은 보편적으로 두려워하지 않았다. 마녀는 항상 악마를 상징하지만 실제로 유령은 하나님의 영을 나타낼 수 있다. 유령은 셰익스피어의 감성에 천사나 악마를 나타낼 수 있다.

당시 종교적 교훈에 따르면 귀신을 보는 사람은 귀신의 목적과 형태를 식별해야 했다. 유령은 (1) 악마에 의해 위험할 정도로 발생하기 쉬운 환각, (2) 인생에서 행하지 않은 행동을 수행하기 위해 돌아온 불안한 영, (3) 하나님의 선물로 보내진 예언이나 경고로 보이는 유령, (4) 신성한 허락에 의해 무덤에서 돌아온 영, (5) 죽은 사람으로 위장한 마귀다. 『햄릿』의 등장 인물들은 극이 진행되는 동안 이 같은 각각의 가능성을 테스트한다.

죽은 왕의 갑옷은 고스트가 미완으로 남은 일을 끝내기 위해 돌아온 군인, 한때 그가 통치했던 곤경에 처한 나라의 징조, 신의 허락을 받아 배회하는 영혼일 수 있음을 시사한다. 호레이쇼는 전조에 대한 아이디어에 머물며 여러 주제들을 조명하기 위해 연극에 또 다른 빛을 비춘다.

포틴브라스와 그의 노르웨이인에 의한 덴마크에 대한 임박한 공격을 걱정하는 호레이쇼의 걱정은 연극을 겹겹이 쌓는 많은 거울 중 또 다른 것을 드러낸다. 포틴브라스의 명예는 그가 전사들에게 지불할 자금이 부족하다는 사실에도 불구하고 그의 아버지에게 복수하기 위해 확립된 덴마크인을 공격할 것을 강요한다. 늙은 포틴브라스와 젊은 포틴브라스, 늙은 햄릿과 젊은 햄릿, 늙은 폴로니어스와 젊은 레어티스는 셰익스피어가 효도와 헌신에 몰두하는 모습을 지속적으로 보여준다.

기독교에 대한 마르셀루스의 언급은 햄릿의 기독교적 맥락을 확립한다. 마르셀루스는 천국이 호출될 때 유령이 멀어진다고 지적하고 크리스마스와 '우리 구주의 탄생'도 언급한다. 이 같은 의견은 셰익스피어 자신의 유명한 가톨릭 관점을 반영하는 연극 속 등장 인물의 종교적 관점을 명확히 정의한다. 1막 1장의 장면은 엘시노어 자체가 임박한 전쟁과 재난이 불가피한 감옥이며 인간이 통제할 수 없는 힘이 행복이나 웰빙에 대한 모든 희망을 위협한다는 것을 암시하는 이미지를 소개한다.

HAMLET

1막 2장

Act I, Scene II

"피는 배나 섞여도 물보다 흐리구나!"
_햄릿

● **궁전 대회의실**

(나팔 소리와 함께 덴마크 왕 클로디어스, 왕비 거트루드, 햄릿, 폴로니어스, 레어티스와 그의 여동생 오필리아가 궁정 사람들과 함께 등장한다.)

[클로디어스] 우리가 흠모하던 고 햄릿 왕의 서거는 아직도 기억에 생생해 온 나라가 비탄에 잠긴 한편, 이성을 되찾아 남은 우리 자신의 일도 함께 걱정하는 지혜로운 슬픔을 보일 때요. 그래서 나는 그대들의 충정을 받아들여 지난날의 형수를 합법적인 절차에 따라 왕비로 맞았고 한눈으로는 울고 다른 한눈으로는 웃으며 장례식은 즐겁게, 결혼식은 슬프게 기쁨과 슬픔을 똑같이 저울질하며 모두 마쳤소. 모두에게 감사하오. 이제 또 하나 알릴 일은 젊은 포틴브라스에 대한 것인데 그자는 우리의 국력을 얕잡아 보았거나 우리가 국상을 당해 혼란한 틈을 타 용감무쌍한 우리 선왕에게 빼앗긴 땅을 되찾기 위해 무모한 도발을 꾀하고 있소.

(볼트만과 코넬리어스 등장)

[클로디어스] 이것에 대한 우리의 대책을 오늘 마련하려고 하오. 여기 젊은 포틴브라스의 숙부인 노르웨이 왕에게 보내는 국서가 있소. 늙고 병들어 누운 이 왕은 조카가 그의 야욕을 달성하기 위해 백성들에게 세금을 거두고 물자를 징발하고 병력을 동원하는 것까지 새까맣게 모르고 있소. 이에 조카의 경거망동을 즉각 중지하도록 경고하는 편지를 보내는 것이오. 그대들 코넬리어스와 볼트만을 사신으로 보내고자 하니 주어진 권한 범위 내에서 노르웨이 왕과 잘 협상하시오. 그럼 서둘러 출발해 임무를 완수하길 바라오.

(국서를 내준다.)

[코넬리어스와 볼트만] 신명을 바쳐 임무를 완수하겠나이다.

[클로디어스] 믿어 의심치 않소. 그럼 잘 다녀오시오.

(볼트만과 코넬리어스 퇴장)

[클로디어스] 자, 그럼 레어티스. 내게 청이 있다니 그게 무엇이냐? 이치에 닿는 일이라면 내가 안 들어줄 리 있겠느냐? 나와 네 아비의 관계는 머리와 가슴처럼 가깝고 손과 입처럼 가까운데 무엇을 망설이는가?

[레어티스] 폐하! 제가 프랑스로 다시 돌아가는 것을 허락해주십시오. 폐하의 대관식에 참례하기 위해 일시 귀국했지만 이제 의무를 다하고 나니 마음은 벌써 프랑스로 향하고 있습니다. 부디 출국을 허락해주십시오.

[클로디어스] 그럼 부친의 허락은 받았느냐? 어떻소? 폴로니어스 경.

[폴로니어스] 너무 졸라 마지못해 허락했습니다. 폐하께서도 허락해주시기 바랍니다.

[클로디어스] 그럼 레어티스, 가서 네 젊은 날을 네 뜻에 따라 잘 보내라. 이번

에는 내 조카이자 아들인 햄릿은 할 말이 있는가?

[햄릿] (독백) '피는 배나 섞여도 물보다 흐리구나!'

[클로디어스] 네 얼굴에서 아직도 먹구름이 가시질 않았구나.

[햄릿] 먹구름이라뇨? 햇빛이 쨍쨍 비추고 있는데요.

[거트루드] 햄릿! 부디 어두운 상복을 벗고 다정한 눈매로 폐하를 쳐다볼 수 없겠는가? 언제까지 그렇게 눈을 지그시 감고 돌아가신 아버님 생각에 묻혀 있을 셈인가? 이 세상에 살아 있는 만물은 언젠가는 죽어 저세상으로 떠난다는 평범한 이치를 너도 잘 알지 않는가?

[햄릿] 그럼요, 왕비님. 평범한 이치죠.

[거트루드] 그렇다면 그 평범한 일이 왜 네게만 그토록 특별하게 보이는가?

[햄릿] 보인다고요? 천만에요, 어머니. 그건 단지 보이는 게 아닙니다. 제가 걸친 이 잉크빛 외투나 새까만 정장 상복 차림이나 땅이 꺼질 듯한 한숨이나 홍수 같은 눈물도 처량한 표정이나 그 어떤 슬퍼하는 모습도 제 본심을 나타내지 못합니다. 그런 거야말로 싸구려 배우라도 흉내내 그럴 듯하게 보이게 할 수 있는 것들이죠.

[클로디어스] 돌아가신 아버님을 그토록 애도하는 것은 훌륭하다. 그러나 네 아버님도 아버님을 잃으셨고 그 아버님도 아버님을 잃으셨다. 그리고 산 자는 일정 기간 자식된 도리로 마땅히 애도를 표해야 하지만 그 도가 지나치면 하늘의 뜻을 거스르고 사내답지도 못한 것이다. 죽음을 피할 수 없다는 것은 가장 비천한 무리도 다 아는 것이니 이제 상심을 거두고 나를 아비로 여겨다오. 세상에 알리노니 너는 내 뒤를 이어 왕위에 오를 것이며 내 지극한 사랑도 네 친아비 못지 않을 것이다. 부디 비텐버그대학으로 돌아갈 생각은 거두고 이곳에 남아 내 제일가는 중신이자 조카이자 아들로서 유쾌하고 편안히 지내길 바란다.

[거트루드] 햄릿! 이 어미의 기도가 헛되지 않게 해다오. 비텐버그에 갈 생각

은 제발 하지 말고 여기 있어다오.

[햄릿] 왕비님의 분부를 명심하겠습니다.

[클로디어스] 정말 반가운 대답이구나. 이곳에 머물며 나와 다름없이 행동해도 좋다. 부인, 갑시다. 햄릿이 기꺼이 수락해주니 반갑기 그지 없소. 그 보답으로 이 덴마크 왕이 축배를 들 때마다 축포를 터뜨리겠소.

(나팔 소리와 함께 모두 퇴장하고 햄릿만 남는다.)

[햄릿] 오, 이 더러운 육체여! 녹아내려 차라리 한 방울 이슬이 되어라! 신의 계율만 없다면 자살이라도 하련만. 오, 신이여, 신이여! 이 세상 모든 것이 지겹고 더럽고 따분하고 쓸모없구나! 싫다, 싫어! 잡초만 무성한 정원처럼 천하고 더러운 것들만 활개치는 세상. 어쩌다 이 지경까지 되었단 말인가! 두 달 전까지만 해도 아니, 두 달도 채 안 되지. 그때까지만 해도 살아계셨던 부왕께서는 지금의 왕에 비하면 하늘과 땅 차이였어. 어머니를 그토록 사랑하셨던 아버지. 어머니의 볼을 스치는 산들바람마저 걱정하셨던 아버지. 이런 것까지 왜 기억할까? 어머니는 그런 아버지 품에 안겨 그토록 행복했건만. 그런데 한 달도 못 가… 차라리 생각하지 말자. 연약함이여! 그대 이름은 여자로다! 겨우 한 달. 눈물 젖은 니오베처럼 아버지의 관을 뒤따르던 신발이 닳기도 전에 숙부와 결혼하다니. 몰지각한 짐승도 그보다는 오래 슬퍼했을 것을. 그것도 아버지와 비교조차 할 수 없는 위인과 한 달도 채 안 되어 거짓 눈물이 눈자위에서 마르기도 전에 결혼하다니. 무엇이 그리 급해 불륜의 침상 위로 뛰어들었단 말인가! 이건 아니야! 말도 안 돼! 하지만 내 슬픔을 드러낼 수도 없는 일!

햄릿과 거트루드
햄릿과 그의 어머니 거트루드가 갈등을 겪는 1948년작 영화의 한 장면이다.

(호레이쇼, 마르셀루스, 베르나르도 등장)

[호레이쇼] 왕자님! 문안 인사드립니다.

[햄릿] 그동안 잘 있었나? 호레이쇼 아닌가? 얼굴 잊어버리겠네.

[호레이쇼] 하지만 변함없는 왕자님의 종복입니다.

[햄릿] 나는 자네 같은 종복을 둔 적 없네. 친구라면 몰라도. 그런데 웬일로 비텐버그에서 돌아왔나? 마르셀루스 자네까지?

[마르셀루스] 왕자님!

[햄릿] 반갑네. 베르나르도 자네도. 그런데 도대체 무슨 일로 비텐버그에서 돌아왔나?

[호레이쇼] 워낙 건달 학생이거든요.

[햄릿] 자네의 적들이 그렇게 말해도 믿지 않을 텐데 스스로 자신을 욕하는 말을 믿을 것 같은가? 자네는 건달과는 거리가 멀어. 그나저나 이곳 엘시노어에는 웬일로 왔나? 자네들이 돌아가기 전 술에 곯아떨어지는 비법을 가르쳐주지.

[호레이쇼] 사실 왕자님 부왕의 장례식에 참석하기 위해 왔습니다.

[햄릿] 나를 놀릴 셈인가? 내 어머니 결혼식에 왔겠지.

[호레이쇼] 아닌 게 아니라 잇달아 그런 일들이 일어나다니.

[햄릿] 근검절약이라는 말도 모르나? 초상집에서 남은 음식을 결혼식 피로연 식탁에 내놓는단 말일세. 그런 꼴을 보느니 차라리 천당에 가 불구대천의 원수를 만나는 게 낫지. 아버님이⋯ 아버님이 보이는 것 같네.

[호레이쇼] 어디 말입니까?

[햄릿] 내 마음의 눈에 말일세, 호레이쇼.

[호레이쇼] 저는 어젯밤 뵌 것 같습니다.

[햄릿] 누구를?

[호레이쇼] 왕자님의 아버님.

[햄릿] 내 아버님을? 지금 무슨 말을 하는가?

[호레이쇼] 진정하시고 제 말씀을 들어주십시오. 이 사람들이 그 놀라운 광경을 함께 목격했습니다.

[햄릿] 어서 말해보게.

[호레이쇼] 여기 마르셀루스와 베르나르도가 쥐 죽은 듯 고요한 한밤에 연달아 이틀 동안 목격한 일입니다. 왕자님의 아버님을 쏙 빼닮은 유령이 머리끝부터 발끝까지 완전무장한 채 이들 앞에 나타나 근엄한 모습으로 천천히 걸어 지나가셨답니다. 그것도 손에 쥔 지휘봉 정도의 거리만큼 겁에 질린 이 둘의 곁을 지나쳤는데 이들은 무서워 감히 말도 못 걸어보고 이 사실을 제게만 은밀히 알려줘 셋째 날 저도 함께 경비를 섰습니다. 아닌 게 아니라 이들의 말과 똑같이 유령이 나타났습니다. 저는 그 유령이 왕자님의 아버님이라는 것을 한눈에 알아봤습니다.

[햄릿] 그 장소가 어디인가?

[마르셀루스] 저희가 경비를 섰던 성벽 위 망루입니다.

[햄릿] 그 유령에게 말을 걸어보았나?

[호레이쇼] 네, 그런데 대답하지 않았습니다. 다만 제 느낌에 그 유령이 고개를 쳐들고 뭔가 말할 듯했는데 바로 그때 새벽닭이 울자 황급히 사라지고 말았습니다.

[햄릿] 그것 이상한 일이군.

[호레이쇼] 맹세코 사실입니다. 그래서 저희는 이 일을 왕자님께 알려야 한다고 생각했습니다.

[햄릿] 자네들이 허튼소리를 할 리야 있나? 이건 예삿일이 아니야. 오늘 밤에도 경비를 서나?

[마르셀루스와 베르나르도] 네.

[햄릿] 완전무장했다고 했지?

[마르셀루스와 베르나르도] 네.

[햄릿] 머리끝부터 발끝까지?

[마르셀루스와 베르나르도] 네. 투구부터 장화까지요.

[햄릿] 그럼 얼굴은 보지 못했나?

[호레이쇼] 봤습니다. 때마침 투구의 얼굴 가리개를 올리고 있었으니까요.

[햄릿] 화난 얼굴이던가?

[호레이쇼] 화가 나셨다기보다 슬픔에 잠긴 표정이었습니다.

[햄릿] 자네를 똑바로 바라보시던가?

[호레이쇼] 뚫어지게 바라보셨습니다.

[햄릿] 내가 봤어야 했는데….

[호레이쇼] 보셨다면 크게 놀라셨을 겁니다.

[햄릿] 당연하지. 오래 머무셨나?

[호레이쇼] 천천히 백까지 셀 정도였을 겁니다.

[마르셀루스와 베르나르도] 아뇨. 그보다 길었습니다.

[호레이쇼] 내가 봤을 때는 그 정도였어.

[햄릿] 수염은 잿빛이던가?

[호레이쇼] 네. 생전 모습 그대로 희끗희끗해 보였습니다.

[햄릿] 오늘 밤 나도 경비를 서겠네. 또 나타날지 모르니.

[호레이쇼] 틀림없이 다시 나타날 겁니다.

[햄릿] 그 유령이 진정 내 아버님 모습을 하고 있다면 당장 지옥에 떨어지더라도 말을 걸어봐야겠다. 이 사실을 지금까지 발설하지 않았다면 앞으로도 입을 다물어주기 바라네. 그리고 오늘 밤 무슨 일이 생기더라도 알고만 있고 절대로 발설하지 말게. 자네들의 우정에 보답할 날이 있을 걸세. 그럼 오늘 밤

11~12시 사이에 망루로 가겠네. 나중에 보세.

[모두] 왕자님께 충성을!

[햄릿] 충성이 아니라 우정이라니까. 잘 가게.

(모두 퇴장하고 햄릿만 남는다.)

[햄릿] 내 아버님의 혼령이 무장한 채? 상서로운 조짐은 아냐. 사악한 흉계가 느껴진다. 어서 밤이 오거라. 그때까지는 내 영혼아! 잠들어라. 사악한 행동은 제아무리 땅속 깊이 숨어도 사람 눈을 피할 수 없는 법.

(퇴장)

▌1막 2장 분석

클로디어스 왕이 연극에서 처음 햄릿에게 연설하면서 훈계하는 것은 의미심장하다. 클로디어스는 분명히 적대자이며 그는 노골적으로 적대적 역할로 무대에서 시간을 시작한다. 클로디어스의 태도가 청중에게 둘이 라이벌이라고 말하기에 충분하지 않았다면 햄릿은 자신의 시작 연설로 그 남자에 대한 혐오감을 주장함으로써 그들 관계의 불편함을 강조한다.

이 장면의 중요한 목적을 예시하는 핵심 단어에는 '보여주다', '보이다', '놀다'가 포함된다. 코넬리어스와 볼트만은 "우리의 의무를 보여줄 것"이라고 말한다. 레어티스는 클로디어스 왕에 대한 충성을 "보여주기 위해 덴마크에 왔습니다."라고 말한다. 거트루드는 햄릿에게 그의 '밤색'과 관련해 "그대에게 왜 그토록 특별해 보이는가?"라고 묻는다. 햄릿은 한 문장에서 '보이다'라는 단어를 두 번 사용해 그녀의 질문에 대답하는데, 그 이유는 자신의 뜻을 명확히 암시하기 위해서이다. 그런 다음 그는 슬픔의 기분과 모양이 그에게 사실이라고 말한다. 그의 감정은 배우의 감정처럼 보일지 모르지만 그는 연기하지 않는다. 이 장면의 모든 것은 외모와 현실을 구별하는 도전을 가리키며 호레이쇼가 햄릿에게 유령의 출현을 이야기할 때 더 두드러지는 도전이다.

클로디어스의 계산적인 성격은 즉시 명백해진다. 항상 외모를 의식하는 그는 거트루드를 "언젠가는 우리의 여동생, 지금은 우리의 여왕, 이 호전적인 국가에 대한 제국의 합자"라고 말한 다음 햄릿을 "사촌 햄릿과 내 아들"이라고 부른다. 그는 국가, 거트루드, 햄릿의 관계를 사람들이 인식할 수 있는 모든 방식으로 고려했고 자신을 완전히 덮을 수 있다. 그는 거트루드와의 성급한 결혼과 두 달도 채 안 지났지만 나라가 더 이상 햄릿 왕의 죽음을 애도하지 않으며 슬픔에 잠긴 미망인조차 그를 그리워하지 않는다는 사실을 설명했다. 클로디어스가 햄릿을 '무례한 완고함'이라고 비난할 때 그는 걱정하는 부모와 책임 있는 군주에게 어울리는 방식으로 햄릿을 꾸짖는다. 그 행위는 햄릿에게 깊은 인상을 주진 못했지만 클로디어스는 그의 계략이 효과가 없다는 것을 모른다.

클로디어스는 청년의 자아상을 비하함으로써 햄릿을 더 무력화한다. 클로디어스는 햄릿이 '강화되지 않은 마음', '참을성 없는 마음', '단순하고 교육적이지 않은 이해력'을 가지고 있다고 비난하면서 햄릿을 왕이 되는 임무에 부적합하다고 정의한다. 이 비난은 왕권이 늙은 왕의 진정한 상속인인 햄릿에게 정당하게 속한다는 사실에도 불구하고 자신이 형의 왕좌에 오르는 것을 정당화한다. 햄릿을 '내 사촌이자 아들'이라고 부르는 데 함축된 겸손을 포함해 클로디어스가 선택한 모든 단어는 그의 우월성과 완전한 통제를 반복한다.

클로디어스와 거트루드 간의 근친상간은 이 장면에서 햄릿의 마음속 깊이 남아 있다. 그는 이 근친상간의 공포를 가장 잘 알지만 다른 범죄도 의심한다. 연극이 끝날 무렵 햄릿은 클로디어스를 '멍청하고 저주받은 데인'이라고 부르고 왕은 대답해야 할 여러 범죄를 겪을 것이다. 그러나 이 순간 중세영어에서 형제(처남임에도 불구하고)와 자매 간의 성적 친밀감에 대한 금지가 햄릿의 분노의 초점으로 작용한다. 이 경우, 거트루드의 죄책감은 클로디어스의 죄책감과 같지만 햄릿은 클로디어스에게 분노를 표출하고 어머니를 불신할 뿐이다.

이 장면에서 거트루드의 태도는 결백하다. 그녀는 진정으로 햄릿의 행복을 바라고 그가 머물면서 그녀의 충실한 아들이 되길 바라는 것처럼 보인다. 겉보기에 순진하고 독창적인 그녀는 그의 모든 말과 움직임을 계산해 그의 집합체에 영향을 미치는 클로디어스와 극명한 대조를 보인다. 그녀가 여기 나타나는 것보다 덜 솔직하고 정직하다면 셰익스피어는 힌트를 주지 않는다. 그러나 연극이 전개되면서 우리는 거트루드의 결백을 점점 더 의심한다. 묘사를 믿도록 만들기 위해 여배우는 거트루드가 역할을 하는지, 그녀가 진짜인지에 전념해야 한다.

외모와 현실의 불균형은 『햄릿』에 만연한 주제 모티브가 된다. 1장의 유령은 현실과 지각 간의 경계가 불명확하다는 것을 분명히 했지만 이 장면의 속임수와 당혹감의 웹은 연극의 폭을 맴돌 그림자를 드리운다. 슬픔을 버리라는 거트루드의 간청에 대한 응답으로 햄릿은 자신이 단순히 검은 옷을 입은 것이 아니며 극적인 한숨을 쉬거나 많이 우는 경향이 없다고 주장한다. 그는 남편과 형제를 잃은 거트루드와 클로디어스의 냉담함에 대해 진정으로 슬퍼하고 정직하게 비판한다. 햄릿에게는 모든 사람이 쇼를 하는 것이다.

위선에 대한 햄릿의 집착은 그의 첫 번째 독백에서 더 깊이 드러난다. 아버지가 사망한 지 한 달도 채 안 되어 어머니가 숙부와 근친상간했다는 사실이 햄릿을 짓누른다. 그것은 죽은 배우자에게 대한 무관심의 잊혀져가는 존경심이다. 설상가상 햄릿은 자신의 판단을 의심해야 한다. 햄릿은 신음한다. 햄릿의 독백 "오, 이 더러운 육체여! 녹아내려 차라리 한 방울 이슬이 되어라!", "연약함이여! 그대 이름은 여자로다!"에서 여성에 대한 냉소주의 외에도 햄릿의 자화상이 나타난다.

햄릿은 거트루드와 클로디어스의 결혼을 근친상간이라고 부르지만 역사와 문화적 관습은 종종 과부와 그녀의 처남 간의 결혼을 장려한다. 엘리자베스 시대의 법은 최근에야 그 같은 결합을 금지하도록 개정되었다. 어머니의 근친상간(그녀의 전체 문화를 더럽히는 결혼)에 대한 햄릿의 고통과 당혹감은 그가 죽음의 안락함을 갈망할 만큼 크지만 그의 바른 길을 거부할 만큼 크진 않다.

베르나르도, 마르셀루스, 호레이쇼가 유령 소식으로 햄릿을 감질나게 할 때 햄릿은 흥분해 목격담의 세부적인 사항을 묻고 유령이 '고블린 댐'이 아니라 '정직'하다는 절대적 확신을 주장한다. 호레이쇼는 늙은 왕이 햄릿에게 유령이 '슬픔에' 옷을 입은 것 같다고 말함으로써 화냈다는 자신의 초기 관찰과 모순된다. 유령의 불행은 유령이 본격적이라는 햄릿의 믿음을 강화한다. 호레이쇼와의 교류에서 알 수 있듯이 햄릿은 냉소적 유머감각을 통해 자신의 아픈 우울함과 어떤 '반칙'이 진행 중이라는 것을 숨기고 있다.

HAMLET

1막 3장

Act I, Scene III

"이른 봄의 새싹은 벌레에게 쉽게 잡아먹히고
아침 이슬은 미풍에도 쉽게 날아가니 부디 조심하라."
_레어티스

● **폴로니어스 저택의 어느 방**

(레어티스와 오필리아 등장)

[레어티스] 이제 짐은 다 실어놨다. 잘 있거라, 오필리아! 배편이 있는 대로 잊지 말고 소식 전해다오.

[오필리아] 염려 말아요.

[레어티스] 햄릿 왕자님께서 네게 가벼운 호감을 보이신 모양인데 그건 다 젊은 날의 객기와 변덕이라고 생각해라. 이른 봄 바이올렛은 일찍 피지만 일찍 시들며 그 향기는 고와도 오래 가지 않는다.

[오필리아] 그뿐일까요?

[레어티스] 그뿐이다. 왕자님은 어쩌면 너를 진심으로 사랑하는지도 모르지. 그러나 그분의 지위를 생각하면 그분의 뜻은 그분 것이 아닐 수도 있다. 여느 사람들과 달라 그분은 매사를 제 뜻대로만 할 수 없는 운명을 이미 타고나셨다. 그분의 선택에 따라 국가의 명운이 바뀌기 때문에 그분의 선택은 백성의 여론에 얽매일 수밖에 없는 것이다. 그러니 그분이 너를 사랑한다고 말씀하

시더라도 그 말은 말에 그칠 수 있음을 잊지 말라. 달콤한 사랑의 맹세에 솔깃해 마음을 빼앗기고 정조마저 잃는다면 자칫 큰 수치를 당하니 각별히 조심하라. 감정을 쉽게 드러내지 말고 욕망의 함정에 빠지지 않도록 주의하라. 정숙한 처녀는 달빛 아래 아름다운 자태를 드러내기만 해도 세인의 입방아에 오르내리는 법이다. 이른 봄의 새싹은 벌레에게 쉽게 잡아먹히고 아침 이슬은 미풍에도 쉽게 날아가니 부디 조심하라. 조심하는 게 상책이다. 젊음은 작은 유혹에도 흔들리는 것이다.

[오필리아] 오빠의 충고를 제 마음의 파수꾼 삼아 간직할게요. 하지만 사이비 목사처럼 제게는 험난한 가시밭길을 걸어가야 천국에 이른다고 훈계하시면서 오빠는 자신의 훈계를 저버리고 환락의 길을 걷진 않으시겠죠?

[레어티스] 내 염려는 하지 마라. 내가 너무 지체했구나. 때마침 아버님이 오시는구나. 잘 되었구나! 나도 작별인사를 한 번 더 올려야겠다.

(폴로니어스 등장)

[폴로니어스] 아직도 있었느냐? 어서 배에 오르거라. 순풍에 돛을 달고 너를 기다리고 있다. 자, 이 아비의 축복을 받아라. 아울러 몇 마디 훈계할 테니 새겨듣거라. 속마음을 함부로 털어놓지 말고 설익은 생각은 행동으로 옮기지 말라. 친구는 가려 사귀고 일단 사귄 친구에게는 끝까지 신의를 지키고 쓸데없이 어울려 다니지 말고 특히 싸움에 말려들지 말고 일단 싸우면 따끔한 맛을 보여줘야 한다. 남의 말에 귀 기울이고 자기 말은 아껴야 한다. 돈은 아껴 쓰되 입는 데는 아끼지 말라. 값지되 요란하면 안 된다. 의복은 사람의 인품이니라. 돈은 빌리거나 빌려주지도 말라. 무엇보다 네 자신에게 충실하라. 그럼 밤이 낮을 따르듯 너도 남들에게 거짓됨이 없을 것이다. 자, 그럼 떠나거라. 이 아비의 축복을 받거라.

[레어티스] 아버님 말씀 깊이 명심하겠습니다.

오필리아와 레어티스
레어티스가 떠나기 전 여동생인 오필리아에게 당부하는 모습이다.

[폴로니어스] 서둘러라. 하인들이 기다리고 있다.

[레어티스] 오필리아! 잘 있거라. 내가 한 말 기억해라.

[오필리아] 제 기억 속에 꼭 잠글테니 오빠는 열쇠를 잘 간직하세요.

[레어티스] 잘 있거라!

(퇴장)

[폴로니어스] 네 오빠가 네게 무슨 말을 했느냐?

[오필리아] 햄릿 왕자님에 대해서요.

[폴로니어스] 때마침 나도 그 얘기를 묻고 싶었는데 요즘 햄릿 왕자님이 너를 부쩍 찾고 너도 스스럼없이 만나준다고 들었다. 그게 사실이라면 아비로서 네 행실을 보고만 있을 수는 없구나. 도대체 너와 왕자님 간에 무슨 일이 있었느냐? 있는 그대로 말해다오.

[오필리아] 요즘 왕자님께서는 제게 사랑을 여러 번 고백하셨어요.

[폴로니어스] 사랑이라고? 이런 철딱서니 없는 것. 아무 경험도 없는 네가 그 말이 진심인지 아닌지 어찌 아느냐?

[오필리아] 모르겠어요. 어떻게 받아들여야 할지.

[폴로니어스] 내가 가르쳐주마. 그분의 사랑이 진심일 거라고 쉽게 믿으면 안 된다. 안 그러면 너 때문에 이 아비가 바보가 될 수도 있다.

[오필리아] 하지만 진실한 모습으로 제게 사랑을 고백하셨는데요.

[폴로니어스] 그건 겉모습일 뿐이야! 쯧쯧!

[오필리아] 그것도 하늘에 걸고 여러 번 맹세하셨는데요.

[폴로니어스] 그게 바로 바보 새를 잡는 덫이다. 피가 끓으면 무슨 말이든 내뱉는 게 남자야. 지금부터는 만나자고 해도 쉽게 만나주면 안 된다. 햄릿 왕자님은 아직 젊어 자유분방한 것이니 그분의 맹세를 믿으면 안 된다. 그 맹세는 겉보기와 달라 사람을 홀리는 뚜쟁이와 같으니 앞으로는 잠시도 그분에

게 틈을 주면 안 된다. 이건 아비의 명령이다. 그만 들어가자.

[오필리아] 명심하겠습니다, 아버님.

(퇴장)

▌1막 3장 분석

레어티스는 그의 과잉보호 조언을 진정으로 말하지만 그의 어조는 준비된 연설 어조이며 오필리아의 감정에 대한 진정한 인식이나 배려를 보여주지 않는다. 사실 그는 결코 그녀와 상의하지 않고 오히려 그녀의 여성적 열등감을 강조하는 은유적 태도로 그녀에게 말한다. 셰익스피어가 레어티스의 연설을 위해 아이앰빅 펜터미터(Iambic Pentameter: 전통적인 영어 시와 운문 드라마에서 사용되는 미터법 유형의 선)보다 빈 구절을 선택한 것은 역할을 하는 배우의 무대 방향 역할을 한다.

이 캐릭터는 깊은 생각이나 화려한 언어를 가진 사람이 아니라 실용주의자, 즉 감정적 깊이보다 옳은 것에 더 관심 있는 신중한 신하다. 셰익스피어는 레어티스가 햄릿에게 완벽한 좋은 날이라는 사실을 적절히 강조한다. 연습되고 정치적으로 들리는 그의 연설 패턴은 햄릿의 감정적이고 꽃이 만발하고 마음 무거운 반추에 반대한다. 그는 남학생의 카피 북에서 가져온 것처럼 연설을 암기했고 지적 능력이 제한된 허영심과 평범함을 보여준다. 이 장면은 레어티스가 햄릿과 어떻게 비슷하고 결정적으로 다른지 보여주기 시작한다.

폴로니어스는 쇼의 세계에 살고 있다. 사회적 에티켓에 대한 그의 지시는

윤리적 실체가 있을 수 있지만 레어티스에게는 실질적인 건전성이 부족하다. 그가 오필리아와 이야기할 때 그는 '당시의 남자가' 딸을 재산으로 기대하는 방식으로 그녀를 대한다. 여자는 가족에게 명예와 재산을 가져다주어야 하며 오필리아가 그를 위해 투영하는 이미지는 폴로니어스와 깊은 관련이 있다. 그는 햄릿이 오필리아를 아내로 절대로 선택하지 않을 거라고 확신한다. 따라서 그는 햄릿의 의도에 대한 색다른 암시로 자신을 즐겁게 하고 그녀의 아버지가 그녀가 성냥을 만드는 데 도움이 될 것이라는 희망을 무너뜨린다. 폴로니어스와 레어티스를 통해 셰익스피어는 연극의 또 다른 모티프, 즉 방종과 허영심이 종종 가족의 헌신을 모호하게 만든다는 것을 소개했다.

오필리아의 딜레마는 이 장면에서 두드러진다. 레어티스와 폴로니어스는 그녀가 사랑하는 남자가 그녀를 사용하고 있으며 그녀를 버릴 것이고 자신의 마음을 믿으면 안 된다고 말한다. 그녀는 충실한 딸이다. 그녀의 아버지는 그녀에게 보이고 들리지 않도록 가르쳐 그녀는 듣고 남자들의 소원을 존중하겠다고 약속한다. 이제 그녀에게는 햄릿과의 모든 관계를 끊는 것 외에는 선택지가 없다. 그러나 그들이 이미 사랑을 완성했다면 어떨까? 그가 그녀를 이미 사랑하고 그녀를 절대로 버리지 않을 거라고 맹세했다면 어떨까? 그녀는 누구를 믿어야 하나?

셰익스피어는 우리가 그녀의 마음을 들여다보는 데 도움이 되는 것을 말하지 않지만 오필리아 역을 연기하는 여배우는 그녀가 햄릿에 대해 어떻게 느끼는지 알아야 한다. 대부분의 비평가들은 오필리아와 햄릿이 이미 친밀했고 오필리아가 왕자에 대한 진정한 사랑에 흠뻑 젖어 있고 그녀의 아버지와 오빠의 말이 그녀에게 깊은 상처를 주었다는 데 동의한다. 이 추측이 사실이 아니라면 그녀의 후속 행동에 대한 오필리아의 동기는 의심스러울 것이다.

HAMLET

1막 4장

Act I , Scene IV

"내 운명이 나를 부른다. 온몸의 힘줄이 불끈 솟는구나."
_햄릿

● **궁전 앞 망대**

(햄릿, 호레이쇼, 마르셀루스 등장)
[햄릿] 살을 에일 듯한 추운 날씨로군.
[호레이쇼] 바람까지 매섭습니다.
[햄릿] 시간이 얼마나 되었을까?
[호레이쇼] 아직 자정은 안 된 것 같습니다.
[마르셀루스] 자정이 지났습니다.
[호레이쇼] 벌써? 나는 못 들었는데. 그렇다면 유령이 나타날 시간이 되었어.
왕자님! 저건 무슨 소리죠?

(나팔 소리와 함께 두 발의 대포 소리가 들린다.)
[햄릿] 폐하께서 오늘 밤 주연을 베풀고 술내기를 하느라 저렇게 야단법석이
라네. 왕이 라인 포도주잔을 비울 때마다 북치고 나팔 불고 춤추며 만수무강
을 기원하는 놀음이라네.

[호레이쇼] 관습인가 보죠?

[햄릿] 그렇다네. 나도 이곳 태생이고 그런 관습에 젖어왔지만 지키기보다 깨는 것이 바람직한 관습이지. 이런 술고래 잔치 때문에 다른 나라 사람들이 우리를 욕하고 멸시하고 주정뱅이 돼지라고 부르지 않나? 그러니 우리가 아무리 훌륭한 업적을 세워도 빛이 안 나지.

(유령 등장)

[호레이쇼] 왕자님! 보십시오. 저기 나타났습니다.

[햄릿] 천사들이여! 우리를 지켜주소서! 그대가 성령인지 악령인지, 천국에서 왔는지 지옥에서 왔는지 정체를 밝히시오. 나는 그대를 내 아버지이자 덴마크 왕 햄릿이라고 부르겠소. 대답하시오! 관속에 매장된 시신이 수의를 떨쳐 버리고 무덤 밖으로 뛰쳐나와 무사 차림으로 이 으스스한 달밤에 어리석은 우리 인간들을 혼비백산시키는 이유가 도대체 무엇이오? 우리에게 어쩌란 말이오?

(유령이 손짓해 부른다.)

[호레이쇼] 오라고 손짓하는데요. 왕자님께만 뭔가 할 말이 있는 것 같습니다.

[마르셀루스] 보십시오. 정중한 태도로 다른 데로 가자고 손짓하는데 가지 마십시오.

[호레이쇼] 가시면 안 됩니다.

[햄릿] 여기선 말하지 않으니 따라 가봐야겠다.

[호레이쇼] 안 됩니다!

[햄릿] 왜? 두려워할 이유가 무엇인가? 내 목숨 따위는 하찮으니 불멸의 영혼이야 어쩌겠나? 다시 오라고 부르니 따라 가겠소.

[호레이쇼] 그러다가 강물에 빠뜨리거나 절벽 꼭대기로 데려가 갑자기 괴물로

유령을 쫓아가는 햄릿
유령을 쫓아가는 햄릿과 그를 말리는 부하들의 장면이다.

변해 왕자님을 미치게 할지도 모릅니다.

[햄릿] 여전히 나를 부르고 있다. 앞장서시오. 따라가겠소.

[마르셀루스] 가시면 안 됩니다.

[햄릿] 손을 놓으시오.

[호레이쇼] 제발 가시면 안 됩니다.

[햄릿] 내 운명이 나를 부른다. 온몸의 힘줄이 불끈 솟는구나.

(유령이 다시 부른다.)

[햄릿] 잡은 손을 치우시오. 나를 방해하면 누구든 가만두지 않겠다. 비켜라. 자, 앞장서시오. 따라가리다.

(유령과 햄릿이 성벽 아래로 내려온다.)

[호레이쇼] 왕자님이 유령에게 홀리신 거야.

[마르셀루스] 따라 가보자. 가만 있을 수는 없잖아.

[호레이쇼] 따라가자. 어찌 될 건가?

[마르셀루스] 이 덴마크 어딘가가 썩었어.

[호레이쇼] 하늘에 맡길 수밖에.

[마르셀루스] 아냐. 그럴 수만은 없지. 따라 가보자.

(그들은 살그머니 뒤따라가 멀리서 지켜본다.)

1막 4장 분석

햄릿은 외모와 현실의 불균형에 대한 그의 집착을 다시 드러낸다. 클로디어스는 힘센 사람처럼 보이지만 포도주와 흥청거림이라는 결정적 약점이 있다. 따라서 햄릿은 클로디어스가 모든 덴마크인을 비평가들에게 술주정뱅이로 보이게 하고 동맹국과 적 모두로부터 무례함을 불러일으킨다고 말한다. 개인의 약점이 모든 미덕을 가릴 수 있는 것처럼 한 '스위니쉬' 사람, 특히 스위니쉬 지도자는 모든 덕이 있는 동포를 가릴 수 있다. 햄릿은 늙은 왕, 위대한 히페리온 자신이 나타나기 직전에 새로운 왕 사티로스에 대한 비판을 끝낸다. 클로디어스의 사악한 습관은 유령의 동기보다 더 많은 의심을 불러일으킨다. 진정한 악은 후계자의 마음에 있으며 법원의 타락은 반칙의 필연적 결과를 반영한다.

클로디어스의 소란에 대한 햄릿의 연설은 여러 수준에서 중요하다. 비평가들은 이 연설을 '악의 드람' 연설이라고 부르는데 햄릿이 '악의 드람은 의심의 모든 고귀한 본질을 자신의 스캔들'이라고 말하며 끝내기 때문이다. 이 연설에서 햄릿은 자신을 포함한 덴마크 국민의 쾌락주의를 고발한다. 포도주와 흥청거림에 대한 큰 식욕은 문화를 약화하고 국가를 강탈하는 일종의 소멸을 나타낸다. 돼지 같은 행동이 덴마크의 집단적 명성을 특징짓는다는 사실은 햄릿을 당황시킨다.

비평가들은 햄릿을 일종의 르네상스 만인인 햄릿이 도덕적 타락을 통해 이성과 선행의 빛을 향해 나아가 의로움에 이르는 길을 찾아야 하는 후기 도덕 연극으로 보았다. 그의 명예의식은 그를 옳은 일을 하도록 이끌지만 옳은 일은 실제로 하나님의 법과 모순된다. 햄릿은 올바름과 그름보다 올바름과 그름 사이에서 찢어졌다. 주관적 '권리'에 대한 햄릿의 정의는 클로디어스의 정의와 크게 다르다. A. C. 브래들리가 지적했듯이 햄릿은 '인간의 가치'를 돌보는 것만큼 아무것도 신경쓰지 않으며 햄릿은 '악에 대한 혐오'를 갖고 있다. 사실 브래들리는 우리가 연극을 '반성의 비극만큼 도덕적 이상주의의 비극'으로 간주할 수 있다고 주장했다.

HAMLET

1막 5장

Act I, Scene V

"네 어머니는 하늘에 맡겨라.
스스로 가슴 속 가시가 아프게 찌르도록 놔두어라."
_유령

● 망대의 다른 장소

(유령과 햄릿 등장)

[햄릿] 어디까지 가는 거요? 말하시오. 더 이상 쫓아가지 않겠소.

[유령] 내 말을 들어라.

[햄릿] 말하시오.

[유령] 이제 곧 먼동이 트면 나는 유황불이 타는 연옥으로 돌아가야 한다.

[햄릿] 아, 불쌍한 유령!

[유령] 나를 불쌍히 여긴다면 지금부터 내가 하는 말을 잘 들어라.

[햄릿] 듣고 있소.

[유령] 내 말을 듣고 나면 복수할 거냐?

[햄릿] 뭐라고요?

[유령] 나는 네 아비의 혼령이다. 밤에는 일정 시간 떠돌다가 낮에는 다시 연
옥으로 불려가 생전의 악행이 타 없어질 때까지 불구덩이 속에 갇혀 있어야
한다. 이 연옥의 비밀을 이승의 인간에게 말하면 안 되지만 조금만 들어도 네

유령을 만나는 햄릿
유령을 만난 햄릿이 충격적인 사실을 알게 되는 장면이다.

영혼은 공포에 질리고 피는 얼어붙고 두 눈은 유성처럼 튀어나오고 머리카락은 고슴도치 비늘처럼 가닥가닥 곤두설 것이다. 내 말을 듣거라. 한때 네가 이 아비를 조금이라도 사랑했다면.

[햄릿] 오, 신이여!

[유령] 그자의 극악무도한 살인을 복수해다오.

[햄릿] 살인이라고요?

[유령] 최상의 살인도 악행이니라. 그러나 이 살인은 살인 중에서도 가장 비열하고 흉악한 살인이다.

[햄릿] 어서 알려주십시오. 사색이나 사랑의 날개보다 빨리 날아가 복수하겠습니다.

[유령] 기특하구나. 네가 내 말을 듣고 분노하지 않는다면 너는 망각의 레테 강가에서 자라는 잡초보다 무심한 인간이다. 자, 들어봐라. 덴마크 백성들은 내가 정원에서 낮잠을 자다가 독사에 물려 죽은 것으로 잘못 알고 있다. 그러나 내 아들아! 그 독사가 지금 왕관을 쓰고 있다.

[햄릿] 숙부가요? 아, 어쩐지.

[유령] 그래. 간통을 범한, 짐승만도 못한 그자는 간악한 사술로 반역 음모를 꾸미고 겉으로만 정숙한 내 왕비를 유혹해 음욕의 잠자리로 끌어들였구나. 오, 햄릿! 이렇게 추락할 수 있단 말이냐? 엄숙한 결혼 서약과 기품있는 사랑을 버리고 그토록 천품도 비열한 사내 품에 떨어지다니. 정숙한 여자는 음욕이 천사의 가면을 쓰고 와 유혹해도 거들떠보지도 않지만 음탕한 여자는 천국의 침상에도 싫증을 느끼고 쓰레기통을 뒤지기 마련이다. 벌써 아침이 오는구나. 줄여서 말하마. 내가 정원에서 평소처럼 마음 놓고 낮잠을 잘 때 네 숙부가 독약이 든 병을 들고 몰래 들어와 내 귓속에 부었다. 그 독약은 수은처럼 내 온몸에 퍼져 피가 썩고 나병환자처럼 내 부드러운 살갗에는 온통 흉측스러운 부스럼이 났다. 이렇게 잠자다가 아우의 손에 목숨과 왕관과 왕비

를 한꺼번에 잃었다. 하필 내가 많은 죄를 짓고 있을 때여서 종부 성사는커녕 고해도 바치지 못하고 축성조차 받지 못하고 숨을 거두고 말았구나.

[햄릿] 오, 끔찍한…. 이토록 끔찍한 일이 있었다니!

[유령] 네게 인정이 있다면 이를 묵과하면 안 된다. 덴마크 왕궁의 침실이 음욕과 간통으로 얼룩지게 놔둬선 안 된다. 네가 이 일을 도모하더라도 절대로 네 어머니를 해치면 안 된다. 네 어머니는 하늘에 맡겨라. 스스로 가슴 속의 가시가 아프게 찌르도록 놔두어라. 이제 떠나야겠다. 반딧불이 희미해지는 걸 보니 아침이 가까워진 것 같다. 잘 있거라. 나를 잊지 말아다오.

(퇴장)

[햄릿] 천상의 주인들이여! 대지의 주인들이여! 너 지옥의 주인들까지 모두 나와 내 말을 들어다오. 아니다. 이럴 때가 아니다. 정신 차려야지. 그리고 내 육신도 굳건히 버텨다오. 당신을 잊지 말라고 하셨죠? 가련한 유령이시여! 이 혼란한 머릿속에 기억의 자리가 있는 한 당신을 잊지 않으리라. 그 기억의 자리에 남은 온갖 사소한 것들은 지워버리고 당신의 당부만 깊이 간직하리라. 오, 이 못된 여인이여! 입가에는 미소를 흘리며 행실은 그리 못될 수 있다니! 이것도 기억의 자리에 담아두자. 악인의 입가에도 웃음은 넘칠 수 있다. 자, 숙부! 분명히 적어두었소. 이번에는 내 좌우명을 적어두자. "잘 있거라. 잘 있거라. 나를 잊지 말아다오."

(기록한다. 호레이쇼와 마르셀루스 등장)

[호레이쇼] 왕자님!

[마르셀루스] 햄릿 왕자님!

[호레이쇼] 하늘이시여! 왕자님을 지켜주소서.

[햄릿] 무사하네.

[마르셀루스] 왕자님, 괜찮으십니까?

[호레이쇼] 별일 없으셨나요?

[햄릿] 무척 좋았네.

[호레이쇼] 다행입니다. 무슨 일 있었나요?

[햄릿] 왜? 소문내려고?

[호레이쇼] 하늘에 맹세코 그런 일은 없을 겁니다.

[마르셀루스] 저도 맹세합니다.

[햄릿] 이 유령 얘기인데. 한마디만 하자면 악마가 보낸 유령은 아닐세. 그 유령과 나 사이에 무슨 말이 오갔는지 궁금하겠지만 자네들은 내 친구이자 학자요 군인으로서 내 부탁 하나만 들어주겠나?

[호레이쇼] 무슨 부탁이든 따르겠습니다.

[햄릿] 오늘 밤 여기서 본 일에 대해 입을 굳게 닫아주게.

[호레이쇼와 마르셀루스] 그러겠습니다.

[햄릿] 맹세해주게나.

[호레이쇼] 맹세코 발설하지 않겠습니다.

[마르셀루스] 저도 맹세합니다.

[햄릿] 내 칼에 두고 맹세하게.

[마르셀루스] 맹세합니다.

[햄릿] 다시 한번 맹세하게.

(지하에서 유령 소리가 들려온다.)

[유령] 맹세하라!

[햄릿] 거기 있었나? 친구! 저 친구가 지하에서 말하는 소리 들었나? 자, 다시 맹세하게.

[호레이쇼] 맹세의 말을 하십시오.

[햄릿] 내 칼에 두고 맹세하건대 오늘 밤 본 일을 절대로 발설하지 않겠다.

[유령] 맹세하라.

[햄릿] 신출귀몰이라더니 그럼 우리 자리를 옮겨 보세. 이쪽으로 오게. 그대들의 손을 다시 내 칼에 얹고 맹세하게.

[유령] 맹세하라.

[햄릿] 땅속을 잘 누비는구나. 다시 한번 옮겨 볼까?

[호레이쇼] 이런 신기한 일도 있다니!

[햄릿] 호레이쇼! 하늘과 땅에는 어떤 학문으로도 풀지 못할 수수께끼가 넘친다네. 그런데 자네들이 한 가지 꼭 알아둘 것은 지금부터 혹시 내가 이상한 행동을 하더라도 팔짱을 끼고 고개를 끄떡이며 속사정을 아는 듯한 낌새를 절대로 보이지 말라는 것일세. 맹세해주게.

[유령] 맹세하라.

(그들은 맹세한다.)

[햄릿] 가엾은 혼령이여! 부디 쉬시오. 자, 친구들! 이 햄릿의 처지가 지금은 비록 가련하지만 그대들의 우정을 잊지 않겠소. 그만 들어가세. 항상 입조심 잊지 말고. 세상은 온통 혼란에 빠졌다. 그런데 내가 그것을 바로 잡을 악운을 타고 나다니! 들어가세나.

(모두 퇴장)

1막 3장 분석

햄릿 왕의 유령은 엘리자베스 시대 청중의 동정심을 불러일으키는 방식으로 자신을 소개한다. 그는 햄릿에게 그의 형제가 영원한 영혼을 포함해 그가 소유한 모든 것을 강탈했다고 말한다. 성경이 아벨에 대한 동정심을 불러일으키고 형제애에 대해 가인을 정죄하는 것과 같은 방식으로 셰익스피어는 살해당한 형제를 선호한다.

햄릿은 영혼의 말이 그의 최악의 두려움을 확인시켜주기 때문에 유령을 빨리 믿는다. 클로디어스가 햄릿 왕을 살해했다. 햄릿의 첫 공연에 참석한 엘리자베스 여왕을 칭송한 자코뱅 청중들에게 『햄릿』 속 선왕의 피살 그 자체로 경각심을 불러일으켰다. 영국인들은 자신들의 군주가 신성한 권리에 의해 통치하고 하나님 자신이 그 땅을 통치하도록 임명했다고 믿었다는 것을 고려한다. 영국 국교회는 교회에서 가장 높은 수준의 집행권을 군주에게 부여하기까지 했다. 모든 면에서 영국 군주는 지상에서 하나님을 대표했다. 햄릿 왕의 피살은 유령을 셰익스피어의 청중에게 가장 동정적인 인물로 만든다. 그 유령의 존재에 대해 아무도 의문을 제기하지 않았을 것이며 햄릿처럼 잠시라도 유령이 악마일 수 있다고 믿는 사람은 거의 없었을 것이다.

그의 어머니의 연인이 남편을 살해한 범인이라는 사실은 거트루드의 근친상간 범죄를 악화한다. 햄릿은 선택의 여지가 없다. 그는 폭력을 혐오하고 엄격한 기독교 원칙에 따라 살아갈 수 있지만 아버지의 명예를 회복해야 한다. 햄릿은 클로디어스를 죽이는 것 외에는 아버지를 공경할 방법이 없다고 생각한다. 아버지의 명령과 전통에 의해 이중으로 추진된 햄릿은 복수라는 의무의 포로가 된다.

여기서 가장 큰 갈등은 분명하다. 기독교는 '눈에는 눈'이라는 히브리 개념을 부정했다. 그 개념은 르네상스 시대 사람들에게 야만적으로 보였다. 더욱이 살해당한 사람의 가장 가까운 친척이 억울한 죽음을 복수해야 하는 '피의 불화'라는 중세 관습은 지나갔다. 사회는 자비와 용서의 개념, 셰익스피어가 초기 연극에서 탐구한 개념인 베니스의 상인을 더 자주 지지했다. 상인에서 관객은 적대자가 피의 불화를 주장해 정확히 경멸한다. 『햄릿』에서 셰익스피어는 관객에게 햄릿의 시정 욕구에 공감할 것을 요청한다. 햄릿은 복수의 개념이 그를 이끌고 그의 기독교적 도덕성과 성향이 동시에 그에게 자비를 베풀 것을 권고하기 때문에 동정적인 인물이다.

연극의 주요 쟁점은 이제 공개적이고 결합되어 있다. 클로디어스와 결혼함으로써 거트루드는 근친상간을 저질렀고 살해당한 남편에 대한 의무를 수행하지 못했다. 클로디어스는 그의 이중성 때문에 이 같은 죄를 용서받을 수 없다. 그의 사람들이 그를 어떻게 인식하는지는 햄릿, 거트루드, 덴마크 국민과 일을 바로잡는 것보다 클로디어스와 더 관련 있다. 반면, 거트루드는 자신의 나약함에 이끌려 왕의 카리스마 넘치는 악마를 따라 침대로 향하는 여성이다.

햄릿은 호레이쇼와 마르셀루스에게 비밀을 맹세하고 청중의 추가적인 지지를 얻었다. 그의 진정한 리더십 능력과 호레이쇼에 대한 정직한 우정은 둘의 큰 충성심을 불러일으키며 그 충성심은 분명히 햄릿이 그의 강인한 성격에 대한 보상이다. 햄릿은 호레이쇼에게 왕과 궁정 앞에서 미친 척할 계획이라고 말한다. 광기는 그를 보이지 않게 만들어 복수할 최선책과 시간을 관찰해 식별할 수 있다. 여기서 햄릿의 의미는 모호하다. 그의 광기는 가면인가? 의상? 거짓말? 이 질문의 답은 햄릿의 성격 묘사의 열쇠를 제공하며 역할을 수행하는 배우는 그 '입는 것'의 의미를 결정해야 한다. 일부 묘사에서 햄릿은 미친 척한다. 다른 사람들은 자신이 가장하고 있다고 믿을 수도 있지만 매우 화났다. 또 다른 데서는 햄릿의 광기가 발전함에 따라 커진다. 다른 데서 햄릿은 살해당한 아버지에 대한 의무를 포함해 성인의 짐을 받아들일 수 없는 아이다. 셰익스피어는 의도적으로 햄릿의 계략을 모호하게 남겨둬 역할 수행이 다를 수 있게 한 것 같다.

HAMLET

2막 1장

Act II, Scene I

"젊은이들이 지나치게 경솔하다면
늙은이들은 지나치게 신중한 게 탈이구나."
_폴로니어스

● 폴로니어스 저택

(폴로니어스와 레이날도 등장)

[폴로니어스] 그러니까 술을 좀 과하게 마시거나 가끔 친구들과 다투거나 외도하는 정도라면 상관없다. 그럴 리 없길 바라지만 혹시 그 이상 문제가 있을까 봐 내가 우려하는 것이다. 그러니 내 아들 레어티스가 요즘 어떻게 지내는지 잘 알아보고 돌아오라는 뜻이다. 알겠느냐?

[레이날도] 잘 알겠습니다, 나으리.

[폴로니어스] 그럼 다녀오너라.

[레이날도] 네.

[폴로니어스] 매사 남의 말만 듣지 말고 네 눈으로 직접 확인해야 한다.

[레이날도] 염려 놓으십시오. 그럼 소인은 물러가겠습니다.

[폴로니어스] 그래, 너만 믿는다.

(레이날도 퇴장, 오필리아 등장)

[폴로니어스] 오필리아! 무슨 일이냐?

[오필리아] 아버님, 아버님. 너무 무서워요.

[폴로니어스] 아니, 도대체 무슨 일이냐?

[오필리아] 제가 방에서 바느질하고 있는데 왕자님이 불쑥 들어오셨어요. 윗옷을 풀어헤치고 모자도 안 쓴 채 더러운 양말은 발목까지 흘러내리고 방금 지옥에서 풀려난 것처럼 창백한 얼굴로 제 앞에 나타나셨어요.

[폴로니어스] 너에 대한 사랑 때문에 미친 게 아닐까?

[오필리아] 모르겠어요. 너무 무서워요.

[폴로니어스] 뭐라고 말하더냐?

[오필리아] 왕자님은 제 팔목을 꼭 잡으시고 팔길이만큼 물러서서 다른 손으로 이마를 짚으며 제 얼굴 초상화라도 그리려는 듯 뚫어지게 바라보셨어요. 한참 그러더니 제 팔을 가볍게 흔들고 세 번쯤 고개를 끄떡이더니 땅이 꺼질 듯 한숨을 내쉬며 그제야 팔을 놔주셨어요. 그러고는 뒤돌아보며 방문을 걸어 나가셨는데 그때까지 제게서 눈을 떼지 않으셨어요.

[폴로니어스] 나와 함께 가자. 폐하를 뵈어야겠다. 이거야말로 사랑의 광기다. 이 덫에 걸리면 자신을 파괴하는 무슨 짓을 저지를지 모른다. 정말 안됐구나! 혹시 최근 왕자님께 심한 말을 한 적 없느냐?

[오필리아] 아뇨. 다만 아버님 말씀을 따라 그분의 편지를 거절하고 만남을 피했을 뿐입니다.

[폴로니어스] 그것 때문에 실성한 거다. 내가 왕자님의 진의를 잘못 파악한 것 같아 후회막급이구나. 나는 그분이 너를 단지 희롱한다고 생각했는데 젊은이들이 지나치게 경솔하다면 늙은이들은 지나치게 신중한 게 탈이구나. 자, 폐하께 가자. 이 일을 아시면 노여워하실지 모르지만 숨기면 더 큰 화를 부를지도 모르겠다.

(퇴장)

오필리아와 폴로니어스
폴로니어스가 딸인 오필리아에게 햄릿을 조심하라고 주의를 주는 장면이다.

2막 1장 분석

T. S. 엘리엇을 포함한 많은 비평가는 이 장면이 연극과 무관하다고 생각한다. 그러나 장면은 실제로 연극의 목적의 중심인 주제를 반영한다. 외관과 현실은 상호모순되는 이질적 실체다.

2막 1장에서 보살핌을 받고 양육하는 아버지 폴로니어스는 레이날도를 고용해 레어티스를 염탐한다. 폴로니어스는 레이날도에게 가장 기만적인 스파이를 고용해 아들 레어티스의 가장 더러운 행위를 조사해 보고하라고 말한다. 폴로니어스는 레이날도에게 돈을 지불해 그의 아들에게 평판의 중요성을 가르치기 위해 실제와 상상 모두의 부정적인 보고서로 레어티스의 신용을 추락시킬 것이다. 이 만남의 이중성은 극 내내 폴로니어스를 특징짓는 행동을 예고한다.

장면의 두 번째 부분에서 오필리아가 들어와 햄릿이 이해할 수 없는 행동을 하고 있다고 보고한다. 그녀는 햄릿이 옷을 입는 방식을 화가의 언어로 설명한다. "웃옷을 풀어헤치고 모자도 안 쓴 채 더러운 양말은 발목까지 흘러내리고 방금 지옥에서 풀려난 것처럼 창백한 얼굴로 제 앞에 나타나셨어요."라는 표현은 폴로니어스가 즉시 인식한다. "너에 대한 사랑 때문에 미친 게 아닐까?" 햄릿의 외모는 버림받은 연인에 대한 현대적 고정관념을 구현하기 때문에 오필리아를 방문하는 그의 주 목적은 오필리아를 이용해 그의 광기가 신비하고 알 수 없는 원인 때문이 아니라 이 실망 때문임을 다른 사람들에게 확신시켜 왕의 의심을 가라앉히는 것임을 나타낸다. 따라서 이 장면에서 오필리아의 목적은 햄릿이 오필리아를 전혀 사랑하지 않고 단지 그녀를 이용했을 뿐이라는 개념에 신빙성을 부여하는 것 같다. 그렇다면 햄릿은 그가 판단하는 사람들만큼 기만적인 죄를 지은 것이다.

HAMLET

2막 2장

Act Ⅱ, Scene Ⅱ

"거대한 감옥이지. 그중 덴마크야말로 최악의 감옥이라네."
_햄릿

● 궁전의 어느 방

(나팔 소리. 왕과 왕비, 로젠크란츠와 길덴슈테른 등이 등장)

[클로디어스] 아, 로젠크란츠와 길덴슈테른! 잘 왔다. 그대들이 보고 싶기도 하고 때마침 수고를 끼칠 일이 생겨 급히 오라고 했다. 그대들도 들어 알겠지만 햄릿이 갑자기 다른 사람이 되었는데 그 원인을 선왕의 죽음 외에는 달리 추측할 길이 없구나. 다행히 그대들은 어린 시절을 함께 보내 그의 성격이나 기질을 잘 알 것이니 당분간 여기 머물면서 파악해주기 바란다. 함께 어울려 놀다 보면 무엇이 그의 마음을 괴롭히는지 알아내고 그래야 치료법도 강구할 수 있지 않겠느냐?

[거트루드] 왕자도 항상 그대들 얘기를 하고 그대들이야말로 가장 가까운 벗이니 부디 당분간 여기서 머물면서 우리 내외의 걱정을 덜어주길 바라오. 그러면 폐하께서도 그 공로를 잊지 않을 것이오.

[햄릿] 말하시오.

[로젠크란츠] 두 분 폐하의 분부라면 저희가 마땅히 받들어야지, 수고라니 당

치 않은 말씀이십니다.

[길덴슈테른] 저희는 응당 폐하의 분부를 받들어 주어진 임무를 성심껏 수행하겠나이다.

[클로디어스] 고맙소. 로젠크란츠, 길덴슈테른 경!

[거트루드] 고마워요, 길덴슈테른, 로젠크란츠 경! 그럼 지금 당장 가 내 아들이 얼마나 변했는지 알아보세요. 누구 없느냐? 이분들을 햄릿 왕자가 있는 곳으로 안내해드려라.

(로젠크란츠와 길덴슈테른은 하인들의 안내를 받으며 퇴장. 폴로니어스 등장)

[폴로니어스] 폐하! 노르웨이에 갔던 사신들이 낭보를 안고 돌아왔나이다.

[클로디어스] 그대는 항상 희소식만 들고 오는구려.

[폴로니어스] 그렇사옵니까, 폐하? 소신은 다만 맡은 소임을 다하고자 진력할 뿐이옵니다. 제 미욱한 판단으로는 이번이라고 꼭 들어맞을진 모르겠지만 드디어 햄릿 왕자님께서 실성하신 원인을 찾아낸 것 같사옵니다.

[클로디어스] 듣던 중 반가운 소식이오. 어서 말해보시오.

[폴로니어스] 먼저 먼 길을 다녀온 사신들부터 영접하소서. 제 말씀은 성대한 잔치 끝의 맛좋은 후식으로 진상해 올리겠습니다.

[클로디어스] 그럼 어서 그들을 맞이해 들이시오.

(폴로니어스 퇴장)

[클로디어스] 왕비! 들었소? 당신 아들이 실성한 원인을 알아냈다고 하잖소.

[거트루드] 보나 마나 선왕의 죽음과 우리의 성급한 결혼 말고 다른 원인이 있겠습니까?

[클로디어스] 어쨌든 자세히 알아봅시다.

(폴로니어스가 볼트만과 코넬리어스를 데리고 등장)

[클로디어스] 어서 오시오, 볼트만 경! 노르웨이 왕의 대답을 가져왔소?

[볼트만] 매우 정중하고 우호적인 대답을 가져왔습니다. 첫째, 노르웨이 왕께서는 조카인 포틴브라스가 폴란드 공략을 명분으로 모병에 나선 줄로 알았지만 내막을 조사한 결과, 폐하를 겨냥한 것으로 밝혀졌습니다. 왕이 늙고 병들어 자리에 누운 틈을 타 은밀히 이 같은 책동이 빚어진 것을 알고 왕은 크게 노해 즉각 포틴브라스를 불러 크게 책망했고 폐하의 영토를 다시는 넘보지 않겠다고 다짐했습니다. 이에 안도한 노르웨이 왕께서는 포틴브라스에게 연봉 3천 크라운을 하사하시고 이미 모병한 병사들은 오직 폴란드 공략을 위해서만 동원하는 것을 윤허하시면서 여기 서찰에 명시된 조건에 따라 그의 병사들이 평화롭게 폐하의 영토를 통과하는 것을 허락해주실 것을 요청했습니다. 그에 따른 상세한 사항들도 이 서찰에 다 명시되어 있습니다.

[클로디어스] 잘 되었소. 이 서찰은 틈을 봐 읽고 적절한 회답을 할 것이오. 수고 많았소. 들어가 쉬었다가 오늘 밤 연회에 나오도록 하시오.

(사신들 퇴장)

[폴로니어스] 폐하! 이 일은 잘 성사된 것 같습니다. 그럼 소신이 드릴 말씀을 올리겠습니다. 지혜의 요체는 간결이니 잔가지는 잘라내고 요점만 말씀드리자면 왕자님께서는 분명히 실성하셨습니다. 실성이 무엇인지 따지는 일은 접어두더라도 지금 왕자님께서 처한 상태를 설명할 길은 오직 실성하셨다는 것뿐입니다.

[거트루드] 말재주는 그만 접으시고 요점만 말하세요.

[폴로니어스] 신은 말재주는 부릴 줄 모릅니다. 다만, 왕자님은 지금 실성하셨고 매우 안타깝다는 점을 말씀드린 것뿐입니다. 왕자님께서 실성하신 이유가 반드시 있을 겁니다. 지금 그 이유를 말씀드리고자 하니 부디 경청해 주십

시오. 소신에게는 딸아이가 하나 있습니다. 매우 효심이 깊은 아이죠. 그 아이가 제게 이 편지를 보여주었습니다. 잘 들어보십시오.
(편지를 읽는다.)

천상의 선녀보다 아름다운 내 영혼의 우상 오필리아에게!
이 글발을 그대의 백옥같은 가슴에 바치나이다.
별은 과연 빛나는가?
태양은 쉬지 않고 운행하는가?
진실은 과연 거짓 아닐까?
이 모든 걸 의심해도 그대에 대한 내 사랑만은 의심하지 마오.
사랑하는 오필리아!
나는 글솜씨가 없어 내 고뇌를 글로 다 표현하진 못하겠소.
그러나 내 사랑만은 믿어주오.

이 몸 살아 있는 한 그대를 사랑하는 햄릿 올림

[거트루드] 그 편지가 햄릿이 오필리아에게 보낸 거란 말씀이오?
[폴로니어스] 아비 말에 순종하는 제 딸아이는 이 편지를 제게 보여주었을 뿐만 아니라 둘이 언제 어디서 어떻게 사귀어 왔는지도 소상히 고했습니다.
[클로디어스] 그럼 오필리아는 햄릿의 사랑을 받아들였소?
[폴로니어스] 폐하께서는 신을 어떻게 생각하십니까?
[클로디어스] 그야 충직한 내 신하로 생각하오.
[폴로니어스] 신도 그러길 바랍니다. 제가 이 둘 사이에서 사랑의 불꽃이 피는 것을 보고 사실 딸아이가 말하기 전 이미 눈치챘지만 모른 척했다면 두 분 폐하께서는 소신을 어찌 보시겠습니까? 이를 묵과할 수 없었습니다. 즉시 딸아

이를 불러 햄릿 왕자님은 하늘의 별만큼 네게는 먼 존재이니 꿈도 꾸지말라고 타일렀고 앞으로는 일절 만나거나 어떤 전갈이나 선물도 받으면 안 된다고 엄명을 내렸습니다. 물론 딸아이는 제 말을 따랐고 이에 왕자님께서는 비탄에 잠겨 금식과 불면에 떨어져 심신이 쇠락하더니 결국 우리가 걱정하는 실성에까지 이르게 되었습니다.

[클로디어스] 왕비께서는 어찌 생각하시오?

[거트루드] 듣고 보니 그럴 만한데요.

[폴로니어스] 폐하! 소신이 어떤 일이 틀림없다고 장담해 한 번이라도 틀린 적 있었습니까?

[클로디어스] 없었소.

[폴로니어스] 제 말씀이 사실과 다르다면 소신의 머리를 치소서. 신은 땅속 깊이 묻힌 진실도 반드시 밝혀내겠습니다.

[클로디어스] 어떻게 알아낼 수 있을까?

[폴로니어스] 왕자님께서는 가끔 이 복도를 한참 서성이는 습관이 있으십니다.

[거트루드] 맞아요.

[폴로니어스] 그때 제 딸아이를 내보내겠습니다. 그리고 저희는 커튼 뒤에 숨어 그 광경을 살펴보시죠. 왕자님이 제 딸아이를 사랑하는 게 아니어서 그것이 실성의 원인이 아니라면 소신은 직위를 버리고 낙향해 시골에서 농사나 짓겠습니다.

[클로디어스] 그리 해봅시다.

(햄릿이 책을 읽으며 등장)

[거트루드] 보세요! 저 불쌍한 왕자가 책을 읽으면서 들어와요.

[폴로니어스] 자, 두 분 폐하께서는 잠시 자리를 피해 주십시오. 소신이 가 말을 걸어보겠습니다.

(왕과 왕비는 시종들과 함께 퇴장)

[폴로니어스] 햄릿 왕자님! 안녕하셨습니까?

[햄릿] 덕분에.

[폴로니어스] 왕자님! 저를 알아보시겠습니까?

[햄릿] 당연하지. 생선장수 아닌가?

[폴로니어스] 아닙니다, 왕자님.

[햄릿] 그럼 그만큼 정직한 인간이길 바라오.

[폴로니어스] 정직한 인간요?

[햄릿] 그렇소. 이 세상에서 정직한 인간은 만 명 중 하나쯤 있을까?

[폴로니어스] 옳은 말씀입니다.

[햄릿] 그대에게 딸이 있던가?

[폴로니어스] 네.

[햄릿] 그럼 함부로 밖에 나다니지 못하게 하시오. 그러다가 덜컥 임신이라도 하면 어쩌나? 그러니 조심시켜야지.

[폴로니어스] (독백) '여전히 내 딸 얘기로구나. 처음에는 나를 못 알아보고 생선장수라더니.' 왕자님! 뭘 읽고 계십니까?

[햄릿] 말, 말, 말이지.

[폴로니어스] 무슨 말이 쓰여 있습니까?

[햄릿] 전부 욕이야. 어떤 심술 궂은 작자가 늙은이에 대해 온통 험담을 늘어놓은 것뿐이라오. 잿빛 수염에 얼굴에는 주름투성이, 눈은 움푹 파여 눈꼽만 끼고 머릿속은 텅 비었다는 얘기인데 그렇더라도 그런 식으로 매도해서야 되겠소? 게처럼 뒷걸음질 치면 다시 젊어질 수도 있을 텐데. 안 그렇소?

[폴로니어스] (독백) '미쳤지만 말에 조리가 없는 건 아냐.' 바깥바람이 해로운데 안으로 들어가시지요.

[햄릿] 어디로? 내 무덤 속으로?

[폴로니어스] 하기야 무덤 속이라면 바깥바람이 없겠죠. (독백) '맞는 말이야.

때로는 미친 사람의 말이 정곡을 찌른단 말이야.' 이럴 게 아니라 서둘러 딸아이와 만나게 해야겠다. 왕자님, 저는 그만 물러가겠습니다.

[햄릿] 지겨운 영감.

(로젠크란츠와 길덴슈테른 등장)

[폴로니어스] 왕자님은 저쪽에 계시네.

[로젠크란츠] 그럼 나중에 뵙겠습니다.

(폴로니어스 퇴장)

[길덴슈테른] 왕자님, 안녕하셨습니까?

[로젠크란츠] 왕자님, 오랜만에 뵙겠습니다.

[햄릿] 아, 친구들! 어서 오게. 길덴슈테른, 로젠크란츠! 어떻게 지냈나?

[로젠크란츠] 별 탈 없이 지냈습니다.

[길덴슈테른] 행운의 여신 머리 꼭대기에는 못 올라갔습니다.

[햄릿] 그렇다고 발밑에 깔린 것도 아니겠지.

[로젠크란츠] 그 정도는 아닙니다.

[햄릿] 그럼 허리쯤 가 있겠군. 무슨 소식이라도 가져왔나?

[로젠크란츠] 소식이라고 할 건 없습니다. 세상이 더 정직해졌다는 것밖에는요.

[햄릿] 그럼 종말이 가까워졌다는 얘기로군. 소식이 없진 않을 텐데. 행운의 여신이 자네들을 이곳 감옥으로 보낸 데는 이유가 있겠지.

[길덴슈테른] 감옥이라고요?

[햄릿] 이 덴마크는 감옥이라네.

[로젠크란츠] 그럼 온 세상이 감옥이겠습니다.

[햄릿] 거대한 감옥이지.

길덴슈테른과 로젠크란츠를 만나는 햄릿

[로젠크란츠] 저희 생각은 그렇지 않은데요.

[햄릿] 그럼 다행이군. 세상사 좋고 나쁨은 다 생각하기 나름이니까. 하지만 내게는 감옥이라네.

[로젠크란츠] 왕자님의 큰 야망에 비하면 당연히 그러시겠죠.

[햄릿] 그중 덴마크야말로 최악의 감옥이라네.

[로젠크란츠] 악몽을 꾸지만 않는다면 호두껍질 속에 갇혀 있어도 광활하게 느낄 수 있을 텐데.

[길덴슈테른] 꿈 자체가 야망 아니겠습니까? 야망이야말로 꿈의 그림자에 불과하니까요.

[햄릿] 꿈 자체가 그림자라네. 그럼 궁전 안으로 들어가볼까?

[로젠크란츠와 길덴슈테른] 저희가 모시고 가겠습니다.

[햄릿] 그럴 필요 없네. 자네들을 내 하인 취급할 수야 없지 않나? 그리고 정직하게 말하면 요즘 내 뒤를 밟는 자들이 부쩍 늘었다네. 옛 친구로서 묻네만 자네들은 무슨 일로 엘시노어에 왔나?

[로젠크란츠] 그야 왕자님을 뵙기 위해서죠.

[햄릿] 나는 지금 거지와 같은 처량한 신세일세. 나를 보러 왔다니 고맙기 그지 없네. 그런데 자네들, 누가 불러서 온 것 아닌가? 솔직히 대답해보게. 스스로 온 건지, 누가 불러서 온 건지?

[길덴슈테른] 뭐라고 대답해드려야 할지?

[햄릿] 사실대로 말하면 되지. 자네들 얼굴에 써있어. 누가 불러서 왔다고. 자네들은 거짓말할 만큼 뻔뻔진 못하거든. 왕과 왕비께서 불러서 왔다는 것쯤은 나도 알아.

[로젠크란츠] 무슨 목적으로 말씀하시는 겁니까?

[햄릿] 그거야 자네들이 나한테 말해줘야지. 젊은이끼리의 우정으로 봐서도 솔직한 대답을 듣고 싶네.

[로젠크란츠] (길덴슈테른에게 독백) '뭐라고 대답하지?'

[길덴슈테른] 사실 부름을 받고 왔습니다.

[햄릿] 그 이유는 내가 말해주지. 그럼 자네들은 왕과 왕비에게 비밀을 누설했다는 질책도 면할 수 있을 테니. 나는 최근 웬일인지 만사에 흥미를 잃고 운동도 그만두었다네. 이 아름다운 대지도 내게는 황량한 빈터로 보이고 저 웅대한 천상 장관도 탁하고 해로운 공기의 집합체로만 보일 뿐이네. 인간은 얼마나 위대한 작품인가! 숭고한 이성, 무한한 능력, 천사와 같은 행동, 신과 같은 이해력을 갖추었고 세상의 아름다움이요 만물의 제왕 아닌가. 그런데 내게는 한낱 먼지처럼 느껴진다네. 나는 인간에게서 기쁨을 느낄 수가 없다네. 그건 여자도 마찬가지고. 웃는 걸 보니 자네들은 그렇지 않은가 보군.

[로젠크란츠] 저희는 그런 생각을 하지 않았습니다.

[길덴슈테른] 왕자님께서 인간에게서 기쁨을 느끼실 수 없다면 배우들을 만나도 반갑지 않으실 것 같군요. 사실 오는 길에 배우들을 만났는데 왕자님을 흥겹게 해드리기 위해 오는 길이라고 하더군요.

[햄릿] 어떤 배우들이라고 하던가?

[로젠크란츠] 왕자님께서 평소 즐기시던 비극 배우들이라고 했습니다.

(나팔 소리가 들린다.)

[길덴슈테른] 배우들이 도착한 모양입니다.

[햄릿] 어쨌든 이렇게 자네들을 만나니 반갑네.

(폴로니어스 등장)

[폴로니어스] 여보게, 다시 만나 반갑네.

[햄릿] 귀 좀 빌리세. 저기 오는 큰아이는 아직도 기저귀를 차고 있다네.

[로젠크란츠] 늙으면 다시 어린애가 된다고 하지 않습니까?

[햄릿] 틀림없이 배우들이 도착했다는 소식을 전하러 왔을 거야.

[폴로니어스] 왕자님께 소식을 가져왔습니다. 방금 배우들이 도착했습니다.

[햄릿] 그것 봐.

[폴로니어스] 최고의 명배우들입니다. 비극, 희극, 사극, 목가극, 목가 희극, 역사 목가극, 비극적 사극 뭐든 다 잘합니다. 세네카도 무겁게 다루지 않고 플로터스도 가볍게 다루지 않고 창작의 규율을 깨지도 얽매이지도 않는 유일한 배우들입니다.

(배우 4~5명 등장)

[햄릿] 아, 저기 배우들이 오는군. 어서 오게. 반갑네. 자네는 콧수염을 새로 길렀군. 나와 겨뤄볼 생각인가? 아가씨도 함께 왔군. 그러고 보니 지난번보다 구두 뒷굽만큼 천당에 더 가까워졌군. 지금 당장 한 대목 들어볼까? 이왕이면 열정적인 대사를 들어봅시다.

[배우 1] 어떤 대사를 원하십니까?

[햄릿] 전에 들었던 대사인데 공연이 되었는지 모르겠군. 워낙 수준이 높아 대중성은 없었으니까. 나뿐만 아니라 나보다 안목이 높은 분들도 모두 칭찬했지. 훌륭한 작품이야. 품격을 지키면서 재치도 있었고 억지로 멋을 부리려는 흔적도 없고 감정에 치우치지도 않았어. 그중 내가 좋아하는 대목은 아이네이아스가 디도에게 하는 말인데 프리암의 살해에 대한 대목이었어. 아직도 기억한다면 거기서부터 시작해볼까. 잠시만. 나도 생각이 나네.

히르카니아의 호랑이처럼 사나운 피루스여!

아냐, 이게 아니지.

사나운 피루스여! 그 음험한 흉계를 품고 목마 뱃속에 숨어들더니 이제 그 검은 얼굴에 온통 붉은 피를 칠했구나. 아비와 어미와 딸과 아들들의 피를 묻히고 불바다가 된 거리를 누비며 지옥의 사자로 돌변한 피루스는 늙은 프리암 왕을 찾아 헤매는구나.

자, 이제 자네 차례일세.

[폴로니어스] 왕자님, 매우 훌륭하십니다. 배우 못지않으십니다.

[배우 1] 그때 피루스는 그리스군을 맞닥뜨려 무기력하게 낡은 검을 땅에 떨어뜨린 프리암을 발견하고 맹렬히 돌진하니 노왕은 일격에 그의 칼에 쓰러지고 마침내 트로이성은 어이없이 함락되고 말았다.

[햄릿] 자, 다음은 트로이의 왕녀 헤쿠바의 비참한 운명의 대목으로 넘어가지.

[배우 1] 누가 이 숨 막히는 왕녀를 보았는가. 맨발로 불길 속을 한 조각 담요만 걸친 채 공포에 떨며 헤매는 광경을 본 사람이라면 어찌 운명의 여신을 원망하지 않으랴. 피에 굶주린 피루스의 무자비한 검이 남편의 사지를 난도질하는 처참한 광경에 비명지르는 헤쿠바를 보았다면 무심한 신들도 눈물 흘리고 가슴 메이진 않았으리라.

[폴로니어스] 저런, 표정까지 바뀌며 눈물을 흘리지 않는가. 이제 그만하게.

[햄릿] 잘했네. 나머지는 나중에 듣도록 하지. 그럼 이 배우들에게 편한 숙소를 마련해주시오. 배우들이야말로 이 시대의 산 증인이니 잘 대접하시오. 훗날 죽어 나쁜 평판을 듣기보다 살았을 때 사람들의 구설수에 오르지 않는 게 현명할 거요.

[폴로니어스] 알겠습니다. 자, 모두 가세.

[햄릿] 자, 그럼 내일 공연 때 보세.

(폴로니어스와 배우들 퇴장. 배우 1만 남는다.)

[햄릿] 자네는 잠시 나 좀 보세. 그대는 '곤자고의 살해'를 연기할 수 있겠나?

[배우 1] 물론입니다.

[햄릿] 그럼 내일 그걸 공연하세. 내가 몇 줄 새로운 대사를 써주면 그걸 삽입해 연기할 수 있겠나?

[배우 1] 할 수 있습니다.

[햄릿] 그럼 됐네. 저 양반을 따라가게. 하지만 그분을 놀리진 말게.

(배우 1 퇴장)

[햄릿] 자, 그럼 내 친구들도 오늘은 이만 헤어지세. 엘시노어에 온 것을 환영하네.

[로젠크란츠] 감사합니다.

[길덴슈테른] 그럼 안녕히 주무십시오.

[햄릿] 잘 들어가게.

(로젠크란츠와 길덴슈테른 퇴장)

[햄릿] 이제 나 혼자 남았구나. 아, 이 못난 나 자신의 몰골이 한심하구나. 저 배우를 보라. 허구로 꾸며낸 극중 인물에 몰입해 저토록 감정을 토해내다니. 눈에는 눈물을 글썽이며 안색까지 창백해져 목소리와 몸짓까지 상상 속에 빠져들다니. 헤쿠바와 저는 아무 상관도 없는데. 헤쿠바를 위해 눈물을 흘릴 아무 이유도 없지 않은가. 그가 나와 같은 동기를 가졌다면 눈물을 폭포수처럼 쏟고 귀를 찢는 열변을 토하지 않았을까? 그런데 나는 뭐란 말인가? 무기력하게 백일몽에나 취한 한심한 비겁자. 왕의 지위와 가장 소중한 목숨까지 빼앗긴 부왕을 위해 아무 말도 못하는 나는 진정 비겁자인가? 누가 나를 악당이라고 부르는가? 누가 내 머리를 때리고 내 수염을 뽑아 얼굴에 붙여 대고 내 코를 잡아 비트는가? 누가? 빌어먹을! 그렇게 해도 할 말이 없구나. 나는 쓸개빠진 한낱 비겁자인가? 내게 조금이라도 용기가 있었다면 이 개자식의 더러운 살코기로 하늘을 떠도는 솔개미의 주린 배를 채워주고도 남았을 것이다. 이 더럽고 사악하고 비열하고 무자비한 악당아! 복수의 칼을 받아라! 그래, 죄지은 자는 연극을 보다가 문득 어느 장면에서 자기도 모르게 죄를 고

백한다고 하지 않던가. 살인은 입이 없어도 신기한 방법으로 말하지. 이 배우들을 시켜 내 아버지의 피살과 비슷한 장면을 연기해 숙부에게 보여주자. 나는 그의 표정을 예의주시하다가 주춤하는 기색이라도 보일 때는 주저할 것 없다. 내가 만난 유령은 어쩌면 악령일 수도 있다. 악령은 나처럼 우울증에 걸려 허해진 틈을 타 사람 마음을 현혹하며 마침내 저주에 빠뜨릴 수도 있다. 그러니 유령의 말만 믿을 수는 없다. 연극이 곧 해법이다. 연극을 통해 숙부의 양심을 들여다보자.

(햄릿 퇴장)

2막 2장 분석

거트루드는 로젠크란츠와 길덴슈테른에게 보내는 첫 마디에서 그녀와 클로디어스가 햄릿의 이익을 위해 둘을 덴마크로 초대했음을 암시한다. 클로디어스는 숨은 동기가 있을지 모르지만 거트루드는 햄릿이 그들에 대해 품은 우정과 존경 때문에 로젠크란츠와 길덴슈테른에게 연락해 그들을 법정에 데려오겠다고 주장한 사람이다. 연극의 이 시점에서 클로디어스와 거트루드는 두 독일인을 법정에 소환했을 때 햄릿의 복수를 염두에 두고 있었다고 합리적으로 추측할 수 있다.

그러나 클로디어스는 로젠크란츠와 길덴슈테른을 열렬히 환영하고 '햄릿의 변신'에 심각한 우려를 표하면서 모든 시선이 자신에게 쏠리는 것을 다시 한번 느낀다. 셰익스피어는 클로디어스가 로젠크란츠와 길덴슈테른을 법정에 소환했을 때 햄릿의 복수 외에는 아무것도 염두에 두지 않았다는 암시를 하지 않지만 독자는 클로디어스가 자기 홍보를 염두에 두지 않고는 아무것도 하지 않는다는 것을 알고 있다.

햄릿의 고통을 다시 보고하라는 그의 지시는 1장에서 레어티스에 관한 폴로니어스의 레이날도에 대한 지시를 반영한다. 폴로니어스와 클로디어스는 모두 상속인을 대할 때 불신과 속임수를 나타낸다. 로젠크란츠와 길덴슈테른이 왕과 왕비의 명령을 따르기로 진심으로 동의하자 거트루드는 '왕의 기억에 걸맞게 그런 감사'를 받을 거라고 약속한다. 클로디어스는 거트루드도 성공적으로 속여 햄릿 왕자를 사랑한다고 설득했다.

폴로니어스가 클로디어스의 노르웨이 대사인 코넬리어스와 볼테만을 안내하자 노인은 거트루드와 클로디어스가 알 수 없는 햄릿 경에 대해 알고 있다는 약속으로 왕을 유혹한다. 그는 대사가 떠날 때까지 아무 정보도 발설하는 것을 거부하지만 자신의 '발견'에 흥분을 불러일으킨다. 아들에 대한 깊고 과잉보호적인 사랑에만 동기를 부여받은 거트루드는 폴로니어스의 도움 능력에 회의적이다.

거트루드는 햄릿에 대한 관심과 감수성을 표현한다. 그녀는 그의 세계가 산산조각나고 재정렬된 것을 발견하기 위해 덴마크로 돌아왔을 때 그가 경험한 트라우마를 완전히 이해한다. 햄릿을 염탐하고 노인이 딸로부터 압수한 사적인 편지를 폭로해 그를 함정에 빠뜨리려는 폴로니어스의 계획은 거트루드를 기쁘게 하지 않았다. 그녀의 아들의 복수는 국정보다 훨씬 중요하다. 그러나 거트루드는 폴로니어스의 계획에 동의하는데 햄릿의 광기가 단순히 짝사랑에서 비롯된 것이라는 희망을 주었기 때문이다.

노인은 분명히 거트루드를 동요시키고 거트루드는 그에게 '더 많은 물질과 더 적은 예술'이라는 실질적인 것을 공개할 것을 촉구한다. 그러나 폴로니어스의 보고서는 마침내 그녀를 이기고 그녀는 햄릿을 염탐하려는 폴로니어스의 계획에 동의한다. 또 다른 속임수는 계획적이고 미리 준비된 것으로 폴로니어스의 또 다른 '딱따구리를 잡기 위한 샘'이다.

거트루드와 오필리아가 자신을 함정에 빠뜨리려는 계획에 연루되었다는 것을 안 햄릿은 여성에 대한 불신을 키워갔다. 햄릿은 명백한 광기 상태에 들어간다. 그러나 표면적으로는 절망에 미친 것처럼 보이는 햄릿은 폴로니어스의 제한된 재치를 혼란스럽게 하는 말로 교묘하게 되받아 칠 만큼 날카롭다. 햄릿은 노인을 생선장수라고 부르는데 이 용어는 이중 엔텐드레가 만연하다. '물고기'는 여성에 대한 색다른 암시였기 때문에 '생선 판매자'는 여성의 호의를 파는 사람들, 즉 포주였다.

햄릿은 정직이라는 주제에 대한 슬픈 냉소주의로 예리한 말장난을 보여준다. "솔직히 말해 이 세상이 진행되는 것처럼 만 명 중 한 명이 선택되는 겁니다." 그러나 그는 폴로니어스에게 자신이 합리적이지 않다는 것을 분명히 확신시킨다. "때때로 그의 대답은 얼마나 임신했는지! 종종 광기가 부딪히는 행복, 이성과 온전함이 그렇게 번영할 수 없는 행복." 그리고 다시 폴로니어스가 나가자마자 햄릿은 "이 고리타분한 바보들"이라는 자신의 진정한 이성을 드러낸다. 그는 폴로니어스가 걱정해야 할 유일한 노인이 아니라는 것을 안다.

로젠크란츠와 길덴슈테른이 돌아오고 햄릿은 다시 한번 그의 기민함을 해명한다. 그는 자신의 '훌륭한 좋은 친구들'을 조종해 그들이 파견되었다는 것을 인정하게 만든다. 그는 행운을 창녀라고 부르며 운과 운명을 살 수 있다고 주장한다. 우정처럼. 그는 그들의 방문의 이중성을 알고 있음을 증명한다. 그는 꿈의 본질과 인간 존재의 역설에 대한 명쾌한 담론을 통해 마음의 존재를 더 분명히 한다.

감옥 이미지가 이 장면을 둘러싸고 있다. 그는 "세상은 거대한 감옥이다."라고 말한다. "그렇다면 세계는 하나가 되어야 한다."라는 로젠크란츠의 반박에 햄릿은 덴마크가 "최악의 감옥"이라고 주장하며 단언한다. 햄릿이 자신의 곤경을 인식하는 우울한 명확성은 그가 지니는 숨막히는 치정의 현장을 상기시켜 준다. 그러나 폴로니어스가 플레이어의 도착을 알리고 햄릿이 폴로니어스의 빈약한 인식에 쐐기박듯 기만된 행위를 불어넣자 폴로니어스는 오필리아의 거부가 햄릿의 광기의 원인이라고 결론짓는다.

플레이어가 헤쿠바의 공포를 표현한 후 햄릿은 자신의 딜레마의 핵심을 자신에게 설명한다. 그는 자신의 삶을 드라마를 연기하는 배우에 비교하지만 움직이지 않는 우울한 상태를 극복하려는 동기를 찾을 수 없다. 그는 말과 행동에 대한 생각에 갇혀 앞으로 나아가는 것을 두려워한다. 가상인물인 피루스로 연기하는 배우는 아버지의 살인자를 죽이기 위해 움직인다. 여성의 비애에 대한 동화를 이야기하는 배우는 진정한 감정을 표현할 수 있다. 햄릿은 살해당한 아버지의 복수를 위해 천국과 지옥에서 촉발된 배우이지만 그의 예술에 대해 교육받지 못하고 결과에 대한 두려움 때문에 주저한다. 그의 판단력은 그의 감정을 억누른다. 그는 거트루드를 동정하거나 그녀의 명예를 지키기 위해 유령의 지시를 따를 수 없다. 그의 끊임없는 말장난은 그를 쇠약하게 만든다. "내가… 창녀처럼 내 마음을 말로 풀어야 한다." 그러나 그는 말의 사람이기 때문에 왕을 공격하려는 계획에서 연극의 말을 먼저 사용한다.

햄릿은 왕의 양심이 그를 유죄로 판결하도록 연극을 조작해 왕을 함정에 빠뜨리려는 계획을 밝히면서 장면을 끝낸다. 이번에는 계획적인 이중성이 햄릿을 지탱하게 한다. 거짓 친구와 모호한 사랑에 둘러싸인 햄릿은 무대의 정직한 속임수를 사용해 진실을 밝힐 기회임을 깨닫는다.

HAMLET

3막 1장

Act Ⅲ, Scene I

"사느냐 죽느냐! 이것이 문제로구나."

_햄릿

● 다음 날 궁중의 어느 방

(왕, 왕비, 폴로니어스, 오필리아, 로젠크란츠, 길덴슈테른 외 몇몇 중신들 등장)

[클로디어스] 왕자가 미친 행동을 하는 원인을 결국 알아내지 못했단 말이냐?

[로젠크란츠] 왕자님도 스스로 정신이 산란해졌다고 고백하시면서 그 원인은 끝내 입을 다무셨습니다.

[길덴슈테른] 저희가 왕자님 상태를 물으면 슬그머니 말머리를 돌려 실성을 가장해 회피하셨습니다.

[거트루드] 그대들에게 친절히 대해주던가요?

[로젠크란츠] 매우 친절히 대해주셨습니다.

[길덴슈테른] 저희들 질문에는 흔쾌히 답해주셨지만 내켜 하시진 않았습니다.

[거트루드] 어떤 여흥이라도 권해보았나요?

[로젠크란츠] 때마침 배우들이 도착했다는 소식을 전하자 왕자님께서는 매우 기뻐하셨습니다. 오늘 밤 궁전에서 그들이 공연할 예정이라고 합니다.

[폴로니어스] 맞습니다. 왕자님께서는 두 분 폐하께서도 함께 관람해주실 것

을 말씀드려 달라고 부탁하셨습니다.

[클로디어스] 기꺼이 관람하겠소. 햄릿이 그런 것에 마음을 쏟는다니 반갑구려. 그대들도 왕자를 부축해 이런 유쾌한 일에 더 빠져들게 하라.

[로젠크란츠] 명심하겠습니다.

(로젠크란츠와 길덴슈테른 퇴장)

[클로디어스] 왕비께서도 잠시 자리를 비켜주시오. 사실 햄릿을 여기로 은밀히 불러 우연인 척 오필리아와 만나도록 유도했소. 그리고 우리 둘은 숨어 그들이 만나는 광경을 살펴보고 왕자의 실성이 진정 사랑 때문인지 확인해 볼 참이오.

[거트루드] 뜻대로 하세요. 그리고 오필리아! 네 아름다움이 햄릿이 실성한 원인이었으면 좋겠구나. 그래서 너로 인해 햄릿이 다시 원래 모습으로 돌아온다면 너희 둘을 위해서도 좋은 일 아니냐?

[오필리아] 저도 그렇게 되길 바랍니다.

(왕비 퇴장)

[폴로니어스] 오필리아! 그럼 우리는 숨어 있을 테니 여기서 책을 읽으며 혼자 서성이고 있거라. 책을 읽고 있으면 혼자 있어도 이상해 보이지 않을 것이다. 폐하! 왕자님께서 오시는 소리가 들립니다. 어서 피하십시오.

(왕과 폴로니어스 퇴장. 이어서 햄릿 등장)

[햄릿] 사느냐 죽느냐! 이것이 문제로다. 알 수 없는 운명의 돌팔매를 견딜 것이냐, 고난의 바다에 맞서 싸우다가 허우적대며 죽을 것이냐. 죽는 것은 잠드는 것. 잠들면 마음의 고통과 육체의 숱한 성가심도 사라지는 것. 그야말로 진정 바라던 것 아니냐? 그런데 잠들면 꿈을 꾸겠지. 여기서 걸리는구나! 육

햄릿과 오필리아
오필리아를 사랑하는 햄릿은 미친 척해 그녀를 혼란스럽게 한다.

체의 짐을 벗었을 때 이 죽음의 잠 속에서 무슨 꿈을 꿀지 그게 두려워 구차한 삶이나마 질질 끄는 게 아닌지. 그게 아니라면 단칼에 끝낼 목숨을 굳이 연명해가며 누가 세월의 채찍질과 독재자의 압정을 견디며 버림받은 사랑의 아픔을 삼키고 관리의 오만과 재판 지연과 온갖 하찮은 자들의 발길질을 참아낼 것인가? 그러나 죽음 뒤에 찾아올 가보지 않은 미지의 나라, 아무도 돌아온 적 없는 그 나라에 대한 두려움이 우리의 의지를 꺾고 비굴한 현세의 삶을 견디게 하는 것이다. 이런 생각이 우리를 비겁하게 만들고 결국 파리한 사색 앞에 건강한 의지는 무릎 꿇고 행동을 저버리게 되는 것 아닌가? 잠시만, 오필리아! 내 요정, 당신의 기도 속에 내 죄를 묻어주오.

[오필리아] 내 주님, 저는 당신의 기억을 갖고 있습니다. 나는 당신이 지금 그들을 받아들이길 기도합니다. 그동안 왕자님께서는 안녕하셨어요?

[햄릿] 그럼. 잘 지냈지.

[오필리아] 그동안 제게 주신 선물들을 오래전부터 돌려드리려고 간직해 왔는데 받아주세요.

[햄릿] 나는 아무것도 준 게 없는데. 한때 당신에게 사랑을 준 적은 있지.

[오필리아] 저도 그런 줄로 알았어요.

[햄릿] 내 말을 믿지 말았어야 했어. 나는 당신을 사랑하지 않았소.

[오필리아] 그럼 제가 속았군요.

[햄릿] 오필리아! 왜 수녀원으로 가지 않소? 왜 죄 많은 인간을 낳으려는 것이오? 나도 특별히 고약한 인간은 아니지만 어머니가 차라리 나를 낳지 않았길 바랐던 적도 많았소. 도대체 나 같은 인간이 무엇 때문에 하늘과 땅 사이를 기어 다닌다는 말이오? 우리는 모두 악당이오. 아무도 믿지 말고 어서 수녀원으로 가시오. 아버님은 어디 계시오?

[오필리아] 댁에 계십니다만.

[햄릿] 그럼 밖에 나다니며 바보 같은 짓거리 하지 말고 문 닫고 집안에 처박

혀 있으라고 하시오.

[오필리아] 오, 하느님! 저분을 보살펴 주소서!

[햄릿] 군이 결혼하려거든 지참금 대신 내 악담을 하리다. 당신이 얼음처럼 정숙하고 눈처럼 순결하더라도 비난을 면치 못할 것이오. 그러니 수녀원으로 가시오. 잘 가시오. 그런데도 군이 결혼하려거든 차라리 바보와 결혼하시오. 똑똑한 자는 머지않아 마누라가 바람피우다가 들통날 테니. 그러니 어서 수녀원으로 가시오. 그것도 빨리. 그럼 잘 가시오.

(퇴장)

[오필리아] 오, 고귀한 심성을 가지신 분이 저렇게 무너지다니! 귀족답고 무인답고 학자다운 눈매와 말씨와 행동으로 이 나라의 주인이 되어 모든 이가 떠받들 분이 어찌 이토록 추락할 수 있단 말인가? 그리고 내 모양은 또 무엇인가? 한때 그분의 달콤한 맹세의 꿀을 먹고 행복에 취했던 내가 세상에서 가장 비참한 여인이 되고 말았구나. 거칠고 탁한 소리를 내는 깨진 종처럼 그 탐스럽던 젊음이 한순간 미쳐버리다니! 그 처절한 광경을 이 두 눈으로 지켜보다니!

(왕과 폴로니어스 등장)

[클로디어스] 사랑 때문이라고? 그 아이는 사랑 따위에 빠져 있지 않아. 말은 다소 조리 없어도 미친 건 아냐. 마음속에 뭔가를 숨기고 있어. 그게 튀어나오면 위험해. 그걸 막으려면 서둘러야 해. 밀린 조공을 독촉한다는 명분으로 당장 영국으로 보낼 생각이오. 바다 건너 이국의 색다른 풍물을 접하다 보면 마음속에 맺힌 것들도 풀리지 않을까? 어찌 생각하오?

[폴로니어스] 좋은 생각이지만 소신은 여전히 왕자님이 실성하신 원인이 이루지 못한 사랑 때문이라고 생각합니다. 왜 그러느냐? 오필리아! 말할 것 없다.

얘기는 다 들었다. 어쨌든 폐하 뜻대로 하시되 오늘 밤 연극이 끝난 후 왕자님을 왕비 전하와 단 두 분만 만나시게 해 속마음을 들어보면 어떻겠습니까? 허락하시면 신은 숨어 두 분의 대화를 엿듣겠습니다. 그럼에도 아무것도 알아낼 수 없다면 그때는 영국으로 보내든 어디에 유폐시키든 폐하 뜻대로 하소서.

[클로디어스] 그럽시다. 한 나라의 왕자의 광기를 방관할 수는 없소.

(둘 다 퇴장)

▌3막 1장 분석

클로디어스의 입문 연설은 그의 성격의 두 가지 매우 중요한 측면을 보여준다. (1) 햄릿이 그에게 가하는 위협이 커지고 있음을 알고 있고 (2) 그가 절대적으로 통제하고 결정적인 행동을 할 수 있다는 것이다. 그는 행동이라는 개념 자체에 완전히 무력화되는 햄릿과 극명한 대조를 이룬다. 클로디어스는 알면 알수록 더 많이 계산하고 행동한다. 햄릿은 알면 알수록 더 많이 생각하고 말을 건넨다. 햄릿의 '격동의 광기'는 둘 다 위험에 빠뜨린다.

등장 인물들은 두 가지 더 계획된 함정을 꾸민다. 첫째, 클로디어스는 로젠크란츠와 길덴슈테른을 보내 스파이 활동을 계속 하게 한다. 둘째, 폴로니어스와 클로디어스는 오필리아가 대결을 벌이도록 음모를 꾸미고 햄릿은 클로디어스와 폴로니어스가 염탐하는 동안 오필리아에게 자신을 드러낼 것이다.

클로디어스는 고문당한 조카를 깊이 걱정하는 것처럼 보이지만 죄책감을 고백한다. 클로디어스는 자신의 범죄의 깊이를 점점 드러내는 동시에 인간의 오류를 폭로함으로써 동정심(악의 역설)을 불러일으킨다. 그는 그들이 악마를 설탕으로 칠할 수 있다는 폴로니어스의 비난에서 자신의 죄책감을 본다. "아, 그건 너무 사실이야." 클로디어스가 말한다. "그 말이 얼마나 내 양심에 채찍질을 주는가!" 창녀조차 칠하면 순진해 보일 수 있으므로 그의 추악한 행동은 미사여구로 흐려지면 명예로워 보인다. 아직도 그는 자신의 죄의 무게를 느낀다. 클로디어스는 햄릿에게 강력한 적을 제시한다. 이제 둘은 인간의 상태에 대한 교활하고 민감한 이해를 드러냈다. 그들은 클로디어스가 정치 권력을 이용할 수 있는 이점을 제외하면 균등하게 일치한다.

이 장면에서 거트루드는 유령이 그녀를 클로디어스의 거미줄에 걸린, 사랑하는 어머니로 묘사한 것처럼 남아 있다. 그녀는 로젠크란츠와 길덴슈테른에게 우울한 아들을 즐겁게 해주려고 했는지 묻고 그녀는 오필리아에게 젊은 여성의 미덕이 햄릿을 다시 제정신으로 되돌릴 수 있기를 진심으로 바란다고 말한다. 오필리아는 여왕에게 대답하지 않고 관객은 거트루드가 어린 소녀의 경악의 불에 기름을 부은 것으로 추측할 수 있다.

햄릿은 들어오면서 "사느냐, 죽느냐?"라고 중얼거린다. 로버트 맥닐은 『영어의 이야기』에서 "햄릿이 '사느냐, 죽느냐? 그것이 문제로다.'라고 말할 때 그는 이어지는 모든 것을 한 문장으로 요약했다."라고 썼다. 많은 학자는 이 연설을 햄릿의 여러 실존적 선언문 중 하나로 간주한다(실존주의는 과거와 미래가 무형이라고 공언한다. 현재는 인간이 확신할 수 있는 전부다. 인간에게는 존재가 유일한 진실이다. 다른 모든 것은 아무것도 아니다).

이 독백에서 햄릿은 기본 전제를 주장함으로써 존재와 무의 아이디어를 탐구한다. 우리는 태어나 살다가 죽는다. 아무도 죽음으로부터 돌아와 보고

하지 않았기 때문에 우리는 죽음이 무엇을 예고하는지 모른다. 따라서 햄릿의 딜레마는 몇 가지 보편적인 인간의 질문을 요약한다. "우리는 우리의 운명에 영향을 미치려고 합니까? 우리는 큰 슬픔에 직면해 행동을 취합니까, 아니면 단순히 고통에 빠져 있습니까? 우리는 그들을 반대함으로써 우리의 고난을 끝낼 수 있습니까? 그 점을 어떻게 알 수 있습니까? 죽음의 본질은 무엇입니까? 우리는 죽으면 잠을 잡니까, 아니면 잠을 그쳐 쉼을 전혀 찾지 못합니까?"

햄릿은 죽음은 무(無)이며 죽음이 "육체가 상속받는 마음의 고통과 수천 번의 자연적인 충격을 끝내고 죽음이 생각하고 알고 기억하는 것을 끝내기를 희망합니다. 그러나 그는 죽음에서 삶 자체에 대한 나쁜 꿈, 두려움과 고통의 기억으로 무거운 꿈에 의해 끝없이 괴로워할 것을 두려워합니다. 궁극적으로 인간은 죽음을 두려워한다고 그는 말합니다. 우리는 양심이 우리를 영원히 괴롭힐까 봐 두려워합니다. 따라서 인간은 주로 죽음, 즉 위대한 미지의 죽음을 피하기 위해 고통과 부담이 있는 삶을 선택합니다. 그러나 죽음은 삶과 마찬가지로 피할 수 없으며 햄릿은 태어난 것에 대해 자신의 행운을 저주합니다."라고 말한다.

햄릿의 딜레마는 전체 독백의 기초가 된다. 그가 클로디어스를 죽인다면 그는 틀림없이 스스로 죽을 것이다. 햄릿은 자신이 죽을 준비가 되었는지 확신하지 못한다. 인생은 그가 아는 전부이며 그는 알려지지 않은 것을 두려워한다. 더욱이 그는 다른 인간을 죽음의 고통 속으로 보내는 책임을 질 준비가 되어 있지 않다. 그는 지금 밝혀진 살인에 대한 복수의 의무를 이해하고 유령의 고통에 대한 책임을 받아들이지만 클로디어스를 죽임으로써 아버지의 운명에 자신을 영원히 맡길 수 있다는 것을 알고 있다. 햄릿은 오필리아가 그녀의 책에 몰두하는 것을 보고 그의 이야기를 끝낸다. 그는 그녀에게 기도할 때 자신을 기억해달라고 간청한다. 그의 말에 깜짝 놀란 그녀는 그의 건강을 묻는 것으로 응답한다. 그녀는 즉시 회복해 지정된 연설을 시작한다. "내 주님, 저는 당신을 기억하고 있습니다. 나는 당신이 지금 그들을 받아들이길 기도합니다."

그들이 감시당하고 있다는 것을 알고 햄릿은 자신의 반응을 보이고 자신이 그녀에게 아무것도 주지 않았고 그녀를 사랑한 적도 없다고 주장한다. 그는 그녀에게 수녀원에 가라고 말하고 또 다른 이중 모욕으로 그녀를 짓밟는다. 개신교 엘리자베스 시대 세계에서 사람들은 '수녀원'이라는 단어를 '매춘 업소'의 완곡한 표현으로 사용했다. 그녀가 아버지와 클로디어스를 위해 일하고 있다는 것을 알고 햄릿은 오필리아를 매춘 혐의로 고발한다.

이제 햄릿은 연극의 나머지 모든 행동을 뒤집는 질문을 던진다. "당신의 아버지는 어디 있습니까?" 전에 그는 그녀에게 "당신은 정직합니까? 당신은 공정합니까?"라고 물었다. 그녀는 직접적인 대답을 하지 않았다. 이제 그는 아버지가 방에 있다는 것을 잘 알고 그녀에게 아버지가 어디 있는지 묻는다. 그녀는 "집에서 내 주님"이라고 거짓말한다. 햄릿은 분노에 휩싸인다. 그는 그녀를 두 얼굴이라고 부르며 그녀와 모든 여성이 가짜 얼굴을 그렸다고 비난한다. 그의 비난은 그녀를 경악시키고 그의 광기가 완전히 파괴적이라는 것을 확신한다.

햄릿의 질문에 대한 오필리아의 대답은 햄릿의 이야기를 비극의 끝으로 이끄는 힘으로 작용한다. 오필리아가 진실하게 대답했더라면, 아버지의 행방을 밝혔더라면 클로디어스가 아니라 햄릿과 동맹을 맺었더라면, 햄릿에 대한 사랑을 진정으로 믿었더라면 오필리아는 햄릿을 그의 짐에서 구했을 것이다. 연극은 비극이 아닌 로맨스였을 수도 있다. 그러나 여성의 기본적인 부정직에 대한 햄릿의 믿음을 확인한 오필리아는 "오, 하느님! 저분을 보살펴주소서!"라고 말하며 그녀의 운명과 햄릿의 운명을 동시에 봉인한다.

클로디어스와 폴로니어스는 깜짝 놀라 숨어 있다가 나온다. 클로디어스는 오필리아에 대한 햄릿의 사랑에 대한 폴로니어스의 주장을 여전히 의심한다. 게다가 클로디어스는 햄릿의 광기에 의문을 제기한다. 기만의 대가 클로디어스는 햄릿이 보이는 것과 달리 위험하다고 의심한다. 그는 왕자를 영국으로 추방할 계획을 세운다. 아마도 햄릿을 구하거나 여왕의 호의를 사기 위해 폴로니어스는 또 다른 함정을 획책한다.

3막 2장

Act Ⅲ, Scene Ⅱ

"병든 사슴은 가서 울어라. 성한 숫놈은 실컷 놀아라.
누군가는 잠자고 누군가는 지켜봐야 하는 것. 세상은 이렇게 굴러가는 것."
_햄릿

● 궁중 홀

(햄릿과 세 명의 배우 등장)

[햄릿] 대사는 내가 해 보인 것처럼 쉽게 말하라고. 악쓰고 외칠 바에는 시장 바닥 장사치를 부르는 게 나을 거야. 그리고 두 팔로 허공을 휘젓지 말고 아무리 격정적인 장면일지라도 부드럽게 절제하라는 말일세.

[배우 1] 알겠습니다.

[햄릿] 그렇다고 너무 기죽지 말고 자신의 분별력을 스승 삼아 동작에 어울리게 연기해야 해. 지나친 것은 금물이야. 연기의 목적은 예나 지금이나 변함없이 자연에 거울을 비추는 거야. 그러니 지나치거나 잘못된 연기는 때로는 무식한 관객들이 좋아할지 몰라도 식견 있는 관객의 눈살을 찌푸리게 한다네. 그 관객 한 명이 나머지 모든 관객보다 중요하지.

[배우 1] 저희는 그런 점은 많이 고쳤습니다.

[햄릿] 더 철저히 고쳐야지! 자, 이제 들어가 준비하게.

(배우들 퇴장. 폴로니어스, 로젠크란츠, 길덴슈테른 등장)

[햄릿] 어서 오시오. 폐하께서도 오늘 밤 연극을 보신답니까?

[폴로니어스] 왕비 전하께서도 곧 나오실 겁니다.

[햄릿] 그럼 배우들에게 곧 준비하라고 이르시오.

(폴로니어스 퇴장)

[햄릿] 자네들도 들어가 준비를 서둘게.

[로젠크란츠와 길덴슈테른] 그러겠습니다.

(둘 퇴장)

[햄릿] 반갑네, 호레이쇼.

(호레이쇼 등장)

[호레이쇼] 부르심을 받고 왔습니다.

[햄릿] 자네는 지금까지 내가 만난 사람 중 가장 반듯한 사람이야.

[호레이쇼] 아니, 무슨 말씀을….

[햄릿] 입발린 소리가 아닐세. 자네는 반듯한 생각 외에는 없는 사람이야. 그런 사람에게 입발린 소리에 내가 얻을 게 뭔가? 오늘 밤 왕 앞에서 연극을 한다네. 그중 한 장면은 이미 말한 대로 돌아가신 선왕의 최후와 비슷하다네. 그 장면이 나오면 왕의 반응을 잘 살펴보게. 왕의 감춰진 죄악이 모습을 드러내지 않는다면 우리가 본 유령은 악령일 뿐이네. 그러니 잘 살펴보게. 나도 왕의 표정에서 눈을 떼지 않겠네. 그러고서 우리 둘의 의견을 모아 판단하세.

[호레이쇼] 잘 알겠습니다. 두 눈 부릅뜨고 지켜보겠습니다.

(나팔 소리가 울리고 트럼펫과 북이 들어온다. 덴마크식 행진곡. 왕, 왕비, 폴로니어스, 오필리아, 로젠크란츠, 길덴슈테른과 기타 대신들, 시종들, 왕 호위병들이 횃불을 들고 등장)

[햄릿] 연극을 보러 오는군. 지금부터 나는 실성한 척 딴청부릴 테니 자네도 어서 자리를 잡게.

[클로디어스] 우리 햄릿 왕자는 어찌 지내느냐?

[햄릿] 카멜레온처럼 공기를 먹으며 잘 지내고 있습니다. 게다가 헛된 약속으로 배가 터질 지경입니다.

[클로디어스] 동문서답이로구나.

[햄릿] 우문현답은 아니고요? (폴로니어스에게) 대신께서는 대학에서 연극을 했다고 했지요?

[플로니어스] 그렇습니다. 꽤 괜찮은 배우라는 평을 들었습니다.

[햄릿] 어떤 배역을 맡았나요?

[플로니어스] 율리우스 시저 역을 한 적이 있습니다. 브루투스에게 살해당하는 역입니다.

[햄릿] 그런 어리석은 늙은이를 죽이다니 브루투스는 잔인한 인간이요. 배우들은 준비되었나?

[로젠크란츠] 네, 왕자님. 분부만 기다리고 있습니다.

[거트루드] 햄릿! 내 옆에 앉지 그러니?

[햄릿] 아닙니다, 어머니. 여기 더 끌리는 데가 있어요.

[플로니어스] (왕에게 독백) '저것 보십시오. 들으셨죠?'

[햄릿] 아가씨! 무릎에 좀 누워도 될까?

[오필리아] 오, 안 돼요.

[햄릿] 머리만 좀 올려놓겠다는데.

[오필리아] 네, 그러세요.

[햄릿] 왜? 내가 상스러운 짓이라도 할 줄 알았나?

[오필리아] 그런 생각은 안 했는데요.

[햄릿] 처녀 다리 사이에 눕는 건 기분 좋은 일이거든.

[오필리아] 뭐가요?

[햄릿] 아무것도 아니오.

[오필리아] 왕자님! 오늘은 쾌활하시네요?

[햄릿] 내가?

[오필리아] 네.

[햄릿] 그야 나는 어릿광대니까. 남자가 쾌활해야지. 안 그러면 되나? 저기 보라고. 내 어머니의 쾌활하신 모습 말이야. 아버지가 돌아가신 지 2시간도 안 지났는데.

[오필리아] 2시간이라뇨? 두 달의 배도 더 지났는데요.

[햄릿] 그렇게 오래되었나? 그렇다면 이 시커먼 상복은 벗어 던져야겠군. 벌써 두 달이나 지나다니. 아니, 그 배라고 했는가?

(서막 배우 등장)

[서막 배우] 오늘 저녁 저희 극단이 보여드릴 비극 작품을 너그러운 마음으로 끝까지 지켜봐 주시길 간곡히 바랍니다.

(퇴장)

[햄릿] 아니, 이게 서막의 전부인가?

[오필리아] 너무 짧아요.

[햄릿] 여자의 사랑만큼이나.

연극이 펼쳐지는 내실.
연극이 펼쳐지는 가운데 햄릿이 왕과 왕비의 표정을 살피는 장면이다.

(왕과 왕비 역의 두 배우 등장)

[배우-클로디어스] 우리의 사랑이 만나 결혼의 신이 우리 두 사람의 손을 엮어 백년가약을 맺어준 이후 태양신의 마차는 서른 번이나 지구를 돌았고 달은 그 12배나 차고 기울었소.

[배우-거트루드] 우리의 사랑이 끝나기 전까지 해와 달은 그보다 긴 여행을 하고도 남을 거예요. 하지만 이를 어쩌랴? 폐하의 건강이 이전 같지 않아 자주 환우를 겪으시니 이 아니 걱정입니까? 하오나 폐하. 제 걱정을 괘념치 마옵소서. 자고로 여자의 사랑과 걱정은 늘 함께 하는 법. 사랑이 큰 만큼 걱정도 커지고 걱정이 많으면 사랑도 넘치는 것이옵니다.

[배우-클로디어스] 하지만 이 몸은 이미 말을 듣지 않아 머지않아 세상을 하직할 몸. 왕비는 뒤에 남아 이 좋은 세상에서 사랑과 존경을 받으며 새로 남편을 맞아….

[배우-거트루드] 오, 그만, 그만 하세요! 두 번째 남편을 맞느니 차라리 저주를 받겠어요. 첫 번째 남편을 살해한 부인이 아니고서야 어찌 두 번째 남편을 맞으리오?

[햄릿] (독백) '뼈아픈 말이로고!'

[배우-거트루드] 여자가 개가한다면 그것은 속된 욕심을 채우려는 것일 뿐 결코 사랑은 아니에요. 침상에 누워 두 번째 남편의 키스를 받는 것은 첫 번째 남편을 두 번 죽이는 일!

[배우-클로디어스] 왕비의 뜻은 가상하지만 아무리 굳은 결심도 깨질 수 있다오. 그것은 열매와 같아 익지 않은 동안 나뭇가지에 매달려 있지만 무르익으면 저절로 떨어지는 법이오. 세상에 변치 않는 것은 없듯이 우리의 사랑도 운명의 뒤바뀜에 따라 변할 수 있다오. 권세를 가진 자가 몰락하면 친구들도 흩어지고 가난한 자가 출세하면 원수도 친구가 되는 것이 세상 이치 아니겠소? 우리의 의지와 운명은 엇갈리기 쉬워 우리의 계획은 자주 차질을 빚는

다오. 생각은 우리 것이지만 결과는 우리 것이 아니라오. 그러니 왕비는 개가를 원치 않는다지만 첫 번째 남편이 죽고 나면 그 결심도 함께 죽을 수 있는 것이오.

[배우-거트루드] 대지가 먹을 것을 주지 않고 하늘이 빛을 주지 않더라도, 밤낮없이 즐거움과 휴식을 얻지 못하더라도, 믿음과 희망이 절망으로 바뀌더라도, 설령 평생 감옥에 갇혀 영어의 몸이 되어 비탄 속에서 삶을 마치더라도 이 몸은 폐하의 아내로만 살아갈 것입니다.

[햄릿] 저 결심이 얼마나 갈까?

[배우-클로디어스] 정말 굳은 결심이구려. 잠시 혼자 있게 해주오. 정신이 혼미해 잠시 잠을 청해야 할 것 같소.

[배우-거트루드] 편히 주무세요.

(배우 왕 잠든다.)

[배우-거트루드] 우리에게 불행이 떨어지는 일이 없기를!

(배우 왕비 퇴장)

[햄릿] 왕비 전하! 연극이 마음에 드시옵니까?

[거트루드] 극중 왕비가 너무 수다스럽구나.

[햄릿] 그래도 맹세는 지키지 않을까요?

[클로디어스] 햄릿은 줄거리를 미리 들었느냐? 혹시 거북한 장면은 없느냐?

[햄릿] 천만에요! 그저 농담일 뿐입니다. 농담 속에 독이 약간 들었을 뿐 거북할 일은 없을 겁니다.

[클로디어스] 이 연극의 제목이 무엇이냐?

[햄릿] '쥐덫'인데 물론 비유적인 제목이죠. 비엔나에서 발생한 살인 사건을 본떠 만든 것입니다. 곤자고라는 왕과 그의 부인 뱁티스타의 얘기인데 보시

면 아시겠지만 고약한 작품이죠. 그러나 폐하나 저같이 양심 바른 사람들과는 무관한 내용입니다.

(루시아누스 등장)

[햄릿] 이 자가 바로 왕의 조카 루시아누스입니다.

[오필리아] 왕자님은 명해설자세요.

[햄릿] 아무렴. 그대가 애인과 사랑을 나누는 인형극을 꾸민다면 내 기꺼이 해설을 맡지.

[오필리아] 왕자님, 입심이 너무 사나우세요.

[햄릿] 내 입심을 당하려면 그대의 처녀성을 바쳐야 할 걸.

[오필리아] 오, 한술 더 뜨시네요.

[햄릿] 결혼하고 나면 몇 술 더 떠야 할 걸. 자, 시작하라! 살인자여!

[루시아누스] 사악한 맘! 재빠른 손! 불치의 약! 절호의 기회! 아무도 보는 이 없는 이 시간. 한밤에 채취한 이 독초를 헤카테(마법과 주술의 여신)의 비법으로 세 번 말리고 세 번 삶아낸 너 치명적인 독약이여! 저 생명을 순식간에 빼앗아갔다오!

(배우가 왕의 귓속에 독약을 붓는다.)

[햄릿] 왕위를 찬탈하기 위해 정원에서 왕을 독살하는 장면입니다. 그의 이름은 곤자고. 훌륭한 이태리어로 쓰여 내려오죠. 이어서 저 살인자가 왕비의 사랑마저 빼앗고 맙니다.

[오필리아] 폐하께서 일어나십니다.

[햄릿] 아니, 공포 소리에 놀라셨나?

[거트루드] 폐하, 괜찮으십니까?

[폴로니어스] 연극을 중지하라.

[클로디어스] 불을 밝혀라! 비켜라!

[모두] 불을 켜라! 불을 켜라!

(햄릿과 호레이쇼만 남고 모두 퇴장)

[햄릿] 병든 사슴은 가서 울어라. 성한 숫놈은 실컷 놀아라. 누군가는 잠자고 누군가는 지켜봐야 하는 것. 세상은 이렇게 굴러가는 것. 어떤가? 이만하면 나도 배우짓해 먹고 살 수 있지 않을까?

[호레이쇼] 세 끼는 몰라도 두 끼는 드시겠습니다.

[햄릿] 호레이쇼! 나는 유령의 말을 천 파운드를 주고도 사겠네. 자네도 보았나?

[호레이쇼] 잘 보았습니다.

[햄릿] 독살 장면도?

[호레이쇼] 네, 똑똑히 보았습니다.

(로젠크란츠와 길덴슈테른 등장)

[길덴슈테른] 왕자님, 잠시 드릴 말씀이 있습니다.

[햄릿] 얼마든지.

[길덴슈테른] 폐하께서 저….

[햄릿] 그래서?

[길덴슈테른] 지금 안에 드셔서 몹시 언짢아하십니다.

[햄릿] 과음하셨나?

[길덴슈테른] 그게 아니라 화가 나셨습니다.

[햄릿] 저런! 그렇다면 의사에게 보여야 할 일 아닌가?

[길덴슈테른] 왕비 전하께서도 몹시 충격을 받으셨습니다.

[햄릿] 그것도 나 때문인가? 대단한 아들이로군. 제 어머니에게 충격을 드리다니! 그 후로 무슨 말씀이라도 계셨나?

[로젠크란츠] 주무시기 전 왕자님을 꼭 만나 하실 말씀이 있다고 하셨습니다.

[햄릿] 그렇다면 당연히 가 뵈어야지. 내게 또 다른 용건이라도 있나?

[로젠크란츠] 왕자님께서 요즘 우울해하시는 원인을 옛 친구인 저희에게 털어놓으실 수 없습니까?

[햄릿] 그야 내 앞길이 막막하니까.

[로젠크란츠] 막막하다뇨? 폐하께서 다음 왕위를 이으실 태자로 왕자님을 만천하에 공표하시지 않았습니까?

[햄릿] 자네는 '풀이 자라기도 전에 망아지는 굶어 죽는다.'라는 속담도 못 들었나?

(배우들이 피리를 들고 등장)

[햄릿] 이건 피리잖아? 어디 좀 볼까? 그나저나 자네들은 나를 왜 궁지로 몰아넣으려고 안간힘을 쓰는 거지?

[길덴슈테른] 저희가요? 혹시 직책상 무례한 점이 있었다면 용서하십시오.

[햄릿] 용서하지. 그 대신 이 피리 한 번 불어보지 않겠나?

[길덴슈테른] 저는 불 줄 모르는데요.

[햄릿] 어서 불어보라니까.

[길덴슈테른] 정말 불 줄 모릅니다.

[햄릿] 글쎄, 불어보라니까.

[길덴슈테른] 피리를 만져본 적도 없어요.

[햄릿] 아, 이건 거짓말보다 쉽다니까. 이 구멍을 손가락으로 막고 여기를 불면 이 구멍으로 기막힌 음률이 나온다니까.

[길덴슈테른] 저는 그런 음률을 만들 줄 모릅니다.

[햄릿] 자네는 나를 우습게 생각하는군. 나를 이 피리보다 얕잡아보는 건가? 내 어디선가 음률이 나올 걸 알고 나를 피리처럼 불면서 정작 이 피리는 불

줄 모른다? 자네는 나를 화나게 해도 나를 불지는 못할 걸.

(폴로니어스 등장)

[햄릿] 아, 어서 오시오.

[폴로니어스] 왕자님! 왕비 전하께서 지금 곧 뵙자고 하십니다.

[햄릿] 그런데 저기 낙타처럼 생긴 구름 보이시오?

[폴로니어스] 낙타라고요? 아, 네. 그럴 듯하네요.

[햄릿] 다시 보니 족제비를 닮은 것 같은데.

[폴로니어스] 등 모양은 족제비 같기도 하군요.

[햄릿] 아냐. 다시 보니 고래를 닮았군.

[폴로니어스] 맞습니다. 영락없는 고래군요.

[햄릿] 그럼 나는 어머니에게 가야겠군. (독백) '이 자들이 끝까지 나를 갖고 노는군.' 지금 곧 가겠소.

[폴로니어스] 그렇게 전해 올리겠습니다.

[햄릿] 곧 갈 테니 그대들도 돌아가시오.

(햄릿만 남고 모두 퇴장)

[햄릿] 밤이 깊었구나. 자, 이제 어머니에게 가자. 마음은 독하게 먹되 행동은 자제하자. 예리한 칼날은 보이되 쓰지는 않을 것이다. 혀끝은 매섭더라도 마음은 다잡아야지.

(퇴장)

3막 2장 분석

비평가들은 전통적으로 3막 2장을 햄릿에 대한 통찰력보다 셰익스피어의 연극 세계를 엿볼 수 있는 것으로 간주한다. 실제로 초반부는 셰익스피어가 배우의 직업을 해석하고 배우에게 기대했던 것과 관련 있다. 우리는 그가 선언적인 스타일보다 자연스러운 연기 스타일, 즉 플레이어가 지속적으로 큰 대사 읽기와 함께 과장된 동작과 같은 큰 제스처를 사용하는 연기 스타일을 옹호했다는 것을 알고 있다.

또한, 우리는 그가 배우들이 대본에서 방향을 잡으라고 주장했다는 것을 알고 있다. 그러나 연기에 대한 입문서 외에도 2장은 햄릿의 정신, 정서적 구성의 많은 것을 보여준다. 여전히 말에 갇혀 있고 무대, 연기, 외모에 둘러싸인 햄릿은 이제 잠시라도 자신의 세계를 지휘한다. 연극이 '자연에 비친 거울처럼' 되도록 하는 것은 클로디어스가 플레이어 킹의 살인적인 조카에서 자신의 모습을 보는 것을 놓치지 않도록 하는 것이 중요하다. 배우들이 '배우를 단어에 맞추지' 못한다면, '너무 길들여진' 것이거나 너무 잔인하다면, 클로디어스는 그 비극을 단순한 멜로 드라마로 일축할 수 있을 것이다. 배우들이 펼치는 '열정의 회오리'는 클로디어스의 감정을 뒤집으며 그의 양심은 그 시험을 놓일 것이다.

또한, 배우들에 대한 햄릿의 지시는 햄릿이 자신의 역할을 수행하고 그의 익살스러운 보복 준비가 얼마나 되어 있는지를 보여주는 역할을 한다. 햄릿은 배우의 감성을 분명히 갖고 있으며 공연을 판매하기 위해서는 배우가 그의 역할이 되어야 한다는 것을 안다. 햄릿의 정신에 대한 이 같은 통찰력은 사람들이 햄릿의 성격에 대해 자주 제기하는 질문의 답을 제공할 수 있다.

"그는 정말 미쳤습니까, 아니면 진정으로 행동하고 있습니까?" 이 장면은 햄릿이 자신의 역할을 너무 잘 수행해 역할에 빠져 자신이 가장하는 배우를 대표할 가능성을 확인시켜준다. 익살스러운 성향으로 시작된 것은 그의 절망적이고 진정한 자아가 된다.

우리는 세 번째 각도에서도 배우들에게 햄릿의 지시를 볼 수 있다. 기만과 배신의 세계에서 햄릿은 이성과 주의를 기울이고 맹목적인 열정에서 멀리 떨어져 있어야 할 필요성을 깨닫는다. 따라서 그는 자신의 무활동을 다시 정당화하고 아버지의 피살에 대한 복수에 대한 느린 접근 방식을 입증할 수 있다. 그는 이것이 아버지의 영이지 지옥에서 온 악마가 아니라는 것을 다시 한번 확신해야 한다. 따라서 그는 호레이쇼에게 계획을 알려 '열정의 노예가 아닌' 사람이 왕을 관찰하고 그의 반응을 확인하게 한다. 유령의 유효성을 확인하는 것이 중요하다. 그것이 악마임을 증명한다면 햄릿의 최악의 두려움은 정당화될 것이며 클로디어스는 흠이 없을 것이다.

햄릿은 오필리아 옆에 앉아 그녀의 무릎에 머리를 올려달라고 요청하는데 이는 공개적으로 비하하는 동시에 둘이 지금까지 지적된 것보다 친밀한 관계임을 보여준다. 오필리아는 그의 관심에 기뻐하는 것처럼 보이며 "당신은 즐겁습니다, 나의 주여!"라고 말한다. 햄릿의 냉소주의가 다시 나타나고 그는 어머니에게 다시 소심한 비난을 던진다. 다시 한번 그는 자신이 미쳤다는 것을 모든 사람에게 각인시킨다.

오필리아의 질문 "이것은 무엇을 의미합니까, 주님?"은 손님들이 멍청한 쇼를 기대하지 않았다는 사실을 보여준다. 멍청한 쇼는 햄릿의 첫 번째 작품 당시까지 비극보다 앞서지 않았으며 하나를 포함하려는 셰익스피어의 욕망은 비평가들을 당황시켰다. 아마도 셰익스피어는 극중에서 연극과 연극 간의 대조 강도를 높이는 데 필요한 이야기 요소를 명확히 했다고 생각했을 것이다.

멍청한 쇼의 이유가 무엇이든 실제 말하기 플레이가 이어지고 클로디어스는 플레이어 킹이 실제로 동생의 귀에 독을 부을 때까지 동요하지 않는다. 그런 다음 그는 드라마가 고조된 순간 벌떡 일어나 신하들이 그를 알아차린 후 "불을 켜주세요."라고 외친다. 왕은 햄릿의 쥐덫을 놓았다. 곤자고의 살인에 대한 클로디어스 자신의 혐오감이 그를 사로잡는다. 햄릿의 임무는 이제 의무가 된다. 그는 아버지의 죽음을 복수해야 한다는 것을 알 뿐만 아니라 호레이쇼도 알고 있고 이제 법원 전체가 전임 왕의 죽음에 대한 비밀을 의심할 수 있으므로 그의 행동은 사나이답지 않다. 햄릿은 단호하게 즉시 행동해야 한다.

그런데도 햄릿은 계속 말한다. 그는 로젠크란츠와 길덴슈테른과 함께 클로디어스의 왕위 계승 가능성에 대한 말을 쏟아낸다. 마침내 그는 거트루드를 찾아가기로 동의한다. 그러나 그는 가기 전 다시 말로 자세를 취한다. 그는 다른 자정(姿情, 모습과 정취)에 도달했고 그 마녀의 시간의 어두운 본질이 그를 피에 굶주리게 만들고 단호한 행동을 취하기를 원하게 만든다고 말한다. 그러나 청중은 더 잘 알고 있다. 햄릿은 행동할 준비가 아직 안 되어 있다.

햄릿의 짧은 독백은 종종 햄릿과 어머니의 관계에 대한 프로이트의 해석을 뒷받침하는 데 사용된다. 여기서 그는 자신의 작품을 말할 만큼 강하지 않을지 걱정하면서 부드럽게 그녀에게 가는 것을 이야기한다. "오, 마음이여! 네 본성을 잃지 말라!" 엘리자베스 멜로 드라마에서 전통적인 복수자의 언어로 자신의 감정을 평가한 햄릿은 마치 그녀가 그의 '오쟁이 진 남편(부정한 아내의 남편)'에게 기분을 상하게 하는 아내인 것처럼 대면하는 거트루드에게 주의를 돌린다.

3막 3장

Act Ⅲ, Scene Ⅲ

"내 억센 무릎아. 강철 같은 내 심장아.
갓난아기의 살결처럼 부드럽게 기도드리자. 부디 만사가 잘 풀리길."
_클로디어스

● 궁중의 어느 방

(기도용 책상이 놓여 있다. 복도 바깥쪽은 앞 널방이다. 왕과 로젠크란츠와 길덴슈테른 등장)

[클로디어스] 나는 이 아이가 싫다. 게다가 날이 갈수록 심해지는 광기를 이대로 방치할 수는 없는 일. 그대들에게 위임장을 써줄 테니 즉시 햄릿을 데리고 영국으로 떠나라.

[길덴슈테른] 곧 준비하겠습니다. 나라와 백성의 안위를 보살피셔야 할 폐하로서는 마땅한 조치라고 생각합니다.

[로젠크란츠] 저도 그렇게 생각합니다. 폐하의 한숨 소리는 곧 만백성의 신음입니다.

[클로디어스] 그럼 서둘러 준비하라.

[로젠크란츠와 길덴슈테른] 알겠습니다.

(퇴장. 폴로니어스 등장)

[폴로니어스] 폐하! 왕자님께서는 왕비 전하의 침소로 드십니다. 소신은 분

부대로 휘장 뒤에 숨어 엿듣겠습니다. 왕비 전하께서는 크게 꾸중하실 겁니다. 그러나 모자간 대화는 정에 치우칠 수도 있죠. 주무시기 전 돌아와 보고 드리겠습니다.

[클로디어스] 수고하시오.

(폴로니어스 퇴장)

[클로디어스] 오, 내 죄악의 악취가 하늘을 찌르는구나. 친형을 살해한 이 죄악을 기도로 씻을 수 있을까? 내 형의 피가 묻은 이 두 손을 하늘에서 내리는 빗물로 흰 눈처럼 하얗게 씻어낼 수는 없을까? 하나님의 자비는 죄를 용서하라고 있는 것 아닌가. 그럼 뭐라고 내 죄를 용서해달라고 빌지? 제가 저지른 악독한 살인을 용서해 주십시오. 이렇게? 그럴 수는 없지. 나는 내가 저지른 살인의 대가를 누리고 있지 않은가. 이 왕관과 야망과 왕비마저. 이것들을 고스란히 간직한 채 죄만 용서받을 수 있을까? 하기야 세상에는 부정한 수단으로 얻은 재물로 판사를 매수하는 일도 흔하지 않은가. 그러나 이것이 하늘에서도 통할까? 거기서는 속임수가 통할 리 없어. 그럼 어쩌지? 이러지도 저러지도 못하겠구나. 사방이 꽉 막혔어. 하지만 어찌하랴? 하늘의 천사여! 내 기도를 들어주소서! 구부려라. 내 억센 무릎아. 강철 같은 내 심장아. 갓난아기의 살결처럼 부드럽게 기도드리자. 부디 만사가 잘 풀리길.

(햄릿 등장)

[햄릿] 때마침 기도드리고 있구나. 지금이 절호의 기회다. 그런데 지금 해치우면 저 자는 천당에 갈 것이다. 그럼 그건 복수가 아니라 오히려 은총을 베푸는 것 아닌가? 아니다. 칼을 거두고 때를 기다리자. 술에 취해 곯아떨어지거나 추악한 간음의 침상에 눕거나 도박에 정신이 팔렸거나 욕설을 내뱉을 때. 그래서 구원의 여지 없이 지옥의 나락으로 굴러떨어질 때를 기다리자. 저

클로디어스를 암살하려는 햄릿
햄릿이 클로디어스를 암살하려다가 그가 기도하는 모습에 암살을 뒤로 미룬다.

자에게는 욕된 삶의 시간을 벌어주고 지금은 어머니에게 가자.

(퇴장)

[클로디어스] (일어서며) 기도의 말소리는 하늘로 올라가도 생각은 땅바닥에 주
저앉고 마는구나. 생각 없는 말이 하늘에 닿을 수는 없지.

(퇴장)

3막 3장 분석

장면 상단에서 클로디어스의 성격에 대한 모호함이 사라진다. 그는 햄릿
을 적으로 규정하고 그를 영국으로 보낼 음모를 꾸민다. 그는 폴로니어스와
공모해 햄릿을 다시 염탐한다. 그런 다음 잠들기 전 무릎을 꿇고 기도하면서
왕은 자신의 범죄의 깊이와 심각성을 고백한다. 그는 자신을 원초적 살인자
인 가인에 비유하며 자신이 하느님의 자비를 구할 수 없음을 인정한다. 클로
디어스는 자신은 왕위를 절대로 포기하지 않을 것이며 거트루드와 그의 권
력과 지위와 같은 모든 '내가 살인한 영향'을 포기하지 않을 것임을 알고 있
다. 그는 지옥에서 영원을 보낼 것을 기대한다.

왕이 햄릿에게 등을 보이고 무릎을 꿇자 햄릿이 들어온다. 왕은 고백하고
있을 거라고 알려준다. 고백 도중 햄릿이 왕의 목숨을 끊음으로써 정화된 왕
의 영혼은 하늘로 갈 수 있다. 햄릿은 왕을 지옥으로 보내기를 원했다. 그는
사람의 구원을 도둑질하는 부도덕에 대해 아무 문제가 없다. 햄릿은 클로디
어스 왕의 잔인함을 모방할 수 있다.

일부 비평가들은 햄릿이 말장난의 또 다른 자기기만에 다시 한번 동요한다고 믿는다. 사실 이 순간은 연극의 중추적 지점, 즉 진실의 순간을 나타낸다. 햄릿이 그의 말에 물러서지 않고 책임지고 행동했다면 그는 뒤이은 여섯 명의 죽음을 막았을 것이다. 가장 중요한 것은 비극적인 영웅이 피할 수 없는 최후를 맞지 않았을 수도 있다는 것이다. 물론 그러면 연극은 짧아지고 비극도 없었을 것이다. 햄릿이 여기서 클로디어스를 죽였다면 그는 무고한 사람을 살해한 맥베스와 더 비슷했을 것이다. 이 행동은 햄릿을 영웅이 아닌 악당으로 낙인찍을 것이다. 클로디어스는 햄릿의 성격을 보존하기 위해 살아남는다.

HAMLET

3막 4장

Act Ⅲ, Scene Ⅳ

"정숙의 은총을 벗어던지고 미덕을 위선이라고 부르며
순결한 사랑의 이마에 꽂은 장미를 빼 던지고 그 자리에 창부의 낙인을 찍고
결혼 서약을 도박꾼의 맹세로 둔갑시킨 행위를 무엇이라고 부르십니까?"
_햄릿

● 왕비의 내전

(왕비와 폴로니어스 등장)

[폴로니어스] 왕자님이 이리로 곧 오십니다. 단단히 타이르셔야 합니다. 도가
지나쳐도 한참 지나쳤고 왕비 전하께서 폐하의 노여움을 진정시키느라 무척
힘드셨다는 말씀도 하시면서 엄히 꾸짖으셔야 합니다.

[햄릿] (안에서) 어머니, 어머니, 어머니!

[거트루드] 염려 마세요. 물러가시오. 햄릿이 와요.

(폴로니어스가 휘장 뒤에 숨는다. 햄릿 등장)

[햄릿] 어머니! 무슨 일입니까?

[거트루드] 햄릿! 너는 네 아버님을 몹시 화나게 만들었구나.

[햄릿] 어머니! 어머님은 제 아버님을 몹시 화나게 만드셨습니다.

[거트루드] 아니, 그런 무례한 대답이 어디 있느냐?

[햄릿] 아니, 그런 무엄한 질문이 어디 있습니까?

[거트루드] 도대체 왜 이러느냐?

[햄릿] 도대체 왜 이러십니까?

[거트루드] 너는 나를 잊었느냐?

[햄릿] 한시도 잊을 리 있겠습니까? 어머님은 이 나라의 왕비이시고 어머님 남편의 남동생의 아내이십니다. 그리고 제 어머님이십니다.

[거트루드] 안 되겠다. 너와 대화할 수가 없구나.

[햄릿] 어디로 가십니까? 자리에 앉으십시오. 여기서 한 발짝도 못 가십니다. 어머님의 마음속 깊은 곳을 거울에 환히 비춰보시기 전에는 아무 데도 못 가십니다.

[거트루드] 무슨 짓을 할 셈이냐? 설마 나를 죽일 작정이냐? 거기 누구 없느냐? 아무도 없느냐?

[폴로니어스] (휘장 뒤에서) 거기 누구 없느냐? 아무도 없느냐?

[햄릿] (칼을 빼들며) 이건 뭐지? 웬 쥐새끼냐? 죽어라!

(휘장을 뚫고 칼을 찌른다. 폴로니어스 사망한다.)

[폴로니어스] 아, 나 죽는다!

[거트루드] 아니, 이게 무슨 일이냐?

[햄릿] 모르겠는데요. 왕인가요?

[거트루드] 이 무슨 잔인무도한 짓이냐?

[햄릿] 왕을 죽이고 그 왕의 동생과 결혼한 것보다 잔인무도한가요, 어머니?

[클로디어스] 왕을 죽였다고?

[햄릿] 분명히 그렇게 말했습니다.

(휘장을 걷고 죽은 폴로니어스를 바라본다.)

[햄릿] 쓸데없이 아무 데나 끼어드는 딱한 양반아, 잘 가시오! 그래도 이보다

커튼 뒤의 폴로니어스를 죽이는 햄릿
거트루드가 지켜보는 가운데 커튼 뒤에 숨은 인물을 햄릿이 죽이려는 장면이다.

는 나을 줄 알았는데. 그렇게 설치고 다니더니 이런 꼴을 당했구나. 어머니! 두 손은 쥐어짜시고 이제 편히 앉으시죠. 그 대신 제가 어머니의 가슴을 쥐어짜 드릴 테니까요. 쥐어짜 나올 게 있다면 말입니다. 어머니의 가슴이 철벽으로 만든 요새처럼 단단해 꿈쩍도 안 한다면 모르지만.

[거트루드] 내가 무슨 짓을 했다고 네가 감히 이토록 불손하게 주둥이를 놀리느냐!

[햄릿] 정숙의 은총을 벗어던지고 미덕을 위선이라고 부르며 순결한 사랑의 이마에 꽂은 장미를 빼 던지고 그 자리에 창부의 낙인을 찍고 결혼 서약을 도박꾼의 맹세로 둔갑시킨 행위를 뭐라고 부르십니까? 그 행위에 하늘이 등을 돌리고 온 세상이 토역질하는 것을 모르십니까?

[거트루드] 그 행위가 도대체 어쨌길래 네가 이렇게 광포하게 소란을 피우는 것이냐?

[햄릿] 보십시오. 여기 그리고 여기. 벽에 걸린 두 형제분의 초상화를 보십시오. 저 인자한 눈썹과 히페리온 같은 머리카락, 주피터의 이마, 군신 마르스처럼 부릅뜬 눈. 모든 신이 인간의 본보기로 빚어낸 형상을 갖춘 저분이 바로 어머니의 남편이셨습니다. 이번에는 이쪽을 보십시오. 현재의 남편이자 제 형을 병든 보리 이삭처럼 말려 죽인 인간입니다. 아니, 짐승입니다. 눈이 없으십니까? 아니면 뜨고도 못 보시는 겁니까? 저 아름다운 산에서 탐스러운 먹이를 구하지 못하고 왜 이 더러운 황야에서 쓰레기통을 뒤지시는 겁니까? 어머니 정도 나이라면 분별력도 있으련만 정말 눈이 먼 겁니까? 욕정이 있다면 감각도 있을 텐데 그 감각마저 마비되었나요? 감각이 없어도 눈만 있다면, 눈이 없어도 감각만 있다면, 눈과 손이 없어도 귀만 달렸다면, 그도 저도 다 없고 코만 있어도 그렇게 명청할 수는 없었을 겁니다. 하다못해 수치심마저 사라졌다는 말인가요?

[거트루드] 오, 햄릿! 그만해라. 내 영혼의 깊은 곳이 들여다 보이는구나. 거기

에 씻을 수 없는 얼룩이 져 있구나.

[햄릿] 씻긴커녕 더러운 땀냄새로 찌든 침대 속에서 음탕한 쾌락에 실컷 취하시죠.

[거트루드] 제발 그만해라. 네 말이 비수처럼 폐부를 찌르는구나.

[햄릿] 살인자! 악당! 선왕의 발바닥도 못 쫓아갈 어릿광대 임금이 남의 자리를 도둑질해 제 뱃속을 채우다니!

[거트루드] 제발!

(유령 등장)

[햄릿] 오, 천신들이여! 그대들의 날개 속에 나를 보호하소서! 웬일로 여기까지 왕림하셨나요?

[거트루드] 정말 미쳤구나!

[햄릿] 당신의 지엄한 분부를 게을리한 이 못난 아들을 꾸짖으려고 오셨나요? 말씀하십시오.

[유령] 잊지 말라. 내가 온 것은 무뎌진 네 결심을 일깨우기 위해서다. 네 어머니의 고뇌를 덜어드려야 하지 않겠느냐? 허약한 몸일수록 생각은 깊은 법. 어머니께 말해라.

[햄릿] 어머니, 지금 어떠십니까?

[거트루드] 너야말로 어찌 된 것 아니냐? 아무것도 없는 허공에 대고 말하다니. 아들아! 제발 흥분을 가라앉히고 정신을 가다듬고 침착해다오. 어디를 보느냐?

[햄릿] 저기 저분을 보십시오. 저 창백한 눈빛을 보십시오. 저분의 사연을 들으면 바위도 눈물을 흘릴 겁니다. 어머니! 저를 보지 마십시오. 그런 눈으로 보시면 제 군은 결심이 누그러져 할 일을 못하고 멍청한 눈물만 흘릴 겁니다.

[거트루드] 지금 누구와 얘기하는 것이냐?

[햄릿] 저기 안 보이십니까?

[거트루드] 아무것도 없지 않니?

[햄릿] 그럼 아무 소리도 들리지 않습니까?

[거트루드] 우리 말밖에는.

[햄릿] 저기를 보세요. 살아생전 모습 그대로 저기 문을 나가고 계십니다.

(유령 퇴장)

[거트루드] 그건 네 환상일 뿐이야. 실성한 사람 눈에는 가끔 그런 헛것이 보인단다.

[햄릿] 제가 실성했다고요? 제 맥박은 어머니의 맥박과 조금도 다름없이 쿵쿵 뛰고 있어요. 양심을 가리고 제 실성 탓으로 돌리지 마십시오. 어머니! 하늘을 우러러 죄를 참회하세요. 더 이상 잡초에 거름을 줘 썩은 내가 온 궁성에 진동하지 않게 하세요. 이렇게 두 손 모아 비옵니다. 요즘 세상은 좋은 일을 해주면서도 무릎을 꿇고 빌어야 하거든요.

[거트루드] 오, 햄릿! 네가 내 가슴을 두동강 내는구나.

[햄릿] 그럼 나쁜 쪽을 버리시고 좋은 쪽만 간직하고 사세요. 안녕히 주무십시오. 하지만 제발 숙부의 침상으로 달려가진 마십시오. 가시고 싶어도 참으세요. 오늘 밤은 제발 참으세요. 그럼 내일 밤은 더 참기 쉬워지고 그게 버릇이 되면 나쁜 천성을 고치게 됩니다. 안녕히 주무십시오. 이 영감은 정말 안 됐군요. 제 잘못이자 하늘의 뜻이기도 합니다. 그 벌은 제가 달게 받겠습니다. 그럼 다시 한번 안녕히 주무십시오.

[거트루드] 나는 어쩌면 좋으냐?

[햄릿] 제 말대로 꼭 하실 필요는 없습니다. 그 배불뚝이 왕이 다시 어머니를 침상으로 유혹해 '내 귀여운 것!' 하며 볼을 꼬집고 더러운 입술로 키스하며 목덜미를 간지르면 다 일러바치세요. 저는 사실 미친 게 아니라 미친 척

하는 것뿐이에요.

[거트루드] 말이 숨결에서 나온다면 나는 지금 숨 쉴 기력조차 없단다.

[햄릿] 저는 영국으로 떠납니다. 아시죠?

[거트루드] 그렇게 되었다지?

[햄릿] 국왕의 친서도 준비되고 두 동창이 어명을 받고 제 길잡이가 되었다나요. 독사같이 빈틈없는 두 동창 녀석이 나를 영국으로 데려간다며 함정에 빠뜨릴 수작이죠. 해 보라지. 제 손으로 묻은 지뢰를 밟아 중천으로 폭발될 수도 있으니. (폴로니어스의 시신을 보고) 오, 할 일이 하나 남았군. 내가 저지른 일인데 피할 수 있나? (시신을 끌며) 이제 조용해졌군. 생전에는 꽤 수다쟁이더니. 어머니 안녕히 주무십시오.

(햄릿이 폴로니어스의 시신을 끌고 나간다. 혼자 남은 왕비는 침대에 엎드려 흐느낀다.)

▌3막 4장 분석

옷장은 성의 개인 방이었고 침실은 방문객을 수용하기 위한 것이었지만 19세기 후반부터 관습은 거트루드의 침실에서 햄릿과 거트루드 간의 장면을 무대에 올리는 것이었다. 침실이 아닌 옷장에서 장면을 연출하는 것은 오이디푸스 햄릿에 대한 프로이트의 정신분석과 더 일치한다. 어머니를 침대에 눕히고 아버지를 죽인 그리스 캐릭터 오이디푸스를 닮은 남자. 거트루드가 그를 옷장에서 받아들이면 그녀는 그를 아들보다 살갑게 대했다.

이 장면까지 셰익스피어가 어머니에 대한 사랑이 부자연스럽고 근친상간인 왕자를 상상했다는 생각을 무시할 수 있다. 거트루드와 클로디어스의 결혼에 대한 햄릿의 히스테리는 가족의 명예에 대한 르네상스 개념과 거트루드와 클로디어스를 연루시킨 근친상간에 대한 일반적인 정의에 비춰 합리화할 수 있다. 그러나 3막 4장에서 현대 사상가가 햄릿의 행동을 정당화하는 데 그가 거트루드에게 프로이트적 애착을 갖고 있다고 가정하는 것보다 좋은 방법은 없다.

햄릿을 오이디푸스의 빛으로 캐스팅한 최초의 사람은 아니지만 로렌스 올리비에는 1947년 로열 셰익스피어 컴퍼니 프로덕션과 1948년 영화 버전에서 햄릿과 그의 어머니 간의 불쾌한 사랑의 개념을 대중화했다. 영화에서 올리비에는 거트루드의 역할에서 아내의 반대편에 있는 햄릿을 연기하면서 모든 모호함을 없애기 위해 장면을 연출했다. 그는 거트루드의 침대에 새틴을 입히고 아들이 도착하길 기다리는 여왕에게 똑같이 암시적으로 접힌 새틴과 실크로 옷을 입혔다.

둘은 전희의 숨 막히는 구애의 언어를 쏟아내는데 햄릿은 노골적인 성적 표현으로 어머니를 압박한다. 특히 클로디어스가 거트루드가 '거의 외모로 산다.'라고 곧 말할 것이고 아버지의 죽음에 대한 햄릿의 멜로 드라마적 반응이 깊은 감정의 토대 없이 너무 목석처럼 보여 장면은 이런 식으로 연주된 것으로 믿을 수 있다.

태피스트리에 가린 폴로니어스는 예언적이고 아이러니하게도 '여기서 나를 침묵시키기' 위해 자신을 배치하고 거트루드와 그녀의 아들 간에 일어나는 일을 조용히 관찰한다. 열정적인 폭발로 햄릿은 거울을 들고 "내가 당신에게 유리잔을 놓을 때까지 가지 마십시오. 당신의 가장 깊은 부분을 볼 수 있는 곳"이라고 말하며 어머니를 위협한다. 겁에 질린 거트루드는 아들이 자신을 살해하려고 한다고 가정하고 도움을 청하고 숨은 폴로니어스는 자신을 드러내지 않고 반응한다. 여전히 거트루드와의 만남에 열광하고 여전히 성적 긴장에 염증을 일으킨 햄릿은 폴로니어스를 칼로 찌른다. 웅장하게 충동적인 순간 햄릿은 마침내 이 순간까지 승화시킨 피에 대한 욕망을 행동으로 옮긴다.

프로이트 이후 해석에 따르면 그의 잘못된 성적 감정을 속죄해야 할 필요성으로 인해 그는 생각을 멈추고 변화를 위해 행동하게 되었다. 아이러니는 모두 폴로니어스의 것이다. 그는 햄릿을 함정에 빠뜨리기 위해 거기 있고 그 대신 자신이 갇혔음을 깨닫는다. 그는 자신을 침묵시키겠다고 말했고 그는 정말 침묵하고 있다. 단순한 아이러니와 극적인 아이러니가 있다.

거트루드에 대한 유령의 보이지 않는 것은 햄릿의 제정신에 대한 질문을 제기한다. 우리는 거트루드가 유령의 존재에 눈을 멀게 하고 유령이 존재한다는 아들의 주장에 귀 기울이지 않게 한 셰익스피어의 선택을 셰익스피어가 햄릿을 더 이상 단순히 연기하는 것이 아니라 미친 사람으로 만들었다는 의미로 해석할 수 있다. 물론 이 장면을 거트루드의 기소로 해석하는 경우도 있다. 그녀는 자신의 죄책감 때문에 유령을 보는 것을 거부한다. 거트루드의 검은 심장은 그녀의 시력을 멀게 해 유령으로 환생한 남편을 거부한다. 반면, 그녀는 유령을 안 보는 척 할 것이다. 그런 다음 당신은 그 장면을 거트루드의 결백에 대한 또 다른 증거로 다시 해석할 수 있다.

이 장면까지 햄릿 왕 피살에 거트루드가 공모한 정도를 판단하는 것은 어려웠다. 이제 그녀는 자신이 완전히 결백하다는 것을 암시한다. 햄릿은 폴로니어스의 죽음에 대한 그녀의 공포를 자신의 비난으로 반박한다.

그녀가 유죄라면 그녀는 뛰어난 배우다. 모든 외모에 따르면 유령이 이전에 햄릿에게 그녀는 추종자일 뿐이라고 말했을 때 옳았다. 그녀는 햄릿이 그녀를 다치게 하는 것 외에는 그런 식으로 행동할 다른 이유를 분별할 수 없다. 거트루드는 햄릿이 클로디어스를 '살인자이자 악당'으로 기소하는 것을 인내하는 동안 여전히 믿을 수 없다. 그녀는 클로디어스의 접근을 끝내는 데 동의하지 않는다. 햄릿은 그녀에게 '부풀어 오른 왕'이 그녀를 다시 잠자리에 들도록 유혹하는 것을 막아줄 것을 요청하지만 그녀는 자신을 고백하고 왕을 떠나겠다고 절대로 약속하지 않으며 클로디어스가 결백하다고 햄릿을 설득하는 것을 시도하지 않는다. 그녀는 자신을 위해 간청하거나 햄릿이 클로디어스와 결혼하기로 선택한 이유를 이해시키려고 하지도 않는다.

끝 장면에서 햄릿은 어머니의 헌신을 시험하는 것처럼 거트루드에게 클로디어스가 그를 영국으로 보내고 있으며 삼촌이 로젠크란츠와 길덴슈테른을 고용해 영국으로 데려간 것을 의심한다고 말한다. 그는 그들을 믿지 않는다고 말하고 자신의 두려움을 털어놓는다. 거트루드는 논쟁하지 않으며 안심도 하지 않는다. 그녀는 단순히 그녀가 그것을 생각할 거라고 사실상 그에게 말하고 그를 떠나게 한다. 외모, 연기가 우세한 세상에서 캐릭터의 정직성을 판단하기는 어렵다. 모호함은 성격을 향상시키고 그녀를 수수께끼로 가린다. 이 같은 특성은 배우에게 엄청난 도전이 되어 거트루드를 선택적 역할로 만든다. 여기서 햄릿이 아버지의 뜻을 즉시 묵인하는 것은 의미가 있다. 유령이 진짜든 상상의 산물이든 늙은 왕은 보복에 대한 그의 탐구를 산만하게 한 거트루드에 대한 집착에서 햄릿을 성공적으로 끌어냈다. 햄릿은 거트루드를 떠난다.

4막 1장

Act Ⅳ, Scene I

"우리도 책임을 면할 수 없을 거요.
그런 미치광이를 진작 단속하지 않았다고 말이오."
_클로디어스

● 궁중의 어느 방

(햄릿은 폴로니어스의 시신을 끌고 퇴장. 잠시 후 왕과 왕비, 로젠크란츠, 길덴슈테른 등장)

[클로디어스] 땅이 꺼질 듯한 한숨을 내쉬다니 도대체 무슨 일인지 말씀해보시오. 햄릿은 어디 있소?

[거트루드] 두 분은 잠시 자리를 피해 주세요. 오, 이런 끔찍한 일이 벌어지다니!

(로젠크란츠와 길덴슈테른 퇴장)

[클로디어스] 아니, 무슨 일이오? 햄릿에게 무슨 일이 있었소?

[거트루드] 성난 파도처럼 광란에 사로잡혀 칼을 빼더니 커튼 뒤에 숨어 엿듣던 죄 없는 노인을 그만 찔러 죽이고 말았습니다.

[클로디어스] 저런! 나도 그 자리에 있었다면 같은 꼴이 될 뻔하지 않았소? 이대로 방치했다간 또 누가 화를 입을지 모르겠소. 그럼 우리도 책임을 면할 수 없을 거요. 그런 미치광이를 진작 단속하지 않았다고 말이오. 그 아이를 아끼

려다가 더 큰 화를 부른 격이오. 그 아이는 지금 어디 있소?

[거트루드] 시신을 끌고 나갔어요. 광란 속에 저지른 일이지만 자신도 후회스러운지 눈물을 뿌리더군요.

[클로디어스] 지체할 일이 아니오. 날이 밝는 대로 떠나 보내야겠소. 길덴슈테른! 거기 있느냐?

(로젠크란츠와 길덴슈테른 등장)

[클로디어스] 나가서 사람들을 불러 당장 햄릿을 찾아라. 광기가 발동해 폴로니어스를 살해하고 왕비 침소에서 시신을 끌고 나갔다고 한다. 시신을 찾아 성당에 안치하라. 어서!

(로젠크란츠와 길덴슈테른 퇴장)

[클로디어스] 왕비, 우리도 나갑시다. 곧 중신들을 불러 대책을 숙의해야겠소. 자칫 우리에게 화살이 날아올지 모르니 서둘러 조치해야겠소. 이런 줄도 모르고 어리석은 백성들은 햄릿 왕자를 따르고 하늘처럼 떠받들고 있으니 이 일은 조용히 처리해야 할 것이오. 어서 갑시다. 심사가 매우 산란하오.

(퇴장)

▌ 4막 1장 분석

거트루드는 자신의 양면성과 모호함을 예시하는 방식으로 일어난 일을 설명한다. 그녀는 햄릿이 모든 이성을 잃었다고 정말 믿을까? 아니면 클로디어스의 죄책감에 대해 그가 방금 밝힌 비밀, 즉 햄릿 왕 피살에 대해 약속한 비밀을 지킬까? 그녀가 범죄에 대해 미리 알고 있었는지, 왕좌를 차지하려는 음모에 가담했는지는 불분명하다. 햄릿에 대한 거트루드의 보호는 의심스럽다. 그녀는 의미 있는 방식으로 아들을 보호하려고 하지 않으며 그가 '보이지 않는 좋은 노인'을 어떻게 죽였는지 선동적으로 자세히 설명한다. 햄릿이 로젠크란츠와 길덴슈테른에 대해 무엇을 믿는지 알면서도 그녀는 왕에게 아들을 영국으로 보내는 대안을 찾아달라고 간청하지 않는다.

클로디어스는 보고서에 대한 그의 반응에 수반되는 모든 파급효과를 분명히 알고 있다. 그는 햄릿의 건강을 묻지만 분명히 자신의 안위에 관심이 있다. "내 영혼은 불화와 실망으로 가득 차 있다."라고 그는 말한다. 그는 소식에 신속히 행동할 것이지만 분명히 두려워한다. 그는 햄릿을 영국으로 보낼 것이고 그들은 그가 미쳤다고 사람들에게 말할 것이다. 햄릿이 폴로니어스를 살해한 것은 궁극적으로 클로디어스에게 유리하게 작용할 것이다. 햄릿은 처벌받아야 하며 덴마크의 모든 사람이 왕세자로 사랑하지만 왕은 이제 거트루드조차 햄릿을 쫓아낼 필요성을 느껴 그녀를 화나게 하지 않고 왕자를 추방할 수 있다.

HAMLET

4막 2장

Act Ⅳ, Scene Ⅱ

"흙속으로 돌아갔어. 원래 흙에서 나왔으니까."
_햄릿

● 같은 곳 성안 통로

(햄릿 등장)

[햄릿] 겨우 처치했군.

[사람들] 왕자님! 햄릿 왕자님!

[햄릿] 이게 무슨 소리지? 누구지? 아, 저기 오는군.

(로젠크란츠와 길덴슈테른, 병사들 등장)

[로젠크란츠] 왕자님! 시신을 어떻게 하셨습니까?

[햄릿] 흙속으로 돌아갔어. 원래 흙에서 나왔으니까.

[로젠크란츠] 그곳이 어디입니까? 시신을 성당으로 모셔야 합니다. 곧 폐하
께서 오십니다.

[햄릿] 폐하라! 그렇지. 시신은 폐하와 함께 있네. 다만 폐하는 아무 데도 안
계시지만.

[로젠크란츠] 무슨 말씀이신지?

[햄릿] 모르겠다고? 하긴 알 리가 있나?

4막 2장 분석

햄릿은 마침내 로젠크란츠와 길덴슈테른에 대한 완전한 경멸을 드러내며 자신은 그들이나 그가 '물건'이라고 부르는, 그들의 왕에 대한 사랑도 존경도 없다고 말한다. 햄릿은 학급 친구들을 최악의 기생충이라고 부른다. 클로디어스가 햄릿의 의도를 알 필요가 있는 한 그는 그것들을 계속 사용할 것이다. 그러나 클로디어스는 스펀지처럼 그들을 짜내고 결국 다시 말릴 것이다.

HAMLET

4막 3장

Act IV, Scene III

"이 덴마크의 말발굽이 무섭거든 그대의 충성심을 보여다오.
국서에 적힌 대로 즉시 햄릿을 처형해 내 근심을 덜어다오."
_클로디어스

● **궁전의 어느 방**

(왕이 호위병들과 함께 등장)

[클로디어스] 햄릿! 폴로니어스는 어디 있느냐?

[햄릿] 식사 중입니다.

[클로디어스] 식사 중이라니? 어디서?

[햄릿] 구더기들이 들끓는 곳이죠. 그러니까 그 양반이 식사한다기보다 구더기들이 그 양반을 뜯어먹고 있다는 말씀이죠.

[클로디어스] 그곳이 어디냐?

[햄릿] 복도 끝으로 가면 계단 밑 어딘가에 있을 겁니다.

[클로디어스] (호위병들에게) 어서 가 찾아라!

(호위병 몇 명이 퇴장)

[클로디어스] 햄릿! 네 행동은 정말 개탄스럽고 이 일은 네 안위를 위해서도 가볍게 넘길 일이 아니다. 당분간 너를 떠나보내야겠다. 배편도 마련되었고 수

햄릿을 종용하는 왕과 왕비
햄릿의 광기에 그를 영국으로 보내려는 클로디어스와 거트루드

행원들도 대기시켜 놓았으니 이 길로 영국으로 떠나라.

[햄릿] 영국요?

[클로디어스] 그렇다.

[햄릿] 좋습니다.

[클로디어스] 내 뜻을 알겠느냐?

[햄릿] 알고말고요. 자, 그럼 영국으로 떠나자. 안녕히 계십시오, 어머니.

[클로디어스] 나는 네 아버지다.

[햄릿] 어머니시죠! 아버지와 어머니는 부부간이고 부부는 일심동체라고 하지 않습니까? 그러니 어머니시죠. 자, 가자! 영국으로!

(퇴장)

[클로디어스] 어서 따라가 지체 말고 배에 태워라. 오늘 밤 안에 떠나야 한다. 그 후 일은 모두 봉인된 국서에 자세히 적혀 있으니 서둘러 떠나라.

(로젠크란츠와 길덴슈테른 퇴장)

[클로디어스] 자, 영국 왕이여! 이 덴마크의 말발굽이 무섭거든 그대의 충성심을 보여다오. 국서에 적힌 대로 즉시 햄릿을 처형해 내 근심을 덜어다오. 그때까지 어떤 일도 나를 기쁘게 하지 못할 것이다.

(퇴장)

4막 3장 분석

　비평가들은 햄릿이 로젠크렌츠, 길덴슈테른, 클로디어스와 '고양이와 쥐' 게임을 하는 이유에 대해 폴로니어스의 시신 행방을 놓고 끝없이 수수께끼를 낸다. 햄릿의 명백한 광기는 재미있고 혼란스럽다. 햄릿은 잔인무도하다. 그는 자신의 고문을 즐기는 것 같다. 그의 비뚤어지고 잔인한 행동은 햄릿이 마땅히 그래야 할 영웅적인 모습에서 완전히 벗어나 있다.

　사실 햄릿은 이 장면에서 영웅주의와는 거리가 먼 특성을 보여준다. 그는 다시 한번 죽음에 대한 매혹과 공포를 보여준다. 스스로 죽음에 직면할 준비가 되어 있지 않은 그는 말로 더 깊이 자신을 가두고 클로디어스를 죽이지 않아도 된다. 폴로니어스를 살해한 그는 적어도 활동적이었고 자신을 밀어붙일 필요가 없었다. 햄릿은 혼란스럽고 겁에 질려 갈등하는 것처럼 보인다.

　궁정 사람들은 폴로니어스의 죽음을 확인하기 위해 모이고 클로디어스는 햄릿의 행동의 결과를 계획한다. 햄릿은 셰익스피어가 연극에서 여러 번 사용하는 언어의 반복인 벌레의 고기 모티프를 설명하며 이는 분명히 햄릿의 마음을 사로잡는다. 이미지는 거칠고 골치 아프고 햄릿의 신랄한 풍자적 재치로 가득 차 있다. 죽음의 물리적 현실에 대한 그의 호언장담에서 햄릿은 모든 사람이 지구를 먹여 살리고 따라서 벌레의 고기라는 사실이 위대한 이퀄라이저라고 설명한다. 왕은 폴로니어스의 행방을 묻고 햄릿은 폴로니어스가 저녁 식사 중이라고 대답한다.

　햄릿의 떠들썩한 교훈은 사람이 왕의 시신을 먹은 벌레로 물고기를 잡고 그 후 그가 잡은 물고기를 먹을 수 있어 본질적으로 그는 왕을 삼킨다는 것이다. 죽음에 대한 햄릿의 공포와 즐거움은 자신의 의무에 대한 그의 양면성을 강조한다. 마침내 그는 복수하기 전 역설적인 죽음에 대한 의지와 죽음에 대한 두려움을 몇 번 더 반복할 것이다. 하지만 그는 자신이 내뱉는 말의 느낌에 대한 사랑을 반드시 나타내진 않는다. 그는 그 말을 뇌리에 깊게 저장해 제정신이 아닌 것처럼 보일 때도 그것들을 이리저리 휘저으며 음미한다.

클로디어스는 햄릿을 영국으로 추방함으로써 대응하고 햄릿은 클로디어스에게 왕이 그를 보낸 목적을 알고 있다고 말한다. 클로디어스는 그를 시정해 사과할 기회를 제공한다. 그런 다음 햄릿은 남자와 아내가 한 몸이므로 클로디어스가 실제로 햄릿의 어머니라고 설명함으로써 모욕을 끝낸다. 이 모욕으로 햄릿은 항상 그의 마음을 짓누르는 근친상간에 대해 클로디어스에게 또 다른 치명적인 갈고리로 파헤친다.

마침내 클로디어스는 햄릿이 제기하는 위험의 깊이를 감지하고 로젠크란츠와 길덴슈테른에게 그를 서둘러 영국으로 데려가 그를 제거할 것을 간청한다. 청중을 제외한 모든 사람에게 알려지지 않았지만 클로디어스는 이제 영국 왕에게 햄릿을 죽이라고 지시해야 한다는 것을 알게 되었다. 선악의 경계는 이제 클로디어스의 어두운 목적을 가렸던 회색 영역이 사라지면서 명확히 드러난다. 클로디어스는 완벽한 악당이 되었다.

4막 4장

Act IV, Scene IV

"한 번 죽으면 그만인 목숨. 스스로 운명에 내걸고. 그런데 나는 무슨 꼴이지?"
_햄릿

● 덴마크의 어느 평야

(군대의 행진 나팔 소리와 부대의 호령하는 소리, 부대장의 정지 명령 소리. 노르웨이군 부대장 등장)

[부대장] (안을 향해 호령한다.) 열중쉬어!

[포틴브라스] (등장) 부대장은 엘시노어에 가 덴마크 왕께 문안을 여쭙고 전자에 약조한 대로 이 포틴브라스가 영내를 통과하게 되었음을 전해주오.

[부대장] 네! 분부대로 다녀오겠습니다.

[포틴브라스] (안을 향해 호령한다.) 앞으로!

(햄릿, 로젠크란츠, 길덴슈테른, 기타 등장)

[햄릿] 여보, 저 군사는?

[부대장] 노르웨이 군대입니다.

[햄릿] 덴마크에 왜 상륙했소? 무슨 이유인가?

[부대장] 폴란드를 치려고요.

[햄릿] 지휘관은 누구요?

[부대장] 노르웨이 왕의 조카분인 포틴브라스입니다.

[햄릿] 폴란드 수도로 쳐들어가는 거요, 아니면 국경의 일부요?

[부대장] 솔직히 말씀드리면 지금 치러 가는 곳은 명목일 뿐 아무 이득도 없는 쥐꼬리만한 땅덩어리입니다.

[햄릿] 그렇다면 폴란드도 별로 방어를 하지 않겠군요.

[부대장] 천만에요. 이미 삼엄한 방비 태세를 갖추었답니다. 이만 실례하오.

[로젠크란츠] 자, 가보실까요?

[햄릿] 곧 뒤따를 테니 먼저 가시오. (햄릿 혼자만 남는다.) 듣고 보는 일마다 둔해졌던 내 복수심이 살아나는구나. 저 군사를 보라. 조그마한 명예를 지키려고 숱한 대군이 흔쾌히 죽음의 터로 나가지 않는가? 한 번 죽으면 그만인 목숨. 스스로 운명에 내걸고. 그런데 나는 무슨 꼴이지? 아버지는 죽고 어머니는 더럽혀지고 이성으로나 감정으로나 도저히 참을 수 없는 모욕을 당하고도 여전히 잠꼬대만 하고 있지 않은가? 아, 창피한 노릇이다! 앞으로는 내 마음부터 잔인해져야 한다.

(퇴장)

4막 4장 분석

폴란드로 향하는 노르웨이 병사들을 관찰하는 햄릿의 독백은 『햄릿』의 전환점을 나타낸다. '듣고 보는 일마다 둔해진 내 복수심을 깨우치는구나. 저 군사를 보라. 조그마한 명예를 지키려고 숱한 대군이 흔쾌히 죽음의 터로 나가지 않는가? 한 번 죽으면 그만인 목숨. 스스로 운명에 내걸고. 그런데 나는 무슨 꼴이지? 아버지는 죽고 어머니는 더럽혀지고. 이성으로나 감정으로나 도저히 참을 수 없는 모욕을 당하고도 잠꼬대만 하고 있지 않은가? 아, 창피한 노릇이다! 앞으로는 내 마음부터 잔인해져야 한다.' 이 독백은 햄릿의 마지막 시시덕거림을 나타낸다.

햄릿은 마침내 복수해야 할 의무가 너무 커 목적이 수단을 정당화해야 한다는 것을 깨닫는다. 그는 더 이상 행동의 필요성을 피할 수 없다. 지금까지 그가 저질러야 할 살인의 결과는 그를 걱정했고 그는 '사건을 너무 정확히' 생각했다. 아무 가치도 없는 땅을 위해 기꺼이 목숨을 바치려는 노르웨이 병사들의 의지와 신성한 충성심에 동기를 부여받았지만 행동할 수 없는 자신의 무능함을 비교하며 자신이 충분히 오랫동안 지체했음을 알 수 있다.

HAMLET

4막 5장
Act Ⅳ, Scene Ⅴ

"병든 영혼에게는 작은 일조차 큰 재앙의 서곡처럼 보이고
죄지은 자는 겁이 많아 감추려고 할수록 더 드러나는 법"
_거트루드

● **궁전 방 안**

(왕비와 신사 등장)

[거트루드] 나는 그 아이를 만나고 싶지 않소.

[신사] 하지만 막무가내로 조르고 보기 딱할 정도로 실성한 모습입니다.

[거트루드] 나를 왜 보자는 거요?

[신사] 종잡을 수가 없습니다. 돌아가신 아버님 얘기를 줄곧 하는데 세상을
저주하며 헛기침했다가 가슴을 치거나 사소한 일에 화를 내며 알아들을 수
없는 말을 지껄이지만 보는 이를 측은하게 만듭니다. 만나서 몇 마디 나누시
는 게 좋을 듯합니다. 공연히 말하기 좋아하는 세인들의 오해를 살 수도 있
으니까요.

[거트루드] 들어오라고 하세요.

(신사 퇴장)

[거트루드] (독백) '병든 영혼에게는 작은 일조차 큰 재앙의 서곡처럼 보이고 죄

지은 자는 겁이 많아 감추려고 할수록 더 드러나는 법.'

(오필리아 등장)

[오필리아] 아름다운 왕비님은 어디 계신가요?

[거트루드] 오필리아! 잘 있었니?

[오필리아] 내 사랑 우리 님을 어찌 알 수 있나요?

모자에 조가비 꽂고 지팡이에 샌들 신은 순례자가 내 님이라오.

[거트루드] 그게 무슨 뜻이냐?

[오필리아] 조금만 더 들어보세요.

님은 가셨어요. 영영 떠났어요.

무덤 속으로. 머리맡은 잔디, 풀 발치에는 묘비명.

[거트루드] 오필리아! 도대체 그게 무슨 뜻이냐?

[오필리아] 조금 더 들어보시라니까요.

(왕 등장)

[거트루드] 폐하! 저 아이를 좀 보소서.

[클로디어스] 오필리아! 잘 있었느냐?

[오필리아] 하나님의 축복을 빌겠어요. 사람들이 원래 올빼미는 빵집 딸이었대요. 그러니 오늘이 지나면 우리도 무엇이 될지 아무도 몰라요.

[클로디어스] 제 아비 얘기구나.

[오필리아] 내일은 성 발렌타인 데이. 처녀가 총각 방에 들어가 자리에 눕기 전 총각은 결혼을 굳게 약속했건만 자리에서 일어나 하는 말. 어제는 어제, 오늘은 오늘이라나?

[클로디어스] 저 아이가 언제부터 저 모양이지?

[오필리아] 모든 게 잘 될 거예요. 참고 기다려야죠. 그런데 그분이 차디찬 땅

속에 묻혀 계신 걸 생각하면 눈물이 앞을 가려요. 오빠도 알게 될 거예요. 하지만 좋은 말씀 감사합니다. 가자, 마차야! 안녕, 여러분! 안녕, 안녕!
(퇴장)

[클로디어스] 저 아이를 따라가 잘 지켜보라.
(신사 퇴장)

[클로디어스] 아비의 돌연한 죽음이 저 아이를 저 지경으로 만든 거요. 지금 백성들 사이에서 폴로니어스의 돌연한 죽음에 대해 구구한 억측이 난무하고 있소. 가엾은 오필리아는 실성했고 오빠 레어티스는 프랑스에서 몰래 귀국해 구름 속에 숨었는지 자취를 보이지 않고 있소. 분명히 안 좋은 헛소문을 듣고 나를 원망할지 모르오.

(밖에서 시끄러운 소리가 들린다.)
[거트루드] 이 무슨 소란들이냐?
[클로디어스] 호위병들은 어디 있느냐? 저 문을 지켜라.

(사자 등장)
[클로디어스] 무슨 일이냐?
[사자] 폐하! 속히 피하십시오. 지금 성난 레어티스가 폭도들을 이끌고 와 폐하의 병사들을 윽박지르고 있습니다. 군중들은 레어티스를 에워싸고 레어티스를 왕으로 받들자고 외치고 있습니다.
(시끄러운 소리)

[거트루드] 이 무슨 얼토당토 않은 수작들이냐? 이런 개망나니 같은 무리들!

[클로디어스] 문짝이 부서졌구나.

(레어티스와 폭도들 무리지어 등장)

[레어티스] 왕은 어디 있느냐? 그대들은 모두 나가 계시오.

[모두] 우리도 들어가겠소!

[레어티스] 제발 모두 나가 계시오.

[모두] 나갑시다. 모두 나갑시다.

[레어티스] 고맙소. 문을 지켜라.

(폭도들 퇴장)

[레어티스] 이 사악한 왕아! 내 아버지를 내놓아라.

[거트루드] 레어티스! 진정해라.

[레어티스] 내 이 끓는 피가 진정한다면 나는 내 아비의 자식이 아니며 내 아비는 간부이고 내 어미는 창녀일 것이다.

[클로디어스] 레어티스! 도대체 왜 이런 소동을 피우냐? 왕비! 내 걱정은 하지 말고 레어티스를 내버려 두시오. 레어티스! 도대체 무슨 일이냐? 말해보라.

[레어티스] 내 아버지는 어디 계시오?

[클로디어스] 돌아가셨다.

[거트루드] 그러나 폐하와는 상관없는 일이다.

[클로디어스] 뭐든지 물어보게 놔두시오.

[레어티스] 어떻게 돌아가셨습니까? 나를 속일 생각은 하지 마시오. 폐하에 대한 충성 맹세 따위는 이제 악마에게 돌려주겠소. 나는 과거도 미래도 없소. 오직 이 순간 내 아버지를 위한 복수만 있을 뿐이오.

[클로디어스] 네 복수를 막을 사람은 없다.

[레어티스] 온 세상이 말려도 소용없소. 온갖 수단과 방법을 써서라도 반드

시 결행할 것이오.

[클로디어스] 레어티스! 너는 네 아버지를 죽인 자를 찾는 것이지 친구와 원수도 구분하지 않겠다는 것이냐?

[레어티스] 내 아버지를 죽인 내 원수를 찾아 복수하겠다는 것이오.

[클로디어스] 그렇다면 그 원수가 누구인지 알아내야 하지 않느냐?

[레어티스] 내 원수가 누구란 말이오?

[클로디어스] 나는 아니다. 나는 오히려 네 아버지의 죽음을 가장 슬퍼하는 사람이다. 모르겠느냐?

(밖에서 '들여보내라.'라는 말소리가 들린다.)

[레어티스] 무슨 소리냐?

(이어서 오필리아가 꽃을 들고 등장)

[레어티스] 오, 온몸의 피야! 말라붙어라! 쏟아지는 눈물이여! 차라리 이 두 눈을 멀게 해다오. 오, 오필리아! 내 누이여! 5월의 장미 같은 아름다운 내 누이, 오필리아! 너를 이토록 미치게 한 자를 반드시 찾아내 복수해주마.

[오필리아] (노래)
얼굴도 가리지 않고 관에 얹어
헤이 너니 무덤 위에는 눈물이 비오듯 넘치네.
사랑하는 내 님이여, 안녕히 가세요.

[레어티스] 네가 제정신으로 내게 복수해달라고 빌었어도 이보다 절실하진 않았을 것이다.

[오필리아] 아래로 이렇게 불러봐요. 물레가 잘 돌아가요. 글쎄, 주인집 딸을

정신이 나간 오필리아
햄릿을 사랑한 오필리아는 폴로니어스를 살해하자 혼란 속에 미쳐간다.

훔친 놈은 나쁜 부하였대요.

[레어티스] 뜻 모를 말이 더 아프구나.

[오필리아] 이 로즈마리 꽃을 받아요. 잊지 말라는 뜻이에요. 그리고 이 팬지 꽃도요. 이건 생각해달라는 뜻이에요.

[레어티스] 비록 미쳤지만 뜻이 담겨 있구나. 잊지 말고 생각해달라는 말이구나.

[오필리아] (왕에게) 이 회향꽃을 받으세요. 그리고 콜롬바인도요. (왕비에게) 그리고 부인께는 이 운향꽃을 드릴게요. 안식일에 주는 은총의 꽃입니다. 바이올렛도 드리고 싶었는데 아버지가 돌아가신 후 시들어버렸어요. 우리 아버님은 좋은 분이셨대요. 여러분 모두에게 축복이 내리길!

(퇴장. 왕비도 뒤따라 퇴장)

[레어티스] 오, 하느님!

[클로디어스] 레어티스! 네 슬픔이 곧 내 슬픔이다. 돌아가 네가 가장 신뢰하는 친구에게 진상을 물어보라. 이 일에 내가 직·간접적으로 관여되었다면 내 왕국과 왕관은 물론 목숨까지 기꺼이 네게 내줄 것이다. 하지만 만약 그렇지 않다면 너와 나는 함께 손잡고 네 원한을 풀자.

[레어티스] 그렇게 하겠습니다. 아버님이 돌아가신 연유와 장례 격식과 절차도 생략하고 그렇게 서둘러 허술하게 묻은 경위와 진상을 낱낱이 밝히고야 말겠습니다.

[클로디어스] 그렇게 하라. 범인을 찾아내 철퇴를 내리자. 함께 나가자.

(레어티스 퇴장)

4막 5장 분석

연극 초반(3막 1장)에서 거트루드는 오필리아에게 "오필리아! 네 아름다움이 햄릿이 실성한 원인이었으면 좋겠구나. 그래서 너 때문에 햄릿이 원래 모습으로 돌아온다면 너희 둘을 위해서도 좋은 일 아니냐?"라고 말한다. 그러나 이제 거트루드는 오필리아를 만나는 것을 거부한다. 호레이쇼와 신사가 정신나간 오필리아의 불쌍함과 국가에 대한 오필리아의 행동의 위험을 설명한 후에야 그녀를 만나기로 동의한다.

거트루드의 성격에 대한 질문이 다시 제기된다. 오필리아와 관련된 거트루드의 태도는 그녀가 클로디어스와 공모했음을 뜻한다. 그녀는 권력에 대한 집착을 공유하는 것 같다. 그러나 거트루드는 성인 생활 내내 여왕으로 봉사했을 것이고 국정은 그녀에게 중요한 것이다. 그녀의 아들이 오필리아를 대하는 것이 소녀의 몰락에 일조했다는 사실은 여왕을 당황시킬 뿐이다. 또 다른 설명은 거트루드가 특이한 힘을 가진 여성으로서 약자를 경멸한다는 것이다. 죄책감은 여전히 모호하다. 오필리아의 산만한 행동은 여왕을 혼란스럽게 한다.

오필리아의 노래는 모두 짝사랑에 대한 것이다. 사실 세 번째 노래는 사랑의 침대를 떠난 연인을 노골적으로 고발한다. "당신이 나를 넘어뜨리기 전 당신은 내게 결혼하기로 약속했습니다." 이 노래는 오필리아의 광기가 그녀가 햄릿과 친밀했다가 그에게 거부당한 데서 비롯되었을 수도 있다는 또 다른 증거를 제공한다. 폴로니어스의 죽음은 그녀의 죄책감을 악화시킬 수 있었다. 혼전 성관계는 죄였다. 햄릿을 조심하라는 그녀의 아버지 폴로니어스의 명령 때문에 더 가중된 죄였다. 일부 사람이 믿는 것처럼 이제 그녀가 햄릿의 아이를 낳는다면 그녀의 절망은 모두 소모될 것이다.

상상의 꽃으로 오필리아의 꽃 분포를 연출하는 것은 일반적으로 꽃을 실제가 아닌 상징으로 해석하는 현대 극장에서 전통이 되었다. 오필리아는 아첨의 상징인 회향을 클로디어스 왕에게 준다. 또한, 봄과 사랑을 위해 거트루드에게 데이지를 제공하고 아버지가 돌아가셨을 때 달콤함을 나타내는 자신의 제비꽃을 잃었다고 말한다. 레어티스에게 그녀는 기억을 위해 로즈마리, 생각을 위해 팬지를 제공해 공유된 역사와 잃어버린 능력을 모두 제안한다.

이 장면에서 레어티스는 햄릿의 또 다른 적으로 등장한다. 그에게도 복수해야 할 아버지와 보호해야 할 여자가 있지만 이 아들은 생각이나 말에 시간을 허비하지 않는다. 그는 왕을 위협하지만 왕이 복수를 위해 젊은이를 돕겠다고 약속할 때만 자신을 억제한다. 도덕적 양면성은 레어티스를 제한하지 않으며 그는 주저 없이 행동함으로써 기꺼이 영원한 저주를 감수한다. 레어티스는 말, 아이디어, 신념의 방해를 받지 않고 폴로니어스의 죽음을 복수하기 위해 왕에 맞서 군사를 일으켰다. 왕은 레어티스가 햄릿이 제기한 것만큼 잠재적으로 그에게 큰 위험을 초래한다는 것을 알고 있다. 그는 레어티스에게 햄릿이 제거될 거라고 약속한다.

클로디어스는 일관되게 감정을 조절해왔고 걱정하는 왕, 폴로니어스의 친구, 오필리아의 친절한 아버지 역할, 거트루드의 충실한 남편 역할을 설득력 있게 수행했다. 그는 이 장면에서 말로 아낌없이 구사하며 거트루드, 레어티스, 오필리아, 심지어 햄릿에 대한 깊은 공감을 잘 보여준다. 클로디어스보다 더 고통받는 사람은 없다. 햄릿을 처형하겠다고 맹세하는 3장의 독백과 대조적으로 연설은 청중에게 그의 불성실함을 증명한다. 이제 노골적이며 극적인 아이러니에서 셰익스피어는 등장 인물 스스로 그 진실을 발견하기 전 관객에게 진실을 비밀로 만든다. 그럼에도 불구하고 이 장면의 정치적 쿠데타에서 그는 거트루드에게 자유롭게 말할 수 있도록 '그를 놓아달라.'라고 촉구함으로써 레어티스의 충성심을 얻는다. 그런 다음 레어티스에게 자유로운 통치를 제공해 자신을 명백한 위험에 빠뜨린다.

4막 6장

Act IV, Scene VI

'갈등의 중심으로 돌아가야 했던 햄릿은
절정, 탈퇴, 해결을 주도하는 힘을 만들 수 있다.'
_내레이션

● 성안의 다른 방

(호레이쇼와 시종 등장)

[호레이쇼] 나를 만나자는 사람들이 누구냐?

[시종] 선원들입니다. 나리께 드릴 서한이 있다고 합니다.

[호레이쇼] 들여보내라.

(시종 퇴장)

[호레이쇼] 햄릿 왕자님이 아니고선 외국에서 내게 서한을 보낼 사람이 없는데.

(선원 등장)

[선원] 신의 가호를 빕니다.

[호레이쇼] 그대에게도.

[선원] 편지를 전해드리려고 왔습니다. 영국으로 가는 대사께서 보내신 겁니

다. 호레이쇼 님께 전해달라고 하셨습니다.

[호레이쇼] (읽는다.)

호레이쇼! 이 편지를 받으면 들고 간 사람들을 국왕에게 인도해주게. 왕 앞으로 보내는 편지가 있네. 우리는 출항한 지 이틀도 안 되어 무장한 해적선의 추격을 받고 나포되었네. 전투 도중 나는 해적선으로 옮겨 탔고 우리 배와 떨어져 나만 포로로 잡혔네. 해적들은 나를 후하게 대했는데 뭔가 대가를 바라는 거겠지. 내가 보낸 편지를 국왕에게 전달하고 자네는 급히 내게 오게. 들으면 입이 딱 벌어질 일이 있네. 이 편지를 들고 간 사람들이 내가 있는 곳을 아네. 로젠크란츠와 길덴슈테른은 예정대로 영국으로 향하고 있네. 그들에 대해서도 할 말이 있네. 잘 있게. 그대의 절친한 친구 햄릿으로부터.

따라오게. 폐하께 자네들의 편지를 전할 테니. 그러고 나서 자네들을 보낸 사람에게 나를 안내해주게.

(퇴장)

4막 6장 분석

  햄릿의 귀환은 연극 줄거리에 데우스 엑스 마키나(Deus ex Machina: 문제의 인위적 해결책)를 제공하는 극적 장치다. 셰익스피어는 엘리자베스 1세와 자코뱅 시대의 안보를 심각하게 위협한 문제, 즉 해적의 만연을 사용한다. 일부 비평가들은 셰익스피어가 모든 만에 해적이 숨어 있다는 것을 알고 햄릿을 납치한 해적들이 로젠크란츠와 길덴슈테른의 임무를 뒤엎도록 준비했다고 추론하는 것을 의미한다고 추측한다. 햄릿과 그의 위험한 '친구들'을 태운 영국행 배가 해적들에게 시달렸을 가능성도 마찬가지로 있으며 항상 부드러운 화자였던 햄릿은 자신의 석방을 확신할 수 있었다. 두 경우 모두 결과는 연극의 행동에 매우 중요하다. 갈등의 중심으로 돌아가야 했던 햄릿은 절정, 탈퇴, 해결을 주도하는 힘을 만들 수 있다.

HAMLET

4막 7장

Act IV, Scene VII

"눈물이 마를 새가 없구나. 그래, 실컷 울자.
계집애처럼 울고 나서 독하게 마음먹자."
_레어티스

● 성안의 다른 방

(왕과 레어티스 등장)

[클로디어스] 이제 내가 네 아버지의 죽음과 무관할 뿐만 아니라 내가 네 편
이라는 것을 분명히 깨달았을 거라고 믿는다. 실제로 네 아버지를 죽인 자는
내 목숨까지 노리고 있다.

[레어티스] 이제 분명히 알았습니다. 그런데 폐하께서는 이런 중차대한 범죄
자를 왜 진작 체포해 단죄하지 않으셨습니까?

[클로디어스] 두 가지 이유다. 둘 다 네게는 하찮게 들리겠지만 내게는 중요하
다. 첫째, 그의 어머니인 내 왕비는 햄릿을 애지중지하는데 다행인지 불행인
지 나도 왕비에게 매여 있다. 둘째, 백성들이 그를 지나치게 사랑해 그의 단
점조차 장점으로 보이며 내가 쏜 화살은 그 바람에 목표물을 맞추기는커녕
내게 되돌아올 것이다.

[레어티스] 그 바람에 저는 존경하는 아버님을 잃었고 천하에 둘도 없이 고귀
한 누이를 저 지경으로 만들었군요. 반드시 복수할 겁니다.

[클로디어스] 너무 상심하지 말라. 나도 언제까지 수수방관만 하진 않을 거다. 나는 네 아버지를 매우 아꼈다. 그리고 나 자신도….

(사자가 편지를 들고 등장)

[클로디어스] 무슨 전갈이냐?

[사자] 햄릿 왕자님으로부터 편지가 왔습니다. 이건 폐하께 온 것이고 이건 왕비 전하께 온 것입니다.

[클로디어스] 햄릿이? 누가 가져왔느냐?

[사자] 선원들이랍니다. 저는 보지 못했지만 클로디오가 그들에게서 직접 받았답니다.

[클로디어스] 레어티스! 들어봐라! 너는 물러가라.

(사자 퇴장)

[클로디어스] (편지를 읽는다.) 국왕 폐하께 삼가 아룁니다. 저는 단신으로 폐하의 영토에 상륙했습니다. 내일 허락해 주신다면 폐하의 면전에 도착해 갑작스럽고 예상치 못한 저의 귀국을 소상히 보고하려고 합니다. 햄릿.

이게 무슨 소리인가? 무슨 흉계라도 있는 게 아닐까?

[레어티스] 필적이 맞습니까?

[클로디어스] 틀림없어. 그런데 '단신으로'라니? 그렇다면 나머지 일행은 어찌 되었다는 말인가? 네 생각은 어떤가?

[레어티스] 모르겠습니다. 하지만 잘 되었습니다. 어서 오라죠. 온몸에서 피가 끓어오릅니다. 내 코앞에서 죗값을 치르게 하겠습니다.

[클로디어스] 그럼 레어티스! 내가 시키는 대로 하겠느냐?

[레어티스] 참으라는 명령만 아니라면 무엇이든 따르겠습니다.

[클로디어스] 그가 돌아와 다시 떠날 생각이 없다면 내가 생각해 둔 계략을 쓸

생각이다. 여기 걸려들면 절대로 파멸을 면할 수 없을 것이다. 죽더라도 내게 화살이 돌아오지 않을 것이며 왕비도 우연한 사고로 생각할 것이다.

[레어티스] 그 계략이 무엇이든 시키는 대로 하겠습니다. 저를 계략에 이용해 주십시오.

[클로디어스] 잘 됐구나! 사실 네가 해외에 나간 동안 너에 대한 칭찬이 자자했는데 이는 햄릿 귀에도 들어간 모양이다. 사람들이 칭송한 네 재주는 사실 네게는 대수롭지 않겠지만 햄릿은 매우 시샘했다고 한다.

[레어티스] 어떤 재주를 말씀하시는 겁니까?

[클로디어스] 노르망디 사람 라모드를 아느냐?

[레어티스] 네, 잘 압니다.

[클로디어스] 두 달 전 그가 여기 와 그야말로 신기에 가까운 기마술을 선보였다. 그때 그가 네 얘기를 했다. 자신의 기마술은 네 검술에 비하면 아무것도 아니라더라. 너를 대적할 상대는 없을 거라고 극구 칭찬했는데 이 말을 듣던 햄릿이 시기해 네가 돌아오는 대로 꼭 시합해보고 싶다고 했단다. 대적해볼 생각이 있느냐?

[레어티스] 설령 성당 안에서 그를 만나더라도 주저 없이 그의 목을 치겠습니다.

[클로디어스] 좋다. 네 뜻이 그토록 확고하다면 이렇게 하자. 햄릿이 돌아오면 네 귀국을 알리고 네 재주를 칭찬하면 그는 반드시 시합으로 승부를 가리자고 덤빌 것이다. 그는 성미가 치밀하지 않고 온유하고 술수에 능하지 않아 시합에 쓸 칼인지 아닌지 유심히 살피지도 않을 것이니 네가 끝이 예리한 칼을 슬그머니 고른다면 어렵지 않게 아비의 복수를 할 것이다.

[레어티스] 그렇게 하겠습니다. 내친 김에 확실히 하기 위해 칼끝에 독약을 발라놓겠습니다. 사실 누군가로부터 독약을 구입했는데 그걸 바르면 칼끝이 살갗을 조금만 스쳐도 순식간에 목숨을 빼앗아갑니다.

[클로디어스] 좋다. 하지만 만사 불여튼튼이니 이 계략이 실패할 경우의 대비책이 있어야겠다. 그렇지. 시합이 고조되어 가면 땀을 흘리고 당연히 목도 마르겠지. 그럼 햄릿은 마실 것을 달라고 할 거야. 그때 미리 준비한 잔을 내주고 이걸 마시면 네 칼끝을 용케 피했더라도 우리의 목적은 이뤄질 것이다. 잠시만. 이게 무슨 소리인가?

(왕비 등장)

[거트루드] 어째서 재앙이 꼬리에 꼬리를 물고 일어나느냐? 레어티스! 네 누이가 물에 빠져 익사했다는구나.

[레어티스] 오필리아가요? 아니, 어디서요?

[거트루드] 시냇가에 버드나무 한 그루가 서 있는데 그 아이가 거기서 온갖 꽃을 꺾어 엮어 화관을 만들고 있었단다. 화관을 나뭇가지에 걸려고 나무 위로 올라갔다가 가지가 꺾이면서 물에 빠지고 말았단다. 옷자락이 물에 퍼지면서 인어처럼 물에 뜬 채 찬송가를 부르며 서서히 물속으로 가라앉고 노래 소리도 끊겼단다.

[레어티스] 그렇게 익사했단 말입니까?

[거트루드] 그렇다네.

[레어티스] 눈물이 마를 새가 없구나. 그래, 실컷 울자. 계집애처럼 울고 나서 독하게 마음먹자. 폐하! 드릴 말씀은 많지만 눈물이 앞을 가려 주체할 수가 없습니다. 다시 뵙겠습니다.

[클로디어스] 따라가 봅시다. 저 아이의 분노를 삭이느라 진땀 꽤 뺐소. 저러다가 또 불붙을지 모르니 따라갑시다.

(모두 퇴장)

강물에 빠져 익사하는 오필리아

4막 7장 분석

이 장면에서 클로디어스는 레어티스를 위해 버렸지만 우리가 그의 말을 믿는다면 그는 자신의 보살핌을 보여주는 능력을 보여준다. 보살핌은 그의 악을 완화하고 그의 성격에 내재된 역설을 더할 것이다. 3막 기도 장면에서 보듯이 클로디어스는 그것을 만족시킬 능력이 없더라도 그리스도인의 양심을 갖고 있다. 이 장면에서 그는 사랑하는 아내의 정서적 안녕을 소중히 여기는 헌신적인 남편일 수도 있음을 보여준다. 햄릿이 그에게 큰 위험이라는 것을 알고 있는데도 그는 레어티스에게 자신이 여왕을 위해 살기 때문에 그녀의 '아들'을 해치지 않기로 선택했다고 말한다.

그러나 클로디어스의 완전히 이기적인 악은 그가 레어티스에게 폴로니어스 살해에 대해 햄릿을 처벌하지 않는 두 번째 이유, 즉 그를 위협한 왕에게 친절하게 대하지 않는 햄릿에 대한 국가의 큰 사랑을 설명하자마자 분명해진다. 학자들은 덴마크 왕위 계승이 투표로 결정되었다고 주장한다. 왕국 기사들은 왕좌를 청원한 후보자 중에서 선택했다.

스칸디나비아 전설에 따르면 거트루드의 아버지는 햄릿 왕 이전의 왕이었다. 햄릿 왕은 전임자에 의해 공주와 결혼하도록 선택되었고 결혼은 그의 군주제 선출을 확정했다. 이 같은 조건이 존재한다면 클로디어스는 분명히 기사 앞에서 체면을 잃을 여유가 없으며 거트루드를 잃을 여유도 없다. 또한, 그는 왕좌에 대한 반발을 무릅써 그의 미약한 인기를 위태롭게 할 수도 없다.

감정을 가장하는 기술을 발휘함으로써 클로디어스는 레어티스에게 햄릿을 친절하고 책임감 있는 군주처럼 보이게 하는 이유로 햄릿에 대한 자신의 행동을 억제했다고 설득한다. 연설은 레어티스를 이기고 클로디어스는 강력한 동맹을 얻는다. 햄릿을 영국 왕에 의해 처형하려는 그의 계획이 실패했기 때문에 클로디어스는 햄릿을 제거하는 데 레어티스의 도움이 필요하다.

둘은 햄릿이 다시 탈출하지 못하도록 거창한 계획을 세운다. 햄릿 왕 피살처럼 감지할 수 없는 독은 클로디어스가 선택한 무기로 사용된다. 달콤한 감정으로 감추는 그의 악의적 의도와 마찬가지로 클로디어스의 독에 대한 성향은 그의 교활함을 보여준다. 햄릿이 '알몸'으로 덴마크로 돌아왔다는 편지 진술은 그가 클로디어스와 홀로 맞설 거라는 결론으로 이어진다. 공모자들은 특히 레어티스가 햄릿만큼 검술로 유명해 음모에서 성공을 기대할 모든 이유가 있다.

다시 한번 레어티스는 햄릿 왕자에게 완벽하게 대적하는 역할을 한다. 그는 아무 말도 하지 않고 자신의 선택을 후회하지 않는다. 아버지와 누이를 잃은 데 대한 깊은 고뇌로 그는 살인에 전념한다. 레어티스는 즉시 행동할 준비가 되었고 능력도 있고 기꺼이 행동할 의향도 있다. 동정심 많고 강력한 왕자에 대한 동정심 많고 강력한 적인 레어티스는 햄릿만큼 청중의 지지를 얻을 것이며, 그 때문에 청중들은 복수로 불타는 두 젊은이의 대결은 두 배로 몰입해 지켜볼 것이다.

오필리아의 특성에 대한 메모. 거트루드는 오필리아가 개울에 떨어져 익사했다고 보고하지만 그녀의 죽음이 자살이라는 증거가 있다. 첫 번째 증거는 그녀의 현재 상태에서 찾을 수 있다. 혼전 성관계의 현실과 남자가 없는 미래에 직면해 햄릿은 그녀를 원하지 않았고 그녀의 아버지는 죽었고 그녀의 판단력 있는 오빠는 프랑스에 있었다. 오필리아는 자살 외에는 해결책이 없었을 것이다. 또 다른 증거는 그녀의 죽음의 상황에서 분명하다.

일부 비평가들은 오필리아의 익사가 그녀가 임신했고 결과적으로 자살했다는 것을 증명한다고 믿는다. 구체적인 임신 증거는 없지만 비평가들은 16~17세기 미혼 임산부의 전통적인 자살 방법이 익사였음을 지적한다. 클로디어스의 사악한 야망은 레어티스가 클로디어스의 영향에서 벗어나 파리에 있었음에도 레어티스를 손쉽게 자신의 의도대로 움직였다. 햄릿은 클로디어스의 잘못으로 인식되는 것을 바로잡기 위해 돌아왔지만 폴로니어스와 오필리아의 죽음을 초래함으로써 그가 반대하는 악의 도구가 되었다.

HAMLET

5막 1장

Act V, Scene I

"바로 여기 내가 수없이 키스했던 입술이 달려 있었겠지.
뭇사람의 뱃살을 아프게 하던 재담과 익살, 노래는 다 어디 가고
이런 꼴불견만 남았나."
_햄릿

● 묘지

(어릿광대 두 명이 삽과 괭이를 들고 등장. 광대가 묘를 파며 노래한다.)
[광대] (노래)

젊은 시절에는 한때 사랑했지. 꿀같이 달콤한 사랑에 빠졌지.
세월 가는 줄도 모르고 흠뻑 빠져 마냥 즐겁기만 했다네.

[햄릿] 무덤을 파며 노래를 부르다니. 자신이 하는 일이 뭔지도 모르나?
[호레이쇼] 그 일도 매일 하다 보니 습관이 되었나 봅니다.
[햄릿] 그런가 보군. 손도 매일 쓰다 보면 무뎌지지.
[광대] (노래)

어느덧 세월이 성큼 다가와 내 뒷덜미를 덥석 움켜 잡아
나를 한 줌의 재로 만들고 나니 내게도 그런 시절이 있었던가.

(해골 하나를 밖으로 던진다.)

[햄릿] 저 해골도 한때는 입이 있어 노래도 불렀겠지. 지금은 저 작자로부터 저렇게 천대받아도 한때 잘나가는 정치가였을지 누가 아나?

[호레이쇼] 그럴지도 모르죠.

[햄릿] 아니면 궁정의 아첨꾼 대신이었을지도 모르지.

(광대가 또 다른 해골을 밖으로 던진다.)

[햄릿] 저기 또 하나 나오는군. 저건 어쩌면 지체 높은 판사님이었을지도 몰라. 한때 그 유창한 설변과 소송과 판결과 계략은 다 어디 가고 지금은 저 작자의 삽자루에 얻어맞고 있지 않나? (해골을 들여다보며) 이 자는 부동산 투기꾼이었는지 몰라. 소유권 변경 소송, 토지양도 소송, 증여, 상속 등 온갖 수단으로 막대한 부동산을 사고팔았을 텐데. 이제 텅 빈 해골 하나만 남았군. 여보게! 그 무덤은 누구 것인가?

[광대] 제 것입니다. (노래)

에라, 여기 구덩이를 또 하나 파 저런 손님도 받을 준비나 해야겠네.

[햄릿] 하기야 자네가 구덩이 속에 들어가 있으니 자네 것이군.

[광대] 구덩이 밖에 있을 때부터 제 것이었어요.

[햄릿] 무덤은 죽은 자의 것이지, 어찌 산 자의 것인가?

[광대] 죽은 놈이 제 것인지, 남의 것인지 어찌 압니까?

[햄릿] 그렇군. 그 구덩이는 어느 놈 것인가?

[광대] 놈이라뇨?

[햄릿] 그럼 계집 것이란 말인가?

[광대] 놈도 년도 아니올시다. 한때는 계집이었죠. 하지만 죽은 후에는 놈이든 년이든 무슨 상관이겠습니까? 어차피 남는 건 해골뿐인데요.

[햄릿] 이 사람 입담이 여간 아니군. 괜히 입씨름하다가 코 다치겠어. 그나저나 언제부터 이 일을 해왔나?

[광대] 돌아가신 햄릿 왕께서 노르웨이 포틴브라스 왕을 여지없이 무찌르던 날부터였죠.

[햄릿] 그게 언제였지?

[광대] 그날을 모르는 바보는 없을 걸요. 어린 햄릿 왕자께서 태어나신 해죠. 지금은 미쳐 영국으로 보내졌지만.

[햄릿] 영국에는 왜 보냈다던가?

[광대] 미쳤으니까요. 거기 가면 제정신이 돌아올지도 모르죠. 안 돌아와도 상관없지만.

[햄릿] 상관없다니?

[광대] 상관없죠. 그곳 사람들은 다 미쳤으니까요.

[햄릿] 그곳 사람뿐이겠나? 그런데 사람이 죽은 후 시신이 썩는 데 얼마나 걸리나?

[광대] 죽기 전부터 썩은 놈이 아니라면 족히 8~9년은 가죠. 여기 해골이 또 하나 나왔네. 이놈은 어느덧 23년째 여기 묻혀 있었죠.

[햄릿] 누구 것인데?

[광대] 아주 고얀 녀석이죠. 한 번은 라인 포도주를 병째 제 머리에 부었답니다. 왕의 어릿광대 요릭입니다.

[햄릿] 이게?

[광대] 그렇다니까요.

[햄릿] 어디 보세. (해골을 받아들고) 아, 가엾은 요릭! 호레이쇼, 나는 이 친구를 잘 안다네. 뛰어난 재담꾼이었지. 나를 업어준 것만 해도 천 번은 넘을 거

광대로부터 해골을 받는 햄릿
햄릿이 어릴 때 놀던 요릭의 해골을 받는 장면이다.

야. 바로 여기 내가 수없이 키스했던 입술이 달려 있었겠지. 뭇사람의 뱃살을 아프게 하던 재담과 익살, 노래는 다 어디 가고 이런 꼴불견만 남았나. 가서 또 한 번 부인네들에게 익살을 떨어보시지? 그 예쁜 얼굴에 아무리 덕지덕지 화장을 처발라도 결국 남는 건 이런 해골뿐이야. 잠시만. 저기 왕의 행렬 아닌가?

(왕, 왕비, 레어티스와 오필리아의 열린 관, 대신들, 시종들 등장)

[햄릿] 왕비와 신하들까지. 누구의 장례 행렬일까? 저토록 간소한 것으로 보니 스스로 목숨을 끊은 모양인데 그래도 신분은 높았던 모양이지. 잠시 숨어 살펴보세.

(햄릿과 호레이쇼 숨는다.)

[레어티스] 이게 다란 말이오?

[햄릿] 저건 레어티스 아닌가?

[레어티스] 더 할 게 없다는 거요?

[사제] 없습니다. 이만큼 한 것도 다 폐하의 특별한 배려 때문입니다. 아니었다면 최후의 심판 날까지 축성조차 받지 못한 땅에 묻힐 뻔했소. 고별 기도만 해도 조약돌이나 얹을 것을 처녀의 장례답게 화관을 씌우고 조종을 울린 것이오.

[레어티스] 진정 더 이상 못한다는 말씀이오?

[사제] 못합니다. 그랬다간 장례 예법을 모독하게 됩니다.

[레어티스] 관을 내려라. 네 청초한 몸에서 하얀 바이올렛이 피어나거라. 이 야박한 사제 양반아! 그대가 지옥불에서 울부짖을 때 내 누이는 하늘의 수호천사가 되어 있으리라!

[햄릿] 아니, 그럼 오필리아가?

[거트루드] 이 꽃내음을 맡으며 잘 가라.

(꽃을 뿌린다.)

[거트루드] 네가 햄릿의 아내가 되길 바랐건만 이렇게 네 신방에 뿌릴 꽃을 네 무덤에 뿌리게 될 줄이야!

[레어티스] 네 해맑은 정신을 흐리게 해 죽음에 이르게 한 내 원수야! 네 놈에게 천벌이 10배, 20배 떨어져라! 잠깐! 아직 흙을 붓지 마라. 한 번 더 너를 내 품에 안아보자.

(무덤 속으로 뛰어든다.)

[레어티스] 자, 이제 흙을 부어라. 산 자와 죽은 자의 머리 위에 부어 산처럼 높이 쌓아라!

[햄릿] (나서며) 이렇게 요란스럽게 슬픔을 떠드는 자가 누구냐? 나는 덴마크 왕자 햄릿이다!

(무덤 속으로 뛰어든다.)

[레어티스] 이놈! 지옥에나 떨어져라!

(햄릿의 목덜미를 움켜쥔다.)

[햄릿] 이 손 치워라! 나는 무뢰배가 아니다. 내게 손찌검하면 혼날 줄 알아라. 어서 이 손 치워라!

[클로디어스] 저 둘을 떼어놓아라!

[거트루드] 햄릿! 햄릿!

[사람들] 그만 하세요!

[호레이쇼] 왕자님!

(시종들이 둘을 떼어놓는다. 둘은 무덤에서 나온다.)

[햄릿] 나는 오필리아를 사랑했다. 4만 명 오빠들의 사랑을 합친 것보다 더 사랑했다. 네가 할 수 있는 게 무엇이냐?

[클로디어스] 레어티스! 저 아이는 실성했어.

[거트루드] 부디 네가 참아라.

[햄릿] 말해봐라. 네가 무엇을 할 수 있느냐? 울 테냐? 싸울 테냐? 굶을 테냐? 아니면 사지를 찢을 테냐? 식초를 마시고 악어를 삼킬 테냐? 그 정도라면 나도 하겠다. 너는 여기 울부짖으러 왔느냐, 무덤 속에 뛰어들어 내게 개망신을 주려고 왔느냐? 산 채로 생매장 당하고 싶다면 나도 하겠다. 그래서 무덤을 산처럼 쌓아 올려라. 나도 너 못지않게 울분을 토하고 싶다.

[거트루드] 이게 다 실성한 탓이란다. 저러다가도 금방 사그라들 테니 네가 참아다오.

[햄릿] 레어티스! 네가 내게 이럴 이유가 무엇이냐? 나는 너도 사랑했다. 그러나 이제는 상관없다. 네 뜻대로 해라. 그래도 고양이는 야옹대고 개는 멍멍 짖을 것이다.

(퇴장)

[클로디어스] 호레이쇼! 따라가 돌봐줘라.

(호레이쇼 퇴장)

[클로디어스] 레어티스! 지난 밤 일을 잊지 말고 서두르자. 왕비! 사람을 시켜 햄릿을 잘 지켜봅시다. 이 무덤은 길이 보존할 것이다. 머지않아 평화로운 시기가 올 테니 그때까지 참고 기다려봅시다.

(퇴장)

5막 1장 분석

연극에서 가장 진지한 행위는 '셰익스피어의 레퍼토리'에서 가장 광범위한 코미디로 시작된다. 비극적 결말은 오필리아의 죽음의 상황에 대해 농담하는 두 명의 무덤 파는 사람(보통 시골 범프킨으로 연기됨)으로 시작된다. 캐릭터는 유럽 전역의 르네상스 극장에서 매우 인기 있던 기존 이탈리아 광대 기술인 코메디아 델 아르테(Commedia del'Arte: 르네상스 시대 베네치아와 롬바르디아 근교에서 발생한 이탈리아 연극 형태)라는 전통 공연에서 파생되었다.

이 대화는 거트루드의 보고서가 죽음을 우발적으로 보이게 했음에도 오필리아가 자살했다는 개념을 청중에게 소개한다. 무덤 파는 사람들은 햄릿과 능숙하게 역설적인 퍼스트 그레이브 디거의 재치가 일치하는 것으로 절정에 달하는 블랙 코미디에 탐닉한다. 셰익스피어가 무덤 파는 사람들 역할의 비천함에 대항하는 신학적 법과 같은 고상한 개념을 병치시키는 것은 이 장면 코미디의 본질로 작용한다.

이 장면에서 셰익스피어는 위대한 이퀄라이저로서 죽음에 대한 주제를 반복한다. 또한, 그는 죽음의 절대적 최종성을 탐구한다. 무덤 파는 사람들의 죽음에 대한 언급은 햄릿이 자신을 포함해 여러 죽음에 임박한 참여를 예고한다. 햄릿과 무덤 파는 사람은 벌레의 고기와 시간의 파괴에 대한 햄릿의 집착을 유머러스하게 거론한다. 무덤 파는 사람은 가인과 '최초의 더러운 살인'을 언급하는데 이는 청중에게 클로디어스도 형제 살인자임을 상기시킨다.

오필리아의 자살에 대한 질문은 법원이 제임스 홀 경이 자살해 기독교식 매장을 받는 것을 금지한 현대 법원 사건을 암시한다. 셰익스피어는 의심할 여지 없이 법원의 결정에 지지를 보여주기 위해 의도적으로 장면의 이 부분을 만들었다. 대부분의 비평에서 제공되는 오필리아의 매장에 대한 설명은 무덤이 기독교가 의심스러울 수 있는 사람들을 위해 예약된 지역의 신성한 땅 주변에 있다는 것이다.

레어티스와 햄릿의 싸움은 햄릿이 행동할 수 없음을 통제하려는 내부 투쟁을 상징한다. 햄릿이 '매우 고귀한 청년'이라고 부르는 도전적인 레어티스는 특이하게 성급하다. 열정적인 행동과 몇 마디 말하는 남자의 반대편 거울 앞에 선 햄릿은 오필리아에 대한 감정을 표현할 수 없지만 오필리아를 사랑한다는 것을 증명하기 위해 고군분투한다.

HAMLET

5막 2장

Act V, Scene II

"참새 한 마리가 떨어지는 데도 하늘의 섭리가 있네.
어차피 올 것은 오고 안 올 것은 안 오는 것.
다만 시간의 차이일 뿐. 각오가 중요하네."
_햄릿

● 궁중 홀

(햄릿과 호레이쇼 등장)

[햄릿] 왕이 여섯 필의 버버리 말을 내놓고 레어티스는 프랑스제 칼 여섯 자루와 온갖 장식품을 걸었단 말이지? 덴마크와 프랑스의 대결이군.

[호레이쇼] 정말 시합할 생각입니까?

[햄릿] 기꺼이.

[호레이쇼] 하지만 왕자님께서 지실 것 같은데요.

[햄릿] 그렇게 생각하지 않네. 레어티스가 프랑스에 가 있는 동안 나도 쉬지 않고 연습해왔지. 내가 유리한 시합이야. 가슴 한구석이 쓰리지만 상관없네.

[호레이쇼] 괜찮겠습니까?

[햄릿] 여자들이라면 불길한 징조로 생각할지 모르지만 부질없는 미신이지.

[호레이쇼] 조금이라도 꺼림칙하면 그만두시는 게 좋습니다. 제가 가서 적당히 핑계를 대고 시합을 연기하거나 취소시키겠습니다.

[햄릿] 그럴 필요 없네. 나는 미신 따위는 믿지 않아. 참새 한 마리가 떨어지는 데도 하늘의 섭리가 있네. 어차피 올 것은 오고 안 올 것은 안 오는 것. 시간의 차이일 뿐. 각오가 중요하네. 우리가 가진 것은 인품과 정신뿐이야. 그러니 이 세상을 언제 떠나든 무슨 상관인가?

(왕, 왕비, 레어티스, 오스릭과 중신들, 시종들이 칼과 장갑, 포도주와 잔을 얹은 테이블을 들고 등장)
[클로디어스] 자, 햄릿! 이리 와 여기 레어티스의 손을 잡아라.
(둘이 악수한다.)

[햄릿] 레어티스! 내 사과를 받아주게. 내가 잘못했네. 모든 이가 알고 자네도 들어서 알겠지만 나는 제정신이 아니었네. 자네는 당연히 분노했겠지만 모두 내가 실성한 탓이네. 나 햄릿이 아닌 내 실성이 자네에게 해를 끼친 것이고 그런 점에서 나도 피해자일세. 내가 고의로 자네에게 해를 끼친 게 아니라는 것만 알아주게.
[레어티스] 자식된 도리로 마땅히 복수심으로 충만했지만 왕자님의 뜻은 받아들입니다. 다만 이제 와 물러서거나 화해할 수는 없습니다. 호의와 우정은 잊지 않고 간직하겠습니다.
[햄릿] 나도 자네의 뜻을 받아들이고 형제간 시합으로 생각하고 임하겠네. 자, 칼을 다오.
[레어티스] 내게도 칼을 다오.
[햄릿] 자네 솜씨는 무딘 내 실력에 비하면 밤하늘의 별처럼 찬연히 빛날 걸세.
[레어티스] 놀리시나요?
[햄릿] 천만에.
[클로디어스] 오스릭! 두 사람에게 칼을 나눠주어라. 햄릿! 이 시합에 내기 건

것을 아느냐?

[햄릿] 잘 압니다.

[레어티스] 이건 좀 무겁군. 다른 것을 주게.

[햄릿] 이건 마음에 드는데. 길이는 다 같겠지?

(시합 태세를 갖춘다.)

[클로디어스] 포도주잔을 테이블에 올려놓아라. 햄릿이 1회나 2회에 득점하면
성루에서 일제히 축포를 울려라. 그리고 국왕은 축배를 들고 잔에는 역대 덴
마크 왕들의 왕관에 박혔던 것들보다 큰 진주를 넣을 것이다. 축배와 함께 나
팔도 불어라. 자, 시작하라.

[햄릿] 자, 덤벼라.

[레어티스] 덤비시오.

(둘이 시합한다.)

[햄릿] 득점했다.

[레어티스] 아니오.

[햄릿] 심판!

[오스릭] 득점입니다.

[레어티스] 좋소. 그럼 2회전이오.

[클로디어스] 멈추어라. 잔을 다오, 햄릿! 이 진주는 네 것이다. 축배!

(드럼, 나팔, 대포 소리)

[클로디어스] 이 잔을 햄릿에게 주어라.

[햄릿] 이 판을 끝내고 나서 마시겠습니다. 잔은 거기 두어라.

(시종이 잔을 테이블에 놓는다.)

자, 덤벼라.

(시합을 벌인다.)

[햄릿] 득점이다. 어떤가?

[레어티스] 스쳤습니다. 인정합니다.

[클로디어스] 왕자가 이길 것 같소.

[거트루드] 저렇게 땀을 흘리고 숨을 몰아쉬다니. 잠깐, 햄릿! 이 수건으로 이 마를 닦으렴. 그동안 나는 너를 위해 축배를 들게.

[햄릿] 그러세요.

[클로디어스] 왕비! 그 잔을 마시면 안 되오.

[거트루드] 마실 거예요. 내 아들을 위해.

(마신다.)

[클로디어스] (독백) '저건 독이 든 술인데. 이제 끝났군.'

[햄릿] 저는 나중에 마시겠습니다.

[거트루드] 네 얼굴을 닦아주마.

[레어티스] 이번에는 제 차례입니다.

[클로디어스] 그리 될까?

[레어티스] (독백) '어쩐지 양심에 찔리는구나.'

[햄릿] 자, 레어티스! 3회전이다. 자네는 놀고 있나? 솜씨 좀 발휘해 보라고. 나를 놀릴 셈인가?

[레어티스] 좋습니다. 갑니다.

(시합을 벌인다.)

[오스릭] 3회전 무승부!

(이때 레어티스가 햄릿을 찌른다. 혼란한 틈에 둘의 칼이 바뀐다. 이번에는 햄릿이 레어티스를 찌른다.)

[클로디어스] 두 사람을 말려라! 너무 흥분했다. 떼어놓아라.

(왕비 쓰러진다.)

[햄릿] 놔라! 다시 덤벼라!

[오스릭] 왕비 전하께서 쓰러지셨습니다.

[호레이쇼] 둘 다 피를 흘리고 있다. 왕자님! 괜찮으십니까?

[오스릭] 레어티스! 괜찮소?

[레어티스] 오스릭! 나는 덫에 걸렸소. 내가 내 꾀에 넘어가 죽게 생겼소.

[햄릿] 왕비 전하는 어떠시냐?

[클로디어스] 왕비는 피를 보시더니 놀라 기절하셨다.

[거트루드] 아니다, 아니다! 저 술 때문이다. 햄릿! 저 술잔에 독이 들었다. 독이!

(죽는다.)

[햄릿] 음모다! 문을 잠가라! 범인을 찾아라!

(레어티스 쓰러진다.)

[레어티스] 왕자님! 범인은 이 안에 있습니다. 왕자님도 죽습니다. 어떤 약도 소용없이 30분 안에 돌아가십니다. 들고 계신 칼끝에 독이 묻어 있습니다. 저도 그 칼끝에 찔려 죽어갑니다. 왕비 전하께서도 독을 마시셨습니다. 범인은 바로 저 왕입니다.

[햄릿] 이 칼끝에도 독이 묻었다고? 이 독 맛을 봐라!

(왕을 찌른다.)

죽어가는 햄릿
햄릿이 결투에서 클로디어스와 레어티스를 죽이고 호레이쇼의 부축을 받으며 죽어간다.

[모두] 반역이다! 반역이다!

[클로디어스] 나를 지켜다오. 상처를 입었다.

[햄릿] 이 저주받을 음탕한 살인마야! 이 독약을 실컷 마셔라! 이 진주까지 삼켜라! 내 어머니의 뒤를 따라가거라!

(왕 죽는다.)

[레어티스] 자기 손으로 만든 독약을 먹고 죽다니 천벌을 받았습니다. 왕자님! 저를 용서해 주십시오. 저와 제 아버님의 죽음은 왕자님 탓이 아니며 왕자님의 죽음도 제 탓이 아닙니다.

(죽는다.)

[햄릿] 레어티스! 하늘의 용서를 빈다. 호레이쇼! 나도 죽어가네. 가엾은 어머니! 잘 가십시오. 이 처참한 광경을 지켜보는 이들에게 할 말이 많지만 시간이 없구나. 호레이쇼! 나는 죽더라도 자네는 살아남아 나와 내 사연을 모든 이에게 알려주게.

[호레이쇼] 왕자님! 저도 덴마크인이라기보다 옛 로마인에 가깝습니다. 술잔에 아직 독약이 좀 남았군요.

[햄릿] 그 잔을 이리 주게. 어서 잔을 치우라니까. 호레이쇼! 자네마저 죽으면 나에 대해 어떤 오명이 남겠는가? 진정 나를 아낀다면 잠시 천국의 행복을 미루고 이 험난한 세상에 남아 내 이야기를 전해주게.

(행군 소리, 총소리)

[햄릿] 저건 무슨 소리인가?

[오스릭] 젊은 포틴브라스가 폴란드에서 승전해 돌아오다가 영국 사신들을 만나 예포를 쏘고 있습니다.

[햄릿] 아, 이제 죽는구나. 호레이쇼! 온몸에 독이 퍼지고 있다. 이제 죽음에 이르러 말하건대 덴마크 왕위는 포틴브라스에게 넘기게. 그리고 오늘의 사태를 소상히 말해주게. 나머지는 오직 침묵뿐이다.

(죽는다.)

[호레이쇼] 아, 고귀한 마음이 부서졌구나. 잘 가시오, 왕자님. 천사의 노래가 왕자님을 편히 쉬게 하소서! 북소리가 왜 여기로 오느냐?

(포틴브라스가 영국 사절들 깃발과 북을 앞세우고 시종들과 함께 등장)

[포틴브라스] 이 무슨 참변인가?

[호레이쇼] 무엇이 보입니까? 이보다 처참한 광경이 또 어디 있겠습니까?

[포틴브라스] 무참한 살육이구나. 이렇게 귀인들을 떼죽음시켜 죽음의 신이 지하에서 악마의 잔치라도 벌일 셈이었나?

[사절] 참혹하기 짝이 없군요. 영국의 보고도 들을 귀가 없어졌으니. 로젠크란츠와 길덴슈테른을 죽이라는 밀명을 수행한 찬사는 누구한테서 들어야 합니까?

[호레이쇼] 이 나라의 왕은 살아 있더라도 그분한테서 찬사는 듣지 못할 겁니다. 그런 밀명을 내린 적도 없으니까요. 그러나 때마침 이 참극 현장에 한 분은 폴란드에서, 또 다른 분들은 영국에서 오셨으니 이 시신들을 단상에 안치한 후 자초지종을 소상히 말씀드리겠습니다.

[포틴브라스] 어서 들어봅시다. 그리고 이 나라 대신들을 불러 모으시오. 나는 애도하는 심정으로 내 행운을 맞을 것이오. 나는 이 왕국에 대해 잊지 못할 기억이 있고 이번 기회에 내 권리를 주장하려고 하오.

[호레이쇼] 그 일에 대해서도 드릴 말씀이 있습니다. 그것도 돌아가신 햄릿 왕자님의 입에서 나온 말씀입니다. 그러나 먼저 말씀드린 일부터 끝냅시다. 세

상 민심이 소란하니 자칫 불길한 사태가 발생할 수도 있으니까요.

[포틴브라스] 부대장 네 명은 햄릿 왕자님을 정중히 단상으로 모셔라. 저분이 왕위에 오르셨다면 보기 드문 성군이 되셨을 텐데. 애도의 군악과 조포를 소리 높이 울리고 저 시신들을 거두어라. 전쟁터에 어울릴지 모르겠지만 여기서는 참담할 뿐이구나. 가서 조포를 울려라.

(병사들이 시신을 들고 나가고 멀리서 조포 소리가 들린다.)

▍5막 2장 분석

　메이너드 맥은 연극 마지막 막에서 "햄릿은 자신의 세계를 받아들이고 우리는 다른 사람을 발견한다."라고 말한다. 그는 부패한 제도 밖에서 존재해 왔지만 끌려가는 것을 거부할 수 없었다. 유령은 햄릿에게 '나를 기억하라.'라고 도발했을 때 햄릿의 운명은 정해졌다. 이 마지막 장면에서 소용돌이는 마침내 햄릿이 말을 빼앗기고 그의 '벌거벗은 몸매'의 자비를 받는 것을 포착한다. 그는 최대한 오래 '보이다'와 '행위'와 '연극'의 세계를 돌아다니며 자신의 전술을 사용해 이 세계를 이기기 위해 노력했다. 그는 미친 척하고 겉으로 사랑하는 여자, 그녀의 아버지, 그의 학교 친구들을 배신했다. 그는 세 번의 냉혈한 살인을 저질렀고 오필리아를 저승으로 보냈다. 그는 자신이 그런 더러운 싸움 위에 우뚝 솟아 있다고 생각했지만 자신이 휩쓸려 있음을 깨달았다. 이제 그는 피할 수 없는 상황을 직면해야 했다. 맥이 말했듯이 햄릿은 마침내 '인간의 행동, 인간의 판단이 둘러싸인 경계를 배우고 받아들였다.'

우리는 장면 첫 부분에서 햄릿이 호레이쇼에게 그가 어떻게 로젠크란츠와 길덴슈테른을 저승으로 보냈는지 완전히 회고하며 설명할 때 그의 변화를 인식한다. 그의 행동에 대한 계산적인 계획성은 우리가 알게 된 햄릿의 완전한 반전이다. 호레이쇼의 다음과 같은 말은 그가 겁에 질렸음을 보여준다. 그는 "그래서 길덴슈테른과 로젠크란츠는 가지 않는다."라고 말하는데 이는 그들이 저승으로 가는 것을 의미하며 햄릿은 이를 반박한다.

햄릿은 자기 비난에 빠진 사람에서 냉혈한 배신과 살인을 대담하게 정당화할 수 있는 사람으로 변했다. 더 중요한 것은 햄릿이 클로디어스를 죽이고 왕좌를 되찾음으로써 부패한 삼촌의 옛 질서 찬탈로 인한 모든 잘못을 바로잡을 책임이 있다고 생각하게 되었다는 것이다.

셰익스피어는 오스릭의 입장과 햄릿의 행동 결심을 병치시킨다. 클로디어스 궁정의 대표자 오스릭은 덴마크 주에서 썩은 모든 것을 구현한다. 햄릿에 따르면 오스릭은 이 경박한 시대에 덴마크를 압도하는 많은 피상적인 사람 중 한 명이다. 이 과시는 덴마크 본성의 구내염이며 햄릿은 그가 그것을 지울 준비가 되어 있다고 확신한다. 햄릿이 "그를 아는 것은 악덕"이라고 말한 오스릭은 햄릿이 2막에서 술에 취해 법정을 살펴보며 말한 사악함을 나타낸다. 진행 중인 파티를 이야기하는 것은 전 세계가 덴마크를 술취한 나라로 보게 만든다. 햄릿은 왕의 악을 없애는 것이 자신의 의무라고 생각하는데 여기에는 오스릭도 포함된다.

오스릭과 영주가 햄릿이 왕의 기쁨에 따라 결투에 참여할 거라고 확신한 후 호레이쇼는 주의를 촉구한다. 그럼에도 햄릿은 4막 4장에서 노르웨이군이 폴란드로 향하는 것을 지켜보며 발견한 결의에 공감하는 연설에서 자신이 모든 책임을 맡을 준비가 되어 있다고 분명히 말한다. 그의 말은 하나님의 지식 없이는 참새가 떨어지지 않는다는 성경 구절을 의역한다. "참새 한 마리가 떨어지는 데도 하늘의 섭리가 있다네. 어차피 올 것은 오고 안 올 것은 안 오는 것. 시간의 차이만 있을 뿐. 각오가 중요한 걸세. 우리가 가진 것은 인품과 정신뿐이야. 그러니 이 세상을 언제 떠나든 무슨 상관인가?" 여기서 햄릿은 완전한 실존주의자를 묘사하며 존엄성을 가지고 연극하고 별에서 그를 위해 쓰인 부분을 존중하기 위한 투쟁에 직면한다. 그는 진정으로 그 순간에 존재하며 그것을 붙잡을 것이다.

자신의 의도를 선언한 햄릿은 큰 팡파르 속에서 링에 들어가고 레어티스와의 화해를 향한 첫걸음으로 여행을 시작한다. 이 시점에서 그는 그렇게 해야 한다는 것을 알고 있다. 햄릿은 레어티스에서 자신을 인식하고 레어티스에게 용서를 구하고 용서함으로써 자기혐오의 부담에서 벗어나야 한다. 그는 앞서 레어티스에 대해 말했다. "레어티스! 내 사과를 받아주게. 내가 잘못했네. 모든 이가 알고 자네도 들어서 알겠지만 나는 제정신이 아니었네. 자네는 당연히 분노했겠지만 모두 내가 실성한 탓이었네. 자네에게 해를 끼친 건 나 햄릿이 아니라 내 실성이고 그런 뜻에서 나도 피해자일세. 고의로 자네에게 해를 끼친 게 아니라는 것만 알아주게." 레어티스에게 손을 뻗어 햄릿은 자신의 본성의 상충하는 측면을 조화시키고 자신이 해야 할 일에 자신을 해방시킨다. 폴로니어스와 오필리아의 죽음에 대한 복수로 햄릿을 죽이려는 레어티스의 결심은 확고하다.

햄릿은 결투가 단순한 '놀이'가 아니라 죽음에 이르는 것임을 분명히 알고 있다. 그는 상황의 심각성을 깨닫고 레어티스가 마지막 도전을 걸어온다는 것을 안다. 불분명한 것은 햄릿이 클로디어스와 레어티스의 음모를 아느냐

여부다. 예를 들어 그는 위험을 의심하기 때문에 클로디어스가 권하는 포도주를 거부할 것인가? 그가 하는 말은 "이 판을 끝내고 나서 마시겠습니다. 잔은 거기 두어라."라는 것뿐이다. 거트루드는 치명적인 한 모금을 마신 후 "너를 위해 축배를 들겠다."라고 말한다. 햄릿은 와인이 펜싱 기술을 둔하게 할까 봐 두려웠을까, 아니면 포도주가 위험하다고 생각했을까? 레어티스는 왕자에게 동정적이고 강력한 적을 제시한다. 그는 햄릿만큼 청중으로부터 많은 지지를 받을 것이다.

프로덕션에서 묻고 답해야 할 또 다른 질문은 거트루드의 죽음의 사고나 자살 여부다. 여기서 거트루드가 햄릿 왕의 피살에 대해 얼마나 아느냐에 대한 대답이 중요하다. 그녀는 클로디어스가 햄릿의 컵에 독을 넣었다는 것을 알고 햄릿을 구하기 위해 컵을 마셨을까? 햄릿이 옷장에 다가와 폴로니어스를 죽이기 전 그녀가 결백했다면 그녀는 남편에 대한 햄릿의 열광적이고 미친 기소를 믿었을까? 어느 쪽이든 그녀는 죽고 그녀의 죽음은 햄릿이 마침내 그가 연극이 시작될 때부터 하겠다고 말한 것을 하도록 자극한다.

레어티스의 죽음과 계시는 햄릿의 결심에 또 다른 촉매제 역할을 한다. 레어티스가 자신의 칼에 베었을 때 그는 햄릿을 위해 "왕자님! 저를 용서해 주십시오. 저와 제 아버님의 죽음은 왕자님 탓이 아니며 왕자님의 죽음도 제 탓이 아닙니다."라고 다시 말한다. 스스로 빠져나올 수 없는 함정은 햄릿과 레어티스 둘 다 잡는다. 그들이 맹세한 피의 불화를 유지하기 위해 살인을 저질러야 하지만 둘 다 기독교인이고 기독교 도덕에 묶여 폭력을 혐오한다. 각자 자신의 배신으로 인해 타락해야 하고 각자 죽어야 하는 가운데 내세의 마지막 결과 앞에 더 큰 용서를 나눈다.

이제 햄릿은 죽음에 직면해야 한다. 죽기 전에 햄릿은 평화를 이루어야 한다. 그는 먼저 레어티스와 화해한다. 둘은 서로 용서하고 그들이 취한 삶에 대한 죄책감에서 벗어나 서로 기독교 천국에 맡긴다. 햄릿이 여전히 완수해야 할 과제는 그를 살아 있게 한 말의 경로를 찾는 것이다. 그래서 그는 충성스러운 호레이쇼에게 자신의 이야기를 들려달라고 부탁한다.

햄릿의 차분한 거울 이미지인 호레이쇼는 이제 생각과 행동, 말과 행동 간의 갈등을 곡예하듯 책임지고 있다. 햄릿은 자신이 마지막 숨을 쉴 준비를 하는 동안 폴란드에서 싸우고 덴마크에 도착한 포틴브라스에게 '죽어가는 목소리'를 낸다. 포틴브라스에서 햄릿은 단어의 중요성을 인식하고 왕좌를 주장하면서 덴마크의 명예를 회복할 수 있는 동족정신을 깨닫는다. 그런 다음 햄릿은 자신을 완전히 죽음에 이르게 한다.

포틴브라스는 즉시 책임지고 호레이쇼가 말하는 이야기를 듣고 엉망진창인 것을 즉시 청소할 것을 병사들에게 명령한다. 그는 햄릿을 위한 영웅의 장례식을 명령함으로써 혼란을 평온하게 만든다. 그는 클로디어스 통치의 부패를 없애고 호레이쇼가 덴마크를 통치한 '육욕적이고 피비린내 나는 부자연스러운 행위'라고 보고한 것을 끝낼 것이다. 우리는 연극의 마지막 단어가 강력하고 분명한 포틴브라스에 속하기 때문에 모든 게 잘 될 것임을 알고 있다. "저 시신들을 거두어라. 전쟁터에는 어울릴지 모르지만 여기서는 참담할 뿐이구나."

또한, 마지막 장면은 복수 삼각형을 완성한다. 살해당한 아버지의 모든 아들(햄릿 왕, 포틴브라스 왕, 폴로니어스)은 복수를 보았다. 아들들은 용서에 대한 기독교인의 기대를 충족시키며 중세의 명예규범을 달래왔다. 가장 중요한 것은 햄릿이 결국 전사한다는 것이다. 2막에서 배우 1이 언급한 아킬레우스의 아들 피루스처럼 햄릿은 '자신의 의지와 문제에 중립적인 것처럼' 서 있는 것을 멈추었다. 목마 속에 몸을 숨긴 피루스는 복수를 찾아 헤매며 프리암 왕을 죽였다. 햄릿은 마비를 극복하고 클로디어스 왕을 죽였다. 그리고 피루스처럼 마침내 얻은 영웅의 영광과 함께 묻힐 것이다.

윌리엄 셰익스피어의 4대 비극

맥베스

맥베스

장소 및 등장 인물

장소
스코틀랜드, 잉글랜드

등장 인물
[맥베스] 주인공. 덩컨 왕의 장군

[맥베스의 부인]

[덩컨] 스코틀랜드 왕

[맬컴, 도날베인] 덩컨 왕의 아들

[뱅코] 덩컨 왕의 장군. 맥베스와 예언을 함께 듣게 됨

[플리언스] 뱅코의 아들

[맥더프] 스코틀랜드 귀족. 어미의 배를 가르고 나온 자

[레녹스, 로스, 멘티스, 앵거스, 케스니스] 스코틀랜드 귀족

[마녀 1]

[마녀 2]

[마녀 3]

[혼령]

MACBETH

1막 1장

Act I, Scene I

'종종 인생은 진실과 거짓을 구별하기 어려운 사건에 대한
혼란스러운 그림을 제시한다.'

_내레이션

● 천둥과 번개가 치는 광야

(세 마녀 등장)

[마녀 1] 우리 셋이 언제 다시 만날까? 천둥이 칠 때? 번개가 칠 때?

[마녀 2] 이 혼란과 동란이 끝났을 때. 이 싸움에 이기고 또 졌을 때.

[마녀 3] 그렇다면 해지기 전이겠지.

[마녀 1] 그 장소는?

[마녀 2] 들판이 좋아.

[마녀 3] 그래, 거기서 맥베스를 만나자.

[마녀 1] 이제 간다. 늙은 괭이야!

[마녀 2] 두꺼비가 부른다.

[마녀 3] 곧 갈게!

[마녀 모두] 예쁜 건 추한 것, 추한 건 예쁜 것. 자, 안개와 더러운 공기 속을
날아가자.

(안개 속으로 사라진다.)

1막 1장 분석

맥베스는 랜드마크나 건물이 없는 '열린 장소'에서 시작해 나중에 자신을 부르는 '이상한 세 자매'의 등장으로 시작된다. 고대영어 단어 '와이어드 (wyrd)' 또는 '이상한'은 '운명'을 뜻하며 이것이 바로 이 마녀의 기원이다(그들은 고전 신화의 운명이며 그중 하나는 사람의 삶의 실을 뽑았고 그중 하나는 그것을 측정했고 하나는 그것을 잘랐다). 장면의 황량함은 연극의 배경인 거친 스코틀랜드 황야를 극적으로 묘사했다.

세 마녀의 연설은 주문 시전을 모방한 짧은 운율의 구절로 작성되었다. 또한, 여성의 언어는 요술과 혼란스러운 날씨 이미지로 가득 차 있다. 천둥, 번개, 비, 안개, '더러운 공기'. '전투에서 이기고 졌을 때'와 '공정은 반칙이고 반칙은 공정하다'라는 대사가 장면에서 가장 중요하다.

한편, 이 같은 모순된 진술은 우리가 마녀로부터 기대할 수 있는 종류의 수수께끼다. 다른 한편으로 대사는 연극 전체에 걸쳐 실행되는 역설을 암시한다. 종종 인생은 진실과 거짓을 구별하기 어려운 사건에 대한 혼란스러운 그림을 제시한다.

MACBETH

1막 2장

Act I , Scene II

> '맥베스를 전사 영웅으로 소개하는 것은 연극에서 매우 중요한데
> 비극은 이미 위대한 인물의 몰락을 목격하는 데 달려 있기 때문이다.'
> _내레이션

● 왕군 진영

(무대 안에서 전투 준비를 알리는 나팔 소리. 국왕 덩컨, 맬컴, 도날베인, 레녹스가 시종들을 거느리고 등장. 피투성이가 된 위병대 장교가 병사 두세 명의 부축을 받으며 다른 쪽 문으로 등장)

[덩컨] 저 피투성이 사나이는 누구냐? 모양을 보니 반란군의 최신 동정 보고를 가져온 것 같다.

[맬컴] 저 장교입니다. 용맹한 무장답게 포로로 잡힐 뻔한 저를 구해준 것은…. 잘 왔소, 용감한 전우! 지금 막 떠나온 전장의 모습을 국왕 폐하께 아뢰어 주오.

[장교] 승패를 가늠하기 어려운 것은 물속을 헤엄치다가 기진맥진한 사나이끼리 부둥켜안고 수족의 자유를 잃어 허우적거리는 것과 같았습니다. 잔악한 적장 맥도날 등은 과연 역적으로 불릴 만큼 온갖 악업을 온몸에 걸머지고 고향인 서쪽 여러 섬에서 경장의 보병과 기병의 대군을 긁어모아 한때 운명의 여신도 그의 불의 악덕에 추파를 던지고 역적의 창부가 되는 듯했지만 결

국 모든 게 허사로 돌아갔습니다. 용맹하고 과감한 맥베스 장군이 그 이름에 손색없게 운명 따위는 무시하고 숨돌릴 틈도 없는 살육으로 피에 물들어 무용의 총아답게 적진 깊숙이 쳐들어가 마침내 적장 면전에 이르자 아무 몸짓이나 인사도 없이 적을 배꼽부터 턱까지 한칼로 갈라 그의 목을 우리 성새에 걸어 놓았습니다.

[덩컨] 오, 용감한 동생! 훌륭한 사나이!

[장교] 그런데 해가 떠오르는 동쪽에서 오히려 배를 뒤엎는 폭풍우와 무서운 천둥이 일어난다고 했는데 그처럼 우리 편 운이 솟아오르는 샘터에서 뜻밖의 비운이 끓어 올랐습니다. 폐하! 정의가 무용의 갑옷을 두르고 도망치는 적 보병을 물리친 순간, 기회를 노리던 노르웨이 왕이 빛나는 무기와 신병을 이끌고 기습해왔습니다.

[덩컨] 그것을 보고 우리 장군 맥베스와 뱅코는 겁내지 않았나?

[장교] 그렇습니다. 독수리가 참새를, 사자가 토끼를 겁낸다고 할 수 있다면. 정확히 아뢰면 두 번의 활약은 탄환 두 개를 한꺼번에 장전한 대포처럼 적에게 두 배의 타격을 연달아 퍼부었습니다. 그 처절함은 피바다에서 목욕하시려는 건지 모를 정도였습니다. 저는 이제 기운이 빠졌습니다. 상처가 아파 견딜 수 없습니다.

[덩컨] 보고하는 말도, 그 깊은 상처도 그대의 인품처럼 훌륭하고 무인의 자랑에 빛나고 있소. 어서 의사를 불러주어라.

(장교는 부축받고 퇴장)

[덩컨] 거기 오는 게 누구냐?

(귀족 로스와 앵거스 등장)

[맬컴] 로스의 영주입니다.

[레녹스] 저 황급한 기색! 뭔가 심상찮은 말씀을 아뢰러 온 듯합니다.

[로스] 폐하께 신의 가호가 있길!

[덩컨] 어디서 오는 길이오?

[로스] 파이프에서 오는 길이옵니다. 위대하신 폐하! 노르웨이 왕은 친히 대군을 이끌고 반군의 수괴, 극악무도한 코오더 영주의 도움을 받아 맹공을 개시했지만 '전쟁의 여신' 벨로나의 신랑인 군신 마르스처럼 무적의 갑옷을 두르신 맥베스 장군은 적 병력에 못지않은 대군을 이끌고 칼에는 칼, 힘에는 힘으로 맞서 교만한 적의 기세를 제압해 마침내 승리를 우리에게 가져왔습니다.

[덩컨] 정말 다행스러운 일이오!

[로스] 그래서 노르웨이 왕 수이노는 화목을 간청하고 있사오니 아군 측은 성 코옴섬에서 만 달러를 배상금으로 받을 때까지 적군 시신 매장조차 허락하지 않고 있습니다.

[덩컨] 코오더 영주에게 우리의 온정을 다시 배신시킬 수는 없소. 즉시 처형할 것을 전하고 그 칭호로서 맥베스를 영접해 노고를 위로하오.

[로스] 분부대로 하겠습니다.

[덩컨] 그놈이 잃은 것을 고결한 맥베스가 얻은 것이다.

(모두 퇴장)

1막 2장 분석

덩컨 군대의 대위가 전투 관련 초기 보고를 한다. 그는 처음에는 전투 결과가 의심스러웠다고 말한다. 두 군대의 관성을 설명하기 위해 물에 빠진 두 남성의 은유를 사용했는데 그들은 서로 손과 발이 뒤엉켜 자유를 잃은 것과 같다 했다. 전투의 이 단계에서 운명(Fortune)은 '미소 짓는 창녀'(그녀의 변덕스러움의 전통적인 의인화) 맥도날드를 지지할 것이다. 이 상황을 역전시키기 위해 '운명을 경멸하는' 용감한 전사 맥베스에게 맡겨졌다.

맥베스를 전사 영웅으로 소개하는 것은 연극에서 매우 중요한데 비극은 이미 위대한 인물의 몰락을 목격하는 데 달려 있기 때문이다. '용맹의 하수인'(용기의 종)과 '벨로나의 신랑'(전쟁의 남편)과 같은 문구는 맥베스의 슈퍼 영웅주의를 보여준다.

전장에서 맥베스의 명성은 맥베스와 그의 동료 선장 뱅코가 '참새'나 '토끼'에 비유되는 소심한 노르웨이인을 두려워하지 않는 '독수리'와 '사자'에 비유되는 선장의 두 번째 보고서의 직유로 더 강화된다. 상징적으로 사자는 스코틀랜드 왕의 왕실 문장에 나타난다. 맥베스와 뱅코의 싸움은 포병의 행동과 비교된다(역사적으로 이 전투는 칼싸움이었을 것이다). 마지막으로 맥베스는 그리스도의 십자가 처형 장면인 '골고다'를 재현한 것으로 알려져 있다.

스코틀랜드 귀족 로스는 세 번째 보고서와 함께 현장에 들어간다. 다시 한 번 전투 결과는 의심스럽고 결과가 맥베스에 의해 스코틀랜드에 유리하게 결정될 때까지 다시 한번 두 전투원은 동등한 조건(자기 비교)으로 보인다. 장면은 두 가지 결의로 끝난다. 첫째, 노르웨이인들은 휴전을 간청한다. 둘째, 이야기에서 더 중요한 것은 불충한 코오드의 영주가 처형되고 그의 칭호가 맥베스에게 부여된다는 것이다.

2장의 언어는 전투 활동, 긴박감, 소름 끼치는 사실주의 대부분을 포착한다. '노르웨이 깃발은 하늘을 비웃고 우리 국민을 차갑게 부채질합니다.'와 같은 대사는 장면에 영화적 느낌을 주고 연극이 더 넓은 세계와 관련 있으며 도덕적 질문이 올 때 그렇게 한다는 것을 상기시켜준다.

MACBETH

1막 3장
Act I, Scene III

"너희가 시간 속에 든 씨앗을 들여다볼 수 있고 어떤 씨앗이 자라고
어떤 씨앗이 자라지 않을지 예언할 수 있다면 내게도 말해보아라."
_뱅코

● 천둥 치는 광야

(세 마녀 등장)

[마녀 1] 어디 갔었니?

[마녀 2] 돼지를 죽이러.

[마녀 1] 어느 선원의 계집이 행주치마에 밤을 가득 담아놓고 쉴새 없이 '쩝쩝
쩝쩝' 먹길래 '나도 좀 줘.'라고 했더니 '썩 물러가, 이 마녀야!'라며 그 뚱뚱한
빌어먹을 년이 소리쳤어. 그년의 남편은 타이거호 선장으로 지금 알레포에
가 있어. 하지만 나는 쳇바퀴를 타고 바다를 건너 꼬리 없는 쥐가 되어 혼내
줄 거야. 반드시 혼내줄 거야. 혼내줄 거야.

[마녀 2] 그럼 내 바람을 하나 주지.

[마녀 1] 고마워.

[마녀 3] 나도 바람을 하나 줄게.

[마녀 1] 나머지 바람은 모두 내가 가지고 있다. 어느 항구로 부는 바람인지,
어느 방향으로 부는 바람인지 모두 해도 속에 나와 있다. 역풍으로 그놈을 마

른 풀처럼 말라빠지게 할 거야. 밤이든 낮이든 그놈의 눈꺼풀 위로 절대로 잠이 깃들지 못하게 할 거야. 그놈을 저주받게 해 괴로운 무한대의 혼미 속에 허덕이게 하면 말라빠져 시들어버릴 거야. 배는 침몰시킬 수 없지만 폭풍으로 실컷 뒤흔들어 줄 거야. 이걸 봐.

[마녀 2] 어디 좀 보자.

[마녀 1] 이건 귀국 도중 난파한 뱃길잡이의 엄지야.

(안에서 북소리)

[마녀 3] 북소리다! 북소리! 맥베스가 온다.

(세 마녀 윤무. 점점 빨라진다.)

[마녀 모두] 운명을 조종하는 세 자매, 손에 손잡고 바다와 육지를 질풍처럼 달린다. 돌아라! 마음대로 빙글빙글. 네가 세 번, 내가 세 번, 한 번 더 세 번이면 아홉 번으로 끝이다. 쉿! 이걸로 주문은 맺어졌다.

(맥베스와 뱅코 등장)

[맥베스] 이렇게 음산하면서도 좋은 날은 처음이야.

[뱅코] 포레스까지는 얼마나 남았소?

(서서히 안개가 걷힌다.)

[뱅코] 저것들은 뭐냐? 저렇게 시들어 빠지고 미치광이 몰골인 것들이 아무래도 땅 위에 사는 것들 같진 않은데 분명히 땅 위에 있구나. 너희는 살아 있느냐, 아니면 우리와 말할 수 있는 것들이냐? 내 말을 알아듣는 모양이다. 모두 거칠게 튼 손가락을 주름투성이 입술에 갖다 대는 걸 보니. 음, 여자 같은데 얼굴에 수염이 있는 걸 보면 그렇게 볼 수도 없을 것 같다.

세 마녀를 만나는 맥베스와 뱅코
세 마녀가 맥베스와 뱅코에게 놀라운 예언을 하는 장면이다.

[맥베스] 말해보아라. 말할 수 있거든. 도대체 너희는 뭐냐?

[마녀 1] 맥베스 만세! 글래미스 영주께 축복을 드립니다.

[마녀 2] 맥베스 만세! 코오더 영주께 축복을 드립니다.

[마녀 3] 맥베스 만세! 장차 왕이 되실 분!

[뱅코] 맥베스 장군! 왜 놀라시오? 이렇게 듣기 좋은 예언을 왜 두려워하시오? 진정 너희는 환영이냐, 실제로 눈에 보이는 그대로냐? 너희는 존경하는 내 동료를 현재의 경칭으로 부르고 다시 새로운 작위와 미래의 왕위까지 약속해 장군은 저렇게 망연자실하고 있다. 그런데 내게는 아무 말이 없구나. 너희가 시간 속에 든 씨앗을 들여다볼 수 있고 어떤 씨앗이 자라고 어떤 씨앗이 자라지 않을지 예언할 수 있다면 내게도 말해보아라. 그렇다고 너희의 후의를 바라거나 증오를 두려워하는 것도 아니다.

[마녀 1] 만세!

[마녀 2] 만세!

[마녀 3] 만세!

[마녀 1] 맥베스보다 작지만 훨씬 큰 분.

[마녀 2] 별로 운이 좋지 않지만 훨씬 운이 좋은 분.

[마녀 3] 왕이 될 자손을 낳으시지만 자신은 아무것도 아니신 분. 그러니 두 분 다 만세! 맥베스와 뱅코!

[마녀 1] 뱅코와 맥베스 두 분 다 만세!

(안개가 짙어진다.)

[맥베스] 거기 서라. 애매한 말을 하는 것들아! 더 똑똑히 말해라. 내 선친 시이넬이 돌아가시고 내가 글래미스 영주가 된 것은 틀림없는 일이다. 하지만 코오더는? 코오더 영주는 생존한 세력 있는 실력자다. 왕이 된다는 말은 더 더욱 믿을 수 없다. 말해보아라. 도대체 어디서 그런 괴상한 짓을 얻어 왔느

냐? 어째서 이 황량한 들판에서 우리를 기다려 그런 예언 같은 특사를 보내느냐? 말해보아라. 내가 명령한다.

(마녀들 사라진다.)

[뱅코] 대지에도 물처럼 거품이 있는 모양이다. 저것들이 바로 그것이다. 어디로 사라졌나?

[맥베스] 공중으로 사라졌소. 형체가 있는 것 같았는데 바람이 녹듯이 숨결이 사라져버렸소. 더 머물렀으면 좋으련만.

[뱅코] 우리가 지금 이야기하는 그것이 실제로 여기 있었을까요? 아니면 미치광이 풀뿌리라도 먹고 온통 이성이 마비된 걸까요?

[맥베스] 장군의 자손들은 왕이 된다고 했지요.

[뱅코] 장군은 자신이 왕이 되신다고요.

[맥베스] 그리고 코오더 영주도 되고. 그러지 않았나요?

[뱅코] 맞아요. 저건 누굴까?

(로스와 앵거스 등장)

[로스] 맥베스 장군! 폐하께서 장군의 승전 소식을 듣고 기쁨을 감추지 못하셨소. 반란군과의 싸움에서 장군이 몸소 분전하신 보고를 읽으실 때는 놀라움과 찬탄이 뒤섞여 어쩔 줄 모르시는 것 같았소. 그리고 아무 말씀도 안 하시고 그날 이후 전황을 읽으시곤 장군께서 완강한 노르웨이 병사들에게 포위당해 닥치는 대로 주검의 산을 이루면서도 그 무서운 형상에 추호도 두려워하는 빛이 없으셨음을 아셨소. 그 위에도 잇달아 빗발치는 전령들은 모두 왕국 수호에 위대한 공을 세우신 장군에 대한 찬사를 폐하의 어전에 퍼붓듯 아뢰었소.

[앵거스] 저희 임무는 폐하의 치사를 장군께 전하고 폐하의 어전으로 안내하

는 것뿐이오. 포상 분부는 따로 계실 겁니다.

[로스] 다만 더 큰 명예를 내리실 증거로 장군을 코오더 영주라고 부르라는 분부가 계셨소. 코오더 영주! 축하드립니다. 그 칭호는 이미 장군 것입니다.

[뱅코] 아니, 악마도 진실을 말할 수 있을까?

[맥베스] 코오더 영주는 살아 계시오. 귀공은 남의 옷을 왜 내게 입히려고 하오?

[앵거스] 영주였던 사람은 아직 살아 있지만 중벌을 받아 목숨을 잃게 되었습니다. 그 노르웨이 군대와 결탁했는지, 반란군에게 비밀 원조와 편의를 제공했는지, 두 가지 다 겸해 조국의 멸망을 꾀했는지는 모릅니다. 어쨌든 대역을 자백하고 그 증거도 드러나 처형을 피할 수 없게 되었습니다.

[맥베스] (독백) '글래미스! 그리고 코오더 영주! 가장 큰 게 남아 있다.'

(큰 소리로) 수고하셨소. (뱅코에게) 장군의 자손들이 왕이 되기를 바라지 않으시오? 내게 코오더 영주를 준 그것들이 그런 약속을 했소.

[뱅코] 그런 것을 믿으시면 코오더 영주뿐만 아니라 왕관까지 욕심낼 거요. 하지만 이상하네. 흔히 우리를 파멸로 몰아넣으려고 지옥의 앞잡이들은 사소한 일에는 진실을 말해 유혹하고 중대한 일에는 우리를 배신해 함정에 빠뜨리는 수가 있소. 잠시 두 분께 물어볼 게 있소.

(로스와 앵거스가 뱅코에게 접근한다.)

[맥베스] (독백) '두 가지는 맞았다. 왕위를 건 장대한 연극의 좋은 서막이다.'

(큰 소리로) 두 분께 감사하오. (독백) '이 신비로운 유혹은 나쁠 리 없다. 좋을 리 없다. 나쁘다면 왜 먼저 진실에서 시작해 내게 성공을 약속했을까? 나는 코오더 영주가 되었다. 좋다면 나는 왜 그 유혹에 빠져 그 무서운 형사를 생각하기만 해도 소름 끼치고 안정되어 있던 내 심장은 가슴이 찢어질 듯 격렬히 고동칠까? 눈앞의 공포는 두려운 상상에 비하면 정말 미미한 것. 살인이라는 내 생각은 아직 공상에 불과한데도 완전한 내 왕국을 뒤흔들고 마음의

기능은 억측에 질식되어 눈에 띄는 거라곤 환영뿐이다.'

[뱅코] 저것 좀 보시오. 내 친구가 뭔가 골똘히 생각하고 있구려.

[맥베스] (독백) '운명이 정녕 나를 왕이 되게 한다면 내가 서둘지 않아도 운명이 내게 왕관을 씌워줄 것이다.'

[뱅코] 새로운 영예가 그에게 내려졌지만 새로 입은 옷처럼 몸에 안 맞는 모양이군. 하지만 한동안 입어서 몸에 익혀야지.

[맥베스] (독백) '어둠의 별일지라도 올 테면 오라. 아무리 궂은 날이라도 끝나는 시간은 있을 테니.'

[뱅코] 맥베스 장군! 우리는 장군을 기다리고 있소. 이제 가봅시다.

[맥베스] 아, 용서하시오. 어쩌다 보니 잊었던 일을 정신없이 생각하고 있었나 보오. 두 분의 수고는 마음속 깊이 새겨두고 매일 생각하겠소. 이제 폐하를 뵈러 갑시다. (뱅코에게) 오늘 일을 잊지 마시오. 잘 생각해 두었다가 언제 시간이 나면 서로 흉금을 터놓고 얘기해 봅시다.

[뱅코] 그럽시다.

[맥베스] 그때까지 오늘은 이만합시다. 자, 모두 갑시다.

(모두 퇴장)

▮ 1막 3장 분석

3장의 오프닝은 단순히 1막의 초자연적 세계로 우리를 회상하는 것 이상의 역할을 하며 1장에 등장하는 마녀의 저주는 운명이 맥베스를 위해 준비한 것을 예고한다. 선원은 맥베스가 그의 땅의 '선장'이 되는 것과 같은 방식으로 배의 선장이다. 선원처럼 맥베스는 불운의 폭풍우에 휩싸일 것이다. 수면은 둘 다 거부된다. 유명하게도 맥베스는 나중에 덩컨을 살해할 때 자신이 '살인을 저질렀다'라고 믿고 그와 맥베스 부인 모두 거부당한다. 마지막으로 바다에서 폭풍의 은유는 전통적으로 혼란과 사건의 예측 불가능성을 나타내는 데 사용된다.

맥베스의 첫 마디 "내가 본 적 없는 날이 너무 더럽고 공정하다."는 아이러니하게도 1장에서 마녀의 "반칙은 공평하다"를 떠올리게 하지만 뱅코는 이상한 자매를 맨 먼저 발견해 마녀의 모호하고 혼란스러운 모습을 언급한다. 그들은 그를 이해하는 것처럼 보이지만 그는 확신할 수 없다. 그들은 '여자여야 하지만' 수염을 기르고 있다. 장면 후반 맥베스는 마녀들이 '육체적인 것처럼 보이지만' 거품처럼 '공중으로' 사라진다고 말한다.

맥베스에 대한 마녀의 반응에서 그 같은 모호함은 발생하지 않는다. 그는 글래미스의 테인이고 코도르의 테인이며 왕이 될 것이다. 불확실한 것과 확실한 것의 대조 또는 혼란스러운 것과 운명에 의해 명령되거나 정해진 것의 대조는 이 희곡을 쓰는 데 중요한 구조적 구성 요소 중 하나이며 우리가 그것을 보기를 셰익스피어가 원한다는 것이 분명하다.

이 독특한 예언에 대한 뱅코의 반응은 전문적인 경쟁의 예라기보다 이해할 수 있다. 그는 맥베스와 이름으로 연결되어 있으며 지금까지 그의 친구와 동등한 공로를 누리고 있다. 또한, 그는 왜 자신의 미래를 예언하면 안 되는가? 그러나 그에 대한 마녀들의 대답은 더 수수께끼 같다.

이 장면에서 주목할 것은 셰익스피어가 맥베스와 뱅코의 심리적 반응을 보여주는 방식이다. "어디 있느냐?", "우리가… 했느냐?" 등의 질문은 공통적인 이해력의 그림을 그린다. 셰익스피어는 마녀가 사라지는 것에 대한 맥베스와 뱅코의 혼란과 말한 내용에 대한 불신을 영리하게 결합한다. "이성을 포로로 잡는 미친 뿌리"에 대한 언급은 강력한 약물작용을 암시하며 분명한 인상은 그들이 꿈꾸고 있다고 느낀다는 것이다.

로스가 도착해 맥베스가 코도르의 새로운 테인이 될 거라고 발표해 마녀의 첫 번째 예언을 확인한다. 뱅코와 맥베스는 두 번째로 멍청하지만 이제 셰익스피어는 그들의 반응을 대조한다. 뱅코는 예언이 초자연적인 어둠의 세력의 작품일 가능성을 알고 있다. "마귀가 진실을 말할 수 있습니까?" 그리고 "종종 우리를 해치려고… 어둠의 도구들은 우리에게 진실을 말해줍니다…. (오직) 우리를 배신하기 위해." 맥베스는 더 모호하다. 그의 연설은 그의 트레이드 마크가 될 것이다. 즉, 질문하고 의심하고 무게를 측정하고 정당화하기 위해 노력하는 것으로 가득 차 있다. "이 초자연적인 간청은… 아플 수 없습니다. 좋을 수 없습니다."

그럼에도 맥베스는 첫 번째 예언의 진실성에 대한 사실을 그의 강렬하고 부자연스러운 두려움이나 그가 '끔찍한 상상'이라고 부르는 것과 조화시킬 수 없다. 그는 그 소식에 너무 흔들려 자신의 이성이 상상력에 의해 점령되었다고 느끼는 것을 인정한다. "아무것도 없지만 그렇지 않은 것"이라는 대사는 모호하다. 이 표현은 우리가 현실이라고 생각하는 세계와 꿈의 세계 간의 혼란을 나타낼 수 있으며 혼란스러운 마음을 깔끔하게 요약한다. 그러나 이 시점에서 맥베스는 얼마나 혼란스러운가? 그가 예언이 악하지도 선하지도 않다고 주장할 수 있다면 그는 존재하는 어떤 것도 존재하거나 의미가 없다는 것을 받아들일 수 있다. 이 같은 해석은 맥베스를 위험하고 정당하지 않은 행위에 빠뜨릴 수 있다. 그가 "아무것도 없지만 그렇지 않은 것"이라고 스스로 믿게 만들 수 있다면 맥베스의 질서, 계층 구조, 왕에 대한 존중도 무효가 된다. 말 그대로 그는 살인을 피할 수 있다.

MACBETH

1막 4장

Act I, Scene IV

"걸려 넘어지느냐, 뛰어넘느냐가 문제다."

_맥베스

● **포레스 궁전**

(나팔 소리. 덩컨, 맬컴, 도날베인, 레녹스가 시종들을 거느리고 등장)

[덩컨] 코오더의 사형은 집행되었는가? 집행관은 아직 돌아오지 않았는가?

[맬컴] 아직 돌아오지 않았습니다, 폐하! 그러나 코오더의 사형을 목격한 사람의 말에 의하면 코오더는 자신의 죄를 솔직하게 고백하고 폐하의 용서를 애원하며 깊은 참회의 뜻을 밝혔다고 합니다. 그의 일생을 통해 그의 임종만큼 훌륭한 장면은 없었다고 합니다. 마치 죽음의 장면을 오랫동안 연습해 익혀둔 사람처럼 자신이 가진 것 중 가장 소중히 여기던 목숨을 초개처럼 버리고 운명했다고 합니다.

[덩컨] 사람은 얼굴만 보곤 마음을 알 수 없도다. 그는 과인이 누구보다 신임한 사람이었거늘.

(맥베스, 뱅코, 로스, 앵거스 등장)

[덩컨] 오, 내 사촌! 장하오. 장군이 세운 그 크나큰 공적에 이루 다 보답하

지 못해 과인의 마음이 무겁소. 그대의 공적은 너무 앞서가 아무리 빠른 보답의 날개로도 도저히 따라갈 수가 없구려. 차라리 그대의 공적이 조금 작아 과인의 힘으로도 감사와 보답의 균형을 잡을 수 있었으면 좋겠소. 어쨌든 장군의 공적은 과인이 아무리 보답해도 다하지 못할 만큼 크니 어찌해야 할지 모르겠소.

[맥베스] 폐하에 대한 봉사와 충성은 소신의 의무이니 오직 그것을 다하게 하는 것이 보답이라고 생각합니다. 폐하께서는 오직 신들의 의무를 받아들여 주시기만 하면 됩니다. 신들은 폐하와 나라의 신하로서 왕위와 국가에 바쳐진 몸이니 폐하의 은총과 명예를 보전하는 데 만전을 기해 오직 해야 할 일을 할 뿐입니다.

[덩컨] 이곳에 온 것을 환영하오. 이번에 새 직위를 내렸으니 그대가 크게 성장하도록 내가 힘쓰겠소. (뱅코에게) 뱅코! 그대의 공적도 뒤지지 않소. 세상은 마땅히 이를 인정해야 하오. 자, 과인의 가슴에 그대를 안아봅시다.

[뱅코] 폐하의 품 속에서 소신이 성장하면 그 수확은 폐하의 것입니다.

[덩컨] 과인의 무한한 기쁨이 흘러넘쳐 자꾸만 눈물 속으로 숨으려고 하오. 왕자들이여! 친척들이여! 영주들이여! 그리고 고관대작들이여! 지금 선포하노니 장남 맬컴에게 왕위를 계승하고 앞으로 그의 이름을 컴벌랜드 공이라고 부르겠노라. 물론 이 영광은 그에게만 돌아가는 게 아니라 영광의 깃발이 별처럼 모든 공신 위에서 빛날 것이오. (맥베스에게) 그럼 지금부터 장군이 기거할 성인 인버네스로 행차해 수고를 더 끼쳐야겠소.

[맥베스] 폐하를 위한 휴식이 아니라면 신에게는 오히려 고통입니다. 신이 먼저 가 폐하의 행차를 알려 소신의 처를 기쁘게 해주겠습니다. 그럼 이만 물러가겠습니다.

[덩컨] 진정 훌륭한 코오더 영주요!

[맥베스] (독백) '컴벌랜드 공이라! 그것은 하나의 계단. 내가 그것에 걸려 넘어

어지느냐, 뛰어넘느냐가 문제다. 그것은 내 앞길을 가로막고 있다. 별들아! 그 빛을 거두어라. 빛은 검고 깊은 내 욕망을 엿보지 못하게 하고 눈은 손이 하는 일을 못 본 척해라. 그 일은 해야만 한다. 그 결과를 눈이 보면 끔찍하고 무서움에 몸서리칠 일을….

(퇴장)

[덩컨] 뱅코, 맥베스는 정말 용감하오. 그를 칭찬하는 소리가 자자하니 오히려 과인이 푸짐한 향연이라도 받는 것 같소. 자, 우리도 그의 뒤를 따릅시다. 저렇게 서둘러 먼저 가 과인을 맞을 준비를 하다니. 과연 비할 데 없이 훌륭한 사람이오.

(나팔 소리. 모두 퇴장)

▌1막 4장 분석

이 짧은 장면의 극적 기능은 두 가지다. 첫째, 맥베스와 덩컨의 관계를 관찰할 기회를 제공한다. 둘째, 그것은 맥베스에게 왕국에 대한 그의 야심찬 주장의 근거를 추가로 준다.

불충한 코도르의 테인의 처형에 대한 맬컴의 보고서는 배신자조차 죽을 수 있는 존엄성을 강조하지만 덩컨의 대답은 훨씬 아이러니하다. "얼굴에서 마음의 구조를 찾는 예술은 없다."라는 속담의 풍미를 갖고 있지만(표지로 책을 판단하지 마시오.) 덩컨조차 코도르의 배신을 예측할 수 없었다는 것은 슬픈 인정이기도 하다. 이것이 왕권의 인간적인 면이다.

공식적인 연설을 나누고 맥베스와 뱅코는 왕에게 겸손하고 충성스러운 대답을 한다. 장면의 이 지점의 이미지는 주로 성장과 다산을 나타낸다. 왕은 맥베스를 분명히 잠재적 후계자로 보고 있다. "내가 너를 심기 시작했고 수고하리니… 너를 자라게 하려는 것이다." 은유는 뱅코에 의해 계속되며 그는 왕에게 자신도 왕의 호의로 성장하도록 허용되면 덩컨에게 '수확'을 바치겠다고 약속한다. 이 시점에서 장면은 뱅코가 마녀들에게 "시간의 씨앗을 들여다볼 수 있는지… 그리고 어느 게 자라고, 어느 게 자라지 않을지 말할 수 있는지"라고 물었을 때 뱅코의 이전 대사를 회상한다. 앞의 '씨앗'이라는 대사와 이제 뱅코에게 '수확'이라는 대사를 부여하는 아이러니는 이 같은 표현이 마녀의 세 번째 예언에 따라 왕국을 상속받을 뱅코 자신의 씨앗이나 자녀를 상징한다는 것이다.

셰익스피어가 이 같은 이미지를 갖고 노는 방식에 유의해야 한다. 종종 그는 아이러니한 감각을 확립하기 위해 관련 이미지(여기서는 '심기', '성장', '수확') 클러스터를 정확히 구축한다. 예를 들어 다음 연설에서 왕은 먼저 감사받을 자격이 있는 모든 사람에게 "별과 같은 고귀함의 표시"를 불과 몇 줄 후 맬컴이 컴벌랜드 왕자로 즉위했다는 소식에 좌절하고 분노한 맥베스는 "별들아! 그 빛을 거두어라. 빛은 검고 깊은 내 욕망을 엿보지 못하게 하라." 하고 말한다. 여기서 별빛의 이미지와 별빛 취소의 병치는 왕과 맥베스, 선악의 큰 대립을 강조하는데 이 대립은 아이러니하게도 왕이 뱅코에 대한 마지막 대사에 의해 강화되어 다시 한번 맥베스를 칭찬한다. "비할 데 없는 친족"이라는 문구는 신랄함을 더한다. 역사적인 맥베스는 덩컨의 사촌이었고 그의 범죄는 단순한 살인이 아니라 가장의 고의적 파괴가 될 것이다.

MACBETH

1막 5장

Act I, Scene V

"인간의 재앙을 돕는 살육의 정령들아!
내 몸 안으로 들어와 내 젖을 담즙으로 바꿔다오!"

_맥베스 부인

● 인버네스, 맥베스의 성

(맥베스 부인이 편지를 읽으며 등장)

[맥베스 부인] (편지를 읽는다.) 그 마녀들이 나타난 것은 개선하던 날이었소. 믿을 만한 정보로 후에야 알았지만 그 마녀들이 인간의 지혜가 미치지 못하는 신비한 힘을 가졌음을 알게 되었소. 더 자세한 것을 알고 싶은 욕망으로 내 마음이 불탈 때 그것들은 홀연히 공기 속으로 사라져버렸소. 그래서 나는 어리둥절해 멍하니 서 있었는데 바로 그때 폐하로부터 온 사자들이 나를 '코오터 영주'라고 부르며 축하해 주었소. 그보다 앞서 바로 그 칭호로 그 운명의 마녀들이 내게 인사했고 '장차 왕이 되실 분, 만세!'라고 외치며 내 장래를 예언해 주었소. 무엇보다 나는 내 인생에서 가장 사랑하는 동반자인 당신에게 알려주는 게 좋겠다고 생각했소. 얼마나 위대한 장래가 당신에게 약속되어 있는지 당신이 모르면 안 되고 마땅히 향유해야 할 당신의 기쁨을 잠시라도 놓치면 안 된다고 판단했기 때문이오. 이 일을 가슴속 깊이 새겨두기 바라오. 이만, 안녕. 맥베스.

맥베스 부인
맥베스보다 야망이 큰 맥베스 부인은 마녀들의 예언에 적극 동조한다.

(편지를 읽고 나서) 당신은 그래미스, 게다가 코오더의 영주까지 되었으니 앞날에 당신에게 약속된 지위도 차지할 거예요. 하지만 당신의 그 성품이 걱정되는군요. 당신은 인정의 샘이 너무 넘쳐 지름길을 택하는 요령이 부족해요. 당신은 위대해지고 싶어 하고 야심도 만만하지만 그것을 성취하는 데 필요한 잔혹성이 없어요. 높은 것을 바라면서도 그것을 신성하게 달성하려고 하고 부정한 수단을 꺼리면서도 부당한 것을 얻으려고 하고 있어요. 위대한 그래미스 영주님! 당신이 원하는 저 '왕관'은 자기를 원하는 이에게 '소원한다면 결행하라.'라고 외치고 있어요. 그런데 당신은 그 일을 그만두는 것을 원치 않으시면서 그것을 하길 두려워하고 있어요. 빨리 돌아오세요. 당신의 귓속에 베개 결심을 불어넣을게요. 그렇게 해 운명과 초인의 힘을 합쳐 당신 머리 위에 씌우려는 왕관을 방해하는 모든 걸 제 혀의 힘으로 쫓아버리겠어요.

(사자 등장)

[맥베스 부인] 무슨 소식이오?

[사자] 오늘 밤 폐하께서 이곳으로 행차하십니다.

[맥베스 부인] 무슨 엉뚱한 소리요? 장군께서는 폐하와 함께 계시지 않소? 그렇다면 미리 준비하라는 기별이 있었을 텐데.

[사자] 황송합니다만 사실입니다. 영주님께서 지금 돌아오시는 중입니다. 제 동료가 사력을 다해 먼저 달려와 숨을 헐떡이며 간신히 이 소식만 전했습니다.

[맥베스 부인] 그를 잘 보살펴 주게나. 굉장한 소식을 전해 주었으니. 까마귀까지 쉰 목소리로 덩컨의 비극적인 운명을 예고하는 듯 저렇게 울어대는구나! 자, 살인 음모를 따르는 너희 악령들아! 어서 와 이 여자의 마음을 없애버리고 머리끝부터 발끝까지 소름 끼치도록 잔인한 마음으로 가득 차게 해다오. 전신의 피를 혼탁하게 해 연민의 정이 얼씬도 못 하게 하고 양심의 가책이 내 흉악한 결심을 뒤흔들거나 그 가책 때문에 실행을 단념케 하는 일이 없도록

해다오. 보이지 않는 형체를 하고 언제 어디서나 인간의 재앙을 돕는 살육의 정령들아! 내 몸 안으로 들어와 내 젖을 담즙으로 바꿔다오! 자, 오너라! 캄캄한 밤이여! 어서 와 지척을 분간하기 어려운 캄캄한 지옥의 연기로 장막을 드리우고 내 단도가 스스로 저지른 상처를 보지 못하게 해다오. 그리하여 하늘도 그 검은 장막 속을 들여다보고 '안돼! 그만둬!'라고 외치지 못하게 해다오!

(사자 퇴장, 맥베스 등장)

[맥베스 부인] 오, 위대하신 그래미스 영주님! 훌륭하신 코오더 영주님! 그리고 장차 더 위대해지실 분! 당신의 편지는 제게 지척을 내다보지 못하는 무지한 현재를 뛰어넘게 해 지금 이 순간 저는 벌써 미래의 영광을 느끼고 있습니다.

[맥베스] 오늘 밤 덩컨 왕이 이곳으로 행차하시오.

[맥베스 부인] 그럼 언제 이곳을 떠나십니까?

[맥베스] 예정대로라면 내일이오.

[맥베스 부인] 오, 태양은 영영 그 내일을 보지 못할 거예요! 우리 영주님! 당신 얼굴은 수상한 내용이 적힌 책과 같군요. 세상을 속이려면 세상사람들과 같은 얼굴을 하세요. 눈동자와 손과 혀끝에 환영의 뜻을 담으시고 청순한 꽃처럼 보이게 하시되 그 속에 뱀을 숨기세요. 손님을 맞을 준비를 해야겠어요. 그리고 오늘 밤 일은 제게 맡기세요. 그 일이 성공하면 우리는 오랫동안 절대권력을 가질 거예요.

[맥베스] 나중에 다시 의논합시다.

[맥베스 부인] 그저 명랑한 얼굴을 하세요. 안색이 변한다는 것은 두려워한다는 표시예요. 모든 일은 제게 맡기세요.

(퇴장)

1막 5장 분석

맥베스 부인이 무대에서 혼자 낭독한 이 편지는 1막 1장에 대한 마녀의 예언을 되풀이한다. 의미심장하게도 그의 편지에서 맥베스는 뱅코에게 그들의 예언에 대해 아무 말도 하지 않는다. 그는 이미 그 의미를 두려워하고 있을 것이다. 마찬가지로 의미심장하게도 그는 맥베스 부인을 '위대함의 가장 소중한 파트너'로 설정한다. 그녀는 실제로 범죄에서 그의 파트너가 되겠지만 그 이상 치명적인 타격 자체를 제외하면 그녀는 맥베스의 열정과 그의 행동을 어느 정도 통제할 책임이 있다.

그녀는 편지를 다 읽자마자 마음이 흔들리기 시작한다. 그녀의 '되리라'라는 말은 기이하게도 마녀의 예언을 반영한다. 이 시점에서 맥베스 부인 자신은 이상한 자매처럼 사실상 운명의 대리인이 되었다. 그러나 즉시 그녀의 생각은 남편의 가능한 실패로 바뀐다. 그는 살인을 저지르기에는 '인간적 친절의 우유로 가득 차 있다.' 그는 위대해질 것이고 높은 지위를 가질 것이고 그 지위를 잘못 얻겠지만 각각의 경우, 그의 성격의 다른 측면은 그렇지 않을 것이다. 이 경우, 해결책은 하나뿐이라고 그녀는 말한다. 그녀는 '그녀의 영을 네 귀에 부어 주어야 한다.' 4년 전 그의 희곡 『햄릿』을 본 셰익스피어 청중이라면 누구나 이 대사의 중요성을 충분히 알 텐데 그 희곡에서 선한 왕 클로디어스가 귀에 쏟긴 독으로 독살당하기 때문이다. 장면이 빠르게 어두워지고 있다.

맥베스 부인은 문학에서 가장 강력한 여성 캐릭터 중 한 명이다. 우리가 무대에서 그녀를 혼자 만난다는 사실은 우리가 죽음과 파괴의 이미지로 가득 찬 그녀의 가장 깊은 생각에 사로잡혀 있음을 뜻한다. 그리고 그녀가 다음 독백에서 그녀의 '타락한 목적'을 말할 때 그녀의 의도는 가장 기괴하고 무서운 용어로 묘사된다. 먼저 그녀는 영혼들에게 문자 그대로 그녀의 여성성을 박탈하고 그녀의 피를 걸쭉하게 하고 우는 능력을 멈출 것을 명령한다. 다음으로 그녀는 바로 그 악령들이 그녀에게 젖을 먹여 영양가 있는 어머니의 젖을 '쓸개'(쓴맛)로 바꿔달라고 기도한다. 마지막으로 그녀는 밤 자체에 자신의 행동을 어둠의 '담요'에 숨길 것을 요구한다. 이 마지막 말이 이전 장면에서 맥베스의 말을 반영하는 것은 우연이 아니다. 셰익스피어는 남편과 아내 간에 강한 언어적 유대를 형성하고 있으며 이는 극중 계속될 것이다.

맥베스가 그의 성에 들어갔을 때 그의 아내는 마녀의 말을 다시 떠올리는 방식으로 그를 맞는다. 특히 '만세'와 '내세'라는 단어는 마녀가 맥베스에게 말한 정확한 단어이기 때문에 청중을 오싹하게 만든다. 그들의 첫 만남 이후의 대화는 빠르고 급박하고 혼란스럽다. 셰익스피어는 중간선 나누기를 사용해 순간의 드라마를 강화하고 각 '범죄 파트너'는 상대방의 연설 리듬을 포착한다.

MACBETH

1막 6장

Act I , Scene VI

"우리는 당신의 은둔자(당신의 종들)를 영원히 쉬게 합니다."
_맥베스 부인

● **맥베스 성 앞**

(덩컨, 맬컴, 도날베인, 뱅코, 레녹스, 맥더프, 로스, 앵거스, 기타 시종들 등장)

[덩컨] 이 성은 위치가 매우 좋은 데 있군. 공기가 맑아 기분이 매우 좋구려.

[뱅코] 저 여름의 길손, 제비가 어여쁜 집들을 짓는 것을 보면 이 근처는 이 세상 것과 다른 향기로운 공기로 가득한가 봅니다. 추녀 끝, 서까래 옆, 버팀벽 등 외에도 집을 지을 만한 구석이라면 어디에나 이 제비들이 둥지를 틀고 새끼를 치게 마련입니다. 하기야 저 제비들이 모여드는 곳 치고 공기 안 좋은 곳은 한 군데도 없습니다.

(맥베스 부인 등장)

[덩컨] 아, 이 댁 부인이 나오시는군. 부인! 호의가 지나치면 때로는 귀찮지만 그래도 호의는 기쁘기 마련이오. 부인께는 수고를 끼치게 되었지만 이 일로 부인은 과인을 위해 신의 축복을 빌기 때문에 오히려 과인에게 감사해야 할 것이오.

[맥베스 부인] 왕실에 대한 저희의 봉사는 그 하나하나를 곱하고 그것을 다시 곱해도 폐하께서 저희에게 내려 주신 깊고 넓은 영예에 비하면 보잘것없습니다. 종전 작위에 이번에 또 새로운 영광을 베풀어 주셔서 저희는 그 은혜에 무엇으로 보답해야 할지 몰라 그저 길이길이 폐하의 만수무강을 빌 뿐입니다.

[덩컨] 코오더 영주는 어디 있소? 우리는 바로 그의 뒤를 쫓아와 우리 선발대가 그를 맞으려고 했는데 워낙 승마 명수인 데다 뜨거운 충성심이 박차를 가해 결국 영주가 먼저 도착했구려. 아름다운 부인! 오늘 밤은 댁의 손님으로 폐를 끼쳐야겠소.

[맥베스 부인] 폐하의 신하인 저희는 하인과 저희 자신, 자식까지 모두 폐하로부터 빌려 있는 것이므로 분부만 내리시면 언제라도 바칠 각오가 되어 있습니다.

[덩컨] 자, 손을 이리 주오. 과인을 주인께 안내하시오. 과인은 그를 매우 사랑하오. 과인의 총애는 내내 변치 않을 것이오. 부탁하오, 부인.

(왕은 맥베스 부인의 손을 잡고 성으로 들어간다.)

1막 6장 분석

인버네스에 도착한 덩컨의 연설은 극적 아이러니로 무겁다. 덩컨 왕이 느끼는 성의 주변은 쾌적할 뿐만 아니라 공기조차도 달콤하다. 흰털발제비(여름새)의 존재는 아이러니를 높이는 역할을 한다. 왕에 관한 한 성은 적어도 밖에서 보면 낙원처럼 보인다.

왕이 맥베스 부인에게 한 연설과 그녀의 후속 답변은 공식적인 소개의 고조된 언어로 가득 차 있다. "우리는 당신의 은둔자(당신의 종들)를 영원히 쉬게 합니다." 물론 그녀의 정교한 인사는 이전 장면의 언어와 대조를 이루고 그녀의 거짓을 강조한다. 이 장면을 구성하는 무대 연출은 왕실 방문의 화려함과 의식으로 가득하다. 음악 반주에 따라 음식과 음료가 무대 한쪽에서 다른 쪽으로 운반된다. 관객은 무대에서 흥청거리지 못하지만 셰익스피어는 왕이 잘 즐겁게 해야 한다는 것을 이해하려고 한다.

MACBETH

1막 7장
Act I , Scene Ⅶ

"정의의 신은 공평하셔서 반드시 독을 넣은 자의 입에
그 독을 도로 부어 넣는 법이다."
_맥베스

● **맥베스의 성안 어느 방**

(피리 소리, 밝은 횃불. 급사장의 손짓에 따라 하인들이 요리 접시를 들고 무대를 가로질러 지나간다. 떠들썩한 축하연 소리가 안에서 새어 나온다. 잠시 후 입구에서 맥베스 등장)
[맥베스] (독백) '일단 해치우면 그걸로 만사 일단락이니 빨리 해치우는 게 좋겠군. 암살이라는 그물로 그에 따르는 일체의 여파를 몽땅 옭아매고 왕의 죽음으로 성공을 거둘 수 있다면 그리하여 이 일격으로 만사 끝나준다면. 이 세상에서는 영원한 시간 속의 이쪽 여울인 현세에서 모든 일이 끝난다면 내세는 무시해버리겠다. 그러나 이런 일에는 으레 현세의 심판이 따르는 법. 살생은 한 번 가르쳐주면 그 응보로 당장 배운 자가 가르친 자를 괴롭히게 마련이다. 정의의 신은 공평하셔서 반드시 독을 넣은 자의 입에 그 독을 도로 부어 넣는 법이다. 지금 왕은 나를 믿고 이곳에 와 있다. 첫째, 나는 그의 가까운 친척이자 신하이니 어느 모로 보나 그 같은 행동을 절대로 용납하면 안 된다. 둘째, 나는 이 집의 주인으로서 마땅히 암살자의 침입을 막아야 한다. 그런데 나 자신이 칼을 들다니 말도 안 된다. 더구나 덩컨 왕은 대권을 가지고

도 너무 인자해 한 점 흠도 없이 왕의 직책을 다하고 계시니 그를 살해하는 날에는 그의 높은 덕망이 나팔의 혀를 가진 천사와 같이 그 대죄를 천하에 퍼뜨릴 것이다. 그리하여 연민의 정이 갓 태어난 천진난만한 아기의 모습이나 보이지 않는 천마에 앉은 천사의 모습으로 그 악행을 만인의 눈에 불어넣어 그 눈물로 바람마저 잠재울 것이다. 아, 내게는 내 흉악한 계획의 옆구리를 걷어찰 박차가 없다. 있는 거라곤 날뛰는 야심뿐. 그것도 너무 뛰어올라 자꾸 저편 너머로 떨어지려고 할 뿐이다.'

(맥베스 부인 등장)

[맥베스] 웬일이오? 무슨 일 생겼소?

[맥베스 부인] 저녁 식사가 거의 끝났어요. 왜 자리를 뜨셨어요?

[맥베스] 나를 찾으십니까?

[맥베스 부인] 그걸 모르고 계셨군요?

[맥베스] 우리 이번 일은 그만둡시다. 폐하께서는 내게 이제 막 새로운 영예를 내려 주신 데다 나도 모든 이로부터 추앙받는 몸이오. 그런 찬란한 광채를 몸에 걸쳐 보지도 않고 그대로 내던지는 건 생각해봐야겠소.

[맥베스 부인] 아니, 조금 전까지 품고 계셨던 그 희망은 술에 취해 잠자고 있었나요? 그래서 이제야 깨어보니 그처럼 대담하게 그리던 것이 오히려 등골이 오싹해진다는 겁니까? 앞으로 당신의 애정도 그렇게 비틀거리는 것으로 생각하겠어요. 그렇게 원하시면서도 그것을 용감하게 실천에 옮기는 게 두려우신가요? 무슨 일이 있더라도 왕관을 얻겠다고 생각하시면서도 속으로는 겁쟁이가 되어 단념하신 거죠? 다리를 물에 적시지도 않고 생선을 잡아먹으려는 속담의 고양이처럼 '갖고는 싶지만' 결국 '안 되겠어'라며 단념하겠다는 말이지요?

[맥베스] 그만, 제발 그만하시오. 사내대장부가 할 일이라면 내가 무엇을 못

맥베스와 부인
맥베스보다 결단력이 있는 맥베스 부인은 남편에게 거사를 치를 것을 종용한다.

하겠소? 하지만 그 이상의 짓은 인간이 할 짓이 아니오.

[맥베스 부인] 아니, 그럼 이 계획을 제게 알릴 때는 당신은 무슨 짐승이었던 가요? 그 계획을 말씀하실 때야말로 당신은 사나이다웠어요. 그러니 그 이상의 실행을 하신다면 더더욱 사나이다워지는 것 아니겠어요? 그때는 때와 장소 다 적합하지 않더라도 그것들을 만들어서라도 하겠다고 결심하셨어요. 게다가 지금은 그 두 조건이 덩굴째 굴러들어 왔어요. 그런데 당신은 이 절호의 기회에 너무 감격해 뒷걸음질 치시는군요. 저는 아기에게 젖을 먹여봐서 젖을 빠는 아기들이 얼마나 귀여운지 잘 알아요. 하지만 당신처럼 그렇게 하기로 맹세했다면 그 갓난아기가 제 얼굴을 쳐다보며 생글생글 웃더라도 그 보드라운 잇몸에서 젖꼭지를 잡아빼 아기의 머리통을 박살낼 수 있어요.

[맥베스] 하지만 우리가 실패한다면?

[맥베스 부인] 실패하다니요? 용기를 있는 대로 다 내세요. 그럼 실패할 리 없어요. 덩컨 왕은 낮의 고된 여정으로 분명히 금방 잠들 테니까요. 제가 침실을 지키는 두 시종에게 술을 권해 취하게 만들어 놓겠어요. 그들이 술에 곯아떨어져 죽은 듯 뻗어 돼지처럼 잠들면 당신과 제가 호위병도 없는 덩컨에게 무슨 짓인들 못 하겠어요? 그리고 술에 곯아떨어진 두 시종에게 우리가 저지른 대역죄를 뒤집어씌울 수도 있지 않겠어요?

[맥베스] 당신은 사내아이만 낳아야겠소. 그 대담한 기질로는 사내밖에 만들지 못하겠소. 그건 그렇고 잠자는 두 놈에게 피칠을 해주고 단도도 그놈들 것을 사용하면 그들 소행으로 생각되지 않겠소?

[맥베스 부인] 누가 감히 다르게 생각하겠어요? 우리는 왕의 죽음을 슬퍼하며 대성통곡하고 있을 텐데.

[맥베스] 나는 결심했소. 사력을 다해 이 무서운 일에 달려들겠소. 자, 갑시다. 그리고 태연한 표정으로 세상사람들을 속입시다. 마음속 흉악한 생각은 가면으로 감출 수밖에.

1막 7장 분석

맥베스의 독백 이미지는 그가 달성하려는 의도(암살 성공)를 드러내지만 그 구성은 여전히 매우 혼란스러운 마음의 작용을 보여준다. 맥베스를 당황시키는 것은 죽음 이후 뭔가에 대한 생각이다. 연설 내내 그의 말은 셰익스피어 초기의 비극적 영웅 햄릿의 말을 떠올린다. 의역하면 맥베스는 살인 행위자체가 필연적으로 '내세'에 결과를 가져와야 하는지, 이생에서 심판이 그를 기다리는지 궁금해한다. 맥베스는 제안된 살인의 이중성과 불균형(그는 덩컨의 친척, 신민, 숙주이지만 그의 살인자가 될 것이다.)과 지상과 하늘의 법의 평등과 균형을 동시에 알고 있다.

맥베스가 더 우려하는 것은 자신의 명성과 덩컨을 선하고 고결한 왕으로 보는 세상 인식 간의 불균형이다. 연설 마지막 부분에는 폭풍으로 가득 찬 하늘에서 천사와 무리들이 선포하는 것처럼 덩컨의 미덕과 연민을 상상하는 묵시적 비전이 포함되어 있다. 이 운명으로 가득 찬 비전은 그 이미지(예를 들어 '나팔 혀')가 성경적 심판의 날의 이미지를 반영하며 잔소리하는 자기 의심으로 이어진다. 그는 천사들과 무리들이 '공중의 보이지 않는 특사들에게 말을 탄' 것을 묘사하는 반면, 맥베스 자신은 "박차를 가하지 않고… 내 의도의 측면을 찌르는 것 외에는… 스스로 도약하는 야망… 그리고 다른 쪽에 떨어진다."라고 인정한다.

맥베스 부인은 맥베스의 자기 의심을 즉시 감지해야 한다. 맥베스가 자신의 황금빛 명성이 '광택'을 잃을 수도 있음을 인정하자. 그녀는 그의 약점을 조롱함으로써 그의 결심을 강화하기 시작한다. 그녀의 질문은 대담함과 행동, 용기와 행동, 욕망과 성취 간의 쐐기를 더 조인다. 여기에 그녀는 남성성과 여성성의 구별을 덧붙인다. 그녀는 자칭 사나이다움과는 대조적으로 남편의 용기 부족을 경멸한다. 그녀는 그가 '녹색', '겁쟁이'이며 물고기를 원했지만 발이 젖지 않는 속담의 '불쌍한 고양이'와 닮았다고 말한다.

마지막으로 가장 저주스럽게도 그녀는 자신의 동정심이 부족해 자기 가슴의 젖을 빨면서 자기 아이를 죽이는 것으로 확장될 거라고 말한다. 이 무서운 예를 통해 그녀는 '인간적인 친절의 우유'가 그녀에게 없다는 것을 확인한다.

다음 단락은 맥베스 부인이 살인 자체의 세부 사항으로 관심을 돌림에 따라 덜 실용적이진 않지만 훨씬 무자비하게 효율적인 어조의 변화로 시작된다. 경비병에게 술을 먹이려는 그녀의 계획은 고대 연금술 과학에서 파생된 은유적 언어로 표현된다. '연기', '림벡'이라는 단어는 특히 이 과정을 가리키며 그 목적은 비금속(납)을 금으로 바꾸는 것이었다. 맥베스의 실험에서 금인 것, 즉 왕 자신이 비천해지고 맥베스의 황금빛 명성이 무가치한 것으로 전락한다는 것은 매우 아이러니하다.

맥베스는 확신했다. 그의 아내 것을 기이하게 회상하는 말로 그는 이제 살인자의 망토를 입는다. 단음절의 '거짓 얼굴은 거짓 마음이 아는 것을 숨겨야 한다.'라는 그의 이전 동요를 완전히 뒤집는 확실성을 갖고 있다.

MACBETH

2막 1장

Act Ⅱ, Scene Ⅰ

"저 소리는 듣지 말라, 덩컨이여! 저 소리는 그대를 천당 아니면
지옥으로 불러들이는 조종이니라."
_맥베스

● **맥베스의 성안 뜰**

(뱅코가 횃불을 든 플리언스를 앞세우고 등장)

[뱅코] 애야! 밤이 얼마나 깊었느냐?

[플리언스] 달은 졌지만 시계 치는 소리는 못 들었습니다.

[뱅코] 달은 자정에 진다.

[플리언스] 자정은 지난 것 같습니다.

[뱅코] 잠시 이 칼을 들고 있거라. 하늘에서도 아끼는 모양이다. 별들이 불을
끈 걸 보니. (단도 혁대를 풀어 아들에게 맡긴다.) 이것도 들고 있어라. 납덩이 같
은 졸음이 내 눈꺼풀을 짓누르는구나. 하지만 자고 싶진 않구나. 자비로운 신
들이여! 잠들면 살며시 찾아오는 흉악한 망상들을 억눌러주소서! (인기척에
깜짝 놀라며) 애야! 칼을 이리 다오.

(맥베스가 횃불을 든 시종을 앞세우고 등장)

[뱅코] 누구냐?

[맥베스] 친구요.

[뱅코] 아니, 아직도 안 주무셨소? 폐하께서는 침실에 드셨습니다. 폐하는 매우 흐뭇해하시고 댁의 하인들에게도 많은 선물을 내리셨소. 그리고 이 다이아몬드는 극진히 환대해준 장군의 부인에게 감사의 표시로 주신 것입니다. 어쨌든 폐하께서는 비할 데 없이 만족스러운 하루를 보내셨소.

[맥베스] 일이 불시에 닥쳐 준비가 부족한 것투성이였소. 조금 여유만 있었다면 더 극진히 환대해 드렸을 텐데….

[뱅코] 아니오. 모든 게 매우 잘 되었소. 그런데 간밤에 그 세 마녀 꿈을 꾸었소. 그들이 장군께 한 말은 제법 들어맞았소.

[맥베스] 나는 깜빡 잊고 있었구려. 하지만 시간이 있으면 그 일을 함께 상의하고 싶은데 장군은 어떠신지요?

[뱅코] 언제라도 좋지요.

[맥베스] 기회가 왔을 때 나를 지지해 주신다면 장군께도 영예가 돌아가리다.

[뱅코] 섣불리 명예를 더하려다가 오히려 잃지만 않는다면 그리고 언제까지나 마음의 가책을 느끼지 않고 결백과 충성된 절개를 지킬 수만 있다면 언제라도 상의에 응하리다.

[맥베스] 그럼 편히 쉬시오.

[뱅코] 고맙소. 장군도 편히 쉬시오.

(뱅코와 플리언스 퇴장)

[맥베스] 마님께 가서 술상이 마련되었거든 종을 울리라고 전하거라. 그리고 너는 가서 자거라.

(하인 퇴장. 맥베스는 탁자 옆에 앉는다. 그 순간 단검의 환상이 보인다.)

[맥베스] 앗! 웬 단검? 내 앞으로 칼자루를 돌리는 이것은? 한 번 잡아볼까? 잡

맥베스의 환상
맥베스가 혼자 있을 때 꿈처럼 환상에 빠진 장면이다.

히진 않는군. 그래도 여전히 보이는군. 에잇! 고약한 환상이로다. 네놈은 보이긴 해도 잡히진 않겠다는 말이냐? 네놈은 마음에 비친 단검일 뿐이냐, 열에 들뜬 머리에서 생긴 망상의 산물이냐? 아직도 보이는구나. 지금 내가 뽑아 든 이 단검과 똑같구나. 그렇지! 지금 내가 가려는 방향으로 네가 나를 인도하고 있구나. 때마침 나도 너 같은 무기를 쓰려고 했는데…. (일어선다.) 내 눈이 잘못되어 다른 감각들의 놀림을 받는 건가, 아니면 눈만 온전하고 다른 감각들이 잘못된 건가? 아직도 보이는군. 게다가 아까는 보이지 않던 피가 칼과 칼자루에 묻어 있군. 아, 사라졌다! 피비린내 나는 흉계를 꾸미고 있어서 공연히 그런 게 눈에 보이는 거야. 지금 이 세계의 절반은 쥐 죽은 듯 고요하고 장막 속에 싸인 잠은 악몽에 시달리고 있다. 그리고 마녀들은 창백한 헤카테(마술의 여신)에게 제물을 바치고 초췌한 살인자는 그의 파수병인 늑대의 울부짖음에 잠이 깨 이렇게 살금살금 타르퀸이 정숙한 여인(루크레티아)을 겁탈하러 가던 걸음걸이로 목적물을 향해 유령처럼 다가간다. 그대, 탄탄하고 견고한 대지여! 내 발길이 어디로 향하든 그 발소리를 듣지 말라. 혹시 발에 밟히는 돌멩이들이 놀라 부질없이 소리내 내 위치를 알릴까 봐 두렵다. 지금 이 순간의 적막을 깨면 안 된다. 이렇게 말로 위협하는 동안 그도 살아 있다. 말은 실행의 열을 식히는 법이다. (종이 울린다.) 내가 가면 일은 곧 끝난다. 종이 나를 부르는구나. 저 소리는 듣지 말라, 덩컨이여! 저 소리는 그대를 천당 아니면 지옥으로 불러들이는 조종이니라.

(퇴장)

2막 1장 분석

오프닝 대화는 장면을 설정한다. 자정이 지났고 달이 지고 하늘의 '촛불'인 별들은 볼 수 없다. 상징적으로 1막에서 덩컨이 성에 도착한 것을 환영했던 바람이 잘 통하는 가벼움은 완전히 사라지고 음울한 어둠으로 대체되었다.

2막의 이 오프닝 장면과 후반 장면에서와 마찬가지로 관객은 순간적인 행동에서 중단된 느낌을 받지만 뱅코와 그의 아들이 밤 시간을 보내는 동안 잠을 이루지 못하다가 뱅코가 잠재적 침입자(실제로는 맥베스)에게 칼을 거의 뽑을 뻔한 순간은 극적 아이러니의 절묘함이다.

맥베스의 단검 독백은 당연히 셰익스피어에서 가장 유명한 독백 중 하나다. "그것이 끝났다면"과 마찬가지로 이 독백은 무대 심리학의 매혹적인 부분이다. 선의 구조는 극 내내 맥베스를 특징짓는 명료함에서 정신적 장애로의 변화를 정확히 반영한다. 세 가지 거짓 경보가 있다. "나는 당신을 여전히 봅니다. 나는 아직 당신을 봅니다. 나는 아직도 당신을 봅니다!" 이 같은 각 경보 간에는 맥베스가 물리적 감각의 세계에 호소하는 휴식의 순간이 온다. "감각이 있는가?", "내 눈은 다른 감각의 어리석은 자가 된다.", "내 눈에 이렇게 알려주는 것은 피비린내 나는 일이다."

그럼에도 불구하고 아내와의 이전 장면과 마찬가지로 맥베스는 결국 항복한다. 왕이 되려는 충동은 이제 그에게 강하다. 그의 마지막 대사에서 그는 왕의 방으로 올라가면서 자신을 살인 자체의 의인화로 상상하고 희생자를 향해 은밀히 나아간다. 높은 수사학과 고전적 암시 헤카테, 타르퀸(Hecate, Tarquin) 중 하나로 어조를 바꾸는 것은 부적절해 보일 수 있지만 맥베스가 살인을 준비하기 위해 언어의 '가면'을 쓰는 것을 상상하면 그렇지도 않다. 마지막 대사에서 말과 행동의 구별은 셰익스피어에서 자주 발생하는 아이디어다. 우리가 말하는 것과 행동하는 것은 종종 전혀 다른 문제다. 그러나 마지막 대련에서 맥베스는 내세에 대한 자신의 의심을 덩컨에게 전가하는 것 같다. 아이러니하게도 맥베스 자신에게는 결과가 더 확실할 것이다.

MACBETH

2막 2장

Act II, Scene II

"이제부터는 잠을 못 이루리라! 맥베스는 스스로 잠을 죽였도다."
_맥베스

● **맥베스의 성안 뜰**

(맥베스 부인 등장)

[맥베스 부인] 두 호위병을 취하게 한 이 술로 나는 대담해졌다. 그자들은 술에 취해 잠들었지만 내 마음에는 불이 붙었다. (멈칫한다.) 쉬! 무슨 소리가 난다. 아, 올빼미 우는 소리였구나! 냉혹하게도 죽음의 후식을 재촉하는 불길한 야경꾼이구나. 지금 그 일을 하고 계실까? 문은 활짝 열려 있다. 만취한 호위병들은 자신들의 직무를 잊은 채 드르렁드르렁 코를 골고 있다. 술에 약을 타 먹였으니 죽음과 삶이 그들을 살릴지 죽일지 으르렁대고 있을 것이다.

[맥베스] (안에서) 누구냐?

[맥베스 부인] 어머나! 그자들이 잠을 깬 건 아닐까? 일이 채 끝나기도 전에. 그러다가 실패하면 우리는 파멸이다. 쉬! 그자들의 단검 두 자루를 모두 내놓았으니. 설마 그가 그걸 못 볼 리 없겠지. 잠자는 왕의 얼굴이 내 아버지를 닮지 않았다면 내가 해치웠을 텐데.

(맥베스가 양손이 피투성이가 된 채 단검 두 자루를 들고 휘청거리며 등장)

[맥베스 부인] 여보!

[맥베스] (중얼거리듯) 해치웠소. 무슨 소리가 들리지 않았소?

[맥베스 부인] 올빼미 소리와 귀뚜라미 소리가 들렸어요. 당신이 소리내지 않았어요?

[맥베스] 언제?

[맥베스 부인] 방금 전에.

[맥베스] 계단에서 내려올 때 말이오?

[맥베스 부인] 네.

[맥베스] 쉬! 옆방에 누가 자고 있소?

[맥베스 부인] 도날베인.

[맥베스] (자기 손을 들여다보며) 이 무슨 처참한 꼴인가!

[맥베스 부인] 처참한 꼴이라뇨? 그 무슨 어리석은 생각이에요?

[맥베스] 한 녀석은 자면서 깔깔거리고 또 한 녀석은 '살인이야!'라고 외치더군. 그러더니 두 놈 다 눈을 떴소. 나는 가만히 서서 귀 기울였소. 이윽고 놈들은 기도를 올리더니 그대로 다시 잠들어버렸소.

[맥베스 부인] 둘이 함께 자고 있었군요.

[맥베스] 한 놈이 '하느님, 자비를!'이라고 하자 또 한 놈이 '아멘'이라고 했소. 사형집행인 같은 내 손을 본 것처럼. 그들이 겁에 질려 '하느님, 자비를!'이라는 것을 듣고도 나는 '아멘'이라는 소리가 목에 걸려 나오질 않았소.

[맥베스 부인] 너무 깊이 생각하지 마세요.

[맥베스] '아멘' 소리가 왜 목에 걸렸을까? 나만큼 하느님의 자비가 필요한 사람도 없을 텐데. 어쨌든 '아멘' 소리가 목에 걸려 나오지 않았소.

[맥베스 부인] 이제 그만 생각하세요. 이런 일을 그렇게 심각하게 생각하다간 미쳐버릴 거예요.

[맥베스] 어디선가 이렇게 외치는 것 같구려. '이제부터는 잠을 못 이루리라! 맥베스는 스스로 잠을 죽였도다.' 아, 죄 없는 잠. 근심 걱정으로 헝클어진 실타래를 풀어 곱게 짜주는 잠. 매일매일 삶의 죽음인 잠. 힘든 노고를 말끔히 씻어주는 잠. 상처 입은 마음에 바르는 향유 같은 잠. 대자연이 베푸는 최고의 진미 요리 같은 잠. 생명의 향연에서 가장 중요한 자양분인 그 잠을….

[맥베스 부인] 아니, 도대체 무슨 말씀이세요?

[맥베스] 그 소리는 온 집안을 향해 언제까지나 외칠 것이오. '영영 잠 못 이루리라! 그래미스는 잠을 죽였도다! 따라서 코오더는 잠을 잃었도다! 맥베스는 영영 잠 못 이루리라!'

[맥베스 부인] 누구예요? 그렇게 외친 자가? 당신은 위대한 영주님이세요. 그렇게 미칠 듯 생각하다간 사나이다운 패기만 잃을 뿐이에요. 자, 어서 가 물을 떠 그 더러운 핏자국을 씻으세요. 아니, 그 단검은 왜 갖고 오셨어요? 그것들은 그냥 거기 놔둬야 해요. 어서 다시 가져가 잠든 두 호위병에게 피칠해놓고 오세요.

[맥베스] 나는 다시 못 가겠소. 내가 저지른 그 끔찍한 장소에는 두 번 다시 못 가겠소.

[맥베스 부인] 왜 그렇게 마음이 약하세요? 그 칼을 이리 주세요. 잠자는 자나 죽은 자는 그림은 같은 거예요. 그걸 무서워하는 건 어린애와 같아요. 아직도 그가 피 흘리고 있으면 그걸 호위병들 얼굴에 칠해주고 오겠어요. 그들 짓으로 보여야 하니까요.

(부인이 퇴장하자마자 안쪽에서 문 두드리는 소리가 들린다.)

[맥베스] 앗! 저 노크 소리는…? 웬일일까? 조금만 소리가 나도 깜짝깜짝 놀라다니! 아, 손이 왜 이 꼴이람? 허, 눈알이 뱅뱅 돌다 못해 빠져나올 것 같구나! 위대한 '바다의 신' 넵튠의 대양의 물로 이 손에 묻은 피를 깨끗이 씻어버릴 수 있을까? 아니지, 이 손이 오히려 저 드넓은 푸른 바다를 빨간 핏빛으

『맥베스』 연극의 한 장면
맥베스 부인이 남편에게
왕을 암살할 것을 종용하고 있다.

로 바꿔놓을 거야.

(맥베스 부인 다시 등장)

[맥베스 부인] 여보! 제 손도 당신 손과 같은 빛깔이 되었어요. 하지만 심장은 당신처럼 하얗게 질리진 않았어요. (문 두드리는 소리) 누군가가 남쪽 문을 두드리네요. 어서 침실로 돌아갑시다. 물이 조금만 있어도 핏자국을 말끔히 씻을 수 있어요. 아무 일도 아니잖아요? 당신의 침착한 용기는 어디 갔나요? (문 두드리는 소리) 쉬! 또 문을 두드리네요. 어서 잠옷으로 갈아입으세요. 아직 잠자리에 들지 않았다는 걸 다른 사람들이 눈치채면 안 돼요. 어서요. 그렇게 멍하니 서 계시지만 말고요.

[맥베스] 내가 저지른 죄를 생각할 바에는 차라리 이렇게 멍하니 잊고 있는 게 낫지. (또 문 두드리는 소리) 오오, 문 두드리는 소리에 덩컨이 깬다면. 제발 그렇게만 된다면 얼마나 좋을까.

(모두 퇴장)

2막 2장 분석

맥베스 부인의 오프닝 단어는 새로운 차원의 정서적 강렬함을 소개한다. 실패에 대한 두려움은 발각에 대한 두려움으로 바뀌었고 그녀는 술에 취해 자신이 대담함으로 열정으로 불타고 있다고 표현하지만 남편이 가장 작은 소음과 움직임에도 쉽게 놀라듯 그녀도 쉽게 놀란다. 그녀의 생각과 말의 빠른 변화는 몽유병 장면(5막, 장면 1)에서 그녀가 같은 순간을 재현할 때 광기에 빠진 마지막 언어를 예고한다.

그러나 이 모든 것에도 불구하고 맥베스 부인은 잠자는 왕이 자기 아버지와 닮았다는 생각에서 벗어나지 않았다면 자신이 살인을 저질렀을 거라는 관찰을 포함해 몇 가지 끔찍할 정도로 아이러니한 발언을 할 만큼 행위에 충분히 굳은 것으로 보인다. 그녀가 자신에게 부족한 것을 변명하는 것처럼 보이는 이 대사의 유사성에 주목하길 바란다. 그녀가 그렇게 하겠다고 맹세했다면 자기 아기의 머리통을 박살냈을 거라는 맥베스에 대한 그녀의 이전 조롱과 함께 말이다. 맥베스 부인이 남편에게 한 일은 실제로 한 일이다. 그녀가 예상했던 역할의 완전한 반전은 그의 양심의 가책에도 불구하고 맥베스가 결코 할 수 없었던 일을 해 이제 일어날 수 없다.

장면의 이 부분에서 빠른 대화와 조각난 구조는 두 캐릭터 모두의 두려운 긴박감을 보여준다. 맥베스의 관심사는 두 가지 주요 영역에 집중되어 있다. 첫째, 그는 자신이 "살인을 저질렀다."라고 믿는다. 그는 기도가 영혼을 진정시키는 것과 같은 방식으로 수면도 육체적 평온을 가져와야 한다고 주장한다. 그러나 그의 경우, 기도하는 것과 잠드는 것 모두를 포기했다. 맥베스는 자기 침대에서 두 번 다시 편히 쉬지 않을 거라는 사실에 사로잡혀 있다.

"맥베스는 영영 잠 못 이루리라!" 맥베스 부인은 그런 맥베스의 불안한 생각을 받아들이길 거부하면서 그에게 "잠자는 자와 죽은 자는 그림에 불과하다."라며 친숙한 비교를 상기시킨다. 아이러니하게도 그녀는 맥베스의 마음을 떠난 후 오랫동안 죽음의 그림에 의해 잠들지 않을 사람이다.

맥베스가 우려하는 두 번째 영역은 행위의 유혈성, 특히 자기 손이 부자연스러운 살인행위를 목격한다는 사실이다. 다시 말하지만 맥베스 부인에게 피는 죽음의 그림을 더럽히는 데 사용되는 페인트와 같을 뿐이며 쉽게 씻어낼 수 있다. 그러나 맥베스는 표면 아래에 깊은 얼룩을 알고 있다. 그가 "지금까지 피 흘렸다."라는 자신의 후기 발언을 예고하는 그의 행동의 거대한 규모를 인식하는 그의 능력은 맥베스 부인보다 미흡하다.

이 시점에서 노크가 시작된다. 에드거 앨런 포(Edgar Allan Poe)의 단편 소설 『이야기의 심장(The Tell-Tale Heart)』에서 심장이 뛰듯 소음은 부분적으로는 양심을 두드리고 부분적으로는 실제 외부의 노크다. 상징적으로 두드리는 것은 정의의 두드리기나 복수의 두드리기다.

MACBETH

2막 3장

Act Ⅱ, Scene Ⅲ

"살인의 화살은 활시위를 떠나 아직 과녁에 꽂히지 않았어.
따라서 우리는 그 과녁의 굴레에서 벗어나는 게 상책이야."
_맬컴

● 맥베스의 성안 뜰

(문 두드리는 소리가 점점 요란해지자 술 취한 문지기가 비틀거리며 등장)

[문지기] 끈질기게도 두드리네, 젠장! 내가 지옥의 문지기라면 열쇠를 돌리느라 잠시도 틈이 나지 않겠군. (문 두드리는 소리) 그만해! 지옥대장 대신 묻겠는데 너는 누구냐? 그렇지! 풍년이 들 것 같아 목매 죽은 농부 놈이 왔구나! 때마침 잘 왔네. 수건이나 넉넉히 준비해 두게나. 이제 진땀 꽤 흘릴 테니.
(문 두드리는 소리) 젠장! 또 다른 악마의 이름으로 묻겠다. 도대체 너는 누구냐? 그렇지. 네놈은 혓바닥이 두 개여서 저울 양쪽에 얹어 놓고 새빨간 거짓 맹세를 밥 먹듯 하는 사기꾼이구나. 하느님의 이름으로 반역한 사기꾼이지. 하지만 천당에서는 그 사기가 안 통한 모양이구나. 자, 어서 들어오게. 사기꾼 양반. (여전히 문 두드리는 소리) 누구냐? 음, 영국 양복 재단사가 왔나 보군. 네놈은 헐렁헐렁한 프랑스식 통바지 옷감을 잘라먹은 죄로 여기까지 떨어져 왔군. 들어오게, 재단사 양반. 다리미를 달구는 데로는 여기가 최고지. (또 문 두드리는 소리) 아니, 끝이 없군. 또 누구냐? 그런데 여기는 지옥치곤 너무 추

워서 탈이야. 이거 지옥 문지기 노릇은 그만 집어치워야겠군. 속세에서 쾌락 속에 빠져 있다가 영겁의 불길 속으로 뛰어드는 놈이면 직업을 막론하고 몇 놈쯤은 통과시켜 주려고 했는데. (문 두드리는 소리) 네네. 곧 나갑니다. 제발 이 문지기에게 적선이나 잊지 말아 줍쇼. (문을 연다.)

(맥더프와 레녹스 등장)

[맥더프] 지난 밤 어지간히 마셨나 보군. 이렇게 늦잠 자는 걸 보니.

[문지기] 네. 두 번째 닭이 울 때까지 술타령에 정신 없었지요. 그런데 그놈의 술은 으레 세 가지 자극을 줍니다.

[맥더프] 세 가지 자극? 도대체 그게 뭔가?

[문지기] 첫째, 코가 빨개지고 둘째, 잠이 오고 셋째, 오줌이 마렵습니다. 욕정이 일어나도 힘이 있어야지요. 그래서 과음은 성욕에 관한 한 주둥이로 두 말하는 사기꾼과 같지요. 욕정을 일으키곤 곧 죽이고 충동질했다가 물러서고 용기를 주었다가 실망시키고 시작하게 해놓고 꽁무니 빼지요. 결국 속임수로 잠들게 해 넘어뜨리고 줄행랑쳐버리지요.

[맥더프] 허어, 그래서 자네도 지난 밤 그 술에 속은 모양이군.

[문지기] 아, 그놈이 소인 목구멍으로 넘어가자 슬슬 저를 넘어뜨리기 시작했지요. 하지만 그놈의 속임수에 당하고만 있겠습니까? 물론 결국 그놈의 속임수에 넘어갔지만 소인도 복수했습니다. 힘은 역시 제가 더 세니까 목구멍으로 넘어간 그놈을 몽땅 토해내 넘어뜨렸습니다. 때로는 그놈이 내 다리를 잡고 휘청거렸지만 말입니다.

[맥더프] 알겠네. 주인 나리는 일어나셨나?

(맥베스가 잠옷 차림으로 등장)

[맥더프] 문 두드리는 소리에 잠이 깨셨나 보군. 저기 나오시네.

[레녹스] 밤새 안녕하셨습니까?

[맥베스] 두 분도 잘 주무셨소?

[맥더프] 폐하께서는 일어나셨습니까, 영주님?

[맥베스] 아직 안 일어나신 것 같소.

[맥더프] 아침 일찍 깨워달라는 분부가 계셨는데 하마터면 늦을 뻔했습니다.

[맥베스] 자, 안내해 드리리다.

(둘이 맥베스를 따라 왕의 침소 입구로 걸어간다.)

[맥더프] 이번 일은 즐거운 수고겠지만 역시 수고임에는 틀림없습니다.

[맥베스] 즐거운 수고를 수고라고 할 수 있습니까? (계단으로 통하는 입구를 손으로 가리키며) 여기가 침소 문입니다.

[맥더프] 무엄하지만 그냥 들어가 뵙겠습니다. 미리 분부가 계셨으니까요.

(안으로 들어간다.)

[레녹스] 폐하께서는 오늘 출발하십니까?

[맥베스] 네, 그렇게 말씀하셨소.

[레녹스] 지난 밤은 참 어수선했습니다. 저희 숙소에서는 바람에 굴뚝이 쓰러졌습니다. 그리고 하늘에서는 곡성이 울려 퍼지고 괴상한 죽음의 비명이 들리고 무시무시한 혼란과 반란의 징조를 예언하는 소리가 들렸다고 합니다. 불길하게 올빼미도 밤새 울었답니다. 그리고 대지가 열병에라도 걸린 듯 진동했답니다.

[맥베스] 험한 밤이었군요.

[레녹스] 젊은 제 기억으로는 그처럼 괴이한 밤은 처음이었습니다.

(새파랗게 질린 맥더프 다시 등장)

[맥더프] 아, 무서운 일이다! 무서운 일이야! 차마 입으로 말할 수 없고 상상조차 못 할 일이….

[맥베스] 레녹스! 무슨 일이오?

[맥더프] 파괴요! 파괴가 최대 힘을 발휘했소! 잔악무도한 살상이 신성한 영혼의 전당을 부수고 거기서 그 생명을 빼앗아갔소.

[맥베스] 뭐라고? 생명을?

[레녹스] 아니, 폐하의…?

[맥더프] 침소로 가보시오. 차마 눈 뜨고 볼 수 없는 참혹한 광경이라오. 더 이상 내게 묻지 말고 직접 가보면 알 것이오.

(맥베스와 레녹스는 황급히 계단을 올라간다.)

[맥더프] 일어나시오. 모두 일어나시오. 뱅코, 도날베인, 맬컴, 어서 일어나시오! 포근한 죽음과 같은 잠을 떨쳐버리고 일어나 진짜 죽음의 광경을 보시오! 어서 일어나 이 최후의 대심판 현장을 보시오! 맬컴! 뱅코! 무덤에서 빠져나온 유령처럼 걸어나와 이 무서운 광경을 보란 말이오!

(비상 종소리가 마구 울린다.)

(맥베스 부인 등장)

[맥베스 부인] 무슨 일이에요? 왜 이리 요란하게 종을 울려 온 집안사람들을 깨우는 거예요? 말씀하세요. 말씀을!

[맥더프] 오, 아름다우신 부인! 제가 말씀드릴 수 있다고 해도 부인이 들으면 안 될 일입니다. 이 얘기를 여자들이 들으면 그 자리에서 기절할 겁니다.

덩컨 왕의 시해를 알리는 맥더프
맥더프가 맥베스와 레녹스에게 덩컨 왕이 살해됐음을 알리는 장면이다.

(뱅코가 실내복을 걸치고 허둥지둥 등장)

[맥더프] 오, 뱅코! 뱅코! 폐하께서 살해당하셨소!

[맥베스 부인] 오, 이를 어쩌나! 저희 집에서요?

[뱅코] 어디서든 극악무도하기 짝이 없는 일이오. 맥더프! 제발 지금 하신 말씀을 아니라고 해주오.

(맥베스와 레녹스가 다시 등장)

[맥베스] 아, 이런 변을 보지 않고 1시간 전에만 죽었더라면 내 인생은 축복된 것이었을 텐데! 이 순간부터 내 인생에서 의의가 있는 거라곤 아무것도 없도다. 이제 명예도 덕망도 사라지고 생명의 술도 모두 바닥나고 술창고에 남은 거라곤 술 찌꺼기밖에 없구나!

(맬컴과 도날베인이 허겁지겁 등장)

[도날베인] 무슨 변이라도 생겼습니까?

[맥베스] 폐하의 신상에 변이 생겼소. 그런데 모르고 계시다니. 폐하 혈통의 샘, 그 원천이 끊겼소. 그 근원이 끊겼단 말이오.

[맥더프] 부왕께서 살해당하셨습니다.

[맬컴] 뭐요? 누구한테?

[레녹스] 호위병들 소행인 듯합니다. 그놈들 손과 얼굴이 온통 피투성이고 단검에도 피가 묻은 채 머리맡에 놓여 있었습니다. 그놈들은 실성한 듯 서로 멍하니 쳐다보고 있었습니다. 사람의 목숨을 맡길 위인이 못 되는 그런 놈들에게 호위를 맡긴 게 잘못이었소.

[맥베스] 아, 너무 격분해 내가 그놈들을 벤 게 한스럽구나!

[맥더프] 아니, 왜 그런 짓을 하셨소?

[맥베스] 그 충격적인 순간에 그 누가 앞뒤 가리고 이 격분한 감정에 침착하고

불타는 충성심을 그 어떤 냉정함이 다스릴 수 있단 말이오? 불타는 내 충성심이 조급히 날뛰어 주저하는 이성을 앞질렀던 것이오. 덩컨 왕의 은빛 살결에는 금빛 핏발이 무너져 있었고 입을 벌린 상처는 파괴의 무참한 입구로 인체의 갈라진 틈 같았소. 한편, 저쪽에는 살인자들이 범행 증거로 온통 피로 물들었고 칼집에서 빠져나온 무엄한 단검도 피로 응혈된 채 굴러떨어져 있었소. 충성스러운 마음을 가졌고 그 충성심을 실행에 옮길 용기를 가진 자라면 그 누가 그런 광경을 보고도 참을 수 있겠소?

[맥베스 부인] (기절할 듯) 아, 저를 저리로 좀.

[맬컴] (도날베인에게 독백) '우리는 왜 입을 다물고 있어야 할까? 이 사건은 우리와 밀접한 관련이 있는 문제인데….'

[도날베인] (맬컴에게 독백) '이 마당에 무슨 말을 하겠어요? 악운의 신이 송곳 구멍에 숨었다가 언제 튀어나와 우리를 붙잡아 갈지도 모르는 판국에 말이에요. 모두 어서 피하세요. 눈물 같은 건 더 간직해 둡시다.'

[맬컴] (도날베인에게 독백) '그래, 슬픔은 아직 가슴속에 눌러두자.'

(맥베스 부인의 시녀들 등장)

[뱅코] (시녀들에게) 어서 부인을 돌봐드리게나. 자, 그럼 우리도 추위에 떨지 말고 옷이나 갈아입고 다시 모여 이 극악무도한 대역의 진상을 철저히 조사해 규명합시다. 공포와 의혹에 온몸이 떨립니다. 나는 하느님의 손을 대신해 반역을 기도한 악도의 흉계에 맞서 싸우겠소.

(시녀들의 부축을 받으며 부인이 퇴장한다.)

[맥더프] 나도 그러겠소.

[모두] 우리 모두 그렇게 합시다.

[맥베스] 빨리빨리 옷을 갈아입고 회의실로 모입시다.

[모두] 그렇게 합시다.

(맬컴과 도날베인만 남고 모두 퇴장)

[맬컴] 너는 어쩔 셈이냐? 저들과 함께 행동할 필요는 없다. 마음에도 없는 슬픔을 겉으로 보이는 것은 위선자들이 흔히 하는 짓이다. 나는 영국으로 가겠다.

[도날베인] 저는 아일랜드로 가겠어요. 서로 헤어져 있는 게 안전할 겁니다. 이곳에는 사람의 미소 속에도 칼날이 숨어 있어요. 핏줄이 가까울수록 피를 볼 위험이 크지요.

[맬컴] 이 살인의 화살은 활시위를 떠나 아직 과녁에 꽂히지 않았어. 따라서 우리는 그 과녁의 굴레에서 벗어나는 게 상책이야. 그러니 어서 말에 오르자. 작별인사 따위는 생략하고 신속히 이 자리를 빠져나가는 거다. 생명의 위협을 느낄 때 그 자리를 살그머니 빠져나가는 건 결코 부끄러운 행동이 아니다.

(둘이 퇴장)

▌ 2막 3장 분석

　　이 바쁜 장면은 서스펜스를 고조시키는 가벼운 코미디의 순간으로 시작된다. 전날 밤 흥청거림에 취한 맥베스 성의 짐꾼은 자신의 직업이 지옥의 짐꾼보다 나쁘다고 불평한다. 청중과의 사적인 게임에서 그는 자신을 포위된 하인으로 상상하고 저주받은 자의 문을 여닫는 스탠드업 코미디에 참여한다. 그가 사용하는 처음 두 가지 예(농부와 평등자)에는 특정한 종교적, 역사적 의미가 있다.

맥베스가 개신교 왕 제임스 1세 앞에서 법정에서 공연되기 몇 달 전 악명 높은 화약 음모(영국 왕을 살해할 목적)가 드러났다. 가이 포크스(Guy Fawkes)를 포함한 공모자들은 존 가넷(John Garnett)이라는 가톨릭 개종자의 격려를 받았을 수 있는데 그의 별명은 '농부'였다. 혼란스럽거나 모호한 언어를 사용해 자신의 종교에 대해 법정에서 거짓말하는 관행이 모호함으로 알려졌다. 모호한 언어의 수많은 예가 『맥베스』 전체에서 들리며 물론 마녀의 말 자체는 완전히 명확하지 않다. 따라서 포터의 예는 의도하지 않았더라도 전혀 의미가 없는 것은 아니다.

포터가 맥더프와 레녹스의 문을 열고 일련의 외설적인 농담을 할 때 유머는 계속되며 맥베스가 바로 그 순간 이전 장면의 피를 손으로 씻어야 한다는 사실에서 청중의 주의를 산만하게 한다. 그런 다음 맥베스는 맥더프를 왕의 방으로 안내하기 위해 편하게 들어간다.

맥더프가 왕을 깨우러 가는 동안 레녹스는 지난밤의 이례적인 날씨를 언급한다. 강풍, 비명과 통곡 소리, 새 울음소리, 땅의 떨림과 같은 부자연스러운 사건들은 종말론적 성격을 띠며 우주 전체의 사건과 성안 사건 간의 직접적인 연관성을 시사한다. 맥베스는 왕실 경비병을 죽이는 데 열정을 폭발시킨 것을 변명하면서 왕을 보았을 때 달리 행동할 수 없었다고 설명한다. 이유가 무엇이든 맥베스 부인은 맥베스의 강력한 수사학적 연설이 그들의 결합된 죄책감을 인정하는 전조라고 생각해 갑자기 기절한다. 그녀가 무대에서 옮겨지자마자 확실히 속도가 바뀐다. 더 이상 추측할 시간이 없다. 맥베스와 다른 사람들은 이 '반역적인 악의'의 행위를 복수하기 위해 '사나이다운 준비'로 만나겠다고 재빨리 맹세한다. 맬컴과 도날베인만 이해할 수 있는 우려를 표하기 위해 남아 있다.

MACBETH

2막 4장

Act II, Scene IV

"제발 우리 낡은 옷이 새 옷보다 입기 편한 그런 사태나 벌어지지 않길 바라오."
_맥더프

● **맥베스의 성 밖**

(음산하고 어두컴컴한 날씨. 로스와 한 노인이 등장)

[노인] 저는 70 평생 살아왔지만 지난 일을 꿰뚫듯 잘 기억하고 있습죠. 지난 많은 날, 무서울 때도 많았고 괴이한 일도 많았습죠. 하지만 지난밤의 무서움이나 괴이함에 비하면 아무것도 아니었습죠.

[로스] (하늘을 쳐다보며) 그렇군요, 노인장. 보시다시피 인간의 소행에 하늘도 마음이 괴로운지 이 살육의 무대를 위협하는구려. 대낮인데도 캄캄한 밤이 태양의 숨통을 바짝 조이니 말이오. 찬란한 햇빛이 대지에 입을 맞춰야 할 시각에 어둠이 지면을 덮고 있으니 이거야말로 밤의 완력이 지나친 건지, 낮이 부끄럼을 너무 탄 건지 도무지 분간이 안 되는군요.

[노인] 지난밤 참변도 그렇지만 자연의 이치에 어긋난 일들뿐입니다. 지난 화요일에는 하늘 높이 날던 매가 쥐나 잡아먹는 올빼미의 습격을 받고 죽었습죠.

[로스] 그뿐만 아니라 덩컨 왕의 말들은… 매우 이상야릇한 일이지만 빼어난

준마들이었는데 갑자기 사나워져 마구간을 부수고 뛰쳐나와 마구 날뛰며 인간에게 도전이라도 하려는 듯 달려들었습니다.

[노인] 말들끼리 서로 물어뜯고 야단이었다지요?

[로스] 정말 그랬어요. 나도 무척 놀랐어요. 저기 맥더프 경이 오시는군요.

(맥더프가 성에서 나온다.)

[로스] 맥더프 경! 사태가 어떻게 되어 가고 있습니까?

[맥더프] 아니, 모르세요?

[로스] 판명되었습니까? 극악무도한 살인자가 누구인지?

[맥더프] 맥베스 장군이 목을 친 그 두 놈이지요.

[로스] 세상에! 도대체 무엇 때문에 그런 엄청난 짓을 저질렀을까요?

[맥더프] 매수당한 거요. 맬컴과 도날베인 두 왕자가 몰래 달아났소. 그래서 이번 살해사건 주모자로 두 왕자가 혐의를 받고 있소.

[로스] 그것도 자연의 섭리를 거스르는 일이구려. 자기 생명의 근원을 마르게 하다니! 그렇다면 필경 왕위는 맥베스 장군에게 돌아가겠군요.

[맥더프] 이미 추대되어 스콘으로 대관식을 거행하러 떠나셨소.

[로스] 덩컨 왕의 유해는 어디로 모셨나요?

[맥더프] 코움킬로 모셨소. 그곳은 대대로 내려온 선산으로 선왕들의 유해를 모신 곳이지요.

[로스] 경께서는 스콘으로 가실 겁니까?

[맥더프] 아뇨, 화이프로 갑니다.

[로스] 그러세요? 저는 스콘으로 가보겠습니다.

[맥더프] 그럼 그곳에서 모든 게 뜻대로 되길 바라겠소. 제발 우리 낡은 옷이 새 옷보다 입기 편한 그런 사태나 벌어지지 않길 바라오. 안녕히 가시오.

[로스] 노인장! 안녕히 계시오.

[노인] 하느님의 축복이 당신에게 깃드시길! 그리고 악을 선으로 만들고 원수를 친구로 만드는 이들에게도 축복이 내리길!

(모두 퇴장)

2막 4장 분석

마녀와 마찬가지로 노인은 많은 문학 작품에서 전통적인 인물이다. 무엇이 될 것인지에 대한 마녀의 비전과 대조적으로 노인은 무엇이 있었는지에 대한 확실성을 예시한다. 나이, 전통, 자연적 연속성, 지혜의 개념 모두 하나의 그림에 묶여 있다. 이전 장면에서 훨씬 어린 레녹스의 말을 떠올리게 하는 말로 노인은 자신이 알고 신뢰하는 세상이 어떻게 뒤집혔는지 설명한다. 명명된 모든 사건은 단순한 자연재해가 아니다. 그들은 예상되는 자연 질서의 반전이다. 낮은 밤으로 바뀌었다. 매(맹금류)가 훨씬 작은 올빼미에게 죽임을 당했다. 그리고 왕의 마구간의 말들은 서로 잡아먹었다고 한다.

맥더프의 진입을 통해 셰익스피어는 연극의 전반부를 통합하고 맥베스가 왕으로 지명되었으며 이미 스코틀랜드 왕의 전통적인 대관식 거행 장소인 스콘으로 가 왕관을 썼음을 확인할 수 있다. 이 장면의 이미지는 부분적으로 연극 전반부와 후반부 간의 다리 역할을 한다. 그것은 1막 5장 '영혼들이여, 오라'에서 맥베스 부인의 첫 번째 독백을 회상하며 3막 말미 2, 3장에서 뱅코의 살인 관련 언어를 예고한다. 이 두 번째 살인의 서브 플롯(부차적 줄거리)은 다음 막 전체의 기초를 이룬다.

MACBETH

3막 1장

Act Ⅲ, Scene Ⅰ

"운명아, 오라! 나와 사생결단을 내자."
_맥베스

● **포레스 궁전**

(뱅코 등장)

[뱅코] (독백) '이제 그대는 모든 것을 손에 넣었다. 왕도 되고 코오더도 되고 그래미스도 되었으니 모든 게 그 마녀들이 약속한 대로 되었다. 그런데 그 것을 얻기 위해 그대는 아무래도 가장 부정한 수단을 쓴 것 같다. 하지만 왕위는 그대의 후손에까지 계승되는 것은 아니지. 나야말로 미래 여러 왕의 근원이며 조상이 될 사람이라고 하지 않았는가. 마녀들의 말이 맞다면 맥베스여! 그것들의 말이 그대에게 적중했듯이, 아니 그것들의 말이 그대에게 진실로 실현된 것을 보면 그 말이 내게도 신탁이 되어 마땅할 것이며 따라서 나라고 미래에 희망을 걸지 말라는 법은 없지 않은가? 하지만 말을 삼가고 조심해야지.'

(나팔 소리. 왕이 된 맥베스, 왕후가 된 맥베스 부인, 레녹스, 로스 등 여러 귀족이 등장)

[맥베스] 아, 여기 우리 주인이 계시는군.

[맥베스 부인] 우리 축하연에 이 분을 안 모시면 구멍 뚫린 창문처럼 허전할 뻔했어요.

[맥베스] 오늘 밤 만찬회를 베풀기로 했으니 장군도 꼭 참석하길 바라오.

[뱅코] 네, 폐하의 분부이신데. 신의 의무는 오직 순종뿐입니다.

[맥베스] 오늘 오후 말을 타고 어딘가로 가신다면서요?

[뱅코] 그러하옵니다, 폐하.

[맥베스] 나가지 않으면 오늘 회의에서 장군의 신중하고 유익한 의견을 참고하려고 했는데…. 하지만 그건 내일로 미룹시다. 그런데 멀리 나가오?

[뱅코] 지금 떠나면 만찬회 때까지는 돌아올 수 있는 거리입니다. 말이 늑장을 부린다면 어둑어둑한 시간을 1~2시간 더 잡아먹어야겠지요.

[맥베스] 축하연에 늦지 않도록 하시오.

[뱅코] 네, 명심하겠습니다.

[맥베스] 참, 짐의 그 잔인무도한 친척인 두 왕자는 영국과 아일랜드에 은신해 잔학한 부친 살해의 천인공노할 죄를 뒤우치기는커녕 괴이한 낭설을 만들어 퍼뜨리고 있다고 들었소. 하지만 그 일은 내일 국사를 의논할 때 의견을 나누기로 하고 어서 가보시오. 조심해 다녀오시오. 플리언스도 함께 가오?

[뱅코] 네, 함께 가기로 했습니다. 그럼 시간이 되어 이만 물러가겠습니다.

[맥베스] 그대들을 싣고 달릴 말의 다리가 튼튼하길 바라오. 잘 다녀오시오.

(뱅코 퇴장)

[맥베스] 지금부터 저녁 7시까지는 각자 자유시간을 가져라. 짐도 더 유쾌한 축하연을 맞기 위해 만찬 시간까지 혼자 있겠소. 그때까지 모두 편히 쉬시오.

(맥베스와 시종 한 명만 남고 모두 퇴장)

[맥베스] 여보게, 그 사람들은 대기하고 있는가?

[시종] 네, 폐하. 궁성 문밖에 대기하고 있습니다.

[맥베스] 어서 그들을 부르게나.

(시종 퇴장)

[맥베스] 안전하게 왕 노릇도 못 할 바에 왕이면 뭐하나? 뱅코에 대한 내 두려움은 살 속 깊이 박힌 가시와 같다. 그의 고귀한 성품이 더 두렵게 한다. 그는 너무 대담하다. 그 대담한 기질에 자신의 용기를 거리낌 없이 실천하는 지혜까지 겸비했다. 내가 두려워하는 존재는 사실 뱅코뿐이다. 안토니우스가 시저 곁에서 그랬듯이 뱅코가 내 곁에 있으면 내 기개는 맥을 못 춘다. 처음에 마녀들이 나를 왕이라고 불렀을 때 그는 마녀들을 나무라며 자기에게도 말하라고 호령했다. 그러자 마녀들은 예언자인 듯 그를 역대 제왕의 조상이라고 축복해주지 않았던가. 그 마녀들은 내 머리에 열매가 없는 왕관을 씌워주고 내 손에는 내 자손이, 아니 남의 자손이 이어받을 실속 없는 왕홀을 쥐어준 것이다. 그렇다면 뱅코의 자손을 위해 나는 내 마음을 더럽히고 어진 덩컨 왕을 살해했다는 말인가? 평온한 내 마음의 술잔에 쓰디쓴 회한의 술을 부은 것도 그자들 때문이고 불멸의 내 영혼을 인류의 공적인 악마에게 내준 것도 뱅코의 씨에게 왕위를 물려주기 위해 한 짓 아닌가? 그럴 바에는 운명아, 오라! 나와 사생결단을 내자. 거기 누구냐?

(시종이 두 자객을 데리고 등장)

[맥베스] (시종에게) 너는 문밖에서 부를 때까지 기다리고 있거라. 어제 너희와 얘기했지?

[자객 1] 그렇습니다, 폐하.

[맥베스] 내가 한 말 충분히 생각해봤겠지? 지금까지 너희를 불행하게 만든 자

맥베스와 자객들
맥베스가 자객들과 음모를 꾸미는 장면이다.

가 바로 그라는 것을. 너희가 오해한 모양인데 짐에게 잘못이 있는 게 아니라 그자가 너희의 불행의 근원이라는 것을 지난밤 짐의 자세한 설명으로 알았겠지? 너희가 어떻게 속았고 어떻게 학대받았고 그 앞잡이는 누구이고 누가 그를 조종했고 그 밖의 모든 일도 증거를 대가며 설명했으니 충분히 이해하고도 남았을 걸세. 바보나 미치광이도 그 설명을 들었다면 '그건 바로 뱅코야!'라고 소리치지 않을 수 없지.

[자객 1] 네, 그 문제는 충분히 알고 있습니다.

[맥베스] 물론 그래야지. 그런데 오늘은 또 다른 말을 하려고 만나자고 했다. 도대체 너희는 그런 대우를 견딜 만큼 인내심이 강하다는 말이냐? 그렇지 않다면 너희를 억눌러 못살게 하고 처자식을 영원히 거지 신세로 만든 그 착한 자와 그 자손을 위해 기도드릴 만큼 너희의 신앙심이 깊다는 말이냐?

[자객 1] 저희도 인간입니다, 폐하.

[맥베스] 물론이지. 호적상에는 너희도 인간으로 올라 있겠지. 사냥개도 그레이하운드도 불독도 스피츠도 삽살개도 잡종개도 모두 '개'라는 이름으로 불리듯이 말이야. 하지만 가격표에는 빠른 놈, 느린 놈, 약은 놈, 집 지키는 놈, 사냥하는 놈 이렇게 모든 개가 풍요로운 대자연이 부여한 재능에 따라 구별되고 특별한 칭호도 받아 다함께 개라는 이름으로 적힌 족보에서도 구별되는 법이지. 인간도 마찬가지야. 자, 너희도 인간 가격표에 당당히 자리잡고 있고 최하 계급 인간이 아니라고 말해다오. 그렇다면 짐이 너희에게 은밀히 부탁할 일이 있다. 이를 실행하면 너희에게는 원수가 제거될 뿐만 아니라 짐의 총애도 듬뿍 받을 걸세. 그자가 살아 있는 한 짐은 병자와 같으니 그자가 사라져야 편안하겠다.

[자객 2] 폐하! 소인은 세상의 온갖 천대와 학대에 분통이 터져 못 살 지경입니다. 세상에 대한 분풀이라면 무슨 일이든 하겠습니다.

[자객 1] 소인도 불행에 너무 시달리고 악운에 부대껴 이제는 목숨 걸고 무슨

짓이라도 할 생각입니다.

[맥베스] 분명히 뱅코가 너희의 원수라는 걸 알고 있겠지?

[두 자객] 당연합니다, 폐하.

[맥베스] 그자는 과인에게도 원수일 뿐만 아니라 서로 앙숙이니라. 그자가 살아 있는 한 일각이 짐의 급소를 찌르는 셈이지. 물론 짐이 당연히 권리를 행사해 그자를 짐의 눈앞에서 당장 없애버릴 수도 있지만 차마 그렇게 못하는 사정이 있네. 짐과 그자에게도 친구인 사람들에게 짐의 손으로 처단한 그자의 죽음을 슬퍼하게 해 그들의 감정을 상하게 하기 싫어서네. 그래서 너희의 도움이 필요한 것이니 이런 사정을 잘 헤아려 쥐도 새도 모르게 처리해 줘야겠다.

[자객 2] 폐하, 염려 마십시오. 소인들은 어떤 일이든 분부대로 기필코 완수하겠습니다.

[맥베스] 이제야 너희의 본심을 알겠다. 늦어도 1시간 안에 너희가 잠복할 장소와 결행할 시간을 알려주겠다. 이 거사는 오늘 밤 궁정에서 별로 멀지 않은 곳에서 해야 하네. 항상 명심할 것은 짐에게 혐의가 오지 않도록 해야 한다는 것이네. 그리고 흔적도 없이 처리하려면 그자와 동행하는 아들 플리언스까지 없애버려야 하네. 그건 뱅코를 없애는 것 못지않게 중대하니 플리언스에게도 암흑의 운명을 씌워주어라. 그럼 나가서 각오를 더 굳게 다져라.

[두 자객] 폐하, 소인들은 이미 각오가 되어 있습니다.

[맥베스] 곧 부르겠네. 안에서 기다리게.

(두 자객 퇴장)

[맥베스] 계획은 끝났다. 뱅코여! 네 영혼이 천당으로 날아갈 시간이 바로 오늘 밤이다.

(맥베스가 다른 쪽 입구로 퇴장)

3막 1장 분석

뱅코의 짧은 독백에는 두 가지 목적이 있다. 1막 마녀 예언의 세부 사항을 청중에게 상기시키고 맥베스가 덩컨 살해범이라는 자신의 의심을 드러낸다. 아이러니하게도 그의 어조는 이전 장면에서 맥베스의 야심찬 어조를 떠오르게 한다.

맥베스와 그의 아내는 새로운 계급의 모든 확신으로 축하연을 준비한다. 특히 맥베스가 '아, 여기 우리 주인이 계시는군.'이라는 대사에 주목하길 바란다. 단수 대명사 대신 복수형을 사용하는 것은 군주가 백성과의 단결뿐만 아니라 그들에 대한 절대적 권위를 표현하는 전통적인 비유다. 한때 맥베스와 동등한 지위를 가졌던 뱅코는 장면 전체에서 맥베스를 '내 주님'이라고 부르며 맥베스의 새로운 지위를 인정한다.

장면 첫 부분의 대화는 맥베스가 과거에 살인자들을 만난 적이 있음을 보여준다. 그때나 지금이나 그는 그들이 자신을 위해 일하도록 설득해야 한다. 사실이든 아니든(우리는 증거가 없다) 그는 그 안에서 뱅코에 대한 증오에 다시 불을 붙인다. 맥베스는 남자들이 계획을 배신하기 위해 약간의 도덕적 양심의 가책, 뱅코에 대한 약간의 동정심에 의해 설득당하지 않도록 해야 한다. 그 같은 반응은 지극히 자연스럽고 인간적이지만 그 인간성은 바로 맥베스가 지금 허용할 수 없는 것이다. 그러므로 첫 번째 살인자가 "저희도 인간입니다."라고 대답하자 맥베스는 말을 끊고 일련의 강력한 은유로 이 살인자들의 인간성을 짐승 수준으로 축소해 모두 개라는 이름으로 불린다.

맥베스는 뱅코 살해계획이 그들을 일반 계급 이상으로 끌어올릴 거라고 주장함으로써 살인자들에게 아첨하지만 그의 아이러니한 어조는 그가 그들을 짐승에 불과하다고 생각한다는 것을 보여준다. 그렇다면 두 배로 아이러니한 것은 이 전체 연설이 자신의 비인간성과 불완전함을 스스로 인정하는 것이다. 맥베스 자신은 '반 늑대'처럼 행동하고 있다. 실제로 살인자들 자신이 '완벽한' 범죄에 대한 그의 지시를 수행하는 데 불완전하다는 것을 알 때 그 대사는 세 배나 아이러니하다.

MACBETH

3막 2장

Act Ⅲ, Scene Ⅱ

"우리는 뱀에게 상처만 입히고 죽이진 못했소.
그 뱀의 상처는 언젠가는 아물어 치유될 것이고 괴로운 상처를 입힌 우리는
반대로 그 독사 이빨에 언제 물릴지 모르오."
_맥베스

● 궁전의 다른 방

(맥베스 부인이 시종 한 명을 데리고 등장)

[맥베스 부인] 뱅코는 궁전을 나갔느냐?

[시종] 네, 나가셨습니다. 하오나 오늘 밤 축하연에는 꼭 참석하신다고 했습니다.

[맥베스 부인] 폐하께 아뢰어라. 드릴 말씀이 있으니 뵙잔다고.

[시종] 네.

(퇴장)

[맥베스 부인] 아, 허무하구나! 욕망은 이루었지만 만족감은 얻지 못했어. 살해한 후의 이 불안한 기쁨. 이런 기쁨을 누리기보다 차라리 살해당하는 신세가 낫지 않을까?

(맥베스가 깊은 생각에 잠긴 채 등장)

[맥베스 부인] 폐하! 왜 그런 쓸데없는 고민을 벗삼아 홀로 계시려고 하십니까?

생각 속에서 떨쳐버리면 금방 사라질 망상을 왜 그렇게 감싸 안기만 하십니까? 지난 일을 돌이켜본들 무슨 소용이 있습니까?

[맥베스] 우리는 뱀에게 상처만 입히고 죽이진 못했소. 그 뱀의 상처는 언젠가는 아물어 치유될 것이고 괴로운 상처를 입힌 우리는 반대로 그 독사 이빨에 언제 물릴지 모르오. 차라리 이 우주가 산산이 부서지고 천지가 무너지는 한이 있더라도 공포 속에서 음식을 먹고 밤마다 그 무서운 악몽에 시달리며 자고 싶진 않소. 양심의 가책으로 미칠 듯한 불안 속에서 사느니 차라리 죽어 우리의 평화를 위해 우리가 영원한 평화의 세계로 보낸 그 죽은 자와 함께 있는 게 훨씬 낫겠소. 지금 덩컨은 무덤 속에 있소. 살해의 열병을 모두 치른 후 그는 이제 편히 잠들어 있소. 죽임은 그가 당한 최후의 열병이었소. 그 어떤 칼날도 그 어떤 독약도 그 어떤 내란도 그 어떤 외적도 그 무엇도 더 이상 그를 괴롭히지 못할 것이오!

[맥베스 부인] 아, 그만하세요, 폐하! 그 고민으로 일그러진 표정을 거두시고 오늘 밤 명랑하고 유쾌하게 손님들을 맞으셔야 합니다.

[맥베스] 아, 그럽시다. 당신도 뱅코에게 각별히 신경 써 눈으로나 입으로나 극진히 대접하시오. 아직 마음 놓을 수 없으니까. 왕의 존엄으로도 우리는 그런 아첨의 개울 속에 몸을 담그고 마음에 가면을 씌워 본심을 감추고 지내야 하니….

[맥베스 부인] 그런 염려는 더 이상 하시면 안 됩니다.

[맥베스] 아, 내 마음속에 독충이 우글거리는 것만 같소! 당신도 알다시피 뱅코와 그의 아들 플리언스가 아직 살아 있지 않소?

[맥베스 부인] 하지만 그들의 생명도 자연에서 얻은 것인데 그것에도 한계는 있을 겁니다.

[맥베스] 그 말을 들으니 다소 위안이 되오. 그들이라고 피습받지 말라는 법은 없으니 당신도 홀가분하게 생각하시오. 박쥐가 사원 안을 날아다니기 전

맥베스와 맥베스 부인
반역죄를 짓고 괴로워하는 맥베스를 위로하는 맥베스 부인

에 밤의 마녀 헤카테의 부름을 받아 졸린 소리를 내는 딱딱한 투구를 덮어 쓴 풍뎅이가 밤잠을 재촉하는 종소리 역할을 하기 전에 엄중하고 무서운 일이 일어날 거요.

[맥베스 부인] 어떤 일?

[맥베스] 당신은 모르고 있다가 성사되면 갈채나 보내시오. 자, 오너라. 눈을 어둠으로 감싸는 밤아! 어서 와 연민의 정이 가득한 낮의 눈을 가리고 그 잔인한 보이지 않는 네 손으로 나를 겁에 질리게 하는 저 커다란 생명의 증서(뱅코와 플리언스)를 갈기갈기 찢어다오! 오, 날은 어두워지고 까마귀는 숲속 어두운 보금자리로 날아들고 있소. 낮의 착한 무리는 고개를 숙이고 잠자기 시작하고 밤의 악한 무리가 먹이를 찾아 일어나기 시작하오. 당신은 내 말을 이상하게 여기겠지만 잠자코 기다리시오. 악으로 시작한 일은 악의 힘으로 강해져야 하는 것이오. 그러니 나와 함께 갑시다.

(둘이 퇴장)

█ 3막 2장 분석

극적이고 시적인 이 장면은 1막 5장을 정확히 반영한다. 그런 다음 덩컨의 죽음이 계획되고 있었다. 이제 죽음은 뱅코의 것이다(맥베스 부인은 처음에는 이것을 몰랐지만). 초기 살인 사건에서는 맥베스 부인이 지휘했다. 이전에 맥베스가 설득력이 필요한 사람이었다면 이제 악역은 아내에게 넘어갔다. 맥베스의 대사 "우리는 뱀에게 상처만 입히고 죽이진 못했소. 그 뱀의 상처는 언젠가는 아물어 치유될 것이고 괴로운 상처를 입힌 우리는 반대로 그 독사 이빨에 언제 물릴지 모르오. 그 어떤 칼날도 그 어떤 독약도 그 어떤 내란도 그

어떤 외적도 그 무엇도 더 이상 그를 괴롭히지 못할 것이오!" 맥베스의 개인
적인 허세에도 불구하고 그와 아내는 전혀 편해 보이지 않는다. 맥베스 부
인은 자신의 '의심스러운 기쁨'을 이야기하고 맥베스는 자신의 '불안한 엑스
터시'를 이야기한다. 맥베스 스스로 창조한 세상에서 완전한 평화는 더 이
상 존재하지 않으며 달성된 것은 절반에 불과하다. 죽은 덩컨 왕조차 맥베
스가 결코 할 수 없는 것, 즉 "인생의 열병"에서 벗어나는 것을 더 완벽히 달
성할 수 있다.

맥베스 부인이 이전 살인을 되돌아보는 것처럼 보이는 동안 맥베스는 맥
베스 부인이 아직 완전히 알지 못하는 다음 살인을 기대하며 앞을 내다본다.
두 지식 상태의 이런 구별은 셰익스피어가 남편과 아내의 권력 관계를 다시
조명할 수 있게 한다. 여기서 성격의 또 다른 반전이 있으며 두 가지 주요 방
식으로 표시된다.

첫째, 맥베스 부인의 순진한 질문과 둘째, 맥베스가 동물 이미지를 채택
함으로써 나타난다. 1막 5장에서 맥베스 부인은 '까마귀'와 '뱀'에 대해 말했
다. 이제 맥베스는 자신의 마음이 '전갈로 가득 차 있다.'라고 상상하고 '박
쥐'와 '파편에서 태어난 (배설물 사육) 딱정벌레'를 말하면서 같은 공포의 언
어를 사용한다.

MACBETH

3막 3장

Act Ⅲ, Scene Ⅲ

"어서 도망쳐! 오, 이 원수를 갚아다오."

_뱅코

● 궁전으로 통하는 정원

(자객 세 명 등장)

[자객 1] 도대체 누가 당신을 우리에게 가담시켰소?

[자객 3] 맥베스 왕께서.

[자객 2] 그를 의심할 필요는 없을 것 같군. 그는 우리가 무엇을 어떻게 해야 하는지 일일이 말해주고 있으니까.

[자객 1] 좋아! 합세합시다. 아직 석양빛의 꼬리가 다 감춰지진 않았어. 지금은 석양의 나그네가 여인숙에 들기 위해 말을 재촉할 때요. 그러니 우리가 기다리는 자도 점점 다가오고 있는 걸세.

[자객 3] 조용! 말발굽 소리가 들려!

[뱅코] (멀리서 들리는 소리) 얘야! 횃불을 이리 좀 비춰라!

[자객 2] 우리가 기다리는 바로 그자다. 초대받은 손님들은 궁전에 다 모였을 테니.

[자객 1] 그의 말이 먼 길로 돌아오는 것 같군.

뱅코를 암살하는 자객들
맥베스의 사주를 받은 자객들이 뱅코와 그 일행을 암살하는 장면이다.

[자객 3] 맞았어. 약 1.6km쯤. 하지만 다른 사람들처럼 그자도 여기서부터 궁전까지 걸어간다네.

(뱅코와 횃불을 든 플리언스가 등장)
[자객 2] 횃불, 횃불이다!
[자객 3] 그자가 틀림없군.
[자객 1] 준비해!
[뱅코] 오늘 밤은 비가 올 것 같군.
[자객 1] 물론이지. 오고말고. 자, 이때다!
(자객 1이 횃불을 끄는 순간 다른 자객 두 명이 뱅코에게 달려든다.)

[뱅코] 아, 암살이다! 도망쳐라! 플리언스야. 도망쳐라! 어서 도망쳐! 오, 이 원수를 갚아다오.
(뱅코는 죽고 플리언스는 무사히 도망친다.)

[자객 3] 누가 횃불을 껐어?
[자객 1] 잘못했나?
[자객 3] 한 놈밖에 해치우지 못했어. 아들은 달아나버렸어.
[자객 2] 더 중요한 일을 놓쳤군!
[자객 1] 어쨌든 돌아가자. 가서 성공한 일만이라도 아뢰야지.
(모두 퇴장)

3막 3장 분석

　적절하게도 이 장면은 어둠 속에서 일어난다. 살인자들은 등불을 들고 실수로 빛이 꺼지고 무대 전체가 어둠에 빠졌을 때만 의무를 다하지 못한다. 그들 직업의 어둡고 소름 끼치는 성격과 대조적으로 살인자들의 시적 연설은 특히 일몰 무렵 여관에 도착하는 여행자 묘사에서 비교적 가볍다.

　우리는 맥베스 자신에게서 같은 위선을 보았다. 또 다른 기능은 청중에게 자연 질서의 존재와 구원 가능성을 상기시키는 것이다. 이상적인 세상에서 뒤늦은 여행자는 늦은 시간에도 '시기적절한' 숙박시설을 찾는 것을 희망할 수 있다. 그러나 사물의 자연 질서가 거꾸로 되고 빛이 꺼지는 세계에서는 이 장면에서 상징적으로 그렇듯 그 희망도 사라진다. 뱅코는 친절한 환영을 받는 것이 아니라 자신의 멸종을 향해 타고 있다. 플리언스의 탈출은 맥베스의 비극에서 전환점이다. 플리언스에게 '복수'를 명령하는 뱅코의 죽어가는 말은 뱅코에 대한 마녀의 예언을 청중에게 상기시킨다.

MACBETH

3막 4장

Act Ⅲ, Scene Ⅳ

"썩 꺼져! 내 눈앞에서! 땅속으로 꺼져라!
네 뼛속은 비었고 네 피는 차디차게 식었어. 네가 아무리 노려봐도 소용없어."

_맥베스가 뱅코 유령에게

● **궁전 홀**

(무대 중앙에 식탁이 놓인 연회석으로 맥베스, 맥베스 부인, 로스, 레녹스, 기타 귀족과 시종들 등장)

[맥베스] 여러분, 각자 제자리에 앉으시오. 진심으로 환영하오.

[귀족들] 황공하옵니다.

[맥베스] 과인은 미흡하나마 여러분과 함께 어울려 주인 노릇을 해야겠소. 오늘 여주인공은 왕비석에 앉아 있소만 적당할 때 환영의 인사를 하도록 청합시다.

[맥베스 부인] 황공하나 폐하께서 저 대신 인사해주세요. 저는 진심으로 여러분을 환영하고 있으니까요.

(맥베스가 입구를 지날 때 자객 1이 나타난다. 귀족들이 일제히 일어나 부인에게 목례한다.)

[맥베스] 자, 보시오. 모두 왕비에게 진심으로 답례하고 있소. 양쪽 좌석 수가 똑같군. 과인은 이 가운데 앉겠소. 자, 모두 유쾌하게 놀아봅시다. 축배를 돌리시오. (입구 쪽으로 가 자객에게) 네 얼굴에 피가 묻었다.

(**맥베스와 자객이 독백을 나눈다.**)

[자객 1] 아, 이건 뱅코의 피입니다.

[맥베스] 그 피는 그자의 체내에 있는 것보다 차라리 네 얼굴에 묻은 게 낫지. 그런데 그자는 처치했느냐?

[자객 1] 네, 제가 그자의 목을 잘랐습니다.

[맥베스] 역시 자네는 명수로군. 플리언스를 해치운 자도 훌륭한 솜씨겠지. 그 것도 자네가 처치했다면 자네는 천하의 명수로다.

[자객 1] 폐하! 플리언스는 도망쳤습니다.

[맥베스] 아, 그렇다면 또 불안증이 일어나겠군. 둘 다 처치했으면 아무 걱정 도 없을 텐데. 그렇게만 되었다면 나는 대리석처럼 단단하고 반석처럼 안전 하고 만물을 둘러싼 대기처럼 자유로운 몸이 되었을 텐데. 뱅코는 틀림없이 해치웠겠지?

[자객 1] 틀림없습니다, 폐하. 머리에 스무 군데나 칼을 맞고 깊은 상처를 입은 채 개천에 처박혀 있습니다. 그중 가장 작은 상처라도 충분히 치명적입니다.

[맥베스] 수고했네. 이제 큰 뱀은 죽었다. 그러나 달아난 작은 뱀이 머지않아 독을 갖겠지. 하지만 아직 독니는 없다. 그만 물러가 있거라. 내일 다시 얘 기하자.

(**자객 퇴장**)

[맥베스 부인] 폐하! 환대가 모자랍니다. 연회석에서는 주인이 환대의 뜻을 자 주 표하지 않으면 사 먹는 음식과 같습니다. 단순히 먹기만 하려면 자기 집이 최고지요. 일단 집을 나서면 아무래도 남의 환대가 양념이 됩니다. 연회는 환 대가 없으면 아무 의미가 없습니다.

[맥베스] 정말 그렇구려. 자, 모두 마음껏 드시고 소화도 잘되어 더 건강하시 길 바라오.

[레녹스] 폐하께서도 앉으시지요.

[맥베스] 뱅코 장군이 이 자리에 참석했더라면 전국의 고관대작이 모두 모였겠군.

(뱅코의 유령이 등장해 맥베스의 의자에 앉는다.)

[맥베스] 그러나 차라리 뱅코의 무성의를 과인이 책망이나 했으면 좋겠구려. 그의 신변에 무슨 변고가 생긴 건 아닌지 매우 걱정스럽소.

[로스] 폐하! 그의 불참은 약속을 저버린 짓입니다. 황송하오나 폐하께서도 옥좌에 앉으시지요.

[맥베스] 좌석이 다 찼는데.

[로스] 여기가 폐하의 좌석입니다.

[맥베스] 어디?

[레녹스] 여기입니다. 폐하. 아니, 왜 그리 놀라십니까?

[맥베스] 누가 이런 짓을 했느냐?

[귀족들] 무슨 말씀이십니까, 폐하?

[맥베스] (유령에게) 내가 했다고 어찌 감히 네가 말할 수 있느냐? 피투성이 머리털을 내게 대고 흔들지 말라.

(맥베스 부인이 자리에서 일어선다.)

[로스] 여러분, 일어납시다. 폐하께서 몸이 무척 불편하신가 봅니다.

[맥베스 부인] (걸어 내려오며) 앉으세요, 여러분. 폐하께서는 가끔 이런 증상이 있으십니다. 어릴 때부터 있어왔지요. 모두 앉아 주세요. 이 증상은 일시적입니다. 곧 회복되실 겁니다. 여러분이 뚫어지게 쳐다보면 증세가 심해져 오래 갈 수도 있어요. 그러니 신경 쓰지 마시고 음식을 드시면서 못 본 척하십시오.

뱅코의 유령
연회 자리에 뱅코 유령이 나타나자 놀라는 맥베스

(맥베스에게) 당신은 사나이가 아니세요?

(맥베스 부부는 한참 독백을 주고받는다.)

[맥베스] 물론. 대담한 사나이지. 악마가 보고도 질겁할 저 모습을 똑바로 노려볼 수 있는….

[맥베스 부인] 참, 장하시군요! 그건 불안한 마음에서 생긴 환상이에요. 그것은 당신을 덩컨 왕에게 인도했던 단검의 환상과 같은 거예요. 정말 무서워해야 할 것은 아무것도 없는데 이렇게 놀라시는 건 겨울날 난롯가에서 할머니들의 이야기 속에서나 나올 만한 일이에요. 창피하게 이게 무슨 꼴이에요? 도대체 왜 그런 얼굴로 빈 의자만 내려다 보시는 거예요?

[맥베스] 저걸 보시오! 저걸 말이오! 자, 어떻소? 아니, 내가 무서워할 게 뭐람? 머리를 흔들 수 있다면 말도 할 수 있겠군. 일단 매장된 몸을 납골당이나 무덤이 다시 토해 놓으면 앞으로는 솔개미 뱃속을 무덤 삼아야겠군.

(유령 사라진다.)

[맥베스 부인] 아니, 뭘 보고 그렇게 질겁하세요?

[맥베스] 나는 분명히 보았소.

[맥베스 부인] 그만 좀 하세요. 창피해 견딜 수가 없네요.

[맥베스] (이리저리 서성이며) 인도적인 법률이 생겨 사회를 안전하게 다스리기 이전인 옛날에는 피를 많이 흘렸지. 아니, 그 후에도 끔찍한 살육이 여기저기서 있었지. 그러나 그때는 골이 터지면 사람은 죽어버리고 그걸로 끝장나고 말았어. 그러나 지금은 스무 군데나 치명상을 입고도 다시 살아나 사람을 의자에서 밀어내다니. 이것은 살인보다 더 괴이한 일이로다.

[맥베스 부인] (맥베스의 팔을 잡으며) 폐하! 귀하신 손님들이 기다리고 있습니다.

[맥베스] 아, 깜빡 잊고 있었군. 여러분! 나를 이상하게 생각하진 마시오. 나는 이상한 병이 있는데 나를 아는 사람들은 예사로 생각하오. 자, 우정과 건강을 비오. 그럼 나도 앉겠소. 내게도 술을 주시오. 철철 넘치도록 따르시오. 자, 여러분의 행복과 오늘 이 자리에 보이지 않는 내 절친한 친구 뱅코를 위해 축배를 듭시다. 그도 참석했으면 좋았을 텐데.

(맥베스가 잔을 들자 뱅코의 유령이 다시 등장)
[맥베스] 여러분과 그를 위해 축배를 듭시다. 자, 여러분의 행복을 위해!
[귀족들] (잔을 들며) 충성을 맹세합니다!
[맥베스] (의자를 돌아보며) 썩 꺼져! 내 눈앞에서! 땅속으로 꺼져라!
(잔을 떨어뜨린다.) 네 뼛속은 비었고 네 피는 차디차게 식었어. 네가 아무리 노려봐도 소용없어.
[맥베스 부인] 여러분! 이런 증상은 늘 있는 일입니다. 그런데 그것 때문에 흥이 깨지고 말았구려.
[맥베스] 사람이 하는 일이라면 뭐든지 하겠다. 차라리 험상궂은 러시아 곰이 되어 덤비거나 뿔 달린 물소나 하케니아 범이 되어 나오너라. 지금 모습이 아니라 그 어떤 모습으로 나오더라도 무쇠 같은 내 담력은 끄떡도 안 할 것이다. 그렇지 않으면 다시 살아나와 황야에서 칼을 들고 대결해보자. 그렇게 해도 내가 떨고 있다면 그때는 나를 허약한 계집애라고 불러도 좋다. 물러가라! 이 흉측한 그림자야! 이 헛된 환영아! 썩 물러가라!
(유령 사라진다.)

[맥베스] 이제 사라졌구나. 사라지기만 하면 나는 다시 사나이다워지거든. 자, 여러분! 그냥 앉으시오.
[맥베스 부인] 폐하의 정신착란증 때문에 흥이 깨지고 모처럼 열린 연회석이

엉망이 되었습니다.

[맥베스] 한여름의 먹구름처럼 그런 것이 달려드는데 어찌 놀라지 않겠소? 나 자신도 잘 모르겠소. 그 광경에 내 얼굴은 백지장처럼 창백해지는데 다른 사람들은 태연하니 그 이유를 모르겠소.

[로스] 그 광경이라니? 어떤 광경을 말씀하시는 건지요? 폐하.

[맥베스 부인] 제발 아무 것도 묻지 마세요. 더 악화되고 흥분만 하십니다. 오늘은 이만 끝냅시다. 안녕히 가십시오. 퇴장하는 순서는 신경 쓰실 필요 없습니다.

(귀족들 일제히 일어선다.)

[레녹스] 안녕히 주무십시오. 폐하께서 조속히 쾌유되시길!

[맥베스 부인] 모두 안녕히 가시오!

(귀족들과 시종들 모두 퇴장)

[맥베스] 이 일은 끝내 피를 보고야 말 것이다. 피는 피를 부른다는데 옛날에는 묘석도 움직이고 나무도 원혼의 말을 옮긴 적이 있다는데 점이나 인과의 판단은 까치나 부리가 붉은 갈까마귀나 땅까마귀를 이용해 살인자의 비밀을 캐냈다는데 밤은 얼마나 깊었소?

[맥베스 부인] 밤인지 새벽인지 분간하기 어려운 시각입니다.

[맥베스] 우리의 초대를 거절한 맥더프를 어떻게 생각하오?

[맥베스 부인] 사람을 보내 보셨습니까?

[맥베스] 간접적으로 듣기만 했소. 직접 사람을 보내봐야겠소. 웬만한 가문이면 어느 집이든 그 집 하인을 매수해 두었으니까. 나는 내일 아침 일찍 그 마녀들에게 찾아가야겠소. 가서 더 이상의 것을 그것들에게 말하게 할 작정이오. 이왕 이렇게 되었으니 최악의 수단을 써서라도 최악의 사태를 미리 알아

뒤야겠소. 나 자신의 이익을 위해서라면 어떤 희생도 감수하겠소. 어차피 피 비린내 나는 일에 너무 깊이 발을 들여놓았으니 더 이상 건너가지 않으려고 해도 돌아오는 게 건너가는 것보다 어렵게 되었소. 이상한 생각이 머리에 떠오르는데 그것을 실행에 옮기고 싶소. 앞뒤 잴 것 없이 해놓고 봐야겠소.
[맥베스 부인] 폐하께서는 생명을 보존하는 힘인 수면이 부족하십니다.
[맥베스] 자, 가서 눈을 좀 붙입시다. 괴상한 망상에 현혹되는 것은 수련을 쌓지 못한 풋내기의 공포 때문이오. 우리는 아직 이런 일에는 미숙하니까.
(둘이 퇴장)

3막 4장 분석

"양쪽 좌석 수가 똑같군. 과인은 이 가운데 앉겠소. 자, 모두 유쾌하게 놀 아봅시다. 축배를 돌리시오."와 같은 맥베스의 말과 문구는 스코틀랜드의 질서와 대칭의 갱신을 암시하지만 청중은 그렇지 않다는 것을 알고 있다. 뱅코 가 없어 양쪽이 똑같지 않다. 1막 6장에서와 마찬가지로 맥베스 부인의 소개 는 그녀의 진짜 감정을 숨긴다. 다시 한번 맥베스는 의심스러운 자신감으로 행동한다. 그러나 이 자신감은 맥베스를 버리려고 하지만 그의 어두운 비밀 이 첫 번째 살인자 형태로 그를 맞기 위해 돌아온다.

처음에 맥베스는 자객 1에게 기뻐하며 그가 '최고'라고 말한다. 하지만 플 리언스가 도망쳤다는 달갑잖은 소식에 맥베스의 언어는 갑자기 바뀐다. 맥 베스의 언어는 그가 이전에 누렸다고 주장하는 자유와 대조적으로 구속감을 드러낸다. 감금과 구속의 이미지는 지금부터 그의 언어에서 점점 더 많은 부분을 차지한다. 이 말은 5막 7장에서 맥베스가 진격하는 영국군에 의해 물리적으로 덫에 걸렸음을 깨닫고 "그들이 나를 기둥에 묶어 나는 날아갈(도망칠) 수 없다."라고 외치는 지점을 예고한다. 하지만 이제 더 무서운 뭔가가 그를 억누르고 움직이지 못하게 한다. 식탁에서 그를 위해 마련된 바로 그 자리에서 맥베스는 암살당한 뱅코의 영혼을 본다고 생각한다.

위대한 질서와 관대함의 상징인 풍성한 연회는 이제 그 자체의 지옥 같은 패러디가 된다. 맥베스가 '한가운데' 앉아 원하는 대로 거물을 분배하는 대신 그의 옥좌는 뱅코의 피비린내 나는 유령에 의해 찬탈되었다. 맥베스의 언어는 이 같은 변화를 반영한다. 맥베스는 뼈가 '무골'이고 피가 '차가워야' 하는데 죽은 것이 왜 되살아나야 하는지 이해할 수 없다. 마지막으로 그는 '당신의 칼로 나를 사막으로 감히'라는 너무나 현실과 같은 유령에게 도전한다.

반면, 맥베스 부인은 자신의 판단에 변함이 없다. 맥베스와 달리 그녀는 유령을 볼 수 없으며 그녀의 어조는 일반적으로 실용적이고 현실적이다. 그녀는 그의 분노를 진정시키고 싶어 하는 것처럼 보이지만 그녀의 화해적인 말 아래에는 분노가 치민다. 다시 한번 그녀는 남편의 사나이다움 부족을 꾸짖는다. 손님이 떠나면서 맥베스는 이전의 자신감을 되찾은 것처럼 보인다. 그는 이번에는 자발적으로 마녀 자매를 다시 방문할 계획을 발표한다.

MACBETH

3막 5장

Act Ⅲ, Scene Ⅴ

"그는 운명을 박차고 죽음을 멸시하고
지혜와 은총과 공포도 무시하고 헛된 희망을 품을 것이다."

_헤카테

● **황야**

(천둥. 세 마녀가 등장해 헤카테를 만난다.)

[마녀 1] 웬일이에요? 헤카테님. 화가 나신 것 같군요.

[헤카테] 화 안 나게 됐어? 이 건방지고 뻔뻔한 요물들아! 너희 멋대로 맥베스에게 생사 수수께끼를 던져 거래하다니! 더구나 마술의 최고 여신이요, 이 세상 모든 재앙을 몰래 꾸미는 내가 할 일을 너희가 무시해 내 마술의 위력을 과시하지 못하게 하다니! 게다가 더 괘씸하게 지금까지 너희가 한 짓은 모두 간악하고 화를 잘 내는 고집쟁이만을 위한 것이었다. 그놈은 다른 놈들과 마찬가지고 너희를 위하는 생각은 조금도 없고 자기 생각만 하는 놈이다. 자, 이제부터 너희도 속죄하는 거다. 지금 당장 이곳을 떠나 아케론 동굴에서 새벽에 나를 기다리고 있거라. 맥베스는 그곳으로 자신의 운명을 점치러 올 것이다. 그러니 도구와 마술, 주문 모두 준비해 두어라. 나는 하늘을 지나 날아가겠다. 오늘 밤 흉흉하고 가공할 일을 벌이겠다. 큰일은 정오 안에 다 해치우겠다. 저 달 한구석에 신묘한 증기 한 방울이 고여 있다. 땅에 떨어지기 전

그것을 받아 마술의 힘으로 증류시키면 괴상한 정령들을 불러내고 그들의 환영의 힘으로 그자는 점점 더 파멸의 구렁텅이로 빠질 것이다. 그는 운명을 박차고 죽음을 멸시하고 지혜와 은총과 공포도 무시하고 헛된 희망을 품을 것이다. 하지만 방심은 최대의 적이다 '오너라, 오너라.'라는 정령들의 노랫소리가 들리고 구름이 내리덮는다. 봐라! 나를 부르고 있구나. 내 꼬마 정령이 안개 같은 구름 위에 앉아.

[마녀 1] 자, 우리도 빨리 가자. 헤카테가 곧 돌아올 테니.

(모두 퇴장)

▌3막 5장 분석

헤카테의 초자연적 악의는 인간 차원의 악의를 반영하기 위한 것이다. 그녀는 복수심에 불타는 여성 영혼으로 마녀에게 내리는 강력한 지시는 남편에게 맥베스 부인의 언어를 반영한다. 극적으로 불필요하지만 이 장면은 주술적 질문을 강화한다. 맥베스는 전적으로 자신의 몰락에 대한 책임이 있는가? 헤카테의 의견으로는 그렇다. 그녀는 마녀들에게 맥베스가 '자신의 목적을 사랑한다.'라고 말하고 맥베스가 1막에서 '운명을 경멸한다.'라는 말을 떠올리며 '운명을 거부할 것'이라고 예언한다. 이 주장이 없다면 맥베스가 자신의 운명을 통제할 힘이 없다고 주장하기 더 쉬울 것이다.

MACBETH

3막 6장

Act Ⅲ, Scene Ⅵ

"남자는 너무 늦게 걸으면 안 된다."

_레녹스

● **포레스 궁전**

(레녹스와 또 다른 귀족 등장)

[레녹스] 지금까지 제가 말씀드린 것은 당신의 생각과 일치하지만 그것을 더 깊이 해석할 여지도 있소. 다만 제 얘기의 요점은 모든 일이 기묘하게 되어 간 다는 것이오. 인자하신 덩컨 왕은 맥베스의 애도를 받았소. 어처구니없이 돌 아가셨지만 말이오. 그리고 용감무쌍한 뱅코 장군은 밤길을 가다가 그만…. 너무 밤늦게 다녔소. 일단 플리언스가 그를 죽였다고 할 수 있겠지요. 그가 도망쳤으니. 어쨌든 야밤에는 나다니면 안 되나 보오. 맬컴과 도날베인이 인 자하신 자기 부친을 살해했다니 전율하지 않을 사람이 어디 있겠소? 천벌 받 을 일이지요. 그 일은 또 맥베스를 얼마나 애통하게 만들었겠소? 그래서 그는 의분을 참지 못하고 두 역적을 그 자리에서 처단하지 않았소? 그 술의 노예 가 되고 잠에 빠진 자들 말이오. 그것이야말로 당연한 처사였지요. 물론이지 요. 현명한 일이었지요. 그자들이 자기 소행이 아니라고 부인하는 것을 보고 격분하지 않을 사람은 없을 테니. 그러니 맥베스는 만사를 잘 처리한 셈이지

맥베스를 힐난하는 레녹스
왕위계승권을 가로챈 맥베스에 항거하기 위해 영국 궁정의 도움을 청하는 레녹스

요. 두 왕자가 붙잡히면 그렇게는 안 되겠지만 부친을 살해한 죄값을 톡톡히 받을 것이오. 플리언스도 마찬가지일 거요. 하지만 그만둡시다. 그런데 맥더프는 솔직히 할 말을 하고 폭군의 연회에 참석하지 않았다는 이유만으로 지금 미움을 받고 있다고 들었소. 혹시 그분이 은신한 곳을 아시는지요?

[귀족] 폭군에게 왕위계승권을 빼앗긴 덩컨 왕의 태자는 영국 궁정에 몸을 위탁하고 저 고매하신 에드워드 왕으로부터 너무 후대를 받아 불운한 처지에도 그의 존엄에는 조금도 손색이 없다고 하오. 맥더프는 그곳으로 가 그 거룩한 왕에게 간청해 그의 도움으로 노섬벌랜드 후작과 그의 용감한 아들 시워드를 궐기시키려고 한다고 하오. 그들의 도움을 얻어 하늘이 이를 용납하시면 우리는 다시 마음 놓고 성찬과 안면을 취할 것이고 우리의 향연이나 축하연에서 살육의 비수를 없애고 충성을 다하고 정당한 영예를 받을 것이오. 이상은 우리 모두 간절히 바라는 바요. 그런데 이 보고를 듣고 맥베스 왕은 크게 노해 지금 전쟁을 준비하는 중이오.

[레녹스] 그는 맥더프에게 사람을 보냈습니까?

[귀족] 당연하지요. 그런데 맥더프는 한마디로 '돌아가지 않겠다.'라고 거절했다고 합니다. 불쾌해진 사자는 휙 돌아서며 '그런 대답으로 내 입장을 곤란하게 만들면 후회할 날이 있으리라.'라고 중얼거렸다고 하오.

[레녹스] 그건 맥더프에게 경고한 것이군요. 그렇다면 빨리 지혜를 짜내 멀리 몸을 피해야 할 것이오. 어떤 거룩한 천사가 영국 궁정으로 날아가 맥더프보다 먼저 그 임무를 말해주었으면 좋겠소. 저주받은 자의 손아귀에서 신음하는 이 나라에 속히 축복이 내리도록 말이오.

[귀족] 나도 그 천사에게 내 기도를 함께 전하고 싶소.

(모두 퇴장)

3막 6장 분석

이 장면의 언어 중 일부는 어렵다. 그 대사는 멈춤, 반쯤 말한 생각, 보고된 연설의 파편으로 가득 차 있다. 그 기능은 두 가지다. 먼저 맥베스에 대한 레녹스의 진정한 생각을 청중에게 확신시키는 것이다. 레녹스는 4막 1장 끝에서 맥베스에게 충성하는 것처럼 보이지만 여기서 그는 '남자는 너무 늦게 걸으면 안 된다', 더 직접적으로 '폭군의 잔치'와 같은 대사로 자신의 우려를 드러낸다. 다른 영주의 주요 기능은 맥더프가 영국으로 도주했다는 소식을 확인하고 마지막 막에서 맥베스와 연합할 다른 반군 지도자 노섬벌랜드와 시워드의 이름을 소개하는 것이다.

MACBETH

4막 1장
Act IV, Scene I

"인간의 힘은 일소(一笑)에 붙일 것.
여자 뱃속에서 나온 자 중 아무도 맥베스를 해칠 자가 없느니라."

_환영

● **어두운 동굴**

(동굴 중앙에는 화염이 불타는 구멍이 있고 그 위에 끓는 가마솥이 걸려 있다. 천둥소리와 함께 화염 속에서 세 마녀가 나타난다.)

[마녀 1] 얼룩고양이가 세 번 울었어.

[마녀 2] 내 고슴도치는 세 번에 한 번 더 울었어.

[마녀 3] 괴물새가 운다. '시간이 되었다. 시간이 되었다.'라고.

[마녀 1] 가마솥 둘레를 빙빙 돌자. 독 있는 내장을 던져놓자. (세 마녀가 가마솥 주변을 돈다.) 차디찬 돌 밑에서 31일 밤낮을 자면서 독을 빚는 두꺼비야! 너를 먼저 마법의 가마솥 속에 끓여야겠다.

[모두] 고난도 두 배, 재앙도 두 배로 타올라라. 불길아! 활활 타올라라. 가마솥아! 끓어라, 부글부글 끓어라!

[마녀 2] 늪에서 잡은 독사의 살토막을 가마솥 속에 넣고 끓여라! 구워라! 도롱뇽 눈알, 개구리 발가락, 박쥐 털, 개 혓바닥, 독사의 혀, 독충의 침, 도마뱀 다리, 올빼미 날개, 어서어서 지옥의 죽탕처럼 부글부글 끓어 무서운 재

앙의 부적이 되어라.

[모두] 고난도 두 배, 재앙도 두 배로 타올라라! 불길아, 활활 타올라라! 가마솥아, 끓어라, 부글부글 끓어라!

[마녀 3] 용의 비늘, 늑대 이빨, 마녀의 미라, 굶주린 상어의 위장과 창자, 한밤에 캐낸 독당근 뿌리, 신을 모독하는 유대인의 간, 산양 쓸개, 월식 때 꺾은 소방목 나뭇가지, 터키인의 코, 타타르인의 입술, 창부가 낳자마자 목 졸라 개천에 버린 갓난아기의 손가락을 모조리 집어넣어 진한 국을 끓여라! 거기에 호랑이 내장까지 집어넣어라! 더 진한 국을 끓여내도록.

[모두] 고난도 두 배, 재앙도 두 배로 타올라라! 불길아, 활활 타올라라! 가마솥아, 끓어라, 부글부글 끓어라!

[마녀 2] 그것을 식혀라. 빨리빨리 식혀라. 오랑우탄의 피로. 이제 마술의 효과가 즉시 나타날 것이다.

(헤카테가 또 다른 세 마녀를 데리고 등장)

[헤카테] 오, 잘했다. 모두 수고했어! 여기서 얻은 것을 모두에게 골고루 나눠주마. 자, 그럼 솥 주변을 돌면서 노래 부르자. 꼬마 요정, 큰 요정들이 원을 그리며 뛰어놀듯이. 그리고 솥에 집어넣은 물건에 마술을 걸자.

(음악과 '검은 정령' 등의 노래. 헤카테와 다른 세 마녀 퇴장)

[마녀 2] 엄지가 쑤시는 걸 보니 불길한 자가 이리로 오나 보다. (문 두드리는 소리) 열어라, 자물쇠야! 누가 두드리든.

(맥베스 등장)

[맥베스] 오, 너희들! 어두운 밤에 몰래 흉악한 짓을 꾸미는 마녀들아! 무슨 짓이냐?

[마녀 모두] 말 못 할 비밀입니다.

[맥베스] 너희가 어떻게 습득했는지는 모르겠지만 너희만 아는 그 마술의 힘으로 대답해다오. 너희가 바람의 고삐를 풀어 교회를 넘어뜨리려고 하든, 거품을 잔뜩 머금은 파도가 배를 파손시켜 삼켜버리든, 바람에 이삭도 채 안 된 보리가 쓰러지고 수목이 넘어지든, 성벽이 파수병 머리 위에 무너지든, 궁전이나 탑들이 그 꼭지를 땅에 절하든, 대자연의 풍요로운 종자가 모두 뒤범벅되어 파괴 자체가 싫증나게 하든 말든 내가 묻는 말에 대답이나 해라.

[마녀 1] 말씀하세요.

[마녀 2] 물어보세요.

[마녀 3] 대답하겠어요.

[마녀 1] 저희 입으로 들으시겠어요, 아니면 저희 스승에게서 들으시겠어요?

[맥베스] 너희 스승을 불러내라. 만나고 싶다.

[마녀 1] 자기 새끼 아홉 마리를 잡아먹은 암퇘지의 피를 부어 넣자. 살인자가 교수대에서 흘린 기름도 불길 속에 뿌려 넣자.

[마녀 모두] 신분이 높든 낮든 지옥에 있는 모든 마녀야! 모습을 드러내 임무를 수행해라.

(천둥. 환영 1이 맥베스와 같은 투구를 쓰고 솥 안에서 나타난다.)

[맥베스] 너는 어떤 힘을 가졌는지 어서 내게 말해라.

[마녀 1] 그는 당신의 마음을 훤히 꿰뚫고 있어요. 아무 말도 하지 말고 듣기나 하세요.

[환영 1] 맥베스! 맥베스! 맥베스! 맥더프를 경계하라. 화이프의 영주를 경계하라는 말이다. 나는 이만 가겠다.

(솥 안으로 사라진다.)

맥베스와 세 마녀
마녀를 찾아온 맥베스가 또 다른 예언을 받는 장면이다.

[맥베스] 네가 누군지는 모르겠지만 충고해줘 고맙군. 너는 내가 무서워한다는 걸 알아맞혔다. 한 가지만 더….

[마녀 1] 그는 명령 같은 건 안 받아요. 또 하나가 나와요. 첫 번째보다 더 신통해요.

(천둥. 환영 2가 피투성이 아이 모습으로 나타난다.)

[환영 2] 맥베스! 맥베스! 맥베스!

[맥베스] 귀가 세 개 있어야 네 말을 다 듣겠구나.

[환영 2] 잔인하고 대담하고 과감해야 하느니라. 인간의 힘은 일소(一掃)에 붙일 것. 여자 뱃속에서 나온 자 중 아무도 맥베스를 해칠 자가 없느니라.

(솥 안으로 사라진다.)

[맥베스] 그렇다면 맥더프여! 살아 있어라. 너를 무서워할 필요가 없다. 하지만 손바닥 들여다보듯 아무리 확실한 것도 확인해야 하니 운명으로부터 증서라도 받아두어야겠다. 맥더프! 역시 너를 살려둘 수 없어. 겁에 질려 떠는 공포심에게 말해두겠다. 천둥이 우르릉거리는 속에서도 편히 잠잘 수 있다고 말이다.

(천둥. 환영 3이 왕관을 쓴 어린 소년(맬컴을 상징)의 모습으로 손에 나뭇가지를 들고 나타난다.)

[맥베스] 이건 뭐냐? 왕자처럼 이마 위에 왕관을 쓰고 나타난 이것은?

[마녀 모두] 잘 듣기만 하세요. 말을 걸면 안 되니까요.

[환영 3] 사자 같은 기개로 떳떳이 행세하라. 누가 분개하든, 누가 애태우든, 어디서 반역자가 나타나든 개의치 마라. 맥베스는 절대로 정복당하지 않을 것이다.

버넘의 대삼림이 단시네인의 언덕까지 공격해오지 않는 한.

(사라진다.)

[맥베스] 그런 일은 있을 리 없지. 누가 숲을 징집할 수 있으며 누가 나무에게 명령해 땅속 깊이 박힌 그 뿌리를 움직이게 할 수 있단 말인가? 멋진 예언이로다! 좋아! 버넘의 숲이 움직이기 전에는 반역자도 머리를 들지 못할 것이며 왕위에 오른 맥베스도 천수를 다하고 다른 사람들처럼 고이 그 수명을 마칠 것이다. 그런데 한 가지 더 알고 싶어 내 가슴이 두근거리고 있네. 너희의 신통술이 그런 걸 예언할 수 있다면 말해라. 뱅코의 자손이 장차 이 왕국을 통치할 것인가?

[마녀 모두] 더 알려고 하지 마세요.

[맥베스] 알아야겠다. 이것을 거부한다면 너희에게 영원한 저주가 내릴 것이다! 알려다오. 아니, 저 가마솥은 왜 가라앉느냐? 그리고 이 시끄러운 소리는 뭐냐?

(피리 소리와 함께 가마솥이 땅속으로 꺼진다.)

[마녀 1] 나타나 보여줘라!

[마녀 2] 나타나 보여줘라!

[마녀 3] 나타나 보여줘라!

[마녀 모두] 그의 눈에 보여줘 그의 마음을 슬프게 하라. 그림자처럼 나타났다가 그림자처럼 사라져라.

(여덟 명 왕의 환영(뱅코의 자손이 되는 스튜어트 왕가의 여덟 명 왕을 상징)이 나타난다. 맨 뒤의 왕은 손에 거울을 들고 있다. 그 뒤에 뱅코의 망령이 따라간다.)

[맥베스] 너는 뱅코의 유령과 비슷하구나. 사라져라! 네 왕관을 보니 눈알이

타는 것 같다. 그리고 또 다른 금관을 쓴 놈! 네 머리털은 처음 놈과 같구나. 세 번째 놈도 두 번째 놈과 같고. 이 더러운 마귀들아! 이런 걸 내게 왜 보여주냐? 네 번째 놈? 눈알아! 튀어나와라. 제기랄. 이 행렬은 최후의 심판이 내릴 때까지 계속할 작정인가? 또 한 놈? 일곱 번째 놈? 더 이상 보지 않겠다. 그래도 여덟 번째 놈이 또 나타나는구나. 이놈은 거울을 들고 더 자세히 보여주는군. 어떤 놈은 구슬 두 개, 왕홀 세 개를 겸해 가지고 있군. 무서운 광경이다! 이건 정말이군. 저 머리가 피투성이가 된 뱅코가 내게 미소를 띠며 저것이 모두 자기 자손이라고 가리키고 있지 않은가. 이게 사실이란 말인가? 빌어먹을 마귀들아! 이게 정말 사실이란 말이냐?

(환영들이 사라진다.)

[마녀 1] 그럼요. 사실이에요. 그런데 맥베스 님은 왜 그리 놀라세요? 자, 우리 다 함께 즐거운 놀이로 그분의 기분을 돋워 드리자. 나는 신통술로 공중에서 노래가 들리게 할 테니 너희는 마술의 춤을 추어라. 이 위대하신 왕이 우리를 보고 영접을 잘했다고 치하하시도록.

(음악. 마녀들은 춤추며 사라진다.)

[맥베스] 이것들은 어디로 갔나? 사라졌나? 아, 이 불길한 시간이 영원히 달력에 남아 저주를 받을지어다! 밖에 누구 없느냐? 들어오너라!
[레녹스] 무슨 일이십니까?
[맥베스] 마녀들을 보았는가?
[레녹스] 못 보았습니다, 폐하.
[맥베스] 그대 옆으로 지나가지 않았는가?
[레녹스] 안 지나갔습니다, 폐하.
[맥베스] 그것들이 타고 다니는 공기는 모두 썩어라! 그것들 말을 믿는 자들은

모두 지옥에나 떨어져라! 아니, 말발굽 소리가 들리는데 누가 왔는가?

[레녹스] 폐하! 맥더프가 영국으로 도망쳤다는 소식을 가지고 두세 명이 왔습니다.

[맥베스] 뭐라고? 맥더프가 영국으로 도망쳤다고? 그게 사실인가?

[레녹스] 그렇습니다, 폐하.

[맥베스] (독백) '시간아! 너는 내가 하려던 무서운 일에 선수를 쳤구나. 뜻한 바의 발은 어찌나 빠른지 행동을 동시에 하지 않으면 따라갈 수가 없구나. 이 순간부터 마음에 생각이 떠오르는 동시에 손부터 써야겠다. 지금부터는 생각에 행동의 굴레를 씌우기 위해 당장 계획해 실천해야겠다. 맥더프의 성을 습격해 와이프를 점령하고 그자의 처자와 일가친척에게 모조리 칼맛을 보여주겠다. 바보 같은 장담뿐만 아니라 이 생각이 식기 전에 얼른 실천에 옮길 것이다. 이제 환영 따위는 보고 싶지 않다! 모두 어디 있느냐? 자, 가자! 그놈들이 있는 곳으로.

(모두 퇴장)

4막 1장 분석

이 장면은 크게 세 개로 나눌 수 있다. 마녀의 주문 시전, 맥베스의 요구에 대한 초자연적 대답, 맥베스가 차가운 현실세계로 돌아오는 것이다. 장면의 구조는 의도적으로 연극의 시작 장면을 회상한다. 다시 한번 맥베스의 운명이 의문시된다. 그는 세 가지 예언을 받는다. 다시 한번 그는 그 예언을 가장 잘 해석하는 법을 결정하도록 남겨졌다. 그리고 그는 운명이 불가피하다는 것을 이해하지 못하지만 행동하기로 한다.

마녀의 매력은 환상적이다. 거품이 나는 가마솥에 던져진 재료는 모두 유독하다. 더욱이 이런 성분은 혐오스러운 동물이나 인간의 모든 내장이나 신체 부위로 혀, 다리, 간, 입술, 비늘, 치아 등 완전한 괴물을 만드는 것으로 해석될 수 있다. 강력한 의미는 맥베스 자신이 더 이상 완전한 인간이 아니라는 것이다. 그 자신은 절반은 인간, 절반은 괴물인 일종의 키메라가 되었다.

맥베스는 대담하게 마녀의 은신처에 도착해 아이러니하게도 2막 3장에서 맥더프가 맥베스의 성에 들어온 것을 떠올리는 방식으로 입구를 두드린다. 그가 마녀들에게 대답을 불러일으킬 때 그의 언어는 타협하지 않는다. 그는 그들의 힘을 자신의 강력한 저주와 일치시켜 대답을 요구한다. 자연적이든, 인공적이든 모든 우주가 파멸로 넘어지더라도. 지금까지 그의 가장 도전적인 행동은 초자연적인 매개체일 뿐인 마녀가 아니라 그들의 '주인', 즉 통제하는 운명으로부터 자신의 미래의 예언을 듣고 싶어 한다.

맥베스의 요구는 일련의 유령 환영(幻影)으로 응답된다. 그들 유령은 확실히 마녀에 의해 소환된다. 다시 한번 청중은 맥베스가 자신의 행동에 어느 정도 책임이 있는지 평가해야 한다. 분명한 것은 각 예언적 발현에 대한 맥베스의 반응이다. 그는 자신의 대답에서 매우 자신감 있고 심지어 경솔해 보인다. 첫 번째 발현에 대한 대답에 두려움이나 존경심은 거의 없다. "너는 어떤 힘을 가졌는지 어서 내게 말해라." 그리고 유령은 "맥베스! 맥베스! 맥베스!"에 대한 그의 말장난 같은 대답은 "귀가 세 개 있어야 네 말을 다 듣겠구나."라는 희극적 오만함을 보여준다.

첫 번째 유령을 제외하고 미래 왕들 행렬의 네 번째이자 마지막 환영을 포함한 모든 환영에는 아이들이 포함되어 있다. 아이들의 병치(순수함의 그림)와 죽음, 전쟁, 피의 이미지는 극적이고 끔찍한데 특히 맥베스에게 더 그렇다. 자손이 없는 남성에게 아이들의 이미지는 그를 증오와 혐오로 채울 뿐이다.

왕관을 쓴 어린 소년(맬컴을 상징)이 손에 나뭇가지를 들고 나타난다. 등장하는 아이는 플리언스의 아이다. 황금 왕관에서 반사된 빛은 맥베스를 놀라게 하고 마침내 그가 없는 미래의 모습을 깨닫는다.

천둥, 유령, (아마도 날아다니는) 마녀와 같은 특수효과가 풍부한 장면에서 셰익스피어는 마지막 시각적 움직임을 추가한다. 여덟 번째 어린 왕은 더 많은 왕의 얼굴을 반사하는 거울을 들고 있다. 무한 회귀 효과는 반사되는 작은 거울을 보면서 얻을 수 있다.

마녀들은 맥베스가 본 것의 필연성을 확인한다. 낮의 차가운 빛 속으로 떠오른 맥베스는 자신의 정치적 생존을 위해 점점 더 전투가 벌어지는 것의 실용성으로 돌아가면서 마지막 예언을 금방 잊은 것 같다. 맥더프가 영국으로 도망쳤다는 소식을 듣고 맥더프의 아내와 아이들에게 끔찍한 복수를 하겠다고 선언한다.

MACBETH

4막 2장

Act Ⅳ, Scene Ⅱ

"새 중에서 가장 작고 가련한 굴뚝새도
새끼를 보호하기 위해 올빼미에 맞서 싸운답니다."
_맥더프 부인

● **화이프의 맥더프 성**

(맥더프의 부인, 아들, 로스 등장)

[맥더프 부인] 다른 나라로 도망쳤다더니 그가 무슨 짓을 저질렀다는 말씀인가요?

[로스] 참으셔야 합니다, 부인.

[맥더프 부인] 그야말로 참지 못했군요. 도망치다니. 정신 나간 짓이에요. 아무 짓도 하지 않았으면서 지레 겁부터 먹고 도망치면 반역자로 몰리기 마련이에요.

[로스] 부인은 모르십니다. 지혜가 있어 그랬는지, 정말 겁이 나 그랬는지는 맥더프 경 자신만 아니까요.

[맥더프 부인] 지혜라고요? 처자를 버리고 집과 재산도 다 버리고 혼자 달아나는 사람이? 그는 저희에게 애정도 인정도 없는 사람이에요. 새 중에서 가장 작고 가련한 굴뚝새도 새끼를 보호하기 위해 올빼미에 맞서 싸운답니다. 그에게는 공포심뿐이에요. 애정이라곤 조금도 없어요. 지혜는 무슨 지혜예요?

도망치는 것도 분명한 명분이 있어야 하지 않나요?

[로스] 부인, 제발 진정하시오. 맥더프 경은 고결하고 현명하고 사리분별이 정확하신 분입니다. 저로서는 더 이상 드릴 말씀이 없습니다. 그런데 세상이 고약합니다. 우리는 자신도 모르게 반역자가 되고 단지 무서워 풍설을 믿지만 사실 뭐가 무서운지도 모른 채 거칠고 사나운 바다 물결 위를 이리저리 떠다닐 뿐입니다. 저는 이만 돌아가겠습니다. 머지않아 다시 찾아뵙겠습니다. 무슨 일이든 극도에 달하면 그 열도 차츰 식게 마련입니다. 그래서 점점 원상으로 돌아가는 법입니다. 귀여운 도련님도 안녕!

[맥더프 부인] 아비가 멀쩡히 살아 있는데도 그 아이는 이제 아비 없는 자식이 되었군요.

[로스] 제가 정말 바보군요. 더 이상 지체했다간 저도 욕보고 부인께도 폐를 끼칠 것 같습니다. 그럼 이만 물러가겠습니다, 부인. 안녕히 계십시오.

(급하게 퇴장)

[맥더프 부인] 얘야! 네 아버지는 돌아가셨단다. 지금부터 어떡할 거니? 어떻게 살아갈 거니?

[아들] 새들처럼 살아가지요, 어머니.

[맥더프 부인] 뭐라고? 벌레나 파리 따위를 잡아먹으면서?

[아들] 뭐든 잡히는 대로 잡아먹지요, 뭐. 새들처럼 말이에요.

[맥더프 부인] 가엾은 새로구나! 너는 그물도 끈끈이도 함정도 올가미도 무서운 줄 모르는구나!

[아들] 왜 무서워해야 하나요? 어머니! 불쌍한 새에게는 그런 짓을 못 해요. 게다가 어머니는 그렇게 말씀하시지만 아버지는 돌아가시지 않았어요.

[맥더프 부인] 아니다. 아버지는 정말 돌아가셨다. 어떡할래? 아버지가 안 계셔서.

[아들] 그럼 어머니는 어떡하실 셈이에요? 남편이 안 계셔서.

[맥더프 부인] 남편감은 시장에 가면 얼마든 살 수 있어.

[아들] 샀다가 또 파시게요?

[맥더프 부인] 못하는 소리가 없구나! 너 같은 아이가 그런 말을 하다니.

[아들] 아버지는 역적이에요?

[맥더프 부인] 그래, 그렇단다.

[아들] 역적이 뭐예요?

[맥더프 부인] 역적은 맹세하고도 거짓말하는 사람이지.

[아들] 그럼 그런 사람들은 다 역적인가요?

[맥더프 부인] 그런 사람은 다 역적이란다. 그래서 목을 매 죽인단다.

[아들] 맹세를 저버린 사람은 모두 목 매달아 죽어야 하나요?

[맥더프 부인] 그렇단다. 누구나 다.

[아들] 누가 죽여요?

[맥더프 부인] 그야 정직한 사람들이 죽이지.

[아들] 그럼 그 거짓말쟁이들과 맹세하는 사람들은 바보예요. 그런 사람들은 얼마든지 있으니 정직한 사람들쯤은 때려눕히고 목을 매 죽일 수 있잖아요?

[맥더프 부인] 원, 얘도! 그런데 너는 어쩔 셈이냐? 아버지가 안 계셔서.

[아들] 아버지가 정말 돌아가셨다면 어머니가 우실 것 아니에요? 우시지 않는 걸 보니 곧 새아버지가 생긴다는 좋은 징조지요, 뭐.

[맥더프 부인] 원, 못하는 말이 없구나.

(사자 등장)

[사자] 안녕하십니까? 마님. 처음 뵙습니다만 저는 마님의 높은 신분을 잘 알고 있습니다. 마님의 신변에 위험이 다가오는 것 같습니다. 이 미천한 사람의 말을 들으시고 지금 당장 자리를 피하십시오. 자제분들을 데리고 어서 이

맥더프의 아들을 죽이는 자객들
맥더프를 죽이려는 자객들이 그의 아들을 살해하는 장면이다.

곳을 떠나셔야 합니다. 이렇게 놀라시게 하는 게 무례한 줄 알지만 이보다 더한 일이 닥치면 그거야말로 참혹할 겁니다. 그런데 지금 그런 일이 마님께 너무 다급하게 다가왔습니다. 하느님의 가호를 빕니다. 저는 더 이상 머물 수가 없습니다.

(퇴장)

[맥더프 부인] 어디로 피한다는 말이냐? 나는 누구에게도 해를 끼친 적이 없다. 하지만 그렇지. 나는 현실세계에서 살고 있다는 것을 잊으면 안 되지. 이 세상에는 악한 행동이 칭찬받고 선한 행동이 오히려 위험하고 어리석게 되는 경우가 많다. 그렇다면 아, 나는 악한 행동을 한 적이 없노라고 여자의 입으로 변명해봤자 무슨 소용인가 그런데 저자들은 누구지?

(자객들 등장)
[자객] 주인은 어디 있어?
[맥더프 부인] 너희가 찾아봐라. 너희 같은 인간들이 찾아낼 그런 더러운 곳에는 안 계실 거다.
[자객] 그는 역적이다.
[아들] 거짓말 하지 마! 이 털보 악당아!
[자객] 뭐? 요 쪼그만 녀석! 송사리 역적 같은 놈이

(칼로 찌른다.)

[아들] 아, 이놈이 나를 죽여요, 어머니. 어서 달아나세요. 어서요.
(아들은 죽고, 맥더프 부인은 '살인자!'라고 외치며 뛰어나가고 그 뒤를 자객들이 쫓는다.)

4막 2장 분석

이 장면과 다음 장면은 함께 고려되어야 한다. 둘 다 배신과 충성 문제를 다루는데 맥베스의 오만한 허세와 달리 진정한 용기의 본질을 고려하기 때문이다. 여기 남편에게서 버림받은 것으로 보이는 한 여자가 있다. 그녀는 둥지의 어미새처럼 아이들을 지키기 위해 남았다. 작은 굴뚝새조차 맥더프가 한 것보다 포식자에 대해 자기 가족을 더 완강히 지킬 거라고 그녀는 주장한다. 그녀의 결론은 남편이 '자연스러운 접촉을 원한다.'라는 것, 즉 인간적 친절함이 부족하다는 것이다. 이 문구에서 남편이 '인간적 친절함의 우유'를 너무 많이 가지고 있다고 비난한 맥베스 부인의 말의 아이러니한 메아리를 듣는 것은 흥미롭다.

로스의 연설은 맥더프 부인의 정당한 분노를 '고귀하고 현명한'이라고 부르는 남편에게서 국가 전체가 처한 상황의 잔인함으로 돌린다. 맥베스의 스코틀랜드 공포는 아무도 다른 사람의 충성심이나 배신을 확신할 수 없다는 것이다.

홀로 남은 맥더프 부인과 아들은 남편의 충성심에 대해 더 많은 대화를 나눈다. 그녀에게 맥더프는 부정직하게 행동했지만 그녀의 아들은 세상에 대한 그의 시각이 순진하더라도 세상은 부정직한 사람들로 가득 차 있다는 실용적인 진술로 그녀를 위로한다. 다른 메신저의 진입은 장면의 긴박감을 높인다. 다시 한번 홀로 남은 맥더프 부인은 로스가 그랬듯이 해를 끼치는 것은 칭찬할 만하고 선을 행하는 것은 위험한 인간사회의 예측 불가능성과 혼란스러운 본성을 반성한다.

청중은 어머니와의 대화에서 어린 소년의 직접적이고 용감한 연설을 감안할 때 그가 살인자들에 맞서 내놓는 열렬한 변호에 놀라면 안 된다. "거짓말 하지 마. 이 털보 악당아!"라는 그의 말은 용감한 젊은 시워드가 5막 7장 "너는 거짓말하고 혐오스러운 폭군"에서 맥베스에게 한 말을 예고하며 궁극적으로 승리해야 하는 불굴의 명예와 정의의 정신을 상기시킨다.

MACBETH

4막 3장

Act IV, Scene III

"그 심정을 그대의 칼을 가는 숫돌로 삼으시오.
슬픔을 분노로 돌리고 마음을 갈아 분노의 날을 세우시오."
_맬컴

● 영국 궁전 앞

(맬컴과 맥더프 등장)

[맬컴] 사람들 없는 그늘진 곳을 찾아가 슬픈 가슴이 시원해지도록 실컷 울어봅시다.

[맥더프] 그것보다 차라리 응징의 칼을 들고 용사답게 쓰러진 조국을 되찾읍시다. 아침이 올 때마다 새 과부가 통곡하고 새 고아가 아우성치고 새로운 비탄의 소리가 하늘에 부딪히면 하늘도 스코틀랜드에 동정하듯 그 소리를 되울려 함께 비탄의 소리를 외치고 있습니다.

[맬컴] 믿을 수 있는 일이라면 슬퍼하겠고 알 수 있는 일이라면 믿겠소. 또한, 내 힘으로 구원할 수 있는 일이라면 때가 되어 구원도 하리다. 경이 말한 것은 사실일지도 모르오. 그 이름만 불러도 혓바닥이 부르틀 것 같은 저 폭군도 한때는 충성스럽게 생각되던 사람이었소. 경도 그를 지극히 존경해왔고 그도 경에게는 아직 손대지 않았소. 나는 아직 나이 어리지만 나를 이용하면 그의 마음에 들 것이오. 또한, 연약하고 불쌍한 죄 없는 양을 희생해 신의 진

노를 풀게 하는 것은 마땅히 지혜로운 일이라고 생각하오.

[맥더프] 저는 반역자가 아닙니다.

[맬컴] 맥베스가 반역자라는 말이오. 아무리 착하고 덕망 있는 성품도 제왕의 위세 앞에서는 무너지게 마련이오. 하지만 용서하시오. 경의 본성이 내 생각에 따라 달라질 수는 없지요. 아무리 빛나는 천사가 타락해도 천사는 역시 천사니까. 온갖 악한 것들이 선을 가장하더라도 선은 역시 선으로 보일 것이오.

[맥더프] 실망했습니다.

[맬컴] 내가 의심한 바로 그 점에 실망했는지도 모르겠군요. 처자는 소중한 인정의 근원이자 끊으래야 끊을 수 없는 사랑의 매듭이라고 하오. 그런데 어째서 경은 처자를 그런 의지할 데 없는 험한 곳에 내버려두고 작별 인사도 없이 떠나왔소? 하지만 경을 모독하려는 것으로 내 의심을 생각하진 마오. 오직 내 안위를 위해 그러는 것뿐이오. 하기야 내 생각이 어떻든 경의 행동이 옳을 수는 있지요.

[맥더프] 오, 피를 흘려라! 피를. 불쌍한 조국아! 무서운 폭정아! 네 지반을 튼튼히 다져라! 충성도 감히 너를 막진 못하니 그 찬란한 네 왕좌를 마음껏 누려라. 이제 네 왕권은 확인되었으니! 이만 물러가겠습니다, 폐하. 저는 전하가 생각하시는 그런 악당이 되진 않을 겁니다. 폭군의 손아귀에 든 전 국토를 제게 주고 풍요로운 동방의 나라를 덧붙여 주더라도.

[맬컴] 노하지 마시오. 경을 의심해 하는 말이 아니오. 나도 우리나라가 폭군의 압제 밑에서 신음하는 것을 모르는 바 아니오. 조국은 울고 피 흘리고 날이 갈수록 상처에 상처를 더해가고 있소. 그래서 나도 나를 위해 협조해줄 사람이 있으리라 짐작하고 있소. 그리고 이곳의 인자하신 영국 왕께서는 수천명의 병사를 파병해 주겠다고 약속하셨소. 그러나 이 모든 것에도 불구하고 내가 그 폭군의 머리를 짓밟아 버리거나 칼로 꿰뚫더라도 내 조국은 왕위계승자 때문에 전보다 더 큰 고난을 겪을 것이오.

[맥더프] 새 계승자가 누구입니까?

[맬컴] 나요. 내게도 세상의 온갖 악덕이 그 뿌리를 내리고 있소. 그 악덕들이 움트는 날에는 저 시커먼 맥베스조차 눈처럼 새하얗게 보일 것이고 가엾은 국민은 그자를 양처럼 생각할 것이오. 한없는 내 악덕과 비교해 말이오.

[맥더프] 아닙니다. 아무리 무서운 지옥의 악마도 맥베스를 능가할 수는 없을 겁니다.

[맬컴] 나도 그자가 잔인하고 음탕하고 탐욕스럽고 불의와 기만을 일삼고 성격이 악의로 가득 찼을 뿐만 아니라 모든 죄악의 냄새가 물씬거리는 인물이라는 것은 인정하고 있소. 하지만 내 호색으로 말하면 밑바닥이 없소. 남의 아내, 남의 딸, 기혼과 미혼 가리지 않고 있는 대로 다 바쳐도 내 욕정의 우물을 채울 수 없소. 내 욕정은 그 뜻을 거역하는 어떤 장애물도 무참히 짓밟을 것이오. 그런 자가 나라를 다스리느니 차라리 맥베스가 나을 것이오.

[맥더프] 한없는 방종은 인격에 대한 폭정입니다. 그것 때문에 행복한 왕좌도 때아니게 비거나 수많은 군주가 망했습니다. 하지만 그렇다고 해서 자신의 당연한 권리를 찾는 것을 염려할 필요는 없습니다. 쾌락은 얼마든지 몰래 즐기시되 겉으로 시치미를 딱 떼시고 세상눈을 속일 수도 있는 것입니다. 전하의 뜻이라면 기꺼이 응할 여인은 수없이 많습니다. 전하께서 아무리 독수리 같더라도 자진해 전하의 뜻을 따르겠다는 그 많은 여인을 다 탐식하실 수는 없을 겁니다.

[맬컴] 그뿐만이 아니오. 비길 데 없는 내 못된 천성 속에는 진력을 모르는 탐욕이 자라나 왕이라도 되는 날에는 귀족들의 목을 베 그 땅을 빼앗고 이 사람의 보석, 저 사람의 집을 마구 탐낼 것이오. 그리하여 뺏으면 뺏을수록 탐욕의 구미는 더 돋워질 것이오. 그리고 어질고 충성스러운 사람들에게 부당한 시비를 걸어 그들을 망치고 재산을 빼앗을 것이오.

[맥더프] 그 탐욕은 여름철 같은 욕정보다 더 깊이 뿌리 박힌 독소입니다. 그

것은 자고로 수많은 왕을 죽인 칼입니다. 하지만 걱정하실 필요는 없습니다. 전하의 끝없는 욕망을 채워줄 자원은 스코틀랜드에 충분합니다. 그런 흠은 실제로 대단한 것이 아닙니다. 다른 미덕들에 비하면.

[맬컴] 하지만 내게 미덕이라곤 하나도 없소. 왕자다운 정의, 진실, 절제, 의지, 관대, 투지, 자비, 겸손, 경건, 용기, 건강 등을 나는 가지고 있지 않소. 오히려 세상의 죄악을 모조리 한 몸에 지녀 그것들이 종횡으로 날뛰고 있소. 아니오. 내가 권력을 잡으면 감미로운 젖과 같은 이 세상의 질서를 송두리째 지옥으로 쏟아버리고 세계 평화를 교란하고 이 지상의 조화를 깨뜨릴 것이오.

[맥더프] 오오, 스코틀랜드여! 스코틀랜드여!

[맬컴] 이런 인간도 나라를 다스릴 자격이 있는지 말해주시오. 나는 지금까지 말한 대로 그런 인간이오.

[맥더프] 통치할 자격이라뇨? 맙소사! 살아갈 자격조차 없습니다. 오오, 가엾은 국민이여! 왕위를 찬탈해 피투성이가 된 왕홀을 쥔 폭군을 왕으로 받들고 어느 세월에 그대들은 밝은 날을 볼 수 있으리오. 그대들의 왕위를 이어야 할 왕자는 스스로 왕위를 포기하고 그 죗값으로 자신의 핏줄을 모독하고 있지 않은가? 전하의 부친께서는 비할 데 없는 거룩한 임금이셨습니다. 전하를 낳으신 왕후께서는 서 있는 시간보다 신 앞에 꿇어앉아 기도하시는 시간이 많을 정도로 고행의 나날을 보내셨습니다. 안녕히 계십시오! 전하께서 자신이 가졌다고 누누이 되풀이하신 그 많은 악덕 때문에 저와 스코틀랜드의 인연은 영영 끊겼습니다. 아아, 내 가슴이여! 마지막 희망도 사라졌도다!

[맬컴] 맥더프! 고결한 성품에서 우러나온 고귀한 열정은 내 마음에서 검은 의심을 씻어버렸소. 그리고 내 생각을 달래 경의 진정과 명예를 믿게 해주었소. 사실 저 악마 같은 맥베스가 온갖 흉계로 나를 손아귀에 넣으려고 해 경솔히 사람을 믿지 않으려고 각별히 경계한 것이오. 하지만 하늘에 계신 신이여! 우리 두 사람을 보살펴 주시옵소서! 지금 이 순간부터 나는 경의 인도를

맥더프
자신의 처자식이 맥베스로부터 죽임을 당하자 복수하기 위해 절치부심한다.

따르겠소. 그리고 지금까지 뱉었던 내 헛소리를 취소하고 아까 나 자신에 대해 늘어놓은 모독과 비방은 모두 내 본심에 없는 것들이니 결단코 부정하오. 지금까지 나는 여자라는 사실을 몰랐고 거짓 맹세를 하거나 내 물건조차 탐내본 적도 없소. 약속은 단 한 번도 깬 적이 없소. 악마조차 그 동포에게 팔아넘긴 적이 없으며 진실도 목숨처럼 사랑했소. 내가 거짓말한 것은 아까 내 본심이 아닌 말들을 지껄인 게 처음이오. 진정한 내 속마음은 경의 것이 되고 가엾은 조국 것이 되어 그 명을 받드는 것이오. 사실 경이 여기 오기 전 시워드 장군이 준비해 둔 용병 만 명을 거느리고 출발했소. 자, 함께 갑시다. 우리의 대의명분이 정당한 것처럼 성공할 기회도 보장되길 바라오! 왜 말이 없소?

[맥더프] 이처럼 기쁘고 이처럼 기쁘지 않은 일이 동시에 닥치니 어찌할 바를 모르겠습니다.

(의사 한 명 등장)

[맬컴] 그러시겠지요. 자세한 얘기는 나중에. (의사를 보며) 국왕께서 행차하시오?

[의사] 네. 불쌍한 자들이 수없이 폐하의 치료를 기다리고 있습니다. 그자들의 병은 아무리 위대한 의술로도 어쩔 수 없는 것들이지만 폐하의 손길이 닿기만 하면 하늘로부터 영험을 받으신 손인지라 병자들은 금방 회복되옵니다.

[맬컴] 고맙소, 의사 선생.

(의사 퇴장)

[맥더프] 병이라니 무슨 병 말입니까?

[맬컴] '연주창'이라는 것이오. 이곳 어진 왕이 하시는 지극히 기적적인 일로 내가 이 영국에 온 후 여러 번 목격했소. 어떻게 하늘의 뜻을 움직여 그런 영

험을 얻었는지 모르지만 어쨌든 보기만 해도 가엾을 만큼 온통 부어올라 곪아 터진, 의사도 완전히 손을 든 흉측한 병을 앓는 환자에게 왕은 금화 한 닢을 목에 걸어주고 거룩한 기도를 올려주시면 완치할 수 있다고 하오. 이 불가사의한 영험뿐만 아니라 왕은 예언의 신통술도 하늘로부터 물려받고 계신답니다. 하늘의 온갖 축복이 옥좌를 둘러싸고 있으니 왕이 신의 은총을 받고 계시다는 증거입니다.

(로스 등장)

[맥더프] 저기 누가 옵니다.

[맬컴] 우리나라 사람 같은데 누군지는 모르겠소.

[맥더프] 아, 누구신가 했더니…. 잘 오셨소.

[맬컴] 아, 이제야 누군지 알겠군요. 신이여! 우리 사이를 소원하게 하는 원인을 속히 없애 주옵소서!

[로스] 아멘!

[맥더프] 스코틀랜드는 여전하지요?

[로스] 오오, 불쌍한 나라. 자신의 진상을 아는 것조차 두려워하는 나라. 모국이라고 부르기보다 우리 무덤이라고 불러야 할 겁니다. 거기서는 아무것도 모르는 자가 아니곤 웃는 낯을 보이는 자가 아무도 없습니다. 한숨과 하늘을 찢는 비명이 들려도 아무도 귀담아 듣지 않습니다. 아무리 격심한 슬픔도 이제 예사로운 것으로 보이고 죽은 자의 장례 조종이 울려도 누가 죽었는지 물어보는 자도 없습니다. 선량한 사람들의 목숨은 그들의 모자에 꽂은 꽃보다 먼저 시들고 병도 안 걸렸는데 자꾸 죽어가고 있습니다.

[맥더프] 오오, 너무나 참혹한 일이지만 모두 사실이구려.

[맬컴] 최근에는 어떤 참사가 있었소?

[로스] 1시간 전 참사를 얘기하면 놀림받습니다. 1분마다 새로운 참사가 일

어납니다.

[맥더프] 내 처는 어떻소?

[로스] 무사하십니다.

[맥더프] 아이들은?

[로스] 역시 무사합니다.

[맥더프] 그 폭군이 내 처자식의 안위를 깬 것은 아니오?

[로스] 아닙니다. 모두 무사했습니다. 제가 떠날 때까지는.

[맥더프] 말씀하는 데 왜 그리 인색하시오? 속 시원히 털어놓으시오. 도대체 어떻게 되어가고 있소?

[로스] 제가 비통한 소식을 전하기 위해 이곳으로 올 때 용기 있는 의병들이 드디어 의거를 일으켰다는 소문을 들었습니다. 그런데 폭군의 군대가 출전하는 것을 목격하고 그 소문이 진실이라는 것을 더 믿게 되었습니다. 지금이야말로 구조할 때입니다. 당신께서 스코틀랜드에 얼굴을 보이시기만 하면 순식간에 병력이 모이고 여자들까지 싸움터로 나갈 겁니다. 도탄에 빠진 그들이 처참한 고생을 면하기 위해서라도.

[맬컴] 동포들이여! 기뻐하라. 우리는 지금 출전하던 중이니까. 인자하신 영국 왕은 우리에게 용감한 시워드 장군과 병사 만 명을 빌려주셨다. 장군보다 노련하고 용감한 무인은 모든 기독교 국가를 다 뒤져도 없을 것이오.

[로스] 아, 이 기쁜 소식에 같은 기쁜 소식으로 보답할 수 있다면 정말 좋으련만! 제가 가져온 소식은 아무도 듣는 이 없는 황야에서나 짖어대야 할 애기들입니다.

[맥더프] 어떤 소식인데 그러오? 일반적인 애기요, 아니면 어느 개인의 사적인 슬픈 애기요?

[로스] 정직하고 의로운 사람이라면 누구나 마음 아프지 않을 수 없는 일이오, 그것이 당신과 관련된 일이지만.

[맥더프] 나에 대한 일이라면 숨기지 말고 어서 말해주시오.

[로스] 들으시고 나서 부디 제 혓바닥을 영원히 저주하진 마십시오. 당신의 귀가 지금까지 못 들어본 참담한 소리를 낼 테니까요.

[맥더프] 음, 짐작이 가오.

[로스] 당신의 성은 습격을 받아 부인과 아이들이 무참히 살해당했습니다. 그 광경을 소상히 말씀드렸다간 참살당한 가족들 시신 위에 당신의 시신을 보태는 꼴이 될 것 같습니다.

[맬컴] 오, 처참하구나! 이것 봐요! 그렇게 얼굴을 모자로 가릴 필요 없소. 슬플 때는 엉엉 소리내 울어야 하오. 슬픔을 입 밖으로 토해내지 않으면 심장에 스며들어 결국 그것을 파멸시키고 맙니다.

[맥더프] 아이들까지?

[로스] 부인, 아이들, 하인들이 눈에 띄는 대로 모조리 당했습니다.

[맥더프] 그런데도 나는 그곳을 떠나 있어야 하다니! 내 아내도 죽었소?

[로스] 방금 말씀드린 대로입니다.

[맬컴] 맥더프 경! 진정하시오. 이 비참한 슬픔을 치유할 기상천외한 '복수의 약'을 만들어 봅시다.

[맥더프] 그자는 자식이 없으니까. 내 귀여운 아이들을 모두 다라고 하셨지요? 음, 지옥의 솔개 같은 놈! 모조리라고? 내 귀여운 병아리와 어미닭을 한 번에 채 가다니!

[맬컴] 사나이답게 참아 보시오.

[맥더프] 참아야지요. 하지만 사나이인 만큼 그것을 생각하지 않을 수 없군요. 그들이 내게 누구보다 소중한 존재였다는 사실을 생각하지 않으래야 않을 수 없습니다. 하늘은 그 처참한 광경을 내려다보면서도 왜 도와주지 않았단 말인가? 죄 많은 맥더프여! 그들은 모두 너 때문에 죽었다. 나는 쓸모없는 존재다. 그들은 그들 자신의 죄가 아니라 내 죄 때문에 살육당한 것이다. 그들의

영혼이 편안히 쉬게 하소서!

[맬컴] 그 심정을 그대의 칼을 가는 숫돌로 삼으시오. 슬픔을 분노로 돌리고 마음을 갈아 분노의 날을 세우시오.

[맥더프]] 아, 눈으로는 여자처럼 눈물을 흘리고 입으로는 욕이라도 하면 좋 겠거늘! 하지만 자비로운 신들이여! 지금부터 이 모든 시간을 단축해버리고 한시라도 빨리 저를 저 스코틀랜드의 악마와 맞닥뜨리게 해주소서. 내 칼끝 이 닿는 곳에 그놈을 세워주소서. 그리하여 놈이 내 칼을 면한다면 하늘도 그를 용서하소서!

[맬컴] 그래야지요. 역시 사나이다운 말씀이오. 자, 국왕이 계신 곳으로 갑시 다. 출전 준비는 다 되었소. 남은 건 작별 인사뿐이오. 맥베스는 다 익은 과 일. 흔들기만 하면 떨어지게 되어 있소. 하늘의 신들은 응징의 무기인 우리 를 격려하고 있소. 어떤 위안이든 최대한 받아 기운을 내시오. 아무리 긴 밤 도 지나가고 반드시 날은 밝아 옵니다.

(모두 퇴장)

4막 3장 분석

이 장면은 이전 장면에서 발견된 충성심과 용기의 중요한 문제를 더 발전시키고 두 부분으로 구성된다. 첫 번째는 맬컴에 의한 맥더프의 충성심 테스트에 대한 것이다. 두 번째는 끔찍한 슬픔과 맥베스에 대한 복수에 직면한 맥더프의 큰 열정을 불러일으킨다.

이 장면을 면접으로 생각하면 도움이 된다. 맬컴은 맥더프가 그의 이전 지도자 맥베스에게 '희생'으로 그를 배신할 준비가 되어 있을 수 있다고 주장하면서 시작한다. 맥더프는 '나는 배신하지 않는다.'라고 선언함으로써 인터뷰의 이 단계를 통과한다. 그럼에도 불구하고 맬컴은 계속한다. 남자는 겉으로는 천사처럼 밝아 보일지 모르지만 내면에는 여전히 비밀스러운 감정을 품고 있다. 그는 맥더프가 아내와 아이들을 버린 이유를 묻는다. 이 시점에서 맥더프는 테스트에 거의 실패한다. 그는 맬컴이 자신의 이익이 그의 가족뿐만 아니라 스코틀랜드 전체 방어에 있음을 깨닫지 못할 정도로 근시안적이라는 것을 믿을 수 없다.

4막 2장에서 로스의 연설과 같이 이 전체 장면의 맥락은 국가 전체의 관점에서 설정되었다. 맥더프는 맬컴에게 "오, 피를 흘려라! 피를. 불쌍한 조국아! 무서운 폭정아! 네 지반을 튼튼히 다져라! 충성도 감히 너를 막진 못하니 그 찬란한 네 왕좌를 마음껏 누려라."라고 말한다.

맬컴의 다음 움직임은 대담한 역 심리학(Reverse Psychology)이다. 그는 미래의 왕으로서 자신이 맥베스보다 훨씬 악의적이고 야만적일 거라고 주장한다. 이 장면을 이해하려면 관객은 처음부터 맬컴이 미덕, 귀족, 명예, 왕권의 자질이 없다고 주장할 때 거짓말하고 있다는 것을 알아야 한다.

맥더프는 그의 더 나은 판단에 반해 어떤 인간의 죄는 왕에게서도 용서받을 수 있다고 주장한다. 탐욕, 즉 부에 대한 죄악의 욕망조차 왕권의 좋은 특성들과 균형을 이룰 때 '지닐 수 있는' 것이다. '하지만 내게 미덕이라곤 하나도 없소.'라고 맬컴은 그가 가진 것은 물론 맥베스가 부족한 자질을 정확히 나열하면서 대답한다. 이 시점에서 맥더프는 통탄한다. 그는 나라가 맥베스보다 훨씬 사악한 또 다른 통치를 겪어야 할 수도 있다는 생각을 견딜 수 없다. 맬컴은 분명히 감정적인 맥더프의 반응을 보고 이전에 준 자화상을 가짜로 드러내며 누그러진다.

다음 항목은 두 가지 이유로 현대 관객의 호기심을 불러일으킬 수 있다. 첫째, 연극이 공연된 제임스 1세에게 잘 보이려는 스코틀랜드에 관심을 추가했다. 둘째, 그의 선조인 참회자 에드워드에게 부여된 기적적인 치유력을 밝혀주기 때문이다. 전설에 따르면 에드워드는 병에 걸린 환자를 만지기만 해도 선의 염증인 왕의 악을 치료할 수 있었다. 그러나 이 구절은 극적으로도 아이러니하다. 영국 왕은 진정한 선의 군주이며 유익한 목적을 위해 초자연적인 것을 사용하는 것으로 나타났다. 맥베스가 마녀를 방문한 직후 이 대조는 더 분명해진다. 더욱이 연설은 질병에 대해 말하지만 5막 1장에서 맥베스 부인의 더 심각한 정신적 고통을 치료할 힘이 없는 의사의 합창(또는 해설)으로 인물을 소개한다.

로스가 들어갔을 때 그의 보고서는 질병에 대한 이런 생각을 통합한다. 그에 따르면 온 나라가 병으로 가득 차 있다. 그러나 최악의 소식은 맥더프의 귀에만 들린다. 감정으로 가득 찬 대화에서 로스는 맥더프에게 진실을 말하는 것을 피하려고 애쓰면서 그의 말은 흔들린다. 결국 로스는 맥더프 부인과 그녀의 어린아이들이 살해 당한 이야기를 들려준다.

가족 소식을 들은 맥더프의 반응은 이해할 만하다. 셰익스피어는 맬컴의 대사에서 암시적인 무대 방향을 제시한다. '모자를 눈썹에 씌우십시오.' 이는 맥더프가 사나이답지 않게 슬픔을 드러내지 않도록 얼굴을 가려야 한다는 것을 암시한다. 그러나 맬컴은 맥더프의 눈물이 '이 치명적인 슬픔을 치유하는 약'이 되어야 한다고 주장한다. 그러나 맥더프는 자신을 탓할 수밖에 없다고 생각한다. 이전 장면에서 아내의 말을 아이러니하게 언급하면서 그는 맹금류의 '급습'에 의해 도살된 자신의 '불쌍한 닭'을 암시한다. 이 장면의 정서적 영향은 맬컴이 그에게 '사나이답게'라고 말할 때 맥더프의 반응에서 절정에 이른다.

이 순간부터 맥더프는 전형적인 복수의 영웅이 된다. 덩컨의 피살을 처음 발견한 사람은 2막 3장에서 그리스도처럼 지옥문에 도착한 바로 그 사람이었다. 이제 그는 개인적인 복수를 스스로 해야 한다. 장면은 마지막 막을 위해 설정되었다.

MACBETH

5막 1장

Act V, Scene I

"권력을 시비할 자는 아무도 없어요.
하지만 그 늙은이에게 이렇게 피가 많은 줄은 몰랐어요."

_맥베스 부인

● **맥베스 성안의 어느 방**

(의사와 시녀 등장)

[의사] 이틀 밤을 꼬박 새워가며 지켜보았지만 당신이 말한 동세는 볼 수 없었소. 왕후께서 그렇게 걸어다니신 건 언제부터였소?

[시녀] 폐하께서 전쟁터에 출전하신 이후로 줄곧 봐왔지만 왕비님께서는 밤이 되면 침대에서 일어나 잠옷을 걸치고 벽장 문을 열고 동이를 꺼내 거기에 뭔가를 적어 읽어본 다음 그것을 봉하고 다시 침상으로 되돌아가셨어요. 그런데 그런 행동을 하는 내내 깊은 잠에 빠져 계셨습니다.

[의사] 심한 정신착란 증세입니다. 완전히 잠든 동시에 깼을 때처럼 행동한다는 것은 잠든 상태에서 걸어다니거나 스스로 하시는 행동 외에 뭔가 말씀하시는 걸 들은 적은 없소?

[시녀] 그건 말씀드리기 거북한데요.

[의사] 내게 얘기해도 괜찮소. 또 당연히 얘기해야 하오.

[시녀] 의사님이나 그 누구에게도 말씀드릴 수 없어요. 제 말을 보증해줄 증

인이 아무도 없으니까요. 보세요! 저기 나타나셨어요. 늘 저러세요. 그리고 지금 틀림없이 잠든 상태입니다. 잘 보세요. 몰래 숨어서요.

(맥베스 부인이 촛불을 들고 등장)

[의사] 저 촛불은 어떻게?

[시녀] 곁에 있었죠. 항상 촛불은 곁에 켜놓으라고 분부하셨지요.

[의사] 보시오! 눈을 뜨고 있잖아요.

[시녀] 그래요. 하지만 보이진 않으세요.

[의사] 지금 뭘하고 계시는 걸까? 저것 보시오! 자꾸 손을 문지르시는데.

[시녀] 저렇게 늘 손 씻는 시늉을 하십니다. 15분 동안 계속하기도 해요.

[맥베스 부인] 아직도 여기 얼룩이 남아 있어.

[의사] 조용! 말씀하신다. 적어둬야지. 더 확실히 기억하기 위해.

[맥베스 부인] 없어져라! 이 망할 얼룩아! 없어지라니까! 1시, 2시, 아니 이제 단행할 시간이다. 지옥은 컴컴하기도 하다. 아니, 여보! 뭐라고요? 무인이 겁을 내다니? 누가 알까 봐 두려운가요? 권력을 시비할 자는 아무도 없어요. 하지만 그 늙은이에게 이렇게 피가 많은 줄은 몰랐어요.

[의사] 저 소리 들었소?

[맥베스 부인] 화이프의 영주에게는 아내가 있었지. 그런데 지금은 어디 있지? 아니, 이 손은 영원히 깨끗해질 수 없다는 말인가? 그만 하세요! 여보. 이제 그만 하세요! 그렇게 떨다간 이것저것 다 망친단 말이에요.

[의사] 이거 야단났군. 들으면 안 될 말을 들었군.

[시녀] 정말 해서는 안 될 말씀을 하시는 것 같아요. 아는 사람은 다 아는 내용이지만.

[맥베스 부인] 여기는 아직도 피비린내가 나는군. 아라비아의 모든 향수를 다 뿌려도 이 작은 손에서 냄새가 영영 지워질 것 같지 않구나. 오오!

몽유병에 빠진 맥베스 부인
권력을 추구했던 맥베스 부인이 몽유병으로 사지를 헤매는 장면이다.

[의사] 하늘이 무너질 듯한 한숨이시군. 마음속에 괴로움이 가득 찼나 보군.

[시녀] 온몸에 지존의 영광을 걸쳐주더라도 가슴속에 저런 괴로움을 지니고 싶진 않군요.

[의사] 그렇지, 그럴 거야.

[시녀] 부디 낫게 해드리세요.

[의사] 저 병은 내 힘으로 도저히 고칠 수 없소. 몽유병 환자 중에도 침대에서 편안히 운명한 분들이 없진 않지만.

[맥베스 부인] 손을 씻으세요. 잠옷을 입으세요. 그렇게 창백한 얼굴은 하지 마세요. 거듭 말씀드리지만 뱅코는 묻혀 있어요. 무덤에서 나올 리 없어요.

[의사] 아하, 음!

[맥베스 부인] 자, 침대로 드세요. 누군가가 문을 두드리고 있어요. 자, 자, 자. 손을 이리 내세요. 이미 엎질러진 물은 다시 담을 수 없잖아요. 주무세요. 자, 주무시는 거예요.

(퇴장)

[의사] 이제 주무시러 가시는 겁니까?

[시녀] 네, 지금 바로.

[의사] 흉흉한 소문이 퍼지고 있소. 정도를 벗어난 소행은 정도를 벗어난 번민을 낳는 법이오. 병든 마음은 귀먹은 이의 베개에 그 비밀을 털어놓소. 왕비에게는 의사보다 신부가 더 필요하오. 신이여! 저희의 죄를 용서하소서! 잘 돌봐드리시오. 위험한 도구는 모두 치우고 항상 곁에서 지켜보시오. 자, 그럼 안녕히 계시오. 나는 마음과 눈이 혼란해졌소. 생각하는 바는 있지만 감히 입 밖으로 내지 못하겠소.

[시녀] 안녕히 주무십시오.

(모두 퇴장)

5막 1장 분석

이 장면의 준비는 장면의 첫 10줄로 명확해진다. 맥베스 부인이 과거에 어떻게 몽유병을 앓게 되었는지에 대한 신사의 설명은 맥베스 부인 역을 연기하는 여배우의 무대 연출 역할을 한다. 그녀가 동요하는 편지 읽기는 물론 그녀가 1막 5장 장면에서 운명적인 편지를 읽은 것을 시각적으로 상기시킨다. 이보다 더 맥베스 부인은 2막 2장에서 '약간의 물이 우리를 이 행위에서 맑게 합니다.'라는 대사를 떠올리게 하는, 손씻는 동작으로 손을 비비는 것이 보인다. 이 말이 의사의 의심을 불러일으키기에 충분하지 않다면 이어지는 말은 그녀가 고통받을 뿐만 아니라 그 고통의 이유도 그에게 제시해야 한다.

맥베스 부인의 연설은 엄청난 감정적 압력에 의해 파편화되고 깨졌다. 부드러운 여주인과 시원하고 제멋대로인 아내의 연설은 아무 의미 없는 횡설수설하는 생물로 축소되었다. 그녀의 기억이나 문장 간에는 논리적 연결이 없으며 실제로 그녀 마음의 황폐화는 너무 완벽해 사건을 올바른 순서로 기억할 수 없다. 맥베스 부인은 '지옥은 어둡다.'라고 말하며 그 영적 어둠은 맥베스 부인이 그녀 옆에 두라고 시키는 촛불 하나를 제외하면 장면이 완전히 어둠 속에서 재생된다는 사실에 의해 반향된다. 그녀는 잠을 못 이룰지 모르지만 그녀를 진정으로 염려하는 것은 영혼의 안식이다.

MACBETH

5막 2장

Act V, Scene II

"군주의 꽃에 물기를 올려주고 독초는 뿌리가 썩어 없어질 때까지
우리의 뜨거운 피를 있는 대로 다 바칩시다."

_레녹스

● 던시네인 부근 시골

(북과 군기를 앞세우고 멘티스, 케이스네스, 앵거스, 레녹스, 병사들 등장)

[멘티스] 영국군이 가까이 와 있소. 맬컴과 그의 숙부 시워드와 충성스러운
맥더프가 이끌고 있소. 모두 복수의 일념으로 불타고 있소. 솔직히 말해 그
들의 뼛속까지 사무친 원한을 생각하면 죽은 자도 일어나 격렬한 공격에 가
담할 것이오.

[앵거스] 버넘 숲 근처에서 그들과 만나게 될 것 같소. 그 길로 오고 있으니.

[케이스네스] 도날베인 왕자도 그의 형과 함께 오고 있을까요?

[레녹스] 함께 있지 않은 게 분명해요. 저는 합세한 명문 귀족들의 명부를 갖
고 있습니다. 그중 시워드의 아들을 비롯해 아직 수염도 안 난 수많은 젊은
이가 있소.

[멘티스] 폭군은 어쩌고 있소?

[케이스네스] 던시네인 성을 철저히 방비하고 있다고 하오. 그가 미쳤다는 사
람도 있고 그를 덜 증오하는 사람들은 그의 행동을 '용감한 분노'라고 평하기

도 하오. 하지만 그가 이제 자제력을 잃은 것만은 분명하오.

[앵거스] 그도 이제야 몰래 저지른 살인의 핏자국이 끈덕지게 뼈에 사무치는 것을 느낄 것이오. 시시각각 일어나는 반란은 그의 반역을 힐난하고 있고 그의 부하도 그저 명령에 따라 움직일 뿐 그를 사랑하는 충성심에서 움직이는 건 추호도 아니오. 이제 그도 거인의 옷을 난쟁이가 훔쳐 입은 것처럼 몸에 안 맞다는 것을 느끼고 있소.

[멘티스] 그러고 보면 그자의 병든 마음이 갈팡질팡하는 것도 무리는 아니오. 자신의 내부에 있는 모든 요소조차 자신을 스스로 저주하는 지경이니까.

[케이스네스] 자, 진군합시다. 진정으로 충성을 다해야 할 곳에서 복종의 의무를 다합시다. 이 병든 나라를 치료해줄 명의를 맞이해 그를 도와 나라의 병독을 씻어내는 데 우리의 최후의 한 방울 피까지 다 바칩시다.

[레녹스] 그렇소. 군주의 꽃에 물기를 올려주고 독초는 뿌리가 썩어 없어질 때까지 우리의 뜨거운 피를 있는 대로 다 바칩시다. 그럼 버넘으로 진군합시다.

(행군하며 모두 퇴장)

█ 5막 2장 분석

이 짧은 장면은 전투 준비의 드라마를 전개한다. 3막 6장과 4막 3장을 떠올리게 하는 언어로 등장 인물은 관객에게 영국 맬컴과 반군 스코틀랜드 간의 다양한 군사동맹을 상기시킨다. 이런 의미에서 이 장면은 단순히 작품 속 개별 사건이지만 주목해야 할 세 가지 사항이 있다.

첫째, 관객은 4막 1장의 세 번째 유령이 맥베스의 몰락이라고 예언한 버남 우드의 운명적인 이름을 다시 한번 소개한다.

둘째, 케이스네스의 맥베스 초상화는 1막 2장에서 대위가 제공한 전사—영웅에 대한 설명, 특히 '용감한 분노'라는 문구에 가깝지만 이제 분노는 의롭지 않다. 1막 3장에서 뱅코는 맥베스의 영예를 지속적인 사용에 의해서만 신체 모양에 '결합'(순응)하는 '이상한 옷'이라고 말했다. 은유는 정확하다. 맥베스의 제목은 그에게 더 이상 맞지 않다.

셋째, 반란군 스코틀랜드인의 어조는 타협하지 않는 용기 중 하나다. 다시 한번 스코틀랜드는 아픈 환자로 묘사되며 유일한 치료법은 자국을 방어하기 위해 자신의 피 '한 방울'까지 바치는 것이다.

MACBETH

5막 3장

Act V, Scene III

"두려워 말라, 맥베스여. 여자에게서 태어난 자는
아무도 그대를 이기지 못하리라."

_맥베스

● 던시네인, 성안의 어느 방

(맥베스와 의사, 시종들 등장)

[맥베스] 더 이상 보고는 필요 없다. 달아날 놈은 다 달아나라고 해. 버넘 숲이 던시네인으로 움직여 오지 않는 한 겁날 건 없어. 맬컴 같은 애송이가 뭐야? 놈은 여자가 낳은 것 아니야? 인간의 운명을 다 아는 정령들이 내게 이렇게 고하지 않았던가. '두려워 말라, 맥베스여! 여자에게서 태어난 자는 아무도 그대를 이기지 못하리라.' 그러니 믿지 못할 영주들아, 달아나라. 달아나 영구의 건달들과 한패가 되어라. 내 속에서 버티는 의지와 요기는 부안 따위에 동요되지 않을 뿐만 아니라 공포에 떨지도 않을 것이다.

(시종 한 명 등장)

[맥베스] 이놈! 차라리 악마의 저주라도 받아 시꺼멓게 되어라. 하얗게 낯짝이 질린 맹추 같은 녀석아! 거위 같은 그놈의 낯짝은 어디서 주어 왔나?
[시종] 약 만 명의….

[맥베스] 거위라도 왔단 말이냐? 이 녀석아!

[시종] 병사들이 오고 있습니다.

[맥베스] 에이, 네놈의 겁먹은 그 상통부터 바꾸지 못할까? 이 간덩이가 샛노란 애송이 녀석아! 군대는 무슨 군대냐? 병신 같은 놈! 네놈은 혼백마저 죽어버려라! 겁에 질린 네놈의 새파란 얼굴을 보면 성한 놈도 질려버리겠다.

[시종] 황송하오나 영국군이옵니다.

[맥베스] 그 상통 갖고 냉큼 꺼져라! 여봐라! 시턴. (생각에 잠겨) 속이 뒤집힐 것 같구나. 저놈의 상통을 봤더니. 시턴은 어디 갔느냐? 이번 일전으로 나는 영원한 영광을 누리느냐, 영원히 몰락하느냐가 판가름난다. 나는 살 만큼 살았어. 내 생애는 더 살더라도 이미 누렇게 메마른 잎새와 같다. 그런데 노년의 벗이 될 명예와 사랑과 순종과 친구들 같은 것은 나로서는 도저히 바랄 수 없게 되었다. 그뿐만이 아니다. 소리는 낮아도 뿌리 깊은 저주나 입으로만 조아리는 존경과 추종만 붙어 다닌다. 그런 것을 용감히 물리치고 싶어도 불쌍한 내 마음이 엄두도 못 내고 있다. 시턴!

(시턴 등장)

[시턴] 무슨 분부이십니까?

[맥베스] 새로운 소식은 또 없느냐?

[시턴] 지금까지의 보고가 모두 사실임이 확인되었습니다.

[맥베스] 알았다! 싸워야지. 이 살덩이가 떨어져 나갈 때까지 싸우겠다. 갑옷을 다오.

[시턴] 아직 그러실 필요는 없을 것 같습니다.

[맥베스] 아냐, 입어야겠어. 기병을 더 내보내 순찰을 강화하게. 그리고 공포에 떠는 자는 모조리 잡아 사형에 처하게. 어서 내 갑옷을 줘.

(시턴이 갑옷을 가지러 나간다.)

맥베스의 성을 포위한 영국군
맬컴이 지휘하는 영국군이 침입하자 맥베스도 반격을 준비한다.

[맥베스] 의사! 환자는 좀 어떤가?

[의사] 네, 병이라기보다 잇달아 일어나는 격심한 망상으로 괴로움 속에서 헤매 편안한 안식을 찾지 못하고 계십니다.

[맥베스] 그걸 고쳐야지. 그대는 마음의 병은 고치지 못하는가? 뿌리 깊은 근심을 기억에서 뽑아내고 뇌수에 새겨진 번민을 지워버리고 뭔가 상쾌한 망각의 약을 써 마음을 짓누르는 독소를 답답한 가슴에서 깨끗이 씻어낼 수 없단 말인가?

[의사] 그건 환자 자신이 하셔야 합니다.

(시턴이 갑옷을 든 시종과 함께 등장. 시종은 맥베스에게 갑옷을 입힌다.)

[맥베스] 의술 같은 건 개한테나 줘. 내게는 필요 없어. 자, 갑옷이나 입혀주고 지휘봉도 이리 주게. 시턴! 어서 기병을 내보내게. 영주들이 모두 도망치고 있어. 의사! 그대가 이 나라의 병세를 진단해 원인을 찾아내 원래대로 건강한 상태로 돌아가게 해줄 수만 있다면 나는 그대에게 메아리치도록 박수갈채를 보내고 그 메아리가 거듭 박수갈채를 올려보낼 만큼 환영할 텐데. 갑옷을 벗겨라. 대황이나 완화제나 무슨 설사약으로 영국 놈들을 쓸어버릴 수는 없을까? 놈들의 소문을 들었나?

[의사] 네, 들었습니다. 폐하께서는 전쟁을 준비하시는 걸 보고 저희도 소문을 들었습니다.

[맥베스] 그 갑옷은 나중에 가져와도 돼. 버넘 숲이 던시네인으로 움직여 오지 않는 한 나는 죽음도 두렵지 않다.

[의사] (독백) '이 던시네인을 빠져나가야겠다. 아무리 좋은 일이 있더라도 두 번 다시 이곳으로 오지 않겠다.'

(모두 퇴장)

5막 3장 분석

맥베스의 어조는 일반적으로 뻔뻔하다. 그가 들은 보고는 4막 1장의 세 가지 발현에 대한 예언을 고려하면 아무 결과도 가져올 수 없다. 이 장면 전체에서 그가 가질 수 있는 모든 의심은 '더 이상 보고를 가져오지 마십시오', '날아라! 거짓 탄핵들' 등과 같은 그의 대담한 명령으로 진정된다. 우리는 시워드가 후속 장면에서 그를 부르는 것처럼 완전히 자신감 넘치는 남자, '자신감 있는 폭군'을 본다. 이 분노한 말은 그가 다른 사람들로부터 감지하는 비겁함, 즉 그가 '크림색 얼굴'과 '백합 간'이라고 부르는 자신의 하인뿐만 아니라 그가 모욕적으로 '에피큐로스'(방종하고 게으르다)라고 부르는 반란군 병사들로부터 감지하는 비겁함과는 대조적으로 자신의 남성성을 주장하는 데 큰 역할을 한다.

하인과의 대화에서 맥베스는 얼굴에 '색을 되돌리기' 위해 '뺨을 찌르라.'라고 명령하는데 이는 맥베스가 자신의 붉은 손이 아닌 하얀 심장을 갖고 있다고 아내로부터 비난받았을 때 이전 색 상징주의를 아이러니하게 상기시켜준다. 또 다른 명령인 '내 갑옷을 다오.'는 맥베스의 시종인 시턴이 아직 전장에 나설 필요가 없다고 말리지만 거부되었다. 마찬가지로 의사가 맥베스 부인의 광기를 치료할 수 없다고 고백하자 맥베스는 그의 무능을 놀리며 '개에게 물리(약)를 던져라.'라고 말한다.

앞에서 맥베스는 아내의 병을 언급하며 '마음을 짓누르는' 생각과 감정을 그녀에게서 없앨 수 있는 의사의 능력에 의문을 제기했다. '환자는 자신을 섬겨야 한다.'라는 의사의 대답은 특히 흥미롭다. 우리가 '그녀 자신'을 기대하는 곳에서 셰익스피어는 그 대신 남성 대명사를 사용해 성별과 상관없이 특히 이 같은 속담 진술에서 환자를 언급한다. 제안은 맥베스도 자신의 질병 치료법을 찾아야 한다는 것이다. 의사가 들어본 적 있는 맥베스의 군사적 준비는 그가 병든 스코틀랜드를 위해 처방할 수 있는 의약품이나 치료제보다 효과적이지 않을 것이다.

MACBETH

5막 4장

Act V, Scene IV

"그건 그의 유일한 희망이오.
기회만 있으면 지위 고하를 막론하고 모두 그를 배신하니까."
_맬컴

● 버넘 숲 근처 시골

(북과 군기를 앞세우고 맬컴, 시워드와 그의 아들, 맥더프, 멘티스, 케이스네스, 앵거스, 레녹스, 로스와 병사들이 행군하며 등장)

[맬컴] 여러분! 이제 각자 안방에서 편히 쉴 날도 머지 않은 것 같소.

[맥더프] 그건 의심할 여지가 없습니다.

[시워드] 저 앞 숲은 무슨 숲이오?

[맥더프] 버넘 숲입니다.

[맬컴] 모든 병사에게 나뭇가지를 꺾어 들고 있게 하시오. 우리 병력을 매복시켜 적 정찰병들이 잘못 보고하게 합시다.

[병사들] 분부대로 하겠습니다.

[시워드] 폭군은 뭘 믿고 그러는지 모르겠지만 던시네인 성안에 틀어박혀 꼼짝도 안 하고 있소. 아군이 쳐들어오기만 기다리는 것 같소.

[맬컴] 그건 그의 유일한 희망이오. 기회만 있으면 지위 고하를 막론하고 모두 그를 배신하니까. 이제 어쩔 수 없이 남은 자들뿐이지만 그들도 모두 마

음은 다른 데 가 있소.

[맥더프] 우리 판단이 옳다는 것은 사실이 증명해줄 것이니 우리는 오직 군인의 직분만 다합시다.

[시워드] 이제야말로 정당한 결정으로 우리가 얻는 것과 잃는 것을 알게 될 때가 가까워졌습니다. 머릿속에서 생각할 때는 불확실한 희망밖에 가질 수 없지만 확실한 결과는 오직 실천만 결정합니다. 그 결과를 향해 진군합시다.

(행군하며 모두 퇴장)

■ 5막 4장 분석

미래에 '안방(침실)에서 쉴 것'이라는 맬컴의 희망은 덩컨 왕의 피살 장소와 연극을 관통하는 불면증의 모티브를 모두 떠올리게 한다. '그건 의심할 여지가 없습니다.'라는 맥더프의 분명한 대답은 덩컨을 죽이기 전부터 맥베스를 뒤흔들었고 후속 장면에서 그를 괴롭히기 위해 돌아올 '건방진 의심과 두려움'과 큰 대조를 이룬다.

병사들에게 "나뭇가지를 꺾어 들고 있게 하시오."라는 잎이 무성한 위장은 홀린셰드의 『연대기』에서 직접 가져온 것이다. 목표는 진군하는 군대를 매복시키는 것이 아니라 정확한 병력 수를 맥베스가 혼동하게 만드는 것이다. 맬컴은 그것을 모르지만 그의 속임수는 4막 1장의 두 번째 예언을 맞출 뿐만 아니라 맥베스가 처음 1막 3장에서 '아무것도 아닌 것 외에는 아무것도 없다.'라고 말한 이후로 맥베스의 마음을 괴롭힌 모호함을 정확히 반영할 것이다.

5막 2장과 여기서 맥베스가 남은 몇 안 되는 추종자들에게 내리는 명령은 충성심이 아니라 제약에 기반한다고 한다. 따라서 그의 무자비함은 맬컴에 대해 느끼는 진정한 충성심과 대비된다. 4막 3장에서 맬컴은 맥베스가 썩은 과일처럼 '흔들릴 준비가 되었다.'라고 발표했다. 이제 시위드에 따르면 '시간이 다가오고 있습니다.'라고 말하고 다시 한번 추측의 시간은 끝났다는 인상을 받았다. 확실성과 선함을 확신하므로 필연적으로 맥베스의 부족에게 승리해야 한다.

MACBETH

5막 5장

Act V, Scene V

"꺼져라! 꺼져라! 덧없는 촛불이여! 인생은 걸어다니는 그림자에 불과한 것."
_맥베스

● 던시네인 성안

(북과 군기를 앞세우고 맥베스와 시턴, 병사들 등장)

[맥베스] 바깥 성벽에 군기를 내걸어라. 적이 온다고 외치는 저 한결같은 함성, 우리 성은 견고해 아무리 포위해 공격해도 끄떡없다. 언제까지나 포위하게 내버려둬라. 그러다가 결국 기아와 질병이 놈들을 삼켜버릴 테니까. 아군 병사들이 그놈들에게 합세하지만 않는다면 이쪽에서 치고 나가 수염과 수염이 맞닿도록 접전을 벌여 놈들을 제 나라로 내쫓을 텐데. (안에서 여자들의 울부짖는 소리) 저 소리는 뭐냐?

[시턴] 부인들이 우는 소리입니다, 폐하.

(퇴장)

[맥베스] 나는 이제 공포의 맛도 다 잊었다. 그전에는 밤에 비명 소리만 들어도 가슴이 선뜻해지고 끔찍한 얘기를 들어도 머리털이 쭈뼛쭈뼛 곤두서곤 했지. 무서운 일도 어지간히 겪었고 살인 생각도 이제 예사가 되었어. 그래서인

지 이제 아무리 무서운 일에도 놀라지 않아.

(시턴 다시 등장)

[맥베스] 왜 울더냐?

[시턴] 왕비께서 운명하셨습니다, 폐하.

[맥베스] 언젠가는 죽어야 할 몸이었어. 언젠가 한 번은 이런 소리를 들을 각오를 했지. 내일, 내일 또 내일은 인간 천수의 마지막 순간까지 날마다 한 걸음 한 걸음 소리없이 기어들고 우리의 모든 어제는 등불이 되어 어리석은 자들의 티끌로 돌아가는 죽음의 길을 비춰왔다. 꺼져라! 꺼져라! 덧없는 촛불이여! 인생은 걸어다니는 그림자에 불과한 것. 무대 위에서 자신이 맡은 시간 동안만 뽐내거나 조바심내다가 그것이 지나면 잊혀지는 불쌍한 배우에 불과하다. 그것은 백치가 지껄이는 얘기처럼 소리와 분노로 가득 찼지만 아무 의미도 없다.

(사자 등장)

[맥베스] 너도 혓바닥 놀리러 왔겠지. 어서 말해봐.

[사자] 폐하, 황공하오나 제가 직접 본 대로 말씀드려야겠지만 어떻게 말씀드리는 것이 좋을지 망설여집니다.

[맥베스] 어서 말해보라.

[사자] 저는 언덕 위에서 망을 보고 있었습니다. 눈길을 이리저리 주다가 버넘 숲 쪽을 바라보았습니다. 그런데 갑자기 그 숲이 움직이기 시작했습니다.

[맥베스] 네 이놈! 여기가 어디라고 감히 거짓말을 하느냐! 이 고약한 놈!

[사자] 하오나 그것이 사실이 아니라면 어떤 노여움도 달게 받겠습니다. 여기서부터 4.8㎞ 이내 무덤에서 그것이 다가오는 것을 보실 수 있습니다. 바로 그 움직이는 숲 말입니다.

[맥베스] 그것이 거짓이라면 네놈을 저 나무에 매달아 굶어 죽게 하겠다. 반대로 그것이 사실이라면 네놈이 나를 그렇게 해도 좋다. 결심의 고삐를 단단히 잡고 있어야지. 흔들리지 않도록. 아무리 생각해도 참말 같은 거짓말을 하는 악마의 그 애매한 말이 의심스럽거든. 그들은 분명히 '버넘 숲이 던시네인으로 오지 않는 한 두려울 것이 없다.'라고 하지 않았는가. 그런데 지금 그 숲이 던시네인으로 오고 있다고 하지 않는가. 무기를 챙겨라! 무기를. 자, 나가자! 이자가 말한 것이 사실이라면 여기서 달아날 수도, 가만히 있을 수도 없다. 이제 햇빛도 보기 싫다. 이 세계의 질서가 산산이 부서졌으면 좋겠다. 경종을 울려라! 바람아 불어라! 파멸아 오너라! 기다리고 있지만은 않겠다. 적어도 갑옷만은 걸치고 죽어주마.

▌ 5막 5장 분석

이번 장은 '바깥쪽 벽에 깃발을 걸어라.'라는 대담한 명령으로 시작된다. 맥베스의 연설은 호전적이고 도전적이고 그의 힘은 성과 그를 둘러싼 사람들에게 힘을 준다. 적에 대한 그의 저주는 은유를 사용해 생생하다. "여기 거짓말하게 하십시오. 기근과 질병이 그들을 삼켜버릴 때까지." 그러나 저주는 공허한 수사학이다. 2~3년 전 쓴 그의 희곡 『트로일루스와 크레시다』에서 셰익스피어는 권력에 대한 인간의 야망이 일단 그 길에 있는 모든 걸 잡아먹으면 그 자신만 먹어치울 수 있다고 썼다. 권력을 추구하는 폭군은 자멸하는 경향이 있다. 이 저주가 누군가에게 떨어지면 저주자가 될 가능성이 크다.

이 시점에서 맥베스는 심장이 멎는 비명을 듣는다. 원인을 찾아내기 위해 하인이 보낸 동안 맥베스는 짧은 독백에서 그런 소음이 더 이상 그를 놀라게 할 힘이 없다고 고백한다. 청중은 다른 소음을 회상한다. 맥베스 부인이 덩컨을 살해할 때 들었던 올빼미 비명. 맥베스가 '맥베스는 더 이상 잠들지 않을 것이다!'라고 외치는 목소리와 운명적으로 문을 두드리는 목소리는 모두 2막 2장에 있다. 그러나 연회 장면인 3막 4장을 떠올리게 하는 문구에서 맥베스는 자신이 '공포로 가득 찼다.'라고 인정하며 학살에 대한 친숙함은 그런 소리가 더 이상 그를 놀라게 할 수 없다는 것을 의미한다.

맥베스 부인의 죽음에 대한 보고는 맥베스나 셰익스피어의 청중에게 놀라운 일이 아닐 것이다. '내세'라는 단어는 마녀의 첫 번째 예언의 '내세'를 회상시킨다. 그들의 '내세'는 맥베스가 왕으로 상속받을 미래였다. 그러나 이 단어는 아이러니하게도 하늘의 '내세'를 가리키며 맥베스는 이를 스스로 부인하려는 의도로 보인다. 민감한 배우나 감독의 손에서 이 정확한 단어는 시간의 본질에 대한 시적 분출을 촉발한다.

'내일과 내일 그리고 내일'이라는 유명한 대사는 아내의 죽음뿐만 아니라 맥베스의 완전한 목적 상실로 인해 체념하고 거의 슬픈 어조를 띠고 있다. '하찮은', '바보', '초조해'라는 단어에 잃어버린 기회에 대한 근본적인 괴로움이 있을 수 있지만 그런 절망적인 소식을 들은 사람에게는 이것이 절망적인 연설이 아니다.

사실 맥베스의 초기 '세트 피스' 중 일부와 비교해보면 그 수사학은 통제되고 은유는 정확하다. 시간은 '먼지투성이 죽음'으로 가는 길과 같고 우리 삶은 촛불처럼 '짧습니다'. 우리는 삶의 무대에서 그림자나 배우와 같다. 다시 말하지만 1막 7장에서 그랬듯이 질문이 제기된다. '그런 시적 사고를 할 수 있는 사람이 어떻게 자신처럼 행동할 수 있는가?'

이 주제에 대한 맥베스의 사색은 청중이 이미 알고 있는 것, 두 번째 예언의 실현, 숲의 움직임을 보고하는 또 다른 메시지에 의해 죽었다. 다시 한번 맥베스의 반응은 분노와 반성이다. 종에게 그는 자신이 들은 진실을 열렬히 부인해야 한다. 그러나 움직이는 나무가 거짓말이라고 논리가 설득하더라도 비밀리에 예언의 진실을 받아들여야 한다. 맥베스가 문자 그대로 갇혀 있다고 인정하는 것은 그런 역설적인 문제에 대한 이해할 수 있는 인간의 반응이다. "따라서 비행도 없고 여기 머물지도 않습니다." 또는 3막 4장의 그의 말에서 "돌아오는 것은 가는 것만큼 지루했습니다." 군사적 차원뿐만 아니라 심리적 차원에서도 맥베스는 전진도 후퇴도 할 수 없다. 이런 경우, 그의 시선이 우주 전체에 단단히 고정되어 있다면 맥베스는 리어왕처럼 원소 자체에 대해서만 부를 수 있다. 그것은 희망이 없는 사람의 담대한 외침이다.

MACBETH

5막 6장

Act V, Scene VI

"피와 죽음을 알리는 요란한 나팔을 불어라."
_맥더프

● **성 앞 별판**

(북과 군기를 앞세우고 맬컴, 시워드, 맥더프와 병사들이 나뭇가지로 위장하고 등장)

[맬컴] 자, 다 왔소. 모두 나뭇가지 위장을 벗어던지고 원래 모습으로 돌아가시오. 숙부님은 아드님과 함께 선봉대를 맡아 주시오. 나는 맥더프 경과 나머지 일을 모두 맡겠소. 우리가 계획한 작전대로.

[시워드] 무운을 빕니다. 오늘 밤 폭군의 군대를 만나면 최후까지 용감히 싸웁시다.

[맥더프] 자, 일제히 나팔을 불어라. 있는 힘을 다해. 피와 죽음을 알리는 요란한 나팔을 불어라.

(나팔 소리와 함께 진군하며 퇴장)

5막 6장 분석

강한 움직임과 임박한 위협은 장면의 빠른 전환으로 5막 전체에서 생성된다. 길이가 10줄에 불과한 모든 장면 중 가장 짧은 이 장면을 통해 관객은 맬컴과 영국군의 진군을 따라 던시네인 성벽까지 가상으로 이동할 수 있다.

첫째, 맬컴은 자신의 '합당한 삼촌' 시워드가 첫 번째 전투를 이끌 거라고 발표하고 맥더프와 그는 '우리의 명령에 따라' 만남을 끝낸다. 이 표현은 시워드가 그의 나이와 경험으로 존경받아야 한다는 의미와 함께 무법적이고 사랑이 없는 맥베스 정권과는 달리 맬컴의 군대는 타당성과 질서를 매우 강력히 확립한다.

두 번째 요점은 감동적인 마지막 대련에서 발생하며 전진을 울리는 나팔을 '피와 죽음의 선구자'라고 한다. 선구자는 다가올 사건의 표시, 운명 또는 운명의 선구자다.

MACBETH

5막 7장
Act V, Scene VII

"폭군 맥베스야! 네놈 얼굴을 드러내라. 네놈이 죽어도 내 칼에 죽지 않으면
내 처자의 망령들이 언제까지 나를 따라다닐 것이다."

_맥더프

● 별판의 다른 곳

(나팔 소리. 맥베스 등장)

[맥베스] 놈들이 나를 말뚝에 매놓았다. 도망칠 수 없는 바에야 차라리 미친
곰처럼 싸울 수밖에. 도대체 여자 몸에서 태어나지 않은 자가 누구냐? 그런
놈만 아니라면 어떤 놈이든 오너라! 어서 오너라!

(젊은 시워드 등장)

[젊은 시워드] 네놈은 누구냐?

[맥베스] 이름만 들어도 벌벌 떨게 할 사람이다.

[젊은 시워드] 당치도 않은 소리. 네놈이 지옥에서 제일가는 악마의 이름을 댄
다고 무서워할 내가 아니다.

[맥베스] 그래, 내가 바로 맥베스다.

[젊은 시워드] 악마가 제 이름을 대도 네놈보다는 덜 가증스러울 거다.

[맥베스] 그렇겠지. 나보다 무서운 이름은 없을 테니까.

[젊은 시워드] 이빨 빠진 소리 그만해! 이 흉악한 폭군아! 내 칼로 네놈의 거 짓을 밝히겠다.

(둘이 맞붙어 싸우다가 젊은 시워드가 칼에 찔려 죽는다.)

[맥베스] 네놈도 여자가 낳은 놈이구나! 여자가 낳은 놈들이 휘두르는 칼이나 무기는 가소로울 뿐이다.

(안에서 칼들끼리 부딪히는 소리. 맥더프 등장)

[맥더프] 시끄러운 소리가 이쪽에서 들렸는데…. 폭군 맥베스야! 네놈 얼굴을 드러내라. 네놈이 죽어도 내 칼에 죽지 않으면 내 처자의 망령들이 언제까지 나를 따라다닐 것이다. 네놈의 횡포 밑에 고용된 저 불쌍한 백성들이 든 창 검과 맞싸워 그들을 죽일 수는 없다. 네놈이 아니면 내 칼날을 쓰지 않고 그 냥 칼집에 집어넣겠다. 맥베스! 어디 있느냐? 아, 저 요란한 소리는 높은 놈 이 있다는 증거겠지. 운명이여! 부디 그놈을 찾게 해주소서! 그 이상은 바라 지도 않을 테니.

(맥더프 퇴장. 안에서는 북소리와 나팔 소리. 맬컴과 시워드 등장)

[시워드] 폐하! 이쪽입니다. 성은 간단히 함락했습니다. 폭군의 부하들은 두 패로 나뉘어 싸우고 영주들도 열심히 싸우고 있습니다. 폐하의 승리가 거의 확실하고 이제 더 할 일도 없는 것 같습니다.

[맬컴] 적병들의 모습을 보았는데 모두 마지못해 싸우는 듯했고 그중 상당수 는 우리 편이 되어 싸우더군요.

[시워드] 그렇습니다. 앞으로도 우리 편에 가담할 적군이 늘어날 겁니다. 자, 성안으로 들어갑시다.

(둘은 성안으로 들어간다. 북소리와 나팔소리)

5막 7장 분석

5장을 끝낸 마비의 이미지는 미끼 곰으로서의 맥베스의 이미지에서 즉시 포착된다. 그는 잡혀간 들짐승과 같아 격분하면서도 움직일 수 없다. "그들이 나를 기둥에 묶었으니 내가 날 수 없노라." 그가 할 수 있는 거라곤 자신의 운명을 기다리는 것뿐이다. 한 인물이 들어오면 맥베스는 그의 숙적이 젊은 시워드의 모습으로 도착했는지 반쯤 의심해야 한다. 싸움 자체는 시워드가 상대방에게 특별한 의미가 있는 단어인 '악마'와 '거짓말'로 맥베스를 적당히 놀리는 단어의 전투가 선행된다. 맥베스의 대답은 시워드를 용감하지만 헛된 행동으로 이끈다. 그가 나가기 전 맥베스는 가해자의 시신을 보고 기뻐하며 마지막으로 '너는 여자의 몸에서 태어났다.'라고 놀린다.

아이러니한 타이밍에 여자의 몸에서 태어나지 않은 남자가 이제 전장 무대에서 시워드의 자리를 차지한다. 맥더프의 어둡고 복수심에 불타는 모습은 죽은 가족의 영혼에 대한 자신의 의무를 보여준다. 가족을 버린 데 대한 개인적 죄책감에서 벗어나려면 복수와 자신이 하나가 돼야 한다.

맥베스 성의 항복을 설명하면서 올드 시워드(이 시점에서 그의 아들의 영웅적 자기희생에 무지함)는 맥베스 군대가 거의 저항도 없이 성을 '무난히' 함락시켰다고 설명한다. 관객들은 1막 6장에서 인버네스에 있는 맥베스의 성을 운명적으로 방문했을 때 성을 둘러싼 달콤한 공기에 대해 논평한 '온화한' 덩컨 왕을 기억할 것이다. 하지만 장소는 같지만 일촉즉발의 무거운 공기를 느낄 수 있다.

MACBETH

5막 8장

Act V, Scene VIII

"네놈이 받들던 그 악령들에게 물어봐라.
맥더프는 달이 차기 전 어머니 배를 가르고 나왔다는 사실을."
_맥더프

● **전쟁터의 다른 곳**

(맥베스 등장)

[맥베스] 로마의 바보들처럼 내가 칼로 왜 자살해야 한단 말인가? 살아 있는 놈이 눈에 띄는 대로 베어 없애는 게 상책 아닐까?

(맥더프 등장)

[맥더프] 돌아서! 이 지옥의 개야! 어서 돌아서!

[맥베스] 오호, 하필이면 네놈이. 네놈만은 피하려고 했는데. 도망쳐라. 죽기 전에. 내 영혼은 이미 네 가족의 피만으로도 무겁다.

[맥더프] 대화는 필요 없다. 이 칼이 내 말을 대신할 테니. 말로 표현할 길이 없는 이 극악무도한 악당아!

(둘은 혈투를 벌인다.)

[맥베스] 헛수고 마라. 네놈이 그리 쉽게 나를 베려면 먼저 그 칼로 공기에 칼

맥베스와 맥더프의 결투
맥베스는 맥더프와의 대결에서 목숨을 잃고 만다.

자국을 남길 만큼 칼 솜씨를 닦아야 할 것이다. 그 칼로 쉽게 벨 수 있는 머리나 찾아보는 게 현명할 거다. 내 목숨에는 마력이 걸려 있어 여자가 낳은 자에게는 굴복하지 않는다.

[맥더프] 그까짓 마력은 이제 단념해라. 그리고 평소 네놈이 받들던 그 악령들에게 물어봐라. 맥더프는 달이 차기 전 어머니 배를 가르고 나왔다는 사실을.

[맥베스] 그런 말을 하는 그 혓바닥은 저주를 받을 것이다. 그 말 한마디가 내 용기를 꺾다니! 이 거짓말쟁이 마귀들아! 두 가지 뜻을 가진 애매한 말로 사람을 속이다니. 귀에는 약속을 지키듯 속삭이고 실제로는 그 희망을 깨뜨리는 이 악마들아! 더 이상 네놈들을 믿지 않겠다. 맥더프! 너와는 싸우기 싫다!

[맥더프] 그럼 항복해라! 이 비겁한 자야. 목숨만은 살려줄 테니 세상 구경거리가 되란 말이다. 해괴한 괴물처럼 네놈 화상을 막대 끝에 매달아 놓고 그 아래에 '폭군을 보라.'라고 써붙여 주겠다.

[맥베스] 항복은 안 한다. 애송이 맬컴 발 앞에 꿇어 엎드려 땅바닥을 핥거나 어리석은 자들의 저주를 받을 수야 있겠는가. 버넘 숲이 던시네인까지 오고 여자가 낳지 않았다는 네놈이 대적하더라도 나는 최후까지 사력을 다해 내 운명을 시험하겠다. 믿고 의지하면 방패를 내던지겠다. 자, 덤벼라! 맥더프. 먼저 항복을 외치는 자는 지옥행이다.

(성벽 아래에서 둘이 치열하게 싸우다가 결국 맥베스가 살해당한다.)

▎5막 8장 분석

이 시점에서 맥베스가 자살이 나은 선택인지 고민하는 동안 복수하는 맥더프는 대담한 도전과 함께 현장에 들어간다. 맥더프가 '지옥 연'(4막 3장)으로 맥베스에 대한 그의 초기 묘사를 회상하면서 '지옥 사냥개'라는 별명을 선택한 것은 폭군 왕의 진정한 본질을 확인시켜준다. 그러나 똑같이 대담한 수사학에서 맥베스는 맥더프에게 그가 공기 자체만큼이나 '참호'(절단 불가능)처럼 무적이라고 경고한다. 여기서 그는 유령의 말이 신체적 상해로부터 그를 지켜줄 부적이라고 잘못 상상한다.

맥더프는 반대 의견을 보인다. 유령 같은 예언이든, 맥베스 자신의 말이든 말만으로는 분노가 적은 자신의 말에 비하면 아무것도 아니다. 복수의 진정한 목소리는 언어가 아닌 행동에 있다. 또한, 맥베스는 맥더프의 출생 배경을 고려해야 한다. 맥더프는 이제 맥베스에게 자신이 어머니의 자궁에서 '시기적절하게 찢어져' 세상에 들어왔다고 밝힌다. 따라서 그는 엄밀히 말해 여자 몸에서 '태어난' 것이 아니다. 짧지만 강력한 문장 '절망, 네 매력'으로 맥베스는 생존 투쟁이 끝났음을 알아야 한다. 끝에서 두 번째 예언이 실현되었다.

연극 내내 맥베스는 마녀의 말의 진실성이 궁금했다. 1막 3장에서 그가 알고 싶어 하는 모든 것을 그들이 말하지 않아 그들을 '불완전한 화자'라고 불렀다. 이제 그는 그들이 자신의 불완전성을 얘기했다는 것을 알고 있다. 같은 장면에서 그는 그들의 초자연적 예언이 '아플 수 없다. 좋을 수 없다' 어느 게 어느 건지 안다. 5막 5장에서 맥베스는 '진실처럼 거짓말하는 악마'의 예언을 의심하는 이야기를 했다. 이제 그는 의심의 여지가 없다.

이제 맥더프가 맥베스를 놀릴 차례다. 그는 그를 '겁쟁이'라고 부르며 '폭군의 저주로 미끼'라는 문구가 적힌 표지판과 함께 그를 공개적으로 전시하겠다고 공언한다.

MACBETH

5막 9장

Act V , Scene IX

"여기 저주받은 폭군의 머리가 있습니다. 이제 천하가 태평해졌습니다."
_맥더프

● 성안

(전투 중지를 알리는 나팔 소리. 북과 군기를 앞세우고 맬컴, 시워드, 로스, 영주들과 병사들 등장)

[맬컴] 지금 여기 안 보이는 전우들이 무사히 돌아와 주었으면 좋을 텐데.

[시워드] 다소의 희생은 불가피하오. 하지만 이런 대승 치곤 병력손실이 별로 크지 않은 것 같습니다.

[맬컴] 맥더프가 안 보이는군. 그리고 시워드님의 아드님도 보이지 않소.

[로스] 아드님은 무인의 의무를 훌륭히 지키셨소. 이제 성인이 된 나이였지만 한 발짝도 양보하지 않고 용맹하게 싸워 사나이임을 증명한 순간 사나이답게 전사하고 말았습니다.

[시워드] 전사했다고요?

[로스] 그렇습니다. 유해는 이미 싸움터에서 옮겨 왔습니다. 아드님의 영웅적인 행동을 생각하시어 슬퍼하진 마십시오. 죽었다는 사실만 생각하시면 슬픔이 끝도 없을 테니까요.

[시워드] 상처는 정면에 입었나요?

[로스] 네, 이마에.

[시워드] 그렇다면 하느님의 병사임이 틀림없군! 내게 머리털같이 아들이 많더라도 그 이상 훌륭한 죽음은 바라지 않겠소. 이것으로 그에 대한 애도는 끝난 거요.

[맬컴] 아니오. 더 애도해야 하오. 그 애도는 내가 대신하리다.

[시워드] 이걸로도 애도는 충분합니다. 그 아이는 훌륭한 무인으로 죽었답니다. 그의 인생은 짧았지만 최선을 다한 것입니다. 오직 하느님의 가호를 빌 뿐입니다. 저기 새로운 기쁜 소식이 오나 봅니다.

(맥더프가 맥베스의 머리를 장대에 꿰어 들고 등장)

[맥더프] 국왕 폐하 만세! 이제 국왕이 되셨습니다. 보십시오, 여기 저주받은 폭군의 머리가 있습니다. 이제 천하가 태평해졌습니다. 폐하는 지금 이 나라의 보배로운 충신들에 둘러싸여 계시고 그들은 모두 저처럼 마음속으로 축하 인사를 드리고 있습니다. 자, 우리 모두 소리 높여 외칩시다. 국왕 폐하 만세!

[모두] 만세! 스코틀랜드 국왕 폐하 만세!

(우렁찬 나팔 소리)

[맬컴] 하루빨리 여러분의 충성을 하나하나 헤아려 각기 응당한 보상을 내리겠소. 내 영주들과 가까운 친척들은 지금부터 백작으로 봉하노니 이는 스코틀랜드 왕이 주는 최초의 명예가 될 것이오. 그리고 새로운 세상의 새로운 질서가 요구하는 일이겠지만 예를 들어 경계가 삼엄한 폭군의 함정에서 벗어나 국외로 망명한 우리 동포를 불러오거나 죽은 이 도살자와 무참하게도 스스로 목숨을 끊었다는 그 마귀 같은 폭군 부인의 앞잡이였던 잔악무도한 무리를 잡아내거나 직접 해야 할 모든 일들은 자비로우신 하느님의 가호로 수

맥베스의 죽음
맥더프가 창에 맥베스의 머리를 창에 꿰어 맬컴 왕에게 승리를 알리는 장면이다.

단과 시간과 장소에 따라 적절히 처리하겠소. 여러분 모두에게, 동시에 한 분한 분에게 진심으로 감사드립니다. 그리고 스콘에서 거행될 대관식에 여러분 모두 참석해주기 바라오.

(우렁찬 나팔 소리. 일동 행진하며 퇴장)

▌5막 9장 분석

　이 즐거운 장면은 그 가슴 아픈 장면으로 상쇄된다. '우리가 그리워하는' 친구들에 대한 맬컴의 오프닝 대사는 진정한 충성의 의미에 대한 은혜로운 인정일 뿐만 아니라 그의 아버지 덩컨과 관련된 은혜와 겸손으로 그가 미래에 어떻게 통치할지를 보여주는 표시다.

　인간의 자기희생에 대한 더 큰 인정은 어린 시워드의 죽음에 대한 보고에 나오는데 그가 젊었다는 사실과 그가 아버지 올드 시워드보다 먼저 사망했다는 사실 때문에 더 비극적이었다. 그럼에도 올드 시워드가 보여주는 반응은 큰 용기와 믿음이다. 그의 아들이 가슴이나 등의 뇌졸중으로 사망했는지 (즉, 그가 상대방을 향했는지, 아니면 도망쳤는지) 묻는 질문에 시워드는 상처가 '앞에' 있는 '사람처럼' 죽었다는 말을 듣는다. 이 설명은 그의 아들이 '신의 군사'였다는 시워드를 만족시키기에 충분하며 악의 세력을 그토록 철저히 받아들인 맥베스와 적절하고 극적인 대조를 이룬다.

맥더프는 목이 잘린 폭군의 머리를 들고 성에 들어간다. 『햄릿』의 클로디어 스처럼 자신의 독이 든 성배의 희생자다. 이 슬픈 시대의 무게가 벗겨졌고 남은 것은 맬컴이 감동적인 방식으로 '스코틀랜드 왕'으로 칭송받는 것뿐이다. 수락 연설에서 곧 왕관을 쓸 맬컴은 스코틀랜드 왕의 전통적인 고향 스콘에서 왕관을 씌우는 장면을 보도록 즉시 청중을 초대한다. 그가 왕으로서 취할 행동들이 수행될 것이다. 측정, 시간, 장소에서 이 문장은 마지막 네 줄의 운율 대조 구조에 의해 강화된 깊은 통일성과 완성감을 전달한다. 더욱이 셰익스피어는 미래의 통치자(영국 제임스 1세 포함)의 결정적 특징은 하나님의 은혜를 받아들이는 것이라는 강한 인상을 남긴다.

윌리엄 셰익스피어의 4대 비극

리어왕

리어왕

장소 및 등장 인물

장소
브리튼

등장 인물
[리어] 브리튼 왕

[고너릴] 리어의 첫째 딸

[리건] 리어의 둘째 딸

[코델리아] 리어의 셋째 딸

[알바니 공작] 고너릴의 남편

[콘월 공작] 리건의 남편

[프랑스 왕] 코델리아의 남편

[버건디 공작], [글로스터 백작]

[에드거] 글로스터의 아들

[에드먼드] 글로스터의 서자

[켄트 백작] 리어의 충신

[광대] 리어의 수행원

[오스왈드] 고너릴의 집사장

[노인] 글로스터의 소작인

KING LEAR

1막 1장

Act I , Scene I

"사랑이 핵심에서 벗어나 타산으로 흐르면 사랑이 아닙니다."
_프랑스 왕

● 리어왕의 관정 알현실

(켄트, 글로스터, 에드먼드 등장)

[켄트] 왕께서는 콘월 공작보다 알바니 공작을 더 사랑하시는 것 같습니다.

[글로스터] 저도 늘 그렇게 생각해왔지만 막상 영토를 분배하는 마당에 이르고 보니 어느 공작을 더 아끼시는지 분간이 잘 안 가더군요. 두 공작의 비중은 똑같았으니까요. 저울에 단 듯 양쪽이 똑같아 어느 공작이 유리하다고 말할 수 없을 정도였습니다.

[켄트] 저 분이 아드님이시지요?

[글로스터] 내가 기르고 있지만 내 아이라고 하기에는 얼굴이 붉어집니다.

[켄트] 무슨 말씀이신지 이해할 수 없습니다.

[글로스터] 글쎄, 이 아이 어미가 내 씨를 받은 겁니다. 그래서 아이 어미는 배가 불러와 잠자리할 남편을 얻기도 전에 아들 하나를 요람에 뚝 떨어뜨렸답니다. 그러니 아무래도 뒤가 구리지 않겠소?

[켄트] 뒤가 구린 결과, 이토록 훌륭한 아들을 보았으니 꼭 나쁘다고만 할 수

는 없지 않겠습니까?

[글로스터] 정식으로 법 절차를 밟고 얻은 자식이 하나 있는데 한 살 위에요. 그렇다고 더 귀여워하는 건 아닙니다. 이놈은 부르기도 전에 주제넘게 세상에 태어났지만 이 아이 어미는 예뻤습니다. 아이를 만들어내느라 재미 꽤 봤지요. 그 일을 생각하면 사생아지만 이 아이를 내 자식으로 인정해줘야겠지요. 에드먼드야! 이 분을 아느냐?

[에드먼드] 모르겠는데요.

[글로스터] 켄트 백작이시다. 내가 존경하는 친구분이니 앞으로 잘 모시거라.

[에드먼드] 잘 부탁드립니다.

[켄트] 자네가 좋아졌네. 앞으로 친하게 지내세.

[에드먼드] 앞으로 각하의 뜻에 맞도록 노력하겠습니다.

[글로스터] 이놈은 9년 동안 외국에 나가 있었는데 또 가기로 되어 있지요. 국왕께서 나오십니다.

(나팔 소리. 리어왕, 콘월, 알바니, 고너릴, 리건, 코델리아, 시종들 등장)

[리어] 글로스터! 프랑스 왕과 버건디 공 접대를 부탁하오.

[글로스터] 네, 알겠습니다. 폐하!

(글로스터와 에드먼드 퇴장)

[리어] 지금부터 내 계획을 말하겠다. 저기 지도를 가져오너라. 알다시피 내 왕국을 3등분해두었다. 늙은 이 몸에서 근심 걱정 다 떨치고 국사를 젊고 활기찬 사람에게 넘겨주고 싶다. 죽을 때까지 홀가분한 마음으로 지내고 싶은 게 내 굳은 심정이다. 큰사위 콘월, 둘째 사위 알바니! 오늘 나는 큰딸 고너릴 공주와 둘째 딸 리건 공주가 차지할 결혼지참금을 발표할 결심이다. 그리고 프랑스 왕과 버건디 공은 내 막내딸의 애정을 바꾸어 차지하기 위해 구혼

차 이 궁전에 체류 중인데 오늘 그들의 확답을 듣기로 되어 있다. 자, 내 딸들아! 오늘 이 부왕은 통치권과 영토소유권과 국사의 근심 걱정을 떠나 너희에게 양도할 작정인데 누가 이 아비를 가장 사랑하고 있는가? 나에 대한 사랑과 효성이 가장 큰 딸에게 가장 큰 몫을 주겠다. 고너릴! 네가 큰딸이니 먼저 말해 보거라!

[고너릴] 저는 말로 다 할 수 없을 만큼 아버님을 사랑합니다. 제 시력보다, 제가 사는 공간보다, 자유보다 아버님을 사랑합니다. 귀하신 아버님은 제게 누구보다 소중하신 분입니다. 일찍이 자식이 바칠 어버이가 받은 적 없는 최대 애정을 가지고 아버님을 사랑하겠습니다. 내뿜는 숨결이 초라할 정도로 말로 다 할 수 없는 효성과 사랑으로 이 몸의 모든 것을 다 바치고 그 이상의 사랑으로 아버님께 이 몸의 모든 정성을 바치겠습니다.

[코델리아] (독백) '코델리아는 뭐라고 말해야 좋지? 아버님을 사랑하지만 잠자코 있자.'

[리어] (지도를 가리키며) 이 경계선 내에 있는 이 선에서 여기까지 그늘진 수풀과 기름진 들판, 물고기가 우글대는 이 강물, 그 주변 넓은 목장을 모두 네게 주겠다. 이것은 영원히 너와 알바니 자손의 것이다. 콘월 공작의 부인, 내 사랑하는 둘째 딸 리건도 무슨 말을 하겠느냐?

[리건] 저도 언니와 같은 생각입니다. 언니는 제 효심을 있는 그대로 말해주었어요. 다만, 언니 말을 보충해 말씀드리면 이 세상의 모든 기쁨은 효도 이외의 즐거움이므로 저는 그것을 원수로 삼고 증오하며 오직 아버님께 사랑을 바치는 것만 영원한 행복으로 삼고 지내겠습니다.

[코델리아] (독백) '다음은 가엾은 코델리아 차례구나. 하지만 그렇다고 사랑이 빈약한 건 아냐. 내 효성은 정말 혀로 말할 수 없을 만큼 훨씬 풍성해.

[리어] 이 훌륭한 왕국의 광대한 나머지 ⅓은 면적으로나 가치로나 기쁨을 주는 것이 고너릴에게 준 것보다 결코 적지 않다. 이 땅을 너와 네 자손에게 물

려준다. 다음은 언니들 못지않게 내게 기쁨을 안겨주는 막내딸 코델리아! 포도의 나라 프랑스 왕과 기름진 목장을 가진 버건디 공이 네 사랑을 얻으려고 지금 경쟁 중이다. 언니들 땅보다 크고 비옥한 세 번째 영토를 위해 또 무슨 말을 할 거냐?

[코델리아] 저는 드릴 말씀이 없습니다.

[리어] 할 말이 없다고?

[코델리아] 네, 없습니다.

[리어] 할 말이 없다는 것은 아무것도 받을 것이 없다는 말이다.

[코델리아] 저는 그저 자식된 도리로 효도를 다하겠습니다. 그 이상도 그 이하도 아닌….

[리어] 뭐라고? 코델리아! 어째서 그따위 소리를 하느냐? 다시 말해봐라.

[코델리아] 아버님! 아버님은 저를 낳아 길러주시고 사랑해 주셨습니다. 그 보답으로 제가 당연히 해야 할 의무를 다하겠습니다. 아버님께 복종하고 아버님을 사랑하며 존경하겠습니다. 언니들은 아버님을 그토록 사랑한다면서 어째서 남편을 얻었습니까? 제가 결혼하면 제 남편이 제 애정의 절반을 빼앗아갈 것이 틀림없습니다. 저는 언니들처럼 오직 아버님만 사랑할 수 없게 될 겁니다.

[리어] 진심이냐?

[코델리아] 네.

[리어] 어린 네가 어째서 그런 고집을 부리느냐?

[코델리아] 제 진심입니다.

[리어] 그게 네 진심이라고? 그럼 네 진심을 결혼지참금 삼아라. 나는 우리 생명을 좌우하는 태양과 천체의 모든 작용에 맹세코 아버지로서의 관계를 끊고 앞으로 너를 영원히 자식으로 생각하지 않겠다.

[켄트] 폐하!

[리어] 닥쳐라! 켄트. 내 분노에 끼어들지 말라. 코델리아! 한때 나는 너를 가

리어와 코델리아
리어가 코델리아를 내쫓고 신하인 켄트가 이를 말리는 장면이다.

장 귀여워했다. 네 손에 보호받으며 여생을 보내고 싶었다.

(코델리아에게) 물러가라. 꼴보기 싫다. (켄트에게) 프랑스 왕을 불러라. 버건디 공을 불러 콘월 공작과 알바니 공작, 두 딸에게 준 영토에 코델리아 몫을 갈라 합해 가져라! 내 권력과 지위와 왕권에 따르는 모든 혜택을 두 딸에게만 넘기겠다. 나는 내 밑에 딸린 기사 백 명을 거느리고 매달 두 딸 집에서 번갈아가며 머물겠지만 국왕 칭호와 자격만은 보유하고 국가 통치, 수입, 기타 집행권은 사랑하는 두 사위에게 맡기겠다. 그 증거로 이 왕관을 벗어준다. 두 공작이 번갈아 이 왕관을 써라.

(왕관을 벗어준다.)

[켄트] 폐하! 리어왕이시여! 참으소서! 그렇게 조급히 결정을 내리시면 나중에 후회하실 날이 올 것이니 진정하시고….

[리어] 이미 활을 당겼다. 화살에 맞지 않도록 조심하라.

[켄트] 그 화살을 제게 주십시오. 화살촉이 제 심장을 꿰뚫어도 좋습니다. (리어왕이 격노해 활을 잡는 것을 보고) 왕권을 전대로 보존하십시오. 매사 신중하시고 경솔한 처분을 거두십시오. 제 목숨을 걸고 한 말씀 올립니다만 막내 따님도 효심이 결코 덜하지 않습니다. 목소리가 작다고 진심이 아닌 건 아닙니다.

[리어] 켄트! 목숨이 아깝다면 닥쳐라!

[켄트] 이 목숨은 폐하의 적들에 맞서 싸우기 위해 있는 것입니다. 폐하를 위해 내놓는다면 조금도 아깝지 않습니다.

[리어] 꼴보기 싫다. 물러가라.

[켄트] 왕이시여! 똑똑히 보십시오. 제가 늘 폐하의 눈동자 한가운데 있는 것을.

[리어] 이 못된 놈! 제 분수도 모르고. (칼에 손을 댄다.)

[알바니와 콘월] 폐하! 참으십시오.

[켄트] 칼을 **빼**십시오. 폐하의 결정을 취소하지 않으시면 이 목에서 소리가 나

오는 한 폐하의 행동이 잘못되었음을 계속 말하겠습니다.

[리어] 이 못된 놈! 나는 지금까지 내 결정을 번복한 적이 없다. 왕의 권위를 네게 보여주겠다. 앞으로 닷새 여유를 주겠다. 엿새째 되는 날 너는 그 밉살스러운 등을 돌려 이 나라를 떠나라! 열흘째가 되어도 그 몸이 이 국내에서 발견되면 즉시 처형하겠다. 자, 가거라! 주피터에게 맹세코 이 결정은 절대로 번복하지 않을 것이다.

[켄트] 폐하! 그럼 안녕히 계십시오. 자유가 이 나라를 떠나 추방만 남는군요. 코넬리아 공주님의 생각은 그지없이 훌륭했습니다. 말씀도 비할 데 없이 정당했습니다. 제신들이 공주님을 보호해주길 빕니다. (고너릴과 리건에게) 두 분의 말씀이 실행되어 그 말에서 좋은 결과가 나오길 빕니다. (모두에게) 켄트는 이제 여러분께 작별 인사를 드립니다. 새로운 나라에 가서도 그전처럼 뜻을 펴가며 살겠습니다.

(켄트 퇴장. 나팔소리. 글로스터가 프랑스 왕과 버건디 공을 안내하며 다시 등장. 시종들이 뒤를 따른다.)

[글로스터] 프랑스 왕과 버건디 공작을 모셔왔습니다.

[리어] 버건디 공! 먼저 공작에게 묻겠소. 공작은 우리 딸을 얻기 위해 프랑스 왕과 경쟁해왔소. 도대체 딸의 결혼지참금으로 최소 얼마를 요구하시오?

[버건디] 국왕 폐하! 폐하께서 정하신 것 이상은 바라지도 않고 폐하께서 그 이하를 주시리라 생각하지도 않습니다.

[리어] 고귀한 버건디 공! 저 딸아이가 내게 소중한 존재였을 때는 정해놓은 재산을 주려고 했지만 지금은 사정이 바뀌었소. 지금 저 아이에게 줄 거라곤 노여움밖에 없소. 그래도 저 아이가 마음에 든다면 저기 서 있으니 아내로 삼으시오.

[버건디] 무슨 말씀을 드려야 할지 모르겠습니다.

[리어] 이 아비에게서 미움만 받고 의절 당해 오직 저주만 결혼지참금으로 하고 있소. 그런 딸아이를 아내로 삼겠소? 아니면?

[버건디] 폐하! 죄송한 말씀이오나 그런 조건으로는 혼담이 성립될 수 없겠습니다.

[리어] 그렇다면 포기하시오. 저 아이의 소유물은 내가 말한 대로요. (프랑스왕에게) 프랑스 국왕이여! 나는 귀하가 그동안 내게 베푼 호의를 배신할 수 없소. 그래서 내가 미워하는 딸을 아내로 삼아달라고 못 하겠으니 우리 집 딸아이보다 훌륭한 여자에게 사랑을 돌리시오.

[프랑스 왕] 참으로 해괴한 일이군요. 지금까지 폐하에게 지극한 사랑과 찬양의 대상이었고 노령의 위로였던 착하고 사랑스러운 공주님이 무슨 죄를 범했길래? 그 죄목이 심상찮은 것만은 그렇지만 공주께서 그런 큰 죄를 범했다고는 도저히 믿을 수 없습니다.

[코델리아] 폐하! 마음에 없는 소리로 생각하겠습니다. 그러나 저는 한 번 결심한 것은 말하기 전에 먼저 실행합니다. 그러니 제가 부왕의 총애를 말한 것은….

[리어] 너 같은 건 차라리 태어나지 말았어야 했어.

[프랑스 왕] 단지 마음속으로 하고 싶은 말을 못 한 것뿐 아닙니까? 사랑이 핵심에서 벗어나 타산으로 흐르면 사랑이 아닙니다. 버건디 공! 어떻게 생각하십니까? 결혼하시겠습니까?

[버건디] 폐하! 애당초 계획하신 것만이라도 주신다면 코델리아 공주를 버건디 공작부인으로 맞이하겠습니다.

[리어] 아무것도 줄 수 없소.

[버건디] (코델리아에게) 그러시다면 부왕을 잃었기 때문에 남편까지 잃을 수밖에 없군요.

[코델리아] 안심하세요. 버건디 공작의 재산이 탐나 하는 혼담이라면 이쪽에

서 거절하겠어요.

[프랑스 왕] 코델리아 공주님! 훌륭하십니다. 나는 당신과 당신의 미덕을 이 손으로 꼭 잡겠습니다. 폐하! 결혼지참금도 없는 당신의 따님은 저의 버림을 받았습니다. 코델리아 공주는 이제 내 국민의 왕후, 프랑스 왕비입니다. 코델리아 공주! 저분들께 어서 작별 인사를 하시오. 공주는 이곳을 잃은 대신 더 좋은 곳을 찾을 것이오.

[리어] 프랑스 왕이여! 그녀는 당신 것이오. 당신 것으로 만드시오. 내게 저런 딸년은 없소. 그녀의 얼굴을 두 번 다시 보고 싶지 않소. 어서 데려가 주시오. 축복의 말도 할 수 없소. 자, 버건디 공! 우리 들어갑시다.

(나팔소리. 프랑스 왕, 고너릴, 리건, 코델리아 외 전원 퇴장)

[프랑스 왕] 언니들에게 작별 인사를 하시오.

[코델리아] 아버님의 소중한 두 언니들! 코델리아는 눈물을 흘리며 작별하겠어요. 아버님께 제발 효도를 다해 주세요. 말로 다짐한 언니들의 효성에 아버님을 맡길게요. 언니들, 안녕히 계세요.

[리건] 우리가 한 말을 너도 들었으니 다시 말하진 않겠다.

[고너릴] 그보다 너는 네 남편 비위나 잘 맞추거라. 너는 저분의 자선 덕분에 구제되었으니 네게 부족한 것은 복종심이야. 네가 당한 이 곤경도 당연한 결과야.

[코델리아] 때가 되면 술책은 드러나고 언젠가는 창피 당할 날이 올 겁니다. 안녕히 계세요.

[프랑스 왕] 자, 갑시다. 코델리아 공주!

(프랑스 왕과 함께 코델리아 퇴장)

[고너릴] 우리 둘이 직접 관련된 여러 얘기가 있다. 아버님은 오늘 밤 떠나실

것 같구나.

[리건] 그래요. 언니 집으로. 다음 달은 우리 집으로.

[고너릴] 아버님은 연세 탓에 망령이 드셨어. 우리보다 늘 막내를 더 사랑하셨는데 아무 이유도 없이 내쫓아 버리시잖니?

[리건] 그래요. 연세가 드셔서 망령나신 거예요. 하지만 지금까지 자신에 대해 잘 모르고 사시지 않았어요.

[고너릴] 정신이 온전했을 때도 성미가 급하셨어. 연세가 드시면서 그 거친 성미가 고질이 된 거야. 이제 꼼짝없이 아버님의 망령을 다 당하게 생겼구나.

[리건] 켄트 공을 내쫓을 때처럼 아버님의 심술궂은 망령이 벼락처럼 언제 우리에게 닥칠지 모르지요.

[고너릴] 프랑스 왕과 아버님의 작별 인사가 아직 끝나지 않았을 거야. 제발 너와 한마음 한뜻으로 단짝이 되어야겠다. 아버님이 지금처럼 망령이 들어 광기를 부리신다면 유산으로 받은 영토도 해가 될 뿐이야.

[리건] 맞아요. 잘 생각해봐야겠어요.

[고너릴] 뭔가 수를 써야겠다. 그것도 빨리.

(퇴장)

1막 1장 분석

연극은 대부분의 주요 인물을 소개하고 메인 플롯과 서브 플롯을 모두 설정하는 장면으로 시작된다. 또한, 이 첫 장면은 관객에게 켄트가 쫓겨나기 전과 장면 4막에서 카이우스로 변장해 다시 나타나기 전 켄트라는 캐릭터를 소개하므로 중요하다.

첫 대화에서 글로스터는 엘리자베스 시대의 라커룸 대화로 적절히 묘사될 수 있는 에드먼드의 사생아 이야기를 한다. 글로스터는 사생아 에드먼드와 합법적인 아들 에드거를 똑같이 사랑하지만 엘리자베스 시대의 사회는 둘을 동등하게 여기지 않았다. 에드먼드는 자신이 신성하지 않은 노조에서 글로스터에 이어 두 번째로 태어났기 때문에 번성하는 미래에 대한 기회가 제한적이라는 것을 깨닫는다. 에드먼드는 장남을 아버지의 재산상속인으로 지명하는 원시법에 따라 동등한 상속을 받지 못한다. 글로스터는 켄트에게 에드먼드가 자기 재산을 찾아 떠나 지금은 돌아왔다고 말한다.

처음에 리어는 왕국을 분할하기로 결정한 강력한 통치자이자 군주처럼 보인다. 리어는 자신이 늙어가는 것을 깨닫고 다음과 같이 왕국을 분할하기로 한 결정을 설명한다. '우리의 빠른 의도는 우리 시대의 모든 걱정과 사업을 흔들기 위해 젊은 강점에 그들을 부여하고 우리는 짐을 내려놓고 죽음을 향해 기어간다.' 그러나 이 부문에서 파생된 한 가지 이점은 많은 문제를 일으킨다. 자신의 왕권을 딸들에게 위임함으로써 리어는 셰익스피어의 청중이 경험한 시민의 고통과 다르지 않은 그의 가족과 왕국 내에 혼란을 일으킨다.

셰익스피어가 『리어왕』을 썼을 때 영국인은 수년간의 내전과 분열로부터 살아남았다. 따라서 셰익스피어의 엘리자베스 시대의 청중은 왕국을 분할하기로 한 리어의 결정에 충격을 받았을 것이다. 그러나 리어는 정치적, 사회적 혼란 그 이상을 일으키고 있다. 또한, 그는 딸들에게 자신의 행복에 대한 완전한 책임을 부여하며 훗날 행복하지 않을 때 그들을 비난할 것이다.

게다가 리어가 딸들의 사랑을 측정하기 위해 고안한 시험은 큰 실수다. 리어는 현명한 통치자로 묘사된다. 결국 그는 수년 동안 국가를 성공적으로 하나로 묶었다. 그러나 그는 상식이나 큰딸들의 거짓을 감지하는 능력이 부족하다. 리어의 이 같은 결함은 청중이 그를 미쳤거나 어리석다고 생각하게 만든다.

사랑 테스트는 셰익스피어의 출처에서 파생되었으므로 포함되어 있다. 셰익스피어의 주요 출처는 익명의 연극으로 리어왕의 진정한 연대기 역사, 사랑 테스트는 코델리아를 속여 결혼시키는 데 사용된다. 결과적으로 사랑 시험은 셰익스피어가 그의 근원에서 뽑아낸 음모를 발전시키는 장치일 뿐이다. 『리어왕』은 역사적 근거가 없음을 기억하는 것이 중요하지만 소식통에 의하면 이 이야기는 기원전 800년 무렵 발생한 사건을 기반으로 했으며 리어왕은 더 정확히 말해 일종의 동화로 간주되어야 한다. 여러 면에서 고너릴과 리건은 『신데렐라』의 못된 언니들과 비슷하다.

고너릴과 리건의 사랑 표현은 너무 극단적이어서 리어의 시험에 대한 이성적 반응으로는 의심스럽다. 코델리아의 대답은 정직하지만 리어는 그가 갈망하는 아첨 속에서 정직을 인식할 수 없다. 물론 리어는 코델리아에게 "그림을 그리기 위해 무엇을 말할 수 있습니까? 자매보다 세 번째로 더 화려합니까?"라고 물었을 때도 정직하지 않았다. 리어는 코델리아가 기대하는 유산에 대해 자매들에게 할당된 것보다 왕국의 더 많은 부분을 보상할 계획이다.

주식은 평등해야 하지만 리어는 분명히 코델리아를 더 좋아한다. 코델리아의 대답 '아무것도'는 비참한 의미와 함께 연극 내내 다시 등장할 단어다. '아무것도'는 연극에서 여러 번 반복되는 핵심어이므로 단어의 중요성을 강조한다. 코델리아의 '아무것도' 발언은 그녀가 죽고 연극이 끝날 때 메아리치고 '아무것도'는 그녀에게 남아 있다. 그러나 글로스터가 아들에 대해 '아무것도' 모르듯이 리어는 딸에 대해 '아무것도' 이해하지 못한다는 것을 기억하는 것도 중요하다. 글로스터가 '아무것도' 보지 못했을 때 그는 진실을 볼 수 있었고 리어가 정신적 쇠퇴의 '무'에서 나왔을 때 마침내 코델리아가 그를 항상 사랑했다는 것을 알게 된다.

코델리아는 친자 관계가 요구하는 혈연관계의 유대에 따라 리어를 사랑한다. 그녀의 반응은 자연법칙이므로 딸이 아버지를 사랑하기를 기대하는 엘리자베스 시대의 사회적 규범과 일치한다. 자연에 따르면 인간은 하나님에서 왕으로, 아버지에서 자녀에 이르기까지 계층 구조의 일부다. 이 당사자 간의 사랑은 상호적이고 아버지에 대한 코델리아의 사랑은 그녀가 그에게 진 빚이다.

코델리아는 그녀의 사랑 시험의 답장을 이성으로 조절한다. 딸의 아버지가 마땅히 받아야 할 명예에 대한 단순하고 꾸밈없는 진술이다. 리어는 코델리아의 모든 애정과 부계의 보살핌을 거부함으로써 비합리적으로 대응한다. 코델리아를 대신한 켄트의 간섭은 리어의 또 다른 폭발로 이어진다. 코델리아와 마찬가지로 켄트는 왕에게 정직하며 이성적인 목소리를 낸다. 켄트는 리어가 실수하는 것을 보고 그렇게 말한다. 켄트에 대한 리어의 분노의 깊이는 과도한 자존심을 암시한다. 리어는 틀릴 수 없다. 코델리아의 대답은 리어의 자존심을 상하게 한다. 그는 그녀에게 선택적인 토지를 주는 것을 정당화하기 위해 그녀의 과도한 사랑의 항의가 필요하다. 켄트에 대한 리어의 격분은 왕의 감정 상태의 취약성도 암시한다.

코델리아의 두 구혼자는 이 초기 장면에서 더 많은 드라마를 제공한다. 부르고뉴 공작은 결혼지참금 없는 코델리아를 사랑할 수 없지만 프랑스 왕은 그녀가 결혼지참금만큼 큰 덕목을 지닌 여성이라고 지적하고 부르고뉴 공작과 반대되는 주장을 펼친다. 코델리아에 대한 프랑스 왕의 대답은 그가 실제로 코델리아의 사랑에 합당하다는 것을 보여준다.

"가장 아름다운 코델리아! 그 예술은 가장 부유하고 가난하고 가장 선택받고 버림받고 가장 사랑받고 멸시받습니다! 내가 여기서 너와 네 미덕을 붙잡고 내가 버림받은 것을 취하는 것이 합법적이더라도."

이 장면의 마지막 부분은 코델리아가 자매들이 거짓말쟁이라는 것을 알고 관객에게 그들의 부정직함을 알리는 것을 보여준다. 고너릴은 코델리아가 쫓겨나야 마땅하다고 대답한다. 이 뜨거운 혈전은 다음 막 과정에서 발전하는 불화를 예고한다. 추가 예고는 리어가 너무 귀찮아지면 그에 따라 그를 처리해야 한다는 고너릴과 리건의 약속으로 제공된다.

첫 번째 장면은 리건이 리어가 늙어 약할 뿐만 아니라 자신이나 딸을 실제로 알지 못했다는 것을 인정하는 것으로 끝난다. 리건의 불만은 리어가 딸들과 맺은 관계의 많은 것을 보여준다. 코델리아에 대한 그의 명백한 선호는 그의 나이 많은 딸들과의 연락을 잃는 대가로 왔다. 리어는 고너릴과 리건의 속임수를 알아볼 수 없다. 리어는 코델리아에 대한 특권을 누리면서 진정한 사랑으로 이어질 수 있는 큰딸들과의 관계를 맺지 못한다.

1장은 아버지와 자녀의 관계에 초점을 맞춘 플롯과 서브플롯을 설정한다. 관객은 아버지와 자녀의 갈등과 자녀에게 쉽게 속는 아버지에 대해 잘 알게 될 것이다. 각각의 아버지는 좋은 아이를 거부하고 부정직한 아이를 신뢰함으로써 잘못된 판단력을 보여준다. 이어지는 행동은 리건의 말이 얼마나 정확한지를 보여준다. 리어가 고너릴과 리건이 그의 수행원 규모와 권력을 제한하기 위해 움직이면서 그의 딸들을 얼마나 아는지 곧 분명해질 것이다.

KING LEAR

1막 2장
Act I , Scene II

"혈통으로 영토를 얻지 못한다면 피를 짜서라도 영토를 차지해야 한다.
목적을 위해서라면 수단과 방법을 가릴 수 없지."

_에드먼드

● 글로스터 백작의 성

(에드먼드가 편지를 들고 등장)

[에드먼드] 그대, 자연이여! 내 여신이여! 무엇 때문에 내가 습관의 희생양이
되고 내 권리를 빼앗겨야 하는가! 어째서 나는 사생아란 말이냐? 무엇이 첩의
자식이라는 거냐? 나도 몸의 균형이 잡혀 있다. 성격도 시원시원하다. 어디
가 정실 자식보다 좋냐? 정실 아들 에드거야! 내가 그대의 영토를 차지할 것
이다. 이 편지가 잘 들어가 내 계획이 성공하면 사생아 에드먼드는 정실 형님
을 누르고 출세할 것이다. 아, 신들이시여! 사생아 편을 들어주소서!

(글로스터 등장)

[글로스터] 켄트가 쫓겨났구나. 프랑스 왕은 화가 치밀어 떠났고 폐하께서는
오늘 밤 출발하시고 왕권을 이양하시고. 그런데 이 모든 일이 순식간에 일
어났어. (에드먼드가 옆에 있는 것을 눈치채고) 어, 에드먼드야! 무슨 소식이라
도 왔니?

[에드먼드] (편지를 숨기며) 아닙니다. 아무것도 아닙니다.

[글로스터] 그럼 왜 그 편지를 숨기느냐?

[에드먼드] 아무 일도 아닙니다.

[글로스터] 무슨 편지를 읽고 있었느냐?

[에드먼드] 아무것도 아닙니다.

[글로스터] 아무것도 아니라면 그렇게 황급히 감출 필요가 없지 않느냐? 어디 보자.

[에드먼드] 부탁입니다. 용서하십시오. 이 편지는 형님으로부터 온 것입니다. 아직 다 읽지 않았습니다. 제가 대강 훑어보니 읽지 않으시는 게 낫겠습니다.

[글로스터] 그 편지를 이리 내놔라.

[에드먼드] 저로서는 이 편지를 아버님께 보여드릴 수도, 안 보여드릴 수도 없는 난처한 입장입니다.

[글로스터] 어서 이리 내놓으라니까.

[에드먼드] 이 편지는 형님이 제 효심을 시험하기 위해 쓴 것 같습니다.

[글로스터] (읽는다.) 노인을 존경해야 한다는 세상 관습 때문에 인생의 꽃인 우리 청춘은 괴롭고 고달프다. 우리가 재산을 양도받을 때쯤이면 이미 늙은 합죽이가 되어 인생을 마음껏 즐길 수 없을 것이다. 오인이 폭력을 휘두르는 것은 그들에게 실력이 있어서가 아니라 우리가 그들에게 복종하기 때문인데 나는 노인 문제에 대해 더 얘기 나누고 싶으니 이곳으로 와다오. 양아버님께서 내가 깨울 때까지 푹 잠들어 계신다면 너는 아버님 수입의 절반을 영원히 차지하고 형 에드거의 사랑도 받으며 살아갈 수 있을 것이다.

에드거로부터.

으음, 음모로구나. '아버님께서 내가 깨울 때까지 푹 잠들어 계신다면 너는 아버님 수입의 절반을 영원히 차지하고…' 내 아들 에드거 녀석이 이런 편지를 자기 손으로 썼을까? 그 녀석이 이런 생각을 품을 만한 심장과 두뇌가 있는가? 언제 이 편지를 받았느냐? 누가 갖고 왔더냐?

[에드먼드] 누가 들고 온 게 아닙니다. 참 희한한 일도 다 있지요. 제 방 창문 앞에 던져져 있었습니다.

[글로스터] 분명히 네 형 글씨체지?

[에드먼드] 편지 내용이 좋다면 형님 글씨체라고 단언하고 싶지만 그렇지 않으니 형님 글씨체라고 말하고 싶지 않습니다.

[글로스터] 네 형 글씨체다.

[에드먼드] 네. 형님 글씨체이지만 형님의 본심은 그렇지 않을 겁니다.

[글로스터] 이놈이 전에 이런 일로 네 마음을 떠본 적이 있느냐?

[에드먼드] 없습니다. 하지만 형님은 가끔 이런 말씀을 하셨습니다. 아들이 장성하면 노쇠한 아버지는 자식의 보호를 받고 자식은 아버지의 수입 일체를 차지하는 게 당연하다고요.

[글로스터] 오, 악당! 이 편지의 내용도 똑같다. 아비의 정도 모르는 흉악한 짐승 같은 놈! 아니, 짐승보다 못한 놈이야. 가서 그놈을 찾아오너라! 그놈을 체포해야겠다. 그놈은 어디 있느냐?

[에드먼드] 잘 모르겠습니다. 형님에 대한 노여움을 참으시고 음모의 증거를 잡을 때까지 기다리시는 게 좋을 것 같습니다. 형님의 뜻을 오해하고 과격한 행동을 하신다면 아버님의 명예를 더럽히고 형님의 효심도 짓밟게 될지 모릅니다. 형님을 위해 목숨 걸고 말씀드리는데 형님은 아버님에 대한 제 애정을 시험하기 위해 이 편지를 쓰신 게 틀림없습니다. 어떤 위험한 의도가 있었던 것은 절대로 아닐 겁니다.

[글로스터] 그렇게 생각하느냐?

[에드먼드] 아버님이 형님을 그렇게 의심하신다면 제 형제가 이 일을 의논하는 것을 엿들을 수 있는 곳으로 안내하겠습니다. 그곳에 숨어 아버님 귀로 사실을 들어보시고 확인하시면 어떻겠습니까? 오늘 밤 가보시지요?

[글로스터] 에드거가 이럴 수가….

[에드먼드] 물론이지요. 그러니 확인하셔야지요.

[글로스터] 어서 에드먼드라는 놈을 찾아내라. 그놈의 진심을 알아내 내게 알려다오.

[에드먼드] 곧 찾아보겠습니다. 그리고 진상을 캐내는 대로 아버님께 알려드리겠습니다.

[글로스터] 최근 있었던 일식, 월식 등이 모두 우리에게 불길한 징조다. 천지의 법칙을 아는 이는 이 현상의 이유를 설명해주지만 천재지변 이후의 결과는 늘 인심을 들뜨게 만드는 법이다. 사랑은 식고 우정은 퇴색해 형제는 서로 반목하고 문안에서는 반란이 일어나고 시골에서는 반목하고 군중에서는 모반이 생기고 부자간 유대도 끊긴다. 의리 없는 내 아들놈에게도 이 예언은 적중하지 않았느냐? 아들은 아버지에게 등을 돌리고 왕은 천성에 어긋나는 행동을 하고 아들과 반목하니 이 세상 꼴이 말세로다. 음모, 경박, 반역, 파멸의 근원인 소동 등이 우리 뒤를 끈질기게 따라와 우리를 무덤까지 몰아세운다. 에드먼드, 그 나쁜 놈을 찾아오너라. 네게는 조금도 해를 끼치지 않겠다. 조심해서 해라. 진실하고 고결한 켄트가 정직하다는 죄목 때문에 쫓겨난 것을 잊지 말라.

(글로스터 퇴장)

[에드먼드] 참 우습다. 자신의 재난을 태양, 달, 별 탓으로 돌리다니. 우리가 어쩔 수 없이 악당이 되고 신으로부터 강요당해 바보가 되고 특별한 별의 세력 때문에 악한과 도적과 반역자가 되고 떠돌이별의 영향력에 억지로 복종한 탓으로 주정뱅이, 거짓말쟁이, 간부가 되고 신통력에 눌려 여러 불한당이 생기는 것이다. 음탕한 인간이 자신의 음탕한 성격을 선바위에 올려놓고 모든 것이 별 때문이라고, 우리 아버지와 어머니가 대룡성 꼬리 밑에서 서로 친하게

지내 내가 대웅성 아래에서 태어나 내 성격이 거칠고 음탕한 것은 그 때문이라는 것이다. 그러나 이 사생아가 태어날 때 하늘에서 가장 밝은 별이 빛나고 있었더라도 나는 지금과 전혀 다르지 않았을 것이다. 아, 에드거 형님이다.

(에드거 등장)

[에드먼드] 때마침 잘 나타나는군. 옛 희극의 결말 같구나. 내 역할은 화가 나 울적한 표정을 짓는 것이다. 미친 시늉을 하면 연상 한숨을 푹푹 내쉬는 것부터 시작해야지. 파, 솔, 라, 미.

[에드거] 에드먼드! 인상을 찌푸리고 뭘 그리 생각하고 있느냐?

[에드먼드] 최근의 일식, 월식에 이어 어떤 일이 일어날지 생각하고 있어요.

[에드거] 너, 요즘 그런 일에 몰두하고 있느냐?

[에드먼드] 거기 적힌 결과가 심상찮아요. 자식과 부모 간 불화, 오래된 우정의 단교, 국왕과 귀족에 대한 중상모략, 근거 없는 의심, 친구의 추방, 부부의 이혼, 기타 여러 가지 흉사가 잇따르고 있잖아요?

[에드거] 너, 언제부터 그런 점성술을 공부했느냐?

[에드먼드] 그건 그렇다고 치고 최근 아버님을 언제 만나셨습니까?

[에드거] 어제 밤이었어.

[에드먼드] 얘기를 나누셨나요?

[에드거] 2시간 동안.

[에드먼드] 기분 좋게 헤어졌습니까? 아버님 말씀에 안색이 불편하신 기색은 없었나요?

[에드거] 없었어.

[에드먼드] 혹시 아버님 비위를 건드렸는지 잘 생각해 보세요. 지금은 맞서지 않는 게 좋을 거예요. 시간이 지나 아버님의 노여움이 수그러들 때까지. 지금 머리끝까지 화가 치밀어 있어요. 아버님이 그렇게 화내시는 건 정말 처음

에드먼드
글로스터 백작의 서자인 에드먼드는 충분한 능력에도 서자라는 이유로 적자보다
차별받는 데 불만을 품고 음모를 꾸며 적자인 형 에드거를 죽이려고 한다.

뵙습니다. 형님을 죽일지도 모릅니다. 지금 같으면 아버님의 분노가 사그라질 것 같지 않습니다.

[에드거] 누군가가 나를 모함했구나.

[에드먼드] 제 걱정이 바로 그겁니다. 아버님의 노여움이 가라앉을 때까지 꾹 참고 있는 거예요. 우선 제 방에 가 계세요. 그럼 아버님이 말씀하시는 것을 형님이 직접 듣게 해드리겠습니다. 자, 가십시다. 열쇠는 여기 있습니다. 그리고 외출하실 때는 무기를 잊지 마세요.

[에드거] 무기를 갖고 다니라고?

[에드먼드] 형님! 무장하시고 외출하세요. 형님에게 호의를 가진 사람이 한 명이라도 있다면 제가 거짓말쟁이가 되는 거지요. 저는 대략 말했을 뿐입니다. 다 말한 건 아닙니다. 자, 가십시다.

[에드거] 곧 사정을 알려주겠느냐?

[에드먼드] 이번 일은 제가 힘이 되어드리겠습니다.

(에드거 퇴장)

[에드먼드] 남을 잘 믿는 아버님과 고상한 성격을 타고난 형님은 천성이 남을 해칠 줄 모른다. 남을 의심할 줄도 모른다. 결말이 눈에 보이는구나. 혈통으로 영토를 얻지 못한다면 피를 짜서라도 영토를 차지해야 한다. 목적을 위해서라면 수단과 방법을 가릴 수 없지.

(에드먼드 퇴장)

1막 2장 분석

에드먼드의 사색은 그의 불행을 암시한다. 에드먼드는 똑같이 사랑받는 형제가 각자 아버지의 유산을 똑같이 나눠 받아야 한다고 생각한다. 그러나 현행법에는 평등이 없으며 에드먼드의 이상은 현실이 아니다. 에드먼드는 그가 형제만큼 왜 존경받지 못하는 이유를 묻는다.

에드먼드는 국가와 사회의 법을 거부하고 그가 훨씬 실용적이고 유용하다고 생각하는 법, 즉 우월한 교활함과 힘의 법을 선호한다. 자신이 원하는 것을 잡으려는 에드먼드의 의지는 계급이 정의인 사회에서 엘리자베스 시대의 청중에게 친숙한 자연법칙은 아니지만 자연법칙을 불러일으킨다. 그 대신 에드먼드는 인간의 도덕성과 일반적인 품위에 근거하지 않은 동물적 본성인 적자생존을 지지한다. 에드먼드는 태어날 자격이 없더라도 재치로 마땅히 받아야 할 것을 취할 거라고 말한다. 이 결의는 에드거가 그의 오프닝 독백에서 다루는 성격에 대한 모욕이다. 자연의 힘을 과소평가하는 것도 에드먼드의 몰락에 결정적 역할을 할 것이다.

에드먼드는 양심불량의 악당으로 보이며 이기적으로 자신의 필요를 확보하기 위해 내몰린다. 그럼에도 에드먼드는 그와 가장 자주 비교되는 셰익스피어의 또 다른 악당 이야고의 악의가 부족하다. 『오델로』에서 이야고는 그의 제안된 동기 중 어느 것도 면밀한 조사를 견딜 수 없어 명확한 이유 없이 행동한다.

글로스터가 에드먼드의 친자 관계를 무시하는 무심한 태도는 에드먼드와 에드거의 사이를 더 벌려놓는다. 에드거가 아버지의 이름, 직함, 재산에 대한 권리가 있는 반면, 에드먼드는 그의 잉태에 수반되는 거친 농담 외에는 아무것도 받을 자격이 없다. 에드먼드는 자신의 출생과 미래에 대한 불안한 차별적 신분에 분개해 아버지의 생각 없는 말에서 글로스터를 파괴할 명분을 찾는다. 그에게 복수를 계획하면서 에드먼드는 복수에 대한 열망의 대부분이 글로스터의 말에 대한 감정적 반응임에도 자신이 합당한 상대임을 밝힌다.

셰익스피어의 『오델로』에서 이야고는 자신의 행동을 게임 삼아 주변 사람들보다 지적으로 우월하다는 것을 증명한다. 반면, 에드먼드는 진지하고 이성적으로 자신의 상황에 반응하지만 그의 행동은 게임을 만들 필요성에서 비롯된 것이 결코 아니다.

이 장면에서 언어는 특히 주목할 만하다. 셰익스피어는 보는 것에 대해 많은 이야기를 엮지만 글로스터는 연극 후반 눈이 멀 때까지 진정으로 못한다. 글로스터는 에드먼드의 편지에 중요한 내용이 없다면 "나는 안경이 필요하지 않을 것이다."라고 말한다. 그러나 안경을 써도 에드먼드가 자신을 속이고 있다는 것을 물론 알 수 없다. '보자, 보자!'라고 외친 후 그는 자신이 읽은 내용에서 부정직하게 인식할 수 없고 에드먼드가 거짓말하고 있다는 것을 볼 수 없음을 보여준다. 에드먼드의 동기를 착각하면서 글로스터는 이미 주변에서 벌어지는 사악한 사건에 눈이 멀었다.

에드먼드는 위조된 편지에서 노인들이 물러나고 더 젊은 사람들에게 통제권을 주어야 한다고 주장함으로써 아버지의 나이를 비난한다. 글로스터는 아들들이 유산을 받지 못하도록 통제력을 유지하려는 늙은 폭군으로 언급된다.

1막 2장에서 우리는 고너릴과 리건이 리어의 행동을 노인의 행동으로 일축하고 주변의 행동을 해독하거나 이해할 수 없음을 상기시킨다. 그리고 리어가 죄 없는 코델리아를 정죄했듯이 글로스터는 이제 거짓 편지에 대해 전혀 모르는 무고한 에드거를 정죄한다.

글로스터는 태양과 달이 현재 사건에서 중요한 역할을 한다고 주장한다. 글로스터는 별들에게 힘을 실어줘 자신의 행동에 대한 책임을 면제한다. 점성술의 징후에 의존하면 에드거가 아버지를 배신할 수 있다는 사실을 더 쉽게 받아들일 수 있다.

에드먼드는 에드거를 쉽게 속이지만 이것은 점성술의 징후에 대한 잘못된 의존 때문이 아니다. 에드거의 타고난 정직성과 존엄성은 에드먼드의 이중성을 쉽게 받아들이고 에드먼드의 거짓말에 대한 의문을 제기하지 않는다. 에드거는 에드먼드가 형에게 거짓말하지 않기 때문에 형이 자신에게 거짓말할 거라고 상상할 수 없다. 에드먼드는 에드거가 사랑하는 아버지에 맞서 무장해야 한다고 쉽게 설득한다.

이중 음모는 이 연극에서 중요한 문학적 장치다. 완벽히 얽혀 있지만 평행한 교훈을 제공하는 두 개의 플롯을 통해 셰익스피어는 인간의 법이 자연법보다 우선시될 때 발생하는 비극적 결과를 보여줄 수 있다. 결국 글로스터와 리어는 이 같은 기본 교리를 위배했다는 것을 깨달았을 때 자연법의 중요성을 깨닫고 마침내 둘 다 자녀가 배신한 이유의 답을 찾기 위해 자연으로 시선을 돌린다. 그들의 상대인 에드먼드, 고너릴, 리건, 콘월은 자연법을 위반하는 악을 대표한다.

이중 플롯은 두 가지 플롯의 필수적인 측면으로 자연법칙을 강조하는 중요한 기능을 수행한다. 그런 다음 셰익스피어는 두 가지 플롯을 사용해 도덕사회에서 자연법에 대한 인정이 얼마나 필수적인지를 지적한다. 두 가지 플롯 모두에서 자연법의 부재는 파괴적이며 궁극적으로 선한 사람들조차 코델리아나 다른 선한 인물을 악과 폭정의 파괴로부터 구하기 위해 행동할 수 없다.

KING LEAR

1막 3장

Act I , Scene III

"아버님의 기사들에게도 냉정히 대하세요. 결과가 어떻든 상관할 것 없어."
_고너릴이 오스왈드에게

● **알바니 공작 저택의 어느 방**

(고너릴과 그녀의 집사 오스왈드 등장)

[고너릴] 바보! 광대를 나무랐다고 아버지께서 우리 기사를 때리셨다는 말이오?

[오스왈드] 그렇습니다.

[고너릴] 밤낮으로 나를 괴롭히시는군. 시시때때로 이래저래 온통 집안이 싸움판이 되어가는군. 더 이상 참을 수 없어요. 아버님의 기사들은 점점 난폭해지고 아버님은 아무것도 아닌 일로 우리를 야단치시니 사냥에서 돌아오셔도 나는 인사드리지 않겠다. 내 몸이 편치 않다고 전하세요. 자네도 이제 고분고분 굴지 않아도 좋아. 모든 책임은 내가 질 테니.

[오스왈드] 지금 돌아오시는 모양입니다.

(안에서 뿔나팔 소리가 들린다.)

[고너릴] 멋대로 게으름을 피우면서 진력이 나 못 견디는 척해. 당신과 당신

동료들이 모두 왜 그 모양이 되었냐고 물으시도록 유도하라는 말이야. 싫으시면 동생한테나 가라고 하지. 하지만 동생이나 나나 짓눌려 살 수는 없다는 데 동감해 일단 양도한 권력을 마음대로 휘두르겠다니 이런 망령도 없지! 정말 늙은이들은 어린애가 되는 것 같아. 비위 맞추는 일이 악용되고 있으니 비위만 맞추지 말고 나무랄 때는 호된 맛을 보여드려야 해. 내 말을 잘 기억해둬요.

[오스왈드] 잘 알겠습니다.

[고너릴] 아버님의 기사들에게도 냉정히 대하세요. 결과가 어떻든 상관할 것 없어. 네 동료에게도 그렇게 일러. 무슨 일이 일어나든 좋아. 무슨 일이 일어나면 그걸 트집 잡아 하고 싶은 말을 다 할 수 있거든. 동생에게 곧 편지를 보내 나와 함께 행동하도록 해야겠다. 저녁 식사를 준비하라.

(둘 퇴장)

1막 3장 분석

고너릴은 1장 끝에서 아버지가 성가신 것으로 판명되면 그에 따라 아버지를 처리하겠다고 약속한다. 3장에서 고너릴은 왕과 측근의 요구에 응답하기를 거부함으로써 그렇게 한다. 그녀는 지금 총을 쏘고 있으며 리어는 두 번 다시 통제력을 되찾지 못할 것이다. 그는 자신을 왕으로 여길지 모르지만 고너릴은 그를 회피하는 늙은 바보, 그녀가 '게으른 노인'이라고 부르는 사람으로 본다. 고너릴은 왕국의 절반을 장악하기 위해 공언한 사랑과 숭배가 아니라 아버지를 특별한 잔인함과 냉대로 대한다.

이 장면에서 후반부 4장에서와 마찬가지로 고너릴은 그녀의 진정한 성격을 드러낸다. 그녀는 딸이 아버지를 존경하도록 요구하는 자연의 위계를 무시하고 아버지에게 불효하기를 결심한다. 고너릴의 변호에서 리어는 가난한 손님이다. 고너릴은 그의 기사들이 폭동을 일으키고 리어가 끊임없이 불평한다고 항의한다. 그녀의 청지기 오스왈드에게 자신을 덜 수용하도록 지시함으로써 그녀는 제멋대로인 손님을 처벌하고 있다. 이 시점에서 아버지와 딸 모두 잘못이 약간 있지만 고너릴은 아버지에 대한 그녀의 사랑이 나쁜 행동의 증거를 넘어 확장된다고 믿도록 만들었기 때문에 궁극적으로 그녀는 이전에 리어의 행동을 허용한 데 책임이 있다.

고너릴은 왕에게 무례하게 대할 수 있는 권한을 오스왈드에게 주기 때문에 청지기의 지위가 단순히 하인의 지위가 아님이 분명하다. 장면은 평범한 하인에게 기대하지 않는 행동인 오스왈드의 왕의 바보에 대한 고너릴의 언급으로 시작된다. 청지기는 분명히 집안을 운영하며 다른 종들에게 상당한 권한을 행사한다. 그럼에도 고너릴은 오스왈드가 자신의 권위에 따라 행동하기를 바란다고 밝힌다. 그녀는 그의 행동으로 인한 모든 문제에 답할 것이다.

또한, 주목할 것은 사냥 뿔 소리가 멀리서 들리듯이 리어가 사냥하고 있다는 사실이다. 왕은 고너릴이 말했듯이 노인일지 모르지만 그는 병약하지 않다. 그녀가 그를 비난하는 것처럼 그는 게으르지도 않다. 리어는 어린 시절만큼 정신적으로 기민하진 않더라도 분명히 좋은 신체 상태를 유지하고 있다.

1막 4장

Act I , Scene IV

"후회는 빠를수록 좋다."
_리어

● 알바니 공작 저택의 큰방

(켄트 백작이 변장하고 등장)

[켄트] 다른 사람 목소리를 흉내내 내 말투를 감출 수만 있다면 변장해 내 뜻을 이룰 수 있을 텐데. 오, 쫓겨난 켄트여! 그분에게서 벌을 받으면서도 그분에게 봉사하면 언젠가는 그분도 네가 충실한 부하임을 알게 될 것이다.

(뿔나팔 소리. 리어왕이 많은 기사와 시종들을 거느리고 등장)

[리어] 곧 저녁식사를 하겠다. 곧 식사 준비를 하라. 너는 누구냐?

[켄트] 단지 한 사나이올시다.

[리어] 뭐하는 사람이냐? 내게 무슨 용무가 있느냐?

[켄트] 보시다시피 한 남자입니다. 저를 믿어주시는 분께는 정성을 다해 봉사하고 정직한 분을 섬기고 하늘의 심판을 두려워하고 부득이하면 싸우기도 합니다. 그리고 순수한 잉글랜드인입니다.

[리어] 도대체 너는 누구냐?

[켄트] 매우 정직한 사람이지만 국왕처럼 가난합니다.

[리어] 자네가 신하의 몸으로 가난한 것이 국왕으로서 가난한 것과 똑같다면 자네는 정말 가난한 몸이로구나. 무슨 일로 왔느냐?

[켄트] 섬기고 싶습니다.

[리어] 누구를?

[켄트] 당신을 섬기고 싶습니다.

[리어] 나를 아는가?

[켄트] 모릅니다. 그러나 당신의 얼굴에 주인어른이라고 부르고 싶은 데가 있습니다.

[리어] 그것이 무엇인가?

[켄트] 위엄입니다.

[리어] 어떤 일을 할 수 있는가?

[켄트] 충실히 비밀을 지킬 수 있습니다. 말을 타고 달려 심부름하지요. 보통 인간이 할 수 있는 거라면 뭐든지 합니다. 제 최대 장점은 성실입니다.

[리어] 나이는 몇이냐?

[켄트] 노래를 잘한다고 해서 그 여자를 사랑할 풋내기도 아니고 무작정 여자에게 반할 만큼 나이 든 늙은이도 아닙니다. 48살을 넘겼습니다.

[리어] 따라오너라. 하인으로 써주마. 후에도 계속 내 마음에 들면 내 곁에 두겠다. 저녁식사를 가져와라. 저녁식사! 시종은 어디 갔느냐? 내 광대는 어디 갔어? 가서 내 광대를 불러오너라. 여봐라! 내 딸은 어디 있느냐?

(시종 퇴장, 오스왈드 등장)

[오스왈드] 황송합니다만.

(오스왈드 퇴장)

[리어] 저 녀석이 뭐라고 했지? 저 녀석을 불러오너라. 내 광대는 어디 있느냐? 온 세상이 잠든 것 같구나. 어떻게 되었느냐? 그 들개 같은 녀석은 어디 갔느냐?

(기사 등장)

[기사] 그놈이 공작부인께서 편찮으시답니다.

[리어] 내가 오라고 했는데 그 녀석은 왜 안 왔느냐?

[기사] 바빠서 올 틈이 없답니다.

[리어] 뭐라고? 바빠서 못 온다고?

[기사] 사정을 알 수는 없지만 폐하를 대하는 태도가 이전 같지 않습니다. 공작님 댁 하인들, 공작 자신, 공주님 모두 말입니다.

[리어] 아니, 뭐가 어째?

[기사] 폐하! 말씀이 틀렸다면 용서해 주십시오.

[리어] 네 말을 듣고 보니 나도 생각나는 게 있다. 그래도 저들이 불경한 마음을 품고 일부러 그러리라곤 생각하지 않았다. 더 두고 보자. 내 광대는 어디 있느냐? 이틀 동안 코빼기도 안 보이니.

[기사] 막내 따님이 프랑스로 떠나신 후로 광대는 몹시 풀이 죽었습니다.

[리어] (시종을 보고) 가서 내 딸에게 내가 할 말이 있다고 전하라. 너는 가서 내 바보 광대를 불러오너라. 아, 여보! 이리 좀 오시오. 내가 누군지 아시오?

(시종 퇴장, 오스왈드 다시 등장)

[오스왈드] 주인 아씨의 아버지시지요.

[리어] 주인 아씨의 아버지라고? 이 노예 같은 놈아!

[오스왈드] 실례하지만 저는 그런 사람이 아닙니다.

[리어] 이놈이 나를 노려보네. 이 악당 놈!

리어 왕을 놀리는 광대
출신을 알 수 없는 광대가 나타나 리어 왕의 잘못된 행동에 놀리는 장면이다.

(오스왈드를 때린다.)

[오스왈드] 왜 때려요? 내가 맞고 가만히 있을 줄 아세요?

[켄트] (딴죽을 걸며) 이 버르장머리 없는 놈!

[리어] 잘했다. 신세를 잊지 않겠다.

[켄트] (오스왈드에게) 이 자식! 일어나! 상하 구별을 따끔히 가르쳐주마! 네 몸 둥이로 다시 땅을 재고 싶지 않거든 어서 꺼져라!

(오스왈드를 떠민다.)

[리어] 자네는 말이 통하는군. (약간의 돈을 주며) 내 급료를 선불로 주겠다.

(광대 등장)

[광대] 나는 이 광대 모자를 주지.

(켄트에게 모자를 준다.)

[리어] 이놈아! 어찌 된 거냐?

[광대] 당신은 광대 모자를 쓰는 게 좋을 거야.

[켄트] 왜?

[광대] 왜냐고? 인기 없는 사람 편을 드니까. 바람 부는 대로 웃고 지나지 않으면 곧 감기에 걸려요. 자, 이 광대 모자를 받아. (리어를 향해) 아니, 이 사람은 셋째 딸을 내쫓고 마음에도 없는 축복을 주었어. 이런 사람 밑에 있으려면 이 모자를 써야 해! (리어에게) 어때요? 아저씨! 나는 광대 모자 두 개와 딸두 명만 있으면 좋겠어요.

[리어] 이놈아!

[광대] 재산은 딸들에게 몽땅 내줘도 광대 모자는 내가 가질 수 있으니까요.

[리어] 말조심해! 매 맞는다.

[광대] 진실은 개니까 개집 속으로 쫓겨간 강아지지요. 마님이라는 사냥개가 화덕가에 서서 냄새를 풍기면 이 진리의 개는 매를 맞고 개집에서 쫓겨

나니까요.

[리어] 아픈 데를 찌르는구나.

[광대] (켄트에게) 제가 연설을 가르쳐 드릴까요?

[리어] 그래라.

[광대] 잘 들어보세요, 아저씨! 가진 것을 다 보여주지 말고 아는 것을 다 말하지 말라. 가진 것 이상으로 꿔주지 말고 뚜벅뚜벅 걷지 말고 말을 타거라. 아는 것보다 많이 배우고 내기를 걸었다면 바라지 말고 술과 계집은 다 버리고 집에 들어앉으면 두 마리의 일개가 20마리보다 많으리라.

[켄트] 부질없는 소리구나, 이 바보야.

[광대] 그렇다면 무료변호사의 변론 같구먼. (리어에게) 아저씨는 쓸데없는 것은 아무 데도 못씁니까?

[리어] 못쓰고말고. 네가 아무리 험담해도 소용없는 것에서는 아무것도 생기지 않아.

[광대] (켄트에게) 제발 저분께 '당신의 소작료도 그 꼴이 되었소.'라고 말해줘. 광대 말은 도무지 믿지 않으시니까요.

[리어] 입버릇 나쁜 바보 광대구나!

[광대] 입버릇 나쁜 광대와 입버릇 좋은 광대의 차이를 아시나요?

[리어] 모른다. 가르쳐다오.

[광대] 땅을 양도하라고 권고한 그자를 데려와 당신이 그자 역할을 대신하세요. 입버릇 나쁜 바보 광대와 입버릇 좋은 바보 광대가 곧 드러날 테니. 아롱무늬 옷을 입은 사람은 여기 있고 다른 한 명은 저쪽에 있어요.

[리어] 이놈이 나를 바보 취급하는구나.

[광대] 글쎄요. 태어날 때 받은 모든 직함은 몽땅 양도하셨으니까요. 훌륭하신 귀족이나 혼자 바보 노릇하게 내버려두진 않습니다. 혼자 광대의 전매특허를 가지려고 해도 그들이 몰려와 한몫 끼겠다고 야단치며 나 혼자 바보 광

대 노릇하도록 내버려두진 않는다는 말씀이에요. 아저씨! 달걀 하나만 주세요. 관 두 개를 드릴 테니.

[리어] 관 두 개를 준다고?

[광대] 네. 달걀 한가운데를 두 토막내 가운데 노른자위를 먹어치우면 달걀 관두 개가 생기지요. 당신은 관을 두 토막내 그걸 남에게 다 주고 나서 당나귀를 둘러메고 진흙탕 길을 걸어갔지요. 황금 관을 양도했을 때 당신 대머리 골통속에는 남은 지혜가 별로 없었지요. 말이 바보 같더라도 누구든 이 사실을 맨먼저 안 사람은 매를 맞아야 해. (노래한다.) 금년은 바보가 손해보는 해. 지혜로운 사람이 바보가 되어 지혜를 쓰는 법도 잊어 그들의 태도가 이상해졌네.

[리어] 그런 노래를 언제 배웠느냐?

[광대] 아저씨께서 딸들에게 어머니 노릇을 시킬 때부터 노래를 배웠지요. 그때 당신은 딸들에게 회초리를 줬으니까요. (노래한다.) 별안간 그들은 기뻐서울고 나는 별안간 슬퍼서 노래했네. 술래잡기 놀이하는 임금님은 바보들 사이에 끼어 지내네. 아저씨! 선생님을 둬 광대에게 거짓말을 가르치세요. 거짓말을 배우고 싶어요.

[리어] 거짓말하면 회초리로 매질하겠다.

[광대] 당신과 따님들은 집안 식구시지요? 딸들은 내가 참말을 한다고 매질해요. 당신은 거짓말한다고 또 매질한다지요? 게다가 저는 입을 꼭 다물어서 매질 당할 때가 있어요. 광대는 정말 되고 싶지 않아. 하지만 아저씨처럼 되기도 싫어. 아저씨는 지혜의 껍질을 양쪽 끝에서 벗겨 가운데 아무것도 남은게 없어요. 보세요. 저기 달걀껍질 반쪽이 오고 있어요.

(고너릴 등장)

[리어] 고너릴! 어찌 된 일이냐? 요즘 왜 그리 이맛살을 계속 찌푸리느냐?

[광대] 딸이 이맛살을 찌푸리는 데 신경 쓸 필요가 없었을 때 당신은 상팔자

였지요. 지금 당신의 몰골은 숫자 없는 영(零)의 신세예요. (고너릴에게) 당신이 아무 말씀 안 하셔도 나는 당신의 안색만으로도 금방 알 수 있지요. 음… 만사에 지쳐 빵 껍질과 빵 고물은 싫다고 해도 먹지 않곤 못 견디리. (리어를 가리키며) 저 작자는 알맹이 빠진 콩껍데기야.

[고너릴] 아버님! 닥치는 대로 아무 짓이나 하는 이 바보 광대뿐만 아니라 오만불손한 아버님의 수행기사들까지 틈만 나면 명분을 만들어 싸워 망측해 견딜 수 없습니다. 그래서 아버님께 이 말씀을 드려 이 같은 폐단을 결말지을 생각이었지만 아버님의 최근 언행을 보니 이 같은 난폭한 행동들을 오히려 원조하고 장려하시는 것 같아 그저 두려울 뿐입니다. 아버님이 장려하시는 일이라면 이 같은 과실에 대한 뭇사람들의 비난을 피할 수 없고 저희도 이 일을 모른 척할 수는 없습니다. 나라 안 생활을 건전하게 하고 싶은 간절한 소망으로 취하는 이 수단이 어쩌면 아버님의 기분을 상하게 할지도 모릅니다. 기분 상하시더라도 다른 경우라면 제게 욕되는 일이겠지만 이번만큼은 어쩔 수 없어 남들도 저희의 처사를 당연한 것으로 인정해줄 겁니다.

[광대] 아저씨는 이 노래를 아시지요. 바위 종다리가 오랫동안 뻐꾸기를 먹여 주었더니 그 새끼가 바위 종다리 목을 갈라버렸네. 그래서 촛불이 꺼지자 우리는 어둠 속에 빠졌지요.

[리어] 너는 내 딸이냐?

[고너릴] 아버님께서는 현명하시니 그 지혜를 활용해 주세요. 요즘 그 정도를 벗어나 그 망령 끼를 버려주세요.

[리어] 이곳에 있는 너희 중에서 나를 아는 자가 있느냐? 나는 리어가 아니다. 리어가 이렇게 걷고 말하고 눈은 어디 있지? 생각이 둔해지고 판단력을 잃고 아, 나는 깨어 있는 것인가, 깨어 있지 않은 것인가. 내가 누군지 말해줄 사람 없느냐?

[광대] 리어의 그림자지요.

[리어] 그걸 알고 싶다. 내가 국왕이었고 지력도 이성도 있었다는 표시가 있는 한 내게 딸들이 있었다고 잘못 판단하기도 쉬운 일이기 때문이다.

[광대] 딸들이 당신을 온순한 아버지로 만들 작정이래요.

[리어] 귀부인! 당신 이름은 뭔가요?

[고너릴] 그렇게 놀란 척하시는 것도 요즘 아버님이 자주 나타내시는 망령과 같은 성질의 것입니다. 제 의도를 올바로 알아주세요. 아버님께서는 늙고 존경받아야 할 몸. 현명하셔야 합니다. 아버님께서는 100명의 기사와 시종을 거느리고 계십니다. 사실 그 기사들은 난폭하고 방탕하고 무례하지요. 이 저택은 그들의 나쁜 행동에 물들어 난잡한 하숙집처럼 보일 뿐만 아니라 주색에 물든 사람들 때문에 이 훌륭한 저택이 술집이나 창녀들의 집처럼 되고 말았습니다. 이 같은 불명예를 즉시 바로잡으시는 게 좋을 듯합니다. 아버님의 수행원 수를 조금 줄여주십시오. 줄이지 않으시겠다면 저희 마음대로 줄이겠습니다. 그리고 나머지 시종들도 아버님의 노령에 적합해야 하고 아버님의 처지와 자신의 신분을 잘 아는 자여야 합니다.

[리어] 이 세상이 캄캄한 한밤중이 되었구나. 말 안장을 달라. 시종들을 다 불러라. 더 이상 네 신세를 지지 않겠다. 내게는 또 한 명의 딸이 있다.

[고너릴] 아버님은 저희 시종들을 때리고 난폭한 시종들은 자기 윗사람을 하인 취급합니다.

(알바니 등장)

[리어] 후회는 빠를수록 좋다. (알바니에게) 아, 공작이 왔군. 이것이 자네 뜻인가? 말해보라. (시종에게) 내 말을 준비하라. 배은망덕, 마음이 화석처럼 굳은 악마, 네가 어린아이 모습으로 나타날 때는 바다의 괴물보다 무섭구나.

[알바니] 제발 참으세요.

[리어] (고너릴에게) 흉악한 년! 거짓말하지 마라. 내 시종들은 고르고 고른 우

수한 기사들이다. 자신들의 의무를 어느 시종보다 잘 알고 있다. 자신의 명예를 무엇보다 중시하는 사람들이다. 오, 지극히 작은 허물이여! 어째서 그 결정이 코델리아 속에서 추악하게만 나타났느냐? 그 작은 결함이 내 마음으로부터 사랑의 심정을 뽑아내고 가혹한 마음만 덧붙여 주는구나. 오, 리어, 리어여! 어리석음을 불러들이고 소중한 판단력을 쫓아낸 머리를 때려 부숴라! (자기 머리를 때린다.) 자, 가자! 시종들이여.

[알바니] 왜 화가 나셨는지 도무지 모르겠습니다.

[리어] 그럴지도 모르지. 들어라, 자연이여! 들어라, 자연의 신이여! 이년의 몸에 자손을 허락하려는 뜻이 있다면 그 행동을 중지하라! 저년 배때기 속에 아기를 갖지 못하게 만들어라. 저년에게 자손번영의 길을 끊고 저년의 타락한 육체에서 그녀를 명예롭게 해줄 아이를 낳지 못하게 하라! 아이를 낳는다면 증오의 씨로 낳게 해 그 자식이 살아 저년에게 가혹한 불효의 아픔을 주게 하라. 그 자식 때문에 저년의 이마에 주름이 잡히게 해주고 흐르는 눈물로 뺨에 골이 파이고 어미의 모든 수고와 사랑이 조소와 멸시를 받게 하라. 그리하여 부모의 은혜를 모르는 자식을 두는 것이 독사 이빨에 물리는 것보다 고통스럽다는 것을 저년이 깨닫게 해다오. 자, 가자!

(퇴장)

[알바니] 도대체 어찌 된 영문이오?

[고너릴] 마음대로 실컷 떠들게 놔두세요. 망령 부리시는 거예요.

(리어 다시 등장)

[리어] 아, 부끄러운 일이다. 너 같은 년 때문에 눈물을 흘리다니. 늙은 눈이여! 어리석은 눈이여! 이런 일로 다시 눈물 흘린다면 네 눈동자를 도려내 흐르는 눈물과 함께 내던져 버리겠다.

[고너릴] 여보시오, 오스왈드! (광대에게) 바보라기보다 악당에 가까운 이 사람아! 주인 뒤를 따라가야지.

[광대] 리어 아저씨, 리어 아저씨! 기다리세요. 바보 광대를 데려가 주세요. 여우 한 마리를 잡는다면, 그 따위를 잡는다면 도살장 행은 정해진 이치. 그러나 이 모자를 팔아 목을 매는 밧줄을 살 수 있다면 바보 광대는 뒤를 쫓아가야지요.

(퇴장)

[고너릴] 아버님에게 좋은 충고를 드렸어요. 거기 오스왈드 없느냐?

[알바니] 당신이 좀 지나친 것 같소.

[고너릴] 당신이 하는 것보단 안전하지요. 걱정거리를 없애는 게 늘 겁에 질려 떠는 것보다 낫지요. 아버님 속마음을 알아요. 아버님께서 하신 말씀을 동생에게 편지로 써 아버님의 망령을 말하겠어요. 여동생이 노인과 부하 100명을 부양한다면. 어떻게 되었어? 오스왈드! 동생에게 보낼 편지는 다 되었나?

(오스왈드 다시 등장)

[오스왈드] 네, 다 썼습니다.

[고너릴] 수행원 몇 명을 데리고 곧 말을 타고 출발해요. 내가 특히 걱정한다는 걸 동생에게 모두 말해요. 그리고 애가 여기서 보고 겪은 걸 다 말해줘. 자, 곧 떠나요. 그리고 속히 돌아와요.

(오스왈드 퇴장)

[고너릴] 안 돼요, 안 돼! 당신의 이 젖비린내 나는 온건한 태도를 비난하고 싶지 않아요. 미안한 말씀이지만 당신의 친절은 오히려 폐단이 많아 그것을 칭찬한다기보다 지능이 없다고 비웃고 있어요.

리어와 고너릴
리어 왕이 첫 째딸 고너릴을 보러 왔다가 냉대를 받는 장면이다.

[알바니] 당신 눈이 사태를 얼마나 잘 보고 있는지 알 수 없지만 잘하려고 하다가 일을 망친 적이 한두 번이 아니었소.
[고너릴] 아니, 그게 무슨 소리인가요?
[알바니] 좋소, 좋아. 결과를 두고 봅시다.
(둘 퇴장)

▌1막 4장 분석

이 장면에서 관객은 리어가 문제를 얼마나 불규칙하게 처리하는지를 본다. 오스왈드가 왕을 무시하자 리어는 충격을 받는다. 리어는 왕이며 순종하기를 기대한다. 그럼에도 그가 기사들에게 제공된 열악한 서비스를 알게 되고 자신도 고너릴의 직원들에게 어떻게 무시당했는지를 회상할 때 리어는 "나는 더 자세히 살펴보지 않을 겁니다."라고 말한다. 그러나 다음 대사에서 리어는 "내 바보는 어디 있습니까?"라고 묻는다. 리어는 바보가 오락으로 주의를 산만하게 하고 자신의 문제를 잊도록 돕기 위해 바보를 찾는다.

관심과 봉사의 부족은 모욕적이지만 왕은 고너릴과 그녀의 청지기와 대면할 준비가 안 되어 있다. 다른 때는 리어가 저주의 폭발, 심지어 자극을 받았을 때 물리적 공격으로 반응한다. 관객은 1장에서 화난 리어가 막내딸을 부인하는 것을 보았다. 이 장면에서 리어가 오스왈드의 모욕적인 연설에 대답할 때는 거의 통제불능 상태다.

리어는 딸과 하인들의 자비로 무력하다. 한때 전능했던 왕은 분노를 제외하면 이런 사건을 다루는 효과적인 수단이 없다. 왕은 규칙을 따르지 않고 규칙을 만드는 데 익숙하다. 따라서 리어는 오스왈드의 모욕에 맹세하고 그를 때리는 것으로 대응한다. 그의 딜레마에 대한 또 다른 반응은 자기 연민으로 표현된다. 마침내 자신의 새로운 지위가 위태롭다는 것을 깨닫자 리어는 자신의 머리를 치고 자신의 불행을 저주한다.

리어는 절망에 빠진다. 연극이 진행되면서 왕은 다른 자기 연민과 분노에 빠질 것이며 자신이 저지른 실수의 현실을 다루는 다른 방법을 찾아낼 것이다. 그의 비극의 깊이가 깊어지면서 리어는 부정, 무력감, 후회와 무관심, 주변 사람들에 대한 연민이 커지는 것으로 반응할 것이다.

켄트는 이 장면에서 변장해 다시 나타난다. 그는 진정으로 사심이 없고 이전에 그를 쫓아낸 왕에게 헌신한다. 리어가 자신의 정체성을 묻자 켄트는 자신은 '남자'라고 대답한다. 따라서 그는 특별한 사람이 아니지만 다른 사람들과 구별된다. 켄트의 반응은 동물이 생존하기 위해 하듯이 욕망, 필요, 단순히 그가 원하는 것을 붙잡으려는 의지로 정의되지 않기 때문에 그를 동물과 구별한다. 이 특성은 그를 고너릴, 리건, 콘월, 에드먼드와 같은 다른 캐릭터와 차별화하며 모두 원하는 것을 취하면서 기꺼이 짐승처럼 행동한다. 그 대신 켄트는 왕에 대한 정직과 사랑으로 정의되는 사람이다.

바보는 이 장면에서 연극에 처음으로 들어간다. 그는 그리스 비극에서 합창단처럼 기능한다. 그의 역할은 사건과 왕의 행동을 논평하는 것이며 어떤 면에서는 왕의 양심으로 봉사한다. 바보는 풍자와 아이러니로 왕에게 말할 때 종종 잔인하게 들리므로 신중한 연구가 필요하다. 때때로 바보는 왕의 옹호자 역할을 하기보다 리어의 상처에 소금을 바르는 것처럼 보인다. 그러나 연극이 진행되면서 관객은 바보가 왕을 얼마나 사랑하는지 느끼기 시작한다. 그는 코델리아가 돌아올 때 시도하는 것처럼 리어를 보호하고 돌보기 위해 노력할 것이다.

바보가 켄트에게 한 첫 연설은 그가 켄트를 왕의 동맹으로 보고 있음을 분명히 한다. 따라서 그는 켄트에게 바보의 콕스콤이 필요한지 묻는다. 콕스콤에 초점을 맞춘 이 대사는 바보에게 바보가 필요하다는 것을 나타내며 켄트는 왕국도 집도 없는 리어를 따르려고 하므로 분명히 하나다. 바보는 충성스럽고 정직하고 켄트와 잘 어울리지만 아무도 할 수 없듯이 왕의 잘못을 지적할 수도 있다. 왕은 바보를 채찍질하겠다고 위협할 수 있지만(왕의 광대가 구타당하는 것은 드문 일이 아니었다) 청중은 이것을 실행가능한 위협으로 간주하지 않는다. 바보가 아이러니, 풍자, 유머를 사용하면 비극을 완화하는 데 도움이 된다. 또 다른 캐릭터가 할 수 없는 것처럼 리어의 행동을 조절할 수 있다. 1장에서 리어의 행동을 제지하려는 켄트의 시도는 좌절되지만 바보는 예측할 수 없는 왕의 성향에 더 성공적으로 굴레로 씌울 수 있다.

고너릴과 그녀의 아버지의 대결은 처음에는 청중의 동정심을 불러일으킨다. 왕의 수행원은 무례하고 까다롭고 감사하지 않는 손님이었다. 고너릴은 리어가 부하들을 통제하지 못할 뿐만 아니라 그들의 파괴적인 행동을 조장했다고 비난한다. 의심할 여지 없이 고너릴은 왕이 언급하기를 거부하는 이런 위법행위로 고통받았다. 이런 우려에 대답하는 대신 리어는 "당신은 우리 딸입니까?"라고 묻는다. 결국 왕은 자신의 방식을 가지고 자신을 기쁘게 하는 방식으로 행동하는 데 익숙한 왕이다. 그는 손님의 역할이나 새로운 질서 하에서 자신의 통제력 감소를 아직 인정하지 않는다. 리어는 왕국이 없는 왕은 자신을 다른 사람과 구별할 수 있는 것이 거의 없다는 것을 이해하지 못한다. 그러나 고너릴이 갑자기 부하의 절반을 해고하자 리어는 자신이 더 이상 통제할 수 없다는 것을 인정해야 한다.

아버지와 딸의 갈등이 고조됨에 따라 리어는 내면으로 향하고 그가 누군지 질문한다. 리어가 왕국을 포기했을 때 왕이 될 수 있습니까? 리어가 진리로 의존한 것은 더 이상 신뢰할 수 없다. 그의 현실은 바뀌었다. 그의 딸은 순종하지 않으며 아버지와 왕에 걸맞은 존경심을 가지고 그를 대하지도 않는다. 그녀의 종들조차 일반적으로 주권자에게 부여되는 높은 존경심을 부정한다.

고너릴의 남편 알바니는 왕의 재산 지출에 실질적 역할을 하지 않는다. 그럼에도 1장에서 켄트와 글로스터의 대화는 왕이 다른 사위인 콘월보다 알바니를 선호한다는 것을 보여준다. 이 장면에서 알바니는 왕을 진정시키려고 하지만 리어는 참을 수 없어 과거에 알바니를 존경했지만 알바니의 말을 듣기를 거부한다. 알바니는 분명히 왕의 안위를 걱정하지만 아내 고너릴에게 맞설 힘이 부족해 그녀를 통제할 수 없다. 알바니는 아내의 잔인하고 이기적인 태도에 비해 온화하고 친절하다.

KING LEAR

1막 5장

Act I , Scene V

"나는 아비로서의 본성을 잊겠다."
_리어

● 알바니 공작 저택의 앞뜰

(리어, 켄트, 광대 등장)

[리어] 너는 이 편지를 가지고 글로스터 백작에게 가거라. 딸애가 그 편지를 읽고 묻는 것 외에는 알고 있더라도 모른 척해라. 부지런히 안 가면 내가 먼저 도착할지도 모른다.

[켄트] 친서를 전달하기 전까지 잠도 자지 않겠습니다.

(퇴장)

[광대] 사람의 두뇌가 발뒤꿈치에 붙어 있다면 터져 피날 위험이 있지 않을까?

[리어] 그렇겠구나.

[광대] 그렇다면 제발 안심하세요. 당신의 알량한 지혜는 발뒤꿈치에 없으니 헐렁한 슬리퍼를 신어 보호하지 않아도 되니까요.

[리어] 하하하!

[광대] 맛이 똑같아요. 사과도 능금과 같은 맛이에요. 사람 코가 왜 얼굴 한가

운데 있는지 아세요?

[리어] 모른다.

[광대] 코 양쪽에 눈을 붙여두기 위해서지요. 코로 냄새를 맡을 수 없는 것은 눈으로 볼 수 있기 때문이지요.

[리어] (코델리아를 생각하며 독백) 그 아이에게 내가 잘못했어.

[광대] 굴이 어떻게 껍질을 만드는지 아세요?

[리어] 모른다.

[광대] 나도 몰라요. 하지만 달팽이가 집을 갖고 있는지는 알지요.

[리어] 왜 그렇지?

[광대] 머리를 처박기 위해서지요. 그래서 딸들에게 주지 않고 제 뿔을 감출 껍데기를 남겨두는 겁니다.

[리어] 나는 아비로서의 본성을 잊겠다. 한때 나도 친절한 아버지였어. 말은 다 준비되었는가?

[광대] 당나귀 같은 바보 하인들이 준비하러 갔어요. 북두칠성은 별이 왜 일곱 개뿐이냐는 것도 재미있지요.

[리어] 그야 여덟 개가 아니기 때문이지.

[광대] 맞아요. 당신도 이제 광대가 될 수 있겠어요.

[리어] 강제로 그것을 다시 빼앗다니. 배은망덕한 악마!

[광대] 아저씨! 당신이 내 바보 광대라면 때도 오기 전에 미리 늙어버렸으니 나는 당신을 때렸을 거야.

[리어] 그건 또 왜?

[광대] 현명해지기 전에 늙어버리면 안 되거든.

[리어] 오, 내가 화내지 말고 화내지 말고 달콤한 하늘. 나는 화내지 않을 겁니다. 나를 화나게 하라. 나는 화내지 않을 것이다. 어떻게 되었느냐? 말은 다 준비되었느냐?

(한 신사 등장)

[신사] 준비되었습니다.

[리어] 가자!

[광대] 지금은 처녀인 당신이 내가 떠나는 것을 보고 웃지만 그 짓이 빨리 끝나지 않는 한 오랫동안 처녀 노릇하진 못할 걸.

(모두 퇴장)

1막 5장 분석

5장에서 왕은 분명히 자신의 미래를 두려워하고 불안해하지만 리건이 그에게 성역을 제공할 수 있기를 계속 희망한다. 또한, 리어는 그의 제정신에 대한 두려움을 표현한다. "오, 내가 화내지 말고 화내지 말고 달콤한 하늘. 나는 화내지 않을 겁니다. 나를 화나게 하라. 나는 화내지 않을 것이다."

이 호소는 연극 후반에 일어날 사건을 예고한다. 이 짧은 탄원에는 신에게 드리는 기도도 포함되어 있다. 리어왕의 배경은 기독교보다 앞서지만 리어는 여전히 그를 인도하고 보호하기 위해 신에게 의존한다. 바보는 이 장면에서 리어에게 휴식을 주지 않는다. 그는 자신이 저지른 실수와 자신이 처한 불안정한 위치를 왕에게 계속 상기시킨다. 바보는 다시 잔인해 보이지만 리어는 마침내 자신의 어리석음이 현재 상황으로 이어졌음을 깨닫는다.

2막 1장

Act Ⅱ, Scene Ⅰ

"저는 아버지를 죽이는 놈에게는 복수의 신들이 벼락을 내린다는 말과 함께
아들이 아버지로부터 받은 은혜는 무한한 것이라고 형님에게 말했습니다."
_에드먼드

● **글로스터 백작 저택**

(에드먼드와 큐런이 좌우에서 등장)

[에드먼드] 안녕하시오? 큐런!

[큐런] 안녕하시오? 지금 춘부장을 뵙고 오늘 밤 콘월 공작과 부인이 이곳으
로 오신다는 소식을 알려드렸습니다.

[에드먼드] 웬 일일까요?

[큐런] 글쎄요. 저는 모릅니다. 세간의 소문은 들으셨지요? 겨우 귀에 대고 속
삭이는 정도의 뜬소문이지만….

[에드먼드] 아직 못 들었는데 무슨 소문이오?

[큐런] 조만간 전쟁이 터질 거라는 소문을 듣지 못했단 말이오? 콘월 공작과
알바니 공작 간에 말입니다.

[큐런] 그럼 차차 듣게 될 거요. 안녕히 계시오.

(큐런 퇴장)

[에드먼드] 공작이 오늘 밤 이곳에 온다고? 잘되었다! 아주 잘되었어! 이것이 내일 반드시 도움이 되게 해야지. 아버님은 형님을 체포하려고 파수를 세워 놓았지. 그런데 어려운 일이 하나 있어. 그걸 꼭 해내야겠다. 당장 착수해 행운을 맞이하자! (2층을 향해) 형님! 잠시 내려오세요, 형님!

(에드거 등장)

[에드먼드] 아버님이 감시하고 있습니다. 빨리 도망치세요! 형님이 여기 숨은 게 탄로났어요. 밤이니까 잘되었습니다. 형님은 콘월 공작을 험담하신 적이 없습니까? 잘 생각해 보세요.

[에드거] 전혀 없어.

[에드먼드] 아버지 발자국 소리가 들립니다. 용서하세요. 칼을 뽑아 형님을 치는 척하지 않으면 안 됩니다. 형님도 칼을 뽑아 방어 자세를 취하세요. 자, 어디 해봅시다. (목소리를 돋워) 항복이냐? 아버님 앞에 나오너라. 불을 밝혀라. 여기다! (작은 소리로) 안녕히 가세요.

(에드거 퇴장)

[에드먼드] 피가 나면 (자신의 한쪽 팔에 상처를 낸다.) 내가 용감히 싸웠다는 평을 받을 것이다. 주정꾼들이 장난삼아 이보다 심한 짓을 하는 걸 본 적이 있다. (큰 소리로) 아버지! 아버지! 여기예요! 살려주세요!

(글로스터와 횃불을 든 하인들 등장)

[글로스터] 얘! 에드먼드! 그놈은 어디 있느냐?

[에드먼드] 지금까지 여기 어둠 속에 서서 칼을 빼 들고 달님에게 행운을 주는 여신이 되어달라고 기도하고 있었습니다.

[글로스터] 그래? 어디로 갔느냐?

[에드먼드] 보세요. 여기 피가 납니다.

[글로스터] 그놈이 어디로 갔느냐? 에드먼드야.

[에드먼드] 이쪽으로 달아났어요. 아무리 해도 안 되자….

[글로스터] 쫓아가라! 놓치지 마! '아무리 해도' 안 되다니 무엇이 말이냐?

(하인들 퇴장)

[에드먼드] 아버님을 살해하자고 저를 아무리 설득해도 안 되었다는 말이지요. 저는 아버지를 죽이는 놈에게는 복수의 신들이 벼락을 내린다는 말과 함께 아들이 아버지로부터 받은 은혜는 무한한 것이라고 형님에게 말했습니다. 결국 형님은 더 이상 어쩔 수 없다고 판단했는지 미리 준비한 칼로 아무 방비도 없는 제게 일격을 가해 이 팔에 큰 상처를 입혔습니다. 그러나 정의의 싸움에 용기백배한 제 기세를 알아차렸는지, 제 비명에 놀랐는지 형님은 갑자기 돌아서 사력을 다해 도망쳤습니다.

[글로스터] 아무리 멀리 **뺑소니**쳤더라도 이 영토 안에 있을 테니 꼭 붙잡고 말겠다. 붙잡기만 하면 그놈을 없애버리겠다. 내 주인이시자 은인이신 공작, 영주님께서 오늘 밤 이곳에 행차하시니 그분의 위력을 믿고 나는 포고령을 내리겠다. 그 비겁한 살인자를 찾아 형장으로 끌고 오는 자에게는 사례하고 그놈을 숨겨주는 자는 모조리 사형에 처하겠다는 포고문 말이다.

[에드먼드] 형님의 흉측한 계획을 중지시키려고 제가 충고드렸지만 그 계획을 실행하려는 결심이 요지부동이라는 것을 알았습니다. 그래서 형님을 맹비난하며 그 계획을 세상에 폭로하겠다고 으박질렀습니다. 그랬더니 이렇게 답하더군요. '재산상속도 못 받는 서자 놈아! 내가 네게 반대하면 사람들이 네 말을 곧이듣고 너를 믿어 너를 덕망 있고 유능한 인재로 여기리라 생각한다면 어림도 없다. 내가 부정하기만 하면 그렇지. 네가 내 글씨체를 증거로 내놔도 그건 전부 네 유혹, 모략, 간교 때문이라고 해버릴 수 있어. 내가 죽으면

리어왕 연극의 한 장면
에드먼드가 자신의 팔을 스스로 찌른 후
에드거가 범인이라고 모함한다.

네놈이 득이라는 것이지. 네가 나를 죽이려는 명백하고 유력한 이유가 바로 그거라고 세상사람들이 생각하지 않을 줄 알았느냐? 세상을 너무 우습게 생각하지 마라.'라고 말입니다.

[글로스터] 지독한 고집쟁이 악당 놈! 그 편지까지 부정하더란 말이지? 그놈은 내 자식이 아니다. (안에서 요란한 기병의 나팔소리) 듣거라! 공작님의 나팔소리다. 무엇 때문에 이곳까지 행차하시는지 알 수가 없구나. 그 악당은 온갖 출입구가 다 막혀 도망칠 수 없을 거다. 공작님에게 이 일을 허락받아야겠다. 그뿐만 아니라 그놈을 잘 알아볼 수 있도록 그놈 초상화를 방방곡곡 보내겠다. 그리고 내 영토 문제인데 네가 충성과 효도를 다하니 네가 내 영토를 상속받도록 해놓겠다.

(콘월, 리건, 시종들 등장)

[콘월] 웬일이오? 댁의 아드님에게 무슨 일이라도 있었소?

[리건] 그 소문이 사실이라면 그 죄인에게는 어떤 엄벌을 줘도 부족해요. 도대체 어찌 된 일인가요?

[글로스터] 아, 부인! 이 늙은이의 가슴이 터질 것만 같습니다.

[리건] 당신의 아드님 에드거가 당신의 목숨을 노렸다는 게 사실이오?

[글로스터] 아, 부인! 창피해 말도 못하겠습니다.

[리건] 혹시 그자는 우리 아버지께 시중드는 기사들과 한패 아니었나요?

[글로스터] 모르겠습니다. 어쨌든 그놈은 악독한 놈이에요. 악독해요.

[에드먼드] 그렇습니다. 그들과 한패였습니다.

[리건] 그들과 한패라고? 흉악한 생각을 하는 것도 무리가 아니지. 오늘 저녁 언니가 보내온 편지에 그 기사들 얘기가 낱낱이 적혀 있었어요. 그들이 우리 집에 와 묵으면 아예 집을 비우라더군요.

[콘월] 그래서 우리가 집을 비운 것이다. 에드먼드! 이번에 아버지께 큰 효도

를 했더구나.

[에드먼드] 아니에요. 제 의무를 다했을 뿐입니다.

[글로스터] 저 애가 그놈의 흉계를 알아냈지요. 그리고 보시듯이 상처를 입었지요.

[콘월] 그놈을 추격 중인가요?

[글로스터] 그렇습니다.

[콘월] 잡히기만 하면 엄벌에 처하겠소. 에드먼드야! 네 효성이 나를 감동시켰다. 이 자리에서 당장 너를 내 부하로 삼겠다.

[에드먼드] 진심으로 충성을 다하겠습니다.

[글로스터] 아들 대신 감사드립니다.

[콘월] 아직 모르시지요? 우리가 왜 이렇게 찾아왔는지.

[리건] 글로스터 백작! 이렇게 밤에 어둠을 틈타 온 것은 중대한 용건이 있어서요. 당신의 고견을 들려주시오. 아버님과 언니 간에 불화가 생긴 이유를 두 분 모두 편지로 보내왔어요. 그래서 집을 떠나 답장을 쓰는 게 좋을 것 같아 양쪽 사자를 여기 대기시켜 놓았소. 당신의 충고를 당장 들어봐야겠어요.

[글로스터] 잘 알겠습니다. 더 없는 영광으로 생각합니다.

(나팔 소리. 모두 퇴장)

▌2막 1장 분석

알바니와 콘월 간의 분쟁에 대한 큐런의 보고서는 리어의 왕국 분할이 실수였음을 설명하는 데 도움을 준다. 셰익스피어의 엘리자베스 시대의 청중은 영국인들이 소영주 간의 반란과 갈등에는 통제 유지를 위해 강력한 중앙 집중식 정부가 필요하다는 것을 너무 잘 알아 그런 갈등을 예상했을 것이다. 콘월과 알바니를 사실상 공동지도자로 동등하게 만드는 것은 필연적으로 불화로 이어진다. 큐런의 공개는 에드먼드 정보가 그의 음모에 유용하다고 본다는 점을 제외하면 현재 중요하지 않다.

기회주의자 에드먼드는 큐런의 보고서를 이용하고 에드거를 은신처에서 불러내고 모의 전투를 만들어 계획에 속도를 낸다. 자해해 가벼운 상처를 낸 에드먼드는 에드거를 악당처럼 보이게 만든다. 글로스터는 무대음향과 전투에서 생긴 피에 쉽게 속는다. 눈앞에 물리적 증거가 있는 글로스터는 에드먼드의 말을 믿는다.

또한, 에드먼드는 단어를 신중히 선택해 에드거의 공격에 대해 아버지를 설득한다. 에드먼드는 자신의 목숨을 걸고 악에 맞서는 '선한 사람'으로 불리는 영웅으로 말한다. 셰익스피어 시대에는 합법적인 아들의 증언이 사생아의 증언보다 중요했다. 그러나 이 경우, 에드거는 자기 입장을 내세울 수 없다. 글로스터는 사생아의 말을 쉽게 받아들이면서 에드거의 합당성에 대한 평생의 증거를 거부하면서 세상이 자연과 얼마나 동떨어졌는지를 보여준다. 자연 질서에 따르면 수년간의 헌신과 사랑은 신뢰로 이어져야 하지만 1막의 사건으로 아버지는 더 이상 자녀의 사랑을 신뢰하지 않는다. 그 대신 아버지는 자신을 가장 사랑하는 자녀를 거부하도록 쉽게 속는다. 리어는 자신을 진정으로 사랑하는 딸을 거부했고 이제 글로스터는 자신을 진정으로 사랑하는 아들을 거부했다. 이 같은 사건은 리어의 초기 행동이 세계의 자연 질서를 거부했다는 생각을 더 뒷받침한다.

KING LEAR

2막 2장

Act II, Scene II

"알파벳의 맨 마지막 제트(Z)자 같은 쓸모없고 천한 놈아!"
_켄트

● 글로스터 백작의 성 앞

(켄트와 오스왈드가 좌우에서 등장)

[오스왈드] 잘 주무셨소? 당신은 이 집 사람이오?

[켄트] 그렇소.

[오스왈드] 말을 어디에 맬까?

[켄트] 진흙 속에나 매시오.

[오스왈드] 제발 부탁이니 나를 좋아하거든 가르쳐주시오.

[켄트] 나는 당신이 싫소.

[오스왈드] 당신과는 별 볼 일 없겠군.

[켄트] 내가 당신을 립스버리의 짐승 우리에 몰아넣으면 당신은 나를 상대하지 않고는 못 배길 걸.

[오스왈드] 어째서 그런 악담을 하는 것이오? 서로 누군지 알지도 못하면서.

[켄트] 나는 당신을 알지.

[오스왈드] 내가 누구라고 생각하는데?

[켄트] 악한에 불한당에 고기 찌꺼기나 처먹는 놈이지. 천하고 경박하고 거지 같고 1년에 옷을 세 번밖에 못 갈아입고 1년 수입이 100파운드밖에 안 되고 더러운 털양말을 신고 다니는 놈이지. 간은 콩알만하고 얻어터지면 격투할 생각은 안 하고 소송이나 거는 놈. 밤낮 거울만 들여다보는 천한 놈. 주제넘고 옷 입는 게 까다로운 놈. 재산이라곤 가방 하나뿐인 종놈. 남 위한답시고 뚜쟁이 노릇이나 하는 놈. 악한에 거지에 뚜쟁이에 부정하려고 들면 실컷 두들겨 패 깽깽거리며 소리지르게 만들어주고 싶은 그런 놈이지.

[오스월드] 참으로 고약한 놈이구나. 너도 나를 모르고 나도 너를 모르는데 이토록 욕을 퍼붓다니.

[켄트] 철면피 같은 놈! 나를 모른다더니 국왕 폐하 앞에서 내가 너를 딴죽 걸어 넘어뜨리고 두들겨 패준 게 바로 이틀 전 아니냐? 이놈아! 칼을 뽑아라. 밤이지만 달이 밝으니 네놈을 박살내 명줄을 끊어놓겠다. (칼을 빼며) 자, 칼을 빼라! 건달 놈! 덤벼라.

[오스월드] 비켜라! 나는 너와 아무 상관도 없다.

[켄트] 이놈! 칼을 빼라. 너는 국왕에게 불리한 편지를 가져왔고 왕권을 해치고 있다. 어서 빼라! 이 건달 놈아! 칼을 빼라! 네 정강이 살점을 베어내겠다. 이놈! 칼을 빼 어서 덤벼라.

[오스월드] 사람 살려요! 살인이다, 살인!

(에드먼드가 칼을 빼 들고 등장)

[에드먼드] 어찌 된 일이냐? 웬 싸움이냐?

[켄트] 풋내기로군. 자, 피맛을 보여주마. 너도 덤벼라.

(글로스터, 콘월, 리건, 하인들 등장)

[글로스터] 칼을 빼 들고 도대체 여기서 웬 소동이냐?

[콘월] 목숨이 아깝거든 조용히 해라. 그래도 싸우는 놈은 사형에 처하겠다. 도대체 무슨 일이야?

[리건] 언니의 사자와 아버님의 사자군요.

[콘월] 왜 싸우는 거야? 말해봐라.

[오스왈드] 저는 숨도 못 쉬겠습니다.

[켄트] 이상할 것도 없지. 그토록 용감히 덤볐으니. 이 비겁한 악당아! 대자연도 너 같은 놈은 만들지 않았다고 할 것이다. 너 같은 놈은 양복장이가 만들었어.

[콘월] 이상한 놈 다 보겠군. 양복장이가 사람을 만들어?

[켄트] 그래요. 양복장이가 만들었지요. 석공이든 화가든 2시간만 일했다면 이토록 서툰 작품은 만들지 않았을 겁니다.

[콘월] 그런데 싸움은 어떻게 벌어졌나?

[오스왈드] 저 허연 수염을 불쌍히 여겨 목숨만은 살려줬더니 저 늙고 흉악한 놈이….

[켄트] 알파벳의 맨 마지막 제트(Z)자 같은 쓸모없고 천한 놈아! 어르신! 허락만 해주신다면 이 불한당 놈을 짓이겨 횟가루로 만들어 그놈의 몸뚱이로 변소 벽을 바르겠습니다. 흰 수염 때문에 나를 살려줬다고? 뱁새 같은 더러운 놈!

[콘월] 야, 입 닥쳐! 짐승 같은 놈! 여기가 어딘 줄 아느냐!

[켄트] 네, 잘 압니다. 그러나 화가 치밀 때는 별 문제지요.

[콘월] 왜 화가 났지?

[켄트] 이따위 노예가 칼을 차고 있으니 말입니다. 정직이라곤 티끌만큼도 없이. 얼굴에 웃음을 잔뜩 머금은 이런 악당 놈들은 쥐새끼 같아 부자간 핏줄까지 두 갈래로 물어뜯지요. 풀 수 없도록 단단히 묶인 신성한 매듭 말입니다. 이런 자들은 자기 주인들이 천성적으로 어떤 성미를 부리든 그 성미에 아첨하고 불에 기름을 붓고 싸늘한 마음에 눈을 뿌리고 주인의 기분에 따라 바람

켄트와 콘월
켄트가 리건의 남편 콘월과 실랑이를 벌이는 장면이다.

불 때마다 물총새 모양으로 주둥이를 놀리고 개처럼 따라다니는 것밖에 모릅니다. (오스왈드를 향해) 그런 간질병 환자 같은 얼굴은 집어치워라! 너는 내가 바보 광대라도 되는 듯 내가 말하는 동안 나를 보고 싱글벙글 마냥 웃었지? 이 거위 같은 놈아! 내가 너를 셀럼 벌판에서 만났다면 꽥꽥 우는 네놈을 카메롯까지 내쫓았을 거다.

[콘월] 이 늙은 놈이 미쳤나?

[글로스터] 어쩌다 싸우게 되었는지 말하라.

[켄트] 아무리 정반대라도 저와 이 악한 놈처럼 서로 마음 안 맞는 것도 없을 겁니다.

[콘월] 내 얼굴도 (글로스터를 향해) 당신 얼굴도 (리건을 향해) 저 사람의 얼굴도 마음에 안 드는군.

[켄트] 솔직히 말씀드리는 것이 제 직책이니 말인데 지금 제 눈앞에 보이는 분의 어깨 위에 얹힌 얼굴보다 훨씬 훌륭한 얼굴을 본 적이 있습니다.

[콘월] 성미가 괴팍한 녀석이군. 솔직하다고 칭찬해주면 금방 난동을 부리고 억지로 제 천성과 어긋나는 짓을 하는구나. 정직하고 솔직해 아첨할 줄도 모르고 사실을 말하지 않으면 견디지 못하지. 세상사람들이 참아주면 그대로 좋은 일이지만 세상사람들이 참을 수 없더라도 이 사람은 솔직하게 얘기하고야 만다. 나는 이런 부류의 악당을 잘 알지. 어리숙한 척 계속 꾸벅꾸벅 절하면서 맡은 일을 깔끔히 처리하는 20명의 아첨꾼 부하들의 뺨을 때릴 만큼 악의를 품고 있어.

[켄트] 각하! 성심성의껏 말씀드리겠습니다. 빛나는 태양신의 이마 위에 찬란한 광채의 꽃다발을 가지신 공작님이 허락하신다면.

[콘월] 무엇 때문에 그런 소리를 하느냐?

[켄트] 제 말투가 공작님의 기분을 거스르는 것 같아 화법을 바꿔보았습니다. 저는 아첨할 줄 모릅니다. 솔직히 말해 공작님을 속인 놈은 진짜 악한입니다.

그러나 저는 그런 악당이 되고 싶지 않습니다. 노여워하시는 공작님이 애원하시더라도 그런 놈은 될 수 없습니다.

[콘월] (오스왈드에게) 무엇 때문에 이 사람을 노하게 만들었는가?

[오스왈드] 노하게 한 적 없습니다. 2~3일 전 저놈이 모시는 국왕께서 뭔가 오해하시고 저를 때린 적이 있는데 그때 저놈이 국왕 편을 들어 국왕의 노여움에 비위를 맞추느라 뒤에서 제게 딴죽을 걸었습니다. 제가 넘어지자 저놈은 의기양양해 제게 욕설을 퍼붓고 영웅이나 된 듯 우쭐해 으스댔습니다. 꽤 용감한 척하면서 야단법석이었지요. 일부러 그놈에게 져주었는데 저를 공격했다는 이유로 국왕의 칭찬을 받았나 봅니다. 이런 장한 업적에 맛들었는지 다시 칼을 빼 들고 제게 달려든 겁니다.

[켄트] 비겁하고 못된 놈들! 이놈들에 비하면 에이잭슨이 아무리 자랑해도 바보가 되고 말겠군.

[콘월] 족쇄를 가져오너라. 이 난폭한 늙은이! 노망난 악당 놈에게 따끔한 맛을 보여줘야겠다.

[켄트] 저는 나이가 많아 뭔가를 배울 수가 없습니다. 그러니 족쇄를 가져올 필요는 없습니다. 저는 국왕 폐하의 심부름으로 이곳에 파견되었습니다. 폐하의 사자를 족쇄에 묶어두면 국왕 폐하의 위엄과 인격에 대해 무례한 악의를 보이시는 것밖에 안 될 겁니다.

[콘월] 족쇄를 가져오너라! 내게 목숨과 명예가 있는 한 저놈을 정오까지 거기 앉혀둬야겠다.

[리건] 정오까지라니요? 밤까지겠지요. 그것도 밤새도록 앉혀둡시다.

[켄트] 마님! 제가 당신 아버지의 개라고 해도 이렇게 학대할 수는 없을 겁니다.

[리건] 아버님이 데리고 있는 악한이기 때문에 이러는 것이다.

[콘월] 이놈은 당신 언니의 편지에 적힌 녀석들과 한패일 거야. 어서 족쇄를

가져오너라!

(시종들이 족쇄를 들고 들어온다.)

[글로스터] 각하! 제발 그러지 마십시오. 그놈의 죄는 크지만 그놈의 주인이신 국왕 폐하께서 당연히 벌하실 겁니다. 지금 각하께서 주시려는 벌은 좀도둑질이나 그 밖에 흔해 빠진 천한 범죄를 저지른 야비한 놈들을 처벌하기 위한 것입니다. 국왕께서도 자신이 보낸 사자가 이토록 모욕당하고 족쇄에 묶였다는 것을 아시면 크게 화내실 겁니다.

[콘월] 그 책임은 내가 지겠소.

[리건] 언니의 용무를 보러 온 시종이 모욕당하고 공격당했다고 하면 언니는 더 화내실 거예요. 저놈의 다리를 채워놓아라.

(켄트의 다리를 족쇄에 채운다.)

[콘월] 자, 가십시다.

(글로스터와 켄트만 남고 일동 퇴장)

[글로스터] 미안해, 친구. 하지만 공작님의 분부시니. 세상사람이 다 알고 있듯이 한 번 성미를 부리면 아무도 막을 수 없잖은가. 하지만 내가 당신을 위해 간청은 해보리라.

[켄트] 걱정하지 마십시오. 밤잠도 안 자고 먼 길을 걸어왔으니 이제 잠이나 좀 자렵니다. 잠에서 깨면 휘파람이나 불지요. 착한 자의 운명도 기울 때가 있는 법입니다. 안녕히 주무십시오.

[글로스터] 이것은 공작님의 잘못이다. 누구든 이 일을 기분 나빠할 것이다.

(글로스터 퇴장)

[켄트] 국왕 폐하! 폐하께서는 하늘의 축복을 빼앗기고 따뜻한 햇볕을 찾아

다닌다는 격언을 몸소 체험하셔야 할 겁니다. 이 세상을 비추는 봉화여! 가까이 다가오너라. 편안한 네 불빛에 의지해 이 편지를 읽어야겠다. 재난을 겪지 않고 기적을 볼 수는 없다. 이것은 코델리아 공주님의 편지구나. 내가 신분을 숨기고 지내는 것을 알고 계시니 다행이다. 때를 봐 이 혼란으로부터 나라를 구하고 손해를 입은 자에게는 보상해주시겠지. 정말 피곤하구나. 잠을 못 자 무거워진 눈이여! 이 부끄러운 잠자리에서 눈감으니 그나마 다행이다. 행운의 여신이여! 잘 있거라. 언젠가는 네 미소를 볼 날이 있으리. 네 바퀴를 돌려라!

(잠든다.)

▌2막 2장 분석

　처음에 오스왈드는 잘못된 당사자로 보이고 켄트는 싸움을 시작하려는 무례한 깡패다. 이 오해는 관객이 정직하고 충성스러운 실제 켄트를 볼 수 있는 1막에서 켄트의 존재 목적을 보여준다. 연극 시작 장면과 나중에 코델리아를 변호하면서 켄트는 자신을 성실히 정의한다. 따라서 관객은 켄트의 학대행위가 명백한 것 이상의 의미가 있음을 안다. 실제로 켄트는 왕에게 충성스러운 영주이지만 이 경우, 변장을 유지하는 것이 중요하다. 그러나 켄트는 오스왈드가 왕에게 불리하게 사용될 편지를 들고 있다는 것을 알고 있으며 변장하든, 하지 않든 켄트는 거짓말하지 않을 것이다. 따라서 오스왈드에 대한 켄트의 공격은 청지기의 부정직과 고너릴의 명령을 이행하려는 그의 목적에 대한 반응이다. 오스왈드의 성격은 사악하고 켄트의 반응은 겉보기에는 부당해 보이지만 고도로 발달한 자신의 도덕 감각과 일치한다.

반면, 오스왈드는 고너릴의 장난감이며 왕에게 기꺼이 무례하다. 따라서 관객은 청지기가 충분히 유쾌해 보이지만 명예가 없는 졸개라는 것을 알고 있다. 오스왈드는 켄트의 공격으로부터 자신을 방어하지 못할 때 이 같은 부정적 인식을 추가한다. 콘월을 끌어들이는 데 도움을 청하는 그의 외침이 있을 때 오스왈드는 켄트가 노인이기 때문에 공격자의 생명을 구했다고 거짓 말한다. 이 모든 사건은 오스왈드를 약하고 부정직한 것으로 묘사한다. 오스왈드는 켄트가 제안했듯이 고너릴의 청지기로 그녀의 속임수를 유지하기 쉽게 만드는 기생충이다.

켄트와 콘월의 대결은 관객에게 콘월의 진정한 성격에 대한 더 명확한 아이디어를 제공한다. 켄트의 정직한 연설에 대한 콘월의 불신은 그가 의미하는 바를 말함으로써 켄트가 거짓말하고 있는 것이 틀림없다고 가정한다. 켄트의 평범하고 진실한 선언에 대한 이 같은 반응은 자신의 연설에서 정직의 대용품으로 기교를 사용하는 콘월이 그것을 들었을 때 진리를 알 수 없음을 보여준다. 콘월은 기꺼이 거짓말하고 종종 그렇게 하므로 모든 사람도 똑같이 해야 한다고 가정한다.

켄트를 족쇄로 채우는 것은 왕 자신에게 똑같은 처벌을 가하는 것과 유사하게 왕에 대한 심각한 모욕이다. 이 노골적인 반역행위는 그의 주제에 대한 리어의 통제가 어떻게 무너지고 있는지를 여실히 보여준다. 전통적으로 왕의 사절은 로코의 왕이며 왕이 참석했다면 왕에게 주어진 모든 존경과 영예를 받는다. 따라서 켄트는 왕이 없을 때 그의 사절이 그를 대표하고 리어가 받을 것과 똑같은 대우를 받을 자격이 있기 때문에 왕의 대우를 받아야 한다.

켄트에게 족쇄를 채우는 것은 리어에게 족쇄를 채우는 것과 같다. 이 행동은 왕에게 심한 모욕이다.

이 경우, 켄트의 공개적인 굴욕은 왕을 비하하고 모욕한다. 투옥은 자연에 대한 범죄다. 아버지가 자녀들의 존경을 받고 노인들이 사회 젊은이들의 존경을 받아야 하듯이 왕도 신하들로부터 존경받아야 하기 때문이다. 콘월의 행동은 노인과 왕이 더 이상 존경받지 못하는 자연에서 일어나는 격변을 반영한다. 실제로 리어는 콘월 때문에 심각한 위험에 처해 있다.

장면은 켄트가 코델리아의 편지를 읽는 것으로 끝나지만 코델리아가 이 짧은 시간 동안 리어의 어려움을 어떻게 알게 되었는지는 불분명하다. 청중은 편지 존재의 부조화를 단순히 받아들일 것으로 기대된다.

KING LEAR

2막 3장
Act Ⅱ, Scene Ⅲ

"나는 죄인으로 공포된 몸이다."
_에드거

● **벌판**

(에드거 등장)

[에드거] 나는 죄인으로 공포된 몸이다. 다행히 나무 골속에 숨을 수 있어 잡히지 않았다. 도망칠 구멍이 없다. 항구마다 통제되고 어떤 장소에도 불침번이 물샐틈없이 지키고 있으니. 나를 잡으려고 눈에 불을 켰다. 도망칠 수 있을 때까지는 어떻게든 살아남자. 가장 초라한 거지꼴로 지내야겠다. 지금까지 가난이 사람을 멸시해 인간을 짐승에 가깝게 한 그런 행색으로 나도 숨어 살아야겠다. 얼굴은 검게 칠하고 허리에는 남루한 담요 자락을 감고 머리카락은 엉망으로 텁수룩하게 만들고 알몸 그대로 드러내는 비바람에 견디리라. 이 나라에서는 베드람에 있는 미친 거지들의 경우가 선례가 될 테니 그들을 흉내내자. 그 거지들은 신음을 질러가며 바늘, 나무꼬챙이, 못, 들장미 잔가지 등을 무감각한 맨살 팔뚝에 꽂는다. 그들은 그런 무서운 꼴로 구차한 농가, 보잘것없는 촌락, 양 우리, 방앗간 등에서 미친 듯 저주의 고함을 지르다가 기도를 읊조리거나 동냥질한다지. 이제 나는 그 거지들 틈에 있는 불쌍한

톰인지도 몰라! 그래야 살아남지 않겠어?

(퇴장)

2막 3장 분석

글로스터와 콘월의 부하들이 그를 추격하는 가운데 에드거는 나무 틈에 숨는다. 아무도 미친 거지를 유심히 살펴보지 않을 거라고 믿는 에드거는 흙, 부상 흔적, 담요와 겸손한 복장으로 몸을 가린다. 셰익스피어 시대에 미치광이는 악령에 사로잡혀 고통을 느낄 수 없다고 가정했기 때문에 에드거의 변장의 일부로 자해했다.

광기의 망토를 맡기로 한 선택은 에드거에게 완벽한 변장을 제공하지만 에드거는 광기에 휩싸이면서 불쌍한 톰이 되고 에드거가 되지 않는다. 에드거가 자신에 대한 부당한 비난을 조사하는 동안 은신처에서 안전하게 벗어나려면 변화가 필수적이다. 불쌍한 톰으로서 에드거는 생존할 기회를 얻는다. 에드거로서 그는 운명이다.

KING LEAR

2막 4장

Act Ⅱ, Scene Ⅳ

"아비가 누더기를 걸치면 자식들은 장님이 된다는데.
아비가 돈주머니를 차고 있으면 자식들은 친절하다네."
_광대

● **글로스터의 성 앞**

(리어왕, 광대, 기사 등장)

[리어] 이상한 일이다. 그들이 이렇게 갑자기 집을 떠난 것도 그렇고 내가 심부름 보낸 자를 지금까지 돌려보내지 않는 것도 그렇고.

[기사] 제가 들은 바로는 어제 밤까지만 해도 집을 떠날 생각이 전혀 없었다고 합니다.

[켄트] 폐하! 안녕하십니까?

[리어] 아, (켄트를 발견하고 그를 한참 들여다보고 나서) 아니, 어찌 그런 모욕을 당했느냐?

[켄트] 아닙니다, 폐하.

[광대] 하하! 네 녀석은 참 지독한 양말 대님을 매고 있구나. 말은 머리, 곰은 목, 원숭이는 허리, 인간은 다리를 잡아매는구나. 다리를 함부로 놀려 걷어차기를 좋아하는 놈은 나무 양말을 신겨야 하지.

[리어] 네 신분을 몰라보고 네게 족쇄를 채운 놈이 누구냐?

[켄트] 폐하! 폐하의 따님과 사위 두 분이십니다.

[리어] 그럴 리가 없어.

[켄트] 그 두 분이….

[리어] 아냐, 그럴 리 없어.

[켄트] 사실입니다.

[리어] 아냐, 아냐. 그런 짓할 사람들이 아냐.

[켄트] 아닙니다. 그분들이 명령해….

[리어] 제우스께 맹세코 그럴 리 없어.

[켄트] 헤라(제우스의 아내)에게 맹세코 사실입니다.

[리어] 그들이 감히 그랬을 리 없어. 그들은 그럴 수 없고 그러지도 않을 거다. 이것은 살인보다 흉측한 일 아닌가. 고의로 이런 난폭한 짓을 하다니. 어서 대강이라도 말해봐라. 어째서 자네가 이 같은 처벌을 받아야 했느냐? 어째서 그들이 자네에게 처벌을 내렸단 말인가? 자네는 내 사신 아닌가?

[켄트] 폐하! 제가 그 두 분의 저택에 도착해 친서를 바치고 의무감으로 무릎을 꿇고 있는데 제가 자리에서 일어나기도 전에 숨을 헐떡이며 입김을 내뿜는 사신이 급히 들이닥치더니 자기 주인 고너릴의 전갈을 전하고 편지를 내놓았습니다. 두 분은 제 용무가 중단되는 것도 아랑곳하지 않고 그놈이 내민 편지를 먼저 읽으셨습니다. 편지 내용을 읽고 두 분은 하인들을 소집하더니 즉시 말을 타고 제게 뒤따라오라는 것이었습니다. 틈나는 대로 회답을 주겠다고 말씀하시면서요. 그러면서 저를 냉정히 쳐다보셨습니다. 그런데 여기서 또 그 사신을 만난 겁니다. 그놈이 환영받는 바람에 저에 대한 대접이 소홀해졌다는 것을 생각하니 은근히 울화통이 터졌습니다. 더욱이 그놈은 최근 폐하께 오만불손했던 바로 그놈이었기 때문입니다. 저는 앞뒤를 가리는 분별력보다 기백부터 솟구치는 사나이여서 칼을 뽑았지요. 그놈은 겁에 질려 소리쳐 사람들을 깨웠습니다. 공작과 공작 부인은 제 죄가 현재 받는 이

정도 모욕쯤은 당연하다는 것입니다.

[광대] 기러기가 저쪽으로 날아가는 걸 보니 겨울이 아직 안 갔구나. 아비가 누더기를 걸치면 자식들은 장님이 된다는데. 아비가 돈주머니를 차고 있으면 자식들은 친절하다네. 운명의 여신은 매춘부여서 가난한 사람에게 문을 잠그네. 하지만 당신은 따님 덕분에 1년 내내 부족함이 없을 만큼 돈주머니와 근심주머니를 얻을 겁니다.

[리어] 이 가슴속에 울화가 치미는구나. 울화증이여! 꺼져라. 치솟는 슬픔이여! 네 자리는 저 아래다. 내 말은 어디 있느냐?

[켄트] 백작과 함께 안에 계십니다.

[리어] 너희는 따라오지 말고 여기 있어라.

(리어왕이 안으로 들어간다.)

[켄트] 그런데 폐하께서는 왜 이렇게 몇몇 시종만 데려오셨습니까?

[광대] 그런 걸 물으니 그런 족쇄를 차지. 그런 벌은 받아도 싸지.

[켄트] 뭐라고? 이 바보 광대가!

[광대] 개미에게 가 겨울에는 일하지 않는다는 것을 배워야겠다. 코가 가는 방향으로 가는 사람은 장님이 아닌 이상 모두 눈으로 보고 가지. 그리고 눈이 멀었다고 퀴퀴한 썩은 냄새를 맡지 못하는 장님은 20명 중 한 명도 없어. 큰 수레바퀴가 언덕을 오를 때는 수레 뒤에 끌려가게. 현명한 사람이 그대에게 더 좋은 충고를 들려주면 내 충고는 다시 돌려주게. 이건 바보 광대의 충고이니 악당들이나 지켜주길 바라네. 이익을 찾아 일하는 사람, 겉치레로 졸졸 따르는 사람, 비 내리면 보따리를 싸들고 비바람 속을 뺑소니치지. 하지만 나는 남으리. 바보 광대로 버티더라도. 똑똑한 사람은 도망쳐도 좋아. 바보 광대는 악한이 될 수 없다네.

(리어왕이 글로스터를 데리고 등장)

[리어] 면회 사절이라고? 나한테? 몸이 아프다고? 피곤하다고? 어제 밤새도록 여행했다고? 변명일 뿐이야. 아비를 거역하고 아비를 버리려는 징조다. 더 만족할 만한 대답을 가져오라.

[글로스터] 말씀드리기 송구하오나 폐하도 아시다시피 공작님의 성질은 불 같아 한 번 정한 마음은 한 치의 양보도 없이 고집하십니다.

[리어] 복수하고야 말겠다. 염병에 걸려 뒈져라! 엉망진창이 되어버려라! 뭐라고? 성미가 불 같다고? 심보가 어떻다고? 여봐라! 글로스터! 글로스터! 콘월 공작 내외에게 면회를 신청하라.

[글로스터] 네, 그렇게 말씀드렸습니다.

[리어] 두 사람에게 말씀드렸다? 자네는 내가 하는 말을 알아듣고 있나?

[글로스터] 네, 알아듣고 있습니다.

[리어] 국왕이 콘월과 얘기를 나누고 싶다는 것이다. 아버지가 사랑스러운 딸에게 딸된 도리를 다하라는 것이다. 이 뜻을 두 사람에게 전했느냐? 숨이 막히고 피가 끓어오르는구나. 불 같은 공작이라고? 성난 공작에게 가 말하라. 아니, 지금 말하지 않아도 좋다. 어쩌면 정말 몸이 불편할지도 모르지. 건강할 때 쉽게 해내는 일도 몸이 아프면 소홀하기 쉬우니까. 가끔 사람은 지쳐 몸과 마음이 괴로울 때 제정신이 아닐 수도 있지. 참자. 나는 급한 성격 때문에 분통이 터졌던 거야. 그 때문에 병든 자의 발작을 건강한 살마의 의도로 오해했던 것이다. (켄트를 보며) 내 권세도 땅에 떨어졌구나. 무엇 때문에 그를 형틀에 묶어두었느냐? 이 꼴을 보니 공작 내외가 나를 만나길 꺼리는 것도 뭔가 계략 같구나. 내 하인을 내놔라. 공작 내외에게 내가 만나고 싶어 한다고 어서 전하라. 지금 곧 가라. 나타나 내 말을 들으라고 두 사람에게 말하라. 오지 않으면 그들의 침실 입구에서 북을 쳐 잠을 깨우겠다.

(글로스터 퇴장)

[리어] 아, 가슴이 끓어오른다. 북받치는 이 가슴이여! 진정해다오.

[광대] 아저씨! 가슴을 향해 고함치시네요. 우쭐대는 속 빈 부엌데기가 만두 속에 살아 있는 뱀장어를 넣고 나서 그 뱀장어에게 종알대는 것 같군요. 그 부엌데기는 뱀장어 대가리를 작대기로 때리면서 '들어가! 이 버릇없는 놈아! 들어가!'라고 야단칩니다. 그 여편네 오라비가 또 걸작이어서 말(馬)이 죽어 라 좋았던지 글쎄 마초(馬草)에 버터를 발라줄 정도였어요.

(글로스터의 안내로 콘월과 리건이 시종들과 함께 등장)

[리어] 내외 둘 다 잘 지냈는가?

[콘월] 폐하께 인사 여쭈옵니다. (켄트를 풀어준다.)

[리건] 폐하를 뵈오니 기쁩니다.

[리어] 그럴 것이다, 리건. 내가 이렇게 생각하는 것은 충분한 이유가 있기 때 문이다. 네가 기쁘지 않다고 말하면 네 어미는 화냥년이 될 테니. 그렇다면 나는 무덤을 헤쳐서라도 네 어미와 이혼할 생각이다. (켄트에게) 아, 이제야 풀 려났구나. 이 일은 나중에 따지기로 하자. 사랑하는 리건! 네 언니는 내게 너 무 가혹했다. 그 아이는 독수리같이 불효의 이빨을 드러내 (자기 가슴을 가리 키며) 여기 이 가슴을 물어뜯었다. 네게 말로 다 표현할 수 없구나. 아, 리건! 너는 안 믿을 거다. 얼마나 졸렬한 방법으로…. 오, 리건!

[리건] 제발 진정하세요. 아버님이 언니 심정을 오해하신 것 같아요. 언니가 그런 불효를 했을 리 없어요.

[리어] 그게 무슨 소리냐?

[리건] 언니의 효성이 소홀했다니 도저히 믿을 수 없습니다. 혹시 아버님 부 하들의 난동을 다소 누르고 다스렸다면 그만한 이유가 있었을 겁니다. 그러 니 언니를 비난할 수는 없어요.

[리어] 나는 네 언니를 저주한다.

[리건] 아, 저런! 아버님은 늙으셨어요. 밀어닥치는 연세에 아버님의 원기도 다 쇠퇴하셔서 고령 막바지에 다다랐습니다. 아버님 자신보다 나라 사정에 더 정통한 젊은이의 분별심에 몸을 의탁해 그의 보호와 인도를 받으셔야 합니다. 그러니 제발 언니에게 돌아가셔서 미안하다고 사과하십시오.

[리어] 나보고 용서를 빌라고? 그래, 한 집안의 가장이 '사랑하는 딸아! 내가 폭삭 늙었다는 것을 인정하마. 노인은 쓸모 없구나. 무릎 꿇고 이렇게 부탁하니 입을 옷가지와 먹을 음식과 덮을 이불을 좀 다오.'라고 애걸해야겠니?

[리건] 그만하세요. 그런 실없는 모습은 추해 차마 못 보겠어요. 제발 언니에게 돌아가세요.

[리어] (일어서며) 리건! 나는 절대로 안 가겠다. 그년은 내 시종들을 절반으로 줄였어. 눈살을 찌푸리며 나를 노려봤지. 내게 욕설까지 퍼부었다. 그년의 혓바닥은 독사처럼 내 가슴을 휘감았어. 하늘에 쌓인 온갖 복수여! 은혜도 모르는 그년의 뻔뻔한 낯짝 위에 쏟아져라. 질병의 독기여! 그년이 품고 있는 태아의 뼛골을 쳐 절름발이로 만들어라.

[콘월] 끔찍하군요, 폐하. 너무 끔찍합니다.

[리어] 날쌘 번개여! 사람 눈을 멀게 하는 네 불꽃으로 경멸에 가득 찬 그년의 눈을 질러라. 강렬한 햇살에 빨려들어 늪에서 모락모락 솟는 독기여! 그년의 미모를 시들게 하고 그년의 교만을 박살내라.

[리건] 오, 하느님 맙소사. 저 때문에 화가 나신다면 제게도 똑같은 저주를 퍼부으시겠군요?

[리어] 아냐, 리건. 너를 저주하는 일은 결코 없을 것이다. 너는 부드러운 인덕을 가졌기 때문에 가혹한 짓은 안 할 거다. 고너릴의 눈은 사납지만 네 눈은 불꽃처럼 이글이글 타오르지 않아 좋다. 내가 즐기는 일을 너는 불평하지 않겠지? 너는 내 시종들을 줄이지도, 다짜고짜 내게 말대꾸하지도 않을 거야. 설마 네가 내 생활비를 아까워하겠느냐? 요컨대 내가 오는 것을 막기 위

해 빗장을 거는 짓은 하지 않을 거란 말이다. 너는 예의범절을 터득했으니 자녀의 의무와 공손한 예절과 은혜의 보답을 남들보다 잘 알겠지? 내가 네게 왕국의 절반을 양도해주었다는 것을 너는 잊지 않았을 거야.

[리건] 아버님! 이제 용건을 말씀하세요.

[리어] 저 사람에게 족쇄를 채운 놈이 누구냐?

(안에서 나팔 소리)

[콘월] 저 나팔 소리는?

[리건] 언니가 행차하나 봅니다. 곧 오겠다고 편지에 적혀 있었어요.

(오스왈드 등장)

[리건] 공작 부인이 오셨소?

[리어] 이 하인 놈은 변덕스러운 주인마님의 치마폭에 숨어 거만하게 콧대만 높구나. 눈에 거슬린다. 내 앞에서 썩 꺼져라! 이놈!

(고너릴 등장)

[리어] 오, 하늘이시여! 굽어살피소서. 이 노인을 어여삐 여기신다면, 이 세상을 온화하게 다스리는 당신의 뜻이 이 몸을 가상히 여기신다면 이 일을 당신 자신의 일로 여기시고 천사를 내려보내시어 제 편을 들어주소서. (고너릴에게) 너는 이 아비의 수염을 보고도 부끄럽지 않느냐? 오, 리건! 너는 저년의 손을 잡으려고 하느냐?

[고너릴] 어째서 손을 잡으면 안 됩니까? 제가 나쁜 짓이라도 했나요? 망령이시군요. 당신 같은 늙은이가 그렇게 생각하고 말한다고 이 모든 게 무례한 짓이라는 말입니까?

[리어] 너는 여전히 지독히 오만불손하구나. 그래도 버티겠다는 말이냐? 어째

리어를 맞는 리건과 고너릴
리어가 두 딸에게 냉대받는 장면이다.

서 내 하인에게 족쇄를 채웠느냐?

[콘월] 제가 채웠습니다. 저놈의 무례한 행동은 더 심한 벌을 받았어야 합니다.

[리어] 뭐라고? 네가? 네가 했다고?

[리건] 아버님! 아버님은 연세가 많아 허약해지셨어요. 진정하세요. 언니에게 가서서 한 달 동안 머물면서 시종을 절반으로 줄이신 후 제게 오세요. 저는 지금 집을 떠난 몸이어서 대접해드리려고 해도 일용할 양식이 없습니다.

[리어] 네 언니 집으로 돌아가라고? 시종을 50명으로 줄이고 고너릴에게 돌아가느니 차라리 공중에 있는 모든 것과 적이 되어 비바람을 뒤집어쓰는 게 낫겠다. 차라리 이리와 올빼미의 벗이 되고 가난의 괴로움을 맛보는 게 낫겠다. 네 언니 집으로 돌아가라고? 성미 급한 프랑스 왕은 재산도 물려받지 않은 내 막내딸을 아내로 맞이했지. 그의 옥좌 앞에 무릎 꿇고 그의 기사로 생활비를 얻어 이 초라한 목숨을 유지하는 게 차라리 낫겠다. 고너릴의 집에 못 간다! (오스왈드를 가리키며) 차라리 이 흉악한 놈의 노예나 말이 되라고 해라.

[고너릴] 그럼 마음대로 하세요.

[리어] (고너릴에게) 얘야! 나를 미치게 만들지 마라. 더 이상 너를 괴롭히지 않겠다. 잘 있거라. 두 번 다시 만나지 말자. 두 번 다시 얼굴을 대하지 말자. 그러나 너는 여전히 내 살이요 핏줄이요 내 딸이다. 아니면 내 살 속에 박힌 병균인지도 모르지. 그러나 그것도 내 것이어서 부를 수밖에 없는 것. 너는 내 피가 썩어 엉겨 생긴 종기요 부스럼이요 부어오른 염증이다. 하지만 나는 너를 책망하지 않겠다. 언젠가는 네게 치욕이 내릴 테니 지금 애써 그걸 부르고 싶진 않다. 나는 천둥 벼락에게 부탁해 너를 불태우라고 하지도 않고 숭고한 심판자 제우스 신에게 너를 몰래 일러바치지도 않겠다. 적당할 때 마음을 고쳐라. 틈이 있을 때 착한 사람이 되도록 애써라. 나는 참아나가겠다. 리건! 네 집에서 머물겠다. 나와 기사 100명 모두.

[리건] 그럴 수는 없습니다. 아버님께서 오실 줄 전혀 예상하지도 못 했고 받

들어 모실 만한 충분한 사전 준비도 되어 있지 않습니다. 그러니 언니의 의견에 귀 기울여주세요. 아버님의 역정에 대해 이성을 가지고 생각하는 사람은 아버님께서 연로하셔서 그러니 어쩔 수 없다고 생각할 겁니다. 하지만 언니는 자신이 해야 할 일을 잘 알고 있습니다.

[리어] 너! 그 말 진심이냐?

[리건] 그렇습니다. 아니, 시종이 50명이라고요? 그 정도면 되지 않습니까? 그 이상 무슨 소용이 있습니까? 정말 그래요. 그것도 많아요. 비용도 많이 들고 위험도 커요. 한 집안에서 주인 두 사람이 명령을 내리면 많은 사람이 어떻게 평화롭게 지낼 수 있겠습니까? 어려운 일이지요. 불가능한 일입니다.

[고너릴] 동생의 하인이나 제 집 시종들이 아버님을 돌봐드리면 안 될 것도 없잖아요?

[리건] 왜 안 되겠어요? 저희 집 하인이 아버님을 소홀히 모시면 제가 호되게 다스리겠어요. 그러니 부탁이에요. 저희 집에 오시려면 제발 시종을 25명만 데려오세요. 그 이상 오면 지낼 방도 없고 돌봐줄 수도 없어요.

[리어] 나는 너희에게 내 모든 걸 주었는데….

[리건] 적당할 때 다 주신 거지요.

[리어] 그리고 나는 너희를 내 후견인으로 할 모든 권력을 맡겼다. 그 대신 내 시종을 100명으로 둔다는 조건을 붙였다. 그런데 뭐? 25명밖에 안 된다고? 리건! 너, 진심으로 하는 소리냐?

[리건] 거듭 말씀드리지만 그 이상은 곤란합니다.

[리어] 악한 자 옆에 더 흉악한 자가 있으면 그 악한 자가 제법 선해 보일 수도 있지. (고너릴에게) 최악의 상태가 아니니 너는 약간 칭찬 받을 만하다. 너와 함께 가겠다. 너는 50명이라고 했으니 25명의 두 배 아니냐? 네 효심이 네 동생의 두 배인 셈이다.

[고너릴] 잠시 기다리세요. 아버님의 시종이 25명이든 열 명이든 한 명이든 무

슨 상관이에요? 저희 집의 수많은 시종이 대신 뒤를 돌봐드리고 있는데요.

[리건] 맞아요. 아버님를 모시던 시종이 한 명이면 어때요?

[리어] 필요한지 안 한지 토론은 쓸데없다. 찢어지게 가난한 거지들도 형편없는 물건이나마 넉넉히 가진 게 있어. 사람이 기본적으로 필요한 것 이상 가질 수 없다면 짐승과 뭐가 다르겠느냐? 너는 귀부인이다. 따뜻한 옷을 입는 것이 사치라면 네가 입은 따뜻하지도 않을 그 사치스러운 옷이 인간에게 왜 필요하겠느냐? 하지만 정말 필요한 것이 있다. 하늘이여! 인내를 주소서. 제게는 인내가 필요합니다. 신들이시여! 여기 서 있는 불쌍한 늙은이를 보십시오. 가슴에 슬픔이 맺히고 나이가 찰 대로 차 어느 모로 보나 불행한 인간입니다. 이 딸들의 마음을 충동질해 아버지를 배신하게 만든 것이 당신 뜻이라면 저를 너무 우롱하는 처사입니다. 이 일을 가만히 보고 참도록 내버려두지 마소서. 의분이 샘솟게 하소서. 여인의 무기인 눈물이 남자의 얼굴을 더럽히지 않도록 해주소서. 아니, 이 짐승 같은 년들아! 너희 둘에게 무서운 복수를 하겠다. 그렇게 함으로써 온 세상이 다… 그렇지. 나는 반드시 복수하겠다… 하지만 어떻게 복수할지는 나도 아직 모른다. 너희가 이 세상의 위험인물이라는 것을 만천하에 알리겠다. 너희는 내가 눈물 흘릴 거라고 생각하겠지만 나는 울지 않을 것이다. 절대로 울지 않겠다. 울 이유는 충분하지만 (멀리서 폭풍우 소리가 들린다.) 이 심장이 천 갈래 만 갈래 찢기기 전에는 울지 않겠다. 아, 바보 광대야! 나는 미칠 것만 같구나.

(리어, 글로스터, 켄트, 광대 퇴장)

[콘월] 안으로 들어갑시다. 폭풍우가 몰려올 것 같소.

[리건] 이 집은 좁아 저 노인과 시종들이 함께 머물 수가 없어요.

[고너릴] 늙은 망령 탓이야. 스스로 편안한 자리를 걷어찼으니 어리석은 소행이 어떤 것인지 맛을 봐야 해.

[리건] 아버님 한 분만이라면 기쁘게 모시겠는데. 시종들은 단 한 명도 안 되겠어요.

[고너릴] 나도 그렇다. 글로스터 백작은 어디 갔을까?

[콘월] 노인을 쫓아갔어. 아, 저기 돌아오는군.

(글로스터 다시 등장)

[글로스터] 국왕께서는 화가 머리끝까지 나셨습니다.

[콘월] 어디로 가신다던가요?

[글로스터] 말을 대령하라고 호통치시는데 어디로 가실지는 모르겠습니다.

[콘월] 내버려둬요. 고집대로 하시게.

[고너릴] 백작! 말리지 마세요.

[글로스터] 아, 벌써 밤이 되고 사나운 모진 바람이 불어옵니다. 이 근처 수 킬로미터 내에는 건물 한 채도 거의 없습니다.

[리건] 하지만 백작! 옹고집쟁이에게는 스스로 맞이한 고통이 훌륭한 스승이 될 수 있어요. 문단속 잘하세요. 늙은이의 시종들이 죽기살기로 사납게 으르렁대고 있으니. 늙은이를 선동해 무슨 짓을 할지 몰라요. 조심하세요. 나쁜 말에 항상 귀가 솔깃한 분이니.

[콘월] 백작! 문을 닫으시오. 리건 말이 옳아. 자, 어서 폭풍우를 피합시다.

(모두 퇴장)

2막 4장 분석

1막 4장과 마찬가지로 관객은 역경에 대한 리어의 강렬하고 불안정한 반응을 엿볼 수 있다. 그는 처음에는 리건과 고너릴의 부재에 당황한다. 리어가 그의 도착에 대한 사전 통지를 보냈기 때문이다. 인정된 환대 규칙에서 벗어난 것은 왕을 정말 화나게 한다. 다음으로 리어는 콘월이 켄트를 족쇄로 감금한 책임이 있다는 사실을 알고 놀란다. 여러 지점에서 리어는 너무 화가 나 거의 말을 할 수 없고 합리적인 문장을 겨우 적을 수 있다. 그가 고너릴의 궁전으로 돌아가라는 주장은 리어를 화나게 한다. 그는 고너릴에 대한 신의 복수를 촉구할 때 가장 열정적이다. 리어는 이전의 통제력을 되찾기 위해 조금 노력했지만 그는 고너릴의 면전에서 평정심을 유지할 수 없다.

여러 면에서 리어는 콘월의 행동에 대한 변명을 구할 때처럼 "그가 건강하지 않을 수 있습니다."라고 부정한다. 그리고 고너릴이 나타났을 때 리어는 먼저 그녀에게 동정을 구한 다음 자기 연민에 빠진다.

분노는 리건이나 고너릴을 움직이지 않았고 더듬는 것도 효과가 없겠지만 리어는 자신이 통제를 포기한 삶에서 필사적으로 질서를 되찾기 위해 노력한다. 여러 면에서 리어는 고너릴이 '내 살, 내 피, 내 딸'임을 인정하면서 거의 체념한 듯 보인다. 그러나 또한, 그는 그녀가 '나의 부패한 피'임을 인정하고 그녀의 행동에 대한 책임을 받아들인다. 그녀의 아버지로서의 그의 선택은 그의 딸로서의 그녀의 선택을 결정했다. 이런 모든 감정적 반응은 그의 새로운 삶의 현실을 바꿀 수 없으며 1막에서 그의 성급한 행동 때문에 생기는 문제를 해결하는 효과적인 방법을 주지도 않는다.

리어는 왕의 권리와 태도를 유지하기 위해 노력하지만 그는 이름만 왕으로 남아 있다. 그가 리건과 콘월이 나타나도록 명령했을 때 그는 그들이 그렇게 하리라 기대한다. 그러나 "나는 그들에게 그렇게 알렸다."라는 글로스터의 대답은 새로운 질서를 보여준다. 리건은 왕과 이야기하기로 동의하지만 분명히 그녀의 조건에 따라 이야기한다. 리어는 자신이 내리는 선택이 가난하거나 위험으로 가득 찼더라도 자신의 운명을 계속 책임지고 싶어 한다.

리어는 자발적으로 폭풍 속으로 모험을 떠난다. 왕은 추종자를 포기해서 딸들과 함께 지내기보다 야외에서 잠자는 것을 택하기로 결심하여 어두운 격동의 밤을 맞이할 것이다.

리건은 처음에는 더 동정심 많고 온화한 딸로 보인다. 그녀는 리어에게 공손히 인사하지만 그녀의 태도는 기만적이다. 리건은 왕실의 아버지에 대한 진정한 존경심이 없다. 고너릴은 이미 자신이 공개적으로 가혹하고 단호하다는 것을 드러냈지만 리건은 속임수에 더 능해 은혜로운 딸이 보여줄 것으로 기대되는 존경과 공손함의 역할을 쉽게 맡는다. 그러나 결과는 여전히 똑같다. 그녀의 친절은 일시적 속임수일 뿐이다. 고너릴과 마찬가지로 리건은 자신이 완고하고 잔인하다는 것을 증명한다. 어느 쪽도 왕국 전체를 주신 아버지에 대한 사랑, 부드러움, 이해, 감사를 나타내지 않는다.

이 장면에서 셰익스피어는 이런 여러 캐릭터에게 충성도가 의미하는 것에 중점을 둔다. 글로스터는 평화를 이루고 부드러운 말을 하는 무기력한 노인으로 묘사된다. 그는 리어에게 충성하지만 충성심에는 효과가 없다. 또한, 켄트는 왕에게 충성하며 내리막이 아닌 오르막에 있는 보호자를 찾으라는 바보의 조언을 거부한다. 바보의 조언을 켄트의 충성심에 대한 시험으로 간주하는 것이 가능하다. 이것이 테스트라면 켄트는 쉽게 통과한다. 켄트는 왕에게 충성스럽고 바보는 자신의 조언을 받아들이기를 거부한다. 사실 켄트가 동반 중인 보호자를 찾아야 한다는 주장은 이미 에드먼드가 한 것이다. 에드먼드는 콘월을 자매의 남편 중 더 강한 것으로 보고 자신의 전망을 콘월의 전망과 연결한다. 그러나 글로스터, 켄트, 바보와 달리 에드먼드의 궁극적인 충성심은 자신에 대한 것이다.

다가오는 폭풍은 리어의 삶에 혼란을 알린다. 그는 자신이 시작한 사건의 추진력을 늦출 수 없는 슬픈 인물이다. 리어는 폭풍이 사라지기 전 인생의 목적을 되찾기 위해 폭풍 속으로 출발한다. 자신의 상황에 대한 리어의 당혹감, 딸의 존경심 상실, 왕권 상실은 모두 리어를 동정심 많은 인물로 만드는 역할을 한다. 전생의 왕다움과 권력을 대표하는 기사를 해고하기보다 존엄성을 유지하려는 그의 시도는 이 같은 동정심을 더한다. 그는 폭풍 속으로 떠나고 딸들은 한 번 더 그를 거부하기를 기다리지 않고 그들을 거부한다. 떠나면서 리어는 자신의 삶에 대한 작은 통제권을 잡으려고 한다. 폭풍은 리어에게 완벽한 장소다. 왕과 아버지에 대한 자연질서를 확립한 자연은 인간을 생존을 위해 사랑에 의존하는 피조물로 만들었다. 아버지에 대한 충성심이 부족해 부자연스럽고 혈연이나 사회질서의 유지를 거부한 왕의 딸들은 리어가 받을 자격이 있고 기대하는 사랑과 존경을 박탈했다. 절망적인 순간 리어는 탈출을 위해 자연으로 향한다.

KING LEAR

3막 1장

Act III, Scene I

"인간이라는 작은 몸뚱이 하나만 믿고 여기저기서
부딪치고 흩어지는 비바람을 깡그리 무시하고 계시지요."
_광대

● 황야, 천둥, 번개, 폭풍

(켄트와 한 기사가 좌우에서 등장)

[켄트] 누구냐? 오, 폐하는 어디 계시오?

[기사] 사나운 비바람과 겨루고 계십니다. 땅땅이(곤충류)가 바닷속으로 꺼지라고 바람에게 명령하고 계십니다. 때로는 몰아치는 파도가 육지로 밀려와 천지를 뒤엎든지 없애버리라고 고함치고 계십니다. 백발을 움켜쥐고 쥐어뜯고 계시지만 성급한 폭풍우는 미친 듯 사납게 그분의 백발을 희롱하고 있을 뿐입니다. 인간이라는 작은 몸뚱이 하나만 믿고 여기저기서 부딪치고 흩어지는 비바람을 깡그리 무시하고 계시지요. 새끼에게 젖을 빨려 허기진 곰도 굴속에 숨고 사자도, 뱃속이 텅 빈 이리도 털이 비에 젖고 싶어 하지 않는 이런 밤에 국왕께서는 모자도 쓰지 않고 밖으로 뛰쳐나가 될 대로 되라는 듯 아우성 치십니다.

[켄트] 곁에 누가 있소?

[기사] 광대만 있을 뿐입니다.

[켄트] 당신의 인품은 이미 나도 알고 있으니 당신을 믿고 감히 한 가지 중대
사를 부탁합니다. 알바니 공작과 콘월 공작은 겉으로는 반죽이 잘 맞는 것
같지만 사이가 좋지 않소. 이 두 공작에게는 겉으로는 충실한 신하인 척하면
서도 실제로는 프랑스 첩자가 되어 이 나라의 중대 기밀을 낱낱이 보고하는
자들이 있소. 그런 자들은 운수가 풀려 왕위에 올랐거나 높은 지위를 차지
한 자들에게 흔히 붙어 다니는 작자들이지요. 이 두 공작에게도 예외는 아니
지요. 그래서 그들은 이 두 공작의 불화, 음모, 착하신 노왕에 대한 무자비한
학대 등 겉도는 사실뿐만 아니라 속에 파묻힌 무서운 비밀까지 모조리 정탐
해 알고 있소. 어쨌든 조만간 프랑스 군대가 쳐들어와 분열된 이 나라를 덮
칠 것만은 분명하오. 이미 우리의 태만을 이용해 상륙하기 가장 유리한 항구
로 몰래 밀려와 이 나라에 선전포고의 깃발을 높이 치켜들 기세지요. 그래서
부탁인데 내 말을 믿으시고 급히 도버까지 가 왕께서 불만이 이만저만이 아
니시고 딸들 때문에 겪는 슬픔으로 거의 미칠 지경이라는 사실만 전하면 깊
이 사례해줄 사람이 나타날 겁니다. 이런 말을 하고 있는 나도 집안 좋고 교
육도 제대로 받은 사람입니다. 다소 정보도 얻고 확인도 해 이 역할을 당신
께 부탁하는 겁니다.

[기사] 이 문제는 더 의논해봅시다.

[켄트] 그럴 필요 없습니다. 내가 겉보기와 다르다는 증거로 이 지갑을 드리
겠소. 그 지갑을 열고 속에 든 것을 잘 보관하시오. 당신이 코델리아 공주를
만났을 때 (꼭 만나겠지만) 이 반지를 보여드리자마자 내가 누군지 공주님이
얘기해주실 겁니다. 도대체 폭풍우는 왜 이리 사나운가? 나는 국왕을 찾으
러 가겠소.

3막 1장 분석

히스 위의 리어의 이미지, 그의 절망과 분노가 폭풍의 분노와 분명히 같은 이미지를 보여준다. 가족의 비극적인 혼란을 반영하는 왕의 모습은 폭풍의 공격을 받는 자연경관만큼 황폐하다. 설명에서 폭풍이 맹렬하다는 것이 분명하지만 리어의 슬픔도 마찬가지다. 그러나 리어는 혼자가 아니므로 우리는 바보가 폭풍 속으로 쫓겨날 주인의 운명을 공유한다는 것을 알게 된다. 바보의 초기 모습에서 그는 그리스 합창단처럼 기능해 행동을 논평하고 그가 잘못했을 때 리어를 지적했다. 그러나 이 장면에는 바보가 존재하는 새로운 이유가 있다. 그가 왕의 곤경을 덜어주는 것을 시도하면서 바보의 새로운 목적은 코델리아가 아버지를 돕기 위해 도착할 때까지 리어를 보호하는 것임이 분명해진다.

이 장면은 2막 2장의 여운이 남는 질문에 답한다. 켄트의 이야기는 다소 모호하며 지난 며칠간의 사건에 대한 소문이 프랑스로 그렇게 빨리 퍼질 수 없었기 때문에 있을 수 없는 기간이라고 주장한다. 그러나 셰익스피어는 종종 자신의 비극에서 시간을 조작해 의도적으로 연극을 진행한다. 이 경우, 침공에 대한 기대와 코델리아의 도착 전망은 리어의 상황이 곧 좋아질 거라는 희망을 준다.

또한, 켄트는 알바니와 콘월의 동맹에 균열이 생길 수 있다고 말했지만 정보를 비공개로 유지하기 위해 노력했다. 청중은 알바니가 콘월만큼 무자비하지 않을 수도 있다는 힌트를 들었지만 현재로서는 알바니가 리어를 살릴 거라고 믿을 이유가 없다. 두 공작이 균열 가능성을 숨기려고 한다면 긴밀히 협력하고 있을 수 있으므로 알바니도 똑같이 신뢰할 수 없게 된다.

KING LEAR

3막 2장
Act III, Scene II

"천둥의 뜻을 급히 전하는 유황의 불이여!
참나무를 쪼개는 벼락의 선구자인 번개여! 너희는 이 백발을 태워라."
_리어

● 황야의 다른 곳

(폭풍우 속에서 리어왕과 광대 등장)

[리어] 바람아! 불어라. 네 뺨이 터지도록. 세차게 불어라! 너, 폭풍우여! 쏟아져라. 너희는 물길을 내뿜어 뾰족탑을 물에 적시고 탑 위의 바람개비를 물속에 잠기게 하라. 천둥의 뜻을 급히 전하는 유황의 불이여! 참나무를 쪼개는 벼락의 선구자인 번개여! 너희는 이 백발을 태워라. 천지를 진동시키는 천둥이여! 이 세상 모든 아기를 가진 여자들의 둥근 배를 쳐 납작하게 만들어라. 창조의 모태를 부숴라. 은혜도 모르는 인간을 태어나게 하는 모든 종자를 없애버려라.

[광대] 아저씨! 방안에서 비 안 맞고 아첨하는 것이 들판에서 비 맞는 것보다 나아요. 아저씨! 돌아갑시다. 딸년들의 신세를 지세요. 칠흑같이 어두운 이런 밤에는 현명한 사람도, 바보 같은 사람도 알아보지 못해요.

[리어] 실컷 으르렁거려라. 불꽃을 토해라. 비야! 쏟아져라. 비도 바람도 천둥도 번개도 내 딸이 아니다. 너희가 불친절하다고 너희를 비난하진 않겠다.

너희에게는 내 왕국을 양도하지도 않았고 너희를 내 딸이라고 부르지도 않았으니 너희가 내게 복종할 의무도 없다. 그러니 너희 마음대로 해도 나는 아무 할 말이 없다. 나는 너희의 노예가 되어 여기 서 있다. 불쌍하고 가냘프고 허약하고 멸시받는 늙은 몸이 되어 여기 이렇게 서 있다. 그러나 너희가 흉악한 두 딸년 편이 되어 이 늙은이의 백발을 목표로 천군만마를 이끌고 공격해오니 나는 너희를 비굴한 사신들이라고 부르겠다. 아, 아, 정말 원망스럽구나.

[광대] 머리를 처박을 집 한 칸이 있는 사람은 현명한 사람들이지요. 머리를 처박을 집도 없는데 불알 넣을 바지가 있다면 머리나 불알에 이가 꾄다오. 이렇게 거지들은 장가간다오. 마음속에 다져둘 단단한 것을 발가락에 붙이고 다니면 발가락에 알이 배어 아파 울며 뜬눈으로 긴 밤을 새워야 하오. 아무리 기막힌 미인도 거울 앞에서는 입을 삐죽거립니다.

(켄트 등장)

[켄트] 누구냐?

[광대] 한 명의 똑똑한 사람과 한 명의 바보가 여기 있소.

[켄트] 아, 여기 계셨군요? 아무리 밤을 좋아하는 동물도 이런 밤은 싫어할 겁니다. 험악한 날씨 때문에 캄캄한 밤을 어슬렁거리는 짐승들조차 동굴 속에 숨어버릴 겁니다. 이토록 굉장한 번개, 이토록 무서운 천둥, 이토록 끔찍하게 으르렁거리는 비바람의 신음은 지금까지 겪어보지 못했습니다. 이토록 무섭고 괴로운 일을 겪으면 인간의 체력도 별 도리가 없을 겁니다.

[리어] 이토록 무서운 혼란을 우리 머리 위에 펼치는 천상의 신들이라면 곧 그들의 적수를 찾아내게 하라. 악독한 자들이여! 두려움을 알라. 가슴속 깊이 숨겨둔 죄상이 있으면서도 아직 정의의 채찍을 받지 않은 죄인들이여! 숨어라. 너, 살인자여! 거짓으로 증언한 자여! 간음을 저지르고도 덕행을 가장하는 자여! 모두 숨어라. 남의 눈을 속이고 교묘하게 사기치는 놈들! 사람 목

폭풍우 속의 리어왕
두 딸로부터 버림받은 리어가 폭풍우 속에서 절규하는 장면이다.

숨을 노리는 악한들! 구석구석까지 온몸을 떨어라. 마음속 깊이 감춰둔 죄악아! 너를 감춘 뚜껑을 활짝 열고 이 무서운 심판자에게 자비를 빌어라. 내가 죄를 지은 게 아니라 남들이 내게 죄를 지었다.

[켄트] 아, 왕관도 안 쓰시고 맨머리로. 폐하! 이 근처에 오두막이 있습니다. 약간의 호의가 폭풍우를 피하도록 그곳을 빌려줄 겁니다. 여기서 잠시 쉬고 계십시오. 그동안 저는 그 냉혹한 집에 가보겠습니다. 돌집이지만 돌보다 싸늘하고 매정한 집이지요. 얼마 전에도 폐하의 행선지를 알기 위해 그 집에 찾아갔는데 그 사람들은 저를 집 안에 들이지 않았습니다. 어쨌든 그 집으로 다시 돌아가 억지로라도 부족한 예절이나마 다하도록 종용해보겠습니다.

[리어] 내 머리가 돌기 시작하나 보다. (바보 광대에게) 이봐! 얘야! 너는 어떠냐? 춥냐? 나도 춥다. (켄트에게) 여보게! 지푸라기는 어디 있는가? 필수품을 만들어내는 일은 참 신기한 일이다. 더러운 물건으로 귀중품을 만들어내니 말이야. 자네 오두막으로 가자. 불쌍한 바보 광대 녀석아! 나는 네가 불쌍해 죽겠다.

[광대] (노래한다.) 어리숙하고 지혜 없는 놈아! 바람 부는 날이나 비 내리는 날이나 모두 팔자소관으로 체념해라. 허구한 날 매일 비가 와도.

[리어] 맞다, 맞아. 얘야! 오두막으로 안내해라.

(리어와 켄트 퇴장)

[광대] 창부의 정욕도 식힐 좋은 밤이다. 가기 전에 예언이나 해두자.

신부의 말이 행동보다 앞설 때
술장수가 누룩에 물을 섞을 때
귀족이 재봉사의 선생이 될 때
이교도는 살려두고 기생 서방 죽일 때

재판하는 사건마다 옳다고

판결날 때

빚진 기사 없고 가난한 기사 없을 때

악담이 사람 혀끝에 오르지 않을 때

소매치기가 군중 속에 끼지 않을 때

고리대금하는 자가 들에서 돈을 셀 때

뚜쟁이 갈보들이 예배당을 세울 때

그때가 되면 앨비언(영국의 옛 이름) 왕국에

큰 소동이 일어날 것이다.

그때까지 살아서 보기만 하면

발로 걷는 시기가 닥치리라.

멀린은 이런 예언을 할 것이다.

나는 그보다 한 시대 먼저 산 사람이니까.

(퇴장)

3막 2장 분석

다시 한번 청중은 리어가 그를 포위하는 문제의 팽창에 어떻게 대처하는 지를 관찰한다. 장면은 바람, 비, 개인적 절망 속에서 리어에서 시작된다. 그는 폭풍이 세상에 분노를 퍼부으라고 재촉하며 배은망덕한 인간의 멸망을 부르짖는다.

리어는 자신을 '가난하고 허약하고 멸시받는 노인'이라고 부르며 계속 자기 연민에 빠져 있다. 리어는 피난처를 찾거나 자신의 정신을 위해 싸우기보다 폭풍의 힘에 기꺼이 복종한다. 그의 불쌍한 상태에도 불구하고 리어는 그의 어리석은 실수를 훨씬 능가하는 처벌을 받는 복잡한 사람으로 드러나 청중의 동정을 받을 자격이 있다. 바보의 마지막 연설은 그와 리어가 경험하는 세계의 현실과 정의와 선이 악을 대체하는 유토피아 세계 간의 대조를 보여준다.

3막 3장

Act Ⅲ, Scene Ⅲ

"내가 목숨을 잃더라도 오랜 세월 내가 섬기던 폐하만은 구제되어야 한다."
_글로스터

● 글로스터 백작 성안의 어느 방

(글로스터와 에드먼드가 횃불을 들고 등장)

[글로스터] 아, 아, 에드먼드야! 나는 이토록 몰지각한 소행을 견딜 수가 없구나. 국왕을 가엾이 여겨 도와드리려고 허가를 청했더니 공작 내외께서는 나 자신의 저택도 쓰지 못하게 하고 국왕의 소문을 내든, 국왕을 위해 탄원하든, 어떤 방법으로든 국왕을 도와주기만 하면 나와 영원히 절교할 거라고 경고하시는구나.

[에드먼드] 지독하게 무도하군요.

[글로스터] 참아라. 너는 아무 말도 하지 마라. 두 공작은 사이가 나쁠 뿐만 아니라 이보다 더 불행한 일도 있다. 오늘 밤 나는 밀서를 받았다. 입 밖에 내면 위험해. 그 편지를 장롱 속에 넣고 자물쇠로 잠가두었다. 현재 국왕이 겪으시는 고난에 대한 철저한 복수가 이뤄질 것이다. 일부 병사는 이미 이 땅에 상륙했다. 우리는 국왕 폐하 편에 서야 해. 국왕을 찾아 은밀히 그분을 구조할 테니 너는 공작에게 가 그의 말 상대를 해주고 있거라. 그럼 국왕에 대

한 내 호의는 감쪽같이 숨길 수 있을 것이다. 그분이 내 소식을 물으면 아파 자리에 누웠다고 말해라. 그 일로 목숨이 위태롭겠지만 내가 목숨을 잃더라 도 오랜 세월 내가 섬기던 폐하만은 구제되어야 한다. 에드먼드! 괴이한 변고 가 생길지도 모르니 몸조심해라.

(글로스터 퇴장)

[에드먼드] 당신이 하는 일을 즉시 공작에게 알려야지. 밀서 건도 함께. 이것 은 꽤 큰 공적이 될 것이다. 그럼 당신이 잃은 재산은 몽땅 내 차지가 되지. 젊은이가 일어서는 건 늙은이가 쓰러질 때야.

█ 3막 3장 분석

극 초반 글로스터는 약하고 어리석어 보이고 에드먼드에게 쉽게 속는다. 1 막에서 쉬운 정복에 대한 그의 자랑은 관객이 글로스터를 어리석은 노인으 로 묘사한다. 그러나 이 장면에서 글로스터 백작은 리어에게 충성심을 보인 다. 글로스터는 리건과 콘월에게 불순종함으로써 왕을 위해 목숨을 기꺼이 희생할 의사가 있음을 증명한다. 진정으로 영웅적인 이런 행동은 글로스터 를 에드먼드와 차별화한다. 기회주의자 에드먼드는 아버지의 신뢰를 이용해 콘월의 호의를 얻을 기회를 잡는다. 그의 아버지를 배신하면 에드먼드에게 그가 갈망하는 지위와 부를 줄 것이다. 주저 없이 행동하면서 에드먼드는 자 신의 가문보다 개인의 길을 선택한다. 양심의 승리는 펼쳐지는 그의 배신에 서 전망할 수 없다.

KING LEAR

3막 4장

Act Ⅲ, Scene Ⅳ

"영화를 누리는 자들아! 이 일을 약으로 삼아라.
비바람에 몸을 드러내고 가난한 자의 비통함을 깨달아라."
_리어

● **황야의 오두막집 앞**

(폭풍우 속에서 리어왕, 켄트, 광대 등장)

[켄트] 여기입니다. 안으로 들어오십시오. 캄캄한 밤에 들판에서 폭풍우를 만나는 건 사람이 견디기 힘든 일입니다.

[리어] 내 염려는 하지 말게.

[켄트] 들어가십시오.

[리어] 내 가슴을 찢어놓을 셈이냐?

[켄트] 차라리 제 가슴을 찢고 싶습니다. 제발 안으로 들어가십시오.

[리어] 이토록 몰아치는 폭풍우에 흠뻑 젖는 것을 너는 대단한 일로 생각하는구나. 네게는 그럴 수 있겠지. 그러나 큰 번뇌에 사로잡혀 있을 때는 사소한 고뇌쯤은 느낄 수 없는 법이야. 곰을 피하고 싶어도 도망칠 길이 험한 바다밖에 없을 때는 곰과 정면으로 대결할 수밖에 없지. 마음속에 괴로움이 없어야 육체의 아픔을 쉽게 느낄 수 있는 법. 이 마음속에는 거센 폭풍이 불어 심장 고동 소리 외의 다른 모든 감각은 육체에서 사라졌다. 불효막심한 배신. 그것

은 음식을 날라다 준 손을 입이 깨무는 것과 같지 않은가? 철저히 벌을 주
겠다. 이제 눈물 흘리지 않겠다. 이처럼 캄캄한 밤에 나를 들판으로 내쫓다
니. 억수같은 빗속에서도 나는 견뎌낼 것이다. 이런 밤에도 오, 리건! 고너
릴! 나이 많고 자애로운 이 아비를… 아낌없이 모든 것을 양도해주었건만.
아, 이런 생각을 하니 미칠 것만 같구나. 그 생각은 하지 말자. 그런 생각만
은 그만두자.

[켄트] 제발 어서 들어가십시오.

[리어] 너나 들어가거라. 너 자신이나 편히 지내라. 이 폭풍우가 없었다면 여
러 일을 생각하느라 내 가슴이 더 찢어졌을 텐데. 다른 일을 더 이상 생각하
지 못하게 해주는구나. 하지만 나도 들어가겠다. (바보 광대에게) 얘야! 안으
로 먼저 들어가거라. 집도 없는 가난뱅이…. 안으로 들어가거라. 나는 기도
를 올리고 자겠다.

(바보 광대가 안으로 들어간다.)

[리어] 가난하고 헐벗은 딱한 사람들아! 너희가 어디 있든 이 몰인정한 폭풍
우를 맞으면서도 머리 하나 누일 곳 없이 굶주린 배를 움켜쥐고 구멍이 숭숭
뚫린 누더기를 걸치고 밤낮없이 견디려고 하는가? 나는 그동안 이런 일에 주
의를 기울이지 않았지. 영화를 누리는 자들아! 이 일을 약으로 삼아라. 비바
람에 몸을 드러내고 가난한 자의 비통함을 깨달아라. 남은 것이 있거든 그들
에게 나눠주어라. 그리하여 하느님의 공평함을 보여주어라.

[에드거] (안에서) 물이 한 길 반이야. 한 길 반. 불쌍한 톰!

[광대] 사람 살려! 사람 살려!

[켄트] (안에 대고) 누구냐? 거기 있는 건?

[광대] 귀신이야! 귀신! 제 이름은 불쌍한 톰이래요.

[켄트] 거기 짚자리에 앉아 중얼거리는 놈은 누구냐? 이리 나와라.

(미치광이인 척하며 에드거가 움막에서 나온다.)

[에드거] 저리 가! 아, 악마가 쫓아온다! 가시 돋친 산사나무 가지 사이로 찬 바람이 분다. 흥! 악마야! 잠자리로 들어가 몸뚱이를 녹여라.

[리어] 너도 두 딸에게 모든 것을 내줬느냐? 그래서 이 지경이 되었느냐?

[에드거] 불쌍한 톰에게 누가 무엇을 주겠어요? 그 더러운 악마는 톰을 이불 속으로, 불꽃 속으로, 냇물 속으로, 늪 속으로, 여울 속으로, 수렁 속으로 이리저리 마구 끌고 다녀요. 그리고 그놈은 베개 밑에 단도를 넣어두고 의자에는 목매달아 죽이는 밧줄을 걸어놓고 죽그릇 옆에는 쥐약을 늘어놓고 교만한 마음으로 비틀거리는 다갈색 말을 타고 10㎝밖에 안 되는 다리를 건너게 하고 제 그림자를 반역자라고 쫓아가게 했어요. 당신의 다섯 가지 지혜가 온전하길 빌겠어요. 톰은 추워요. 덜덜덜. 회오리바람, 별의 저주, 귀신의 홀림으로부터 저만은 신의 축복을 받아 벗어나게 해주소서! 악마에게 사로잡힌 불쌍한 톰에게 적선하세요. 이번만은 그놈을 붙잡을 수 있었는데. 저기 또 저기 그리고 저기서.

(폭풍우 계속)

[리어] 뭐라고? 저 사람도 제 딸년 때문에 저 지경이 되었다고? 당신은 아무것도 남겨둔 게 없소? 몽땅 줘버렸소?

[광대] 담요 한 장은 남겨두었군. 그것마저 줘버렸으면 이쪽이 창피해 못 볼 거야.

[리어] 머리 위를 떠도는 모든 재앙이여! 너희는 과오를 저지른 인간에게 떨어질 운명이니 네 딸년들 머리 위에나 떨어져라.

[켄트] 저 사람에게는 딸이 없습니다.

[리어] (켄트에게) 뒈져라! 배신자여! 불효한 딸 때문이 아니라면 인간이 어떻게 저토록 비참한 꼴이 될 수 있느냐? (에드거를 보며) 자식에게 버림받은 아

비들이 이같이 헐벗은 몸으로 학대받는 것이 요즘 유행인가? 제대로 형벌을 받는 셈이다. 아비의 피를 빨아먹는 펠리컨 같은 딸들을 낳은 몸뚱이니.

[에드거] 필리콕(펠리컨)이 필리콕 산에 앉았구나. (매를 부르듯) 허이, 허이, 어어이, 어어이!

[광대] 이토록 추운 밤에는 너나 할 것 없이 모두 바보가 되지 않으면 미쳐버리지.

[에드거] 저 악마를 조심하세요. 부모님 말씀을 잘 듣고 약속을 꼭 지켜요. 함부로 맹세하지 말고 남의 아내를 범하지 말고 좋은 옷에 정신 팔리지 마세요. 톰은 추워.

[리어] 너는 전에 무엇을 했나?

[에드거] 가슴과 마음이 교만으로 가득 찬 여주인을 모시고 살았지요. 머리를 지지고 볶고 모자에 장갑을 붙이고 마나님의 욕망을 듬뿍 채워줬답니다. 여주인과 응큼한 짓도 했지요. 입에서 나오는 대로 맹세하고 하느님 앞에서 그 맹세를 깨기도 했어요. 자기 전에 여자를 집어삼킬 궁리를 하고 깨어나서는 계획을 실행했지요. 술을 무척 좋아했습니다. 노름도 즐겼고요. 여자에 관한 한 수많은 궁녀를 거느린 터키 왕에게도 뒤지지 않습니다. 마음은 거짓되고 귀는 여리고 손은 잔인해 피투성이고 돼지처럼 게으르고 여우처럼 간사하고 이리처럼 욕심 많고 미치면 개 같고 물어뜯는 것은 사자 같았습니다. 구두가 삐걱거리는 소리와 비단옷 살랑거리는 소리에 반해 여자에게 정신이 팔리면 안 되지요. 창녀들의 집에는 발을 들여놓지 말 것이며 허리춤 사이로, 속옷 안으로 손을 넣지 말 것이며 빚쟁이 장부에 당신 이름을 올리지도 마세요. 그리고는 흉악한 악마에게 도전하세요. 아가위 덤불 사이로 찬 바람이 부는군요. 바람이 쏴아 불며 '이봐! 돌고래 같은 아이야! 이봐! 애야! 그 사람은 통과시켜.'라는군요.

(여전한 폭풍우)

폭풍우 속의 리어
켄트, 에드거와 광대로부터 부축받는 리어왕

[리어] 너는 알몸으로 이 추운 날 비바람에 씻기느니 차라리 무덤 속에 있는 게 낫겠다. 명색이 인간인데 이보단 나아야 하지 않겠느냐? 저 사람을 보아라. 너는 누에에게서 비단도, 짐승에게서 가죽도, 양에게서 털도, 고양이에게서 사향도 얻지 못했구나. 허허, 여기 있는 세 사람 모두 가장하느라 옷을 입고 있는데 너는 태어날 때 모습 그대로구나. 옷을 안 입으면 인간은 모두 너처럼 두 발 달린 벌거벗은 짐승에 불과하다. 벗어버리자. 이따위 빌려온 옷들은 벗어버리자. 여봐라! 이 단추를 풀어다오.

(리어왕이 옷을 벗으려고 몸부림친다.)

[광대] 제발 진정하세요. 아저씨! 오늘 밤은 수영할 날씨가 못 된다고요. 이 황량한 들판, 띄엄띄엄 있는 등불은 음탕한 늙은이의 정열 정도여서 그 작은 불꽃이 확 타올라봤자 그때뿐, 이후에는 온몸이 싸늘해져요. 보세요. 불덩이 하나가 걸어오고 있네요.

(글로스터가 횃불을 들고 등장)

[에드거] 저것이 흉측한 악귀 플리버티지베트구나. 저놈은 야간순찰 때 나타나 첫닭이 울 때까지 돌아다니지요. 거미줄과 핀으로 눈을 사팔뜨기로 만들고 입은 언챙이가 되게 하지. 흰 밀에 곰팡이가 슬게 하고 땅속 벌레를 못살게 구는 것도 이놈이야. 성인 위솔드가 들판을 세 바퀴 돌다가 아홉 마리 부하를 가진 가위 귀신을 만나 귀신에게 내려오라고 말했지요. 못된 짓은 하지 말라고 했지요. 마녀야! 가거라. 가거라. 없어져라.

[켄트] 폐하! 좀 어떠십니까?

[리어] 저놈은 누구냐?

[켄트] (글로스터에게) 거기 누구요? 누구를 찾고 있소?

[글로스터] 거기 있는 사람은 누구냐? 이름을 대라!

[에드거] 불쌍한 톰이에요. 헤엄치는 개구리, 두꺼비, 올챙이, 도마뱀, 물에 사는 도롱뇽을 먹고 살지요. 악마가 지랄하면 화가 나 야채 대신 쇠똥을 먹고 죽은 쥐나 개천에 버린 개를 마구 삼킵니다. 구린 물이 고인 연못의 파란 이끼를 통째로 마시고 매를 맞으며 이 마을 저 마을 끌려다니며 발 고랑을 차거나 감옥에 갇히는 놈인데 웃옷 세 벌에 셔츠 여섯 장, 말도 타고 칼도 찬 놈이지만 지난 7년 동안 생쥐나 작은 짐승들이 톰이 먹고 살았던 음식이지요. 내 뒤를 밟는 자들은 조심해야 해. 악마 스멀킨아! 닥쳐라! 이 악마야!

[글로스터] 폐하! 이따위 졸개들밖에 거느리지 않으셨습니까?

[에드거] 암흑천지의 왕은 신사입니다. 그의 이름은 모르지요. 마후라고도 한답니다.

[글로스터] 폐하! 혈육을 타고난 우리 아이들까지 몹시 악독해져 자신들을 낳아준 부모들까지 증오한답니다. 자, 제가 안내하지요. 저는 폐하의 신하로 따님들의 그 냉혹한 명령을 받아들일 수 없습니다. 성문을 닫고 폭풍우가 몰아치는 이 밤에 폐하께서 시련을 겪으시는 것을 내버려두라는 따님의 엄명이었지만 저는 그 분부를 거역해 폐하를 찾아내 불과 식사가 준비된 곳으로 안내할 겁니다.

[리어] 그 전에 철학자와 얘기를 나누고 싶다. 천둥의 원인은 무엇이냐?

[켄트] 폐하! 저분의 권유대로 안으로 드시지요.

[리어] 나는 아까 말한 이 테베의 학자와 얘기를 나누고 싶다. 네가 연구하는 것은 무엇이냐?

[에드거] 악마에게 선수 쳐 곁에 얼씬도 못 하게 하는 일이지요. 또한, 빈대를 죽이는 일도 하고요.

[리어] 네게 한 가지만 더 은밀히 묻고 싶다.

[켄트] (글로스터에게) 한 번만 더 권해보십시오. 폐하의 정신이 좀 이상해지기 시작한 모양입니다.

[글로스터] 정신이 나가셔도 누가 비난하겠소? 딸들은 노왕을 죽이려고 드니. 아, 선량한 켄트! 가엾게도 쫓겨났지. 그는 이런 사태를 이미 경고했소. 당신은 국왕께서 실성하실 것 같다고 했는데 사실 나도 미칠 지경이오. 내게는 아들이 하나 있었소. 지금은 내 핏줄에서 떨어져 나갔지만. 그놈이 글쎄 내 목숨을 노렸소. 얼마 전에 말이오. 나는 그 아이를 무척 사랑했소. 어느 아버지도 나만큼 아들을 위하진 않았을 것이오. 당신에게 실토하지만 나는 이 슬픔 때문에 미칠 것 같소. 정말 끔찍한 밤이군. 폐하! 제발….

[리어] 아, 용서하오. (에드거에게) 철학 선생! 함께 갑시다.

[에드거] 톰은 추워요.

[리어] 아냐. 나는 저 사람과 함께 있겠다. 저 철학자와 함께 있고 싶다.

[켄트] (글로스터에게) 백작님! 폐하의 말씀대로 하십시오. 저 사람도 데려갑시다.

[글로스터] 당신이 데려가시오.

[켄트] (에드거에게) 여봐라! 따라오너라. (모두에게) 함께 갑시다.

[에드거] (노래한다.) 캄캄한 성에 다다르니 그의 외침은 여전하더라. '홍, 형, 홍, 영국인 피냄새가 난다.'

(모두 퇴장)

▌**3막 4장 분석**

이번 장의 대부분은 리어의 정신적 붕괴에 초점을 맞추고 있다. 다시 한번 리어는 다양한 방식으로 자신의 개인적 비극을 다룬다. 처음으로 리어는 왕인 자신만큼 비참한 다른 사람들의 삶에 관심을 집중한다.

리어는 그들의 삶과 그의 현재 상황 간의 유사점을 깨닫는다. 진정한 의미에서 가난한 사람들에 대한 그의 연민은 그가 자신의 상황에 대해 느끼는 연민의 반영이다. 그는 마침내 가난한 사람들에게 연민을 느끼는데 이는 그가 그들 중 한 명이 되었기 때문이다. 이런 연민의 확장과 함께 새로운 사회적 인식도 생긴다. 리어는 자신이 왕국의 가난한 사람들을 돕기 위해 아무 일도 하지 않은 것을 깨닫는다. 오히려 그는 그들의 죽음에 기여했다. 그는 이렇게 말하며 자신을 꾸짖는다.

리어는 정의가 인간과 하늘에서 온다는 것을 인정한다. 리어는 기름 부음을 받은 왕이자 하느님의 대표자다. 따라서 지상에 공의를 시행할 책임을 공유하고 있다. 그는 자신의 문제와 똑같이 고통받는 다른 사람들의 문제에 자신의 책임이 있음을 인정한다. 다시 한번 리어는 복잡하고 동정심 많고 쉬운 정의를 거부하는 인물로 드러난다.

그의 새로운 지식으로 리어는 더 효과적인 왕이 될 것이다. 그러나 그는 왕의 지위를 포기했기 때문에 현재 상황에 대해서만 책임질 수 있다. 그가 백성에게 가한 잘못을 바로잡을 수 없는 그의 무능력은 그가 광기에 빠지는 원인이 된다. 리어의 심리적 혼란은 그를 둘러싼 폭풍을 잊게 만들고 그의 약해지는 명료함은 그의 곤란한 현실의 탈출구를 제공한다.

불쌍한 톰이 오두막에서 나왔을 때 리어는 거울에 비친 자신의 모습을 본다. 리어는 두 사람이 모든 것을 잃었기 때문에 불쌍한 톰과 동일시한다. 리어는 톰이 기만적이고 잔인한 딸의 희생자라고 상상한다. 리어와 톰의 정체성은 그가 톰과 합류하기 위해 거의 알몸으로 옷을 벗을 때 절대적으로 드러난다. 톰과 자신을 구별할 수 없다는 것은 리어의 광기의 증상이다. 이 장면은 관객에게 사람과 짐승을 거의 구분하지 않는다는 것을 상기시킨다. 인간의 연약함은 피할 수 없다. 미세한 선만 문명화된 국가와 미개한 국가를 나누기 때문이다.

글로스터의 상황과 리어의 상황 간의 유사점을 그릴 수 있지만(둘 다 자녀에 의해 조종되기 때문에) 한 가지 주목할 차이점은 글로스터가 제정신을 유지한다는 것이다. 글로스터는 자신이 얼마나 쉽게 정신을 잃을 수 있는지 알고 있으며 여전히 일어날 수 있어 두렵지만 그는 리어가 가지지 않은 내면의 힘을 가지고 있어 살아남을 수 있다.

역설적으로 글로스터는 불쌍한 톰으로 변장한 아들 에드거를 못 알아본다. 이 장면은 늙은 왕을 돕겠다는 글로스터의 결의를 보여줌으로써 3장을 기반으로 하지만 왕만큼 고통스러워하는 아버지도 드러난다. 글로스터는 곧 비참해질 자신의 처지를 모른다.

3막 5장

Act Ⅲ, Scene Ⅴ

"충성과 효도의 충돌이 괴롭더라도 끝까지 충성의 길을 걷겠습니다."
_에드먼드

● 글로스터의 성안의 어느 방

(콘월과 에드먼드 등장)

[콘월] 이 집을 떠나기 전 반드시 복수하겠다.

[에드먼드] 부자간의 천륜을 어기면서까지 공작님께 충성을 다했다는 소문이 날 텐데 그 생각을 하니 두려워집니다.

[콘월] 이제야 알겠다. 네 형이 백작을 죽이려고 한 것은 네 형의 마음이 악해서가 아니라 네 아버지 자신에게서 비난받을 충분한 약점이 있었기 때문이구나. 그것이 다른 이가 살의를 일으키게 한 것이지.

[에드먼드] 옳은 일을 하면서도 후회하다니 제 운명도 참 고약하군요. (편지를 꺼내면서) 이것이 아버지께서 말씀하시던 그 밀서입니다. 이것 때문에 아버지가 프랑스군을 위해 일한 첩자였음이 드러났습니다. 아, 신이시여! 이런 반역도 없고 그 탐지자도 제가 아니었다면 얼마나 좋았겠습니까!

[콘월] 나와 함께 공작 부인에게 가자.

[에드먼드] 이 편지 내용이 사실이라면 공작님의 신변에도 심상찮은 일이 닥

칠테니 조심하십시오.

[콘월] 사실 여부는 고사하고 이 사건 때문에 너는 글로스터 백작이 되었다. 네 아버지의 행방을 찾아라. 곧 체포할 수 있도록.

[에드먼드] (독백) '아버지가 국왕을 돕는 현장이 발각되면 이 혐의는 더 확고 해질 것이다.' (콘월에게) 충성과 효도의 충돌이 괴롭더라도 끝까지 충성의 길을 걷겠습니다.

[콘월] 너를 믿겠다. 네 아버지보다 네게 더 큰 사랑을 쏟겠다.

(둘 퇴장)

3막 5장 분석

이 장면에서 에드먼드와 콘월은 각각 자신의 불충을 정당화하는 것을 시도하면서 유덕한 척한다. 글로스터와 리어 둘 다 분명히 에드먼드와 콘월이라는 두 명의 이기적인 남성의 희생자다. 에드먼드는 아버지를 배신한 것을 후회하는 척하면서 아버지를 공경하는 자신의 본성이 이제 조국에 대한 충성심에 종속되어야 한다고 한탄한다. 따라서 에드먼드는 자신의 아버지를 배신한 것을 변명한다. 콘월의 존재는 에드거가 아버지의 피살을 추구하는 것이 정당하다고 에드먼드가 주장할 때 그의 선택은 명확해진다. 콘월은 글로스터의 행동을 반역으로 보고 그를 '책망할 악'이 있다고 묘사한다. 콘월의 이 선언은 아버지에 대한 에드먼드의 배신을 지지하고 에드먼드에게 일종의 독선적 정의를 제공한다.

3막 6장

Act III, Scene VI

"이리의 온순함을 믿고 말의 건강을 믿고
풋내기 녀석의 꾸준한 사랑을 믿고 갈보의 맹세를 믿는 사람은 미친놈이야."
_광대

● 성 근처 어느 농가

(글로스터와 켄트 등장)
[글로스터] 들판보다 이곳이 한결 나으니 다행으로 생각하세요. 국왕 폐하를 편히 모시기 위해서라면 제 몸을 아끼지 않겠습니다. 곧 돌아오겠습니다.
[켄트] 국왕의 모든 분별력은 극도의 분노와 함께 사라지고 말았습니다. 백작님의 친절에 깊은 감사를 드립니다.

(글로스터 퇴장. 리어왕, 광대, 에드거 등장)
[에드거] 악마 프라테레토가 나를 부르고 있다. 그의 말을 들어보니 황제 네로가 지옥의 호수에서 낚시질하는 모양이다. (바보 광대에게) 너는 착한 사람이지? 악마가 붙지 않도록 조심해라. (광대에게) 바보야! 기도하고 악마를 조심해라.
[광대] (리어왕에게) 아저씨! 미친 사람은 도시 신사인가요, 시골 신사인가요?
[리어] 왕이다. 왕!
[광대] 아냐. 도시 신사가 된 아들을 가진 사람은 시골 신사야. 자기보다 먼저

아들을 신사로 만든 사람은 미친 시골 신사니까.

[리어] 수천의 악마들이 벌겋게 달군 쇠꼬챙이를 가지고 '쉿쉿' 소리를 내며 그년들에게 덤벼들기라도 했으면….

[에드거] 악마가 내 등을 깨물었다.

[광대] 이리의 온순함을 믿고 말의 건강을 믿고 풋내기 녀석의 꾸준한 사랑을 믿고 갈보의 맹세를 믿는 사람은 미친놈이야.

[리어] 그렇게 하고야 말겠다. 곧 그년들을 법정으로 호출하겠다. (에드거에게) 박식한 재판장님! 여기 앉으시오. (바보 광대에게) 현명하신 당신은 여기 앉으시오. 요 암컷 여우들아! 너희는 여기 앉아라.

[에드거] 보세요. 저놈이 서서 노려보네요. 부인! 재판하는 데 방청인이 필요하다고요? 강을 건너오너라! 미친 베시! 내게 오너라!

[광대] (노래한다.) 그녀의 배(船)는 새는구나. 그녀가 그대에게 다가가지 못하는 이유를 그녀는 말하지 못하네.

[에드거] 흉악한 악마가 꾀꼬리 소리로 불쌍한 톰에게 붙어 다닌다. 악마 홉댄스는 톰의 뱃속에서 성한 연어 두 마리만 달라고 아우성이다. 악귀야! 찡찡대지 마라. 네게 줄 음식은 없다.

[켄트] 좀 어떠십니까? 폐하! 그렇게 놀라 서 계시지 마시고 잠시 자리에 누워 쉬지 않으시겠습니까?

[리어] 우선 저년들 재판부터 봐야겠다. 저년들의 증인을 불러라. (에드거에게) 법관복을 입으신 재판관님! 착석해주십시오. (바보 광대에게) 너는 배석 재판관이니 그 옆 의자에 착석해라. (켄트에게) 너는 재판위원이니 거기 앉아라.

[에드거] 공평하게 처리합시다. (노래한다.) 유쾌한 양치기야! 자느냐, 깼느냐? 네 양 떼는 풀밭에 있다. 입을 오므리고 피리를 불어라. 양 떼에게 해로울 것은 없을 테니. 야옹! 고양이는 회색이야.

[리어] 우선 저년부터 심문해라. 고너릴 말이다. 고명하신 여러분이 모인 장소

에서 맹세합니다. 저년은 가엾은 부왕을 발길질한 년입니다.

[광대] 이리 나오너라! 네 이름은 고너릴?

[리어] 아니라고 말하진 못 할 거다.

[광대] 이거 실례했습니다. 나는 당신이 걸상인 줄로 알았어요.

[리어] 여기 또 하나 있습니다. 이년의 찌그러진 상판을 보면 이면의 맘보가 얼마나 삐뚤어졌는지 알 수 있습니다. 그년을 거기 잡아두시오! 무기, 무기를! 칼을 빼라! 불을 켜라! 법정이 부패했다! 부정한 재판관들이여! 어쩌다가 그년을 놓쳤소?

[에드거] 제발 정신 차리소서! 폐하의 다섯 가지 지혜에 축복을 깃들이소서!

[켄트] 아, 슬프다! 그토록 자주 자랑하시던 그 인내심은 지금 어디 갔습니까?

[에드거] (독백) '눈물이 앞을 가려 속임수가 탄로나겠구나.'

[리어] 트레이, 블랜치, 스위트하트. 이 강아지들이 일제히 나를 향해 짖는구나.

[에드거] 톰은 머리에 쓴 것을 벗어던지겠소. 강아지들을 쫓아버리겠소. 개새끼들아! 저리 가라. 네 입이 검든 희든 네가 물면 이에서 독이 나온다. 집개, 사냥개, 흉한 잡종개, 하운드든, 스패니얼이든, 암캐든 염탐개든 꼬리 잘린 삽사리, 꼬리 복슬개도 톰 때문에 짖고 야단이다. 머리에 쓴 벙거지를 집어 던지면 개들은 뛰쳐나와 달아난다. 춥다. 추워. 자, 가자! 밤새우는 잔치에 가자! 장으로 가자! 장거리로. 불쌍한 톰! 네 뿔잔은 텅 비었구나.

[리어] 자, 리건을 해부해주시오. 그년의 심장에 무엇이 자라는지 봅시다. 이토록 냉혹한 년을 만들었을 때는 창조주에게 뭔가 이유가 있었을 것이다. (에드거에게) 너를 시종 100명 가운데 끼워주마. 다만, 네 옷차림이 마음에 들지 않는구나. 네 옷이 페르시아식 복장이라고 우기겠지만 바꾸는 것이 좋겠다.

[켄트] 자, 폐하! 여기 누워 잠시만 쉬시지요.

[리어] 부산떨지 마라. 시끄럽다. 커튼을 쳐라. 그래, 그래. 저녁식사는 아침에 들겠다.

모의재판을 벌이는 리어왕
리어왕이 두 딸의 모의재판을 벌이는 장면이다.

[광대] 나는 점심 때 잠자리에 들 거야.

(글로스터 등장)

[글로스터] 아, 여보시오! 국왕께서는 어디 계시오?

[켄트] 여기 계십니다. 하지만 건들진 마십시오. 정신을 잃으셨으니까요.

[글로스터] 국왕을 안아 일으키시오. 암살 음모 소문을 들었소. 들것을 준비해 놓았소. 국왕을 거기 실어 도버까지 급히 달려가시오. 그곳에 다다르면 환영과 보호를 받을 수 있을 것이오. 어서 국왕을 안고 오시오. 30분만 늦어도 국왕의 목숨은 물론 당신의 목숨과 그를 감싸는 모든 사람의 목숨까지 위태로울 것이오. 어서 안고 오시오. 그리고 내 뒤를 따르시오. 길 떠날 준비를 할 곳으로 급히 안내하겠소.

[켄트] 지쳐 곤히 주무십니다. 이렇게 주무시고 나면 광란이 진정되고 회복될 텐데. 부득이 깨운다면 회복되기 어려울 것이오. (바보 광대에게) 국왕을 안아 일으키자. 좀 도와다오. 우물쭈물할 시간이 없다.

[글로스터] 자, 갑시다!

(켄트, 글로스터, 바보 광대가 국왕을 부축하고 모두 퇴장. 에드거만 남는다.)

[에드거] 신분이 높은 분이 우리처럼 고생을 참는 것을 보면 우리의 불행을 원망할 수만도 없지. 즐겁고 편한 일들을 내버리고 혼자만 괴로움과 고통을 받는다면 마음의 괴로움은 매우 크겠지만 슬픈 일에 벗이 있고 시작되는 일에 동료가 있으면 마음의 괴로움은 훨씬 가벼워진다. 나를 괴롭히는 고통이 동시에 국왕도 괴롭히는 것을 보니 이제 내 고통은 한결 가벼워지고 견디기 쉬워졌다. 내가 아버지 때문에 고통받듯이 국왕께서는 따님 때문에 고통받고 있구나. 톰! 꺼져라. 시끄러운 소문이나 큰 소동을 조심해라. 그리하여 너를 망쳐놓은 오명이 씻기고 네 정당성이 밝혀져 원래 상태를 회복할 수 있을 때

네 정체를 밝혀라. 오늘 밤 또 무슨 일이 일어나더라도 국왕만은 무사히 탈출하게 해주소서! 숨자, 숨어!

(에드거 퇴장)

3막 6장 분석

에드먼드가 사악한 악마에 대해 횡설수설하는 것은 에드거와 리어의 상황에 확실히 부합하는데 둘 다 속임수와 사악함의 희생자였기 때문이다. 그들 모두 폭풍우에서 벗어나자 리어는 물리적 복수 계획을 포기하는 대신 고너릴과 리건을 재판에 회부하기로 결정한다. 청중은 모의재판을 리어의 광기에 대한 추가 증거로 간주할 수 있다. 그러나 재판은 일반적으로 진실을 찾는 것이며 종종 행동의 동기나 이유를 찾는 것이다. 많은 희생자처럼 리어는 이 비극이 일어난 원인을 알아야 한다. 그는 딸들로부터 그런 학대를 받을 자격이 있었는가? 그의 행동이 그들의 악한 태도에 어떤 식으로든 영향을 미쳤는가? 리어에게는 진실을 파악하는 것이 제정신을 회복하는 길이 될 수 있다.

리어는 변장한 에드거와 바보를 판사로 임명하고 리어가 그를 발길질했다고 비난하는 고너릴을 재판하기 시작한다. 그러나 고너릴이 아버지에게 가한 타격은 육체적인 것이 아니었다. 그녀의 부상은 그의 마음과 영혼에 있었다. 리어는 판사들에게 "리건을 해부해 그녀의 심장에서 번식하는 것을 볼 것"을 촉구한다. 리어의 말은 날카롭고 고통스럽다. 에드거는 계속 참여할 수 없고 바보조차 침묵한다. 마지막으로 리어는 모의재판에 너무 긴장해 절실한 휴식을 위해 잠시 멈추기로 한다.

　이것이 바보의 마지막 모습이다. 그의 마지막 대사에서 그는 자신의 죽음을 예언한다. '나는 정오에 잠자리에 들겠습니다'. 연극은 바보가 실제로 죽는지 여부를 밝히지 않는데 3막 3장의 대사 "그리고 내 불쌍한 바보는 교수형에 처해졌다."는 코델리아의 죽음을 언급하기 때문이다. 바보는 자신의 역할을 완수하고 쫓겨난 후 코델리아의 자리를 차지하기 위해 개입하고 그녀가 다시 나타나면서 사라진다. 코델리아와 바보는 모두 리어를 돌보는 사람이며 하나가 있을 때 다른 하나는 그럴 필요가 없다.

　리어와 동맹자들은 왕이 도버로 도망쳐야 한다는 글로스터의 경고에 귀 기울인다. 왕과 그의 군대가 사라지자 글로스터는 콘월의 분노에 직면하기 위해 홀로 남는다. 글로스터도 퇴장한 후 에드거는 무대에 홀로 남는다. 그의 독백은 평행한 두 가지 플롯을 연결하고 그의 상황과 왕의 상황 간의 유사점을 지적한다. 왕에게는 잔인한 자녀가 있고 에드거에게는 잔인한 아버지가 있지만 에드거는 자신의 통치와 정신을 모두 잃은 왕의 상황에 비해 자신의 상황이 중요하지 않다는 것을 깨닫는다.

KING LEAR

3막 7장

Act Ⅲ, Scene Ⅶ

"당신이 뽑은 이 턱수염이 살아서 당신을 저주할 것이오."
_글로스터

● 글로스터의 성안의 어느 방

(콘월, 리건, 고너릴, 에드먼드, 하인들 등장)
[콘월] (고너릴에게) 급히 가셔서 알바니 공작님에게 이 편지를 보여주십시오.
프랑스군이 상륙했습니다. (시종들에게) 반역자 글로스터 놈을 찾아라.
(일부 시종들 퇴장)

[리건] 체포하자마자 교수형에 처하라.
[고너릴] 그의 두 눈을 뽑아버려라.
[콘월] 그놈은 내게 맡겨라. 내가 처치할 테니. 에드먼드! 알바니 공작 부인
을 부탁하오. 반역자인 그대 부친에게 가하는 우리의 복수를 그대는 눈 뜨고
볼 수 없을 것이오. 알바니 공작 댁에 도착하자마자 싸울 준비를 시키시오.
우리도 곧 전쟁 준비에 착수하겠소. 전령을 보내 둘 간에 기민하게 연락합시
다. 안녕히 가십시오. 알바니 공작 부인! 잘 가시오. 글로스터 백작! 어찌 되
었나? 국왕은 어디 있어?

(오스왈드 등장)

[오스왈드] 글로스터 백작이 왕을 여기서 모시고 나갔습니다. 필사적으로 왕을 찾던 왕의 기사 여섯 명이 문 앞에서 왕을 만나 백작의 시종 몇 명과 한 패가 되어 왕을 모시고 도버로 갔답니다. 그곳에서 군대가 그들을 기다린다는 소식입니다.

[콘월] 공작 부인이 타실 말을 준비하라.

[고너릴] 안녕히 계십시오. 공작님! 그리고 동생도 잘 있거라.

[콘월] 에드먼드! 잘 가요.

(고너릴, 에드먼드, 오스왈드 퇴장)

[콘월] 모반자 글로스터를 체포해 오너라. 재판 관례를 거치지 않고 사형을 선고하는 것은 옳지 않지만 홧김에 권력을 휘두른 것이 되면 아무도 방해할 수 없지. 비난하는 놈은 있어도.

(하인들이 글로스터를 끌고 들어온다.)

[리건] 배은망덕한 여우 같은 놈! 이놈이 바로 그놈이군.

[콘월] 그놈의 말라 비틀어진 양팔을 꽁꽁 묶어라.

[글로스터] 두 분께서는 어찌 된 일이십니까? 당신들은 우리 집 손님들이십니다. 주인인 제게 웬 행패입니까?

[콘월] 여봐라! 빨리 묶지 못하느냐?

(하인들이 글로스터를 묶는다.)

[리건] 단단히 묶어라. 이 더러운 반역자!

[글로스터] 자비도 인정도 없는 부인이시여! 저는 반역자가 아닙니다.

[콘월] 이 의자에 묶어라. 이 악당에게 본때를 보여주겠다.

(리건은 의자에 묶인 글로스터의 수염을 잡아뽑는다.)

[글로스터] 수염을 잡아뽑다니. 너무 무도하오.

[리건] 그렇게 백발이 되어 반역행위를 하다니.

[글로스터] 너무 악독한 부인이시군요. 당신이 뽑은 이 턱수염이 살아서 당신을 저주할 것이오. 당신들은 손님이고 나는 집주인인데 당신들을 대접해준 주인의 호의를 짓밟고 강도처럼 난폭하게 굴다니. 어쩌려고 이러시오?

[콘월] 이봐! 최근 프랑스에서 어떤 편지를 받았느냐?

[리건] 솔직히 대답해라. 우리는 모든 진상을 알고 있으니.

[콘월] 최근 이 땅에 상륙한 반역자들과 무슨 음모를 꾸몄느냐?

[리건] 미친 왕을 누구에게 넘겼느냐? 실토해라.

[콘월] 국왕을 어디로 보냈느냐?

[글로스터] 도버로 보냈소.

[콘월] 왜 보냈느냐? 그 이유를 들어보자.

[글로스터] 곰같이 말뚝에 묶였으니 개떼의 습격을 받겠구나.

[리건] 도버로 왜 보냈어?

[글로스터] 왜냐고? 당신의 잔인한 손으로 불쌍한 노왕을 해치는 꼴을 차마 볼 수 없어서.

[콘월] (하인에게) 얘야! 그 의자를 꽉 붙들어라. (글로스터에게) 네놈 눈알을 이 발로 짓밟아 주겠다. (글로스터의 한쪽 눈을 뽑아 땅에 내던져 짓밟는다.)

[글로스터] 제발 나를 도와주시오. 아무도 없소? 아, 신들이여!

[리건] 나머지 한쪽 눈이 다른 쪽 눈을 보고 놀릴 테니 나머지 눈도 빼버리세요.

[시종 1] 추측으로 쓴 편지를 받았지만 그 편지는 반대편에서 온 것이 아니라 중립 입장인 제3자로부터 온 것이었습니다.

[리건] 뭐가 어쩌고 어째? 이 개 같은 놈!

[시종 1] 부인의 턱에 수염이 나 있다면 나는 그 수염을 잡고 흔들어 싸움을 걸겠습니다. (콘월에게) 도대체 왜 이러십니까?

[리건] 뭐라고?

[콘월] 이 종놈이!

[시종 1] 자, 어디 해보시지요. 저도 화가 날 대로 났으니 당해 보십시오.

(칼을 빼 들고 싸운다.)

[리건] (다른 시종에게) 칼을 이리 다오. 감히 하인이 대들다니.

(리건이 칼을 들고 시종 1을 등 뒤에서 찌른다.)

[시종 1] 아, 찔렸구나. (글로스터에게) 백작님! 아직 눈 하나가 남았으니 제가 저 자에게 입힌 상처를 보십시오. 으윽!

(죽는다.)

[콘월] 더 이상 볼 수 없게 해주마. 그마저 뽑아버리자. 나오너라. 이 더러운 젤리 같은 놈아! 이제 빛을 볼 수 없을 것이다.

[글로스터] 아, 온통 캄캄하고 불안하구나. 내 아들 에드먼드는 어디 있느냐? 에드먼드! 남은 효성에 불을 붙여 이 무서운 만행을 복수해라.

[리건] 닥쳐라. 반역자! 이 악한아! 너를 증오하는 사람을 찾아봤자 무슨 소용이냐? 네 배신을 밀고한 자는 바로 에드먼드다. 그는 너무 공정해 너 같은 놈을 불쌍히 여길 리 없다.

[글로스터] 오, 내가 어리석은 짓을 저질렀구나. 에드거가 모략을 당했어. 자비로운 신들이여! 용서하소서! 에드거에게 행운을 허락하소서!

[리건] 문밖으로 저놈을 내쳐라. 도버까지 냄새 맡아 가게 하라.

(시종 한 명이 글로스터를 끌고 나간다.)

두 눈을 잃은 글로스터

[리건] 왜 그러시오? 여보! 안색이 안 좋은데요?

[콘월] 상처를 입었소. 나를 따라오시오. 부인! 저 눈알 없는 악한을 쫓아내라. 그놈을 쓰레기 터에 내버려라. 리건! 피가 많이 나는군. 하필 이럴 때 상처를 입었으니. 팔 좀 빌려주시오.

(콘월은 리건에게 의지해 퇴장)

[시종 2] 저따위 악당이 잘된다면 나는 어떤 악행을 저질러도 양심의 가책을 느끼지 않겠다.

[시종 3] 저런 여자가 오래 살아 남들이 죽을 때 함께 죽는다면 여자는 모두 괴물이 되고 말 거야.

[시종 2] 글로스터님을 쫓아가 그 미친 베드람 거지에게 백작님이 가고 싶어 하는 곳으로 모셔달라고 부탁하세. 미친 거지는 걸어다니는 것이 본성이니 어디든 모셔다드리겠지.

[시종 3] 그렇게 하게. 나는 피투성이가 된 저 얼굴에 바를 달걀 흰자와 삼베를 구해올게. 하느님! 저분을 도와주소서!

(따로따로 퇴장)

3막 7장 분석

 이번 장에서 고너릴과 리건은 특히 잔인하고 피에 굶주려 글로스터를 벌할 것을 요구한다. 이 독수리 두 마리가 아버지의 피를 요구하는 것을 듣고 에드먼드는 글로스터가 얼마나 가혹한 형벌을 견뎌야 하는지를 알았을 것이다. 그러나 에드먼드는 기꺼이 콘월의 명을 따른다. 이 장면은 에드먼드의 사악함을 보여준다. 그는 콘월의 분노에 직면해 아버지의 가혹한 형벌을 외면하고 고너릴을 호위하며 퇴장한다.

 이 장면에서 콘월의 악당은 예상하지 못한 것이 아니다. 3막 초반 그의 분노는 통제력을 잃을 위기에 처한다. 이 장면에서 관객은 리건의 남편이 예의에 대한 시도를 거부하는 것을 본다. 그는 문명의 겉치레 바로 아래에 숨은 짐승이 되었다. 콘월은 자신이 글로스터를 사형에 처할 권한이 없다는 것을 아는 것 같다. 그럼에도 콘월은 자신이 화를 냈고 그의 분노를 만족시켜야 한다고 주장한다. 글로스터가 그에게 데려왔을 때 콘월은 자신을 통제하는 것을 시도하지 않는다. 글로스터는 콘월에게 그들이 집에 초대한 손님이라는 것을 상기시키지만 콘월과 리건은 환대 규칙을 유지하는 데 관심이 없다. 리건이 글로스터의 수염을 뽑는 것은 기본적으로 그녀가 나이나 계급을 존중하지 않는다는 것을 보여준다. 글로스터는 백작이자 노인 정치가이며 리건이 수염을 당기는 것은 사회의 노인들이 나이와 지혜로 존경받도록 하는 자연 구조를 더 거부한다. 글로스터는 '가장 불명예스럽게 행해진 것'이라는 모욕을 인식한다.

글로스터는 리어가 신들에게 정의를 간청한 것처럼 신성한 정의에 대한 믿음을 갖고 있다. 그럼에도 『리어왕』 전체의 여러 지점에서 정의가 부족해 보이며 글로스터의 눈을 뽑는 것은 하나의 분명한 예다. 글로스터는 판단에서 많은 실수를 저질렀지만 이 경우에도 리어와 마찬가지로 처벌은 그의 실수치곤 분명히 과하다. 리건이 에드먼드의 반역을 폭로하자 글로스터는 리어보다 훨씬 빨리 그의 어리석음을 깨닫는다.

글로스터의 눈을 뽑는 것은 너무 잔인해 콘월의 하인들조차 행동하지 않고서는 가만히 있을 수 없다. 리건, 고너릴, 콘월의 잔인한 본성은 이전의 사악함에 기반하는 각각의 사악함과 함께 줄곧 분명해졌다. 따라서 청중은 이런 행위에 전혀 준비되지 않은 것은 아니다. 그러나 힌트에도 불구하고 콘월이 글로스터의 눈을 찢고 그의 부츠로 밟을 준비가 된 사람은 아무도 없다. 이것은 셰익스피어의 라틴 연극, 특히 티투스 안드로니쿠스의 특정 장면의 피에 굶주린 잔인함과 일치하는, 특별히 잔인한 장면이다.

KING LEAR

4막 1장

Act Ⅳ, Scene I

"나는 눈이 보일 때도 헛디뎌 넘어지곤 했어. 이제야 알겠네.
사람은 의지할 것이 있으면 방심하지만
아무 것도 없으면 오히려 자신에게 유리한 법이야."
_글로스터

● 거친 들판

(에드거 등장)

[에드거] 이렇게 드러내 바보 취급당하는 것이 은근히 경멸당하면서도 겉으로 아첨하는 것에 속는 것보다 낫지. 최악의 경우, 가장 천한 자가 되어 가장 혹독한 역경에 처해도 희망만 있으면 겁낼 필요 없다. 슬프고 개탄스러운 것은 행운의 자리에서 떨어지는 것이다. 불행의 밑바닥에 가라앉으면 다시 솟아나 웃음을 되찾는 법. 눈에 보이지 않는 바람아! 나는 너를 껴안으련다. 나는 네게 날려 불행의 구렁텅이로 굴러떨어진 사람이다. 따라서 네게 아무것도 신세진 것이 없다. 누가 오나 보다.

(글로스터가 노인의 손에 인도되어 등장)

[에드거] 내 아버지시구나. 처량하게도 남에게 이끌려 오시잖아! 세상아! 세상아! 오, 세상아! 뜻하지 않은 네 격변 때문에 우리가 너를 미워하지만 않는다면 우리 인생이 그렇게 노쇠에 꺾이진 않을 것이다.

[노인] 오, 백작님! 저는 지난 80년 동안 백작님의 하인이자 백작님 부친의 하인이었습니다.

[글로스터] 나를 내버려두고 가게. 제발 가게. 자네의 친절은 전혀 도움이 되지 않네. 그놈이 자네에게 해를 끼칠지도 몰라.

[노인] 하지만 앞도 못 보시면서….

[글로스터] 마땅히 갈 행선지도 없으니 눈도 필요 없네. 나는 눈이 보일 때도 헛디뎌 넘어지곤 했어. 이제야 알겠네. 사람은 의지할 것이 있으면 방심하지만 아무 것도 없으면 오히려 자신에게 유리한 법이야. 아, 사랑하는 내 아들 에드거! 너는 속아 넘어간 이 아비의 노여움 때문에 희생당했구나! 내가 살아생전 너를 만져볼 수만 있다면 다시 눈을 얻은 것과 같겠다!

[노인] 거기 누구요? 거기 있는 사람, 누구요?

[에드거] (독백) '아니, 더 나빠질 수도 있지. ‘이것이 최악이다.’라고 말할 수 있는 동안은 실제로 최악이 아니니까.'

[노인] 이놈아! 어디를 가느냐?

[글로스터] 거지냐?

[노인] 미친 거지입니다.

[글로스터] 제정신이 조금 있는 모양이구나. 그렇지 않으면 구걸할 수도 없을 테니. 어젯밤 폭풍우가 몰아칠 때 나도 그 거지를 만난 것 같은데 그놈을 보니 인간과 벌레가 다를 게 없다는 느낌이 들었어. 그때 내 마음속에 아들 얼굴이 떠올랐어. 하지만 그때만 해도 아들과 화해할 생각이 없었지. 그런데 그 후 여러 소문을 들었네. 아이들이 파리 다루듯이 신도 우리 인간을 다루고 있어. 신은 장난삼아 인간을 죽이지.

[에드거] (독백) '어쩌다가 저 지경까지 되셨을까? 슬픔을 억누르며 바보 시늉하는 것은 괴로운 일이군. 자신뿐만 아니라 남까지 화나게 하는 일이야.' (글로스터에게 큰 소리로) 안녕하세요? 아저씨!

[글로스터] 그 벌거숭이 거지냐?

[노인] 그렇습니다.

[글로스터] 이제 제발 돌아가게. 나를 위해 도버로 가는 길을 2~2km 따라올 생각이라면 옛정을 생각해 그냥 돌아가주게. 그리고 그 벌거벗은 녀석에게 걸칠 옷이나 가져다주게. 그 녀석에게 길을 안내해달라고 부탁할 참이니.

[노인] 맙소사! 그 녀석은 미쳤습니다.

[글로스터] 광인이 맹인의 손을 이끄는 것이 이 시대의 저주다. 시키는 대로 하든지, 자네 멋대로 하게. 다만 돌아가줬으면 좋겠어.

[노인] 제가 가진 옷 중 가장 좋은 것을 가져오겠습니다. 그 옷은 어찌 되든 상관없습니다.

(퇴장)

[글로스터] 이봐! 이 벌거벗은 녀석아!

[에드거] 불쌍한 톰은 추워요. (독백) '더 이상 속일 수가 없구나.'

[글로스터] 이리 오너라, 이 녀석아!

[에드거] (독백) '하지만 속일 수밖에 없다. 아, 저 눈에서 피가 흐르는구나.'

[글로스터] 너, 도버로 가는 길을 아느냐?

[에드거] 층계나 좁은 통로나 말을 타고 가는 길이든, 걸어가는 길이든 모두 알고 있습니다. 불쌍한 톰은 악마 때문에 혼나 정신이 나갔지만 아저씨는 귀한 집 자제분이니 악귀에 사로잡히지 않도록 조심하세요. 한꺼번에 다섯 마리나 되는 악마가 이 불쌍한 톰 속에 붙어 다니거든요. 음탕한 오비디커트, 벙어리 왕자 귀신 홉비디댄스, 도둑 귀신 마후, 살인마 모도, 얼굴과 입을 씰룩거리는 플리버티지베트에요. 그런데 그 후 이 악마들이 시녀와 나인들에게도 붙어 다녔으니 조심하셔야 할 겁니다. 주인 양반!

[글로스터] 자, 이 돈주머니를 받아라. 하늘이 내린 수난의 길을 묵묵히 가면

도버로 안내하는 에드거
아들임을 숨기고 글로스터를 도버로 안내하는 에드거

서 너는 어떤 불행도 잘 참아내는구나. 내가 처참한 꼴이 되고 보니 네가 오히려 행복해 보인다. 신이시여! 언제나 이렇게 처리해주십시오. 부(富)가 넘쳐 호의호식하는 자들, 신의 뜻을 천박하게 여기는 자들, 직접 경험하지 않았다고 인간의 쓰라림을 외면하는 자들에게 하늘의 위력을 즉시 느끼게 해주소서! 이렇게 하면 적당한 분배가 과잉을 없애 너나 모두 부족함이 없을 겁니다. 너, 도버를 아느냐?

[에드거] 네, 알아요.

[글로스터] 거기 가면 절벽이 있다. 깎을 듯 높은 그 꼭대기는 둘러싼 바다를 무섭게 내려다보고 있으니 그 절벽까지만 나를 인도해다오. 그럼 내 몸에 지닌 값진 물건으로 네가 견디는 그 가난을 구제해 주겠다. 그 이상 안내는 필요 없다.

[에드거] 제 손을 잡으세요. 가엾은 톰이 안내하겠습니다.

(글로스터와 에드거 퇴장)

4막 1장 분석

에드거의 오프닝 독백은 행운이 그에게 던질 수 있는 최악의 상황에서 살아남았으므로 더 이상 끔찍한 일이 일어날 수 없다는 그의 믿음을 보여준다. 그러나 사실 에드거의 재산 수용은 눈이 먼 글로스터가 들어올 때 시험을 받는다. 아버지의 상태를 보았을 때 에드거는 자신의 상황이 더 무너졌음을 인정해야 한다. 글로스터는 자신의 생명이 위험에 처했는데도 떠나기를 거부하는 노인이 이끌고 있다. 그들의 대화는 역설을 제공한다.

[노인] 하지만 앞도 못 보시면서….
[글로스터] 마땅히 갈 행선지도 없으니 눈도 필요 없네. 나는 눈이 보일 때도 헛디며 넘어지곤 했어. 이제야 알겠네. 사람은 의지할 것이 있으면 방심하지만 아무 것도 없으면 오히려 자신에게 유리한 법이야. 아, 사랑하는 내 아들 에드거! 너는 속아 넘어간 이 아비의 노여움 때문에 희생당했구나. 내가 살아생전 너를 만져볼 수만 있다면 다시 눈을 얻은 것과 같겠다.

이 대사는 글로스터의 실패를 보여준다. 그가 비전을 가졌을 때 작은아들에 의해 조작된 속임수를 볼 수 없었고 따라서 비전은 과거에 그의 길을 보는 데 도움이 되지 않았다. 이제 그는 시력을 잃었지만 마침내 진실을 보았으므로 글로스터는 그에게 잃어버린 큰아들을 되찾을 방법을 상상할 수 없다. 글로스터에게는 시력 상실의 단점이 이점이 되었고 그의 유일한 소원은 '살아서 내 손길에서 당신(에드거)을 볼 수 있도록' 하는 것이다.

여러 면에서 그의 비극에 대한 글로스터의 반응은 리어의 반응과 비슷하다. 리어와 마찬가지로 글로스터는 절망을 느끼고 신들에게 묻는다. 그리고 리어와 마찬가지로 글로스터는 비극 속에서 인간성을 찾는다. 불쌍한 톰이 덮을 옷을 가져오라고 요청하는 눈 먼 노인은 1막의 글로스터와 전혀 다른 사람이다. 연극 첫 장면에서 백작은 에드먼드의 사생아에서 가질 수 있는 좋은 스포츠를 자랑했다. 글로스터는 생각 없는 허풍 대신 불쌍한 톰에 대한 연민으로 가득 차 있다.

동료 인간에 대한 이 같은 동정심은 글로스터가 이전에 눈치채지 못한 사람들과 공유함으로써 화해하려고 할 때 과거의 행동을 후회한다는 것을 보여준다. 이 행동은 리어가 3막 4장에서 갑자기 가난하고 불우한 사람들을 생각하게 만든 자기 인식과 비슷하다. 리어와 마찬가지로 글로스터는 신성한 정의에 의문을 제기하고 절망을 느끼며 허무주의(인생은 이유나 목적이 없다는 믿음)를 불러일으키고 자신의 인간성을 발견한다.

KING LEAR

4막 2장

Act IV, Scene II

"당신이야말로 여자의 사랑을 받을 만한 가치가 있는 사람인데
우리 집 바보가 내 몸을 새치기하고 있으니."
_고너릴이 에드먼드에게

● 알바니 공작 저택 앞

(고너릴과 에드먼드 등장)

[고너릴] 백작! 이곳까지 용케 오셨소. 그런데 참 이상한 일이군요. 친절한 우리 집 양반이 나를 마중도 나오시지 않으니. 주인 나리는 어디 계시냐?

(오스왈드 등장)

[오스왈드] 부인! 안에 계십니다만 그렇게 변하셨을 수가 없습니다. 적군의 상륙 소식을 전해드려도 싱글벙글 웃으시기만 하고 부인이 돌아오셨다고 해도 '소용없어.'라고만 대답하십니다. 글로스터 노인의 배신과 그 아들의 충성스러운 봉사를 말씀드렸더니 저를 바보 자식이라며 호통치셨습니다. 그러고는 제게 '만사를 거꾸로 알고 있다.'라고 말씀하셨습니다. 가장 싫어하던 일을 즐기시고 가장 좋아하던 일을 꺼리십니다.

[고너릴] (에드먼드에게) 그렇다면 당신은 이제 그만 돌아가세요. 그분은 담이 작아 늘 벌벌 떨어요. 일을 대담하게 못 하는 것도 그 때문이지요. 모욕을 당

해도 복수할 줄 모르고 전혀 모른 척합니다. 그러니 오는 도중 얘기한 우리 소망은 실현될 수 있을 것 같군요. 에드먼드! 당신은 콘월 공작에게 돌아가 그의 군대를 소집해 지휘하세요. 나는 집에서 남편과 무기를 바꿔 남편에게는 길쌈할 호미를 쥐여주고 나는 칼과 창을 쥐겠어요. 믿을 만한 (오스왈드를 가리키며) 이 부하는 우리 사이에서 전령 역할을 할 겁니다. 당신이 출세하기 위해 대담하게 일하고 싶다면 당신 연인의 명령을 들으세요. 입을 꼭 다물고 이것을 몸에 지니세요. (사랑의 선물을 준다.) 고개를 숙이세요. 이 키스가 입이 있어 말한다면 당신의 용기를 북돋아 줄 거예요. 무슨 뜻인지 잘 생각해 보세요. 그럼 안녕.

[에드먼드] 당신을 위해서라면 죽음도 불사하겠습니다.

[고너릴] 아, 가장 사랑하는 내 글로스터님!

(에드먼드 퇴장)

[고너릴] 아, 같은 남자인데 어찌 저토록 다를까? 당신이야말로 여자의 사랑을 받을 가치가 있는 사람인데 우리 집 바보가 내 몸을 새치기하고 있으니.

[오스왈드] 부인! 공작님이 오십니다.

(오스왈드 퇴장. 알바니 등장)

[고너릴] 지금까지 제가 오면 휘파람 불며 환영해주시더니.

[알바니] 오, 고너릴! 당신은 거친 바람에 휘몰아쳐 얼굴에 와 닿는 먼지만도 못한 사람이오. 당신의 성품이 걱정스럽소. 자기를 낳아준 부모조차 비난하는 사람이 자기 분수에 만족할 리 없지. 자기를 키워준 줄기로부터 가지인 자기를 도려내는 여자는 반드시 마르고 시들어 불쏘시개로밖에 쓸 수 없는 죽은 나무가 될 것이오.

[고너릴] 듣기 싫어요! 그런 설교는.

[알바니] 지혜롭고 선한 가르침도 악인에게는 악으로만 들리지. 더러운 것들은 더러운 맛밖에 몰라. 도대체 무슨 짓을 한 거요? 딸들이 아니라 잔악한 호랑이들이 되어 당신들은 도대체 무슨 짓을 했느냐 말이오. 아버지를, 그 인자하신 노인을 미친 사람으로 만들었소. 그분은 존경받을 만한 분이어서 목을 매 질질 끌려다니던 곰도 길에서 만나면 반가워 마구 핥을 정도였는데 이보다 야만스럽고 잔악한 행패가 어디 있소? 당신이 그분을 미치게 했단 말이오. 콘월 공작이 그런 짓을 하도록 내버려두었다는 말이오? 국왕에게서 은혜를 입은 왕족이라는 그 사람이? 하늘이 극악무도한 이 악행을 눌러 없애기 위해 눈에 보이는 신령을 빨리 내려보내지 않으면 인간들은 서로 치고받고 죽이는 바다의 괴물처럼 되고 말 것이다.

[고너릴] 당신은 허깨비예요! 그 뺨은 얻어맞기 위해 있고 그 머리는 모욕당하기 위해 달고 다니는군요. 이마에 눈이 있어도 명예와 치욕을 분간하지 못 하는 사람이 당신이지요. 악당이 악을 저지르기 전에 벌 받는 것을 보고 불쌍히 여기는 자는 바보뿐이라는 것을 모르는 사람이에요. 당신의 북은 어디 있나요? 프랑스 왕은 평화로운 이 나라에 털 장식 투구를 쓰고 군기를 휘날리며 휘몰아 세우는 판국에 당신은 성인군자인 척 가만히 앉아 '저 사람이 왜 저런 짓을 하느냐?'라며 울먹일 뿐이에요.

[알바니] 악귀야! 네 꼴을 봐라! 악마는 원래 흉악한 모습으로 나타난다지만 계집년의 모습으로 나타나는 악귀보다 무서운 것도 없구나.

[고너릴] 겁쟁이! 바보!

[알바니] 여자로 둔갑해 악마의 본성을 숨긴 놈아! 수치심이 있다면 네 모습을 드러내지 마라. 내 손을 움직이는 날에는 화를 못 이겨 네 살을 갈기갈기 찢을 테니. 너는 악마여도 여자의 탈을 쓴 덕분에 다행히 살아난 줄 알아라.

[고너릴] 참 대단한 용기군.

고너릴
에드먼드를 사랑한 고너릴은 콘월이 죽자 에드먼드를 리건에게 빼앗길까 봐 고심한다.

(사신 등장)

[알바니] 무슨 소식이냐?

[사자] 오, 공작님! 콘월 공작께서 운명하셨습니다. 글로스터 백작님의 나머지 한쪽 눈을 도려내시다가 부하의 칼에 찔리셨습니다.

[알바니] 뭐라고? 글로스터 백작의 눈을?

[사자] 백작께서 어릴 때부터 데리고 있던 한 시종이 보다못해 보복행위를 말리다가 급기야 칼을 뽑아 공작께 달려들었습니다. 공작께서는 화가 치밀어 그에게 달려드셨는데 공작 부인까지 합세해 그 시종의 명줄을 끊어놓았습니다. 그때 공작께서도 심한 상처를 입으시는 바람에 그 시종을 따라 돌아가신 겁니다.

[알바니] 신께서 이 세상 죄인들을 굽어보시고 이토록 빨리 벌을 내리셨으니 이는 신께서 분명히 하늘에 계시고 정의의 심판관이라는 좋은 증거다. 하지만 아, 가련한 글로스터 백작! 한쪽 눈을 잃다니!

[사자] 양쪽 다 잃으셨습니다. 공작님! 그리고 (고너릴에게) 부인! 이 편지에 대해 즉시 회답을 달라는 전갈입니다. 부인의 동생께서 보내신 겁니다.

(편지 한 통을 고너릴에게 전한다.)

[고너릴] (독백) '오히려 잘되었는지 몰라. 하지만 동생이 과부가 되고 에드먼드가 그녀 곁에 있다간 내 공중누각이 송두리째 무너지고 증오스러운 생활만 남을지도 모르는데…. 하지만 다른 한편으로 생각해보면 이 소식은 별로 입맛 쓴 소식도 아니지. (사신에게 큰 소리로) 다 읽고 나서 답장을 주겠소.

(퇴장)

[알바니] 글로스터가 두 눈을 **빼앗겼을** 때 그의 아들은 어디 있었는가?

[사자] 공작 부인을 모시고 이곳으로 왔습니다.

[알바니] 그는 여기 없네.

[사자] 없지요. 공작님! 돌아가시는 길에 저와 만났거든요.

[알바니] 그 아들은 이 행패를 알고 있는가?

[사자] 알고 있는 정도가 아닙니다. 밀고한 자가 바로 그 아들입니다. 그래서 일부러 집을 비웠답니다. 아버지에게 마음껏 형벌을 주라는 의도였죠.

[알바니] 글로스터! 나는 그대가 살아 있는 동안 국왕에게 바친 깊은 충성심에 감사하고 있소. 그러니 그대의 눈에 대해 반드시 복수하리다. (사신에게) 이리 와 자네가 아는 내용을 자세히 말해주게.

(둘 퇴장)

▌4막 2장 분석

고너릴은 젊고 잘생기고 순종적인 에드먼드에게 끌린다. 그런 자질은 그를 자기 남편보다 그녀에게 더 매력적으로 만든다. 고너릴은 남자의 순종을 기대하지만 그녀는 힘과 그가 원하는 것을 기꺼이 갖고 싶어 한다. 고너릴이 결혼했다는 사실은 문제가 안 되는 것 같다. 알바니의 정치적, 개인적 동맹이 바뀌었다는 청지기의 소식은 에드먼드를 고너릴에게 더 매력적으로 만들 뿐이다.

알바니가 고너릴에게 한 첫 발언은 그가 극 초반부터 얼마나 변했는지를 보여준다. 고너릴에 대한 그의 공격은 알바니가 매우 도덕적이고 인간적인 개인, 그의 아내와 정반대이며 관객이 연극 초반에 목격하지 못한 개인임을 보여준다. 고너릴이 혼돈을 일으킨 반면, 알바니는 유기적인 틀 안에서 자연의 작업에 대한 의견을 지지한다.

알바니는 자연의 패턴이 생존에 필수적이라는 것을 받아들인다. 아버지에서 자녀로, 왕과 복종, 신과 왕의 위계는 세상의 혼란을 없애는 데 필수적이다. 고너릴은 리어를 대할 때 그 자연질서를 뒤집었고 그로 인한 혼돈과 무정부 상태는 인간이 자신으로부터 등을 돌리게 했다.

알바니는 콘월이 죽었다는 소식은 신성한 정의의 증거이며 이 사건은 고너릴에게 경고를 제공해야 한다고 주장하지만 그녀는 더 큰 관심사에 초점을 맞추기 위해 알바니의 말을 무시한다. 반면, 고너릴에게는 그녀가 통제하기를 기대하는 남편이 있다. 고너릴은 왕국의 절반을 상속받고 있으며 그녀는 알바니가 이것이 그녀의 지참금이라는 것을 기억하기를 기대한다. 그러나 그는 콘월보다 강하다. 그리고 알바니는 그녀가 틀렸다고 생각했을 때 고너릴과 대면하는 것을 주저했지만 그는 콘월이 자신을 보여준 악에 기꺼이 참여하지 않는다. 알바니는 글로스터의 실명 사실을 알고 진정으로 충격받는 반면, 콘월은 이 변태에 쉽게 굴복한다.

아내에 대한 이 새로운 저항으로 알바니는 극이 진행되는 동안 극적 변화를 겪은 캐릭터 대열에 합류해 더 강하고 자비로운 개인으로 성장하고 진화한다. 남아 있는 최고위 귀족으로서 알바니는 프랑스의 침공으로부터 영국을 방어할 수밖에 없다. 그러나 이 장면은 알바니의 충성심이 그의 아내가 아니라 리어 옹호자들에게 있을 것임을 보여준다.

여기서 고너릴의 역할은 대부분의 엘리자베스 시대 여성의 역할과 대조된다. 이 기간 동안 여성은 남편의 욕망에 완전히 종속되었다. 권위의 사슬은 하나님으로부터 왕으로, 왕에서 복종(항상 남성)으로, 남성은 여성과 어린이에게로 이루어졌다. 엘리자베스 1세는 어떤 남성의 권위에도 복종하지 않고 결혼을 거부했다. 그러나 고너릴은 자신을 궁극적인 권위자로 보고 있으며 이것은 이 역사적 시기의 현실과 모순된다.

4막 3장

Act Ⅳ, Scene Ⅲ

"햇볕이 내리쬐는 가운데 비오는 것을 본 적 있으시죠?
왕비께서 웃으시며 눈물을 흘리시는 모습은 그보다 아름다웠습니다."
_기사

● 도버 근처 프랑스군 진영

(켄트와 기사 한 명 등장)

[켄트] 프랑스 국왕께서 갑자기 귀국하신 이유를 아시오?

[기사] 본국에 미진한 상태로 처리하지 못한 일이 있었는데 출전 후 갑자기 그것이 생각나 귀국하셨답니다. 그 일은 프랑스 안보에 중대한 일이어서 귀국이 불가피했습니다.

[켄트] 총사령관 후임으로 누가 지명되었소?

[기사] 프랑스 육군 원수 라파 각하이십니다.

[켄트] 그 편지를 보시고 왕비께서 깊은 슬픔에 잠기시던가요?

[기사] 네. 왕비께서는 그 편지를 받으시고 제 앞에서 읽으셨습니다. 때때로 하염없는 눈물이 왕비의 아름다운 뺨 위로 흘러내렸습니다. 왕비께서는 왕비다운 당당한 모습으로 슬픔을 억누르려고 하셨지만 슬픔이 반역자처럼 왕비님을 억누르는 것 같았습니다.

[켄트] 저런! 마음이 깊이 동요되셨다는 말이군요.

[기사] 별로 격하진 않았습니다. 인내와 슬픔 중 어느 것이 더 강한 빛을 발하는지 경쟁하는 것 같았습니다. 햇볕이 내리쬐는 가운데 비오는 것을 본 적 있으시죠? 왕비께서 웃으시며 눈물을 흘리시는 모습은 그보다 아름다웠습니다. 왕비의 무르녹는 듯한 입술에 잔잔히 감도는 아름다운 미소는 왕비의 눈에 어떤 손님이 와 있는지 모르는 것 같았습니다. 다이아몬드에서 진주가 떨어지듯 눈에서 눈물이 뚝뚝 떨어졌습니다. 누구에게나 그 정도로 어울리기만 한다면 슬픔은 정말 사랑스럽고 귀할 수 있을 겁니다.

[켄트] 무슨 말씀은 없으셨나요?

[기사] 있었어요. 한두 번 '아버님!' 소리내 부르셨지요. 가슴 깊은 곳에서 애타게 터져 나오는 소리였습니다. 그러더니 '언니들! 여성으로서 부끄러운 일이에요! 언니! 켄트! 아버님! 언니들! 폭풍우 속에서? 한밤중에? 이 세상에는 자비심도 없는가!'라며 울부짖으셨습니다. 그윽한 눈에서 성자의 샘물과 같은 눈물을 떨구고 눈물로 울음을 삼키시며 혼자 슬픔을 달래기 위해 안으로 들어가셨습니다.

[켄트] 별, 저 하늘의 별이다. 우리 인간의 성품을 결정짓는 것은 바로 별이다. 그렇지 않다면 똑같은 부부가 어떻게 그토록 다른 자식을 낳을 수 있겠는가? 그 후로는 왕비와 접견한 적 없습니까?

[기사] 없습니다.

[켄트] 이 일은 프랑스 왕이 귀국하시기 전인가요?

[기사] 아닙니다. 그 후의 일입니다.

[켄트] 그런데 괴로움에 빠진 가엾은 리어왕께서 이 마을에 와 계십니다. 때때로 기분이 좋으실 때는 우리가 왜 이곳에 와 있는지 의식하시지만 왕비이신 따님을 절대로 만나려고 하시진 않을 겁니다.

[기사] 왜요?

[켄트] 엄청난 부끄러움으로 국왕께서는 가슴을 죄고 계십니다. 막내딸에게

켄트
리어왕의 충성스러운 노대신으로 신분을 감추고 변장해 리어왕을 수발한다.

줄 은혜를 **빼앗아** 낯설고 위험한 외국 땅으로 내쫓았고 막내딸의 귀중한 권리를 짐승 같은 딸들에게 다 줘버린 자신의 과오나 그 밖의 것들이 국왕의 마음을 아프게 하고 있습니다. 그래서 이 같은 견딜 수 없는 부끄러움 때문에 국왕이 코델리아 공주 면전에 나서지 못하는 것입니다.

[기사] 아, 가엾은 분!

[켄트] 알바니와 콘월의 군대에 대해서는 들은 바 없소?

[기사] 그들의 군대가 출전했다는 소식입니다.

[켄트] 자, 당신을 국왕 폐하께 안내하겠소. 그분 곁에 있어 주시오. 나는 깊은 사연이 있어 신분을 잠시 감춰야 합니다. 내 신분을 밝히는 날에는 나를 알게 된 것을 후회하시지 않을 겁니다. 부탁입니다. 나와 함께 갑시다.

(둘 퇴장)

4막 3장 분석

프랑스의 영국 침공은 최근 수년간 스페인의 침입에 여전히 민감한 청중에게 너무 공격적일 것이므로 프랑스 왕은 고국으로 돌아가야 한다. 왕이 돌아온 이유는 중요하지 않으므로 이 장면의 오프닝 대사의 모호함이 있다. 중요한 점은 코델리아가 남편이 아버지와의 재회를 흐리게 하거나 연극 마지막 장면에 침입하도록 할 수 없었다는 것이다. 프랑스 원수가 군대를 지휘하도록 남겨졌지만 영국인 코델리아가 아버지의 방어를 이끌 거라는 점을 이해한다.

켄트의 요청으로 신사는 아버지 치료 소식에 대한 코델리아의 반응을 밝힌다. 그녀의 눈물은 그녀의 연민을 증명하고 그녀가 실제로 자매들과 반대임을 입증한다. 켄트는 별을 가리키며 차이를 한 단계 발전시켰고 별은 자매들을 다르게 만들었다고 말한다. 별을 연기하는 것은 리건과 고너릴의 행동에 대한 책임을 효과적으로 면제하고 한 자매의 미덕과 다른 자매의 악덕을 결정하는 운명을 인정한다.

이 대화는 나중에 일어나는 사건에서 신성한 정의의 역할을 이해하는 데 중요하다. 알바니는 신성한 정의를 믿지만 리어와 글로스터는 그런 정의의 존재를 의심한다. 하나님의 정의를 이해하는 데 운명의 역할은 켄트의 말을 문자 그대로 받아들인다면 코델리아의 죽음은 신성한 정의가 아니라 운명에 달려 있어 고려해야 할 복잡한 문제를 야기한다. 신성한 정의, 실제로 하나님의 개입에 대한 어떤 개념도 사건을 설명하기 위해 운명에 의존하는 것과 공존할 수 없다. 물론 셰익스피어는 기독교 이전 시대에 자신의 사건을 설정하는 반면, 셰익스피어와 그의 청중은 모두 유대-기독교 세계에 존재한다는 것을 기억하는 것이 중요하다. 이것은 역설을 만들고 텍스트의 긴장감을 더한다.

KING LEAR

4막 4장

Act Ⅳ, Scene Ⅳ

"이 전쟁은 야심에 불타 일으킨 것이 아니라
오직 효심에서 우러난 사랑과 늙으신 아버님의 권리 때문에 일으킨 것입니다."
_코델리아

● 프랑스군 진영

(고수와 기수를 선두로 코델리아 등장. 시의와 병정들도 뒤따라 등장)

[코델리아] 아, 그분이 바로 아버님이세요. 방금 그분을 만나고 오셨다는 분의
말로는 아버님은 거친 바다처럼 미친 듯 요란하게 노래 부르며 머리에는 제
멋대로 자란 애기현호색풀, 밭이랑에서 자라는 잡초, 우엉, 독미나리, 쐐기
풀, 황새냉이, 독보리, 그리고 우리의 주식인 곡식들 사이에서 자라는 몹쓸
잡초로 만든 관을 쓰고 계신답니다. 부대 병사들을 내보내 잡초가 무성한 들
판을 구석구석 찾아 그분을 내 앞으로 모셔오시오. (장교 한 명 퇴장) 이 세상
어떤 의술이 폐하의 잃어버린 정신을 되찾아줄까? 폐하의 병을 고쳐주는 사
람에게는 내가 가진 보물을 모두 주겠다.

[의사] 방법은 있습니다. 사람의 생명을 지탱해주는 것은 안정뿐입니다. 폐하
에게는 그것이 필요합니다. 다행히 편히 잠들게 해주는 효과 만점의 약초가
충분히 있습니다. 마음이 아픈 사람의 눈을 스르르 감겨주는 효능이 있지요.

[코델리아] 고마운 이 땅의 모든 비약(祕藥)들, 이 땅에 숨겨진 모든 약초가 내

눈물에 촉촉이 젖어 자라나거라! 그리하여 훌륭하신 그분의 고뇌를 치유해 줘라! 찾아보라. 그분을 어서 찾아보라. 걷잡을 수 없는 그분의 광기가 분별력을 잃고 목숨마저 잃지 않도록.

(사자 등장)

[사자] 소식 전합니다. 영국군이 진격해오고 있답니다.

[코델리아] 이미 알고 있다. 그들의 진격에 대비해 모든 준비를 갖췄다. 오, 가엾은 아버님! 이 전쟁은 오직 아버님을 위해 치르는 것입니다. 위대한 프랑스 왕은 제 슬픔과 귀중한 눈물을 가엾이 여겨주었습니다. 이 전쟁은 야심에 불타 일으킨 것이 아니라 오직 효심에서 우러난 사랑과 늙으신 아버님의 권리 때문에 일으킨 것입니다. 빨리 아버님 목소리를 듣고 뵙고 싶구나.

(모두 퇴장)

▌4막 4장 분석

리어의 모습을 묘사하는 이 장면의 첫 대사는 왕이 왕의 상태에서 얼마나 멀리 내려왔는지를 보여준다. 1막에서 리어는 익숙해진 왕족의 역할을 쉽게 맡았고 이제 그는 잡초로 뒤덮인 것처럼 보인다. 리어가 들판에서 똑같이 구할 수 있는 꽃보다 의복을 위해 잡초를 선택한 것은 중요하다. 왕의 기질은 잡초처럼 거칠고 통제되지 않고 잡초는 자유롭게 자라며 계획되지 않은 혼란스러운 자연 상태를 나타낸다.

왕족은 반란군의 '잡초'나 그에 상응하는 인간이 풍경에 발판을 마련할 가능성을 계획하면서 신중해야 한다. 리어의 육체적 자아는 왕이 현명하지 못한 권위를 포기하고 왕국을 돌보는 태만의 결과를 나타낸다. 리어와 그의 왕국은 신중히 설계된 영국식 정원처럼 보이지 않고 방치된 흔적을 보이고 둘다 이제 야생 잡초로 가득 차 있다. 잡초로 뒤덮인 리어는 은유적으로 그의 영역의 현실을 나타낸다. 메신저의 입장과 함께 코델리아의 구세주 역할이 강조된다. 그녀는 프랑스 침공의 수장이 아니라 아버지의 구조자이자 수호자로 존재한다.

4막 5장

Act IV, Scene V

"눈 먼 반역자의 소식을 듣고 그 늙은이의 목이라도 치는 날에는 출세할 거예요."
_리건이 오스왈드에게

● **글로스터의 성**

(리건과 오스왈드 등장)

[리건] 형부의 군대는 출전했소?

[오스왈드] 네, 출전했습니다.

[리건] 공작님께서 직접 출전하셨소?

[오스왈드] 권유에 못 이겨 출전은 하셨지만 언니께서 더 용감하십니다.

[리건] 에드먼드와 알바니 공작이 저택에서 의논하지 않으셨소?

[오스왈드] 그런 일은 없었습니다.

[리건] 에드먼드에게 보낸 언니의 편지 내용은 무엇이오?

[오스왈드] 글쎄요. 모르겠습니다.

[리건] 사실 에드먼드는 중대한 용무로 급히 출타했소. 글로스터의 눈을 뽑고 그 늙은이를 죽이지 않은 것은 큰 실수였어. 그가 가는 곳마다 민심을 선동해 사람들이 우리에게 반기를 들고 있어요. 에드먼드가 떠난 것은 부친의 불행을 더 이상 볼 수 없어 그의 눈먼 인생을 끝장내고 싶기 때문이겠지요. 그리

고 적군의 동태를 살피려는 목적도 있었을 거고요.

[오스왈드] 그렇다면 이 편지를 갖고 그분의 뒤를 쫓아야겠군요.

[리건] 내일 우리 군대도 출전할 예정인데 하룻밤 여기서 묵으시오. 가는 길도 위험하니.

[오스왈드] 그럴 수 없습니다. 이 일에 대해 공작 부인이 엄명하셨거든요.

[리건] 언니가 에드먼드에게 왜 편지를 보냈을까? 직접 용건을 전하면 될 텐데. 내가 모르는 무슨 일이 있나 보군. 사례는 충분히 해줄 테니 편지 내용을 좀 봅시다.

[오스왈드] 마님! 그것은….

[리건] 당신의 주인마님은 남편을 사랑하지 않아요. 그건 확실해요. 지난번 언니가 여기 왔을 때 에드먼드에게 이상한 추파를 던지며 의미심장한 표정을 짓는 것을 봤어요. 나는 당신을 언니의 심복으로 알고 있는데….

[오스왈드] 제가요? 마님!

[리건] 잘 알기 때문에 하는 말이에요. 당신이 신임이 두터운 사람이라는 것도 알아요. 그러니 내 말을 귀담아 들으세요. 내 남편은 세상을 떠났어요. 에드먼드와 나는 뜻을 나눈 사이지요. 그러니 그도 당신의 마님과 있는 것보다 나와 함께 지내는 것이 훨씬 편할 거예요. 더 이상 말하지 않아도 짐작이 갈 겁니다. 그분을 만나면 이 점을 전하세요. 우리 언니에게도 이런 사정을 얘기한 다음 현명한 판단을 내리라고 하세요. 잘 가요. 눈 먼 반역자의 소식을 듣고 그 늙은이의 목이라도 치는 날에는 출세할 거예요.

[오스왈드] 그 늙은이를 만나고 싶군요. 그럼 제가 어느 편을 드는지 알 수 있으니까요.

[리건] 잘 가시오.

(둘 퇴장)

4막 5장 분석

알바니가 아내의 대의를 지지하기를 꺼리는 것은 그가 마지못해 왕국을 방어하기 위해 군대를 이끌기 때문에 분명하다. 오스왈드는 알바니의 망설임에 대해 고너릴이 더 나은 군인이라고 주장함으로써 알바니의 권위는 아내 고너릴의 의지에 접히고 만다. 그러나 오스왈드는 문제의 도덕성을 생각하는 데 익숙하지 않다. 고너릴의 하인으로서 그는 의심 없이 그녀의 명령을 받아들인다.

아이러니하게도 리건은 특히 그녀가 그 불행에 직접적인 책임이 있어 글로스터가 그의 불행에서 벗어나야 한다는 우려를 표명한다. '그의 불행에 대한 그녀의 동정'은 그녀가 여론을 인식하고 그녀의 행동에 대한 그녀의 주제의 지지에 관심이 있음을 보여준다. 그러나 리건은 이런 고려 사항에 별로 관심을 보이지 않는다. 결국 그녀는 이미 에드먼드를 보내 아버지를 죽였다. 그 대신 그녀는 오스왈드가 고너릴에서 에드먼드에게 전하는 편지에 관심이 있다. 고너릴이 에드먼드에게 감정이 있다고 리건은 분명히 의심한다.

이 장면이 끝날 무렵 관객은 고너릴과 리건이 더 이상 일하는 파트너가 아니라는 것을 알고 있다. 그 대신 그들은 숨겨진 진실과 음모에 참여하는 라이벌이 되었다. 에드먼드에 대한 자매의 경쟁은 그가 더 이상 단순히 글로스터의 사생아가 아님을 보여준다. 두 명의 왕실 공주가 에드먼드의 관심을 끌기 위해 경쟁 중이며 따라서 그의 새로운 지위를 합법화한다. 회의가 끝날 무렵 글로스터를 죽이기 위해 에드먼드를 이미 보낸 리건은 이제 노인을 죽이라고 오스왈드에게 말한다. 그녀는 분명히 글로스터가 그에게 일어난 일을 밝히기 위해 살아남을 기회를 잡고 싶지 않다.

KING LEAR

4막 6장

Act IV, Scene VI

"당신이 말하는 그 악마를 나는 사람인 줄로 알았구려.
하기야 걸핏하면 '악마가, 악마가'라고 말합니다."

_글로스터

● **달밤, 도버 근처 어느 시골**

(글로스터의 손을 끌고 농부 차림의 에드거 등장)

[글로스터] 그 언덕 꼭대기에는 언제 다다르겠느냐?

[에드거] 지금 올라가는 중입니다. 보세요! 이렇게 힘들잖아요?

[글로스터] 길이 평평한 것 같은데.

[에드거] 무서운 비탈길인데요. 보세요! 파도 소리가 들리지 않습니까?

[글로스터] 아무 소리도 안 들리는데?

[에드거] 눈이 불편해 다른 감각도 비정상이 된 것 같습니다.

[글로스터] 그런 모양이다. 네 목소리도 변한 것 같구나. 말하는 모습도 훨씬
나아졌어. 말투도 내용도.

[에드거] 잘못 생각하셨어요. 변한 거라곤 걸친 옷뿐입니다.

[글로스터] 말씨가 좋아진 것 같은데?

[에드거] 자, 여기입니다. 가만히 서 계세요. 아래를 내려다보면 무서워 눈이
핑핑 돕니다. 저 아래 하늘을 나는 까마귀나 붉은 다리 까마귀는 꼭 딱정벌

레만합니다. 그리고 절벽 중간에는 바다 미나리를 따는 사람이 매달려 있네요. 위험한 직업입니다. 그는 제 머리만해 보입니다. 바닷가를 거니는 어부는 꼭 생쥐 같아요. 저기 닻을 내리는 커다란 배는 작은 배만큼 작아 보이고 작은 배는 너무 작아 눈에 띌까 말까 할 정도의 부표로 보이네요. 수많은 조약돌 위에 부딪히는 파도 소리가 들리는 것 같지만 너무 높아 그 소리가 신통치 않아요. 그만 봅시다. 머리가 핑핑 돌고 눈이 어질어질해 거꾸로 박혀버릴 것 같습니다.

[글로스터] 네가 선 곳에 나를 세워다오.

[에드거] 손을 잡으세요. 자, 이제 한 발짝만 더 움직이면 낭떠러지입니다. 이제 눈앞으로 더 이상 갈 수 없습니다.

[글로스터] 이제 손을 놔라. 자, 돈주머니를 또 하나 주겠다. 이 속에는 가난한 자가 갖기에는 지나칠 정도로 많은 보석이 있다. 신의 혜택으로 이것이 네게 행복을 가져다줄 것이다. 자, 가거라! 내게 인사하고 몰려가는 네 발소리를 들려다오.

[에드거] 그럼 안녕히 계십시오.

[글로스터] 고맙다.

[에드거] (독백) '아버님의 절망을 이렇게 우롱하는 것은 그 절망으로부터 아버님을 구해드리기 위해서야.'

[글로스터] (무릎을 꿇고) 전지전능하신 신이시여! 저는 이 속세를 버리겠나이다. 거룩하신 당신 앞에서 이 벅찬 제 번뇌를 떨치려고 합니다. 제가 이 고통을 더 견딜 수 있고 거역할 수 없는 막강한 당신의 힘과 싸움을 시작하지 않더라도 타다 남은 찌꺼기 같은 육체의 흉한 잔해는 타 저절로 사라질 것입니다. 에드거가 살아 있다면 그에게 축복을 내려주소서! (에드거에게) 잘 있거라. **(앞으로 쓰러졌다가 고꾸라진다.)**

[에드거] 저는 이만큼 왔습니다. 그럼 안녕히…. 하지만 제 목숨을 스스로 끊고 싶다는 생각이 간절할 때는 그 생각만으로도 정말 소중한 생명을 빼앗기는 경우가 있지 않은가. 아버님께서 이곳이 정말 당신이 생각하시는 그 장소라고 믿으신다면 지금쯤 의식마저 잃으셨을 것이다. 살아계신가? 돌아가셨나? (목소리를 바꿔) 여보세요? 노인장! 들리십니까? 말씀해 보세요. (독백) '이대로 돌아가실지도 모르겠군. 앗! 깨신다. 당신! 뭐하는 사람이오?

[글로스터] 저리 가라! 죽게 내버려 둬.

[에드거] 당신은 거미줄이오? 새털이오? 공기요? 그렇지 않다면 그 수십 길 절벽에서 굴러떨어졌으니 달걀처럼 박살났을 텐데 아직도 숨을 쉬고 있군요. 몸도 멀쩡하고 피도 한 방울 안 나고 입도 뗄 수 있고 오장육부도 무사하군요. 돛대 열 개를 잇더라도 당신이 거꾸로 곤두박질한 저 높이에는 모자랄 겁니다. 당신이 살아 있는 것은 기적이오. 자, 말해 보세요.

[글로스터] 하지만 나는 떨어졌는데…. 아닌가?

[에드거] 떨어졌지요. 저 무시무시한 절벽 꼭대기에서 굴러떨어졌어요. 위를 한 번 쳐다보세요. 아득히 먼 데서 종달새가 앙칼진 목소리로 우는데 그 모습이 보이지도 들리지도 않는단 말이에요? 한 번 올려다 보세요.

[글로스터] 아, 슬프게도 나는 눈이 없어. 불행한 자는 스스로 고통스러운 목숨을 끊는 혜택조차 받을 수 없단 말인가? 자살해 폭군의 분노를 가라앉히고 그의 거만한 뜻을 꺾을 수 있었을 때는 그래도 조금 위안이 되었는데….

[에드거] 팔을 이리 주세요. 자, 일어납시다. 어떠세요? 다리는 괜찮습니까? 설 수 있지요?

[글로스터] 물론이지, 물론. 너무 멀쩡하군.

[에드거] 정말 기적이네요. 절벽 꼭대기에 함께 서 있다가 헤어진 자는 누구였나요?

[글로스터] 신세가 딱한 불행한 거지였소.

[에드거] 여기 아래서 올려다보니 그놈은 두 개의 보름달 같은 눈알에 콧구멍은 수천 개나 되고 성난 파도처럼 물결치며 일그러져 보이는 뿔이 여러 개 달린 것 같았소. 꼭 악마 같았소. 그래서 당신은 운수 좋은 늙은이라는 겁니다. 매사 공평하신 신은 인간이 할 수 없는 일을 해 존경받지만 이번에도 바로 그 신께서 당신을 구하신 겁니다.

[글로스터] 이제 정신이 드는 것 같군. 지금부터는 고통이 '그만! 그만!' 아우성치다가 제풀에 꺾여 사라질 때까지 견디겠소. 당신이 말하는 그 악마를 사람으로 생각했구려. 하기야 걸핏하면 '악마가, 악마가'라고 말합니다. 어쨌든 그놈이 나를 저곳으로 데려다주었소.

[에드거] 걱정할 것 없습니다. 마음을 차분히 가지세요. 그런데 저기 오는 이는 누굴까? 제정신이라면 저런 모습일 리 없지.

(들꽃으로 괴상하게 치장한 리어왕 등장)

[리어] 그래. 내가 가짜 돈을 만들었다고 해서 그놈들이 내게 손댈 수는 없어. 내가 바로 왕이니까.

[에드거] 아, 가슴을 도려내는 광경이로다!

[리어] 그 점은 인공보다 자연이 낫지. 자, 당신 품삯이오. 저 자는 새를 쫓는 사람처럼 활을 쏘는군. 겨우 한 발 길이의 화살을 쏘네. 저런, 저런! 저 생쥐 좀 봐! 쉿! 조용히. 불에 구운 이 치즈 토막으로 잡을 수 있을 거야. 장갑을 던졌으니 결투하자. 이 일을 위해서라면 거인과도 싸우겠다. 갈색 창을 가져오너라. 아, 잘 날아갔다. 새야! 과녁에, 과녁에 맞았다. 훗! 암호를 대라.

[에드거] 향기로운 꽃, 박하.

[리어] 통과.

[글로스터] 저것은 귀에 익은 목소리인데.

[리어] (글로스터를 보고) 앗! 고너릴이다! 흰 수염이 났군. 저것들은 개처럼 내

미쳐가는 리어왕
리어는 두 딸의 배신과 막내 딸에 대한 미안함으로 미쳐간다.

게 알랑거리면서 검은 털도 나기 전에 내 수염에 흰 털이 났다고 말했어. 내가 하는 말에는 무턱대고 '네', '아니오'라고 맞장구쳤지. '네', '아니오' 하는 것도 하늘의 가르침에 미흡한 것이다. 비를 맞고 흠뻑 젖었을 때, 찬바람 때문에 이가 덜덜 떨렸을 때, 천둥이 내 명령을 듣지 않고 요란하게 울렸을 때 나는 그들의 정체를 알았어. 그들의 냄새를 맡았다는 말이야. 이봐! 그들은 약속을 안 지키는 작자들이야. 그들은 내가 척척박사라고 말하지만 그건 거짓말이야. 나도 학질에는 꼼짝 못 하거든.

[글로스터] 나는 저 말투를 기억하고 있어. 국왕 폐하 아니십니까?

[리어] 그렇다. 틀림없는 왕이다. 내가 노려보면 신하들은 벌벌 떨게 마련이지. 저놈의 목숨만은 살려주겠다. 네 죄목은 무엇이냐? 간통죄냐? 죽이진 않겠다. 간통죄는 사형시킬 수 없으니까. 당연히 없지. 굴뚝새도 그렇고 작은 금파리도 내 면전에서 뻔뻔하게 음란한 짓을 하거든. 실컷 교미하라고. 글로스터의 사생아는 정당한 부부 사이에서 버젓이 태어난 내 딸들보다 아버지에 대한 효성이 더 지극했어. 하고 싶으면 실컷 해라! 나는 병사들이 부족해. 저기 억지로 웃는 부인을 보게. 두 가랑이 사이에 있는 그의 얼굴은 눈처럼 깨끗한 표정을 지으며 정숙한 가면을 쓰고 음탕한 이야기만 들어도 머리를 흔들어대고 있어. 하지만 음탕한 짓을 하는 데 냄새는 고양이나 배 터지게 꼴을 처먹는 원기왕성한 말도 그녀만큼 야단스럽게 음란한 짓을 하진 못한다. 그들은 허리 위는 여자지만 허리 아래는 말인 반인반마(半人半馬)로 허리까지는 신의 것이지만 그 아랫도리는 악마의 소유물이야. 그곳은 지옥이요 암흑이요 유황이 지글지글 타는 구렁텅이야. 불길이 타오르고 이글이글 끓어 악취가 코를 찌르며 썩고 있지. 더러워, 더러워, 더러워! 풋, 풋! 약제사! 사향 28g만 가져오너라! 기분이 언짢다. 대금은 여기 있어.

[글로스터] 제발 그 손에 입 맞출 영광을 주소서!

[리어] 우선 손부터 씻고. 송장 냄새가 나.

[글로스터] 아, 부서지는 자연의 한 조각이여! 이 거대한 세상도 닳아 없어질 것이다. (리어에게) 저를 아시겠습니까?

[리어] 자네 눈동자를 분명히 기억하네. 곁눈질하며 나를 쳐다보고 있는가? 눈 먼 큐피드! 어떤 간악한 짓을 해도 좋아. 나는 상사병에는 걸리지 않을 테니. 이 결투장을 읽어봐! 글씨체를 잘 눈여겨봐!

[글로스터] 문자 하나하나가 태양이더라도 저는 볼 수 없습니다.

[에드거] (독백) '이 일을 다른 사람에게서 들었다면 도저히 믿을 수 없었을 것이다. 하지만 사실인 만큼 내 심장이 터질 것만 같구나.

[리어] 읽어라.

[글로스터] 아니, 눈알도 없는 껍데기로요?

[리어] 어헛! 정말 그렇다는 말이지? 머리에는 눈이 없고 지갑 속에는 돈이 없다는 말이로군. 네 눈은 중량이고 네 돈주머니는 경량이구나. 하지만 세상 돌아가는 낌새는 알 수 있겠지?

[글로스터] 육감으로 압니다.

[리어] 아니, 미치광이란 말인가? 사람은 눈이 없어도 세상 돌아가는 것쯤은 볼 수 있는 법이야. 귀로 세상을 보게. 저기 있는 재판관이 천한 신분의 도둑놈을 야단치는 것을 보게. 귀로 듣게나. 둘이 자리를 바꿔도 어느 쪽이 재판관이고 도둑놈인지 알아맞히겠지? 너, 농부의 개가 거지를 보고 짖는 모습을 본 적 있나?

[글로스터] 네, 보았습니다.

[리어] 그 거지가 개에게 쫓겨 도망치는 것을 봤겠지? 거기서 권력을 쥔 자의 위대한 모습을 볼 수 있는 거야. 개도 지위만 있으면 사람을 쫓을 수 있어. 이 악독한 순경 놈아! 그 잔인한 손을 멈춰라! 왜 그 창녀를 매질하려고 하느냐? 네놈의 잔등이나 갈겨라. 매음한다는 이유로 매질할 모양인데 바로 네가 그 여자를 간음하려고 열을 올리지 않느냐? 고리대금업자가 사기꾼을 교

수형에 처한다지? 누더기를 걸치고 입으면 뚫린 구멍으로 티끌만한 죄가 들여다보이지만 예복이나 모피 외투를 입고 있으면 모든 것이 감춰지지. 죄악에 황금을 입히면 날카로운 정의의 창도 상처를 못 내고 부러져 죄악을 누더기로 싸면 난쟁이의 지푸라기로도 뚫을 수 있어. 죄짓는 사람은 없어. 아무도 없어. 없는 거야. 내가 보증하지. 내 말을 믿게. 나는 고소인의 입을 틀어막을 수 있어. 유리 눈이라도 해 박지. 그리하여 천박한 모사(謨士)처럼 보이지 않는 것도 보이는 척해봐! 자, 이제 이 장화를 벗겨다오. 더 세게. 조금 더. 그렇지.

[에드거] (독백) '의미 있는 말과 무의미한 지껄임이 뒤섞여 있네! 광기 속에서도 이치가 번뜩거리는구나!'

[리어] 내 불행을 그대가 슬퍼해 준다면 내 눈을 주겠다. 나는 그대를 잘 안다. 이름이 글로스터지? 그대는 참아야 해. 우리는 모두 울면서 세상에 태어났지. 처음으로 이 세상 공기를 마실 때 '응애응애' 운다는 것을 그대도 알 것이다. 그대에게 얘기해줄 테니 잘 들어보게.

[글로스터] 아, 슬픈 일이로다!

[리어] 우리는 세상에 태어날 때 이 거대한 바보들의 무대에 나온 것을 깨닫고 슬피 운다. 이 모자 꼴은 좋군! 모자와 천으로 기마대 말들의 발을 싸는 것은 훌륭한 계략이다. 시험 삼아 해보겠다. 사위 놈들이 있는 곳에 몰래 숨어들어 그놈들을 죽여! 죽여! 죽이라고!

(기사가 여러 시종과 함께 등장)

[기사] 아, 여기 계시는구나. 이분을 꼭 붙들어라. 폐하! 폐하의 친애하는 따님께서….

[리어] 도망갈 길이 없는가? 아니, 포로가 되었다는 말이냐? 내가 운명의 장난감이냐? 나를 함부로 다루지 마라. 보상금을 줄 테니. 외과 의사를 불러라.

뇌수까지 질린 기분이다.

[기사] 매사 분부대로 하겠습니다.

[리어] 보좌관들은 없는가? 나 혼자뿐인가? 아니, 이렇게 되면 사나이도 온통 눈물을 쏟아내 두 눈을 뜰에 물주는 작은 단지가 되고 말지. 음, 그래. 가을에 먼지가 못 일어나게 말이야. 나는 떳떳이 죽겠다. 단정한 새신랑처럼. 뭐냐? 나는 유쾌해질 것이다. 자, 나는 왕이로소이다. 네놈들은 아느냐?

[기사] 폐하께서는 일국의 왕이십니다. 저희는 오직 명령에 복종할 뿐입니다.

[리어] 그렇다면 아직 희망은 있다. 그것을 얻고 싶다면 뛰어와 가져가라.

(리어왕이 뛰어나간다. 시종들이 그 뒤를 따라간다.)

[기사] 하찮은 종놈도 저렇게 되면 몹시 가엾은 법인데 하물며 국왕 신분으로 저 모양이 되셨으니 이루 말할 수가 없구나. 그래도 폐하께는 막내 따님 한 분이 계시지. 다른 두 딸 때문에 천륜이 모든 사람의 저주를 받았지만 그 따님은 저주의 파국으로부터 천륜을 되찾으실 분이시다.

[에드거] 여보세요? 안녕하십니까?

[기사] 안녕하시오? 무슨 일이시오?

[에드거] 혹시 전쟁이 났다는 소문을 들으셨는지요?

[기사] 누구나 아는 뻔한 사실 아니오? 귀가 있다면 그 소식은 다 듣고 있소.

[에드거] 그건 그렇다고 치고 실례하지만 저쪽 군대는 어디까지 와 있습니까?

[기사] 가까이 와 있어요. 빠른 속도로 진격 중이오. 주력부대가 나타나는 것도 시간문제요.

[에드거] 고맙습니다. 이제 되었습니다.

[기사] 왕비께서는 특별한 이유가 있어 이곳에 오셨지만 군대는 진격 중입니다.

[에드거] 고맙습니다.

(기사 퇴장)

[글로스터] 늘 자비심 많은 신이시여! 당신이 뜻하실 때 제 숨통을 눌러주십시오. 악독한 제 근성이 저를 유혹해 신이 허락하시기도 전에 죽으려는 마음을 먹지 않도록 해주소서!

[에드거] 아저씨! 훌륭한 기도입니다.

[글로스터] 이봐! 도대체 너는 누구냐?

[에드거] 보잘것없는 놈이지요. 계속되는 불행에 길들고 온갖 슬픔을 겪은 탓에 남을 깊이 동정하게 된 사람입니다. 제가 손잡아 드리지요. 쉴 만한 곳으로 모셔다드리겠습니다.

[글로스터] 진심으로 고맙다. 하늘의 은총과 축복이 네게 넘치도록 쏟아지길…!

(오스왈드 등장)

[오스왈드] 현상금이 붙은 반역자다! 내가 운이 터졌구나! 눈알 없는 네 머리통은 원래부터 내 출세를 위해 만들어졌나 보구나. 불행한 이 늙은 반역자야! 각오해라. 내가 칼을 뽑았으니 네 목숨을 빼앗고야 말겠다.

[글로스터] 친절한 분이군. 힘껏 쳐주시오.

(에드거가 그들 사이에 끼어든다.)

[오스왈드] 겁도 없는 촌놈아! 무엇 때문에 반역자로 공포된 자 편을 들고 감싸느냐? 너도 이놈과 함께 죽고 싶으냐? 그 팔을 놔라.

[에드거] 그런 이유라면 못 놓겠다.

[오스왈드] 놔라! 노예 놈아! 안 놓으면 죽이겠다!

[에드거] 이봐! 가던 길이나 재촉하시지. 이 사람은 그냥 보내고. 내가 공갈 협박에 죽을 놈이라면 벌써 반 달 전에 뻗었을 거야. 안 돼! 이 노인 곁에는 얼씬도 못해! 비켜! 내 말을 들으시지. 그렇지 않으면 네놈의 대갈통이 단단한지 이 몽둥이가 단단한지 시험해볼 테니. 네놈과 쓸데없는 수작은 하고 싶지 않아.

오스왈드를 제압하는 에드거
오스왈드가 글로스터를 체포하려고 하자 에드거가 반격해 제압하는 장면이다.

[오스왈드] 닥쳐라! 이 똥 같은 놈아!

[에드거] 네 앞니를 모조리 뽑아주겠다. 자, 덤벼라. 그 칼로 찌를 테면 찔러봐.

(둘이 싸운다. 에드거가 오스왈드를 때려 눕힌다.)

[오스왈드] 이놈! 내가 네놈 손에 죽는구나. 내 돈주머니를 가져라. 장차 편히 살려거든 내 시신을 묻어다오. 그리고 내 몸에 지닌 이 편지를 글로스터 백작, 에드먼드 님에게 전해다오. 영국 편에 가 그를 찾아라. 아, 뜻밖의 최후로다. 아, 마지막이구나!

(오스왈드 죽는다.)

[에드거] 나는 네놈을 잘 알지. 악한 일에 충성을 다한 놈. 네 여주인의 악행에 대해 악인이 할 수 있는 최대한의 몫을 다한 놈이지.

[글로스터] 아니, 그놈이 죽었느냐?

[에드거] 아저씨! 거기 가만히 계세요. 잠시 쉬세요. 이놈의 주머니를 뒤져봅시다. 지금 이놈이 부탁한 편지가 우리 편에게 도움을 줄지도 몰라요. 이제 숨이 끊겼군. 너를 사형집행인 손에 맡기지 못한 것이 억울하다. 어디 보자. 봉함(封緘)이여! 편지 개봉을 눈감아다오. 적군의 심중을 알아내기 위해 때로는 사람의 가슴도 찢는데 편지 겉봉쯤이야 문제가 되겠느냐? (편지를 읽는다.)

서로 굳게 언약한 우리 약속을 잊지 마세요. 당신은 그를 해치울 기회가 많을 겁니다. 각오만 한다면 때와 장소는 충분할 거예요. 그가 개선장군으로 돌아오면 만사 끝장입니다. 그럼 저는 죄인이 되고 그의 침대는 제 감옥이 될 겁니다. 진절머리나는 잠자리의 온기로부터 저를 구해주세요. 수고하신 보답으로 그 잠자리를 당신께 드리겠어요. 부름을 받고 싶은 당신의 애인, 고너릴.

[에드거] 아, 여인의 색정은 어디까지 뻗칠 수 있는가? 덕망 있는 남편의 목숨을 빼앗는 대신 내 동생 에드먼드를 그 자리에 앉히려는 흉계로구나! (오스왈드의 시신을 바라보며) 네놈을 이 모래더미 속에 묻어주마. 살인미수, 간통, 남녀의 더러운 심부름을 도맡아 해온 녀석. 때가 오면 모살될 뻔한 공작에게 이 추잡한 편지를 보여줘 깜짝 놀라게 해주겠다. 네 죽음과 용무를 공작에게 말할 수 있게 되어 정말 다행이다.

[글로스터] 국왕께서는 돌아버리셨는데 하찮은 내 감각은 얼마나 단단하길래 이렇게 계속 버티며 엄청나게 큰 슬픔을 뼈저리게 느끼고 있단 말인가! 차라리 미쳐버리는 게 낫겠다. 그럼 내 슬픔을 생각하지 않아도 되고 마음이 심란하니 온갖 재난도 자연스럽게 잊히지 않겠는가.

(멀리서 북소리가 들린다.)

[에드거] 손을 이리 주세요. 멀리서 북소리가 들립니다. 자, 갑시다. 아저씨! 친구와 함께 계시도록 부탁해보겠습니다.

(모두 퇴장)

4막 6장 분석

에드거는 여전히 불쌍한 톰으로 변장하고 있지만 지금은 담요로만 덮인 불쌍한 영혼보다 농부로서 더 잘 차려입었다. 더 중요한 점은 그가 아버지를 용서했고 그의 목소리는 감정을 표현한다는 것이다. 셰익스피어는 에드거가 운문으로 말하게 함으로써 변화를 의미하므로 관객은 에드거가 연극 초반과 같은 사람이 아니라는 것을 알고 있다.

글로스터는 뛰어내리기 직전 자신이 이전에 정의에 의문을 제기했던 신들의 힘을 인정하고 에드거가 축복받기를 기도한다. 이 장면은 에드거가 자신의 정체를 밝히지 않아 마음을 표현한다. 그 대신 그는 글로스터가 치유될 수 있도록 속임수가 계속되는 것을 허용한다. 글로스터가 깨어났을 때 그는 정말 쓰러졌는지 즉시 의문을 제기하지만 생존을 위해 빨리 사임한다. 그런 다음 글로스터는 자신의 고난을 받아들이고 신들이 그가 충분히 오래 고통받았다고 결정할 때까지 견디겠다고 약속한다.

에드거는 글로스터의 '몰락' 전에 아버지가 여전히 치료될 수 있도록 자신의 정체를 밝히지 않겠다고 말하지만 글로스터가 깨어난 후 비밀을 누설할 충분한 기회가 있지만 글로스터에게 진실을 말하지 않는다. 글로스터의 무지는 그의 지속적인 자기 발견을 위해 필요할 수 있다. 에드거가 4막에서 자신을 드러내면 글로스터의 성장 기회는 짧아질 것이며 연극의 주요 요소는 각 캐릭터가 자신의 신념, 가치, 강점을 테스트하는 상황에 대응해 진화하는 방식이다. 글로스터는 자신에 대해 계속 배워야 한다. 이 시점에서 에드거와의 갈등을 해결한다면 자기 진실을 향한 그의 움직임은 멈출 것이다.

리어는 왕국이 없고 더 이상 왕의 모습도 아니지만 신들은 리어를 왕으로 만들었고 신들만 그의 기름 부음을 받은 상태를 취소할 수 있다. 글로스터의 목소리를 듣고 리어는 딸들이 그를 배신한 이후 배운 모든 것을 드러내는 긴 독백을 시작한다. 리어는 지위가 높은 자에게 아첨이 위험하다는 것을 드디어 알게 되어 광기 속에서도 의미가 있다. 리어는 큰딸들의 아첨을 받아들여 거짓말로 알고 있는 것을 믿었다.

뒤이은 사건에 대한 그의 공모에 대한 이해는 책임을 받아들이고 그가 오류가 없음을 인정하는 중요한 단계다. "고너릴, 흰 수염을 가진!"이라는 리어의 말에서 리어가 글로스터를 고너릴로 착각한다는 의미로 해석될 수 있다. 그러나 리어는 고너릴이라고 생각하는 사람에게 인사하지 않고 고너릴에게 말하고 있을 것이다. 리어는 흰 수염을 가진 그녀를 묘사함으로써 그의 장녀가 아버지의 권위를 취해 자연을 거꾸로 만들었다고 주장하며 따라서 지식을 상징하는 흰 수염은 장녀의 통치 모습이 된다.

다음으로 리어는 간통과 섹슈얼리티에 대한 탈선으로 이동하는데 이는 리건과 고너릴이 과도한 섹슈얼리티와 밀접하게 일치하는 욕망의 희생자가 되었다는 개념에 부합한다. 따라서 동물의 저열한 욕망과 결합된 인간의 지적 능력의 복잡성을 상징하는 켄타우로스에 대한 언급은 더 동물적인 본능에 대한 인간의 취약성을 정확히 설명한다.

그가 계속하면서 리어는 또 다른 주제인 정의로 이동한다. 왕은 정직을 공언하는 사람들은 종종 정직하지 않으며 판사조차 부패하고 뇌물을 받을 수 있다는 것을 알게 되었기 때문에 무정부 상태로의 전환과 정의 규칙의 변경을 옹호한다. 리어는 너무나 많은 부정직 속에서 정의가 존재할 수 없거나 존재하지 않는 것을 두려워한다.

모든 사람이 자신의 연약함과 인간성을 받아들여야 한다는 리어의 지식은 글로스터 자신의 초기 발견과 비슷하다. 리어는 자신의 고통 때문에 자신조차 하나님의 공의보다 높지 않다는 것을 알게 되었다. 연설이 끝날 무렵 리어는 그의 광기를 더 표출한다. 리어는 자신을 '타고난 바보'인 운명의 희생자로 본다. 마침내 두려움에 휩싸인 리어는 그를 찾는 신사와 수행원들로부터 도망친다.

신사는 글로스터와 에드거에게 리어의 자연과 조화를 이루고 고너릴과 리건이 만든 불행에서 그를 구속할 딸이 하나 있음을 상기시킨다. 또한, 그의 연설은 전투가 가까워지고 있음을 청중에게 상기시킨다. 리어의 외모와 태도는 글로스터를 흔들었고 이에 대한 응답으로 그는 신들이 그를 절망에서 구해달라고 기도하고 두 번 다시 자살 시도를 하지 않겠다고 약속한다.

오스왈드의 입장은 그의 죽음을 초래한다. 그는 경고를 받았지만 글로스터를 죽이라는 명령을 포기하기를 거부한다. 오스왈드는 순종과 지위가 전부인 종이다. 4막 2장의 시작 부분에서 오스왈드는 알바니가 고너릴이 성취한 모든 것을 거부했다는 사실에 분명히 혼란스러워했고 여기서 그는 글로스터와 동행하는 농부가 단순히 비켜서서 노인의 피살을 허용하기를 기대한다. 그의 순종심은 너무 커 그를 죽인 남자에게 고너릴의 편지를 에드먼드에게 전해달라는 요청까지 한다.

KING LEAR

4막 7장

Act IV, Scene VII

"무덤 속에서 나를 끌어내면 못써. 너는 축복받은 영혼.
나는 불 바퀴에 묶인 몸이어서 내가 눈물을 흘리면 납처럼 녹아 흘러 화상을 입어."
_리어

● 프랑스군 진영, 천막 안

(코델리아, 켄트, 의사, 시종 등장)

[코델리아] 오, 선하신 켄트님! 켄트님의 충성에 보답하려면 얼마나 오래 살면서 어떻게 노력해야 할까요? 이 신세를 갚으려면 내 한평생이 너무 짧고 어떤 보상 방법을 써도 부족할 거예요.

[켄트] 인정해주시는 것만으로도 과분한 보상입니다. 방금 말씀드린 보고는 사실 그대로입니다. 살을 붙이지도 빼지도 않았습니다.

[코델리아] 더 좋은 옷으로 갈아입으세요. 그 옷은 지금까지 고생한 동안의 추억을 되살리니까요. 부탁입니다. 그 옷을 벗으세요.

[켄트] 용서하십시오, 왕비님. 지금 제 신원이 밝혀지면 모든 계획이 수포로 돌아갑니다. 적당한 때라고 생각될 때까지 저를 모른 척 내버려두시면 감사하겠습니다.

[코델리아] 그러시다면 좋습니다. (의사에게) 국왕의 용태는 어떻소?

[의사] 아직 주무시고 계십니다.

[코델리아] 은혜로운 신들이여! 험한 일을 당해 얻으신 마음의 상처를 치유해 주소서! 불효자식 때문에 상하고 거칠어진 생각을 다시 조정하시어 제정신을 되찾도록 도와주소서!

[의사] 어떻겠습니까? 깨우시는 것이? 충분히 주무셨는데요.

[코델리아] 의사 선생의 판단에 따라 처리하시기 바라오. 그런데 폐하께서 옷은 갈아입으셨소?

[기사] 네, 왕비님. 폐하께서 깊이 잠드셨을 때 새 옷으로 갈아 입혀드렸습니다.

[의사] 왕비님! 폐하를 깨울 때 옆에 계셔주십시오. 반드시 정상으로 돌아오실 겁니다.

[코델리아] 좋아요.

(음악 소리. 리어왕은 침대에서 잠든 채 시종에 의해 운반되어 등장)

[의사] 이리 가까이 오십시오. 음악 소리를 높여라.

[코델리아] 아, 사랑하는 아버님! 제 입술에 회복의 비약이 묻어 있다면 두 언니가 옥체에 끼친 엄청난 상처를 제 키스로 고쳐드리고 싶습니다.

[켄트] 착하고 친절하신 왕비님!

[코델리아] 설령 그들의 아버지가 아니었더라도 이 백발은 그들에게 동정심을 불러일으킬 수 있었을 텐데. 이 얼굴이 사나운 비바람을 맞아야 했단 말입니까? 무서운 벼락을 품은 우레를 들으셔야 했단 말입니까? 재빨리 하늘을 가르는 번개가 처절하게 번쩍이는 야밤에 밤잠도 주무시지 못하고 목숨을 건 파수병처럼 얇은 투구만 머리에 쓰신 채 말입니다. 내 원수의 개, 나를 문개라고 할지라도 그런 밤에는 집 안 난롯가에서 불을 쬐게 했어야 마땅하거늘. 가엾게도 아버님은 돼지 부랑배들과 함께 그 답답하고 곰팡이 냄새나는 오두막 짚자리에서 쉬셔야 했습니까? 깨어나시는군요. 목숨과 정신을 한꺼번에 잃지 않으신 것이 신기할 뿐입니다. 아, (의사에게) 폐하께 말씀

을 건네보세요.

[의사] 왕비님께서 말씀하시는 것이 더 적절할 것 같습니다.

[코델리아] 폐하! 기분이 좀 어떠십니까?

[리어] 무덤 속에서 나를 끌어내면 못써. 너는 축복받은 영혼. 나는 불 바퀴에 묶인 몸이어서 내가 눈물을 흘리면 납처럼 녹아 흘러 화상을 입어.

[코델리아] 저를 알아보시겠습니까?

[리어] 너는 망령이지? 언제 죽었나?

[코델리아] 정신을 회복하시려면 아직 멀었구나.

[의사] 아직 잠에서 깨어나신 게 아닙니다. 잠시 혼자 내버려 두세요.

[리어] 내가 지금까지 어디 있었느냐? 지금 여기는 어디냐? 아름다운 햇살이군. 나는 어이없이 속고 있어. 다른 사람이 나 같은 꼴을 겪으면 나는 그것을 보고 가엾어 죽고 싶을 것이다. 뭐라고 말해야 좋지? 이것이 내 손인지 아닌지도 분간할 수 없구나. 이 바늘이 찌르는 것을 느낄 수 있군. 지금 내가 어떤 지경인지 알고 싶다.

[코델리아] 저를 보세요. 제게 손을 얹고 저를 축복해주세요. 아니에요. 무릎을 꿇지 마세요.

[리어] 제발 부탁이오. 나를 놀리지 마오. 나는 지극히 못난 바보 늙은이라오. 나이가 벌써 여든이 넘었소. 그보다 많지도 적지도 않다오. 솔직히 말해 제정신이 아닌가 보오. 당신과 여기 있는 이 사람들도 다 알 것 같은데 확실치 않구려. 여기가 어디인지 모르기 때문이고 이 옷도 기억나지 않기 때문이오. 어젯밤 내가 어디서 잤는지도 모를 정도요. 나를 비웃지 마오. 내가 살아 있는 것이 분명하다면 이 부인은 내 딸 코델리아라고 생각되는데.

[코델리아] 그렇습니다. 분명히 그렇습니다.

[리어] 눈물을 흘리느냐? 그렇군. 눈물이군. 제발 울지 마라. 네가 독약을 마시라면 마시겠다. 네가 나를 원망한다는 것도 안다. 내 기억에 네 언니들은

코델리아와 재회하는 리어왕
프랑스 왕비가 된 코델리아가 리어왕의 모습을 보고 슬퍼하는 장면이다.

나를 끊임없이 괴롭힌 것 같은데 그들은 나를 학대했으니 할 말이 없겠지만 너 코델리아는 나를 미워할 이유가 있지 않느냐?

[코델리아] 아닙니다. 아무 이유도 없습니다.

[리어] 내가 지금 프랑스에 와 있느냐?

[켄트] 폐하의 왕국에 계십니다.

[리어] 나를 속일 셈이냐?

[의사] 안심하십시오. 왕비 전하! 보시다시피 무서운 광기는 이제 진정되었습니다. 하지만 지금까지 겪어오신 일들을 다시 기억나게 하는 것은 위험합니다. 안으로 모시고 들어가십시오. 더 안정될 때까지 자극하지 마십시오.

[코델리아] 안으로 드십시오.

[리어] 참고 견뎌라. 과거를 잊고 나를 용서해라. 나는 어리석은 늙은이야.

(켄트와 신사만 남고 모두 퇴장)

[기사] 콘월 공작이 살해당했다는 것이 사실입니까?

[켄트] 분명한 것 같소.

[기사] 공작의 부하들을 통솔하는 사람은 누구입니까?

[켄트] 글로스터 백작의 사생아라던데.

[기사] 쫓겨난 그의 아들 에드거는 글로스터 백작과 함께 독일에 있다는 소문입니다.

[켄트] 소문은 믿을 수 없어요. 지금은 극히 조심해야 할 때요. 적군이 물밀듯 몰려오고 있습니다.

[기사] 이 싸움은 피비린내 나는 결전이 될 것 같소. 그럼 안녕히.

(퇴장)

[켄트] 오늘의 결전을 승리하느냐 패하느냐에 따라 내 계획이 철저히 달성되느냐 안 되느냐도 판가름날 것이다.

(켄트 퇴장)

▌4막 7장 분석

코델리아는 켄트에게 그의 선함이 헤아릴 수 없다면서 통찰력과 감사로 말한다. 켄트의 계획은 불분명하고 그의 신원을 밝히는 것이 그 계획을 방해하는 이유는 불분명하지만 리어에 대한 그의 헌신은 줄곧 분명했다. 켄트의 운명은 왕의 운명과 돌이킬 수 없도록 연결되어 있다.

구조 이후 리어는 잠자고 있으며 코델리아로 데려온 후에도 계속 잠자고 있다. 그가 깨어났을 때 그는 천사에 의해 구출된 지옥에 있다고 생각한다. "무덤 속에서 나를 끌어내면 안 돼! 너는 축복받은 영혼. 나는 불 바퀴에 묶인 몸이어서 내가 눈물을 흘리면 납처럼 녹아 흘러 화상을 입어." 불 바퀴는 중세 시대에 파생된, 지옥에 대한 전통적 은유다. 코델리아가 최근에야 그를 지상의 지옥 같은 존재에서 구출해 지옥을 상상하는 것은 놀랍지 않다.

이전 장면에서 리어는 이 고통스러운 기간 동안 알게 된 많은 것을 이야기했지만 이 짧은 장면에서 그는 똑같이 중요한 다른 교훈을 얻었음을 분명히 보여준다. 코델리아에게 한 연설에서 리어는 왕족이나 사랑의 깊이를 결정하는 시험을 언급하지 않는다.

리어가 깨어난 것을 환영하는 음악은 조화로의 복귀를 알리고 폭풍우 소리와 리어와 큰딸들 간의 천둥 같은 부조화를 대체한다. 음악이 포함되면서 리어가 코델리아와 재회하면서 질서가 리어의 세계로 돌아왔다. 코델리아와 자매들의 대조는 이 장면에서 특히 극적이다. 코델리아는 복수 욕구가 없으며 아버지가 그녀를 오판했다고 고통스럽게 만들 필요도 없다. 그녀의 미덕과 순결은 왜 그렇게 많은 비평가와 학자들이 코델리아를 그리스도를 닮았거나 하나님의 선하심을 대표한다고 묘사했는지 쉽게 알게 해준다.

KING LEAR

5막 1장

Act V, Scene I

"동생이 나와 에드먼드 사이를 떼어놓을 바에야 차라리 전쟁에서 지는 게 낫지."
_고너릴

● 도버 근처 영국군 진영

(북과 군기를 든 병사들과 에드먼드, 리건, 부대장, 장교들, 기타 사람들 등장)

[에드먼드] (부대장에게) 공작에게 가 일전의 계획에 변경된 것은 없는지, 이후 어떤 사정이 생겨 방침을 바꾸지 않으셨는지 확실히 알아보고 오너라. 공작께서는 변덕이 심하셔서 자신이 한 일을 스스로 비난하는 경우가 종종 있었으니까.

(부대장 퇴장)

[리건] 언니의 하인에게 뭔가 문제가 생긴 것이 분명해요.
[에드먼드] 아무래도 그런 것 같아 걱정이군요.
[리건] 에드먼드 님! 내가 당신께 호감이 있다는 것을 아시지요? 말해 보세요. 진심으로 사실대로 말해 보세요. 당신은 언니를 사랑하지 않으세요?
[에드먼드] 천만에요. 어림도 없는 소리입니다.
[리건] 하지만 마음에 걸려요. 언니와 함께 붙어 다니면서 서로 껴안는 등 부

부끄리만 할 수 있는 짓을 다 하고 있는 것 아닙니까?

[에드먼드] 절대로 그런 일 없습니다. 명예를 걸고.

[리건] 나는 언니가 그런 짓을 하도록 절대로 내버려두지 않을 거예요. 에드먼드 님! 언니와 너무 가까이 지내지 마세요.

[에드먼드] 그런 걱정은 하지 마십시오. 공작과 공작 부인께서 오시는군요.

(북과 군기를 앞세우고 알바니 공작, 고너릴, 병사들 등장)

[고너릴] (독백) '동생이 나와 에드먼드 사이를 떼어놓을 바에야 차라리 전쟁에서 지는 게 낫지.'

[알바니] 지극히 사랑하는 우리 처제! 잘 만났소. (에드먼드에게) 들리는 소문에 국왕께서 막내딸에게 가셨다오. 우리나라의 학정 때문에 불만이 많은 도당과 합세했다는 소식이오. 나는 원래 공명정대한 일이 아니면 용감히 싸우지 않는데 이번 전쟁은 프랑스 왕이 우리나라를 침략하기로 마음먹었기 때문이지, 리어왕 일당을 도와주려고 일으킨 것이 아니므로 우리도 떨쳐 일어난 것이오. 프랑스 왕은 지극히 정당하고 중대한 이유로 전쟁을 일으키려는 다른 사람들과 한패가 되어 우리 국토를 침략하려고 하고 있소.

[에드먼드] 참으로 고귀하신 말씀입니다.

[리건] 어쩌자고 그따위 토론을 시작하시는 거예요?

[고너릴] 모두 힘을 합쳐 적군을 무찌릅시다. 이런 개인적인 불만이나 내부적인 분열은 여기서 문제 삼을 것이 못 되니까.

[알바니] 그렇다면 노련한 전략가와 작전이나 짭시다.

[에드먼드] 공작님의 진영으로 곧 가겠습니다.

[리건] 언니, 함께 가시지요.

[고너릴] 나는 가고 싶지 않아.

[리건] 함께 가셔야 합니다. 가십시다.

[고너릴] (독백) '흥! 그 수수께끼를 내가 알지.' (리건에게) 그래, 가자.

(그들이 밖으로 나가려고 할 때 알바니로 변장한 에드거 등장)

[에드거] 보잘것없는 졸장부와 말 한마디 나눌 여유가 있으시다면 제 말씀에 귀 좀 기울여주십시오.

[알바니] (일동에게) 곧 뒤따라가겠소. (에드거에게) 말해보라.

(알바니와 에드거만 남고 모두 퇴장)

[에드거] 전쟁을 시작하기 전에 이 편지를 뜯어보십시오. 전쟁에서 승리를 거두시면 나팔을 울려 이 편지를 들고 온 저를 불러주시기 바랍니다. 제 몰골은 이렇게 엉망이지만 이 편지의 내용이 거짓이 아님을 이 칼을 두고 맹세합니다. 전쟁에서 패하시면 공작님의 운명도 끝장나고 따라서 이 음모도 끝나겠지요. 행운을 빕니다.

[알바니] 편지를 다 읽을 때까지 기다려달라.

[에드거] 그건 안 됩니다. 때가 오면 전령을 통해 저를 불러주십시오. 다시 나타나겠습니다.

[알바니] 잘 가라. 편지는 잘 읽어두겠다.

(에드거 퇴장. 에드먼드 등장)

[에드먼드] 적군이 눈앞에 나타났습니다. 전열을 가다듬으세요. 적의 병력, 장비 등을 자세히 조사한 기록이 여기 있습니다. 하지만 급히 서두르셔야 합니다.

[알바니] 늦지 않도록 하겠다.

(알바니 퇴장)

[에드먼드] 나는 두 자매 모두에게 사랑을 맹세했다. 두 자매가 질투하는 모습은 독사에게 물린 적 있는 사람이 독사를 미워하는 것과 같구나. 둘 중 누구를 골라잡을까? 둘 다? 하나만? 아니면 둘 다 그만둘까? 둘 다 살아 있으면 어느 쪽도 즐길 수 없어. 과부를 택하면 언니인 고너릴이 미친 듯 화내겠지. 그리고 그녀의 남편이 살아 있는 한 내 목적을 이룰 수도 없고. 전쟁을 수행하기 위해서는 남편의 군사력을 이용하기로 하고 전쟁이 끝나면 그녀에게 남편을 감쪽같이 없앨 방안을 강구하라고 해야지. 공작은 리어와 코델리아에게 자비를 베풀려고 하지만 전쟁이 끝난 후 그들이 우리의 포로가 되고 나면 용서고 뭐고 없다. 지금뿐이니까.

(에드먼드 퇴장)

5막 1장 분석

이 장면의 오프닝은 리건이 고너릴과 에드먼드의 관계를 매우 우려하고 있음을 보여준다. 리건은 진실을 알고 싶어 하거나 알고 싶다고 말하지만 그것이 그녀가 듣고 싶은 것일 때만 진실을 알고 싶어 한다. 그래서 에드먼드는 그녀에게 자신의 입장을 고수한다. 고너릴과의 관계는 단지 '영광스러운 사랑'일 뿐이다. 에드먼드는 왕국을 통치하려는 야심을 숨기고 두 여인 사이에서 밀당하는 두뇌적 언어를 구사한다.

유부녀와 연락을 주고받지 않겠다는 에드먼드의 약속은 설득력이 없다. 물론 간음은 죄이지만 그렇다고 훨씬 큰 죄에 대한 성향을 보인 에드먼드를 막을 수는 없다. 고너릴이 들어왔을 때 그녀도 에드먼드에게 얼마나 반했는지를 보여준다. 지금까지 고너릴에게는 권력 장악이 가장 중요했다. 이제 갑자기 그녀는 에드먼드를 잃기보다 전투와 왕국에서 기꺼이 패한다. 그녀의 열광이 어디까지 확장될지는 3장에서 분명해진다.

고너릴과 알바니가 들어가자마자 그는 다가오는 전투에 대한 자신의 입장을 정하려고 한다. 알바니의 대사는 그가 정직하고 정의로운 사람임을 보여준다. 왕과 그의 지지자들은 왕국의 적이 아니지만 프랑스의 침공은 그의 부하들을 전투로 이끌기에 충분한 목적이다. 알바니의 의도는 리어와 그의 수비병을 적으로 취급하는 것이 아니라 외부 침략자로부터 국가를 방어하는 것이다. 다른 사람들은 알바니가 그를 달래 그의 협력을 보장하는 데 동의한다.

고너릴과 리건 간의 균열은 더 분명해지고 이 장면에서 에드먼드를 향한 경쟁은 더 분명해진다. 리건은 고너릴을 믿지 않으며 잠시라도 그녀가 에드먼드와 단둘이 있는 것을 허락하지 않을 것이다. 고너릴이 에드먼드와 함께 남아 있지 말라는 리건의 주장은 자매들이 이전 관계에서 얼마나 멀리 떨어져 있는지를 분명히 한다. 1막에서 고너릴과 리건은 하나가 되어 리어에 대한 아첨에 동의하는 목소리를 냈다. 그들은 2막에서 다시 뭉쳤고 리어의 군대를 줄이기 위해 합류했다. 그러나 3막에서 에드먼드가 끼어들면서 그들은 완전히 분열되어 서로 불신하게 되었다.

한편, 에드먼드는 자신의 음모 때문에 바쁘다. 에드먼드의 야망이 커지면서 고너릴이 알바니를 죽이고 에드먼드와 자유롭게 결혼할 수 있는 리건에게 살해당할 거라는 희망으로 이어진다. 리어와 코델리아가 죽자 에드먼드는 왕이 되어 통치하게 된다. 그렇게 자신이 그토록 바라던 원대한 꿈이 실현된 것이다.

5막 2장

Act V, Scene II

"사람은 세상에 태어나는 것도 마찬가지지만
세상을 떠나는 것도 마음대로 안 되는 법이에요."
_에드거

● 양군 진영 사이 평야

(에드거가 글로스터의 손을 잡고 등장)

[에드거] 아저씨! 이 나무 그늘을 집 삼아 쉬시면서 정의가 이기도록 기도해주
세요. 다시 돌아올 때는 위안을 가져다드릴게요.

[글로스터] 신의 가호가 있길 빈다.

[에드거] 영감님! 도망치세요. 자, 손을 이리 주세요. 도망갑시다. 리어왕이 패
했어요. 폐하와 코델리아가 붙잡혔어요. 자, 손을 이리 주세요. 갑시다.

[글로스터] 더 이상 갈 수 없네. 여기서 죽으면 그만이야.

[에드거] 왜 그러세요? 또 우울한 생각에 빠지신 거예요? 사람은 세상에 태어
나는 것도 마찬가지지만 세상을 떠나는 것도 마음대로 안 되는 법이에요. 때
가 무르익는 것이 중요합니다. 자, 갑시다.

[글로스터] 그 말도 옳다.

(둘 퇴장)

5막 2장 분석

에드거는 셰익스피어 시대의 일반적인 믿음을 되풀이해 '인간은 견뎌야 한다.'라고 말한다. 참을성 있는 고통은 17세기 삶의 핵심이었고 기독교 교리의 근본적인 믿음이었다. 이 같은 맥락에서 욥기는 더 큰 성경 본문의 일부가 아니었다. 그 대신 그것은 모든 인간의 삶의 요소였다. 욥의 시련은 모세가 기록하고 나중에 하나님과의 보상을 위해 필요한 고통을 받아들이는 것을 쉽도록 하나님이 고안한 실제 역사 기록으로 생각되었다. 요컨대 고난을 통한 인내에 대한 믿음은 하나님 앞에서 더 큰 행복과 영광의 길을 만들었다.

욥의 고통은 기꺼이 고난을 받아들이려는 마음과 함께 늘어난다. 그런데도 그는 "우리가 하나님의 손에서 선을 받고 악을 받지 않겠느냐?"라고 대답할 뿐이다(욥기 2:9). 욥은 더 이상 고통을 견딜 수 없을 때도 하나님을 저주하기를 거부한다. 그 대신 그는 자신이 태어난 날을 저주한다. 상실과 고통에 대한 욥의 참을성은 엄청나며 이것은 분명히 인내로 시련을 견뎌낸 에드거에게 모범이 된다. 결국 욥도 자신이 왜 고난을 겪어야 하는지 의문을 품기 시작하고 결국 하나님으로부터 형벌을 받고 "내가 땅의 기초를 놓을 때 너는 어디 있었느냐?"라는 하나님의 영광을 상기하게 된다(욥 38:4). 성찰하는 인간은 기꺼이 고난을 당하고 인내로 하나님의 상을 상기시키면서 욥의 본문에서 자신의 영광스러운 표현을 찾는다. 『리어왕』의 배경은 기독교 이전이지만 에드거가 아버지에게 그들이 견뎌야 한다고 상기시키는 방식에서 그 영향을 분명히 알 수 있다.

KING LEAR

5막 3장

Act V, Scene Ⅲ

"울부짖어라, 울부짖어라, 울부짖어라, 울부짖어라!
아, 너희는 돌 같은 인간들이구나. 내가 너희 혀와 눈을 갖고 있다면
그것으로 푸른 하늘의 지붕을 무너뜨렸을 것이다. 그 아이는 영원히 갔다."
_리어

● 도버 근처 영국군 진영

(승리한 에드먼드가 고수와 기수를 선두로 등장. 포로가 된 리어왕과 코델리아 등장. 부대
장과 병사들 등장)

[에드먼드] 장교들은 이 포로들을 끌고 가라. 그들을 재판할 상관의 명령이 떨
어질 때까지 잘 감시하라.

[코델리아] 최선을 다했음에도 최악의 사태를 맞는 것은 우리가 처음이 아닙
니다. 학대받으신 아버님만 생각하면 맥이 빠집니다. 그렇지만 않았더라도
저는 혼자 거짓말쟁이 운명의 여신의 찌푸린 상에 맞서 노려봄으로써 그 여
신을 물리쳤을 텐데. 언니들을 만나보시지 않겠습니까?

[리어] 아니, 아니다. 우리는 어서 감옥에나 가자. 둘이 새장 속 새들이 되어
노래 부르자. 네가 내 축복을 빌어주면 나는 무릎 꿇고 네 용서를 구하마. 우
리는 그렇게 살아가자. 기도하고 노래하고 옛날 이야기를 나누며 금빛 나비
들을 보고 웃고 궁중의 불쌍한 녀석들이 궁중 소식을 퍼뜨리는 것을 들으
며 그들을 상대해 누구는 총애를 잃고, 누구는 얻고, 누구는 쫓겨나고, 누구

는 득세했다는 등의 얘기를 나눠보자. 이 세상 돌아가는 신비에 대해 신들의 밀사(密使)인 척, 아는 척하며 지내자. 사방이 벽으로 둘러싸인 감옥에 있더라도 이렇게 세월을 보내다 보면 달의 힘으로 밀물과 썰물이 교차되듯이 흥망성쇠가 무상한 거물들의 집단 패거리보다 오래 살아갈 수 있을 것이다.

[에드먼드] 데리고 나가거라.

[리어] 내 딸 코델리아야! 너 같은 제물에 대해 시들은 향을 피워줄 것이다. 내가 너를 붙잡고 있지 않느냐? 우리를 떼어놓으려는 자는 하늘에서 횃불을 가져와야 할 것이다. 횃불로 여우를 몰아내듯이 우리를 쫓을 수밖에 없을 것이다. 눈물을 닦아라. 그들이 우리를 울리기 전에 그들이 먼저 병에 걸려 썩어 문드러질 것이다. 그들이 먼저 굶어 죽을 것이다. 가자.

(리어왕과 코델리아가 호위를 받으며 퇴장)

[에드먼드] 부대장! 듣거라. (쪽지를 주며) 이 쪽지를 가지고 이들을 따라 감옥으로 가거라. 나는 너를 이미 일계급 승진시켜두었다. 거기 적힌 대로만 하면 너는 행운을 얻을 것이다. 사람은 때에 맞춰 움직여야 한다는 것을 명심해라. 칼을 휘두르는 자에게는 순한 마음씨가 어울리지 않아. 네게 맡긴 이 큰 역할을 꼬치꼬치 캐묻지 마라. 명령에 따르겠느냐, 다른 방법으로 출세하겠느냐? 그것만 대답하라.

[부대장] 명령에 따르겠습니다.

[에드먼드] 그럼 즉시 실행하라. 실행 후에는 이것을 그나마 다행으로 생각하라. 알겠느냐? 즉시 실행하는 거다. 내가 적은 대로 처리하라.

[부대장] 저는 말린 귀리를 먹지도, 수레를 끌지도 않습니다. 하지만 사람이 하는 일이라면 뭐든 다 하겠습니다.

(요란한 나팔 소리. 알바니, 고너릴, 리건, 또 한 명의 장교와 병졸들 등장)

[알바니] 백작은 오늘 자신이 매우 용감한 집안 태생임을 유감없이 보여주셨소. 또한, 이번 전투의 적수인 두 명을 포로로 잡았으니 행운도 겹쳤소. 이제 그들을 위해 백작에게 부탁하고 싶은 것은 그들의 공죄와 우리의 안전을 다 같이 생각해 누구든 공평한 판결을 받도록 그들을 잘 처리해달라는 것이오.

[에드먼드] 늙고 비참한 왕을 적당한 곳에 감금해 감시병을 붙여두는 것이 적절하다고 생각합니다. 고령인 데다 국왕이라는 신분도 그럴듯해 백성의 마음을 사로잡아 그의 편에 서게 할 뿐만 아니라 우리가 모병하고 다스려야 할 병졸들의 창끝이 급기야 우리 눈을 찌를 염려도 있기 때문입니다. 프랑스 왕비도 그와 함께 보낼 생각인데 이유는 같습니다. 내일이든 언제든 공작께서 주재하는 재판에 출두하도록 조치해 놓겠습니다. 그런데 지금 우리는 피땀으로 범벅이 되고 친구는 그의 친구를 잃고 있습니다. 아무리 정당한 전투도 치열해지면 저주받게 마련입니다. 코델리아와 그 부친의 문제는 더 적합한 장소를 택해 결정하는 것이 합당하다고 생각합니다.

[알바니] 미안한 얘기지만 나는 이 전쟁에서 백작을 내 부하로 여기지 형제로 여기진 않소.

[리건] 그건 제가 백작을 어떻게 대우하느냐에 달렸지요. 당신이 그런 말씀을 하시기 전에 먼저 제 의견을 타진해야 했어요. 이분은 제 군사를 이끌었으므로 저 대신 지위와 신분을 위임받으셨어요. 이토록 가까우니 형제라고 불러도 상관없겠지요.

[고너릴] 너무 흥분하지 마라. 네가 자격을 드리지 않아도 이분은 그 자체로 인품이 빼어나시니까.

[리건] 내가 권리를 준 이상 최고의 권력자가 될 수 있지요.

[고너릴] 이분이 네 남편이라도 그건 어림없는 수작이야.

[리건] 엉뚱한 소리하는 어릿광대가 가끔 예언도 합니다.

[고너릴] 흥! 네게 그런 말을 한 사람은 사팔뜨기겠지?

[리건] 언니! 저는 지금 몸이 안 좋아요. 그렇지만 않았다면 뱃속의 화를 후련히 터뜨려 대꾸할 텐데. (에드먼드에게) 장군! 내 군대와 포로와 재산을 모두 당신께 바치겠어요. 마음대로 처분하세요. 나 자신도 당신 것입니다. 당신은 내 성주(城主)예요. 이 세상을 증인 삼아 나는 당신을 내 군주로, 남편으로 삼겠어요.

[고너릴] 그 사람과 재미보려고?

[알바니] 고너릴! 당신이 이들을 마음대로 제지할 수는 없소.

[에드먼드] 공작님 마음대로도 못할 걸요.

[알바니] 사생아 자식! 나는 그럴 수 있다.

[리건] (에드먼드에게) 북을 울리세요. 내 권리가 당신에게 이양되었다는 사실을 어서 알리세요.

[알바니] 잠시만 기다려. 이유를 들어라. 에드먼드! 나는 너를 대역죄로 체포한다. 그리고 너와 함께 금으로 도금한 이 뱀(코너릴을 가리키며)도 체포하겠다. 처제! 당신의 요구에 대해서는 내 아내의 이익을 위해 반대하겠소. 내 아내는 이미 이 사람과 재혼할 언약을 했으니 그녀의 남편으로서 내가 어찌 당신의 구혼에 동의하겠소? 당신이 재혼하겠다면 내게 구혼하시오. 내 아내는 이미 약속된 몸이니.

[고너릴] 미친 소리!

[알바니] 에드먼드! 너는 무장하고 있으니 나팔을 불게 하라. 네놈이 범한 명백하고 악독한 여러 죄목을 증명하기 위해 나서는 사람이 없다면 내가 그 결투에 상대해주마. (도전의 표시로 장갑을 땅에 내던진다.) 네 악행이 내가 방금 여기서 선언한 것 이상으로 끔찍하다는 것을 내가 성체(聖體)를 맛보기 전에 기어코 네놈의 가슴을 갈라 증명하겠다.

[리건] 아, 가슴이 답답하다.

[고너릴] (독백) '네년이 아프지 않으면 독약도 믿을 수 없게?'

[에드먼드] 당신의 결투에 응하겠소. (장갑을 내던진다.) 나를 반역자라고 부르는 놈이 어떤 놈인지 알 수 없지만 그놈은 분명히 거짓말쟁이다. 나팔을 불어 그놈을 불러내라. 감히 내게 덤비는 놈은 누구든 가만두지 않겠다. 내 명예와 진실을 분명히 보여주겠다.

[알바니] 이봐! 전령관!

[에드먼드] 이봐! 전령관!

[알바니] 네 자신의 용기만 믿어. 네 부하는 모두 내 명의로 모병한 자들이어서 내 명의로 제대시켰다.

[리건] 아, 가슴이 점점 답답해진다.

[알바니] 환자가 생겼군. 내 막사로 데려가라. 전령관! 이리 오라. 나팔을 불게 하라. 그러고 나서 이것을 소리 높여 낭독하라.

(리건이 부축을 받으며 퇴장. 전령관 등장)

[장교] 나팔을 불어라!

[전령관] (읽는다.) 우리 부대에서 지위고하를 막론하고 글로스터 백작이라 칭하는 에드먼드가 대역죄인임을 입증하고 싶은 자는 나팔 소리가 세 번 울릴 때까지 나서라. 에드먼드는 자신의 명예를 지킬 자신이 있기에 결투를 허락한다.

[에드먼드] 나팔을 불어라!

(안에서 이 소리에 응답하는 나팔 소리가 들린다. 세 번째 나팔 소리에 나팔수를 앞세우고 무장한 에드거가 등장)

[알바니] (전령관에게) 나팔 소리에 답해 앞으로 나선 이유를 물어라.

[전령관] 그대는 누구요? 이름은? 신분은? 무슨 이유로 나팔 소리에 응하셨소?

알바니 공작
알바니는 고너릴의 그릇됨에 회개해 자신의 권력으로 리어왕을 돕는다.

[에드거] 말씀드리겠습니다. 저는 이름을 잃었습니다. 반역의 이빨이 제 이름을 물어뜯고 벌레가 제 이름을 파먹었습니다. 하지만 저도 제가 상대하고 싶은 저자만큼 고귀한 가문 출신이오.

[알바니] 상대하고 싶은 자가 누구냐?

[에드거] 글로스터 백작, 에드먼드라고 자칭하는 자올시다.

[에드먼드] 내가 바로 그 사람이다. 할 말이 무엇이냐? 들어보자.

[에드거] 칼을 뽑아라! 내 말이 네 비위에 거슬렸다면 네 칼이 그 분풀이를 해주겠지. 자, 여기 내 칼이 있다. 내가 이 칼을 휘두르는 것은 내 명예와 맹세와 기사로서의 특권임을 알아둬라. 단언컨대 너는 힘세고 젊고 지위가 높고 중요한 관직을 맡고 있고 승승장구해 세도를 누리고 무공을 세울 만큼 용기와 담력은 있지만 너는 반역자다. 너는 네 신과 형제와 부친을 속였고 여기 계신, 국가 공신인 공작님의 목숨까지 노렸다. 머리끝부터 발바닥 먼지에 이르기까지 너는 점박이 두꺼비만큼 더러운 반역자다. 그렇지 않다고 항변한다면 이 칼, 이 무예, 이 용기로 네 가슴을 갈라 증명해 보이겠다. 그 가슴을 향해 나는 '너야말로 거짓말쟁이다!'라고 부르짖겠다.

[에드먼드] 현명한 판단을 위해 우선 네 이름을 묻겠다. 네 외모가 훌륭하고 용감해 보일 뿐만 아니라 입 놀리는 품도 무식하게 자란 것 같진 않으니 기사도 규칙에 따르면 네 정체를 알 때까지 이 결투를 지연시켜야 마땅하겠지만 그러고 싶지 않다. 그래서 그 온갖 반역의 오명을 네 머리 위에 눌러 씌우고 네가 말한 그 지옥보다 끔찍한 거짓말의 무게로 네 가슴을 짓누르고 싶다만 아직 그 거짓말이 네 가슴 깊이 찔러 그곳에 영원히 오명을 남겨두겠다. 나팔을 불어라! 자, 말해보라.

(경적 소리. 둘이 싸운다. 에드먼드가 쓰러진다.)

[알바니] 도와주라! 도와주라!

[고너릴] 이건 음모예요, 글로스터 님. 기사도 규칙에 따르면 당신은 이름을 밝히지 않는 상대와 싸울 의무가 없어요. 당신은 승부에 진 것이 아니라 속은 거예요.

[알바니] 입 닥쳐요! 그러지 않으면 이 편지로 당신의 아가리를 틀어막겠소. (에드먼드에게) 이 편지를 받아라. 어떤 죄목으로도 다스릴 수 없는 악독한 죄인. 그것을 읽고 네 자신의 죄를 알라. (고너릴에게) 찢지 마시오, 부인. 그 편지 내용을 아는 모양이군.

(알바니가 에드먼드에게 편지를 준다.)

[고너릴] 설령 알고 있더라도 법은 내 편이지, 당신 편이 아니에요. 감히 누가 나를 비난하겠어요?

(퇴장)

[알바니] 천하의 고약한 여자로군! (에드먼드에게) 편지 내용을 아느냐?

[에드먼드] 내가 아는 일을 묻지 마시오.

[알바니] 저 여자를 뒤쫓아 가봐라. 자포자기 상태이니 그녀를 진정시켜 줘라.

(장교 퇴장)

[에드먼드] 나는 당신이 비난하는 그 죄를 범했소. 그뿐만 아니라 훨씬 많은 죄를 저질렀소. 언젠가는 모두 밝혀질 날이 오겠지요. 시간은 흐르고 나도 사라질 몸이오. 하지만 나를 물리친 운 좋은 당신은 도대체 누구요? 그대가 귀족이라면 용서하리다.

[에드거] 좋다. 서로 관대한 마음을 나누자. 에드먼드! 혈통은 내가 너보다 조금도 못 하지 않다. 내 혈통이 너보다 낫다면 너는 내게 더 큰 죄를 진 셈이

다. 내 이름은 에드거. 네 아버지의 아들이다. 신은 공평하셔서 불의의 쾌락을 맛본 자는 결국 그 쾌락으로 천벌을 받게 하시지. 어두침침한 곳에서 너를 잉태시킨 아버지는 그 벌로 양쪽 눈을 잃으셨다.

[에드먼드] 옳은 말씀이오. 그것은 사실입니다. 인과응보의 바퀴는 돌고 돌아 다시 제자리로 왔습니다. 제가 다시 밑바닥이 되었으니까요.

[알바니] 그대의 거동에는 당당하고 귀족적인 품위가 엿보였어. 그대를 껴안고 싶네. 내가 그대나 그대의 부친을 조금이라도 미워한 적이 있다면 슬픔으로 내 가슴이 찢어져도 할 말이 없을 걸세.

[에드거] 존경하는 공작님! 잘 알고 있습니다.

[알바니] 그런데 자네는 지금까지 어디 숨어 있었나? 그대 부친의 고난은 어떻게 알고 있었지?

[에드거] 제가 줄곧 돌봐드렸기 때문에 알고 있었습니다. 대충 말씀드리겠습니다. 이야기를 다 털어놓고 나서 제 가슴도 터져버렸으면 좋겠습니다. 오, 목숨에 대한 끈질긴 애착이여! 단번에 목숨을 끊기보다 죽을 고생을 참아가며 시시각각 죽기를 바라고 있으니. 저를 잡으라는 잔인한 포고문이 늘 제 뒤를 바짝 쫓았지요. 그래서 저는 누더기를 걸치고 미친놈으로 변장해 지나가는 개조차 저를 거들떠보지 않았습니다. 그런 꼴로 부친을 만났지만 이미 부친은 두 눈을 잃어 보석 빠진 피투성이 반지처럼 된 후였습니다. 그 후로 저는 그분의 길벗이 되어 손을 잡고 이끌어드리거나 그분을 위해 구걸도 하며 절망에서 아버지를 구출하느라 애썼습니다. 그러다가 투구를 쓰면서 그제서야 아버지께 제 정체를 밝혔습니다. 그런데 오, 그것이 잘못이었어요. 이 결투를 이기고 싶지만 승리한다는 보장이 없어 아버님의 축복을 빌려고 했던 것인데 그동안 지내온 편력생활을 털어놓자 아버님의 연약해진 심장은 아, 불행히도 허약해질 대로 허약해져 충격을 견디지 못했습니다. 기쁨과 슬픔의 두 갈래 극적인 격정 사이에서 웃으시다가 그만 심장이 터져버린 겁니다.

[에드먼드] 형님 이야기에 깊이 감동받아 저도 지금부터 선한 마음으로 돌아갈 것 같습니다. 하지만 이야기를 계속하세요. 형님 얼굴을 보니 하실 이야기가 더 있는 것 같군요.

[알바니] 할 이야기가 더 있다면 더 슬픈 이야기겠지. 그러니 지금은 삼가해주게.

[에드거] 슬픔을 꺼리는 분들에게는 이것으로 이야기가 끝나는 것처럼 보이겠지요. 하지만 이야기를 더 들으시면 지금까지의 슬픔은 비교도 안 될 만큼 더 큰 극단적인 슬픔이 있었음을 알게 될 것입니다. 제가 울고불고 아버지의 별세를 슬퍼할 때 누군가가 다가왔습니다. 이전 같았으면 제 거지꼴을 보고 몸을 피했을 그가 수많은 고난을 견뎌온 제 정체를 알고는 억센 팔로 제 목을 휘감고 하늘이 꺼질 듯 울어대기 시작했습니다. 그러더니 자기 몸을 내던지듯 아버님 유해를 얼싸안고 리어왕과 자신에 대해 지금까지 들어본 적 없는 슬픈 이야기를 들려주었습니다. 세상에 이보다 비참한 이야기가 있을까요? 그도 이야기하는 동안 벅찬 슬픔으로 생명줄이 끊어지기 시작했습니다. 바로 그때 두 번째 나팔 소리가 울려 저는 기절한 그를 거기 그대로 두고 이리로 뛰어온 것입니다.

[알바니] 그는 누구였나?

[에드거] 켄트 백작. 쫓겨난 켄트 백작이었습니다. 변장하고 원수 같은 국왕 곁에 붙어 다니며 그분을 위해 노예도 하지 못할 봉사를 했던 것입니다.

(시종 한 명이 피 묻은 단검을 들고 등장)

[시종] 큰일났습니다. 어서 도와주세요.

[에드거] 무슨 일이냐?

[알바니] 어서 말하라.

[에드거] 그 피 묻은 칼은 뭐냐?

[시종] 아직도 뜨겁고 김이 납니다. 가슴에 꽂힌 것을 방금 뽑아 오는 길입니다. 오, 그분이 돌아가셨습니다.

[알바니] 누가? 빨리 말하라.

[시종] 각하의 부인입니다. 공작님! 각하의 부인 말입니다. 공작 부인께서 여동생을 독살했다고 자백하셨습니다.

[에드먼드] 나는 그 두 자매 모두에게 부부가 되기로 약속했는데 이렇게 되고 보니 셋이 동시에 결혼하게 되었구나.

[에드거] 켄트 백작이 오십니다.

(켄트 등장)

[알바니] 생사불문코 두 여자를 이곳으로 운반하라. 이 천벌 앞에서 무서워 몸이 떨리지만 불쌍한 생각은 안 든다. (켄트에게) 아, 이분이 그분인가? 정중히 대접하고 싶지만 지금은 의식을 갖출 겨를이 없군요.

[켄트] 국왕이시며 제 주인인 분께 작별 인사하러 왔습니다. 여기 안 계십니까?

[알바니] 우리가 중대한 일을 잊고 있었구나. 에드먼드! 말하라. 국왕께서는 어디 계시느냐? 그리고 코델리아는? 켄트! 저 광경이 보이시오?

(고너릴과 리건의 시신이 운구되어 온다.)

[켄트] 아니, 이게 어찌 된 일입니까?

[에드먼드] 이 에드먼드는 여자의 사랑을 받은 몸이었지요. 나 때문에 언니가 동생을 독살하고 자살했습니다.

[알바니] 사실이오. 시신의 얼굴을 덮어라.

[에드먼드] 숨이 답답해 오는데 이 몸은 악당이지만 착한 일 하나는 하고 싶소. 성으로 급히 사람을 보내시오. 리어왕과 코델리아의 목숨을 빼앗으라고 내가 벌써 명령서를 보내놓았으니 늦지 않게 어서 사람을 보내시오.

고너릴과 리건의 최후
비극의 결말답게 리어의 두 딸은 물론 막내인 코델리아와 리어 자신도 눈을 감는다.

[알바니] (에드거에게) 뛰어요, 뛰어! 어서 뛰어가시오!

[에드거] 누구에게 가야 하는 거냐? (에드먼드에게) 누가 직책을 맡고 있느냐? 사형집행 중지 증거를 보여줘야 한다.

[에드먼드] 좋은 생각이십니다. 내 칼을 가져가 대장에게 주세요.

[알바니] 서두르시오. 사력을 다해 서두르시오.

(에드거 퇴장)

[에드먼드] 코델리아를 옥중에서 목졸라 죽이라고 당신 부인과 내가 특명을 내렸습니다. 그녀가 절망에 빠져 스스로 목숨을 끊은 것처럼 일을 꾸민 겁니다.

[알바니] 그녀에게 신의 가호가 있길! 제발 폐하가 무사하시길! (에드먼드를 가리키며) 저자를 잠시 데려가라.

(에드먼드가 시종들에게 운반되어 퇴장)

(죽은 코델리아를 팔에 안고 리어왕 등장. 에드거와 부대장 다시 등장)

[리어] 울부짖어라, 울부짖어라, 울부짖어라, 울부짖어라! 아, 너희는 돌 같은 인간들이구나. 내가 너희의 혀와 눈을 갖고 있다면 그것으로 푸른 하늘의 지붕을 무너뜨렸을 것이다. 그 아이는 영원히 갔다. 나는 죽은 것과 산 것을 구별할 수 있다. 딸은 죽어 흙이 되었다. 거울을 다오. 내 딸의 입김이 거울을 흐리게 하거나 얼룩지게 하면 물론 그것은 살아 있다는 증거다.

[켄트] 이것이 예언된 이 세상의 종말인가?

[에드거] 아니면 무서운 종말의 영상인가?

[알바니] 만물이여! 무너져내려 멸망해버려라!

[리어] 이 깃털이 움직였다! 살아 있구나! 그렇다면 그동안 이 아이가 겪은 온갖 설움이 보상될 수 있다.

[켄트] (국왕 앞에 나와 무릎을 꿇고) 오, 폐하!

[리어] 제발 저리 비키게.

[에드거] 이분은 폐하의 신하인 켄트 백작입니다.

[리어] 너희는 모두 살인자이자 반역자다. 천벌을 받아라. 나는 이 아이를 구할 수 있었는데 이제 영원히 죽어버렸어. 코델리아! 코델리아! 잠시 기다려 다오. 앗! 너, 지금 뭐라고 했느냐? 네 목소리는 부드럽고 온화하고 나직했지. 여자 목소리는 그래야 해. 너를 교살한 노예놈은 내가 죽여버렸다.

[부대장] 말씀대로입니다. 공작 각하! 왕께서 그놈을 죽이셨습니다.

[리어] 내가 죽였지. 한때 기막히게 잘 드는 언월도(偃月刀)를 휘둘러 닥치는 대로 놈들을 몰아낸 적도 있지만 지금은 나이를 먹고 고생해 이 모양 이 꼴로 힘이 빠졌어. (켄트에게) 자네는 누구인가? 내 눈이 너무 나빠졌어. 곧 알아보겠지만.

[켄트] 운명의 여신이 사랑하고 미워한 한두 명의 인간이 있다고 자랑한다면 지금 당신 눈앞의 사람이 바로 그중 한 명으로 미움받았던 자입니다.

[리어] 잘 안 보이는데… 켄트 아닌가?

[켄트] 그렇습니다. 국왕 폐하의 신하 켄트입니다. 폐하의 하인 카이어스는 어디 있습니까?

[리어] 그 녀석! 퍽 좋은 놈이었지. 단언컨대 그 녀석은 칼솜씨도 뛰어나고 민첩했다. 그는 죽어 썩어버렸다네.

[켄트] 아닙니다. 폐하! 제가 바로 그 카이어스입니다.

[리어] 그러냐? 곧 알게 되겠지.

[켄트] 폐하의 운명이 바뀌어 불운해지신 이후로 줄곧 폐하의 슬픈 발자취를 따라다녔습니다.

[리어] 이렇게 와줘 정말 반갑구나.

[켄트] 제가 바로 그 사람입니다. 모든 것이 음산하고 암담하고 무섭기만 합니다. 폐하의 큰따님 두 분은 돌아가셨습니다. 절망적인 최후였습니다.

[리어] 그랬겠지.

[알바니] 폐하께서는 자신이 무슨 말씀을 하시는지도 모르고 계시오. 이런 상황에서 우리가 이름을 대봤자 소용없을 것이오.

[에드거] 아무 소용없겠지요.

(부대장 등장)

[부대장] 에드먼드 님이 돌아가셨습니다. 폐하!

[알바니] 그런 것은 여기서 사소한 일에 불과하네. 두 분 경과 귀공은 우리 편이니 내 의도를 알아주시오. 이 엄청난 폐하의 불행에 대해 어떤 도움을 드려야 할지 충분히 생각해봅시다. 나는 이 노왕께서 살아 계신 동안 나라를 통치하실 수 있도록 권한을 드릴 생각이오. (에드거와 켄트에게) 두 분께는 작위와 영토뿐만 아니라 이번 공로를 참작해 여러 특전을 수여할 작정이오. 우리 편 사람들은 그 공로로 상을 받을 것이고 적들은 저지른 죄에 합당한 벌을 받을 것이오. (리어왕을 보고) 아, 보십시오! 보십시오!

[리어] 아, 불쌍한 내 딸을 목졸라 죽이다니! 이제 생명이 없구나. 없어, 없어! 개나 말이나 쥐도 생명이 있는데 너는 어째서 입김조차 없느냐? 너는 다시는 이 세상에 돌아오지 않을 것이다. 결코, 결코! 부탁이다. 이 단추를 빼다오. 고맙다. 이게 보이느냐? 코델리아를 보라. 보라. 딸의 입술을. 저걸 봐! 저걸 보라고!

(죽는다.)

[에드거] 폐하께서 기절하셨다. 폐하, 폐하!

[켄트] 가슴이 터질 것 같구나. 가슴아! 차라리 터져버려라!

[에드거] 폐하! 정신 차리십시오.

[켄트] 폐하의 영혼을 괴롭히지 마시오. 아, 폐하를 가시도록 내버려둡시다.

쓰라린 이 세상의 형틀 위에 오래 지체시키는 자를 폐하께서는 오히려 미워하실 겁니다.

[에드거] 폐하께서 정말 돌아가셨습니다.

[켄트] 신기한 것은 폐하께서 그토록 오랫동안 견디셨다는 것이오. 무리하게 스스로 목숨을 연장시키셨어요.

[알바니] 두 분의 유해를 운구해 나가시오. 지금 우리가 할 일은 전 국민이 그분을 애도하는 것이오. (켄트와 에드거에게) 내 두 벗은 이 땅을 통치하고 난국을 수습해주길 바라오.

[켄트] 저는 이제 여행길에 올라 곧 떠나야 합니다. 제 주인께서 부르시니 마다할 수 없습니다.

[알바니] 이 비통한 시대의 가혹한 슬픔에 우리는 복종해야만 하오. 마땅히 해야 할 말은 삼가고 우리가 느끼는 것만 말합시다. 가장 나이 많으신 분께서 가장 큰 괴로움을 겪으셨소. 우리 같은 젊은이들은 그토록 많은 고난을 견딜 수도 없고 그렇게 오래 살지도 못할 것이오.

(장송곡이 울리며 모두 퇴장)

5막 3장 분석

이 마지막 장면은 리어와 코델리아가 에드먼드에게 포로로 붙잡히는 것으로 시작된다. 그들의 생포에 대한 코델리아의 반응은 에드거와 글로스터가 보여준 것과 같은 금욕주의를 불러일으킨다. 이 같은 사건에 용감히 맞서면서 코델리아는 그들도 위험에 처했음을 깨닫는다. 코델리아와 다르게 리어는 두 포로가 현재 처한 위험을 깨닫지 못한다. 리어는 코델리아와 함께 있는 것만으로도 행복하며 전쟁에서 지고 그들이 포로가 된 것을 개의치 않는다. 그는 그들이 에드먼드로부터 위험에 처했음을 모르는 것 같다. 리어는 그들의 행복에 대한 환상을 갖고 있다.

리어는 코델리아와 함께 있는 것 외에는 아무것도 요구하지 않는다. 그는 나머지 세계를 폐쇄하고 심지어 그의 큰딸들을 배제할 것이다. 코델리아가 딸과 자매를 볼 수 있는지 묻자 리어의 대답은 "아니, 아니, 아니, 아니!"다. 미래에 대한 그의 비전은 코델리아를 제외한 모든 것을 배제한다. 그러나 에드먼드는 리어와 코델리아가 감옥에 갇힌 후 분명히 밝혔듯이 다른 계획이 있다. 에드먼드는 장교에게 코델리아의 죽음을 자살로 둔갑시키라고 명령한다. 장교는 망설임 없이 에드먼드의 명령을 받아들이고 왕과 그의 딸을 죽이는 것을 개의치 않는 것처럼 보인다. 에드먼드의 호감을 얻으면 전쟁이 끝난 후에도 장교로 계속 고용될 것이다.

알바니는 극 초반 유순한 모습에서 상당한 변화를 겪었다. 관객은 그의 개인적 성장을 목격했고 이 장면에서 전투가 끝난 후 그가 통제권을 잡을 때는 변화의 절정인 것이 분명하다. 처음에는 에드먼드의 전투 성공을 칭찬했지만 알바니는 사생아가 왕과 코델리아를 체포해 투옥하자 에드먼드의 권위 장악에 빠르게 분노한다. 알바니는 즉시 에드먼드에게 그가 '혼혈 동료'라고 부르며 나쁜 놈임을 상기시킨다. 에드먼드에 대한 리건의 변호로 알바니는 에드먼드 체포를 명령하고 누군가가 나서서 에드먼드와 싸울 수 있도록 도전한다.

기독교 전통은 하나님의 정의가 전투에 의한 시련의 중요한 구성 요소이므로 선과 악의 여러 성경적 전투를 회상한다. 에드거와 에드먼드의 결투는 실제로 선악의 계속되는 전투를 재현하는 갈등이며 에드거의 승리는 부패에 대한 정의의 승리를 의미한다. 결국 에드먼드는 고귀한 사람, 마땅히 그래야 할 만큼 무자비하지 않아 패한다. 명예 시스템은 그를 무장해제하고 그는 정체를 알 수 없는 낯선 사람과의 싸움에 동의할 필요가 없음을 알지만 결투에 동의한다.

치명상을 입었을 때 에드먼드는 '네가 고귀하면 나는 너를 용서한다.'라고 주장하는 사회적 속물 규칙을 채택하기까지 한다. 그러나 셰익스피어의 다른 위대한 악당 이야고와 달리 에드먼드는 회개하고 코델리아와 리어를 처형하라는 명령을 철회하려고 한다. 이 작은 방법으로 그는 자신이 글로스터의 피에 합당하다는 것을 증명한다.

이전에 알바니가 예언했듯이 고너릴과 리건의 악은 마침내 그들을 파괴했다. 관객은 이 장면 초반에 고너릴이 리건을 독살했다는 사실을 알게 되고 알바니가 고너릴의 음모를 비난하면서 고너릴은 자살한다. 글로스터는 이전에 자살을 시도했지만 아이러니하게도 처음에는 그렇게 강해 보였던 고너릴이 스스로 목숨을 끊는 데 성공한다. 코델리아와 리어를 구출하라는 알바니의 명령은 너무 늦었다. 리어가 코델리아의 시신과 함께 들어오면 신성한 정의에 대한 즉각적인 생각이 파괴된다. 콘월, 에드먼드, 리건, 고너릴의 죽음은 신들이 이 혼란스러운 세계에 질서를 회복할 것이라는 믿음으로 청중을 달래게 했다. 그러나 코델리아의 죽음은 신성한 정의의 역할에 대한 새로운 질문을 던진다.

18세기 관객들은 이 결말에서 혼란스러워 리어왕의 작품에는 코델리아가 사는 새로운 결론이 포함되었다. 그러나 셰익스피어는 청중이 코델리아의 죽음이 만들어내는 고통스러운 질문에서 벗어나도록 의도하지 않았다. 글로스터와 리어의 죽음은 받아들일 수 있다. 둘 다 심각한 오판을 저질렀고 둘 다 그들이 초래한 파괴에 공모했음을 깨닫지만 이 변화의 자연스러운 해결은 그것이 무엇이든 그들의 미래를 받아들이는 것이었다. 그러나 코델리아는 젊고 흠이 없다. 그녀는 에드거처럼 완전히 선하고 순수하다. 그녀의 죽음은 리어를 다시 광기에 빠뜨린다. 그는 그런 비극을 다룰 광기 외에는 다른 방법을 찾을 수 없기 때문이다.

셰익스피어의 많은 비극이 그렇듯이 연극이 끝날 때 무대는 시신으로 가득차며 일부는 죽어 마땅하고 일부는 무고한 악의 희생자다. 리어는 1막에서 딸에게 둘러싸였던 것처럼 세 딸의 시신에 둘러싸여 있다. 전통적으로 가장 높은 순위의 개인이 비극의 마지막 대사를 말하지만 이 경우, 에드거는 알바니의 요청에 답하면서 마지막 대사를 받는다. 그를 다른 사람들보다 우위에 두는 알바니는 질서를 회복하기 위해 켄트와 에드거를 임명했다. 그러나 켄트는 주인을 따라 죽으려고 하며 에드거의 마지막 대사는 모호하고 자신의 조기 사망을 예고할 수 있다. 따라서 리어왕은 셰익스피어의 다른 많은 비극에 대한 명확한 해결책 없이 끝난다.

윌리엄 셰익스피어의 4대 비극

오셀로

오셀로

장소 및 등장 인물

장소
베니스, 키프로스

등장 인물
[오셀로] 베니스 정부에서 근무하는 무어인 장군
[이야고] 오셀로의 기수
[카시오] 오셀로의 부관
[로데리고] 베니스의 신사
[데스데모나] 브라반시오의 딸이자 오셀로의 아내
[브라반시오] 베니스의 원로원 의원이자 데스데모나의 아버지
[로도비코] 브라반시오의 친척
[에밀리아] 이야고의 아내
[비앙카] 매춘부
[몬타노] 키프로스 행정부의 오셀로 전임자
[베니스의 공작]
[원로원 의원들]

OTHELLO

1막 1장

Act I , Scene I

"배도 먹고 이도 닦자는 속셈을 하늘도 안다고. 내 본심을 드러내면
옷 소매에 내 심장을 끄집어내 갈까마귀가 쪼아먹으라는 격이 되지."
_이야고

● 베네치아 거리

(로데리고와 이야고 등장)

[로데리고] 에끼, 이 사람아! 듣기 싫어. 말도 안 되는 소리! 투덜거릴 것 없
네. 내 속을 산적 꿰듯 아는 자네가 지금 와 이 일을 모른다고 의뭉을 떨다
니 말이 되는가?

[이야고] 핀잔하지 말고 좌우지간 내 말을 끝까지 들어봐! 나는 정말 꿈에도
그 사실을 몰랐으니까.

[로데리고] 자네는 그자의 낯짝도 보기 싫다고 했지?

[이야고] 그렇다 뿐인가. 장안에서 떠들썩한 세도가 세 분이 그자를 찾아가 허
리를 굽히며 나를 그자의 부관으로 천거했지 뭔가. 내가 그럴 만한 자격이 없
겠나? 그까짓 직위는 내게 조금도 무거운 짐이 아니야. 그런데 그 작자는 제
고집을 내세울 심보로 거들먹거리며 군대 용어로 장광설을 늘어놓고 큰소리
치다가 꽁무니뺐다는 거야. 결국 배 문지르고 등차는 격이지. "부관은 이미
결정되었소."라며 흉물을 떨었다는군. 그 부관이라는 위인이 누군지 알겠나?

속셈 알 튀기는 데는 기막히게 빠른 놈이지. 플로렌스 태생으로 카시오라는 작자야. 계집 잘못 얻어 수모 꽤 당할 판이지. 그 작자는 싸움터에서 제대로 지휘 한 번 해본 적 없고 실전에서 용병에는 까막눈이라네. 그러니 풋내나는 계집애와 다를 것이 뭔가? 쥐뿔도 모르는 그런 무지렁이는 척척 출세하고 로오디스, 키프로스, 크리스찬이 사는 곳이든, 이교도가 사는 곳이든 여러 곳에서 무공을 세운 이놈은 날밤샌 올빼미 신세가 되었으니 이 무슨 꼴인가? 그 약삭빠른 놈은 부관으로 껑충 올랐는데 이 이야고는 그 무어 녀석의 기수라! 배알이 뒤틀려 살겠나?

[로데리고] 나라면 맹세코 그 녀석을 아예 물고를 내버리겠네.

[이야고] 하지만 무슨 용뺄 재간이 있어야지? 남의 수발을 들려면 별별 눈꼴 사나운 일이 있는 법 아닌가. 출세에 소개장이나 정실로 좌지우지되는 세상이니 순서대로 승진한다는 것은 옛날얘기 아닌가. 생각 좀 해보게. 이렇게 수모를 당하면서 그 무어에게 충성을 바쳐야 한단 말인가?

[로데리고] 나라면 어림 반푼도 없지.

[이야고] 누가 아니래? 나라고 속셈이 없겠나? 내가 그자의 꽁무니를 물고 따라다니는 데는 다 이유가 있어. 저마다 주인 노릇을 할 수도 없고 아랫놈이라고 다 쩔쩔매지도 않는다는 말일세. 하기야 세상에는 그저 굽실거리며 손발이 닳도록 충성을 다하는 놈들도 있지. 그 숙맥들은 당나귀처럼 주인을 위해 한평생 죽도록 일만 하는데도 여물로 목구멍 타작이나 하다가 늙어 빠지면 쫓겨나기 일쑤거든. 그따위 식은 죽처럼 밍밍한 놈들은 늘씬하게 주리를 안기고 싶지. 반면, 그렇지 않은 사람들도 있지. 나리의 영이라면 여물로 소금 섬을 끄는 척하고 속으로는 의뭉스러운 계산 알을 튕기는 자도 있다네. 주인이 죽으라면 그저 죽는 시늉하면서 짜낼 대로 짜내 주머니가 두둑해지면 주인을 우습게 본단 말이야. 이런 자들은 제법 심지가 깊은 것들이지. 나도 그중 하나야. 내가 무어놈 입장이라면 이야고처럼 되진 않네. 자네가 로

데리고가 확실한 것처럼 말일세. 나는 무어를 받들지만 사실 나 자신을 위해서지, 절대로 사랑과 의무를 다하기 위해서가 아니거든. 겉으로만 그렇게 보일 뿐이지. 결국 배도 먹고 이도 닦자는 속셈을 하늘도 안다고. 내 본심을 드러내면 옷 소매에 내 심장을 끄집어내 갈까마귀가 쪼아먹으라는 격이 되지, 내 속은 겉과 달라.

[로데리고] 뜻대로만 된다면 그 입술 두꺼운 녀석은 복도 많아!

[이야고] 당장 그 여자의 아버지를 불러내 오셀로의 잠을 깨워 그의 뒤를 밟는 거야. 그자가 한창 재미볼 때 방해해야 돼. 길바닥에서 목청 높여 떠들어야 하네. 여자의 친척들을 들쑤시고 그 녀석이 한참 기분낼 때 암치(배를 갈라 소금에 절여 말린 민어의 암컷) 뼈다귀에 파리 꾀듯 몰려들어 귀찮게 하는 거야. 그래도 기분을 내려고 하겠지만 화나게 해 흥을 깨는 걸세.

[로데리고] 이게 그 여자의 아버지 집이군. 어디 불러 볼까?

[이야고] 그래. 상대방이 겁에 질리도록 그런 말투로 말일세. 오밤중에 번화가에서 불난 것처럼 고함질러!

[로데리고] 여보시오! 브라반시오 의원님!

[이야고] 잠을 깨라! 뭘 하느냐? 브라반시오! 도둑이야! 도둑! 집안을 살펴봐요. 어서 따님과 돈뭉치를 찾아보세요. 도둑이야! 도둑!

(브라반시오가 창문에 나타난다.)

[브라반시오] 왜 이리 야단이냐? 무슨 일이냐?

[로데리고] 의원님 댁 식구들은 다 계십니까?

[이야고] 문단속을 잘하셨는지요?

[브라반시오] 그건 왜 묻는 거야?

[이야고] 큰일났어요. 의원님! 밤손님이 들었어요. 어서 옷을 입으세요. 심장이 터지고 기절초풍할 일입니다. 지금 새까만 늙은 양이 댁의 흰 양을 덮치

고 있습니다. 어서 일어나 나오세요. 종을 쳐 사람들을 깨우세요. 안 그러면 마귀의 외손자를 보시게 됩니다. 어서 일어나세요!

[브라반시오] 뭐라고? 제정신이냐?

[로데리고] 존경하는 의원님! 제 목소리 기억하시겠습니까?

[브라반시오] 몰라? 누구인가?

[로데리고] 로데리고입니다.

[브라반시오] 듣고 보니 더 괘씸하군. 내 집에 얼씬도 하지 말라고 했잖아. 이 봐! 내 딸을 자네에게 줄 수 없다고 귀에 굳은살이 박히도록 말했다. 그런데 이 행태가 뭔가? 술과 음식을 잔뜩 처먹고 미친놈처럼 북새를 떨어 단잠을 깨우다니.

[로데리고] 의원님! 의원님! 의원님!

[브라반시오] 두고 봐라. 내 기백이나 지위로 허수히(노인네의 헛소리라고 허수하게 들어 넘기다) 잡도리할 것 같으냐? 내 심사를 건드린 만큼 혼내줄 테다.

[로데리고] 고정하세요, 의원님.

[브라반시오] 도둑이라고? 무슨 놈의 도둑이야? 여기는 베네치아다. 내 집은 들판의 외딴집과 달라.

[로데리고] 브라반시오 의원님! 저는 엉뚱한 마음을 품고 온 것이 아닙니다.

[이야고] 의원님께서는 신께 마땅히 해야 할 일도 악마의 유혹이라면 내팽개 칠 분이시군요. 저희는 긴히 드릴 말씀이 있어 왔는데 불한당 취급하시니 말 입니다. 바바리산 말이 따님을 손아귀에 넣었습니다. 조만간 '힝힝' 우는 손자 들을 보신다고요. 증손 친척 중 별별 말이 다 쏟아져 나올 겁니다.

[브라반시오] 이런 방자한 놈을 보았나? 도대체 너는 누구냐?

[이야고] 저는 따님과 무어놈이 몸은 하나인데 잔등이 두 개인 짐승짓을 하고 있다는 것을 알려드리려고 왔습니다.

[브라반시오] 이런 고얀 놈!

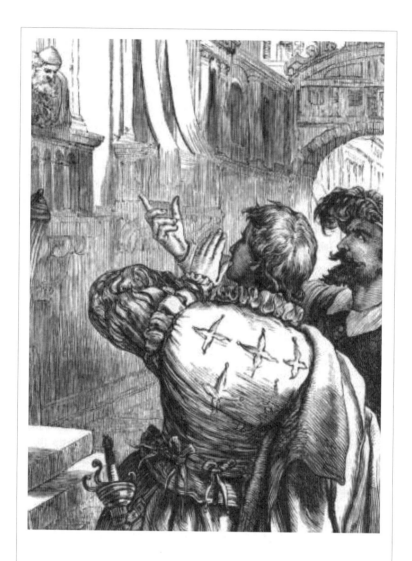

브라반시오를 깨우는 이야고
이야고가 브라반시오에게 딸의 불륜을 밀고하는 장면이다.

[이야고] 나리께서는 원로원 의원님이고요.

[브라반시오] 로데리고! 이건 자네가 책임져야 해. 나는 자네를 잘 알아.

[로데리고] 물론 책임집니다. 하지만 의원님께서는 알고 하시는 말씀인지, 모르시는 건지? 아닌 밤중에 귀하신 따님이 뱃사공밖에 없는 호젓한 곳에서 저 음탕한 무어놈 품에 안긴 것을 아셨다면 저희가 소갈머리 없는 짓을 했나 봅니다. 하지만 모르셨다면 저희를 그렇게 타박하시면 안 됩니다. 방자하게 의원님을 조롱하는 것이 아니니까요. 거듭 말씀드리지만 따님께서 승낙도 없이 출타하셨다면 그런 막심한 불효가 또 어디 있겠습니까? 따님께서는 범절과 미모, 지혜와 운명을 떠돌이 외국놈에게 내맡긴 셈이지요. 당장 살펴보십시오. 따님이 방 안이나 집 안에 계시면 의원님께 거짓을 까발린 죄로 모진 형벌도 달게 받겠습니다.

[브라반시오] 여봐라! 불을 켜라! 초를 가져와! 사람들을 모두 깨워라! 어쩐지 꿈에 보이더라니. 웬지 심상찮아. 불을 켜라! 불을!

(퇴장)

[이야고] 또 만나세. 나는 이제 자리를 뜨는 것이 좋겠네. 내 입장이 난처하고 위태롭다. 여기 있다간 무어의 증인으로 끌려갈 테니. 그것은 미욱한 짓이거든. 이 사건으로 그 녀석의 죄를 아무리 비난해도 정부는 그의 장군직을 쉽게 파직하진 않을 걸세. 지금 키프로스에서는 싸움이 한창인데 무어 외에 갈 만한 장군이 있어야지? 그러니 '울며 겨자 먹기'지. 그 녀석, 지겹지만 살아가려면 어쩌겠나? 그저 깃발을 내걸고 충성심을 보여야지. 겉으로만 말이야. 자, 이제 사람들을 선동해 사지타르를 덮치게. 분명히 거기 있을 걸세. 나도 거기로 가겠네. 그럼 나는 가네.

(퇴장. 나이트가운을 걸친 브라반시오와 횃불을 든 시종들 등장)

[브라반시오] 맙소사! 딸년이 없다. 이제 내 여생도 쭉정이처럼 말라비틀어져 남은 건 슬픔밖에 없겠구나. 여보게! 로데리고. 내 딸을 어디서 봤지? 무어와 함께 있다고 했겠다? 내 딸인 줄 어떻게 알았어? 아비를 감쪽같이 속이다니. 내 딸이 자네에게 뭐라던가? 불을 더 밝혀라! 집안 식구들을 깨워! 그 둘이 결혼해버린 것 같던가?

[로데리고] 그렇습니다.

[브라반시오] 아이고 맙소사! 어떻게 빠져나갔을까? 혈육이 배신하다니. 아버지들이여! 지금부터 딸자식의 소행을 보고 그 마음을 믿지 말지어다. 이 세상에 젊은 딸들의 마음을 흔드는 묘약이라도 있는 것일까? 로데리고! 자네, 그런 얘기를 읽은 적 있나?

[로데리고] 네, 의원님. 있고 말고요.

[브라반시오] 내 아우를 깨워라! 아, 차라리 자네를 사위로 삼을 걸…. 자, 한 패는 이쪽으로, 다른 한패는 저쪽으로! 딸애와 무어의 덜미를 잡을 장소를 아는가?

[로데리고] 그자의 덜미를 잡을 수 있다고 생각합니다. 의원님의 호위병 몇 명을 데리고 저를 따라오시면 말입니다.

[브라반시오] 부탁하네. 앞장서게. 집집마다 찾아봐야지. 모두 내 명령을 거역하진 않을 것이다. 무기를 가져와! 야경원들을 깨워라! 자, 가세! 로데리고! 사례는 섭섭지 않게 하겠네.

(모두 퇴장)

1막 1장 분석

연극은 이야고와 로데리고 간의 싸움으로 시작되므로 여러 기능을 수행한다. 그 어조는 우리의 관심을 쉽게 끌고 이야고의 교활한 성격을 드러낸다. 그는 자신에 대한 데스데모나의 관심을 불러일으키지 못한 로데리고를 보상해야 한다. 결국 이야고는 이 부유한 귀족의 지갑에 손대려고 하는데 로데리고가 "이 지갑의 끈은 당신 것"이라고 하자 이야고는 로데리고를 실망시킨 것을 깊이 사과한다.

이야고가 정확히 얼마나 오랫동안 로데리고의 속임수를 이용했는지는 알수 없지만 그가 로데리고를 존중하지 않는다는 것은 분명하다. 그가 로데리고의 환심을 사 이득을 취하려는 속임수는 특별히 교활하지도 않다. 예를 들어 그는 뻔뻔하게 로데리고에게 "나는 내가 아니다."라고 말한다. 이 진술은 이야고에 대한 비난 외에도 로데리고가 이 남자를 신뢰한다는 점을 지적하는 역할을 한다. 그리하여 로데리고는 우리의 동정심을 조금이나마 얻는다. 그는 우둔하고 약한 인물이며 이야고의 속임수 문제뿐만 아니라 모든 사람에게 피해를 당했을 것이다. 그러나 우리의 관심을 끌고 이야고의 기본적인 성격을 확립하는 것보다 훨씬 중요한 것은 이 첫 장면이 비극 갈등의 핵심 요소를 제시한다는 것이다.

오셀로에 대한 이야고의 감정 해석은 적어도 몇 가지가 있다. 하나는 이야고가 오셀로의 첫 번째 중위로 진급할 것으로 예상했고 로데리고에게 세 명의 영향력 있는 베네치아인(도시의 위대한 세 명)이 실제로 그를 오셀로에게 추천했다고 말했다. 그 대신 오셀로가 부관으로 카시오를 선택했다고 이야고가 로데리고에게 말하는데 그의 군사적 무능은 전장에서 이야고의 입증된 우월성에 대한 모독이다.

다른 해석은 이야고가 그 직책에 대해 논쟁을 벌인 적이 없으며 로데리고에게 오셀로에 대한 증오를 확신시키기 위해 이름 없는 '위대한 사람들'을 포함해 이 모든 상황을 구성한다는 것이다. 이 주장은 오셀로와 에밀리아(이야고의 아내)를 포함한 다른 등장 인물 중 아무도 이런 사실을 언급하거나 암시하지 않으며 실제로 이야고는 두 번 다시 언급하지 않는다는 사실로 입증된다.

이야고는 더 나아가 로데리고에게 새로 임명된 중위인 카시오는 진정한 군인이 아니라고 주장한다. 그는 베네치아인도 아니며 이것은 오셀로도 마찬가지라고 말한다. 카시오가 피렌체인이라는 것을 이야고는 로데리고에게 상기시키는데 이는 금융가와 부기장의 집합체라는 도시의 명성을 비난하는 저주스러운 별명이다. 이야고에 따르면 카시오가 가진 전장 관련 지식은 교과서에서 얻었다. 즉, 그는 전투 수행자가 아니라 학생이라고 역설한다.

이야고는 오셀로의 고대인, 즉 그의 소위(군대 계급)라는 것을 인정한다. 이야고는 단순한 복수에 열중하지 않는다. 오셀로에 대한 증오의 정도와 깊이, 그를 완전히 파괴하려는 욕망과 의지는 이 진급을 위해 넘어간 것보다 강력한 동기가 필요하다. 그 동기는 이 장면에 등장하는 인물의 대화, 참조, 명예훼손 이미지에서 확인된 인종적 태도에 있다. 오셀로에 대한 이런 증오는 이야고를 자극하지만 그의 동기는 그의 사악한 조작의 결과보다 계획의 줄거리와 주제에 덜 중요하다.

이 장면에서 이야고는 자신의 '독특한 목적'을 이루기 위해 모든 장치를 사용하는 이기적이고 악의적인 개인으로 자신을 로데리고와 관객에게 드러낸다. 로데리고는 오셀로를 '두꺼운 입술'이라고 언급하면서 이런 인종차별적 태도를 처음 드러낸다. 그런 다음 브라반시오를 향하는 로데리고의 능력에 만족하지 못한 이야고는 오셀로를 '당신의 흰 암양을 툭툭 치는'(데스데모나) '바바리 말'과 '음탕한 무어인'인 '늙은 검은 숫양'이라고 부른다.

마지막으로 이 장면에서 브라반시오는 로데리고에게 자신이 데스데모나의 환영받는 구혼자가 아니라고 말한 후 그의 딸이 오셀로와 도망쳤다는 것을 알게 되고 로데리고에게 "오, 당신이 그녀를 가졌다!"라고 말한다. 이미 오셀로보다 다소 바보로 판명된 로데리고에 대한 브라반시오의 갑작스러운 선호는 지속적으로 암시되는 인종차별 외에는 현재 또는 언제든 연극에서 명백하거나 논리적 근거가 없다.

우리는 브라반시오가 로데리고에게 "내 문을 돌아다니지 말라."라고 경고했다는 것을 알게 된다. "내 딸은 너를 위하지 않아." 따라서 이 상황의 또 다른 차원이 나타난다. 로데리고는 상원의원의 딸과의 사건을 진행하기 위해 이야고에게 충분한 임금을 지불하는 부유하고 사랑에 빠진 구혼자가 아니다. 로데리고는 브라반시오에 의해 데스데모나의 구혼의 후보로도 인정받지 못한다. 흥미로운 유사점은 이야고도 오셀로의 중위(부관)가 될 기회를 거부당했고 로데리고는 데스데모나의 인정받는 구혼자가 될 기회를 거부당했다는 것이다. 따라서 거부와 복수는 이 비극에서 두 배로 강력한 요소다.

이야고는 소심한 로데리고가 데스데모나의 아버지의 분노를 충분히 불러일으키지 않을 것임을 재빨리 깨닫고 이런 이유로 후원자를 방해하고 오셀로에게 더 많은 모욕을 퍼붓는다. 하지만 이야고는 여전히 오셀로를 범인으로, 데스데모나를 납치하고 그녀와 함께 도망친 사람으로 지목하지 않았다.

이야고는 이 순간 데스데모나가 '바바리 말'에 타고 있다고 외친다. 또한, 그는 브라반시오의 딸과 함께 탈주한 것이 베네치아의 오셀로 장군이라는 점도 강조하지 않는다. 이야고의 이런 방치, 즉 오셀로를 식별하지 못한 것은 극적으로 중요하다. 브라반시오는 고집스럽게도 이해할 수 없어 보이므로 이야고는 오셀로의 악랄한 본성을 계속 저주할 수 있어 청중에게 그(이야고) 자신의 부패의 깊이를 드러낼 수 있다.

이야고의 뻔뻔한 주장과 브라반시오를 깨운 데 대한 로데리고의 소심한 사과는 결국 효과를 거둔다. 브라반시오는 이야고와 로데리고가 말하는 것을 알아듣고 실제로 그런 재난을 예언한 꿈을 곧바로 떠올린다. 이런 종류의 꿈과 징조는 이 시대 문학에서 흔히 볼 수 있으며 곧 운명이 뒤따를 비극적 사건에 어떻게든 영향을 미치는 느낌을 준다.

브라반시오가 불을 환히 밝힐 것을 요구하고 가족들을 깨우면서 행동에 나서자 이야고는 회심의 미소를 짓는다. 이야고의 계략이 성공하려면 겉으로는 '깃발과 사랑의 표징을 보여줘야 하고 정말 표징에 불과하다.' 따라서 그는 오셀로의 좋은 은총 안에 머물 수 있다. 이런 이유로 그는 가서 장군과 다시 합류해야 한다.

이야고의 위험하고 악마적인 배신을 상기시키는 이 연설 외에도 베네치아에 대한 오셀로의 중요성을 알려주는 역할도 한다. 오셀로는 우월한 공인으로 곧 키프리아누스 전쟁을 끝내기 위해 소환될 인물이자 베네치아 국가가 안보를 위해 의존하는 인물이다. 이 사실은 이야고가 '또 다른 사람은 그들의 사업을 이끌 것이 없다.'라는 말에 담겨 있다. 오셀로는 높은 지위와 명예를 가졌으므로 비극적 영웅으로 간주될 가치가 있는 인물이다.

OTHELLO

1막 2장

Act I , Scene II

'지적 수준에서는 오셀로를 우러러보는 반면,
감정적 수준에서는 그가 살아남을 수 있을지 궁금하다.'
_내레이션

● 키프로스 앞

(오셀로, 이야고, 횃불을 든 수행원들 등장)

[이야고] 싸움터에서는 사람을 수없이 죽여봤지만 모살만은 양심에 찔립니다. 저는 마음이 약해 항상 손해를 봅니다. 그놈의 갈빗대를 푹 쑤셔주고 싶은 마음이 굴뚝 같았지만 꾹 참았지요.

[오셀로] 내버려두는 것이 좋겠네.

[이야고] 하지만 그놈은 장군님을 모함하지 않습니까? 제가 성인군자라면 몰라도 분노를 삭이려고 구곡산장을 썩일 대로 썩였지요. 그건 그렇고 장군님은 결혼을 무사히 하셨습니까? 저 베네치아 귀족 브라반시오 의원님은 덕망뿐만 아니라 사실상 공작님보다 세도도 당당하시거든요. 그분이 두 분 사이를 끊어 놓거나 법의 테두리 안에서 전력을 다해 농락해 장군님을 괴롭힐 것이 뻔합니다.

[오셀로] 마음대로 해보라지. 내 공로를 보더라도 그분의 고소쯤은 문제될 것이 없네. 또한, 지금까지 남에게 입을 열지는 않았지만 때로는 명예를 위해서

라면 자랑도 필요한 법. 이래 봐도 왕족의 혈통을 이어받은 사람이다. 손에 넣은 이번 행운쯤은 당연히 요구할 권리가 있네. 여보게! 이야고. 내게 상냥한 데스데모나를 사랑하고 있어. 그렇지 않다면 무엇 때문에 이렇게 편하고 자유로운 생활을 가정이라는 우리 속에 처박겠는가? 바닷속 온갖 보물을 준다고 해도 바꿀 수 없지. 저건 뭔가? 저 횃불은?

[이야고] 잠에서 깬 아버지와 친척들이 몰려옵니다. 어서 숨으십시오.

[오셀로] 숨다니? 말이 되나? 내 인덕, 지위, 곧은 정신을 보더라도 당당히 부딪쳐야지.

(카시오와 횃불을 든 관리 서너 명 등장)

[오셀로] 공작의 하인들과 내 부관이군. 여러분! 수고하네. 무슨 일인가?

[카시오] 장군님! 공작께서 부르십니다. 지금 당장 들어오시라는 분부입니다.

[오셀로] 무슨 일일까?

[카시오] 키프로스에서 전갈이 온 모양입니다. 밤새 함대에서 전령 10여 명이나 잇달아 왔습니다. 빨리 모셔오라는 분부였지만 숙소에도 안 계셔서 원로원은 세 패로 나눠 보내 장군님을 찾고 있습니다.

[오셀로] 때마침 잘 찾아왔네. 한마디 할 말이 있네. 함께 가지.

(퇴장)

[카시오] 기수! 장군은 여기서 뭘 하셨는가?

[이야고] 사실 오늘 밤 육지를 달리는 배 한 척에 타셨습니다. 그것이 합법적인 전리품이라면 장군님은 복도 많으시지요.

[카시오] 그게 무슨 소리야?

[이야고] 결혼하셨어요.

[카시오] 누구와?

오셀로와 이야고
오셀로는 간교한 이야고의 술책에 넘어가기 시작한다.

(오셀로 다시 등장)

[이야고] 누구냐고요? 그건…. 아, 장군님! 가시겠는지요?

[오셀로] 음…. 가세.

[카시오] 또 다른 한 패가 장군님을 찾으러 옵니다.

[이야고] 브라반시오 의원이군요. 조심하십시오.

(브라반시오, 로데리고, 횃불과 칼을 든 관리들 등장)

[오셀로] 이봐! 거기 서!

[로데리고] 의원님! 무어놈입니다.

[브라반시오] 저 날강도를 때려눕혀라.

(그들은 양옆으로 다가선다.)

[이야고] 자넨가? 로데리고! 오너라! 자, 덤벼라!

[오셀로] 반짝이는 칼을 어서 칼집에 집어넣어라. 밤이슬을 맞으면 녹슨다. 의원님께서는 칼을 빼지 않으셔도 그만한 연세에 공훈도 있으시니 말로 명령하셔도 될 텐데요.

[브라반시오] 이 천하의 불한당! 내 딸을 어디 숨겼느냐? 그 흉측한 술수로 내 딸에게 헛바람을 넣어 후려냈겠다. 네놈의 간교한 요술에 발목이 잡히지 않고서야 심성이 아름답고 부드러운 호강에 겨운 내 딸이 남의 웃음거리가 되려고 아비의 슬하를 빠져나가 보기만 해도 소름 끼치는 그 시커먼 가슴팍으로 뛰어들 리 없지. 이 세상에 물어봐라! 뻔하다. 네놈의 간악한 요술로 마음 약한 내 딸에게 마약을 써 혼을 뺐다고 법정에 나가 고하겠다. 틀림없어. 그렇고 말고. 나라의 미풍양속을 어지럽히고 금지된, 용서받을 수 없는 요술을 부린 죄로 오라를 받아라. 저놈을 잡아라. 덤비면 인정사정 볼 것 없다. 요절을 내라.

[오셀로] 모두 잠깐 기다리시오. 어차피 싸울 일이라면 나도 서슴지 않고 칼을

빼겠소. 어디로 가면 좋겠소? 자초지종을 설명해 드리려면?

[브라반시오] 감옥이다. 법정에서 부를 때까지 거기서 기다리면 돼.

[오셀로] 괜찮을까요? 그 말씀에 복종해도? 공작께서 그것으로 양해하실까요? 국가의 긴급사태로 사람을 보내 제게 들어오라는 분부이신데요?

[관리 1] 사실입니다. 존경하는 공작 각하께서는 지금 회의 중이십니다. 의원께도 사람이 갔을 겁니다.

[브라반시오] 아니? 이 밤중에 공작께서 회의를 여셨다고? 어서 데려가라. 내게는 이 일이 중대해 공작이나 의원들도 남의 일처럼 생각하진 않을 것이다. 이따위 추행이 활개 치게 하느니 노예나 이교도에게 나라를 맡겨 우리를 통치해달라고 하겠다.

(모두 퇴장)

█ 1막 2장 분석

오셀로는 자신감 있고 행복하며 자신의 군사적 지위가 브라반시오의 개인적 분노로부터 그를 보호할 거라고 확신한다. 브라반시오 일행이 도착하고 브라반시오가 칼로 그를 위협하자 그를 알고 소중히 여기는 사람들에게 둘러싸인 오셀로는 노인에 대한 존경의 표시로 예의를 갖춘다. 대조적으로 브라반시오의 비난은 원시적이고 직접적이다.

오셀로가 무대에 처음 등장한 것은 자신감 있고 자신의 삶을 통제하는 사람으로 브라반시오의 분노를 침착하고 능숙하게 대한다. 이 장면은 셰익스피어의 두 가닥 음모가 동시에 발전하는 것을 보여준다. 오셀로의 결혼이 곧 대중에게 알려지고 그의 사생활과 터키인의 위협적인 공격으로 인한 정치적 위기, 그는 지휘관으로 전쟁터에 파견될 것으로 예상한다. 오셀로는 두 이야기에서 강력한 핵심인물이다. 유능한 지휘관으로 존경받을 군인으로 강력한 첫 인상과는 대조적으로, 관객은 그의 시각적 광경으로 대면한다. 하얀 얼굴들에 둘러싸인 그의 검은 얼굴, 그중 일부는 그에게 적대적인 것으로 알려진 캐릭터다. 지적 수준에서는 오셀로를 우러러보는 반면, 감정적 수준에서는 그가 살아남을 수 있을지 궁금하다.

OTHELLO

1막 3장

Act I , Scene III

"어머님께서 아버님을 외조부님보다 소중히 여기셨듯이
이 딸자식도 아내로서 남편을 지성껏 섬기려고 하옵니다."
_데스데모나

● 회의실

(공작이 의원들, 관리들과 탁자 주위에 앉아 있고 수행원들이 대기 중이다.)

[공작] 들어오는 정보들이 서로 다르니 종잡을 수가 없소.

[의원 1] 정보마다 다릅니다. 제 보고서에는 107척으로 되어 있는데요.

[공작] 내 것에는 140척으로 나와 있소.

[의원 2] 제 것에는 200척입니다. 숫자가 다르지만 상황이 급박해 어림잡아 보고한 것 같습니다. 어쨌든 분명한 것은 터키 함대가 키프로스 섬으로 쳐들어오고 있다는 것입니다.

[공작] 음, 그건 충분히 생각할 수 있는 일이오. 다소 착오가 있다고 안심할 수는 없소. 중요한 것은 사실이오.

[선원] (안에서) 여보세요! 여보세요! 이것 보세요!

[관리] 함대에서 전령이 왔습니다.

(선원 한 명 등장)

[공작] 무슨 소식인가?

[선원] 군비를 갖춘 터키 함대가 로도스 섬으로 향하고 있습니다. 안젤로 제독께서 그렇게 보고드리라고 하셨습니다.

[공작] 이 새로운 사태를 어떻게 생각하시오?

[의원 1] 그럴 리 없습니다. 우리 눈을 속이려는 위장전술 아닐까요? 키프로스 섬이야말로 터키 왕에게 얼마나 중요한 전략적 요충지입니까? 그리고 신중히 생각해야 하지만 터키 왕의 관심은 로도스섬보다 이쪽이고 이쪽은 로도스 섬만큼 방어시설도 요새화되지 못해 만약 공략한다면 키프로스 섬 쪽이 훨씬 쉽습니다. 이렇게 생각하면 터키 왕이 쉽게 공략할 수 있는 섬을 나중으로 돌리고 아무 이득도 없는 무모한 모험을 할 리 없습니다.

[공작] 옳은 판단이오. 로도스 섬이 적의 목표는 아닌 것 같소.

[관리] 또 보고가 들어왔습니다.

(전령 등장)

[전령] 아뢰오. 로도스 섬으로 향하던 터키 함대가 후속 함대와 합류했습니다.

[의원 1] 으음, 그럴 줄 알았다. 몇 척이나 되던가?

[전령] 30척가량입니다. 지금 뱃머리를 돌려 분명히 키프로스 섬쪽으로 향하고 있습니다. 신망이 두텁고 용맹한 몬테노 총독으로부터 이상의 경과를 의원님들께 알리고 구원 요청을 하라고 하셨습니다.

[공작] 키프로스 섬을 치려는 것이 분명하다. 마이커스 루치코스는 여기 없는가?

[의원 1] 플로렌스에 가 있습니다.

[공작] 내 친서를 써 긴급히 전령을 보내시오.

[의원 1] 브라반시오 의원과 용감한 무어 장군이 오십니다.

(브라반시오, 오셀로, 카시오, 이야고, 로데리고, 관리들 등장)

[공작] 용감한 오셀로 장군! 전 국민의 적인 터키군 격퇴를 장군께서 맡아 주셔야겠소. (브라반시오에게) 정말 잘 오셨소. 오늘 밤 회의에서 당신의 고견과 조력을 청할 참이었소.

[브라반시오] 저도 각하의 고견과 조력을 받고 싶었습니다. 용서하십시오. 이렇게 밤중에 일어나 달려온 것은 중요한 부르심을 받고 온 것이 아닙니다. 그렇다고 우국충정 때문도 아닙니다. 저 자신의 근심이 가슴을 꽉 메워 다른 사람들의 슬픔을 다 묻어버리고 어찌해야 할지 모르겠습니다.

[공작] 도대체 어찌 된 것이오?

[브라반시오] 제 딸년이! 아, 제 딸이!

[공작, 의원] 죽었소?

[브라반시오] 제게는 죽은 것이나 같습니다. 딸년은 농락당했습니다. 잡혀가 능욕당했어요. 돌팔이 의사한테서 산 마약과 요술로 농락당하고 말았답니다. 심지가 깊고 영리하고 똑똑한 그 아이가 요술에 걸리지 않고서야 그렇게 한 번에 빠질 수 있습니까?

[공작] 용렬한 수단으로 귀하의 따님을 농락한 발칙한 놈은 국법대로 엄벌하시오. 설령 범인이 내 자식이라고 해도 용서할 수 없는 일이오.

[브라반시오] 진심으로 감사드립니다. 바로 무어입니다. 중대한 국사로 각하의 부름을 받고 나온 모양입니다.

[공작, 의원] 이것 참 난처하군.

[공작] (오셀로에게) 장군! 뭐 할 말은 없소?

[브라반시오] 입이 열 개라도 무슨 할 말이 있겠습니까? 뻔한 사실인데요.

[오셀로] 모든 권세와 위엄을 겸비하신 경애하는 원로원 의원 여러분! 고귀하고 존경하는 의원 여러분께 삼가 말씀드립니다. 본인이 이 노인의 따님을 데려간 것은 틀림없는 사실입니다. 결혼한 것도 사실입니다. 본인이 저지른 죄

는 그뿐입니다. 본인은 원래 말솜씨가 거칠고 언변도 부족합니다. 이 팔에 힘이 들어가기 시작한 일곱 살 때부터 오늘날까지 아홉 달을 제외하고 줄곧 싸움터를 보금자리 삼아 살아왔습니다. 그래서 전쟁 외에는 눈이 어둡고 아는 거라곤 전쟁 관련 일들뿐입니다. 그래서 본인은 자신을 변호할 재주가 없습니다. 하지만 결혼한 사유를 사실대로 말씀드리겠습니다. 어떤 마약과 마술과 요술을 썼다는 이유로 고발당했습니다. 저분의 따님을 어떻게 수중에 넣었는지 밝히겠습니다.

[브라반시오] 규중 처녀는 수줍어하오. 그렇게 심덕 있고 차분하고 혹시 마음의 동요가 있을까 봐 얼굴을 붉히던 내 딸이 천성, 나이, 국적, 체모 등을 내던지고 굴뚝을 막았던 명석같은 험악한 인간을 분수없이 사랑할 리 없습니다. 바보가 아니고서야 티끌만한 흠도 없는 아이가 인륜을 저버린 이런 소행을 저질렀다니 상상조차 할 수 없는 일입니다. 악마의 농간이 아니고서야 어떻게 그런 요괴한 변고가 일어나겠습니까? 거듭 말씀드리지만 피를 끓게 하거나 그만한 효험이 있는 마약을 먹여 제 딸에게 요술을 부린 것이 틀림없습니다.

[공작] 말로만 단언한다고 증거가 될 수는 없소. 피상적인 추측만 있을 뿐이니 더 광범위하고 명확한 증거 없이는 이 자의 죄를 책할 수는 없소.

[의원 1] 오셀로 장군! 말씀해 보시오. 과연 비열하게 속여 젊은 처녀의 사랑을 사로잡고 더럽혔소? 아니면 범절 있게 사랑을 고백해 서로 마음을 주고받고 사랑을 얻은 것이오?

[오셀로] 청하건대 키프로스로 사람을 보내 그를 여기로 오게 해 부친의 면전에서 저를 어떻게 생각하는지 물어봐 주십시오. 본인을 비방하는 말이 한마디라도 나온다면 경들로부터 받아온 신임의 지위를 박탈할 뿐만 아니라 사형선고를 내리셔도 좋습니다.

[공작] 데스데모나를 데려오너라.

(두세 명의 수행원이 문쪽으로 간다.)

[오셀로] (이야고에게) 기수! 안내하게. 장소는 자네가 잘 알지?

(수행원들과 이야고 퇴장)

[오셀로] 그가 올 때까지 신 앞에 죄과를 경건히 참회하듯이 경들께 혈기의 죄목을 솔직히 말씀드리겠습니다. 서로 어떻게 사랑하게 되었는지 말입니다.

[공작] 어서 들려주오.

[오셀로] 그녀의 아버지는 저를 좋아했습니다. 종종 집으로 초대해 제 신상 이야기를 듣고 싶어 했습니다. 전투 이야기, 성을 공략한 이야기, 긴 세월 세상 풍진을 겪은 이야기를 듣고 싶어 했습니다. 그래서 어린 시절의 일부터 하명받은 최근 일까지 빼놓지 않고 얘기했습니다. 짜릿한 모험담, 바다나 싸움터에서 벌어졌던 무시무시한 사건들, 성벽을 뚫고 구사일생으로 탈출한 이야기, 잔인한 적에게 사로잡혀 노예로 끌려갔다가 몸값을 치르고 여러 나라를 방랑한 체험담, 거대한 동굴, 불모의 사막, 깎을 듯한 절벽과 암벽, 하늘 높이 치솟은 험준한 산꼭대기 이야기 등을 이 기회에 해드렸습니다. 그리고 서로 잡아먹는 식인종 앤드로포파자이족, 얼굴이 어깨 밑에 달린 인종 이야기 등도 해드렸지요. 데스데모나는 이런 이야기에 열심히 귀 기울였지만 집안일 때문에 자주 자리를 떴습니다. 하지만 재빨리 해치우고 돌아와 넋을 잃고 이야기를 다시 듣곤 했습니다. 그래서 기회를 봐 대충 얘기해 주었더니 더 몸이 달아 방랑한 이야기를 소상히 해달라길래 간청을 들어주었지요. 그래서 젊을 시절 고생한 이야기를 하자 눈에 눈물이 가득 고였습니다. 이야기가 끝나자 가슴이 쏟아질 듯 한숨을 내쉬더군요. 너무 신기하다느니, 불쌍해 가슴 아프다는 말까지 늘어놓았습니다. 차라리 듣지 않는 것이 좋았을 거라고 말하면서도 자신도 그런 남자와 인연을 맺었으면 좋겠다고 말했습니다. 그러고는 고마워하며 제 친구 중 자신을 사랑하는 사람이 있으면 저와 같은 경험담을 해주도록 일러주라고 부탁하더군요. 그럼 자신도 그 남자에게 마음을

주겠다고 했습니다. 그래서 저는 용기를 얻어 사랑을 고백했던 것입니다. 여자는 제가 고생한 것을 동정하고 저를 사랑해 주었습니다. 저도 그녀의 착하고 어진 마음씨에 그녀를 사랑하게 되었습니다. 이것이 바로 제가 사용한 요술입니다. 그 여자가 왔습니다. 직접 물어보십시오.

(데스데모나, 이야고, 시종들 등장)

[공작] 내 딸도 그런 이야기를 들으면 가슴이 뭉클하겠군. 브라반시오 의원! 이왕 이리 되었으니 좋게 처리하는 것이 어떻겠소? 맨주먹보다 부러진 칼이라도 잡고 싶은 것이 인간의 상정 아니오?

[브라반시오] 우선 딸의 말을 들어 주십시오. 딸아이가 좋아서 한 짓이라면 이 몸이야 어찌 되든 이 자를 힐난하지 않겠습니다. 얘야! 이리 오너라! 여러 어르신들 앞에서 묻겠다. 너는 누구에게 먼저 복종해야 하느냐?

[데스데모나] 아버님! 제게는 두 가지 의무가 있습니다. 저를 낳아 길러주신 은혜에 대해서는 딸자식으로서 효를 행할 의무가 있습니다. 아버님은 이 세상에 둘도 없는 소중한 분이십니다. 하지만 지금은 여기 남편이 있습니다. 어머님께서 아버님을 외조부님보다 소중히 여기셨듯이 이 딸자식도 아내로서 남편을 지성껏 섬기려고 합니다.

[브라반시오] 네 멋대로 잘 살렴. 이제 다 끝났습니다. 공작 각하! 회의를 진행해 주십시오. 믿는 나무에 곰팡이 핀다는 말처럼 자식을 낳는 것보다 얻어 기르는 것이 백 번 나을 뻔했군. 이리 오게! 무어. 아직 자네 것이 안 되었다면 단호히 거절했겠지만 이렇게 된 바에 할 수 없지. 내 딸을 주겠네. 내가 무남독녀를 둔 것이 천만다행이다. 이 아이가 자네에게 도망치니 나도 마음이 포악해져 아이들에게 족쇄라도 채울 뻔했으니 제 일은 다 끝났습니다. 공작 각하!

[공작] 나도 귀하처럼 교훈 한마디만 하겠소. 내 교훈이 밑거름이 되면 쌍방

오셀로를 택하는 데스데모나
효와 사랑 사이에 갈등하던 데스데모나가 사랑을 택하는 장면이다.

화해가 이뤄질 수도 있는 일. 슬픔은 미련 때문이니 어차피 끝난 일에 미련을 두면 슬픔만 커질 뿐이오. 지나간 불행을 슬퍼하는 것은 새로운 슬픔을 부르는 법. 재난에 부딪혀도 참으면 그 재난을 웃음으로 극복할 수도 있소. 도둑 맞아도 웃는 사람은 도둑에게서 뭔가를 빼앗는 셈이오. 쓸데없이 슬픔에 잠기는 것은 자기 자신을 잃어버리는 것이오.

[브라반시오] 그렇다면 키프로스 섬을 터키군에게 훔치게 하지요. 우리 쪽이 웃고만 있으면 안 빼앗길 것 아닙니까? 지금 말씀하신 교훈도 그렇습니다. 위로받을 만한 사람에게는 마음의 위로가 도움이 될지 모르지만 참을 수 없는 슬픔과 고통을 가진 사람에게는 아무 효험도 없습니다. 어쨌든 교훈은 귀에 걸면 귀걸이, 코에 걸면 코걸이로 아무렇게나 편하게 쓸 수 있습니다. 요컨대 어디까지나 말은 말입니다. 상처 입은 심장이 귀로 듣기만 해 치유되었다는 이야기를 자고로 들어본 적이 없습니다. 국가 대사를 진행하시길 간청드립니다.

[공작] 터키군이 중무장하고 키프로스 섬으로 향하고 있소. 오셀로 장군! 그 섬의 요새는 누구보다 장군이 잘 알 것이오. 그곳에 노련한 임시 총독을 이미 파견했지만 들끓는 세상 여론은 반드시 장군이 가야만 안심이 된다니 미안하지만 신혼의 달콤한 행복은 잠시 접어두고 이 어렵고 살벌한 외적 토벌에 나서주시오.

[오셀로] 의원 여러분! 원래 모진 고난에 익숙한 제게는 험한 싸움터가 오히려 편한 잠자리입니다. 나라의 운명이 경각에 이르렀을 때 보고만 있지 못하는 것이 제 성질입니다. 기필코 터키 침략군을 무찌르겠습니다. 하오나 한 가지 청이 있습니다. 제 아내를 보살펴주시고 가문에 부끄럽지 않게 거처를 마련해주시고 재정적 지원에 뒷바라지해줄 사람을 붙여주시기 바랍니다.

[공작] 그렇다면 빙장께 맡기는 것이 어떻겠소?

[브라반시오] 그럴 수는 없습니다.

[오셀로] 저도 원치 않습니다.

[데스데모나] 저도 싫습니다. 아버님 슬하에서 심려를 끼치고 싶진 않습니다. 공작님! 제 말씀을 관대하게 들어주십시오. 언변이 서툴러 부족한 점이 있더라도 너그럽게 접어주시고 제 청을 물리치지 마소서.

[공작] 데스데모나! 무슨 청이오?

[데스데모나] 저는 무어 장군을 진정으로 사랑합니다. 어찌 그분 곁에서 살고 싶지 않겠습니까? 오직 사랑 때문에 모든 것을 버리고 사나운 운명의 물결 속으로 몸을 던진 것입니다. 저는 오셀로 장군의 군인다운 기백에 마음이 끌렸습니다. 오셀로 장군의 늠름한 모습을 그의 마음속에서 찾았습니다. 그의 훌륭한 덕망과 용맹에 제 혼과 운명을 서슴지 않고 바쳐 아내가 되었습니다. 그러니 의원 여러분! 남편이 싸움터에 나가는데 저만 혼자 뒷전에서 안일한 생활을 누리는 것은 독수공방도 쓸쓸하고 아내의 권리도 빼앗긴다고 생각합니다. 함께 가는 것을 부디 윤허해 주소서!

[오셀로] 아내의 청을 들어주십시오. 하늘에 맹세컨데 결코 정욕을 채우려고 간청드리는 것이 아닙니다. 이미 혈기가 치솟는 나이도 아닌데 어찌 욕정의 불길에 사로잡히겠습니까? 그러니 대중없이 말씀드리는 것이 아닙니다. 오직 아내의 소원을 들어주고 싶기 때문입니다. 함께 있다고 막중한 국사를 소홀히 하진 않을 것입니다. 날개 돋친 큐피드의 장난에 휘말려 눈이 어두워 환락에 빠져 본분을 저버린다면 제 투구를 하녀에게 줘 냄비 대용으로 써도 좋습니다. 온갖 오명을 제 머리 위에 안기셔도 상관없습니다.

[공작] 남겨두든, 데려가든 장군이 정하시오. 사태가 매우 긴박하오. 급히 출발하시오.

[의원 1] 출발은 오늘 밤이라도.

[오셀로] 알겠습니다.

[공작] 그럼 내일 아침 9시에 다시 모입시다. 오셀로 장군! 부하 한 명을 남겨

두고 가시오. 그래야 그 부하 편에 임명장을 보낼 수 있소. 기타 지휘통수 관련 제반 사항도 함께 전하리다.

[오셀로] 그럼 제 기수를 남겨두겠습니다. 강직하고 충실한 부하입니다. 아내의 경호도 기수에게 맡기겠습니다. 필요한 것은 뭐든지 기수 편에 전해주십시오.

[공작] 그렇게 하시오. 편히 쉬시오. (브라반시오에게) 브라반시오 의원! 덕이 있으면 으레 미(美)가 따르는 법이오. 경의 사위는 피부는 검지만 출중한 인물 아니겠소?

[의원 1] 오셀로 장군! 잘 다녀오시오. 부인을 잘 보살피고.

[브라반시오] 무어의 눈이 멀지 않는 한 내 딸을 잘 지켜보게. 아비를 속인 여자가 남편을 못 속이겠는가.

(공작, 의원들, 관리들, 기타 퇴장)

[오셀로] 아내의 절개에 이 목숨을 걸겠습니다. 충실한 이야고! 내 아내를 부탁하네. 자네 부인이 시중들게 해주게. 때를 봐 함께 오게. 자, 데스데모나! 앞으로 1시간밖에 남지 않았소. 당신을 두고 떠나니 정도 아쉽고 처리할 일도 많지만 어쨌든 시간만은 엄수해야 하오.

(오셀로, 데스데모나 퇴장)

[로데리고] 아이고.

[이야고] 왜 그러나?

[로데리고] 나는 어째야 하나?

[이야고] 어쩌다니? 가서 잠이나 주무시지.

[로데리고] 당장 물에라도 빠져 죽고 싶네.

[이야고] 그래 해보게. 자네와의 인연은 끝이네. 허, 앞뒤가 꽉 막혔군.

[로데리고] 사는 것이 고통일 바에 군이 산다는 것이 어리석네. 고통을 잊는 약이 된다면 죽는 것이 상책이야.

[이야고] 허튼소리 그만하게. 나는 4×7, 28년 동안 세상을 눈여겨 봐왔지만 잇속과 손실에 눈뜬 후로 자신을 진정으로 아낄 줄 아는 놈을 본 적이 없어. 나라면 그까짓 씨알머리 없는 창녀 때문에 물속에 뛰어들 바에 차라리 인간을 하직하고 성성(猩猩)이 되어버리겠네.

[로데리고] 그래도 어째야 좋겠나? 이렇게 미련을 못 버리고 생가슴을 앓으니 정말 창피해. 내 성격 탓일 걸세.

[이야고] 성격이라고? 냉수 마시고 속 차리게. 이렇게 되고 저렇게 되는 것은 다 제 탓이라고. 사람 몸뚱이로 말해 정원에 비유하면 의지는 정원사야. 쐐기풀을 심든, 상추를 심든, 우슬초를 심어 백리향을 빼내든, 한 가지 풀만 기르든, 별별 풀을 섞어 다 심든, 내버려둬. 불모지를 만들든, 부지런히 거름을 주든, 잘되든, 못 되든 다 우리 의지대로 된다는 말이야. 사람의 일생을 저울에 비유해보세. 이성의 접시와 정욕의 접시가 균형을 잃으면 인간의 비열한 정욕 때문에 추한 일들만 생기게 마련이지. 하지만 다행히 우리에게는 이성이 버티고 있어 설치는 색정이든, 이글거리는 육욕이든, 터질 듯한 정욕을 억제할 수 있든, 자네의 애정도 결국 이런 욕망의 새순에 불과한 것 아닐까?

[로데리고] 천만에.

[이야고] 꿈틀거리는 욕정이 의지력을 떠밀었을 뿐이야. 냉수 마시고 속 차리라니까. 뭐라고? 물에 빠지겠다고? 고양이나 눈 먼 강아지를 대신 시키지. 내 우정을 약속한 이상 자네와 끊으려 끊을 수 없는 친구가 되었다는 말이야. 지금처럼 내게 의지하기 좋을 때가 없지. 지갑에 돈을 넣고 싸움터로 함께 가세. 수염을 붙이면 남들이 몰라볼 걸세. 돈도 두둑이 마련하게. 돌절구도 밑 빠질 날이 있듯이 데스데모나가 언제까지 무어 녀석을 죽자 살자 좋아하진 않을 걸세. 돈을 마련하게. 그 녀석도 결국 그녀를 사랑하진 않을 걸세. 두고

보게. 금방 데워진 냄비는 쉽게 식는 법. 돈을 마련하게. 원래 무어 족속은 변덕이 죽 끓듯 하거든. 알겠나? 돈이야, 돈. 지금은 꿀맛 같이 달콤하지만 머잖아 금계탑 같이 쓰다고 뱉을 놈이야. 여자도 젊은 남자에게 꼬리칠 것이고. 그 녀석 몸뚱이에 싫증나면 반드시 후회하고 갈아 치울 걸세. 그러니 돈을 왕창 마련하게. 돈을. 어차피 지옥에 떨어지고 싶거든 투신자살보다 멋있게 죽을 수는 없을까? 돈을 긁어모으게. 돈을. 무지막지한 떠돌이 놈과 간사한 베네치아 계집이 그럴듯하게 둘러붙은 것쯤은 내 지혜와 악마의 충동질에 배기지 못할 걸세. 그때는 자네가 그 계집이 흐물흐물해질 때까지 즐길 수 있다는 말이네. 그러니 돈이야. 돈. 물속에 뛰어들겠다니 말이 되는 소리인가? 계집 하나 수중에 넣지 못하고 죽을 바에 실컷 즐기고 목을 매게.

[로데리고] 자네 말대로 하면 내 소원을 꼭 풀어주겠나?

[이야고] 문제없지. 자, 돈이야. 돈. 수백 번 말했지만 나는 무어 녀석이 미워. 내 원한은 뿌리 깊어. 자네도 마찬가지 아닌가? 그러니 우리 손잡고 원수를 때려잡으세. 자네가 무어놈의 여편네만 가로채면 재미를 많이 볼 것이고 나는 속 시원할 테니 누이 좋고 매부 좋은 거지. 시간의 자궁 속에서 잉태한 것은 달이 차면 나오고야 말거든. 자, 어서 가 돈이나 마련하게. 내일 아침 또 얘기하세. 잘 가게.

[로데리고] 내일 아침 어디서 만날까?

[이야고] 내 숙소에서.

[로데리고] 일찍 가겠네.

[이야고] 그럼 잘 가게. 알겠지? 로데리고!

[로데리고] 왜 그래?

[이야고] 혹시 빠져 죽진 말게. 알겠는가?

[로데리고] 생각을 바꿨네. 땅뙈기가 있으면 몽땅 팔 거야.

(퇴장)

[이야고] 이렇게 그 바보 녀석의 주머니를 털어먹는 거야. 그렇지 않으면 내가 왜 그까짓 녀석을 상종하나? 제대로 잇속을 차리지 못하면 내 지혜도 말짱 헛것이지? 나는 무어를 증오한다. 그자가 내 이불속으로 파고들어 서방 행세를 했다는 소문이 자자했겠다. 사실인지 아닌지는 확실하지 않지만 사실로 치부하고 복수해 직성을 풀어야지. 게다가 그 녀석은 나를 태산처럼 믿으니 그것만으로도 이쪽을 골탕 먹이는 것은 '누워서 떡 먹기'지. 카시오는 사나이답지만…. 가만 있자. 그 녀석의 지위를 빼앗고 내 한을 씻는 거야. 그럼 '꿩 먹고 알 먹기'지. 그러고는 뭘 할까? 그렇지! 호랑이를 잡으려면 꼬리부터 잡아야 해. 오셀로에게 일러바치자. 카시오라는 녀석이 데스데모나와 그렇고 그런 사이라고. 그자는 신분도 걸출하고 물렁물렁한 무골충이거든. 혐의를 받기에 안성맞춤이지. 무어 녀석은 시원시원하고 활달한 성격이니 겉으로는 충실한 척해도 깜빡 속아 넘어갈 위인이야. 당나귀를 끌고 다니듯이 조종할 수 있을 것이고. 알겠다! 생각났다! 이 도깨비 같은 재앙을 불어넣으려면 지옥과 어둠의 밤을 빌려야 해.

(퇴장)

1막 3장 분석

군사작전 토론 도중 청중은 키프로스가 베네치아인들에게 최고의 가치가 있으며 해상무역 보호를 위해 베네치아 통제하에 남는 것이 중요하다는 것을 깨닫는다. 따라서 오셀로에게 명령이 떨어지면 공작은 베네치아가 그에게 전적으로 의존한다는 공개성명을 발표한다. 오셀로는 당연히 자신감을 느낀다. 그의 결혼 준비가 무엇이든 그는 상원의원들이 그가 필요해 그를 지원할 것임을 알고 있다.

군사적 위기를 처리한 후 상원의원은 회원 중 한 명인 브라반시오에게 행해진 불의를 복수할 방법을 생각한다. 그가 긴급회의에 도착했을 때 브라반시오의 분노는 슬픔으로 바뀌었고 상원의원은 브라반시오의 슬픔을 공적 문제가 아닌 개인적 손실로 취급한다. 그들은 그의 딸이 죽은 것이 틀림없다고 생각하고 브라반시오에게는 그녀가 죽은 것과 같다. 그는 그녀가 자연에 너무 어긋나 마법이 비난받아야 한다고 믿는다. 공작은 동정심에 가득 찬 분노로 말하며 브라반시오에게 공작의 친아들이 가해자더라도 심판하겠다고 약속한다. 이 선언은 마법이 사형에 해당하는 범죄여서 중요하다.

이 주제에 대한 법은 마녀가 고문당해 결국 처형되는 방법을 다뤘고 실제로 '피투성이'였다. 그러나 브라반시오에 대한 공작의 성급한 약속은 브라반시오가 오셀로를 가리킬 때 즉시 반발한다. 갑자기 적들로부터 베네치아를 구하기 위해 임명된 사령관이 처형당할 위험에 처한다. 상원의원은 복수에 대한 한 남자의 욕구를 충족시키기 위해 전쟁에서 패할 위험이 있어 공작은 오셀로가 자신의 행동을 정당화할 수 있기를 희망한다.

오셀로의 변호 연설은 두 부분으로 나뉜다. 첫 번째는 그를 베네치아에 성공적으로 봉사하고 도시의 위대한 사람들을 존중하는 군인으로 확립하고 두 번째는 그의 모험담이 데스데모나의 관심과 사랑을 어떻게 얻었는지를 설명한다.

오셀로는 상원에 대한 존경의 말로 시작한다. "가장 유력하고 무덤덤하고 존경받는 서명자들, 매우 고귀하고 승인된 선한 내 주인들"이라고 말한 다음 명백한 사실을 인정한다. 그는 브라반시오의 딸과 결혼했다. 그는 자신이 연설에 익숙하지 않은 군인이라고 밝힌다. "내 말은 무례하다. 그리고 평화의 부드러운 표현으로 축복받은 것은 거의 없다." 이것은 오셀로가 실제로 자신을 표현하는 방법을 알고 있음을 보여주는, 매우 위엄 있고 우아하게 표현된 연설에서 나타나는 특별한 선언이다. 오셀로의 우아한 연설은 그의 인생에서 심리적으로 중요한 순간에 나온다. 그가 압박받을 때 자신의 힘을 불러일으키고 자신의 상황에 직면하고 아름답게 표현된 이미지로 자신의 사례를 보여준다. 자신을 구성하고 압력받고 연설하는 능력은 군사지도자에게 가치 있는 특성이었다. 오셀로는 사생활을 지키기 위해 그 군사적 능력을 사용한다.

오셀로는 항구 배경을 뒤로하고 등장한다. 그는 일곱 살 때부터 베네치아로 돌아온 9개월 전까지 현장의 군인이었다. 그는 "나는 내 모든 사랑의 행로에 대해 꾸밈없는 둥근 이야기를 전할 것이다."라고 말하는데 둥근 것은 돌이나 사과처럼 자연스러운 모양이며 장식이 없고 광택도 없다. 그는 마법을 사용한 혐의로 기소되었으므로 자신이 어떤 마법을 사용했는지 알 수 있다.

이 시점에서 셰익스피어는 데스데모나에 대한 브라반시오의 성찰과 법정 절차 논의를 위해 오셀로가 기다리던 연설을 중단한다. 셰익스피어는 청중이 그 여인이 어떻게 이겼는지를 듣기 위해 다시 한번 기다리게 함으로써 긴장감을 높이고 오셀로의 마지막 연설을 더 인상적으로 만든다.

브라반시오는 딸에 대해 비현실적인 의견을 갖고 자신의 이미지나 기대에 못 미치는 연인이나 남편을 찾을 때 충격받은 최초의 아버지가 아니다. 그는 아무 증거도 없이 검은 얼굴이 "그녀가 보기에 두려워했던 것"이라고 가정한다. 그는 자신의 편견에 눈이 멀어 배신의 원망을 데스데모나에게 돌리고 흑인과 사랑에 빠질 수 없는 딸의 그림을 그린다. 여기서 그의 추론은 다음과 같이 진행되는 것 같다. 인종적으로 혼합된 친밀한 관계는 악하고 마법을 통해 선한 사람들에 의해 들어간다. 그의 딸은 훌륭하고 그의 의견을 공유한다. 따라서 그녀는 마법에 의해 오셀로와의 관계를 강요받았다.

공작은 브라반시오의 증거가 미약하고 마법에 대한 실제 증거를 제시하지 못했음을 인정하고 안도감으로 응답한다. 그는 브라반시오의 증거를 '얇은 습관(실체가 없는 겉모습)과 열악한 가능성'으로 본다. 상원의원은 이어서 직접적인 질문을 던진다. 오셀로는 그 여인의 사랑을 얻기 위해 마법을 사용했는가, '영혼에서 영혼으로' 일반적인 방식으로 그녀에게 구애했는가?

이제 모든 관심은 사랑스러운 단순함으로 자신의 변호를 소개하는 오셀로에게 있다. "따님을 데려간 것은 틀림없는 사실입니다. 결혼한 것도 사실입니다. 본인이 저지른 죄는 그것뿐입니다." 오셀로는 브라반시오가 그를 집으로 초대했을 때 교양 있는 베네치아 가정생활을 엿볼 수 있었는데 이는 훈련 중인 군인의 거칠고 준비된 삶과 강한 대조를 이뤘다고 설명한다. 브라반시오는 그를 편하게 해주고 그의 삶과 모험 이야기를 하도록 격려했다. 오셀로는 쉽게 말할 수 없다고 말했지만 브라반시오와 그의 딸은 그를 연사로서 높이 평가했다.

오셀로는 그의 삶 이야기를 들려준다. 어린 시절부터 전사였던 그는 '무례한 적에게 붙잡혀 노예로 팔렸다.' 셰익스피어는 오셀로의 이야기를 시각적 세부 사항으로 풍부하게 만들지만 극적 효과를 위해 지리적 사실을 왜곡한다. 노예무역은 동아프리카와 북아프리카 항로를 따라 이뤄진 일반 무역의 일부였고 많은 노예들이 중동 도시들의 시장에서 팔렸다. 오셀로는 노예제도에서 구속되었고(누구에 의해 어떤 이유로 밝혀지지 않음) 고국에서 멀리 남겨졌는데 이는 직업군인으로서의 직업 선택에 기여했을 것이다. 또한, 오셀로는 바다와 육지에서 싸우는 그의 모험을 묘사한다.

오셀로의 연설은 우리와 상원의원들이 데스데모나가 그와 왜 사랑에 빠졌는지를 알게 되는 데 도움이 된다. 그는 공작과 다른 사람들에게 성공적이고 활동적인 군인으로 거의 한평생을 현장에서 보낸 사람으로서 자신의 초상화를 유능하게 보여준다. 그는 데스데모나가 이 이야기들을 듣고 '내 담론을 삼킬 것'이라고 주장한다. 그런 다음 오셀로는 "어떤 괴로운 뇌졸중, 내 젊음이 고통받았다."라는 친밀한 이야기에 이어 너무 이상하고 불쌍한 이야기에 동정심에서 눈물을 흘리며 "하늘이 그녀를 그런 사람으로 만들었으면 좋겠다."라고 선언했다고 설명한다. 데스데모나의 의도는 오셀로에게 그의 이야기가 그녀의 사랑을 얻을 수 있다고 말하는 데서 분명하다. "그녀를 사랑하는 친구가 있다면 나는 그에게 내 이야기를 하도록 가르쳐야 하고 그것은 그녀에게 구애할 것입니다." 이것은 그에 대한 그녀의 사랑과 주장에 대한 격려이다.

자신이 원하는 것을 정확히 알고 그것을 위해 손을 뻗는 젊은 여성을 묘사하는 데스데모나에 대한 이런 설명은 조용하고 여전히 딸에 대한 브라반시오의 애정어린 개념과 여전히 여실히 대조된다. 오셀로는 자신이 무슨 말을 할지를 알고 자신 있고 직설적으로 말한다. "여기 여인이 오니 그 여인이 그것을 목격하게 하라." 데스데모나가 말하기 전에도 공작이 "이 이야기가 내 딸도 이길 것 같아요."라고 말했을 때 오셀로가 성공적으로 자신을 변호했음이 분명하다. 브라반시오는 공작의 폭로에 놀랐고 "그녀가 자신이 구애자의 절반이었다고 고백한다면 내 머리에 파괴, 내 나쁜 비난이라면 남자에게 빛!"이라고 말한다. 사실 브라반시오는 그녀에게 적절한 질문을 하지 않는다. 그는 더 공식적인 입장으로 물러나 누구에게 가장 순종해야 하는지 그녀에게 물어본다. 이 질문은 젊은 여성과 남성의 삶에 대한 적절한 관계에 대한 인식과 관습의 추상적 영역에 논쟁을 부른다. 브라반시오는 상원의원들이 순종적이지 않은 딸 문제에서 아버지 편에 설 것이며 그들의 의견이 자신에게 유리하게 바뀔 거라고 기대할 수 있다.

연극이 16세기 후반을 배경으로 한다는 점을 고려하면 데스데모나의 행동에 대한 변호는 놀랍도록 솔직하고 활기차고 용감하다. 그녀의 짧은 열 개 대사는 간결한 근거의 모델이다. 그녀는 '분할된 의무'였고 지금도 그렇다고 말한다. 그녀는 '삶과 교육'을 위해 고귀한 아버지에게 묶여 있다. 그는 그녀의 '의무의 주인'으로 남아 있으며 그녀는 항상 그를 존경할 것이다. 그러나 이제 그녀에게는 남편이 있으며 어머니가 브라반시오에게 충성을 바쳤듯이 남편에게 모든 충성을 바칠 것이다. "그리고 내 어머니가 보여준 많은 의무, 아버지보다 당신을 더 좋아하는 당신에게 내가 고백할 수 있도록 너무 많은 도전을 합니다. 내 무어인 때문에." 다시 말해 아버지는 남편에게 양보해야 한다.

개인적인 문제를 일반적인 원칙으로 휩쓰는 데스데모나의 주장은 하루를 보내고 브라반시오는 그의 비난을 포기한다. 그는 자신이 틀렸음을 인정하지 않고 단지 대답할 수 없다는 것을 인정한다. 그는 구혼 기간이나 그의 원래 비난이었던 마법 문제에 대한 그녀의 참여에 절대로 의문을 제기하지 않는다. 또한, 그는 그녀에게 혐오감을 가져야 한다고 생각하는 남자와 어떻게 결혼할 수 있는지 묻지도 않는다. 단순히 그는 '내가 했다.'를 포기하고 데스데모나와 아버지가 되는 개념 전체를 버린다. 브라반시오의 완고함은 그의 성격에서 필수적인 부분이다. 그러나 그는 바보가 아니다. 그는 권력을 잃는 사람이며 자존심을 유지하면서 그 손실을 받아들일 방법이 없다. 공작의 화해 시도로 그에게 자존심의 일부나마 지키게 되었다.

오셀로와의 결혼생활을 시작한 데스데모나는 충실한 아내로서 전쟁터로 그와 동행하고 싶어 한다. "오직 사랑 때문에 모든 것을 버리고 사나운 운명의 물결 속에 몸을 던진 것입니다." 데스데모나는 남편과 함께 결혼의식, 성적 친밀감을 갈망하며 전시생활을 요청한다. 이 요청의 직접성은 오셀로조차 놀라게 한다. 물론 그는 같은 이유로 아내와 함께 있기를 원하며 그녀의 요청을 지지하고 사회적으로 받아들일 수 있는 방식으로 표현한다.

공작은 오셀로에게 그가 좋아하는 준비를 할 수 있다고 말한다. 중요한 것은 그가 당장 오늘 밤 떠나야 한다는 것인데 그 이유는 "그 일이 급하기 때문"이다. 데스데모나는 이 명령에 다소 당황한다. 그러나 무어인의 대답에 주목하라. 그는 '진심을 다해' 그녀를 사랑한다. 진실로 공작이 브라반시오에게 지적했듯이 오셀로는 '흑인보다 훨씬 공정하다.' 즉시 무어인은 신뢰할 수 있는 장교를 남겨두고 데스데모나가 키프로스로 안전하게 데려오는 것을 볼 수 있는 사람만 남았다. 비극적이게도 오셀로는 세상에서 가장 신뢰하지 않는 바로 그 사람, '정직한 이야고'를 선택한다.

브라반시오는 짓밟힌다. 그는 무어인이 딸을 훔치거나 유혹하지 않았음을 깨닫고 패한다. 그러나 그는 자신의 '보석'이 어떻게 아버지의 모든 지도를 포기하고 다른 인종과 국가의 남자와 비밀리에 결혼했는지 절대로 이해하지 못할 것이다. 그는 오셀로에게 이별 경고를 남기고 떠난다. "무어야! 그녀를 봐라! 그녀는 아버지를 속였으니 너도 속일지 모른다."

이 장면에서 오셀로에게 남긴 이 마지막 말이 중요하다. 그들은 아이러니로 가득 찼으며 부분적으로 극적 예고를 제공한다. 데스데모나는 오셀로를 속이지 않지만 머지않아 오셀로는 그녀가 그를 속여 그녀를 죽일 것임을 확신할 것이다. 브라반시오에 대한 오셀로의 대답도 아이러니하다. 그는 "그녀의 믿음에 내 생명을 바친다."라고 맹세한다. 머지않아 그는 그녀의 믿음, 즉 그녀의 순진하고 순결한 충실함에 대한 믿음이 부족해 스스로 목숨을 끊을 것이다.

행위를 끝내는 독백에서 이야고는 오셀로에 대한 증오의 두 번째 동기를 소개한다. 그는 무어인들이 '내 시트를 검게' 하는 것이 일반적인 소문이라고 말한다. 여기서 우리가 정신이 중독된 사람의 말을 듣고 있다는 것은 지적할 필요가 거의 없다. 이 연극 어디에도 오셀로가 에밀리아와 바람피웠다는 증거는 없다. 또한, 이야고는 악의적인 다음 행동 계획을 밝힌다. 오셀로가 그를 신뢰한다는 것을 알고 그는 카시오가 데스데모나와 '너무 친하다.'라고 무어인에게 일러바칠 것이다. 오셀로는 '자유롭고 개방적인 성격이다.'라고 말한다.

다른 말로 우리는 오셀로 자신이 이미 '이 위대한 세계를 거의 알지 못한다.'라고 인정했음을 기억한다. '지옥과 밤'과 '괴물 같은 탄생'에 대한 언급이 포함된 마지막 대사에서 우리는 이야고가 기뻐 손을 비비는 것을 느낀다. 우리는 오셀로와 데스데모나의 결합을 파괴하려는 그의 계획의 부자연스러움과 악마적 요소를 너무나 분명히 목격한다.

마법행위에 대한 고발은 무엇이 범죄행위의 증거를 구성하고 무엇이 그렇지 않은지 질문을 던진다. 오셀로는 사실이 그의 비난을 뒷받침한다고 믿는 한 남자의 비난에서 살아남았는데 단순히 그의 격렬한 편견이 그에게 다른 가능한 설명을 허용하지 않았기 때문이다. 브라반시오는 확실한 증거 없이 오셀로에 대한 마법 혐의를 제기했고 데스데모나의 증언에 근거해 혐의는 기각되었다. 연극 후반부에서 오셀로는 자신이 옳다는 똑같은 확신으로 근거 없는 비난을 함으로써 같은 이유로 선동된 똑같은 오류를 범할 것이다.

오셀로는 브라반시오의 비난에 대해 자기소개서와 데스데모나에게 증언을 요청함으로써 자신을 변호한다. 이 전략은 그를 거짓 정죄에서 구한다. 그러나 연극 후반부에서 그는 너무 늦게까지 비난을 명시하지 않고 데스데모나를 비난하며 그녀가 자신을 변호하기 위해 말하거나 카시오에게 증언을 요청할 기회를 거부할 것이다. 감정에 눈이 먼 오셀로는 자신의 경험에서 배우지 않았고 그 결과는 비참할 것이다.

1막 3장은 매우 긴 장면 중 첫 장면으로 많은 세부 전개가 펼쳐진다. 이벤트 후 이벤트가 빠르게 연속적으로 제시되어 가속화된 움직임과 흥분된 인상을 준다. 『오셀로』의 시간은 매우 빠르게 지나가는 것으로 제시되지만 주의 깊게 살펴보면 요일인지, 또는 각 장면이 시간 측면에서 다른 장면과 어떻게 관련되어 있는지를 나타내는 마커가 거의 없다. 『오셀로』에는 세 가지 긴 장면이 있다. 바로 3막 3장 이야고가 오셀로를 질투하게 만드는 장면, 살인과 설명이 포함된 5막 2장의 장면이다. 그들의 감정적 강도는 구조적으로 드라마를 통합한다.

14~18세기 말 유럽에서는 아리스토텔레스의 '행동의 통일성' 이론에 근거해 드라마에 대한 세 가지 통일성 문제가 개발되어 토론되었다. (1) 시간의 단일성, 즉 모든 에피소드나 행동이 하루 정도 매우 가까운 시간 안에 발생한다는 것을 의미한다. (2) 장소의 단일성, 즉 에피소드나 행동이 서로 가깝거나 근접하게 발생한다는 것을 의미한다. (3) 행동의 단일성, 즉, 각 에피소드나 행동이 그 이전·이후의 에피소드나 행동과 관련 있음을 의미한다. 이런 통일성 문제는 극작가들이 특별히 따라야 하는 규칙이나 표준이 되진 않았지만 알려졌고 독자가 『오셀로』 장면의 관계를 이해하는 데 도움이 될 수 있다.

OTHELLO

2막 1장

Act Ⅱ, Scene Ⅰ

"우리의 이런 키스는 앞으로 우리에게 어떤 불협화음도 막아줄 것이오."
_오셀로

● 키프로스 항구

(몬테노와 신사 두 명 등장)

[몬테노] 갑(岬)에서 바다 위에 무엇이 보이오?

[신사 1] 아무것도 안 보입니다. 성난 파도뿐입니다. 하늘과 바다 사이에 돛대 하나도 안 보입니다.

[몬테노] 육지에서도 대단한 바람이었소. 성벽이 이 같은 질풍을 받은 적이 없었소. 바다도 그랬다면 참나무로 만든 배 서까래도 산더미 같은 파도에 박살났겠지요. 어찌 되었는지 소식이 궁금하오.

[신사 2] 터키 함대는 틀림없이 산산조각났을 것입니다. 파도치는 모래톱에서 보십시오. 사나운 파도가 맹렬히 구름을 치는 바람에 뒤끓는 해면은 무시무시한 갈기처럼 휘날리며 저 불덩이 같은 소웅성(小熊星)에 물보라를 끼얹는 것 같습니다. 영원히 한 자리에 못 박은 북극성을 힘차게 삼킬 듯한 기세입니다. 이렇게 거친 파도는 정말 처음입니다.

[몬테노] 터키 함대도 항만으로 피하지 않았다면 틀림없이 물귀신이 되었겠

지요. 저 폭풍에 도저히 무사할 수 없을 테니.

(신사 3 등장)

[신사 3] 희소식이오, 여러분! 전쟁이 끝났소. 무서운 폭풍우가 터키 함대를 부숴버렸소. 그놈들의 침략 야욕은 박살났소. 처참히 파선된 광경을 베네치아에서 온 우리 군함이 목격했답니다.

[몬테노] 그것이 사실이오?

[신사 3] 우리 군함이 입항했습니다. 베로네자호(號)가. 용감한 오셀로 장군의 부관 카시오는 벌써 상륙했답니다. 오셀로 장군이 탄 배는 아직 해상에 있는데 이 키프로스 섬의 전권을 맡아 가져온다는군요.

[몬테노] 그것 잘되었군. 총독으로는 적임이시지.

[신사 3] 카시오는 터키 함대의 패배를 기뻐하지만 오셀로 장군의 안부를 걱정하고 있었습니다. 험하고 격렬한 폭풍 때문에 헤어졌다는군요.

[몬테노] 무사했으면 좋겠소. 전에 나도 그분의 부하로 일한 적이 있지만 정말 훌륭한 무관이시지요. 바다로 가봅시다. 입항하는 오셀로 장군의 배를 맞이합시다. 파란 바다와 푸른 하늘이 맞닿은 수평선을 지켜보며 기다립시다.

[신사 3] 그럼 가시지요. 이러는 동안 배가 들어올지도 모릅니다.

(카시오 등장)

[카시오] 이 요새를 굳건히 잘 지켜주신 용사에게 오셀로 장군님을 그렇게 염려해주시니 고맙기 그지없습니다. 오, 하늘이여! 장군님을 이 풍파로부터 지켜주소서! 저는 사나운 바다에서 장군님을 잃었습니다.

[몬테노] 장군의 배는 튼튼합니까?

[카시오] 배야 튼튼하게 만들었지요. 조타수들도 경험이 많고 노련합니다. 마음에 걸리지만 문제 없을 겁니다.

(안에서 "배요! 배가 들어온다!"라며 떠드는 소리. 전령 등장)

[카시오] 왜 저러시오?

[전령] 거리는 텅텅 비었어요. 사람들은 바닷가로 몰려가 배가 들어온다고 야단입니다.

[카시오] 틀림없이 오셀로 장군님이시다.

(예포 소리가 들린다.)

[신사 2] 예포를 발사했습니다. 적어도 우리 편 배일 겁니다.

[카시오] 어서 가 봐주시지 않겠습니까? 누가 오셨는지 궁금하군요.

[신사 2] 알겠습니다.

(퇴장)

[몬테노] 부관! 장군께서는 결혼하셨소?

[카시오] 천운을 타고난 분입니다. 필설로는 도저히 형용할 수 없고 어떤 비판도 미치지 못하며 어떤 천사의 글로도 표현할 수 없는 분을 맞이했습니다. 인간 자태의 순수한 아름다움에 시인은 한숨지을 것이오.

(신사 2 다시 등장)

[카시오] 어찌 되었소? 누가 입항했소?

[신사 2] 장군의 기수 이야고입니다.

[카시오] 용케 빨리 왔군. 모진 빗줄기도, 거친 바다도, 울부짖는 바람도, 아무 죄 없는 배에 눈독 들여온 표독한 암초와 모래톱도 아름다움 앞에서는 맥을 못 추는군. 타고난 잔인성을 내버리고 천사와 같은 데스데모나를 무사히 통과시켰으니 말이야.

[몬테노] 누구 말씀이오?

[카시오] 지금 말씀드린 장군 중의 장군이신 오셀로 장군님의 부인이시지요. 당찬 이야고가 모시고 예정보다 일주일이나 빨리 닿았군요. 제우스 신이여! 장군님의 큰 배가 돛에 바람을 가득 받고 위풍당당 입항하는 모습을 지켜봐 주십시오. 데스데모나의 품 안에서 장군님의 사랑의 숨결이 파도치게 해주십시오.

(데스데모나, 에밀리아, 이야고, 로데리고 등장)
[카시오] 사그라드는 저희의 사기를 새로 북돋워 주시고 키프로스 섬 전체에 축복을 내려주십시오. 아, 배의 보물들이 상륙합니다. 키프로스 주민 여러분! 무릎을 꿇고 장군 부인께 인사드리십시오. 부인! 환영합니다. 하나님의 은총이 부인의 앞뒤 사방에서 감싸주시기를…!
[데스데모나] 고맙습니다. 카시오 부관! 장군 소식은 들으셨어요?
[카시오] 아직 오시진 않았지만 너무 심려 마십시오. 곧 도착하실 겁니다.
[데스데모나] 하지만 마음이 안 놓여요. 어떻게 서로 떨어지셨나요?

(안에서 "배다, 배야!" 소리)
[카시오] 바다와 하늘이 서로 지지 않으려고 싸우는 등쌀에 서로 떨어졌습니다. 아, 저것은 배입니다.

(예포 소리)
[신사 2] 성채를 향해 예포를 쏘는군요. 이번에도 아군의 배입니다.
[카시오] 알아보고 오시오.
(신사 퇴장)

[카시오] 기수! 잘 왔소. (에밀리아에게) 부인도 안녕하십니까? 아이고, 크게 봐주게. 이런 인사를 하는지. 거창하게 인사 올리는 것이 의식 예절일세.

(에밀리아에게 키스한다.)

[이야고] 저는 아내의 혀끝이 진저리나요. 늘 좋알댑니다. 부관께서도 제 아내의 입술을 받아보시면 질리실 겁니다.

[데스데모나] 어머나! 별로 말이 없는 부인인데….

[이야고] 모르시는 말씀입니다. 잠시도 입을 다물지 않고 나불댑니다. 제가 졸려 눈 좀 붙이려면 입을 나불거려 곤욕을 치른답니다. 지금은 부인 앞이어서 혓바닥을 가슴속에 밀어넣고 그 속에서 좋알대겠지요.

[에밀리아] 사람 잡겠네.

[이야고] 내숭 떨지 말아요! 당신은 밖에서는 그림처럼 얌전하지만 집에서는 악다구니가 깨진 종소리 같고 부엌에서는 살쾡이처럼 사납지. 집안일에는 점잔만 빼다가도 이불 속에서는 홰를 치지.

[데스데모나] 원, 입도 거칠지!

[이야고] 사실입니다. 그렇지 않다면 저는 터키 놈이나 마찬가지지요. 당신은 자리에서 일어나면 굼뜨고 이불 속에서만 바지런한 여자야.

[에밀리아] 누가 당신한테서 칭찬받겠대요?

[이야고] 나도 싫어요.

[데스데모나] 내 칭찬을 한다면 뭐라고 하시겠어요?

[이야고] 부인! 그것만은 거둬주십시오. 이 사람은 입만 뻥긋하면 험담이 튀어나오거든요.

[데스데모나] 해보세요. 항구에는 누군가가 나갔나요?

[이야고] 네, 나갔습니다.

[데스데모나] (독백) '심드렁하지만 재미있는 척하고 나 자신을 속여야겠다.' (이야고에게) 자, 어떻게 내 칭찬을 해주겠어요?

[이야고] 생각 중이지만 멋진 말이 끈끈이가 형겊에 붙은 것처럼 머릿속에서 떨어지질 않습니다. 억지로 잡아떼면 뇌 속의 골이 묻어나올 지경이지요.

자, 뮤즈의 영감이 태어나려고 진통을 시작했어요. 자, 낳았습니다. 바로 이거예요. 여자가 얼굴이 희고 슬기로우면 슬기를 이용하고 미모를 맥없이 휘둘린다네.

[데스데모나] 정말 멋있군요! 그럼 얼굴이 검고 재주가 있으면요?

[이야고] 얼굴이 검어도 재주만 있으면 적당한 낭군을 얻지요.

[데스데모나] 점점 나빠지네요.

[에밀리아] 그럼 얼굴이 희고 바보라면?

[이야고] 얼굴이 흰 여자치고 바보는 없지. 음탕한 짓을 해도 자식을 얻으니.

[데스데모나] 선술집에서 멍청한 사람이나 웃기는 얘기군요. 그럼 얼굴이 검고 바보라면 지독한 칭찬이 나오겠군요?

[이야고] 얼굴이 검고 바보라면 예쁘고 재주 있는 여자 못지않게 음탕한 장난이 뛰어나지요.

[데스데모나] 모르는 소리 그만 하세요. 가장 나쁜 것을 가장 좋다고 칭찬하시니. 그럼 정말 훌륭한 여자는 뭐라고 칭찬해야 하나요? 영특하고 아름다워 칭찬을 안 하곤 못 배길 여자 말이에요?

[이야고] 예쁘지만 교만하지 않고 언변도 뛰어나지만 나불대지 않고 돈이 많아도 사치 부리지 않고 마음대로 할 수 있어도 욕망을 억누르고 화가 나도 복수하지 않고 원한이 있지만 인내하고 차분한 분별력이 있어 대구 대가리를 연어 꽁지와 바꾸지 않고 심지가 깊어 아는 척하지 않고 남정네들이 꽁무니를 따라와도 거들떠보지 않는 여자가 있다면….

[데스데모나] 그런 여자는 어때요?

[이야고] 머저리 자식새끼 젖이나 빨리고 가계부 적는 데나 안성맞춤이지요.

[데스데모나] 원, 어리석은 결론이군. 에밀리아! 아무리 내외간이라도 남편 말을 곧이 들으면 안 돼요. 카시오 부관님! 저분은 정말 저속하고 실없는 말만 뇌까리는 사람인가 봅니다.

[카시오] 원래 입이 거친 사람입니다. 학자이기보다 싸움하는 군인이니까요.

데스데모나에게 인사하는 이야고
이야고가 데스데모나에게 접근해 익살을 떠는 장면이다.

그 점을 봐주셔야지요.

[이야고] (독백) '저 자식! 부인 손을 잡네. 귓속말을 속삭이네. 작은 거미줄로 카시오라는 큼직한 파리를 낚아야지. 웃어봐! 악당아! 여자를 보고 웃어! 예절을 다하느라 쩔쩔매는 네 놈을 낚아채겠다. 신사인 척 뽐내지만 이 흉계로 네놈을 부관 자리에서 내쫓을 테니. (나팔소리. 큰소리로) 무어 장군이다!

[카시오] 여기 오십니다.

[데스데모나] 마중 나가 뵙시다.

(오셀로와 수행원들 등장)

[오셀로] 아, 어여쁜 내 병사!

[데스데모나] 그리운 오셀로님!

[오셀로] 이미 도착한 당신을 보고 무척 놀랐지만 무던히 기쁘기도 하오. 아, 정말 기쁩니다! 폭풍이 분 다음 이날은 고요가 온다면 송장이 눈을 번쩍 뜰 정도로 바람이 불어도 좋겠소. 파도 위에서 안간힘 쓰는 배가 산더미 같은 파도를 넘어 올림포스 정상까지 솟구쳐 갑자기 천국으로부터 지옥의 구렁텅이에 떨어져도 좋소. 죽을 바에 지금이 가장 행복한 때로다. 이상하게도 마음이 흐뭇하오. 이런 만족감은 두 번 다시 오지 않을 느낌이오.

[데스데모나] 그런 말씀을 왜 하세요? 신이여! 저희의 사랑과 기쁨이 나날이 거듭할수록 더 두터워지게 해주소서!

[오셀로] 인자하신 신들이여! 나도 그렇게 기도드리나이다! 이 벅찬 기쁨을 어찌 말로 다 하겠소? 가슴속에 꽉 찼소. (가슴을 만진다.) 너무 과분한 기쁨이오. 우리의 이런 키스는. (키스한다.) 앞으로 우리에게 어떤 불협화음도 막아줄 것이오.

[이야고] (독백) '지금이 최고로 장단이 잘 맞는 순간인데! 하지만 내가 이 음악의 조화를 깨겠다. 나는 마음먹으면 반드시 실행하는 사람이다.'

[오셀로] 자, 성안으로 들어갑니다. 여러분! 전쟁은 끝났소. 터키군은 침몰해 고기밥이 되었소. 이 섬의 옛친구들은 어찌 지내오? 자, 성으로 갑시다. 전우들이여! 전쟁은 끝났소. 터키 함대는 풍랑 속에 침몰했소. 이 섬의 옛친구들은 어찌 지내고 있나? 이야고! 수고스럽지만 부두로 내려가 내 짐을 부려주게.

(이야고와 로데리고를 제외하고 일동 퇴장)

[이야고] (로데리고에게) 이리 오세요. 용기를 내시오. 형편없는 남자도 여자에게 반했을 때만큼은 콧대가 높아지는 법이오. 잘 들어보시오. 부관은 오늘 밤 야간 순찰을 돌아요. 여기서 한마디 하고 싶은 것은 그 녀석이 데스데모나를 확실히 좋아한다는 사실이오.

[로데리고] 그놈이?

[이야고] 손가락을 입에 대고 곰곰이 생각해야 합니다. 저 여자가 무어인에게 처음 사랑을 느낀 것은 꿈같은 거짓말 이야기에 넋을 잃었기 때문이지요. 그런 헛소리에 언제까지 반해 있을 수는 없습니다. 당신처럼 분별심이 있다면 그 정도는 알 수 있을 것입니다. 그 여자의 눈도 요기는 해야지요. 그렇다고 악마의 낯짝을 보고 그 여자가 만족하겠어요? 즐거움이 사라지고 열이 식으면 다시 불을 당겨 새로운 식욕을 일으키고 그 식욕을 충족시키려면 얼굴이 잘생기고 나이도 서로 맞고 거동이 우아해야 하는데 무어인은 그 모든 점에서 낙제입니다. 이 같은 필수조건이 구비되지 않으면 그녀의 섬세한 마음은 속았다고 후회하며 안달할 것입니다. 무어인이 지긋지긋하게 싫어지겠지요. 인간의 본성은 다 그런 것이어서 그녀는 슬그머니 다음 상대자를 그리워할 것입니다. 그래서 말씀입니다. 일이 이쯤 되어 간다면 카시오가 그 행운을 따지 않고 누가 딸 수 있겠소? 혓바닥도 잘 놀리고 머리도 빨리 돌아가는 난봉꾼이거든요. 음탕한 녀석! 예의니 친절이니 하지만 자신의 욕정을 채우기 위

해서라면 양심도 헌신짝처럼 버리는 놈이오. 그 녀석 외에는 없어요. 능글맞은 놈, 간사한 놈, 기회주의자, 기회가 여의치 않아도 억지로라도 기회를 만들어 사욕을 채울 악당. 그 외에 인물 좋고 나이도 젊으니 풋내기 여자라면 누구나 좋아할 조건을 전부 갖추고 있어요. 완전무결한 악당이지요. 게다가 그 여자는 이미 그놈에게 눈독을 들이고 있거든.

[로데리고] 그 여자가 그런 줄 몰랐네. 착하고 깨끗한 줄로만 알았는데….

[이야고] 착하고 깨끗하다고? 웃기지 마시오. 그 여자가 마시는 포도주는 우리가 마시는 포도주처럼 포도로 만든 것입니다. 깨끗하고 착하다면 무어 녀석에게 반하지도 않았어요. 꼴불견이야! 그 여자가 카시오의 손바닥을 어루만지는 것을 못 봤소? 그걸 보지도 못했소?

[로데리고] 그건 나도 봤지. 예의상 그러는 줄로 생각했지.

[이야고] 음탕한 짓이오. 틀림없습니다. 색정과 추잡한 이야기의 서막이 심상찮게 열리고 있습니다. 입술과 입술을 매우 가까이 접근시켰기 때문에 서로 입김이 얼싸안고 포옹했습니다. 로데리고! 이것이 다 음흉한 짓이지요. 이렇게 우물거리며 뜸들이다가 어느새 본격적으로 활극을 펼치는 과정에서 둘은 꼭 붙어버린답니다. 흥! 어쨌든 제 말을 들어주세요. 베네치아에서 여기까지 모셔온 이 마당에 말입니다. 당신도 오늘 밤 야간 순찰을 나가는 거예요. 지시는 제가 할 테니 걱정하지 마세요. 당신은 카시오를 잘 모르지요. 제가 가까이 붙어다닐 겁니다. 고함을 '빽' 지르든, 명예훼손을 시키든 그때그때 상황에 맞게 카시오의 분통이 터지게 하세요.

[로데리고] 알겠네.

[이야고] 그놈은 성미가 급하고 신경질적이어서 틀림없이 당신을 때릴 겁니다. 그렇게 하도록 충동질하세요. 그렇게 작은 계기를 만들면 그것으로 키프로스 섬 전체가 들썩거릴 대소동으로 키워보겠어요. 카시오를 파면시키지 않고서는 도저히 수습할 수 없을 정도로 말입니다. 제가 세운 계획대로 당신은

소원성취할 지름길에 이르는 것입니다. 물론 방해물도 효과적으로 없앨 수 있고요. 이 같은 방해물이 있는 한 우리는 햇빛 볼 날이 없어요.

[로데리고] 해보겠네. 자네가 기회만 만들어 준다면.

[이야고] 그 일은 보장합니다. 곧 성에서 만납시다. 그 녀석의 짐을 육지로 운반해야 합니다. 안녕.

[로데리고] 나중에 만나세.

(퇴장)

[이야고] 카시오가 그 여자에게 반한 것은 분명해. 여자 쪽이 그 남자에게 홀렸을 수도 있어. 무어 녀석이 미워 죽겠어. 그놈이 고지식하고 정이 많고 성격이 고상한 것만은 사실이거든. 데스데모나에게는 다정한 남편이 될 수 있다고 생각해. 그런데 나도 데스데모나에게 끌려. 순전히 욕정에 사로잡혀 그런 것은 아니지. 하기야 그런 속셈이 전혀 없는 것도 아니지만. 절반의 이유는 원한을 풀고 싶어 그놈의 색골 무어 놈이 내 잠자리에 파고든 적이 있잖아. 그것이 의심스럽거든 이 일을 생각하면 독을 마신 듯 속이 뒤집혀. 계집년을 서로 바꿔 피장파장 될 때까지는 이 병든 마음이 풀리지 않아. 그렇게 될 수 없을 바에 무어 녀석의 질투심을 강하게 불러일으켜 분별력을 잃게 만들자. 이 일을 성공시키기 위해서는 베네치아의 그 졸장부 녀석의 마음을 잔뜩 달아오르게 해 펄쩍펄쩍 뛰게 만들어야지. 그 얼간이를 잘 조정만 하면 카시오 녀석은 문제없다. 무어 녀석에게 카시오의 비난을 귀가 잉잉거리도록 들려줄 테다. 카시오는 여편네와 몰래 잔 혐의가 있어. 무어 녀석은 내게 고마워하며 나를 극진히 아끼고 금일봉까지 하사할 것이 틀림없다. 그럼 그 녀석을 바보 취급하면서 그놈의 편안한 마음을 들쑤시고 들들 볶아 미치게 만들어야 한다. 문제의 핵심은 바로 그것이다. 하지만 아직 막막하고 복잡하다. 악당의 정체는 실력이 발휘될 때 드러나는 법이다.

2막 1장 분석

1막 장면 이후로 정의되지 않은 시간이 경과했는데 그동안 오셀로는 한 배로, 카시오는 다른 배로, 이야고, 에밀리아, 데스데모나는 세 번째 배를 타고 키프로스로 항해했다. 배가 차례대로 도착해 회원들이 도착을 기다리는 동안 오셀로 이야기를 할 수 있다. 카시오는 몬타노 오셀로의 새 아내 데스데모나를 존경심과 약간의 경외심으로 '우리의 위대한 선장의 선장'이라고 묘사한다. 그의 정교한 어조는 그의 교육과 많은 사람이 오셀로의 모든 면에서 혜택에 대해 가진 높은 기대를 강조한다. "그가 그의 키 큰 배로 이 바다를 축복하게 하소서! 데스데모나의 팔에 사랑의 빠른 바지를 만드십시오. 우리의 소멸된 영혼들에게 새로운 불을 주십시오."

데스데모나, 에밀리아, 이야고는 여성에 대한 이야고의 냉소적인 의견을 보여주는 단어 게임을 한다. "당신은 문밖의 그림, 응접실의 종소리, 부엌의 들고양이, 상처 입은 성인, 기분을 상하게 하는 악마, 주부의 연주자, 침대의 주부입니다." 즉, 여성은 외출할 때 예의의 모델이며 손님과의 달콤한 대화 주의자이며 하인에게 화가 나 침을 뱉는다. 그들은 항상 부상당한 당사자라고 주장하고 불리한 의견에 분노하며 가사 문제와 성적 호의 문제에서 게으름을 피운다. 이야고는 퉁명스럽게 말하고 여성을 폄훼하고 데스데모나는 모든 사람과 함께 '정직한' 이야고의 거친 말을 용인한다. 균형을 위해 에밀리아는 5막에서 남성에 대한 여성의 냉소적인 의견을 보여준다.

한편, 이야고는 카시오를 지켜보며 그가 이용할 수 있는 약점을 찾는다. 그는 데스데모나에 대한 정중한 매너와 관심에 집중하기로 한다. "이것만큼 작은 거미줄로 카시오만큼 큰 파리를 올무에 빠뜨릴 것입니다. 에이, 그녀에게 미소지어라. 내가 네 구애를 부탁하리라." 셰익스피어는 시에서 산문이나 그 반대로 리듬의 휴식을 사용해 강조나 분위기 전환을 나타낸다.

오셀로와 데스데모나의 재회는 그들의 사랑에 대한 행복한 축하다. 오셀로는 데스데모나를 그와 동등하고 '공정한 전사'로 맞이한다. 그는 폭풍우 속에서 지옥을 통과했고 지금 그의 아내와 천국에 있으며 이것이 그의 인생에서 가장 행복한 순간임을 깨닫는다. 그의 행복에는 어두운 면도 있는데 미래가 그에게 필적할 수 없다고 생각하기 때문이다. 그러나 데스데모나는 "우리의 사랑과 위로가 커질 것이며 우리의 날이 늘어남에 따라 증가해야 한다."라고 고대한다.

여담으로 이야고는 오셀로가 이제 류트나 기타처럼 '잘 조율'되어 감미롭게 노래하지만 이야고는 '말뚝을 내려놓고' 현을 풀고 음악을 망칠 거라고 말한다. 다른 사람들, 특히 오셀로는 이야고에 대해 말할 때 '정직한'이라는 단어를 진지하게 사용한다. 그러나 이야고는 그것을 아이러니하게 사용한다. 이런 것을 제쳐두고 이야고를 전통적 형태의 연극, 가면극, 판토마임, 인형극에서 무대의 악당과 연결한다.

이야고는 로데리고를 감정적으로 밀어붙이고 데스데모나에 대한 이상화된 의견을 폄훼하는 말의 홍수로 압도하고 그녀의 미덕을 남용하고 그녀의 명성을 더럽힌다. 그는 그녀의 미덕에 대한 로데리고의 항의를 무시한다. "축복받은 무화과의 끝! (음란한 맹세, '무화과'는 성기의 머리다) 그녀가 마시는 포도주는 포도로 만들었다."라는 말은 그녀가 평범한 여자들과 똑같다는 뜻이다. 그는 카시오가 이미 그녀에게 구애하고 있다고 주장한다. "그들은 입술로 너무 가까이 만나 그들의 호흡도 함께 껴안았다." 이야고는 약한 신사가 카시오를 불명예스럽게 하려는 음모에서 말한 대로 하기로 동의할 때까지 엄청난 양의 학대로 로데리고를 구타한다. 그런 다음 이야고는 무대에서 혼자 자기 생각을 말한다.

이야고의 두 번째 독백은 그가 감정적으로 충전된 생각의 혼란에서 계획을 세우는 것을 보여준다. 이야고는 자기 생각, 특히 오셀로에 대한 증오를 조사하고 "무어인, 내가 그를 견디지 못하지만" 오셀로가 에밀리아를 즐겼다는 소문 주위를 여전히 소용돌이치는 질투의 '유독한 광물'에서 공통점을 발견한다. 이야고는 데스데모나를 유혹해 복수할 수 있었다. "이제 나도 그녀를 사랑한다. 그러나 부분적으로 내 복수를 다이어트로 이끌었다. 그것 때문에 나는 탐욕스러운 무어인을 의심한다. 내 자리로 뛰어 들어갔다. 그 생각은 유독한 광물처럼 내 속을 갉아먹었다." 이야고는 여기서 '사랑'이라는 단어를 매우 냉소적으로 사용해 정욕과 권력 추구의 조합으로 만든다. 처음에 그는 데스데모나에 대한 자신의 유혹을 자신의 복수로 본다. "내가 그와 짝이 될 때까지 그녀를 아내로 삼는다." 그런 다음 이야고는 그를 괴롭히는 근거 없는 질투가 훨씬 취약한 오셀로에게 사용할 수 있는 바로 그 무기임을 깨닫는다. 이야고는 질투를 통해 오셀로를 광기로 이끌 것이다.

OTHELLO

2막 2장

Act Ⅱ, Scene Ⅱ

"지옥과 밤이 이 괴물 같은 탄생을 세상의 빛으로 가져와야 한다."
_이야고

● 거리

(전령이 포고문을 들고 등장. 시민 다수가 따라 나온다.)

[전령] 고결하고 용감하신 오셀로 장군의 분부를 전달한다. 지금 믿을 만한 정보에 의하면 터키 함대는 전멸한 모양이다. 여러분! 승전을 축하해 주시오. 춤을 추든, 모닥불을 피우든 여러분 마음대로 즐기길 바란다. 오늘 밤에는 승전 축하연 겸 장군의 결혼 피로연도 베푸실 예정이다. 이상 장군의 말씀을 전한다. 주방은 전부 개방했으니 5시부터 11시 종 칠 때까지 마음대로 음식을 마시고 즐기길 바란다. 우리 키프로스 섬과 오셀로 장군 만세!

(모두 퇴장)

2막 2장 분석

　이 짧은 장면은 때때로 다음 장면과 합쳐진다. 주로 현대 극장에서 커튼을 당겨 시간의 흐름을 나타내는 것과 거의 같은 방식으로 작동한다. 우리는 터키 함대가 주로 오셀로의 '고귀하고 용감한' 노력으로 '전멸'당했고 그 기쁨이 군사적 승리와 장군의 최근 결혼을 축하한다는 것을 알고 있다. 요컨대 무어인들은 5시부터 11시까지 휴식을 선포했으며 이 시간 동안 군인과 시민들은 춤추거나 모닥불을 피워 마음껏 즐길 수 있다.

　극적으로 이런 흥겨움과 축하의 분위기는 곧 뒤따를 비극과 강한 대조를 이루고 혼돈은 이야고에게 순진한 오셀로를 위해 함정을 팔 충분한 시간과 기회를 준다. 또한, 이 연회와 춤은 밤에 이뤄지며 일찍이 이야고는 "지옥과 밤이 (그의 사악한 계획의) 이 괴물 같은 탄생을 세상의 빛으로 가져와야 한다." 라고 선언했다. 이 장면은 그 공포의 전주곡이다.

OTHELLO

2막 3장

Act Ⅱ, Scene Ⅲ

"명예, 명예, 명예! 오, 나는 명예를 잃어버렸어!
생명보다 소중한 명예를 잃어버렸네."

_카시오

● **성안의 홀**

(오셀로, 카시오, 데스데모나 등장)

[오셀로] 카시오! 오늘 밤 야간 순찰을 부탁하네. 적당히 놀고 마시며 떠드는 것은 좋지만 도를 넘으면 안 되네.

[카시오] 이야고가 다 알아서 할 겁니다. 물론 저도 철저히 감시하겠습니다.

[오셀로] 이야고는 믿을 만한 사람이다. 카시오! 가겠네. 내일 아침 가능하면 일찍 만나 할 얘기가 있네. (데스데모나에게) 이리 와요. 내 님이여! 결혼식도 끝났으니 이제 정을 나눠 봅시다. 지금부터 우리는 정말 즐거울 것이오. (카시오에게) 잘 가게.

(오셀로, 데스데모나 퇴장. 이야고 등장)

[카시오] 이야고! 때마침 잘 왔네. 오늘 밤은 둘이서 파수를 봐야겠네.

[이야고] 부관님! 아직 시간이 이릅니다. 10시도 안 되었는데요. 장군님께서는 데스데모나 부인이 너무 예뻐 사랑을 나누시려고 일찌감치 들어가셨군

요. 그야 당연하지요. 달콤한 하룻밤을 아직 갖지 못했으니까요. 제우스 신도 반할 만한 미인이시겠다.

[카시오] 정말 천하절색이시지.

[이야고] 게다가 제법 색정까지 넘쳐 흐르지요.

[카시오] 얼마나 청순하고 섬세하신가?

[이야고] 그 눈은 또 어떻고요? 남자 마음을 사로잡을 것 같지 않아요?

[카시오] 매력적인 눈이야. 그러면서도 정숙함이 흘러넘쳐.

[이야고] 또한, 목소리를 들으면 사랑을 속삭이게 하는 종소리 아닙니까?

[카시오] 흠잡을 데 없는 부인이야.

[이야고] 두 분의 신방에 축복이 있기를! 저, 부관님! 술을 좀 준비했습니다. 그리고 키프로스 섬의 젊은이 두세 명이 오셀로 흑인 장군님께 축배를 올리겠다고 문밖에 와 있습니다.

[카시오] 오늘 밤은 안 돼! 이야고. 나는 술에 약해. 술만 마시면 혼이 난다고. 예절에 맞는 다른 환대 방법이 있었으면 좋겠어.

[이야고] 하지만 저 패들은 우리 친구들이니 한 잔만 드세요. 다음 잔부터는 내가 대신 마시지요.

[카시오] 오늘 밤은 한 잔밖에 안 마셨는데도 얼떨떨해. 그나마 물을 타서 말이야. 취기가 오른 내 얼굴 좀 보게. (그의 머리를 툭 친다.) 불행히도 이것이 큰 약점이거든. 그러니 더 마실 수 있겠나?

[이야고] 원, 부관님도…. 오늘 밤만은 진탕 마시고 놀아야 합니다. 젊은 패들도 그리고 싶어 하거든요.

[카시오] 모두 어디 있나?

[이야고] 문 앞에 있어요. 들어오라고 하세요.

[카시오] 그렇게 하지. 내키진 않지만.

(퇴장)

[이야고] 전작이 있어 한 잔만 더 마시게 하면 젊은 여자들이 귀여워하는 강아지처럼 이를 드러내고 으르렁대고 대판 싸울 것이다. 그건 그렇고 상사병에 걸려 마음이 뒤집힌 머저리를 데리고 데스데모나에게 축배를 올린답시고 우쭐해 술통이 바닥나도록 마셨겠다. 그 녀석도 야경을 보게 되었지. 그리고 키프로스의 젊은 왈패 세 명이야말로 콧대 높고 명예를 생명보다 소중히 여겨 사람들을 가까이 오지 않도록 경계하고 이 씩씩한 섬을 상징하는 사람들이지. 그 녀석들에게도 한 잔씩 톡톡히 안겨줬지. 그 녀석들도 파수를 보게 되었어. 이 주정뱅이들 사이에 카시오를 몰아넣으면 그 녀석은 틀림없이 섬사람들의 성미를 건드려 대판 싸움이 벌어질 거야. 어이구, 왈패들이 온다. 내 계략대로만 되면 '순풍에 돛 단 격'이지.

(카시오 다시 등장. 그 뒤로 몬테노 신사와 여러 하인이 술을 들고 따라 등장)
[카시오] 정말 못합니다. 진탕 마셨어요.
[몬테노] 왜 이러세요? 작은 잔인데. 정말 한 잔도 안 돼요. 군인의 명예를 걸고 말하는 거요.
[이야고] 술 가져와라! 얘들아.
(노래한다.)
술잔을 올려라.
술잔을 올려라.
군인도 사람이다.
인생은 일장춘몽.
마셔라! 군인이여!
(노래 끝)

[이야고] 얘들아! 술 가져와!

[카시오] 정말 멋진 노래요.

[이야고] 영국에서 배웠지요. 영국인들은 술고래예요. 덴마크인, 독일인, 배불뚝이 네덜란드인도 마셔요. 마셔! 영국인은 못 당해요.

[카시오] 영국인이 그렇게 술고래인가?

[이야고] 덴마크놈쯤 이기는 것은 '식은 죽 먹기'고요. 독일놈들 해치우는 데는 땀 한 방울 안 흘려요. 네덜란드 것들이 '꽥꽥' 토할 때 영국인들은 또 한 잔 걸치지요.

[카시오] 우리 장군님을 위해 건배!

[몬테노] 똑같이 건배! 다음은 부관, 당신을 위해 건배!

[이야고] 아, 영국은 즐거운 나라!

(노래한다.)

스티븐 왕은 귀하신 몸. 입으신 바지는 일. 크라운 6펜스도 비싸다고 생각하시며 양복장을 나무랐다오. 높으신 분들도 그렇거든. 그대는 보잘것없는 위인. 사치가 나라를 망치나니 입던 외투로 견디며 살아보세.

(노래 끝)

[이야고] 술을 가져와라! 얘들아!

[카시오] 이건 더 멋진 노래인데….

[이야고] 한 번 더 부를까요?

[카시오] 아냐, 안돼. 그따위로 노는 자는 그냥 둘 수 없어. 하나님이 하늘에서 내려다 보고 계시니 구원을 받을 자도 있고 구원을 못 받을 자도 있지.

[이야고] 지당한 말씀입니다. 부관님!

[카시오] 그야 그렇겠지. 실례의 말이지만 나보다 먼저는 안 될 걸. 나는 부관이니까 기수보다 먼저 구원받아야 할 것 아닌가. 이런 시시한 얘기는 집어치우세. 자, 우리의 임무를 말하겠네. 하나님! 저희의 죄를 사해주소서! 여러

분! 일합시다. 내가 취했다고 생각하면 안 돼. 이 사람은 내 기수, 이건 내 오른손, 이건 내 왼손. 지금 나는 취하지 않았어. 꼿꼿이 설 수도 있고 혓바닥도 제대로 돌아가.

[모두] 어련하시겠어요?

[카시오] 아무렇지도 않아. 내가 취했다고 생각하면 안 되지.

(퇴장)

[몬테노] 여러분! 초소로 가세요. 파수를 볼 시간입니다.

[이야고] 방금 저쪽으로 나간 사람을 보셨습니까? 그는 시저 옆에서 지휘해도 전혀 부끄럽지 않을 군인이지요. 보셨겠지만 한 가지 버릇이 탈이지요. 물론 좋은 점도 있지만. 딱 한 가지가 뭡니까? 오셀로 장군님은 저 사람을 신임하시겠지만 고질 덩어리인 주벽이 도져 이 섬에 소동을 일으킬지 염려됩니다.

[몬테노] 종종 그런가?

[이야고] 저렇게 술주정하고 나서 곯아떨어지거든요. 아, 곤드레만드레 취하지만 않는다면 시곗바늘이 두 번 돌아갈 동안 야경을 봐도 끄떡없지요.

[몬테노] 장군에게 귀띔해 드리는 것이 좋겠군. 모르고 계실지도 모르지. 원래 성품이 선량하시니 카시오의 장점만 보시고 단점은 덮어두셨겠지. 안 그렇소?

(로데리고 등장)

[이야고] (로데리고에게 독백) 어찌 된 거야? 로데리고! 어서 부관 뒤를 쫓아가요. 어서!

(로데리고 퇴장)

[몬테노] 정말 유감스러운 일이군. 고귀한 무어 장군이 고질적인 주벽이 있는 사람에게 부관이라는 중책을 맡기다니. 장군께 솔직히 말씀드리는 것이

좋겠소.

[이야고] 저는 이 섬을 준다고 해도 못 하겠습니다. 저는 카시오님을 좋아합니다. 어떻게든 (안에서 "사람 살려! 사람 살려!" 비명. 카시오가 로데리고를 쫓아나온다.) 빨리 그 버릇을 고쳐드리고 싶을 뿐이지요. 아, 저건 무슨 소리일까?

[카시오] 에잇! 망할 자식! 이 불한당아!

[몬테노] 왜 이러시오? 부관!

[카시오] 이 불한당이 이래라저래라 내게 지시를 하지 않소? 이놈을 술통에 거꾸로 처넣겠다.

[로데리고] 처넣는다고?

[카시오] 이놈아! 주둥이 닥치지 못해?

(로데리고를 때린다.)

[몬테노] 기다려요. 부관! 손을 놓아요.

(그를 제지한다.)

[카시오] 놓아라! 놓지 않으면 대갈통을 부수겠다.

[몬테노] 뭐야? 취했군.

[카시오] 취했다고?

(둘은 싸운다.)

[이야고] (로데리고에게 독백) '저리 가게! 나가서 '큰일났다!'라고 떠들게.

(로데리고 퇴장)

안 됩니다, 부관님. 그만두세요. 두 분 다. 사람 살려요!

(오셀로와 수행원들 다시 등장)

[오셀로] 모두 왜 이러나?

[몬테노] 젠장, 여전히 피가 안 멎네. 심하게 다쳤네. 죽여버리겠다.

(카시오에게 다시 덤빈다.)

[오셀로] 그만둬!

[이야고] 그만두세요, 부관님, 몬테노 나리 두 분 다. 직책과 의무를 잊으셨나요? 그만두세요! 장군님 말씀이 안 들리십니까? 제발 그만두세요!

[오셀로] 도대체 어찌 된 일인가? 어째서 이런 일이 생겼어? 모두 터키 놈들을 닮았는가? 터키 놈들도 우리에게 칼을 못 댔는데 하물며 동족끼리 칼바람을 피우는가? 기독교의 수치다. 무지막지한 놈들! 싸움을 그만둬! 홧김에 북새를 놓는 자는 목숨을 부지하지 못할 것이다. 움직이면 목에 칼이 들 것이다. 저 종소리를 멈춰라. 섬사람들이 놀라 소동을 피우겠다. 어떻게 된 것인가? 정직한 이야고! 자네는 걱정으로 얼굴빛까지 파리해졌군. 말해보게. 도대체 누가 먼저 시작했나? 나를 생각한다면 바른대로 말해.

[이야고] 저는 전혀 모르는 일입니다. 조금 전까지도 사이가 좋았습니다. 옷을 벗고 이불 속으로 들어가는 다정한 신랑신부처럼 사이가 좋았습니다. 그런데 갑자기 별의 힘으로 간이 뒤집힌 사람들처럼 싸움이 벌어졌습니다. 이런 어리석은 싸움이 왜 시작되었는지 모르겠습니다. 이따위 싸움판으로 허겁지겁 달려온 이 두 다리가 창피할 지경이었지요. 차라리 전쟁터에서 명예롭게 사라지는 것이 나았을 것입니다.

[오셀로] 마이켈! 어찌 된 건가? 자네가 이렇게 나를 잊다니!

[카시오] 불손한 죄를 용서해 주십시오. 뭐라고 말씀드릴 면목이 없습니다.

[오셀로] 몬테노! 내가 알기로 당신은 범절과 법도가 바른 분이었소. 젊은데도 사리에 밝고 점잖은 사람들의 칭송을 받아오지 않았소? 그런 분이 몰지각하게 이런 소동을 일으켜 체모와 명예를 더럽히다니! 도대체 어찌 된 것이오?

무슨 곡절과 연유가 있는지 밝혀 보시오.

[몬테노] 오셀로 장군! 나는 중상을 입었습니다. 자초지종은 괴로워 말도 잘 안 나옵니다. 장군의 부하 이야고가 잘 알고 있습니다. 오늘 밤 저는 입을 함부로 놀리거나 지각없이 행패를 부렸다고 생각하지 않습니다. 자기 몸을 아끼는 것은 인지상정인데 폭력을 당했을 때 정당방위가 어찌 죄가 되겠습니까?

[오셀로] 이거 분통이 터지는군. 내 혈기가 치솟아 이성을 깨고 격정이 판단을 흐리게 하고 활개치니 말이다. 움찔해봐라. 아니, 이 팔을 올리기만 해봐라. 누구든 단칼에 요절날 테니. 도대체 이 싸움이 왜 벌어졌느냐 말이다. 누가 시작했어? 싸움을 건 놈은 내 쌍둥이라도 용서하지 못해. 이게 무슨 수치인가? 전쟁의 공포가 가시지 않은 이곳에서 아직도 민심이 어수선해 전전긍긍하는 판국에 치안을 맡은 초소에서 한편끼리 사사로운 일로 싸우다니 말이 되는가? 이 무슨 해괴망측한 일인가? 이야고! 누가 먼저 싸움을 걸었나?

[몬테노] 그까짓 정실이나 동료애 때문에 사실대로 말하지 않는다면 자네는 군인이라고 할 수 없네.

[이야고] 너무 그렇게 윽박지르지 마세요. 마이켈 카시오 부관님께 불리한 증언을 할 바에 차라리 이 혓바닥을 잘라버리겠어요. 하지만 사실대로 묻더라도 부관님께 별로 해가 되지도 않을 것 같습니다. 장군님! 이렇게 된 겁니다. 몬테노님과 제가 얘기하는데 '사람 살려!' 비명을 지르며 뛰어온 사람이 있었지요. 그런데 카시오 부관님이 칼을 빼 들고 그를 쫓아가 결단내겠다고 소동을 부렸습니다. 그래서 이분이 말리시는 동안 저는 소리치며 '나 살려라!' 도망치는 녀석을 쫓아갔지요. 그 녀석 때문에 시내가 발칵 뒤집힐까 봐 겁났기 때문입니다. 하지만 결국 그렇게 되고 말았지만 그 녀석이 얼마나 재빠른지 쫓아갈 수가 없었고 칼싸움 소리에 돌아와 보니 두 분이 맞붙어 고래고래 욕을 퍼부었어요. 때리고 찌르고 대판 싸움이 벌어졌더군요. 전에는 그런 일이 있었습니까? 장군님께서 말리셨을 때는 두 번째 싸움이 시작될 무렵이

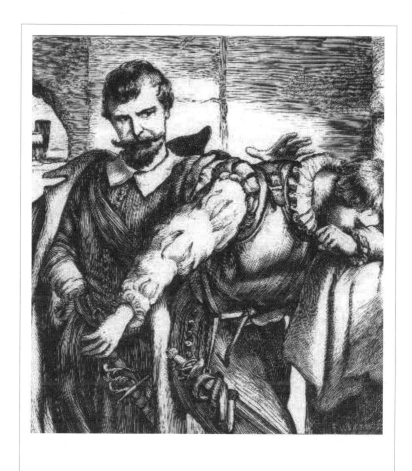

이야고와 카시오
이야고의 음모에 걸려든 카시오가 슬퍼하는 사이 거짓 증언하는 이야고

었습니다. 그 이상은 모릅니다. 하지만 인간은 신이 아닌 이상 실수할 때가 있지 않습니까? 카시오 부관님이 저분께 조금 잘못했지만 화가 나면 자기를 생각해주는 사람도 때리게 되는 것이 인지상정 아닙니까? 카시오 부관님은 도망친 녀석한테서 참지 못할 모욕을 당했을 것입니다. 참을 수 없었던 것 같습니다.

[오셀로] 이야고! 자네는 성실하고 인정이 많아 죄를 가볍게 하려고 둘러대 카시오를 두둔하는 거야. 카시오! 나는 자네를 아껴왔지만 이제 자네는 끝났네.

(데스데모나가 수행원들을 거느리고 다시 등장)

[오셀로] 저것 봐! 상냥한 아내까지 깨 나오지 않았느냐? (카시오에게) 자네는 호되게 벌받아야 해.

[데스데모나] 왜 그러세요?

[오셀로] 걱정할 것 없소. 다 끝났소. 침실로 갑시다. (몬테노에게) 당신의 상처는 내가 돌봐주리다. 저쪽으로 모셔라. (몬테노는 부축받으며 퇴장) 이야고! 거리를 잘 살펴보게. 이 일 때문에 마음이 들뜬 시민들을 안심시키라는 말이네. 갑시다. 데스데모나! 군인의 생활은 이렇소. 가끔 싸움 때문에 단잠을 깨는 법이오.

(이야고와 카시오만 남고 모두 퇴장)

[이야고] 아니, 부관님도 다치셨어요?

[카시오] 치료해도 소용없게 되었네.

[이야고] 설마 그럴 리가?

[카시오] 명예, 명예, 명예! 오, 나는 명예를 잃어버렸어! 생명보다 소중한 명예를 잃어버렸네. 이제 남은 거라곤 짐승과 같은 잔해(殘骸)뿐이다. 내 명예. 이야고! 내 명예를 잃었다!

[이야고] 저는 고지식해 정말 다치신 줄로 생각했어요. 명예의 상처보다 몸의 상처가 더 아플 겁니다. 도대체 명예가 뭐 그리 중요합니까? 거짓이고 겉치레밖에 더 됩니까? 버젓한 공로가 없어도 얻을 수 있고 이렇다 할 이유도 없이 빠져나갈 수 있는 것이 명예 아닙니까? 부관님은 명예를 잃으신 것이 아닙니다. 자격지심 때문에 잃었다고 그런 생각이 드시는 거지요. 기운을 내세요. 장군님의 마음을 돌이킬 방법은 얼마든지 있습니다. 역정에 파직시킨 것뿐이지요. 밉기 때문이 아닙니다. 말하자면 정치적 배려에서 벌을 주신 거지요. 순한 개를 때려 동물의 왕인 사자에게 위협하는 것과 마찬가지지요. 간청해 보세요. 들어주실 겁니다.

[카시오] 차라리 멸시해달라고 간청하고 싶소. 그런 훌륭하신 장군님을 속이고 체면 없는 부관으로 앉아 있을 수는 없어. 취한 상태로 된 소리, 안 된 소리 이죽대고 허풍이나 떨고 욕지거리 퍼붓고 자기 그림자 보고 큰소리나 '탕탕' 치는 얼치기 놈! 아, 사람 눈에 보이지 않는 술 귀신아! 네게 아직 이름이 없다면 지금부터 너를 악마라고 부르겠다.

[이야고] 부관님이 칼을 빼 들고 쫓아가던 자가 누구입니까? 그 녀석이 어찌했나요?

[카시오] 몰라.

[이야고] 모르시다뇨?

[카시오] 희미하게 떠오르지만 하나도 확실하지 않아. 싸움한 것은 알겠는데 왜 싸웠는지 모르겠어. 아, 원수 같은 술을 제 손을 입에 퍼넣고 혼을 빼앗겨. 혼자 좋아 날뛰고 떠들고 노닥거리다가 제물에 짐승이 되어버린다는 말이야.

[이야고] 이제 멀쩡하시네. 어떻게 그렇게 감쪽같이 회복되었습니까?

[카시오] 술 망태 악마가 화 귀신에게 자리를 양보했다네. 한 가지 결점이 꼬리를 감추면 또 다른 결정이 꼬리치니 나 자신에게 정이 떨어지네.

[이야고] 원, 너무 도덕군자여도 탈입니다. 시기로 보나, 장소로 보나, 시국으

로 보나 물론 이런 사단이 일어나면 안 되지요. 이왕 이렇게 된 바에 해결책을 강구하셔야 하지 않겠어요?

[카시오] 복직시켜 달라고 사정해야겠네. 물론 장군님은 내게 주정뱅이라고 하시겠지. 그렇게 나오면 내가 히드라처럼 입이 여러 개라도 할 말이 없지. 아니, 방금 전까지도 사리가 밝던 인간이….

[이야고] 믿어보세요. 진심으로 부관님을 위해 충직한 마음으로 드리는 말씀입니다.

[카시오] 그야 나도 확신하지. 내일 아침 일찍 정숙한 데스데모나 부인에게 부탁해야겠네. 그것이 틀어지면 내 운명은 끝이야.

[이야고] 지당하신 말씀입니다. 그럼 편히 쉬십시오. 저는 야경을 구경하러 가야겠습니다.

[카시오] 그럼 잘 가게. 충실한 이야고!

(퇴장)

[이야고] 이래도 내가 악한이라고 씨부렁대는 놈이 있을까? 나는 진심으로 솔직하게 충고해줬어. 이치에 맞는 말이니 무어 녀석의 마음쯤은 휘어잡을 것이다. 문제없지. 진심으로 사정하면 상냥한 데스데모나를 움직이는 것은 '누워서 떡 먹기'지. 그 여자는 마음이 너그럽고 대자연처럼 은덕이 깊거든. 여자의 입을 빌려 무어 녀석을 설복시킨다! 이것도 문제없지. 세례를 취소하고 속죄의 신앙을 내팽개치라고 해도 무어 녀석은 싫다고 못 할 것이다. 그 녀석은 여편네에게 빠져 삶이 호박처럼 흐물흐물하거든. 만사 여자 마음대로지. 그 여자의 욕정이 그의 약한 사고력에 신통력을 발휘하거든. 그런데 내가 왜 악한인가? 카시오를 위해 다리를 놔준 내가 말이야. 이게 바로 지옥의 선심이지. 악마가 인간에게 흉악한 죄악을 씌울 때는 나처럼 먼저 천사처럼 나타나 유혹하지. 그건 이렇지. 저 정직한 멍청이 녀석이 다시 팔자를 고

치려고 코가 땅에 닿도록 데스데모나에게 사정하겠다. 그럼 여자는 무어 녀석에게 졸라대겠지. 그때 나는 데스데모나가 카시오를 복직시켜 달라는 것은 카시오를 좋아하기 때문이라고 무어 녀석의 귓속에 독을 퍼넣는 거지. 이렇게 되면 여자가 카시오를 위해 힘쓸수록 남편의 의심을 받겠지. 여자의 정절에 흙칠하고 친절을 미끼로 덫으로 삼는 거야.

(로데리고 다시 등장)

[이야고] 로데리고! 어찌 된 거야?

[로데리오] 여기까지 따라왔지만 먹이에 뛰어드는 사냥개 노릇은 제대로 못하고 다른 개들 사이에 끼어 멀리서 함께 짖어댄 것밖에 안 되었어. 이제 내지갑도 텅텅 비었어. 게다가 엎치고 덮친 격으로 오늘 밤 두들겨 맞았겠다. 몽둥이질 당한 대신 경험을 얻은 셈이지. 빈털터리는 되었지만 사리는 조금 텄으니 베네치아로 돌아가야 하나 봐.

[이야고] 정말 가엾네. 이렇게 참을성 없는 사람은 상처도 나을 때가 되어야 낫는 법. 이것 봐요! 사람은 머리로 일하는 것일세. 악마가 하는 것이 아니야. 그러니 머리를 쓰는 데는 시간이 걸리지 않겠나? 카시오가 자네를 때렸지만 그 작은 상처 덕분에 그 녀석의 목이 잘렸어. 다른 계획도 순조롭게 진행 중이거든. 맨 처음 꽃핀 놈부터 열매를 맺는 것이 순리 아닌가. 조금만 더 참아. 그건 그렇고 벌써 아침이다. 즐기면서 움직이면 시간가는 줄도 몰라. 어서 들어가게. 숙소로 돌아가게. 또 만나 얘기하세.

(로데리고 퇴장)

[이야고] 두 가지 일이 남았다. 여편네를 시켜 카시오가 데스데모나를 만나게 해야지. 그리고 붙잡고 늘어지게 해야지. 그동안 나는 무어 녀석을 밖으로 데려나왔다가 카시오가 데스데모나에게 사정할 때 데리고 들어가는 거야.

됐어! 이만하면 빈틈없어. 쇠뿔은 단 김이고 호박떡은 더운 김이라고 했지.

(퇴장)

[카시오] 눈 깜짝할 사이에 바보 같은 짐승이 되다니. 정말 이상한 일이다. 과음에는 저주가 있어. 술은 악마다.

[이야고] 천만의 말씀입니다. 좋은 술은 적당히 마시면 보약이 되는 법입니다. 술에 대한 험담은 그만하세요. 그런데 부관님! 제가 부관님을 좋아한다는 것을 아시겠지요?

[카시오] 당연하지. 술취한 덕분에.

[이야고] 부관님뿐만 아니라 누구나 취할 때가 있답니다. 제 말씀대로 해보세요. 지금은 장군님 부인이 장군 맞잡이거든요. 장군님은 부인이 너무 아름답고 영특하셔서 넋나간 사람처럼 바라보니까 부인에게 속내를 터놓고 복직시켜 달라고 사정하시라는 말씀이에요. 부인은 너그럽고 인정 많고 감동하기 쉬운 성격이어서 부탁을 받으면 그 이상을 못 해주면 미안해하십니다. 장군님과 부관님의 부러진 관절을 부인께서 접해주도록 하는 겁니다. 그렇게만 되면 제 전 재산을 걸어도 좋습니다. 이전보다 사이가 좋아질 것이 틀림없다는 말씀입니다.

[카시오] 고마운 말이로군.

2막 3장 분석

이것은 만취 코미디, 싸움의 시각적 행동, 막이 끝날 때 개인 간 이리저리 배열이 혼합된 말과 행동의 장면이다. 이야고는 습관적으로 오셀로에게 '이야고는 가장 정직하다.'라고, 카시오는 '오늘 밤은 안 돼. 착한 이야고.'라고 칭찬한다.

카시오와의 대화에서 이야고는 데스데모나에 대해 "제우스 신도 반할 만한 미인이시겠다.", "그 눈은 또 어떻고요? 남자 마음을 사로잡을 것 같지 않아요?"라는 성적으로 암시적인 말로 시작하는데 카시오는 이를 피한다. 이야고는 카시오에게 술을 권하지만 카시오는 이성적으로 정중히 거절한다. "나는 술에 약해. 술만 마시면 혼이 난다고. 예절에 맞는 다른 환대 방법이 있었으면 좋겠어." 카시오의 완곡한 거절에도 이야고는 계속 압박하여 카시오는 결국 굴복당한다.

카시오가 술 취하지 않았다고 정교하게 조심스럽게 항의할 때 그는 동시에 희극과 무서운 기대의 인물이다. "이것은 내 고대인이고 이것은 내 오른손이고 이것은 내 왼손이다. 지금 나는 술 취하지 않았고 충분히 잘 설 수 있고 충분히 말을 잘한다." 그의 모든 말은 그의 술 취한 상태와 좋은 판단력 상실에 주의를 환기시킨다.

이야고는 몬타노에게 카시오가 상습적인 술주정뱅이인데도 오셀로가 오판해 그런 신뢰할 수 없는 사람을 부관으로 승진시켰다고 말한다. 카시오가 나타나자 몬타노는 술 취했다고 꾸짖고 카시오는 칼로 공격해 몬타노에게 상처를 입힌다. 이 장면은 종종 많은 소음과 함께 재생되며 빛과 어둠의 패치를 통해 무대를 뛰어다닌다. 여러 배우가 참여할 수 있고 혼란스러워 보일수록 좋다. 그러나 그것은 심각한 음모 개발 장면이며 코미디로 재생할 수 없다.

오셀로는 신혼생활의 침대에서 깨어났고 그의 분노는 강렬하다. 그는 그 문제를 즉시 부하 직원의 무능 중 하나로 보았다. 그는 그들이 군대를 파괴함으로써 적의 일을 하는 미개한 행동을 했다고 비난하고 "그리스도인의 부끄러움을 위해 이 야만적인 싸움에 휩싸였습니다."라고 말한다. 다음 사람을 처형해 움직이겠다고 위협한다. 키프로스인들이 반란이 있다고 생각하면 그들도 일어날 수 있으므로 오셀로는 "그 무서운 종을 침묵시키십시오. 그것은 섬을 두려워합니다. 그녀의 예의로부터."라고 말한다. 그의 분노는 싸움을 시작한 남자에게 떨어질 것이고 그의 새로운 중위를 찾는 대신 그의 고대(소위)에 의존하는 옛 습관으로 돌아가 오셀로는 이야고에게 직접 말을 걸어 그것이 누군지 알려준다. 이야고는 "나는 이 혀를 내 입에서 잘라버렸거나 마이클 카시오에게 불쾌감을 주느니 차라리 이 혀를 잘라냈을 것이다."라고 대답하는데 이는 꺼림칙한 모습으로 구축된 명백히 노골적인 배신이다. 이야고를 신뢰하는 오셀로는 "이야고여! 당신의 정직과 사랑이 이 문제를 해결해 카시오를 비추는 것을 압니다."라는 말을 완전히 받아들인다. 이 장면에서 이야고는 카시오 대신 오셀로와 가장 가까운 자리를 되찾는다.

냉정한 카시오는 자신의 잃어버린 평판을 슬퍼한다. "나는 나 자신의 불멸 부분을 잃었고 남은 것은 짐승이다." 이야고는 "평판은 게으르고 가장 잘못된 부과이며 종종 공덕 없이 얻어지고 받을 자격 없이 잃는다."라고 대답한다. 훗날 오셀로와의 토론에서 이야고는 반대 의견을 주장할 것이다. 야누스의 두 얼굴의 추종자로 그는 자신의 목적 달성을 위해 필요할 때 논쟁의 어느 쪽이든 편들 수 있다. 이야고는 이 장면에서 각 동료에게 다른 성격을 연기해 카시오에게 술을 마시고 축하 행사에 참여하도록 재촉하고 현명하지 못한 행동을 관찰하는 몬타노와 함께 뒤로 물러서고 카시오가 술에 취해 무능하다는 것을 보여주는 방식으로 오셀로에게 싸움을 설명하고 결국 카시오에게 도움이 되는 친구가 되어 그의 복직을 위한 행동 방침을 제안한다.

카시오는 깊은 죄책감과 후회감에 이야고의 행동 제안을 간절히 받아들이고 곧바로 함정에 빠진다. 이야고의 자기 정당화에 대한 독백에는 카시오의 "내가 취했다고 생각하지 마십시오."라는 연설의 뒤틀린 메아리가 포함되어 있다. 카시오가 어리석음에서 말했다면 이야고는 악의에서 말한다. "그리고 이 조언이 자유로울 때 나는 정직하게 내가 악당을 연기한다고 말하는 사람은 무엇입니까?" 그는 이제 자신의 계획을 다듬고 악마적인 세부 사항을 설명한다. 카시오는 데스데모나에게 간청할 것이고 데스데모나는 오셀로에게 간청할 것이다. 이야고는 오셀로에게 데스데모나가 성적인 목적으로 카시오를 되찾고 싶다고 말할 것이다. "이 역병을 그의 귀에 부어주겠다." 이야고는 오셀로의 귀에 독한 말을 속삭이고, 카시오에 대한 참을 수 없는 질투를 담아 오셀로가 그를 깊이 의심하게 만들 것이다.

OTHELLO

3막 1장

Act Ⅲ, Scene I

"빌려줄 귀는 없지만 들을 귀는 있지."
_광대

● 키프로스 성 앞

(카시오가 악사 여러 명과 광대와 함께 등장)

[카시오] 자, 악사 여러분! 여기서 한 곡 합시다. 수고한 값은 톡톡히 내리다. 짧은 곡이 좋겠소. 그 곡이 끝나면 "안녕히 주무셨습니까? 장군 각하!" 이렇게 인사하는 겁니다.

(음악)

[광대] 악사 양반들! 그 악기는 나폴리에서 바람피우다 왔나? 코맹맹이 소리를 내고 있으니!

[악사 1] 뭐라고?

[광대] 늘 그렇게 붕붕 소리가 나나요?

[악사 1] 아, 그래요.

[광대] 뭔가 달려 있군.

[악사 1] 뭔가 달려 있다니?

[광대] 붕붕 소리나는 곁에는 대부분 남정네처럼 뭔가가 달려 있거든. 그건 그렇고 수고한 값을 드리지. 장군님께서 당신들 음악에 홀딱 반하신 모양이야. 제발 소리내지 말라는 분부시다.

[악사 1] 그럼 그만두지 뭐. 소리 안 나는 음악이라면 해도 좋아. 장군님께서는 음악을 별로 좋아하시지 않는다네.

[악사 1] 소리 안 나는 음악이 어디 있어?

[광대] 그럼 그 퉁소를 어서 보따리에 집어넣게. 나는 가야겠어. 어서 꺼져. 바람과 함께 사라지라고.

(악사들 퇴장)

[카시오] 여보게 친구! 귀 좀 빌려주게.

[광대] 빌려줄 귀는 없지만 들을 귀는 있지.

[카시오] 농담은 그만둬라! 얼마 안 되지만 이 돈을 주겠다. 장군 부인의 하녀가 일어났으면 카시오라는 사람이 잠시 만나고 싶어 한다고 전해주게. 수고해 주겠나?

[광대] 그 여자야 일어났지요. 이곳에 나오면 알려주리다.

(이야고 등장)

[카시오] 부탁하네.

(광대 퇴장)

[카시오] 때마침 잘 왔네. 이야고!

[이야고] 어젯밤 안 주무셨군요.

[카시오] 못 잤어. 자네와 헤어지기 전에 날이 새지 않았나? 실례인 줄 알면서도 지금 막 자네 부인을 만나려고 사람을 들여보냈네. 정숙한 데스데모나를

만나게 해달라고 말이야.

[이야고] 곧 여편네를 이리로 나오게 하지요. 어떻게든 무어 장군을 다른 데로 불러낼 테니 마음 놓고 의논하세요.

[카시오] 정말 고맙네.

(이야고 퇴장)

[카시오] 내 고장 플로렌스에는 저렇게 인정 많고 올곧은 사람이 없어.

(에밀리아 등장)

[에밀리아] 안녕히 주무셨어요? 부관님! 참, 이번에는 딱하게 되셨어요. 하지만 잘될 거예요. 장군님 내외분께서 줄곧 부관님 얘기를 하시니까요. 부인께서 부관님을 위해 여간 힘쓰시지 않아요. 무어 장군께서 뭐라고 하셨는지 아세요? 부관님이 상처를 입힌 분은 키프로스에서 고명하신 분이고 고위층과도 연줄이 있어 어쩔 수 없이 부관님을 면직시키셨대요. 그래도 부관님을 마음에 두고 있어 적당한 기회에 누가 부탁하지 않아도 불러들이겠다고 말씀하셨어요.

[카시오] 부탁하오. 괜찮다면 불가능한 것이 아니라면 잠시 장군 부인과 단둘이 얘기하게 해주시오.

[에밀리아] 어서 들어오세요. 흉금을 터놓고 말씀 나눌 수 있는 곳으로 안내해 드릴게요.

[카시오] 정말 고맙네.

(모두 퇴장)

3막 1장 분석

이 장면은 일종의 코믹한 안도감 역할을 한다. 즉, 관객의 감정이 앞 막의 긴장에서 잠시 멈추게 하고 매우 빠르게 이어지는 매우 감정적인 장면에 빠지기 전에 관객에게 약간의 휴식을 준다. 배경은 다음 날 아침 성 밖에서 카시오가 오셀로와 데스데모나를 즐겁게 해주려고 음악가 그룹을 주선한 곳이다.

음악가 외에도 많은 르네상스 연극에 등장하는 광대가 있고 그의 신체적 민첩성과 재치있는 이중 구조로 청중을 즐겁게 할 수 있다. 오셀로는 음악에 관심이 없어 광대는 돈으로 그들을 해고하고 '공중으로 사라져라.'라고 명령한다. 그런 다음 카시오는 광대에게 금 조각을 주고 에밀리아에게 자신(카시오)이 그녀와 이야기하고 싶다고 말하라고 지시한다.

광대가 나가자 이야고가 들어와 카시오가 아직 잠자리에 들지 않았다고 말한다. 카시오는 그것을 확인한다. 그는 이야고의 제안을 따르고 에밀리아와 이야기하고 데스데모나가 그와 이야기하도록 그녀가 설득할 수 있는지 알아보기로 한다. 이야고는 분명히 기뻐하며 카시오와 데스데모나의 '대화와 사업'이 '더 자유롭도록' 무어인을 계속 바쁘게 하겠다는 제안을 한다. 여기서 극적 아이러니는 이야고가 오셀로를 그의 아내와 그의 궁중 전 중위가 진지한 대화를 나누는 것을 '바쁘게' 유지한다는 것이다.

이야고가 퇴장하자 카시오는 그(카시오)가 이야고보다 "내 고장 플로렌스에는 저렇게 인정 많고 올곧은 사람이 없어."라며 그에 대해 언급한다. 여기서 아이러니는 분명하다. 청중은 확실히 수많은 피렌체인들이 이야고보다 더 정직하기를 바란다.

OTHELLO

3막 2장

Act III, Scene II

'오셀로는 이야고에게 선장에게 편재를 전해달라고 부탁하고,
다른 사람들과 요새를 둘러보러 간다.'
_요약

● 키프로스 요새

(오셀로, 이야고, 신사 여러 명 등장)

[오셀로] 이야고! 이 편지를 선장에게 전하고 원로원에게 문안드려 달라고 하게. 그것이 끝나면 성채 포대(砲台)를 거닐고 있을 테니 그리로 오게.

[이야고] 네, 장군. 그렇게 하겠습니다.

[오셀로] 여러분! 성안을 한 바퀴 돌아보실까요?

(모두 퇴장)

3막 2장 분석

배 조타수와 함께 베네치아로 보낸 편지는 터키 함대가 전멸한 후 키프로스가 안전하다고 발표할 것이다. 오셀로가 작품을 조사하는 동안 이야고는 카시오를 데스데모나에게 데려온다.

OTHELLO

3막 3장

Act Ⅲ, Scene Ⅲ

"사람은 겉과 속이 다르면 안 되지요.
그렇지 않은 자가 겉으로 정직한 척해도 안 됩니다."
_이야고

● **키프로스 성안**

(데스데모나, 카시오, 에밀리아 등장)

[데스데모나] 걱정하지 마세요. 카시오 부관님! 당신을 위해 힘닿는 데까지 해 보겠어요.

[에밀리아] 마님! 그렇게 해주세요. 제 남편도 자기 일처럼 걱정이 태산입니다.

[데스데모나] 그래. 에밀리아의 남편은 참 착한 분이시지. 카시오 부관님! 걱정하지 마세요. 우리 주인과의 사이를 이전처럼 만들어 드릴게요.

[카시오] 감사합니다. 이 마이켈 카시오는 무슨 일이 있더라도 부인께 충성을 다하겠습니다.

[데스데모나] 알고 있어요. 고마워요. 부관님은 우리 주인을 흠모하시고 오랫동안 모셔오셔서 안심이에요. 그분이 부관님을 홀대하시는 것은 사람들의 이목 때문이에요.

[카시오] 하지만 부인! 세상의 이목은 오래 계속되면 하찮은 뜬소문에도 마음이 움직이기 쉽고 보잘것없는 일에서 싹이 터 뿌리를 내리게 됩니다. 제가 옆

에 없고 다른 사람이 보필한다면 장군님께서는 제 경애와 충절을 잊으실 것입니다. 그럼 저는 턱 떨어진 광대 격이 아니겠습니까?

[데스데모나] 그런 염려는 하지 마세요. 이 에밀리아를 증인으로 당신의 복직은 내가 책임지겠어요. 내가 우정을 맹세한 이상 끝장을 볼 거니까요. 주인께서 내 청을 들어주실 때까지 못 주무시게 앙탈을 부리겠어요. 기왕에 벌인 춤이니 끝까지 물고 늘어질 작정이에요. 잠자리에 들어서도 주무르고 식탁에서도 채근하고 그분이 무엇을 하시든 끼어들어 부관님의 청을 반드시 하겠어요. 그러니 힘내세요. 당신의 변호를 맡은 이상 내가 죽는 한이 있더라도 소송을 성사시킬 거예요.

(오셀로와 이야고 등장)

[에밀리아] 마님! 나리께서 이리로 오십니다.

[카시오] 그럼 저는 실례하겠습니다.

[데스데모나] 가시지 말고 내 얘기를 들으세요.

[카시오] 아닙니다. 지금은 마음이 안정되지 않아 청한 일을 듣고 있을 수 없습니다.

[데스데모나] 그럼 편한 대로 하세요.

(카시오 등장)

[이야고] 아무것도 아닙니다. 혹시 아, 아닙니다.

[오셀로] 방금 내 아내와 헤어진 사람이 카시오 아닌가?

[이야고] 카시오라뇨? 설마 그럴 리가? 그분이시라면 장군님이 오시는 것을 보고도 죄지은 듯 슬그머니 도망칠 사람이 아니에요.

[오셀로] 틀림없다. 카시오야!

[데스데모나] (그들에게 오며) 당신이군요. 지금 누군가의 청을 듣던 중이었어

요. 당신의 비위를 건드려 풀이 죽어 사정하러 왔더군요.

[오셀로] 누구 말이오?

[데스데모나] 카시오 부관요. 당신께서 제 심덕을 알아주신다면 그분을 용서해보세요. 그분은 당신을 얼마나 위하는지 몰라요. 자기도 모르게 잘못을 저지른 것일 뿐 고의는 아니에요. 고지식하고 진실한 얼굴 표정만 봐도 제 무딘 눈으로 알 수 있어요. 제발 복직시켜 주세요.

[오셀로] 지금 여기서 나갔소?

[데스데모나] 거의 초주검이 된 듯 어깨를 축 늘어뜨려 딱했어요. 서방님! 제 간청을 물리치지 마세요.

[오셀로] 지금은 안 돼요, 여보. 더 두고 봅시다.

[데스데모나] 하지만 쉽게 되겠지요?

[오셀로] 누구의 청인데? 빨리 해봅시다.

[데스데모나] 오늘 저녁식사 때요?

[오셀로] 오늘 저녁은 안 돼요.

[데스데모나] 그럼 내일 점심 때요.

[오셀로] 내일 점심은 밖에서 먹기로 했소. 성에서 장교들과 회식이 있어요.

[데스데모나] 아, 그럼 내일 밤 아니면 화요일 아침요? 아니면 화요일 낮이나 밤? 아니, 수요일 아침이라도 좋으니 시간을 정하세요. 사흘을 넘기면 안 돼요. 그는 정말 뼈저리게 후회하고 있어요. 그가 저지른 죄는 상식적으로 군율은 용장을 본보기로 한다지만 인연을 끊을 정도의 실수는 아니잖아요? 언제 불러주시겠어요? 어서 말씀하세요. 당신의 청을 제가 한 번이라도 거절한 적 있었나요? 그런데 왜 이 문제는 망설이시나요? 마이켈 카시오 그분은 당신이 제게 구혼할 때 함께 오신 분이에요. 제가 당신을 헐뜯을 때마다 그분은 늘 당신 편이었어요. 그런데 그분을 돌봐주려는데 이렇게 뜸을 들이시다니. 좋아요. 저는 만약….

[오셀로] 그만해요. 알겠소. 언제든 오라고 해요. 당신의 청인데 왜 안 듣겠소?

[데스데모나] 어머나! 대단하지도 않은 은혜를 가지고 그러시네. 장갑을 끼시라든지, 영양분을 섭취하시라든지, 몸을 차게 하지 마시라든지, 그저 당신에게 유익한 것을 바라는 그런 청일 뿐이에요. 당신의 애정을 저울질해 보라면 굉장히 까다롭고 좀처럼 받아들이기 힘든 청을 드릴 거예요.

[오셀로] 글쎄, 당신의 청은 다 듣겠다니까. 그러니 제발 잠시만 나 혼자 있게 해줘요.

[데스데모나] 그러지요. 나중에 보겠어요.

[오셀로] 나중에. 데스데모나! 곧 가리다.

[데스데모나] 에밀리아! 이리 와요. (오셀로에게) 당신 마음대로 하세요. 저는 당신이 무슨 말씀을 하시든 따르겠어요.

(데스데모나, 에밀리아 퇴장)

[오셀로] 귀여운 것! 내가 당신을 사랑하지 않는다면 이 영혼이 지옥에 떨어져도 좋아. 당신을 사랑하지 않을 때는 온 천지가 칠흑 같은 암흑세계가 될 것이다.

[이야고] 장군님!

[오셀로] 뭔가? 이야고.

[이야고] 혼담이 있었을 때 마이켈 카시오가 두 분 사이를 알고 계셨나요?

[오셀로] 당연하지. 처음부터 끝까지 알고 있었지. 그런데 그건 왜 묻나?

[이야고] 뭔가 생각난 것이 있어서요. 별다른 것은 없습니다.

[오셀로] 생각난 것이 있다니 뭔가?

[이야고] 카시오가 부인과 아는 사이였다는 것을 전혀 몰랐군요.

[오셀로] 알고 말고. 중간에서 애를 많이 썼지.

[이야고] 그랬습니까?

[오셀로] 그랬습니까? 아, 정말이네. 그게 어떻다는 말인가? 강직한 사람이야.

[이야고] 강직하다고요?

[오셀로] 강직하다 뿐인가?

[이야고] 그럴지도 모르지요.

[오셀로] 자네는 어찌 생각하나?

[이야고] 어찌 생각하다뇨?

[오셀로] (독백) '어찌 생각하다뇨? 이놈이 내 말 흉내만 내는군. 머릿속에 어마어마한 생각으로 가득 차 있어. 섣불리 말을 꺼냈다가 뒤탈이 날까 봐 겁먹은 것 같군. 틀림없이 뭔가 곡절이 있는 모양이다.' 지금 막 카시오가 내 처와 얘기하다가 헤어졌을 때 자네는 "이게 또 무슨 짓이야?"라고 했겠다. 뭐가 어찌되었다는 말인가? 그리고 혼담이 있었을 때 그가 내 심부름을 했다니까 "그랬습니까?"라며 정색하고 되묻지 않았나? 머릿속에 뭔가 무서운 일을 구겨두고 우물우물하는 것 같군. 나를 생각한다면 솔직히 속내를 털어놔! 말하라고!

[이야고] 장군님을 숭배하는 제 마음을 아시는지요?

[오셀로] 자네의 경애하는 마음과 충절을 알고 있어. 입이 헤프지 않다는 것도 알지. 그러니 말할 듯하면서 주저하니 심상찮은 생각이 든단 말이다. 그런 것은 간악한 무리가 흔히 쓰는 속임수이지만 마음이 곧은 사람들은 분기가 명치까지 차올라 참을 수 없을 때 그러지.

[이야고] 마이켈 카시오는 정직한 분이라고 단언할 수 있습니다.

[오셀로] 나도 그렇게 생각하네.

[이야고] 사람은 겉과 속이 다르면 안 되지요. 그렇지 않은 자가 겉으로 정직한 척해도 안 됩니다.

[오셀로] 사람은 겉과 속이 분명히 같아야지.

[이야고] 그럼 카시오는 정직한 사람이라고 생각합니다.

[오셀로] 아무리 생각해도 자네는 뭔가 숨기고 있는 것 같아. 어서 흉금을 털

이야고와 오셀로
이야고의 계속되는 음모에 괴로워하는 오셀로

어놔. 천하에 나쁜 일이라도 좋다. 험구해도 상관없다는 말이다.

[이야고] 장군님! 그것만은 못하겠습니다. 직책상 일이라면 어찌 명을 거역하겠습니까? 하지만 노복에게도 의사표현의 자유는 있는 법. 생각한 대로 말하라는 말씀이시지요? 굽은 지팡이는 그림자도 굽기 마련이듯 제가 무슨 흉측한 거짓 생각을 품었는지 아십니까? 휘황찬란한 궁전이라도 더러운 것이 침입하지 말라는 법은 없습니다. 아무리 티 없는 깨끗한 가슴 속에도 더러운 생각이 슬그머니 스며들어 올바른 생각과 함께 얼굴을 맞대고 앉아 사람들을 재판질하고 있거든요.

[오셀로] 자네는 친구를 배신하고 있어. 이야고! 그 친구가 봉욕(烽辱)을 당하는 것을 알면서도 알려주려고 하지 않으니.

[이야고] 그럼 말씀드리겠습니다. 어쩌면 엉뚱한 억측일 수도 있지만 사실대로 말해 이것은 제 타고난 나쁜 버릇이어서 남의 흠털을 꺼내고 때로는 질투심 때문에 엉뚱한 억측을 잘합니다. 이번 추측도 터무니없는 어림짐작일지 모릅니다. 그러니 바로 살피시어 해괴망측한 억측을 신경쓰지 마시고 불확실한 관찰 때문에 너무 괘념치 마십시오. 제 생각을 말씀드려봤자 괜히 불안하게만 할 뿐 아무 도움도 안 되고 저도 사나이답지 못하고 옹렬하고 주책없는 사람만 되고 마니까요.

[오셀로] 도대체 무슨 뜻인가?

[이야고] 장군님! 명예는 남녀 불문하고 영혼의 값비싼 보배입니다. 지갑이야 도난당해도 별 겁니까? 큰돈이라도 그렇지요. 내 것이 다른 놈 수중에 들어간 것뿐이지요. 원래 돈은 돌고 도는 것 아닙니까? 하지만 명예는 한 번 도둑맞으면 훔친 놈은 별 볼 일 없지만 빼앗긴 쪽은 큰 손실을 입습니다.

[오셀로] 자네 얘기를 반드시 듣고야 말겠다.

[이야고] 설령 제 마음이 장군님 수중에 들어 있더라도 안 됩니다. 하물며 지금 제가 꼭 움켜쥐고 있는데 하늘 보고 주먹질이십니다.

[오셀로] 뭐라고?

[이야고] 장군님! 질투를 경계하셔야 합니다. 자고로 질투는 파란 눈빛을 가진 괴물입니다. 그놈은 사람의 마음을 삼켜 내리기 전에 다독거리고 주무르고 진탕 즐기지요. 아내의 부정을 알면서도 자기 운명으로 체념하고 부실한 아내에게 미련을 갖지 않는 남자는 행복한 사람입니다. 하지만 사랑하면서도 의심하고, 의심하면서도 열렬히 사랑하는 남자는 1분 1초가 얼마나 저주스럽겠습니까?

[오셀로] 그야 비참하기 짝이 없겠지.

[이야고] 비록 가난해도 마음이 편한 사람이 부자 중에서도 알부자입니다. 아무리 이름난 부자도 가난뱅이가 될까 봐 늘 걱정만 한다면 그 마음은 삭막한 엄동설한 같을 것입니다. 하나님! 저희 인간에게 질투만큼은 모르고 살게 해주소서!

[오셀로] 왜 그런 말을 하나? 자네는 내 인생이 질투에 사로잡혀 달이 기울 때마다 새로운 의심을 품는다고 생각하나? 천만에. 나는 한 번 의심하면 단번에 그 자리에서 해결하는 성격이야. 자네 말대로 허황된 의혹에 사로잡혀 마음을 괴로워할 사람이라면 나를 염소 새끼로 생각해도 좋네. 내 아내가 예쁘고 사교성 있고 말솜씨 있고 노래도 잘하고 악기도 잘 켜고 춤도 잘 춘다고 내가 질투할 것 같은가? 정숙하기만 하면 부덕이 더 빛나는 법. 내게 약점이 있더라도 내 아내가 바람피울까 봐 걱정하거나 의심하진 않아. 그녀가 제 눈으로 나를 골랐기 때문이다. 알겠나? 이야고! 나는 의심하기 전에 잘 살피고 일단 의심하면 증거를 잡아내지. 증거가 잡히면 방법은 하나다. 사랑을 버리거나 질투를 버리는 것 둘 중 하나다.

[이야고] 그렇게 말씀하시니 안심이 됩니다. 저도 이제 장군님에 대한 경애심과 충성심에서 솔직히 말씀드릴 수 있습니다. 그러니 장군님을 위한 진심으로 들어주십시오. 별다른 증거가 있는 것은 아니지만 부인을 눈여겨 살피십

시오. 특히 부인과 카시오가 함께 있을 때 주의해 살펴보세요. 조금도 내색하지 마시고 점잖고 기품 있는 장군님께서 모욕당하신다면 저로서도 쓸개가 뒤집힐 노릇입니다. 조심하셔야 합니다. 저는 제 고장사람들의 성질을 잘 압니다. 베네치아 여자들은 음란한 짓이 남에게는 알려지더라도 남편에게만은 가뭇없이 숨깁니다. 그들의 양심은 가증스러운 꾀주머니를 차고 '눈 가리고 아웅하는' 격입니다.

[오셀로] 정말 그런가?

[이야고] 부인은 아버지를 속이고 장군님과 결혼하신 분입니다. 장군님의 얼굴이 무서워 떠는 것처럼 보였을 때가 장군님을 가장 뜨겁게 사랑했을 때였습니다.

[오셀로] 그랬지.

[이야고] 그래서 드리는 말씀입니다. 그렇게 새파랗게 젊으신 분이 사람을 세워놓고 눈 빼먹는 격으로 감쪽같이 부친을 속이는 솜씨가 어떻습니까? 그러니 장군님의 장인어른께서는 그저 마술인 줄로만 아셨으니, 제 말씀이 지나쳤나 봅니다. 용서해 주십시오. 이것도 장군님을 너무 경애하는 마음 때문입니다.

[오셀로] 자네의 호의는 평생 잊지 않겠네.

[이야고] 장군님을 괜히 상심시켜 드렸나 봅니다.

[오셀로] 아니, 괜찮아.

[이야고] 아무래도 그런 것 같습니다. 제가 말씀드린 것은 그저 제가 장군님을 경애하기 때문이라고 생각해 주십시오. 아무래도 몹시 상심하신 것 같습니다. 부탁드립니다. 제 말을 확대 해석해 의심의 틀을 넘어 분명한 결론을 내리거나 문제를 확대시키지 않도록 해주소서!

[오셀로] 그런 일은 없을 것이다.

[이야고] 이상하게 생각하시면 제 말씀이 뜻밖의 결과를 초래할지도 모릅니

다. 카시오는 소중한 친구니까요. 아무래도 기분이 좋지 못하신가 봅니다.

[오셀로] 아냐, 그 정도는 아니네. 데스데모나는 정숙한 여자야.

[이야고] 언제까지나 부인은 그러셔야 하지요. 장군님 마음도 영원히 변치 않으시길 빌 뿐입니다. 그렇습니다. 문제는 바로 그것입니다. 터놓고 말씀드린 다면 같은 나라 사람으로 얼굴색도 같고 문벌도 같은 남자들의 수많은 청혼을 전부 거절하시지 않았습니까? 그 청혼을 받아들이는 것이 자연의 정인데 말입니다. 칫! 그런 사람에게서는 더러운 욕정의 냄새가 나지요. 여기에는 불순한 마음이 도사리고 있고 생각도 부자연스러운 것이 분명합니다. 용서하십시오. 이것은 부인을 빗대어 말한 것이 아닙니다. 점점 분별을 차리게 되면 자기 나라 사람과 장군님을 비교해보고 혹시 후회하실까 봐 걱정됩니다.

[오셀로] 이제 됐네. 그만 가게. 지금부터라도 눈치챈 것이 있으면 알려주게. 자네 부인에게도 감시를 부탁하네. 그만 가보게.

[이야고] (가면서) 그럼 물러가겠습니다.

[오셀로] 내가 왜 결혼을 했을까? 저 충직한 녀석은 틀림없이 더 많이 보고 있다. 알고 있다. 감추고 입 밖에 내지 않는 것이 있을 거야.

[이야고] (들어오며) 장군님, 부탁드립니다. 이 일은 이 이상 캐묻지 마십시오. 시간이 걸리도록 내버려 두십시오. 카시오를 복직시키는 일도. 그는 부관의 직무를 능히 해낼 능력과 재질이 있지만 당분간 그대로 놔둬 보십시오. 그의 본색과 술계(術計)를 아시게 될 것입니다. 특히 부인께서 카시오의 복직을 재촉하시는 점을 눈여겨보십시오. 그럼 또 여러 가지를 아시게 될 것입니다. 그때까지 제가 말씀드린 것은 그저 노파심으로만 생각하십시오. 저도 그래서 말씀드린 것입니다. 그리고 부디 부인을 깨끗한 분으로 믿어 주십시오.

[오셀로] 분별없는 짓은 안 할 테니 염려하지 말게.

[이야고] 다시 한번 물러갑니다.

(퇴장)

[오셀로] (독백) '저놈은 정성이 지극한 데다 세상 물정도 밝아 남의 심정까지 꿰뚫어 본다. 데스데모나가 도저히 길들일 수 없는 매라면 설령 그 발에 맨끈이 내 심장을 옭아맨 끈이더라도 끊고 멋대로 날아가게 하겠다. 그 뒤는 제 운명에 맡기자. 바람을 가르며 먹이를 찾아낼 것이다. 혹시 내 얼굴빛이 검고 한량처럼 교제술에 능숙하지 않다고, 내 나이가 한고비를 넘었다고, 아니 그렇게 넘지는 않았지만. 그래서 그 여자가 떠나갔다. 결국 나는 배신당했다. 너를 구하는 길은 그 여자를 증오하는 것뿐이다. 아, 저주스러운 결혼이여! 상냥한 여자를 제 것이라고 입으로는 소리치지만 마음속까지 제 것으로 만들 수 없는 법인가? 사랑하는 여자를 남의 손아귀에 넣어놓고 자기는 한 귀퉁이에서 불 없는 화로에 꽂힌 인두 꼴이라면 차라리 두꺼비가 되어 흙구덩이 속에서 습기나 마시며 사는 것이 났겠다. 그렇다. 이것은 지체 높은 사람들이 받는 염병이다. 차라리 하층계급 사람만도 못해. 이 뿔 돋은 화근거리는 우리가 세상에 나올 때부터 타고난 운명. 죽음처럼 벗어날 길이 없구나. 아, 그녀가 온다. 아내가 부정을 범했다면 하늘이 자신을 속인 것이나 마찬가지다. 나는 도저히 믿을 수 없다.

(데스데모나와 에밀리아 다시 등장)

[데스데모나] 여보, 웬일이세요? 식사 준비는 다 되었고 당신이 초대한 이 섬의 저명한 분들도 당신이 나오시길 기다리고 계세요.

[오셀로] 내가 나빴소.

[데스데모나] 왜 그렇게 목소리에 힘이 없으세요? 어디 편찮으세요?

[오셀로] 이마가 몹시 쑤셔요. 여기 말이오.

[데스데모나] 밤잠을 못 주무셔서 그럴 거예요. 제가 꽉 매 드리면 금방 나으실 거예요.

[오셀로] 당신 손수건은 너무 작아서 안 돼.

(그는 매려는 손수건을 후려쳐 떨어뜨린다.)

[오셀로] 내버려둬.

(오셀로와 데스데모나 퇴장)

[에밀리아] 됐다. 이것이 바로 그 손수건이다. 무어 장군께서 부인에게 주신 첫 선물이다. 우리 집 변덕쟁이 양반이 이것을 훔쳐내라고 골백 번 졸라댔지. 장군님이 잠시도 몸에서 떼면 안 된다고 하셔서 부인이 이 손수건을 얼마나 아꼈는지 몰라. 손수건에 입을 맞추시질 않나, 말하시질 않나 한시도 놓지 않으셨어. 이것과 똑같은 모양을 떠 그이에게 줘야겠어. 이걸로 뭘 하려는 걸까? 알 수 없다. 워낙 성화이니 비위를 맞춰 줄 수밖에.

(이야고 등장)

[이야고] 아니, 여보! 혼자 여기서 뭘 하는 거요?

[에밀리아] 윽박지르지 마세요. 당신에게 드릴 게 있어요.

[이야고] 그래, 뭐요? 보나 마나 너절한 거겠지.

[에밀리아] 뭐라고요?

[이야고] 당신 같은 위인이 무슨 신통한 것을 주겠소?

[에밀리아] 말 다 했소? 부탁한 손수건이라면 무슨 상을 주실 거요?

[이야고] 무슨 손수건이야?

[에밀리아] 무슨 손수건이냐고요? 무어 장군이 부인에게 준 첫 선물 말이에요. 당신이 밤낮 훔치라고 성화했던 그것 말이에요.

[이야고] 그걸 훔쳤어? 당신이?

[에밀리아] 아뇨, 마님이 무심코 떨어뜨리셨어요. 때마침 여기 있다가 주웠지요. 보세요. 이거예요.

[이야고] 잘했어. 이리 줘.

이야고와 에밀리아
에밀리아가 데스데모나의 손수건을 남편 이야고에게 주는 장면이다.

[에밀리아] 이걸로 뭘 하려고요? 성마른 소리로 훔쳐내라고 야단 떠셨잖아요?

[이야고] (손수건을 빼앗으며) 당신이 알 필요 없어.

[에밀리아] 별다른 목적이 없으면 돌려줘요. 마님이 불쌍해져요. 없어진 것을 아시면 미치실 거야.

[이야고] 모르는 척해. 쓸 데가 있어. 저리 가.

(에밀리아 퇴장)

[이야고] 이 손수건을 카시오의 숙소에 떨어뜨려야지. 그럼 그놈이 줍겠지. 공기 같은 가벼운 물건도 질투심에 불타는 놈에게는 성서만큼 효력 있는 증거가 될 수 있어. 요것이 한몫 거들 수 있을 것이다. 무어는 벌써부터 내가 뿜은 독약에 마음이 변해가고 있다. 위험한 억측도 그 자체가 독약과 같지. 처음에는 쓴맛이 안 나지만 조금이라도 혈액 속에 용해되면 온몸이 유황 광산처럼 불타오르거든. 내가 말한 대로다.

(오셀로 다시 등장)

[이야고] 보라! 저 모습을. 이 세상 온갖 수면제로도 어제까지 네 것이던 달콤한 잠을 즐기지 못할 것이다.

[오셀로] 에이! 나를 배신하다니!

[이야고] 장군님! 왜 이러십니까? 그 일은 그만두세요.

[오셀로] 꺼져! 썩 물러가! 너는 나를 고문대에 올려놓았다. 섣불리 알고 괴로워하는 것보다 차라리 모르고 속는 것이 낫겠다.

[이야고] 왜 그러세요? 장군님!

[오셀로] 나는 아내가 음탕한 짓을 했다고 생각하지도 않았어. 나는 보지도 못했다. 의심도 안 했다. 그래서 괴롭지도 않았다. 다음 날 밤도 잘 잤다. 잘 먹었다. 마음도 편했다. 유쾌했다. 아내의 입술에서 카시오의 키스 자국도 볼

수 없었다. 도둑맞아도 당사자가 모르면 알리지 않는 것이 좋다. 모르면 도둑맞지 않은 것과 같으니까.

[이야고] 그런 말씀을 들으니 죄송하기 이를 데 없습니다.

[오셀로] 온 부대 안의 장병들, 하다못해 공병대 인부들까지 내 아내의 아름다운 살결을 향락했더라도 내가 모른다면 나는 행복했을 것이다. 오, 이제 내 마음의 평화도 꺼졌다. 가슴 뿌듯했던 우월감도 사라졌다. 모자에 깃털로 장식한 군대도, 공명심에 불타게 하는 전쟁도 아, 마지막이로구나! 울부짖는 군마여! 드높은 나팔 소리여! 가슴을 뛰게 하는 북소리여! 귀를 뚫을 듯한 피리 소리여! 저 장엄한 군기여! 명예로운 전쟁의 자랑도 찬란함도 장관도 모두 끝장이다. 아, 파멸을 부르는 대포여! 그 무서운 포성(砲聲)은 불사불멸의 뇌신(雷神) 제우스 신의 무시무시한 부르짖음을 흉내내지만 너와도 마지막이구나! 오셀로는 이미 가라앉은 먼지가 되어버렸다.

[이야고] 당치않은 말씀이십니다.

[오셀로] 이놈아! 내 아내가 정말 음탕한 계집이라면 증거를 내놔라! 내 눈으로 똑똑히 볼 수 있는 증거를 내놓으란 말이다. (이야고의 목덜미를 잡는다.) 이 멱을 딸 놈아! 그러지 않으면 불멸의 영혼에 맹세컨대 네 놈은 내 분노를 눈알이 쏟아지게 받드니 차라리 개로 태어난 것이 좋았을 거라고 느끼게 해주겠다.

[이야고] 너무하십니다.

[오셀로] 증거를 내놔라! 바늘구멍만큼도 의심할 수 없는 증거를 내놓으란 말이다. 그러지 않으면 네놈이 염라대왕의 외손자라도 죽음을 면하기 어렵다.

[이야고] 장군님!

[오셀로] 내 아내를 턱없이 모함하고 나를 괴롭힌다면 새삼스럽게 기도를 올려도 소용없다. 양심 따위는 버려라. 온갖 횡포를 계속 쌓아 올리는 것이 좋겠다. 하늘도 가슴을 치며 울고 대지가 소스라치게 놀랄 악업(惡業)을 저질러라.

그래도 이보다 큰 죄를 저지른 것이 아닐 것이다.

[이야고] 너무 심하십니다. 저를 제발 용서해 주세요. 장군님은 인간이십니까? 인간의 마음을 가지셨습니까? 분별력은? 부조는 안 해도 제사상은 발로 차지 말라고 그렇게 사리분별을 못 하십니까? 안녕히 계십시오. 이제 시작하겠습니다. 아, 가엾은 숙맥! 너무 정직해 등골을 빼 먹히기 십상이오. 고맙습니다. 배운 것이 많습니다. 앞으로는 절대로 남에게 친절하지 않을 작정입니다. 원망만 들을 테니까요.

[오셀로] 아니다. 기다려! 너는 역시 정직하다.

[이야고] 이제 저도 약아지렵니다. 정직해봤자 기른 강아지에게 뒷다리 물리는 격이니까.

[오셀로] 사실 내 아내는 행실이 정숙하다. 아니, 그렇지 않을지도 모른다. 네 말이 옳다. 아니, 틀릴지도 몰라. 지금 당장 증거를 내놔라. 달의 여신 다이애나의 얼굴처럼 청순한 내 이름이 내 얼굴처럼 더럽혀지고 거무스름해졌다. 밧줄이든 단검이든 독이든 불이든 사람을 질식시키는 흐르는 용암이든 그런 것이 없을까? 이대로라면 나는 견딜 수가 없다. 확실한 증거를 보고 싶다.

[이야고] 장군님! 너무 흥분하지 마십시오. 말씀해드린 것이 너무 후회됩니다. 증거를 보시겠다는 말씀이지요?

[오셀로] 그렇다. 꼭 보고야 말겠다.

[이야고] 보실 수는 있습니다. 하지만 어떻게요? 어떻게 보시겠다는 말씀이세요? 구경꾼 모양으로 허망한 사람처럼 입을 헤 벌리고 보시겠다는 말씀입니까? 그 녀석이 부인을 올라타고 할딱거리는 것을 말인가요?

[오셀로] 천하에 더럽고 저주스러운 것들! 아!

[이야고] 둘이 살을 섞는 현장을 보여드리기는 매우 난처합니다. 둘이 나란히 누워 자는 모습을 보는 것은 참을 수 없는 일이지요. 그렇다면 또 무엇을 할까요? 어떻게 할까요? 어떡하라는 겁니까? 어떡해야 속이 시원하실까요? 현

장을 보시겠다는 것은 안 될 말씀입니다. 설령 둘이 염소처럼 색에 강하고 원숭이처럼 음탕하고 암내를 풍기는 늑대처럼 음란하고 술 취한 등신처럼 못난이여도 말입니다. 하지만 확실한 증거를 잡아 의혹이 풀려 만족하시겠다면 말씀드리지요.

[오셀로] 내 아내가 부정하다는 구체적인 이유를 대라.

[이야고] 저로서는 정말 어려운 일이군요. 하지만 미련할 만큼 정직한 마음과 충성심 때문에 이렇게 휘말린 이상 목숨이 구천에 떨어지더라도 자초지종을 솔직히 털어놓겠습니다. 며칠 전 일입니다. 카시오와 함께 자는데 이가 쑤셔 잘 수가 없었습니다. 그런데 이 세상에는 잠에 떨어지면 주책없이 비밀을 말해버리는 사람이 있습니다. 카시오가 그런 축에 듭니다. 글쎄, 이런 잠꼬대를 하는 거였어요. "귀여운 데스데모나! 우리 사랑을 남들이 눈치채지 못하게 조심합시다." 그리고 제 손을 잡더니 꼭 쥐고 "아, 귀여운 사람!"이라더니 제 입술이 으스러지도록 키스했습니다. 제 입술 뿌리를 송두리째 뽑아낼 듯 말입니다. 그러고는 제 넓적다리에 다리를 얹고 한숨을 짓고 입을 맞추더니 이렇게 부르짖었어요. "아, 운명도 야속하지. 당신을 무어 녀석에게 보내다니!"

[오셀로] 아, 망측하다! 망측하다!

[이야고] 왜 그러세요? 꿈결에 한 짓일 뿐입니다.

[오셀로] 하지만 뿌리 없는 나무는 없듯이 전에 해본 경험이 없고서야 어찌 그럴 수 있겠나? 꿈이라도 의심하기에 충분해.

[이야고] 물론 희미하게 그럴듯한 느낌이 들게 하는 다른 증거를 잡는 데 도움이 되니까.

[오셀로] 부인을 갈기갈기 찢어놓겠다!

[이야고] 하지만 신중하셔야 합니다. 아직 현장을 잡은 것은 아니니까요. 부인은 결백하신지도 모릅니다. 다만 한 가지 물어보겠습니다. 부인께서 딸기 무늬 수를 놓은 손수건을 사용하시는 것을 보신 적이 있습니까?

[오셀로] 그런 것이라면 내가 준 적이 있지. 내가 처음으로 준 선물이다.

[이야고] 그걸 전혀 몰랐군요. 사실 카시오가 그 손수건으로 수염을 닦는 것을 보았습니다.

[오셀로] 손수건이라면?

[이야고] 그 손수건이라면. 아니, 어떤 손수건이든 부인 것이라면 그 밖의 증거를 맞춰보면 부인에게 불리해져요.

[오셀로] 에잇! 천하에 더러운 놈! 목숨을 몇 만 개 가졌으면 좋겠다. 하나만으로는 복수하기에 성이 안 찬다. 이제 알았다! 사실이다! 여보게, 이야고! 내 어리석은 연정은 모두 하늘로 날려 보내겠다. 이제 내 사랑은 죽었다. 무서운 복수의 신이여! 어서 그 지옥의 시커먼 구덩이에서 뛰쳐나오라! 아, 내 마음속에 옥좌를 차지한 사랑이여! 물러나고 왕관을 저 잔인무도한 증오심에 넘겨라! 가슴이여! 독사의 혓바닥에서 토해진 독으로 퉁퉁 부어라! (무릎 꿇는다.)

[이야고] 고정하세요.

[오셀로] 아, 피다! 피! 피다!

[이야고] 참으십시오. 마음이 변하실지도 모르니까요.

[오셀로] 절대로 그럴 리 없다. 저 폰무해의 차가운 격류가 뒤로 물러서는 일 없이 맹렬한 힘으로 프로폭틱해에서 텔레스폰트 해안으로 곧장 흘러가듯이 피에 굶주린 내 복수심도 일단 결심하면 두 번 다시 뒤돌아보지 않는다. 비굴한 사랑으로 뒷걸음질하지 않아. 가슴 후련하게 복수하기 전에는 저 변함없는 하늘에 진심으로 맹세한다. (무릎 꿇는다.) 신성한 서약에 걸맞은 겸허한 마음으로 이렇게 맹세하나이다.

[이야고] 일어나지 마십시오. (무릎 꿇는다.) 영원히 빛나는 하늘의 찬란한 빛들이여! 굽어살피소서. 우리를 에워싼 삼라만상이여! 보소서! 이 이야고는 지혜의 팔과 마음의 힘을 배신당한 오셀로 장군님께 바칠 것을 맹세합니다. 장군님의 명령이라면 어떤 참혹한 행동이라도 최고의 의무로 생각하고 받

들겠습니다.

(둘이 일어선다.)

[오셀로] 자네의 충성에 진심으로 감사한다. 혀끝 인사가 아니라 마음에서 우러나는 말이다. 당장 자네에게 시킬 일이 있다. 사흘 안에 카시오가 죽었다는 소식을 갖고 오너라.

[이야고] 제 친구는 죽은 것과 마찬가지입니다. 장군님의 명령이 떨어졌으니 말입니다. 하지만 부인의 목숨만은….

[오셀로] 지옥으로 떨어져라! 음탕한 계집! 오, 지옥으로 떨어져라! 지옥으로 떨어져라! 그럼 여기서 헤어지자. 나는 안으로 들어가 저 아름다운 악마를 빨리 죽일 방책을 궁리하겠다. 지금부터 자네가 내 부관이다.

[이야고] 언제까지나 장군님께 충성을 다하겠습니다.

(모두 퇴장)

3막 2장 분석

종종 '유혹 장면'이라고 불리는 이 장면은 전체 연극에서 가장 중요한 장면이며 모든 드라마에서 가장 잘 알려진 장면 중 하나다. 그 안에서 이야고는 오셀로와 조심스럽게 길게 이야기하고 의심과 질투의 씨앗을 심어 결국 연극의 비극적 사건을 초래한다. 아이러니하게도 오셀로와 카시오를 화해시키려는 데스데모나의 순진한 시도는 이야고에게 오셀로에게 복수할 기회를 주고 그로 인해 이 비극을 폭력적 결말로 이끄는 살인과 자살을 초래한다.

아이러니하게도 이 막의 커튼이 부분일 때 연극 전체에서 가장 사랑스러운 장면인 키프리아누스 성의 정원이 드러난다. 선의의 신부인 데스데모나는 카시오와 이야기 나누며 카시오를 위해 남편에게 영향을 미칠 수 있다고 확신한다. 에밀리아가 참석해 카시오에 대한 자신의 좋은 소원을 덧붙인다. 그녀도 데스데모나가 성공하길 바란다. 그러나 에밀리아가 남편 이야고가 "카시오의 강등 원인이 자기 때문인 듯" 슬퍼하고 무어인과의 우정이 끊어졌다고 덧붙일 때 청중 중 가장 평범한 청중조차 믿을 수 없다는 듯 숨을 헐떡거릴 것이다.

에밀리아의 말에 이어 똑같이 놀라운 또 다른 말이 이어진다. 데스데모나는 이야고에 대해 '오, 정직한 친구야!'라고 말한다. 극적 아이러니는 데스데모나가 카시오에게 그녀가 "부관님은 우리 주인을 흠모하시고 오랫동안 모셔오셔서 안심하세요. 그분이 부관님을 홀대하시는 것은 남들의 이목 때문이에요."

카시오는 감사를 표하지만 데스데모나에게 지체하지 말 것을 촉구하는데 오셀로가 새로운 중위를 임명하는 데 너무 오래 기다리면 "내 사랑과 봉사를 잊을 수 있기 때문입니다." 다시 말하지만 데스데모나는 우정 서약을 위반하는 것이 그녀의 성격이 아니라면서 가장 안심한다. (나중에 오셀로는 그녀가 우정 서약을 위반했을 뿐만 아니라 결혼 서약을 위반했다고 믿을 것이다.) 데스데모나는 카시오에게 "주인께서 내 청을 들어주실 때까지 못 주무시게 앙탈을 떨겠어요. 기왕에 벌린 춤이니 끝까지 물고 늘어질 작정이에요. 잠자리에 들어서도 주무르고 식탁에서도 채근하고 그분이 뭘 하시든 끼어들어 부관님의 청을 반드시 하겠어요." (이것도 아이러니하게 불길하다. 1시간 안에 오셀로의 결혼 침대에 대한 개념은 카시오에 대한 거짓 환상으로 가득 찰 것이다.) 여기서 데스데모나의 마지막 대사는 예언적이다. 카시오의 변호사로서 그녀는 "당신의 변호를 맡은 이상 내가 죽는 한이 있더라도 소송을 성사시킬 거에요."라고 말한다.

　에밀리아는 오셀로와 이야고가 다가오는 것을 눈치챘다. 무어인과 이야고가 들어오자 카시오는 서둘러 변명하며 지금은 장군과 이야기하기에는 너무 편하지 않다고 말한다. 그리고 이 시점에서 모든 사건과 사건을 최대한 활용할 준비가 된 이야고는 데스데모나의 충실도에 대한 오셀로의 믿음을 더럽히기 시작한다. 이야고는 자신을 정직하지만 마지 못한 증인으로 표현한다. "혹시 아, 아닙니다."라는 그의 말은 뻔뻔한 거짓말이다. 이 사기성 말은 이야고의 진정한 기쁨을 숨긴다. 그의 변태를 더 만족시킬 수 있는 것은 없다. 그러나 오셀로는 아무것도 잘못되지 않았다고 생각하기 때문에 이야고는 카시오가 그냥 떠나는 것이 아니라 그가 '죄책감처럼 훔치고 있다.'라는 것을 암시하면서 항상 그것이나 카시오에 대해 말하고 싶어하지 않는다는 것을 보여줘야 한다. 여기서 이야고의 말은 강력한 풍자로 가득 차 있으며 자신이 보는 것을 믿을 수 없는 남자인 척하면서 오셀로의 잠재의식에 다시 질투를 도입한다.

　데스데모나는 남편에게 인사하고 죄책감 없이 카시오의 이름을 대화에 소개한다. 여기서 운명은 이 비극에서 중요한 역할을 한다. 이야고조차 오셀로, 데스데모나, 카시오의 이 신속하고 우연한 대결을 완전히 준비하지 않았으며 확실히 여기서 데스데모나의 입장에 대한 파토스는 주로 운명 이외의 다른 요인 때문이 아니다. 데스데모나는 남편에게 카시오의 이름을 언급하기 위해 의도적으로 더 나쁜 시간을 선택할 수 없었다.

　또한, 그녀는 순진하게 카시오를 '구혼자'라고 부른다. 이 모든 우연의 일치는 나중에 이야고가 무어인의 질투를 계속 불태우면서 오셀로의 잠재의식에서 곪을 것이다. 그러나 현재 오셀로는 그의 아내가 카시오가 그의 중위로 복직되길 바라는 소망과 화해에 대한 자신의 소망을 공개적으로 말하면서도 의심의 여지가 없다. 그녀는 카시오의 얼굴에서 악당이 아니라고 말한다. "무지에서 잘못을 범하고 교활함이 아니다."라는 카시오의 대사는 극적 아이러니의 또 다른 예로 관객이 카시오와 이야고의 대조를 얼마나 분명히 볼 수 있는지 주목하라. 적어도 도덕적으로는 자신의 '교활함'에서 확실히 오류를 범하는 사람이다. 그러나 이야고를 제외한 극 중 등장 인물들은 이야고의 이중적 성격에 눈이 멀었다.

오셀로는 다른 문제에 관심이 있는 것 같다. 분명히 그는 아내가 요구하는 것을 하겠지만 그의 생각은 다른 데 가 있다. 그는 지금 당장 카시오에게 다시 말하고 싶지 않지만 데스데모나는 고집이 세다. 어쩌면 그 여자는 어리고 자신의 요청이 받아들여지길 간절히 바라거나 새 남편이 순종한다는 것을 스스로 증명하길 너무나 열망하는지 모른다. 이유가 무엇이든 그녀는 오셀로에게 카시오를 부관으로 언제 복직시킬지 추궁하며 괴롭힌다.

데스데모나는 오셀로의 대답이 무뚝뚝하다는 것을 깨닫고 이것이 중요한 문제이고 그녀가 묻는 일이 사소하지 않다는 것을 강조한다. 이에 오셀로는 그녀에게 아무것도 부인하지 않겠다고 다시 강조하지만 그 대가로 혼자 있을 수 있도록 약간의 시간을 요청한다. 그는 곧 그녀와 합류할 것이다.

데스데모나가 떠나자 오셀로는 아내에게 짜증을 내는 자신을 꾸짖는다. 사랑스럽게 그는 한숨을 쉬며 "내가 당신을 사랑하지 않는다면 이 영혼이 지옥으로 떨어져도 좋아. 당신을 사랑하지 않을 때는 온 천지가 칠흑 같은 암흑세계가 될 것이다."라고 말한다. 여기에는 데스데모나와 오셀로가 서로 작별할 때뿐만 아니라 그들의 대사와 데스데모나가 떠난 후 무어인의 첫 번째 연설의 나머지 부분에도 예언적 요소가 있다. 은유적 의미에서 멸망은 곧 오셀로의 영혼을 사로잡을 것이며 혼돈은 곧 그의 삶의 질서를 대체할 것이다.

이야고가 오셀로와 단둘이 있을 때 그는 장군의 영혼을 다시 공격하기 시작한다. 겉보기에 쓸데없는 호기심에서 그는 데스데모나가 오셀로가 그녀에게 구애하던 날을 언급했을 때 옳았는지 묻는다. 카시오는 정말 "당신의 사랑을 알았습니까?"라고 묻는다. 여기서 그는 데스데모나와 카시오가 한동안 서로 알고 있었다는 것을 기억하기 위해 오셀로의 기억을 자극한다. 그런 다음 마지 못해 친구를 다시 연기하면서 자신의 어두운 생각의 압박을 받지 말 것을 간청한다. 여기서 이야고가 정직에 대한 대중의 명성을 얼마나 능숙하게 사용하는지를 알 수 있다.

연극 내내, 특히 이 장면에서 이야고가 완전한 정직으로 명성을 얻고 있음을 기억할 필요가 있다. 이런 이유로 오셀로는 이야고의 망설임에 놀란다. 오셀로는 이야고가 '거짓된 불충한 꼬마'가 아니며 자신이 '사랑과 정직으로 가득 차 있다.'라는 것을 알고 있다. 이야고가 뭔가를 두려워한다면 그것은 '마음에서 우러나는 일'의 염려임이 틀림없다. 오셀로는 이야고가 뭔가를 숨긴다고 확신하고 '최악의 생각, 최악의 말'인 그의 반추를 요구한다. 물론 이야고가 하는 일은 오셀로가 자신의 두려움을 고백하면 이야고의 명예가 위태롭다고 믿게 만드는 것이다. 그리하여 그는 오셀로에게 다시 거짓말하며 그가 '그의 추측에 악의적'일 수 있으므로 더 이상 말하고 싶지 않다고 말한다.

이야고는 처음에는 직접 대답하지 않지만 '최악의 생각'을 말할 것임을 의심하면 안 된다. 첫째, 그는 '질투'라는 단어만 큰 소리로 말하며 오셀로의 상상 속에 고정시킨다. 그런 다음 그는 신성하게 장군에게 이 악, 이 '녹색 괴물'

을 경고하고 오셀로의 '지혜'를 언급하며 장군이 자신의 감정에 갇힐 사람이 아님을 암시한다. 도덕적 열정으로 가득 찬 이야고는 평판을 미화하기 시작한다. 이전에 카시오와 이야기할 때 같은 주제에 대한 이야고의 정반대 의견을 기억하면 유익할 것이다.

2막 3장에서 이야고는 카시오에게 "평판은 게으르고 가장 잘못된 부과입니다. 공로 없이 자주 얻었고 받을 자격이 없는 것을 잃었습니다."라고 말한다. 여기서 이야고는 겉보기에 가장 높은 평가를 받는 것 같다. 그것은 '영혼의 보석'이다. "지갑이야 도난당해도 별 겁니까? 큰돈이라도 그렇지요. 내 것이 다른 놈 수중에 들어간 것뿐이지요. 원래 돈은 돌고 도는 것 아닙니까? 하지만 명예는 한 번 도둑맞으면 훔친 놈은 별 볼 일 없지만 빼앗긴 쪽은 큰 손실을 봅니다."라고 말한다.

'오, 불행!'이라는 그의 말은 질투하지 않겠다고 맹세했음에도 이미 질투의 고통을 겪기 시작한 것이라고 오셀로는 말한다. 그는 "내가 의심하기 전에 볼 것"이라고 맹세한다. "의심스러우면 증명해라." 그리고 이야고는 그런 입장을 인정한다. 물론 그는 인간의 본성이 그 과정을 밟도록 내버려두고 그것이 원하는 것을 비합리적으로 '증명'할 수 있는 위치에 있다. 인간은 인간이기 때문에 결함이 있고 두려움과 비합리적인 의심의 대상이 된다는 것을 그는 알고 있다. 그런 다음 그는 무어인에게 자신의 '자유롭고 고귀한 본성'을 사용해 데스데모나와 카시오 간의 행동의 진실을 스스로 결정할 것을 요구한다. 그러나 그는 오셀로에게 데스데모나가 베네치아 여인이며 "베네치아 여자들은 음란한 짓이 남에게는 알려지더라도 남편에게만은 가뭇없이 숨깁니다."라고 말한다. 즉, 믿음이 없는 아내는 베네치아 사회의 잘 알려진 구성원이다.

여기서 독자는 오셀로가 베네치아 공작에게 한 말을 기억해야 한다. 그는 전쟁과 관련된 것 외에는 세상에 대해 아는 것이 거의 없다고 고백한다. 또한, 이야고는 오셀로에게 데스데모나가 오셀로와 결혼함으로써 자신의 아버지를 속였다는 것을 기억할 것을 촉구한다. 데스데모나가 자신의 살과 피를 속였다면 그녀는 자연스럽게 남편도 속일 수 있다.

이 대사의 논리는 강력하며 이야고는 때때로 멈춰 상사의 용서를 구하는 동시에 자신의 솔직함을 오셀로에 대한 헌신과 존경심으로 돌릴 만큼 기민하다. 무어인이 "나는 영원히 네게 묶여 있다."라고 말하는 것을 들을 때 우리는 그가 돌이킬 수 없는 덫에 걸렸다고 느낀다.

이제 '데스데모나가 도저히 길들일 수 없는 매라면 설령 그 발에 맨 끈이 내 심장을 읽어맨 끈이라도 끊고 멋대로 날아가게 하겠다. 그 뒤는 제 운명에 맡기자. 바람을 가르며 먹이를 찾을 것이다.'라는 오셀로의 독백에서 우리는 그가 사용하는 이미지의 범위는 그의 성격의 소름 끼치는 변화를 강조한다. 이제 오셀로가 확신하는 것은 단 하나, 이야고의 '지나친 정직성'이다. 무어인은 데스데모나의 충실도를 증명하거나 반증할 필요성에 집착한다.

오셀로의 정신적 고뇌는 연극의 감정적 절정에 접근한다. 여기에 드라마의 첫 번째 전환점이 있다. 오셀로의 마음과 영혼은 데스데모나의 불륜과 자신의 무가치함에 대한 비합리적 이미지 때문에 찢어졌다. 오셀로는 자신을 노인, 늙은 오쟁이 진 남편, 데스데모나를 이성을 넘어 맹목적으로 소중히 여기는 사람으로 본다.

몇 시간 전 그는 젊은 신랑의 영으로 가득 차 있었다. 이제 그는 불명예로 전락했다. 한때 그는 자신을 '위대한 자' 중 한 명으로 느꼈다. 이제 자신과 그에 대한 데스데모나의 사랑에 대한 그의 자존심은 깨졌다. 오셀로는 자기혐오에 시달리고 자신을 두꺼비에 비유하는 것으로 작아진다. 그는 '피할 수 없는 운명'의 저주를 받았다. 그러나 데스데모나와 에밀리아가 들어서자 그는 아내가 자신에게 거짓이라는 것을 믿지 않겠다고 선언할 때 이 비참한 절망 상태에서 순간적으로 하늘에 호소하는 것으로 옮겨 갈 수 있다.

데스데모나와의 몇 마디에서 그는 두통을 호소하며 힘없이 말한다. 데스데모나가 아픈 머리를 손수건으로 묶겠다고 하자 손수건이 너무 작아 거절한다. 그는 그것을 떠밀어 눈치채지 못하게 바닥에 떨어뜨린다. 눈에 띄지 않는 이 손수건은 우리의 눈치를 피하면 안 된다. 데스데모나는 그것을 마음 속 깊이 소중히 여기기 때문에 그것을 갖고 있다. 그것은 오셀로에게서 받은 첫 번째 선물 중 하나였고 그는 그것을 항상 잘 간직하길 부탁했고 그녀는 그렇게 했다.

사실 에밀리아는 데스데모나가 때때로 손수건에 키스하고 이야기하는 모습을 본 적이 있다. 나중에 카시오가 가진 이 손수건은 오셀로가 데스데모나에 대한 모든 믿음을 포기하기에 충분한 '증거'가 될 것이다.

에밀리아는 손수건을 집어든다. 그녀는 데스데모나가 그것을 얼마나 소중히 여기는지 알지만 그것을 훔치라고 이야고가 그녀에게 여러 번 요청한 것을 회상한다. 그녀는 그의 요청에 당황하지만 이제 자수 패턴을 복사해 남편에게 줄 수 있다. 이야고는 들어가 아내와 짧은 대화를 나눈 후 그가 갈망한 바로 그 손수건을 가지고 있음을 알게 된다. 그는 그녀에게서 그것을 빼앗아 그것을 원하는 이유를 말하길 거부한다. 에밀리아가 떠난 후 그는 다음 계획 단계를 밝힌다. 그는 카시오의 숙소에 손수건을 떨어뜨리고 카시오는 그것을 보관할 것이고 오셀로는 전직 중위가 가진 그것을 볼 것이다.

이때쯤이면 오셀로의 의심은 이야고의 '독'에 무르익을 것이다. 그런 다음 오셀로는 데스데모나가 사랑의 징표로 카시오에게 손수건을 주었거나 만난 후 카시오의 숙소에 두었다고 결론내릴 것이다. 사실 결론은 거의 필요없다. 오셀로 같은 불타는 질투심에 손수건 자체는 충분한 은유다. 지금도 오셀로의 피는 '유황 광산처럼 타오른다.' 지옥 불에 대한 이야고의 이런 주장은 이 악당에게서 그 자신의 악마적 역할을 반영한다.

오셀로가 들어올 때 이야고와 우리에게는 그가 타락한 사람임이 분명하다. 그는 두 번 다시 안식을 찾지 못할 것이다. 양귀비 아편이나 맨드레이크 뿌리 증류는 그가 수면을 다시 찾는 데 도움이 안 된다. 그 순간 오셀로는 정신을 차린 듯 이야고의 악당에게 으르렁거리며 그를 돌려보내다가 절망에 빠진다.

이어지는 훌륭한 '작별 연설'은 오셀로가 얼마나 많은 것을 잃었는지를 강조한다. 이야고는 믿을 수 없어 보이고 그때 오셀로는 이야고가 자신에게 닥친 위험을 너무나 잘 깨닫게 하는 말로 그를 공격한다. 마침내 오셀로는 이야고에 대한 진정한 평가를 내린다. "악당이여! 너는 내 사랑을 창녀로 증명하라!" 그러나 이야고는 자신을 보호하기 위해 무엇을 해야 할지 알고 있다. 그는 오셀로의 복지에 대한 정직과 관심의 또 다른 서약을 가장해야 한다. 그는 무어인이 그에게 귀중한 교훈을 가르쳐 주었다고 말한다. "앞으로는 절대로 남에게 친절하지 않을 작정입니다." 오셀로는 이야고가 정직하다는 것을 즉시 인정하고 악당은 당분간 자신이 안전하다는 것을 알고 있다. 그는 장군에게 돌아서서 주인의 고통을 고민하며 오셀로가 '열정에 사로잡혔다.'라고 주장한다.

비정상적으로 거친 이미지에서 이야고는 어떤 종류의 증거가 오셀로의 의심을 해결할 것인지에 대한 주제를 소개한다. 이제 그는 오셀로에게 대담하게 거짓말하며 자신이 최근 카시오 옆에서 잤다고 주장한다.

그날 밤 극심한 치통으로 깨어 있던 이야고는 카시오가 '달콤한 데스데모나'를 위해 잠에서 신음하고 사랑을 숨기라고 경고했다고 말한다. 그런 다음 카시오는 이야고의 손을 잡고 입에 세게 키스하고 다리를 이야고의 허벅지 위에 얹고 내내 키스하며 운명을 저주해 "데스데모나를 무어인에게 주었다."라는 대사는 카시오가 데스데모나와 불륜을 저질렀음을 여실히 보여주는 이야고의 '증거'다.

오셀로는 옆에 있다. '오, 괴물이여! 괴물!' 그는 운다. 그러나 다시 독창적인 이야고는 실제로 이것이 카시오의 꿈일 뿐이라는 것을 그의 주인에게 상기시킨다. 그러나 오셀로는 그렇게 생각하지 않는다. 이야고가 확신했던 것처럼. 분노한 무어인은 데스데모나를 갈기갈기 찢어버리겠다고 선언한다. 여기서 이야고의 독에 격분한 이 미친 사람과 불과 몇 시간 전 자신에 대한 완전한 명령을 반복적으로 보여준 고귀한 무어인을 비교해보기 바란다.

그러나 이야고는 오셀로가 충분히 미쳤다는 것을 확신해야 했다. 따라서 그는 복잡한 딸기 자수로 데스데모나의 손수건을 언급한다. 즉시 오셀로는 그것을 아내에게 준 바로 그 손수건으로 기억한다. 이야고는 무어인에게 오늘에서야 카시오가 그 손수건으로 '수염을 닦는' 것을 보았다고 말한다. 오셀로는 자신의 모든 의심이 절대적으로 사실이라고 확신할 정도로 분노한다.

이야고는 오셀로에게 인내심을 가지라고 촉구하며 마음을 바꿀 수 있다고 주장하고 오셀로가 자신의 '피비린내 나는 생각'을 바다의 강박적인 해류와 비교하는 유명한 폰틱해(흑해) 직유가 이어진다. 이 직유에서 오셀로는 자신의 높은 지위를 강조하며(비극적인 영웅이 할 것으로 예상할 수 있듯이) 자신을 자연의 크고 강력한 요소와 동일시한다. 마찬가지로 중요한 것은 이 직유는 오셀로의 성격의 절대성을 분명히 한다는 것이다. 일단 그가 갈 길을 결정하면 되돌릴 수 없고 이 결정은 뒤따르는 거의 믿을 수 없는 행동을 그럴듯하게 만드는 데 많은 역할을 한다.

오셀로는 '유능하고 광범위한 복수'를 실행하겠다고 엄숙히 맹세한 다음 무릎 꿇는다. 그는 하늘, 경외심, 신성함과 같은 단어를 사용하며 자신을 악의 정당한 재앙으로, 단순한 개인적 복수가 아닌 공의를 집행하는 것으로 보는 것과 같다. 이야고는 무어인에게 아직 일어나지 말라고 명령하고 자신도 무릎 꿇고 '잘못된 오셀로의 봉사'에 헌신한다. 그런 다음 둘 다 일어나자 오셀로는 이야고의 사랑을 맞이하고 이야고의 충성심 시험을 맡긴다. 이야고에게 이보다 더 반가운 말은 없다. 데스데모나의 운명에 대해 오셀로는 그가 철수해 '신속한 죽음의 수단'을 찾을 거라고 말한다. 오셀로의 영혼은 이야고의 배신의 그물에 절망적으로 빠져 이야고를 자신의 새 부관으로 임명하고 비극적으로 "나는 영원히 당신 것입니다."라고 말한다.

3막 3장이 끝날 무렵 이야고는 오셀로에 대한 불안정한 우위를 확보한다. 그는 오셀로를 절망으로 몰아넣으려는 원래 목표에 이르렀지만 오셀로는 아직 자신의 고통에 대해 이야고를 다시 비난하고 그에게서 등 돌릴 생각을 할 수 있으므로 그의 승리는 안전하지 않다. 카시오와 데스데모나가 살아 있는 동안 이야고는 자신의 위상을 확보할 시간이 얼마 남지 않았다.

OTHELLO

3막 4장

Act Ⅲ, Scene Ⅳ

"이전에는 사랑하는 마음을 허락하고 손을 내주었건만
요즘은 마음을 주지 않고 손만 잡을 뿐이오."
_오셀로

● **키프로스 성안**

(데스데모나, 에밀리아, 광대 등장)

[데스데모나] 이봐요! 카시오 부관은 어디 계시지?

[광대] 어디서 거짓말하시는지 입만 뻥긋하면 이놈은 끝장입니다.

[데스데모나] 왜?

[광대] 그분은 군인이신데 거짓말했다간 목이 달아나요.

[데스데모나] 바보 같은 소리 하지 말고 숙소가 어디냐?

[광대] 어디서 묵으시는지 말씀드리는 것은 어디서 거짓말하느냐와 같습니다.

[데스데모나] 그게 무슨 소리야?

[광대] 그분의 숙소는 모릅니다. 그것을 멋대로 지어내 '여기 사신다', '저기 사신다' 떠벌리면 새빨간 거짓말입니다.

[데스데모나] 폐를 끼치게 되었지만 그분을 찾아줘.

[광대] 이거야 원! 온 세상과 문답해야겠군요. 그럼 물어보고 알게 되면 말씀드리지요.

[데스데모나] 찾으면 잠시 이리로 오시라고 해요. 장군님은 내가 잘 어루만져 놨으니 별 탈 없을 거라고 말씀드려.

[광대] 그런 심부름이라면 사람의 지혜로 될 수 있으니 당장 해보겠습니다.

(퇴장)

[에밀리아] 마님! 저는 모르겠는데요.

[데스데모나] 차라리 돈이 가득 든 지갑을 잃는 것이 나았겠어. 장군님은 마음이 진실하셔서 비굴하게 의처증은 없어 천만다행이지. 그렇지 않으면 말도 안 되는 의심에 휘말리기 십상이지.

[에밀리아] 그렇게 질투심이 없는 분이세요?

[데스데모나] 누구? 그분? 그런 것은 그분 고향의 태양이 다 빨아들였을 거야.

(오셀로 등장)

[에밀리아] 장군님이 오십니다.

[데스데모나] 오늘은 카시오 부관을 불러들인다는 말이 떨어질 때까지 옆에서 떠나지 말아야지. 심기는 어떠세요?

[오셀로] 응, 좋아. (독백) '시치미 떼기 어렵군!' 당신은 어떻소?

[데스데모나] 좋아요, 여보.

[오셀로] 손을 이리 줘 봐요. 손이 눅눅하군.

[데스데모나] 아직 나이도 안 먹고 슬픔도 모르는 손이니까요.

[오셀로] 이건 사랑이 무르익고 너그럽다는 표시요. 뜨겁고 눅눅하군. 이쪽 손을 자유를 버리고 단식과 기도와 자신에 대한 고행과 예배에 헌신해야겠소. 이런 손으로 자칫 다정다감한 악마가 깃들어 배신을 밥먹듯 하거든. 어쨌든 착하고 인정 많은 손이야.

[데스데모나] 맞아요. 내 마음을 당신께 바친 손이니까요.

[오셀로] 너그러운 손이오. 이전에는 사랑하는 마음을 허락하고 손을 내주었건만 요즘은 마음을 주지 않고 손만 잡을 뿐이오.

[데스데모나] 무슨 말씀이신지 모르겠군요. 그건 그렇고 그 약속은 어찌 되었나요?

[오셀로] 무슨 약속?

[데스데모나] 직접 뵙고 말씀드리라고 카시오에게 사람을 보냈어요.

[오셀로] 콧물이 자꾸 나와 못 견디겠소. 당신의 손수건 좀 주시오.

[데스데모나] 여기 있어요.

[오셀로] 내가 선물한 것 있지 않소?

[데스데모나] 지금 없는데요.

[오셀로] 안 가졌다고?

[데스데모나] 네, 그래요.

[오셀로] 그게 말이 되오? 그 손수건은 이집트 집시가 어머니께 드린 귀한 물건이오. 그녀는 마술사여서 상대방의 마음을 꿰뚫어 볼 수 있었지. 그녀가 어머니께 하는 말이 그 손수건을 가진 동안 사람들의 귀여움을 받고 남편의 사랑을 독차지할 수 있지만 그것을 잃어버리거나 남에게 주면 남편의 비위를 거스르고 남편은 다른 여자에게 눈길을 돌린다고 하셨소. 어머니는 돌아가실 때 그것을 내게 주시며 결혼할 때 아내에게 주라고 말씀하셨소. 그래서 당신에게 준 것이오. 그것을 잃어버리거나 남에게 주면 돌이킬 수 없는 화근이 될 것이오.

[데스데모나] 어머, 그럴 수가!

[오셀로] 정말이오. 그 손수건에는 마법이 들어 있소. 200년 동안 태양이 움직인 거리를 계산했다는 마녀가 신통력을 얻는 순간 그 수건에 수를 놓은 것이오. 그 명주실을 뽑아낸 누에도 신성할 뿐만 아니라 물감도 사계의 도사가 처녀의 심장에서 빼낸 것이오.

[데스데모나] 설마? 그러니 조심해요. 그런 것이라면 안 봤으면 좋았을 텐데.

[오셀로] 흥! 그건 왜지?

[데스데모나] 왜 그렇게 무섭게 난폭하게 말씀하시나요?

[오셀로] 잃어버렸소? 없어졌소? 말하라. 어디에 버렸소?

[데스데모나] 이를 어쩌나!

[오셀로] 뭐라고?

[데스데모나] 잃어버리진 않았어요. 하지만 잃어버렸다면 어쩌죠?

[오셀로] 뭐라고?

[데스데모나] 잃어버리진 않았어요.

[오셀로] 그럼 가져와 보여주시오.

[데스데모나] 당연하지요. 하지만 지금은 안 돼요. 제 청을 안 들어주시려고 얄게 핑계를 대시는 거지요? 그러지 마시고 카시오를 복직시켜 주세요.

[오셀로] 손수건을 가져와요! 웬지 마음이 놓이지 않소.

[데스데모나] 또 그런 말씀을 하시네! 그처럼 유능한 사람을 두 번 다시 못 만나실 거예요.

[오셀로] 손수건이다!

[데스데모나] 제발 카시오 얘기를 해주세요.

[오셀로] 손수건 내봐!

[데스데모나] 카시오는 당신의 애정에 의지해 자신의 운명을 세웠고 온갖 위험한 고비를 함께 겪어온 사람 아닌가요?

[오셀로] 손수건이다!

[데스데모나] 정말 너무하세요.

[오셀로] 저리 비켜!

(퇴장)

데스데모나를 의심하는 오셀로
카시오를 복직시켜 달라는 데스데모나에게 손수건을 내놓으라는 오셀로

[에밀리아] 저래도 질투심 없는 분이라고요?

[데스데모나] 이런 일은 처음이야. 아무래도 그 손수건에 마력이 있나 봐. 잃어버렸으니 어쩌지?

[에밀리아] 남자 마음은 한두 해만으로는 모릅니다. 남자는 위장과 다름없어 우리 여자들을 먹어치우지요. 그리고 배부르면 뱉어버리거든요. 저기요! 카시오 부관과 제 남편이….

(카시오와 이야고 등장)

[이야고] 방법이 없습니다. 부인께 부탁할 수밖에. 어이구! 정말 운도 좋다! 간곡히 부탁드려 보세요.

[데스데모나] 안녕하세요? 카시오 부관님! 별일 없으세요?

[카시오] 부인, 그전부터 했던 부탁입니다. 정숙한 부인의 힘으로 제가 다시 살아나 충심으로 존경하는 장군님의 총애를 받게 해주십시오. 더 이상 기다릴 수 없습니다. 제 죄가 엄청나 과거의 공로나 현재의 참회나 앞으로 충성을 다하겠다고 말씀드려도 저를 용서해 주시지 않는다면 그렇다는·말씀이라도 알려주시면 감사하겠습니다. 그럼 억지로라도 단념하고 다른 길을 택해 운명의 혜택이나 바랄 생각입니다.

[이야고] 장군님께서 역정나셨나요?

[에밀리아] 여기 계시다가 방금 들어가셨어요. 여느 때와 달리 초조해 보이셨어요.

[이야고] 장군님께서도 역정을 내신다고? 귀신이 곡할 노릇이군. 장군의 졸병들이 포탄에 맞아 공중으로 산산이 흩어지고 친동생이 눈앞에서 처참히 산화했을 때도 태연하셨던 분이 역정을 내시다니? 심상찮은 일이 있었나 봅니다. 가볍고 오겠습니다. 역정을 내셨다면 틀림없이 무슨 곡절이 있을 것입니다.

[데스데모나] 어서 그렇게 해요.

(이야고 퇴장)

[데스데모나] 베네치아에서 무슨 국사 관련 통보가 왔거나 이 키프로스 섬에서 어떤 음모가 발각되어 번민하시는지도 몰라. 그럴 때 으레 남자들은 큰 사건에 눈 하나 깜빡하지 않으면서 작은 일에는 골머리를 썩히기 마련이거든. 정말 그래. 손가락 하나가 아프면 온몸이 아픈 것 같아. 남자도 신처럼 완전무결하진 않아. 신혼 때처럼 애지중지해줄 줄만 알면 지나친 욕심이지. 에밀리아! 내가 틀렸다. 전지(戰地)에 동반할 자격이 없나 보다. 공연히 샐쭉해 장군을 이러쿵저러쿵 험구했다. 하지만 이제 알게 되었다. 그는 아무 죄도 없다는 것을.

[에밀리아] 마님 말씀대로 나라 일이라면 좋겠어요. 마님 일로 가당찮은 의심이나 질투를 하시는 것은 아니겠지요?

[데스데모나] 나는 정말 아무 짓도 저지르지 않았어.

[에밀리아] 하지만 질투심 많은 사람은 그것으로 만족하지 않을 거예요. 꼬투리가 아니라 의처증 때문에 질투하는 거예요. 의처증은 저절로 생기는 괴물이거든요.

[데스데모나] 제발 그런 흉측한 괴물이 그분의 마음속에 들어가지 않게 해주소서!

[에밀리아] 저도 기도드리옵니다.

[데스데모나] 그이가 어디 계실까? 찾아봐야지. 카시오 부관님! 여기서 기다리세요. 적당한 기회에 다시 말씀드리지요. 가능하면 잘해보겠어요.

[카시오] 진심으로 감사드립니다.

(데스데모나, 에밀리아 퇴장. 비앙카 등장)

[비앙카] 카시오님! 안녕하세요?

[카시오] 웬일이야? 이런 곳을 오고? 비앙카! 별일 없었어? 그러지 않아도 찾아가려던 중인데.

[비앙카] 나도 당신의 숙소로 가 뵈려고 했어요. 어떻게 일주일 동안이나 오시지 않으셨나요? 이레 낮, 이레 밤, 168시간이나요. 연인을 기다리는 마음은

일각이 여삼추예요. 계산만 해도 지칠 지경이에요.

[카시오] 비앙카! 정말 미안해. 요즘 마음이 납처럼 무거워 어쩔 수 없었어. 한 번 틈을 내 가겠어. 그동안 못한 일을 벌충하지. 그런데 비앙카! (데스데모나의 손수건을 비앙카에게 주며) 이 무늬대로 본떠주겠어?

[비앙카] 오, 카시오! 이건 또 무슨 곡절이에요? 좋은 님이 생긴 모양이군요? 나를 혼자 두고 실컷 괴로움을 맛보게 한 이유가 이거였군요. 좋아요. 좋아요.

[카시오] 여봐요! 터무니 없는 소리 집어치워요! 엉터리 추측은 넘겨짚도록 가르쳐준 악마에게나 돌려줘! 이 선물을 여자한테서 받았나 질투하는 거지? 비앙카! 절대로 그렇지 않아.

[비앙카] 그럼 누구 거예요?

[카시오] 나도 몰라. 내 방에 떨어져 있었어. 수놓은 것이 너무 마음에 들어 주인이 가지러 오기 전에 꼭 가지러 올 거야. 요대로 본떠두고 싶소. 가져가 떠줘요. 그리고 나 혼자 있게 해줘.

[비앙카] 날더러 가라고요? 왜요?

[카시오] 장군님이 나오시길 여기서 기다리고 있어. 여자와 함께 있는 모습을 보이면 명예롭지 못해. 바람직한 일도 못 돼.

[비앙카] 왜요?

[카시오] 당신이 싫어서 그러는 게 아니야.

[비앙카] 나를 사랑하지 않기 때문이야! 알겠어요. 저기까지 데려다주세요. 그리고 오늘 밤 찾아와 주겠다고 약속해 주세요.

[카시오] 함께 가봤자 몇 발짝도 움직이지 못할 텐데. 나는 여기서 기다려야 해. 하지만 곧 찾아가겠소.

[비앙카] 좋아요. 그런 사정이라면 할 수 없지요.

(모두 퇴장)

3막 4장 분석

이전 장면의 감정적 강렬함 이후 나오는 이 장면은 똑같은 주제 중 일부를 다른 관점에서 살펴본다. 특히 질투를 더 우회적으로 살펴본다. 광대는 액면 그대로 단어를 받아들이는 대조적인 코믹한 구호를 제공하며 이 작은 전환은 데스데모나가 카시오에게 보내는 줄거리의 움직임을 다룬다. 데스데모나는 손수건을 잃어버린 근본적인 걱정을 하지만 무슨 일이 일어났는지를 아는 에밀리아는 그녀에게 말하지 않는다. 데스데모나는 남편이 질투하지 않는다고 확신하거나 적어도 바라지만 에밀리아는 모든 남자가 질투한다고 의심한다.

오셀로와 데스데모나의 대화는 뻣뻣하고 형식적으로 시작된다. 오셀로는 그녀의 촉촉한 손이 정욕을 나타낸다고 주장하고 그녀는 그것이 젊음과 순수함을 뜻한다며 "맞아요. 내 마음을 당신께 바친 손이니까요."라고 사랑을 표현해 그들 사이에 유대감이 다시 생긴다. 그러나 그녀가 카시오를 언급할 때 유대감이 깨진다. 오셀로는 그녀가 잃어버린 손수건을 달라고 요구한다.

오셀로는 손수건 이야기를 들려준다. 그것은 이집트 마녀가 남편의 사랑을 지키기 위한 부적으로 어머니에게 준 가족의 가보다. 손수건을 잃어버리면 사랑은 사라질 것이다. 이 터무니없는 이야기 요소의 결합은 스트레스받고 지금까지 단순히 개인적 사랑의 징표였던 손수건에 더 넓은 힘과 우주적 의미를 부여하는 오셀로와 데스데모나 둘 다에 의해 암묵적으로 믿어지는 것 같다.

데스데모나는 당황한 나머지 거짓말한다. "잃은 것이 아니라 그것이 있다면 어떨까요?" 그리고 대화를 카시오로 다시 이끌려고 한다. 오셀로는 그녀를 잡는다. 그는 그녀의 말에 '손수건'을 반복해 분노에 휩싸인다. 그가 결론 내린 것은 그녀가 그것을 갖고 있지 않다는 것뿐이지만 손수건 생각만 해도 그를 미치게 하기에 충분하며 이제 카시오가 그것으로 자기 몸을 닦는 상상으로 그를 괴롭힌다. 한때 사랑과 충성을 상징했던 손수건은 이제 배신을 상징한다.

한편, 카시오와 비앙카는 카시오가 숙소에서 발견한 손수건을 놓고 말다툼을 벌인다. 여자의 손수건을 알아본 비앙카는 카시오에게 새로운 사랑이 있다고 질투한다. 데스데모나의 솔직한 신뢰는 오셀로의 음침한 의심과 대조를 이룬다. 질투를 비이성적인 남성의 자연스러운 특성으로 보는 에밀리아의 의견은 이전 장면에서 오셀로의 실제적인 개인적 고통과 대조된다. 데스데모나와 에밀리아는 오셀로가 기분 나빠할 수 있는 이유를 논의하고 확실한 증거가 부족하다는 이유로 판단을 미룬다. 이것은 이전 막에서 오셀로의 생각의 가치와 대조되는데 그 전에 실제 증거가 적어 그는 자신과 결혼생활에 대한 전체적인 의견을 바꿨다.

극적 아이러니는 일어나지 않은 범죄에 대해 가장 질투심 많은 분노가 표현된다는 것이다. 오셀로는 자신의 아내를 질투한다. 비앙카는 카시오를 질투한다. 이야고는 이전에 에밀리아를 질투했다. 질투가 남성성의 구성 요소라는 이론을 가진 에밀리아를 제외한 각 캐릭터는 개인으로서 대응하려고 한다. 그녀의 눈앞에 있는 증거는 그녀의 평가를 뒷받침한다.

OTHELLO

4막 1장

ActⅣ, Scene I

"수백만 명의 남자가 매일 밤 남의 침대를
자기 침대로 생각하고 잠자리하고 있습니다."
_이야고

● 키프로스 성 앞

(오셀로와 이야고 등장)

[이야고] 그렇게 생각하고 싶습니까?

[오셀로] 그렇게 생각하느냐고?

[이야고] 네, 숨어서 키스하는지 말입니다.

[오셀로] 절대로 용서할 수 없는 키스다.

[이야고] 아니면 홀랑 벗고 남자와 1시간 이상 잠자리했다는 것이지요. 하지만 음란한 마음 없이 말입니다.

[오셀로] 알몸으로 동침했는데 음란한 짓을 안 해? 그것은 악마까지 속이려는 위선이야. 그럼 제아무리 깨끗한 마음으로 그런 짓을 해도 인간들은 악마의 유혹을 받아 천벌을 받아.

[이야고] 아무 일도 없었다면 별로 큰 죄가 아니거든요. 예를 들어 제가 아내에게 손수건을 줬다면?

[오셀로] 그랬다면 어찌 되나?

[이야고] 주면 아내 것이 되지요. 아내의 물건이니 누구에게 주든 상관없다고 생각합니다.

[오셀로] 아내는 정조를 지켜야 하는 법. 그럼 그것을 남에게 줘도 괜찮다는 말인가?

[이야고] 여자의 정조가 눈에 보입니까? 정조가 헤프면서도 정숙한 척하는 여자들이 얼마나 많습니까? 하지만 손수건은….

[오셀로] 아, 그건 잊고 싶은 이야기다! 그대는 말했겠다. 그 말이 내 골수에 박혔다. 전염병을 앓는 집 지붕 위에서 까마귀가 불길하게 울어대듯이. 그자가 내 손수건을 가졌어.

[이야고] 그랬지요. 그게 어쨌다는 겁니까?

[오셀로] 왜 얼버무리는 거야?

[이야고] 대수로운 일이 아니잖습니까? 설령 그가 장군님을 배신하는 것을 제 눈으로 똑똑히 봤거나 나팔을 불며 다니는 소리를 들었더라도 말입니다. 이 세상에는 그런 놈들이 부지기수입니다. 추근대고 설득해 자기 손에 넣든, 여자가 꼬리쳐 달려붙든, 입이 간지러워 못 배기는 놈들 말입니다.

[오셀로] 놈이 지껄였나?

[이야고] 몇 마디 까발리더군요. 하지만 막상 닥쳤을 때 그런 일이 없다고 잡아떼면 별수 없지 않습니까?

[오셀로] 뭐라던가?

[이야고] 이러더군요. 저는 잘 모르겠습니다.

[오셀로] 뭐야? 무슨 짓을 했냐고?

[이야고] 잤다고요.

[오셀로] 내 아내와?

[이야고] 네, 부인과요.

[오셀로] 그녀가 함께 잤다고? 살을 섞었다고? 에잇! 더러워! 손수건! 먼저 자

백시키고 그 죗값으로 목을 조르는 것이 보통이지만 이번만은 달라. 먼저 목을 조른 다음 자백시켜야 해. 아, 치가 떨리는군. 흥! 코와 코, 귀와 귀, 입술과 입술을 마구 비벼댔겠다? 그럴 수가! 손수건! 아, 악마!

(실신해 쓰러진다.)

[이야고] 백발백중이지. 내 독약이 효력을 발했다! 이런 어수룩한 녀석쯤 얽어 넣는 것은 '누워서 떡 먹기'다. 훌륭하고 정숙한 여자들도 이렇게 죄가 없어도 억울한 수모를 받는 것이다. 장군님, 웬일이십니까? 오셀로 장군님!

(카시오 등장)

[이야고] 카시오 부관님이시군요.

[카시오] 웬일인가?

[이야고] 장군님께서 간질병으로 쓰러지셨어요. 두 번째입니다. 어제도 발작이 있었습니다.

[카시오] 관자놀이를 비벼드리게.

[이야고] 아니, 이런 병은 조용히 놔둬야 합니다. 건드리면 입에 거품을 물고 미친 사람처럼 난폭해지거든요. 아, 움직이신다. 잠시 물러가 계십시오. 곧 회복하시겠지요. 장군님께서 가시면 나중에 중대한 용건을 꼭 말씀드릴 것이 있습니다.

(카시오 퇴장)

[이야고] 장군님! 좀 어떠십니까? 머리를 다치시진 않으셨는지요?

[오셀로] 나를 놀리나?

[이야고] 놀리다뇨? 별말씀을! 장군님께서 사나이답게 운명을 견뎌 나가시길 빌 뿐입니다.

[오셀로] 아내를 빼앗겨 뿔난 남자는 머리가 쑤실 것이다. 정신이 들 것이다.

[이야고] 그렇게 말씀하신다면 변화한 이 도시는 머리가 쑤시고 미친 사람들로 가득 찰 것입니다.

[오셀로] 그자가 자백했나?

[이야고] 정신차리십시오. 결혼의 멍에를 진 남자들은 너나 할 것 없이 장군님과 같습니다. 수백만 명의 남자가 매일 밤 남의 침대를 자기 침대로 생각하고 잠자리하고 있습니다. 그 정도면 장군님은 나은 편이지요. 마음 놓고 이불 속에서 음탕한 여자의 입술을 빨면서도 그 여자를 정숙하다고 생각하는 것은 지옥의 고통이요 악마의 최대 조롱감이지요. 저라면 알아두겠습니다. 자기 입장을 알면 여자를 다루는 법을 눈뜨니까요.

[오셀로] 옳은 말이다. 그렇고 말고.

[이야고] 잠시 여기서 떨어져 계세요. 제발 참고 기다려 보세요. 아까 너무 상심해 졸도하신 사이 카시오가 왔습니다. 그를 잘 내쫓고 기절하신 것을 적당히 둘러대고 나중에 할 말이 있어 다시 오랬더니 온다고 약속했습니다. 이 근처에 잠시 숨으셔서 그자가 냉소나 조롱이나 경멸을 하지 않는지 얼굴 표정을 자세히 살펴보십시오. 제가 이 사건을 처음부터 물어볼 테니까요. 부인을 어디서 어떻게 몇 번 언제부터 만났는지, 언제 만나기로 했는지, 앞으로도 만나기로 몰래 약속했는지 묻는 거지요. 괜찮으세요? 그의 일거수일투족을 잘 살펴보십시오. 꼭 참으셔야 합니다. 그러지 않으시면 사나이답지 못하게 자발없이 성미만 부리는 미덥잖은 위인밖에 안 됩니다.

[오셀로] 내 말 듣게, 이야고! 나는 꾹 참는 데는 도사다. 하지만 누구보다 잔인한 짓도 할 수 있어.

[이야고] 좋습니다. 하지만 너무 서둘진 마십시오. 저리 물러나 계십시오.

(오셀로는 볼 수는 있지만 들을 수 없는 곳에 숨는다.)

[이야고] (독백) '됐어! 카시오에게 비앙카 얘기를 물어야겠다. 몸을 팔아 먹고 입는 계집이겠다. 그 녀석을 속여왔지만 결국 한 남자에게 속아 넘어가게 마련이지. 그것이 매춘부의 숙명이야.

(카시오 다시 등장)

[이야고] 그 여자 얘기를 들으면 놈은 배꼽이 빠지도록 웃을 거야. 오는구나. 저 녀석이 웃으면 오셀로는 미쳐 날뛸 것이다. 질투에 눈깔이 벌겋게 뒤집힌 사람이니까. 불쌍한 카시오의 웃음이나 몸짓이나 들뜬 태도 모두 의심할 거리가 되겠지. 부관님! 어찌 되었습니까?

[카시오] 부관이라고 부르지 말게. 그 자리가 떨어지니 서글퍼 죽을 지경인데.

[이야고] 데스데모나님에게 부탁하면 문제 없습니다. (낮은 목소리로) 하지만 비앙카의 힘으로 어떻게든 될 수만 있다면 부관님의 운수가 훤히 필 텐데요.

[카시오] 흥! 그까짓 것!

[오셀로] (독백) '봐! 벌써 웃고 있군!'

[이야고] 그렇게 사랑에 사족을 못 쓰는 여자는 처음인데요.

[카시오] 쓸개 빠진 계집이지! 내게 반한 것만은 분명하지만.

[오셀로] (독백) '이번에는 마지못해 부정하면서 웃음으로 슬쩍 넘기는군.'

[이야고] 내 말 듣겠어요? 카시오님!

[오셀로] (독백) '이제 그 얘기를 꺼낼 모양이군. 됐다, 됐어!'

[이야고] 그 여자는 부관님과 결혼한다고 요사를 떨고 다니던데요. 부관님도 그럴 작정이세요?

[카시오] 하하하!

[오셀로] (독백) '신명이 나는 모양이군? 자갈 물릴 놈! 어찌 저토록 의기양양할까?'

[카시오] 내가 그 여자와 결혼해? 창녀와? 나를 얕잡아 보지 말아요. 내가 그런 얼치기인 줄 아나? 하하하!

[오셀로] (독백) '그래, 그래. 신명이 나면 웃는 법이지.'

[이야고] 하지만 부관님이 그 여자와 결혼한다는 소문이 자자한데요.

[카시오] 제발 생사람 잡지 말게.

[이야고] 아니, 그럼 나를 헛소리만 내뱉는 놈으로 아시나?

[오셀로] (독백) '나를 모욕하는군. 잘한다.'

[카시오] 그건 그렇고 잔나비 같은 계집이 제멋대로 퍼뜨린 소리일세. 혼자 반해 '개가 그림의 떡 바라는' 격으로 내가 결혼해주리라 생각했겠지. 나는 약속 따위는 안 해.

[오셀로] (독백) '이야고가 눈짓하는군. 이제 그 얘기를 꺼낼 모양이군.'

(오셀로가 더 까까이 다가간다.)

[카시오]] 그 여자는 방금 전에 여기 있었어. 어디 가든 내 꽁무니를 졸졸 따라다니거든. 요전에도 베네치아인과 바닷가에서 얘기 중인데 그 못난 것이 쫓아와 내 목을 이렇게 끌어안았어.

[오셀로] (독백) "사랑하는 카시오님!'이라고 조잘댔겠지. 저자의 몸짓을 보면 틀림없이 그랬겠지.'

[카시오] 매달려 축 늘어져 울더니 나를 마구 흔들어 힘껏 끌어당겼어. 하하!

[오셀로] (독백) '그렇게 그녀가 그를 내 침실로 끌여들였다는 말이군. 저놈의 코를 도려내 개에게 던져주고 싶다.'

[카시오] 이제 그것과는 손을 끊어야겠네.

(비앙카 등장)

[이야고] 이크! 저기 오는군.

[카시오] 저 창녀! 그 꼴에 향수 냄새로 코를 찌르는군. 어쩌자고 이렇게 나를 쫓아다니는 거야?

[비앙카] 당신 같은 사람은 차라리 악마가 쫓아다녀야 맞을 거야. 아까 그 손수건을 어떻게 하라고요? 나는 정말 바보야. 그것을 받아갔으니 내게 무늬를 본뜨라고요? 방에 떨어져 있었는데 누가 떨어뜨렸는지 모른다고 할 거야. (그녀는 손수건을 던진다.) 어떤 년이 준 것이겠지. 아니, 내게 그것을 그대로 본뜨라고요? 그년에게나 주구려. 본뜨기 싫어요.

[카시오] 왜 그래? 비앙카! 도대체 왜 그래?

[오셀로] (독백) '그렇지! 저것은 내 손수건이겠지.'

[비앙카] 오늘 밤 식사하러 오시려면 오세요. 오실 수 없다면 다음에 부를 테니 그때 오세요.

(퇴장)

[이야고] 쫓아가 보세요, 어서요.

[카시오] 그래야겠네. 내버려두면 길바닥에서 왁자지껄 떠들어댈 테니.

[이야고] 거기서 저녁식사 하실래요?

[카시오] 그럴 생각일세.

[이야고] 그럼 다시 만납시다. 꼭 할 얘기가 있으니까요.

[카시오] 꼭 와요.

[이야고] 어서 가보세요. 아무 말 마시고.

(카시오 퇴장)

[오셀로] (앞으로 나오며) 이야고! 저놈을 어떻게 죽이는 것이 좋겠나?

[이야고] 몹쓸 짓을 하고도 뻔뻔하게 웃어대는 것을 보셨지요?

[오셀로] 아, 이야고!

비앙카에게 손수건을 건네는 카시오
카시오가 우연히 주운 손수건의 무늬를 복사하기 위해 비앙카에게 주는 장면이다.

[이야고] 손수건도 보셨지요?

[오셀로] 분명히 내 손수건이었나?

[이야고] 틀림없습니다. 그리고 부인을 바보 취급하는 것도 보셨고요. 부인께서 주신 것을 그 창녀에게 주다니!

[오셀로] 몇 년이 걸리더라도 두고두고 곯려 죽이고 싶다. 아, 내 아내는 훌륭한 여자다. 예쁜 여자였다. 상냥한 여자였다.

[이야고] 이제 모든 것을 잊으셔야 합니다.

[오셀로] 그렇다. 그년은 오늘 밤 안에 썩어 없어져라. 문드러져라. 지옥에 떨어져라. 절대로 살려둘 수 없기 때문이다. 내 마음은 돌이 되었다. 내 마음을 때리면 그 손이 부러질 것이다. 이 세상에 그렇게 귀여운 것이 또 어디 있나? 제왕 옆에 누워 이래라저래라 명령할 수 있는 여자야.

[이야고] 아닙니다. 그런 생각은 하지 마세요.

[오셀로] 천하에 박살낼 년! 나는 사실대로 말하는 거야. 바느질 솜씨도 좋았다. 음악도 소질이 뛰어났다. 아, 그녀가 노래 부르면 사나운 곰도 온순해질 것이다. 지혜와 창조력도 뛰어나고 풍부하다.

[이야고] 그래서 더 나쁘지요.

[오셀로] 그래. 수천 배 더 나쁘다. 그리고 성품은 얼마나 얌전한지….

[이야고] 어느 남자에게나 지나치게 얌전하지요.

[오셀로] 맞아, 그대로야. 그래서 더 억울하고 분하다. 아, 이야고! 정말 억울하고 분하다!

[이야고] 그렇게 행실이 부정한 부인에게 미련을 두시느니 차라리 간통을 허락해 주시지요. 장군님만 아무렇지 않다면 아무에게도 상관없는 일이니까요.

[오셀로] 그년을 갈기갈기 찢어버리겠다. 간통하다니!

[이야고] 정말 더러운 일입니다.

[오셀로] 게다가 내 부하와!

[이야고] 더 나쁘지요.

[오셀로] 이야고! 독약을 구해오게. 오늘 밤이다. 변명은 안 듣겠다. 아름다운 육체를 보면 내 결심이 무너질지도 모른다. 오늘 밤이다. 이야고!

[이야고] 독약은 안 됩니다. 이불 속에서 목을 조르십시오. 음란한 짓을 벌인 그 이불 속에서.

[오셀로] 좋아! 그게 좋겠군. 죄의 업보니까. 아주 좋다!

[이야고] 카시오를 해치우는 것은 제게 맡기십시오. 자정까지는 반드시 결과를 보고드리겠습니다.

[오셀로] 내 마음에 쏙 들었다. (나팔 소리) 저건 무슨 나팔 소리인가?

(로도비코, 데스데모나, 수행원들 등장)

[이야고] 베네치아에서 원로원 파견단이 오신 모양입니다. 로도비코님이시다.

[로도비코] 장군! 안녕하십니까?

[오셀로] 잘 오셨습니다.

[로도비코] 베네치아의 공작 각하와 원로원 의원들께서 장군께 안부를 전하셨습니다. (편지를 준다.)

[오셀로] 그 마음을 전하는 글월에 입을 맞추어 받겠습니다. (편지를 뜯어 읽는다.)

[데스데모나] 별다른 소식이라도 있으세요?

[이야고] 뵙게 되어 반갑습니다. 의원님! 키프로스에 오신 것을 기쁘게 생각합니다.

[로도비코] 고맙네. 카시오 부관도 잘 있는가?

[이야고] 잘 있습니다만.

[데스데모나] 슬픈 일이지만 장군과 부관 사이가 나빠졌어요. 로도비코님께서 잘 말씀해 주시면 화해시킬 수 있을 것 같아요.

[오셀로] (독백) '정말 그렇게 생각하나?'

[데스데모나] 여보! 왜 그러세요?

[오셀로] (편지를 읽는다.) 이 일은 어김없이 실행해주시오.

[로도비코] 부른 것이 아니오. 편지를 열심히 읽고 계시오. 장군과 카시오 사이가 좋지 않다는 것인가?

[데스데모나] 정말 불행한 일이예요. 이전처럼 두 분 사이가 좋아진다면 뭐든지 하겠어요. 카시오 부관은 좋은 분이세요.

[오셀로] 지옥 불길 속에서 타죽어라!

[데스데모나] 여보?

[오셀로] 제정신이오?

[데스데모나] 왜 이러세요? 화나셨어요?

[로도비코] 편지글 때문에 화났을 것이오. 카시오를 후임으로 하고 귀국하라는 명령일 겁니다.

[데스데모나] 어머나, 기뻐라.

[오셀로] 그런가?

[데스데모나] 여보?

[오셀로] 나도 기쁘군. 당신이 미쳤다는 것을 알게 되어서.

[데스데모나] 왜요? 여보!

[오셀로] 이 악마야! (아내를 친다.)

[데스데모나] 제가 뭘 잘못했다고 이러세요?

[로도비코] 장군! 이런 일은 내 눈으로 똑똑히 봤더라도 베네치아에서는 아무도 곧이듣지 않을 것이오. 너무하셨습니다. 어서 위로해드리세요. 울고 있지 않습니까?

[오셀로] 에잇! 악마, 악마 같은 계집! 대지가 계집의 눈물로 잉태한다면 저것이 흘리는 방울마다 거짓 눈물을 흘리는 악어가 될 것이다. 내 눈앞에서 없어져!

[데스데모나] 화나셨다면 나가겠어요.

(나간다)

오셀로의 폭력에 쓰러지는 데스데모나
의처증으로 데스데모나를 구타까지 한 오셀로가 문을 나가는 장면이다.

[로도비코] 정말 온순한 부인 아니십니까? 내 편에서 간청드립니다. 돌아오라고 하시오.

[오셀로] 부인!

[데스데모나] 여보?

[오셀로] 저 여자한테 할 말이 있소?

[로도비코] 누가? 나 말이오?

[오셀로] 그렇소. 당신이 불러달라고 하지 않았소? 이 여자는 부르면 몇 번이든 돌아오지요. 몇 번이든. 그리고 잘 울어요. 매우 청승맞게 잘 울어요. 게다가 누구에게나 온순하지요. 당신 말대로 온순해요. 말할 수 없이. 실컷 눈물을 짜봐. 이 편지에 대해 말하자면. 우는 시늉도 잘하고 이 사람에게 일단 귀국하라는 명령이군요. 물러가 있어. 나중에 부를 테니. 의원님의 명령에 따라 베네치아로 돌아가겠소. 가라니까.

(데스데모나 퇴장)

[오셀로] 카시오를 후임으로 앉히겠소. 그리고 오늘 밤 저녁식사를 함께 합시다. 키프로스에 잘 오셨소. 꺼져버려! 이 음탕한 년!

(퇴장)

[로도비코] 저 사람이 원로원에서 완전무결한 인격자라고 격찬한 고결한 무어 장군인가? 저 사람이 어떤 감정에도 흔들리지 않는다는 인물인가? 그가 지조가 굳고 어떤 재난의 탄환이나 불행의 화살도 상처를 내지 못했고 꿰뚫지 못했다고 했는가?

[이야고] 장군은 너무나 변하셨답니다.

[로도비코] 정신은 온전한가? 머리가 돈 것 아닐까?

[이야고] 보신 대로입니다. 제 의견을 말씀드릴 수가 없습니다. 지금 그렇지

않으시다면 차라리 그렇게 되어버리는 것이 좋겠습니다.

[로도비코] 이 무슨 행패요?

[이야고] 나쁘고 말고요. 그 정도로 끝나면 좋겠습니다만.

[로도비코] 늘 그러신가? 그렇지 않으면 그 편지를 보고 화가 나 처음 저지른 과실인가?

[이야고] 아이고, 난처합니다. 제가 보고 들은 대로 제 입으로 말씀드리기도 난처합니다. 유심히 보시면 제가 말씀드리지 않아도 장군의 거동만으로도 아실 겁니다. 뒤를 밟아 거동을 잘 살펴보십시오.

[로도비코] 내가 사람을 잘못 봤나 보군.

(모두 퇴장)

▌**4막 1장 분석**

이야고는 오셀로를 안심시키는 척하며 상처에 소금을 문지른다. 그들의 대화는 배신을 구성하든 안 하든 가상행위에 대한 것이지만 오셀로는 데스데모나와 카시오 둘 다 연기한다고 상상한다. 하지만 이것은 이야고가 발견한 주제인 손수건의 전초일 뿐이다. 오셀로는 그것을 아내의 명예의 상징으로 생각하지만 이야고에게는 단지 손수건일 뿐이다. "그녀 것이기 때문에 그녀는 어떤 남자에게도 주지 않을 수 있다." 그는 '손수건'이라는 단어를 다시 반복했고 오셀로는 외쳤다.

이야고는 오셀로가 광기의 가장자리에 있음을 알 수 있다. 오셀로가 예상치 못한 폭력적인 이전 반응을 고려하면 이야고가 오셀로를 얼마나 밀어붙여 그를 광기에 휩싸이도록 성공했음을 알 수 있다. 그러나 이야고는 예측할 수 없는 일을 예측할 수 있는 현재의 마음가짐에 오셀로를 빈틈의 공간에 남겨둘 여유가 없다. 따라서 오셀로에게 카시오가 데스데모나와의 성관계를 고백했다는 직접적인 거짓말을 계속함으로써 이야고 자신이 의도한 대로 오셀로를 말하게 강요한다. 이야고는 자신이 거짓을 말할 때 대화를 통해 '거짓말'이라는 단어가 이중 의미로 메아리치게 한다. 그래서 오셀로에게 불륜을 저지른 카시오보다는 사랑을 배신한 데스데모나의 저주스런 생각으로 오셀로를 괴롭히고 점점 이성에서 멀어지게 한다.

이제 오셀로는 열광한다. 그의 말은 '손수건'을 불안하게 뒤섞고 기절할 때까지 '고백'한다. 지나친 스트레스를 받은 마음은 무의식에서 피난처를 찾는다. 동정이나 경보 대신 이야고는 자신의 약(독약)이 효과가 있다는 만족만 표현한다.

카시오는 오셀로에게 사원에 대해 문지르라고 주장하지만 이야고는 침착하게 그가 의식을 회복하길 기다리고 카시오에게 오셀로가 간질 발작과 광기를 앓고 있다고 말할 기회를 얻는다. 그런 이야기는 오셀로가 나중에 카시오가 이상하다고 생각하는 것을 말해야 할 경우를 대비한 이야고의 보험이다.

이야고는 카시오와 이야기하는 것을 숨어 지켜보라고 오셀로에게 재촉한다. 군대를 이끌고 전투에 나섰던 오셀로는 이제 뭔가 뒤에 웅크리고 앉아 잘 들을 수 없는 대화를 듣고 카시오와 자신의 아내가 그를 비웃는 상상으로 전락했다. 이야고는 카시오가 말하는 내용이나 오셀로가 실제로 엿듣는 양을 완전히 제어할 방법이 없어 이 책략에 큰 위험을 감수한다. 그는 카시오가 비앙카에 대해 웃고 농담하도록 이끌고 오셀로의 마음이 그가 목격하는 것을 증거로 바꿀 것이라고 믿는다. 그러던 중 우연히 비앙카가 딸기 무늬가 얼룩덜룩한 손수건을 들고 들어와 카시오에게 새로운 사랑의 징표를 복사해 달라고 부탁한 것을 질책한다. 오셀로는 손수건을 알아보고 다른 모든 고려 사항은 잊혀진다.

오셀로는 "이야고! 내가 그를 어떻게 죽이는 것이 좋을까?"라고 묻는다. 또한, 오셀로는 오늘 밤 아내를 죽이겠다고 맹세하고 그녀를 저주하는 동시에 그녀 때문에 울며 사랑과 살인을 섞는다. 오셀로가 카시오와 데스데모나 둘 다 죽이겠다고 맹세한 것은 두 번째이지만 복수와 함께 그의 사랑의 연속성은 오셀로를 살인에 대한 확실한 몰두로 밀어붙여야 하는 이야고를 불안하게 만든다. 그러므로 이야고는 오셀로에게 자신의 개인적 명예를 생각해볼 것을 촉구한다. 아내에게 연인을 데려가도 좋다는 생각은 오셀로를 너무 화나게 해 "나는 그녀를 엉망으로 만들 것이다."라고 외치는데 이는 그의 모든 위협 중 분명히 가장 야만적이고 나중에 후회하는 것이다.

여전히 오셀로는 사랑의 매력을 알고 멀리서 그녀를 죽이도록 독을 요구하지만 그녀가 그 침대를 모욕했다고 상상하면서 침대에서 그녀를 목졸라 죽이려는 이야고의 생각에서 정의를 본다. 다시 합의가 이뤄진다. 이야고는 카시오를 죽이고 오셀로는 데스데모나를 죽이기로 한다. 이야고는 행운과 좋은 조직으로 이익을 얻어 오셀로에 대한 거의 완전한 권력을 얻는다.

데스데모나의 사촌 로도비코는 오셀로에게 보낼 편지를 가지고 베네치아에서 막 도착한다. 행복한 신혼부부를 만나길 기대하는 로도비코는 서로 거의 말할 수 없다는 것을 알게 된다. 오셀로가 아내를 '악마'라고 부르자 로도 비코는 충격을 받지만 그가 무슨 말을 하든 상황은 더 나빠질 뿐이다. 오셀로와 데스데모나는 다른 사람들을 배제한 개인적 문제에 연루되어 있고 오셀로는 아내를 배제한 내부적인 갈등 문제로 가득 차 있다.

이야고는 오셀로가 베네치아로 돌아가라는 명령을 받았고 카시오가 키프로스 사령관이 되었다는 것을 알고 있으므로 살인이 즉시 이뤄져야 한다는 것을 알고 있다. 그는 로도비코에게 오셀로를 지켜봐야 한다는 암시를 주고 오셀로가 미쳐가고 있다는 로도비코의 의심을 키운다.

4막 2장

Act Ⅳ, Scene Ⅱ

"싱그러운 장밋빛 입술의 천사인 인내여!
이제 얼굴빛을 바꿔라! 차라리 악마처럼 흉악한 얼굴이 되어라."
_오셀로

● 성안의 어느 방

(오셀로와 에밀리아 등장)

[오셀로] 그래, 너는 아무것도 못 봤다는 말이지?

[에밀리아] 들은 적도, 의심한 적도 없습니다.

[오셀로] 하지만 카시오와 내 아내가 함께 있는 모습을 봤을 것이다.

[에밀리아] 하지만 아무 일도 없었어요. 두 분께서 주고받은 대화를 한마디도 놓치지 않고 다 들었지만요.

[오셀로] 그렇다면 귀에 소곤대지도 않았어?

[에밀리아] 한 번도 없었습니다.

[오셀로] 부채를 가져오라거나 장갑, 베일, 다른 것을 가져오라는 핑계로 너를 밖으로 내보내지 않았어?

[에밀리아] 한 번도 없었습니다.

[오셀로] 귀신이 곡할 노릇이군.

[에밀리아] 장군님! 마님은 결백하십니다. 제 영혼을 걸고 보증하겠습니다. 그

렇지 않다고 생각하신다면 의심을 버리십시오. 그런 의심은 자기 모독입니다. 어떤 악당이 장군님의 머릿속에 그런 의심을 넣었다면 그따위 인간은 무서운 천벌을 받아 마땅합니다. 마님께서 성실하고 정숙하고 결백하지 않으시다면 이 세상에 행복한 남자는 한 명도 없을 것입니다. 아무리 순결한 아내도 험담처럼 모두 부정한 아내가 되니까요.

[오셀로] 여기로 오라고 해요, 어서.

(에밀리아 퇴장)

[오셀로] 그럴 듯 앙큼을 부리는군. 하지만 그 정도 말은 뚜쟁이라면 머저리가 아니라면 넉넉히 말할 수 있지. 어리숙하게 볼 년이 아니야. 모든 불의의 비밀에 자물쇠를 내리고 열쇠는 저것이 움켜쥐고 있다. 그러면서 제법 무릎 꿇고 기도하는 모습을 이 눈으로 보았다.

(데스데모나와 에밀리아 등장)

[데스데모나] 여보! 부르셨어요?

[오셀로] 미안하지만 이리 좀 와요.

[데스데모나] 무슨 일이세요?

[오셀로] 눈 좀 봅시다. 내 얼굴을 봐요.

[데스데모나] 왜 그리 무서운 생각을 하세요?

[오셀로] (에밀리아에게) 늘 하던 대로 해! 우리 둘만 남겨놓고 문을 닫아. 누가 오면 기침하든지 '으흠' 소리를 내. 네 장사를 시작하는 거야. 장사를! 빨리 가봐!

(에밀리아 퇴장)

[데스데모나] (무릎을 꿇고) 정말 무슨 말씀이세요? 말끝마다 역정을 내시니 말뜻을 모르겠어요.

[오셀로] 도대체 당신은 뭐요?

[데스데모나] 당신의 아내입니다. 정숙하고 충실한 당신의 아내지요.

[오셀로] 뭐라고 맹세하든 지옥에 떨어질 뿐이야. 그 얼굴만은 천사 같아 지옥의 악마들도 무서워 너를 감히 덮치지 못할 것이다. 그러니 불의를 저지르고 위선의 죄까지 겹쳐 이중으로 지옥에 떨어진다. 그러니 충실한 아내라고 맹세하는 것이 좋을 거야.

[데스데모나] 하늘이 알고 계십니다.

[오셀로] 하늘이 알고말고. 악마처럼 부정한 당신의 행실을.

[데스데모나] 누구와 말인가요? 여보! 누구와? 내가 왜 부정해요?

[오셀로] 아, 데스데모나! 나가! 나가버려! 어서 없어져!

[데스데모나] 아, 정말 슬퍼요. 왜 우시죠? 저 때문에 우시나요? 여보! 이번 소환이 제 아버님의 책략이라고 의심하더라도 저를 책망하지 마세요. 당신이 아버님과 손을 끊으신다면 저도 혈연을 끊겠어요.

[오셀로] 하늘이 가진 고난을 내게 다 안겨주더라도, 온갖 괴로움과 치욕을 이 맨머리 위에 소나기처럼 쏟더라도, 가난 속에 처박혀 내 몸과 가장 큰 내 소망이 숨통 막히더라도 내 마음 한구석에는 한 방울의 인내라도 남아 있을 것이다. 아, 비참하다. 영원히 세상사람들의 조롱거리가 되고 손가락질받으며 살아가야 하다니! 하지만 그 정도는 참을 수 있다. 그 정도라면. 하지만 내 마음을 당신 가슴속에 간직해두지 않았던가! 내가 살고 죽는 것도 그것에 달렸어. 내 생명의 강물이 흐르고 마르는 것도 그 샘에 달렸어. 그런데 그 샘에서 쫓겨나다니 그 샘을 저 더러운 두꺼비가 알을 까는 웅덩이로 만들다니! 아, 싱그러운 장밋빛 입술의 천사인 인내여! 이제 얼굴빛을 바꿔라 차라리 악마처럼 흉악한 얼굴이 되어라.

[데스데모나] 여보! 제발 제 결백을 믿어 주세요.

[오셀로] 믿고 말고. 여름철 쇠파리 떼 같아. 당신의 결백은 도살장에서 괴성

을 지르는. 알을 까자마자 눈 깜짝할 사이에 또 새알을 품거든. 에잇! 독초 같은 것! 귀엽고 아름답고 향긋한 냄새를 풍겨 사람들의 감각을 마비시키는 당신은 차라리 이 세상에 태어나지 말았어야 했다.

[데스데모나] 너무 슬퍼요. 저도 모르는 사이에 제가 무슨 죄를 지었나요?

[오셀로] 이 순백한 종이, 이 아름다운 책은 '여기다'(매음)라고 쓰기 위해 만들었나? 무슨 죄를 저질렀냐고? 저질렀지. 천하의 매춘부! 네 행실을 입 밖에 내기만 해도 내 뺨은 용광로 불덩이처럼 달아올라 수치심도 타버려 재가 된다. 무슨 죄를 저질렀냐고? 하늘도 코를 틀어막을 것이다. 달도 눈을 감을 것이다. 닥치는 대로 숨어 숨죽이고 귀를 막을 것이다. 무슨 죄를 저질렀냐고? 뻔뻔한 매춘부야!

[데스데모나] 너무하십니다. 그런 억울한 말씀이 어디 있어요?

[오셀로] 그럼 매춘부가 아니냐?

[데스데모나] 기독교 이름을 걸고 말씀드려요. 저는 남편을 위해 혹시 이 몸에 더러운 손길이 닿아 더러워질까 봐 신경써 왔는데 그런 제게 매춘부라니? 저는 그런 여자가 아니에요.

[오셀로] 뭐라고? 매춘부가 아니라고?

[데스데모나] 아니에요. 하늘에 맹세해요.

(에밀리아 등장)

[오셀로] 정말?

[데스데모나] 이를 어쩌지?

[오셀로] 그럼 당신에게 용서를 구해야지. 나는 당신을 오셀로와 결혼한 베네치아의 간교한 창녀로만 생각했어. (언성을 높여) 이 보라! 천국의 열쇠를 맡은 성 베드로의 반대 일만 하는 아낙네야! 지옥의 문지기! 너다, 너다, 그래, 너다! 우리 볼일은 끝났다. 수고한 값을 주지. (그녀에게 동전을 던져준다.) 문이

데스데모나를 윽박지르는 오셀로
오셀로는 데스데모나를 때리고 거친 욕설까지 서슴없이 한다.

나 잠그고 오늘 일은 입을 닫고 있어.

(퇴장)

[에밀리아] 아이고, 저 어른이 무슨 생각을 하고 저러실까요? 어찌 된 건가요? 마님!

[데스데모나] 꿈인지 생시인지 도무지 모르겠어.

[에밀리아] 마님! 주인 나리께서 왜 저러실까요?

[데스데모나] 누구 말이야?

[에밀리아] 주인 나리 말입니다.

[데스데모나] 주인 나리라니?

[에밀리아] 마님의 바깥어른 말입니다.

[데스데모나] 내게는 그런 사람 없어. 아무 말도 하지 마라. 에밀리아! 울음도 안 나오지만 대답하려니 눈물이 쏟아질 것만 같아. 오늘 밤에는 결혼할 때 덮었던 홑이불을 내게 깔아 주세요. 잊지 말고. 그리고 네 남편을 오라고 해줘.

[에밀리아] 정말 변하셨어.

(퇴장)

[데스데모나] 당연하지. 이런 꼴을 당하는 것도 당연해. 내가 무슨 짓을 했다고 손톱만한 일까지 결기를 세우고 저러실까?

(에밀리아와 이야고 등장)

[이야고] 부르셨습니까? 부인! 무슨 일 있었습니까?

[데스데모나] 어이가 없어 나도 뭐라고 말해야 할지 모르겠어요. 어린애를 가르치려면 우선 쉽고 간단한 것부터 가르치는 법이지만 그이는 나를 그렇게 꾸중하셨어. 그러니까 나도 어린애처럼 꾸중듣고 있어야지요.

[이야고] 무슨 일이십니까?

[에밀리아] 아, 여보! 주인 나리께서 마님을 매춘부라고 차마 입에 담지 못할 말씀을 하셨어요. 마님 같은 분이 어떻게 그런 더러운 소리를 듣고 참으시겠어요?

[데스데모나] 내가 그런 여자 같아 보여요?

[이야고] 어떤 여자 말입니까?

[데스데모나] 방금 에밀리아의 말대로 주인이 말씀하셨다는 그런 여자 말이에요.

[에밀리아] 매춘부라고 하셨어요. 술 취한 동냥아치도 그런 지독한 말은 자기 정부에게도 하지 못할 거예요.

[이야고] 왜 그런 말씀을 하셨을까요?

[데스데모나] 나도 몰라요. 어쨌든 나는 그런 여자가 아니니까.

[이야고] 울지 마세요. 진정하세요. 이런 변이 있나?

[에밀리아] 마님은 그렇게 많은 명문가의 혼처도 아버지도 나라도 친구도 다 버리셨는데 매춘부라는 말을 듣다니! 그러니 누구인들 피눈물이 나지 않으시겠어요?

[데스데모나] 내 팔자가 사나운 것이지.

[이야고] 장군님께서도 망령이시지. 어떻게 그런 변덕스러운 생각이 나셨을까요?

[데스데모나] 글쎄, 그걸 누가 알아요?

[에밀리아] 제 말이 틀렸다면 이 자리에서 죽어도 좋아요. 이것은 성질이 거친 건달 육개나 비위를 맞추는 알랑꾼이나 사기꾼, 입을 번지르르 놀리는 거짓 말쟁이가 한자리 얻으려고 꾸며낸 모함이 분명해요.

[이야고] 못난 소리 그만둬! 그런 놈이 어디 있어? 가당치도 않은 소리!

[데스데모나] 그런 사람이 있다면 하늘이여! 용서해 주소서!

[에밀리아] 목을 조르는 것이 용서하는 거예요. 그따위 흉악한 놈의 뼈다귀는

지옥의 악귀들이 질겅질겅 씹어 삼키게 해야지. 아니, 누구한테 매춘부래? 말이 되는 소리야? 누구를 상대하겠다는 거야? 어디서 언제 어떻게 무슨 증거가 있나? 틀림없이 장군님께서 어떤 불한당에게 속으신 거야. 천하에 비열한 악당! 간악한 놈에게 속으신 거야. 하나님! 제발 그 놈의 정체를 이 자리에서 밝혀주십시오. 그리고 훌륭하신 분들께 회초리를 쥐 그 악독한 놈을 발가벗겨 섭산적이 되도록 매질해 이 세상 동쪽 끝에서 서쪽 끝까지 질질 끌고 다니게 해주소서!

[이야고] 큰소리치지 마라!

[에밀리아] 쳐죽일 놈! 당신의 분별력을 흐리게 하고 장군님의 생각을 의심하게 해놓은 것도 틀림없이 그 자일 거야.

[이야고] 바보!

[데스데모나] 왜 이러세요? 이야고님! 그분의 마음을 어떻게 되돌릴 수 있을까요? 그분께 가 얘기해보세요. 무엇 때문에 그러시는지 도무지 모르겠어요. 이렇게 무릎 꿇고 맹세하지만 마음속으로든, 실제 행동으로든, 그분의 사랑을 배신한 적이 있다면 내 눈, 내 귀, 내 감각이 다른 남자에게 팔린 적이 한 번이라도 있다면, 설령 그이가 나를 헌신짝처럼 버리려고 해도 지금도 과거에도 앞으로도 내가 그분을 사랑하지 않는다면 모든 즐거움으로부터 버림받아도 좋아. 냉대받는 것은 괴로워. 이러다간 그의 비전에 나는 제명에 못 죽을 거야. 하지만 내 애정만은 변하지 않아요. 매춘부라는 말을 어떻게 입에 담을 수 있나? 이 세상 보물을 다 준다고 해도 그런 더러운 짓을 할 수는 없어.

[이야고] 고정하세요. 장군님께서 순간적인 기분에 하신 말씀일 겁니다. 나랏일로 기분이 언짢아 부인께 화내신 거겠지요.

[데스데모나] 그럼 얼마나 좋을까!

[이야고] 그뿐입니다. 제가 보증합니다. (안에서 나팔 소리) 저녁식사가 시작된된다는 신호군요. 베네치아에서 오신 사절들도 만찬에 참석하실 겁니다. 어

서 들어가십시오. 울지 마시고. 만사 잘 풀릴 겁니다.

(데스데모나와 에밀리아 퇴장. 로데리고 등장)

[이야고] 이봐! 로데리고! 웬일인가?

[로데리고] 아니, 자네는 나를 놀릴 셈인가?

[이야고] 놀리다니? 그건 또 무슨 말인가?

[로데리고] 자네는 날마다 요리조리 피하잖아. 지금 와 생각해보니 자네는 내 소원을 들어주긴커녕 안 되게 돌팔매질만 하니 먹지도 못하는 제사에 절만 올린 꼴이 되었군. 어쨌든 더 이상 참을 수 없네. 지금까지 바보처럼 자네가 하라는 대로 했지만 앞으로는 어림도 없네.

[이야고] 이것 봐! 내 말 좀 들어보게.

[로데리고] 귀에 혹이 나도록 들었네. 자네는 말과 행동이 달라.

[이야고] 그건 당치 않은 핀잔이야.

[로데리고] 사실이 그런 것을 어쩌겠나? 나는 이제 빈털터리가 되었어. 데스데모나에게 준다고 자네가 가져간 보석만으로도 수녀처럼 절개 굳은 여자라도 손에 넣을 수 있는 물건이야. 데스데모나가 그 보석을 받고 기뻐하며 곧 나를 만나고 싶어 한다고 자네 입으로 말하지 않았나? 사람 마음만 들뜨게 해놓고 흐지부지되다니 어찌 된 건가?

[이야고] 흥! 좋아! 알았어.

[로데리고] 뭐가 좋다고 흥인가? 도대체 뭐가 좋다는 건가? 비겁하지 않은가? 자네는 나를 우려먹을 대로 우려먹었어.

[이야고] 좋아.

[로데리고] 좋긴 뭐가 좋다는 거야? 내가 직접 데스데모나와 부딪쳐보겠다. 그녀가 보석을 돌려준다면 나는 단념할 것이고 안 돌려준다면 알겠나? 자네가 물어내야 해.

[이야고] 분명히 말했지?

[로데리고] 당연하지. 그리고 말한 것은 반드시 실행하겠어.

[이야고] 음, 지금 보니 자네 용기도 대단하군. 지금부터 자네를 다시 보겠네. 로데리고! 자, 악수하세. 자네가 결기를 세우는 것도 무리는 아니지. 하지만 이 말만은 분명히 해야겠어. 이 일에 대해서는 추호도 꺼림칙한 점이 없네.

[로데리고] 그렇게 안 보여.

[이야고] 하기야 그랬을 거야. 자네가 의심하는 것도 당연하지. 하지만 나는 오늘 자네의 결의와 용기, 사나이다움을 보고 자네가 더 믿음직해졌어. 그것이 사실이라면 오늘 밤 내게 보여줄 수 없겠나? 내일 저녁 자네가 데스데모나와 정을 나누지 않으면 배신한 죄로 이 세상에서 몰아내고 무슨 수단을 써도 좋아. 이 목숨을 요절시켜도 상관없네.

[로데리고] 도대체 그게 뭐야? 도리에 맞고 내 힘으로 가능한 일인가?

[이야고] 내 말 좀 들어보게 베네치아에서 카시오를 오셀로의 후임으로 앉히라는 특명이 왔어.

[로데리고] 정말인가? 그럼 오셀로와 데스데모나는 베네치아로 돌아갈 것 아닌가?

[이야고] 그렇지 않아. 그자는 아름다운 데스데모나를 데리고 고향 모리타니아로 가게 되어 있어. 여기서 더 지체할 특별한 사건이 터지지 않는 한. 그러니 못 가게 하려면 카시오를 없앨 수밖에 없어.

[로데리고] 없애다니? 그게 무슨 뜻인가?

[이야고] 오셀로의 후임으로 못 앉도록 한다는 말이야. 골통을 깨서.

[로데리고] 날더러 그 일을 하란 말인가?

[이야고] 당연하지. 자신의 이익과 권리를 위해 감행하겠다는 용기만 있다면. 그놈은 오늘 밤 창녀의 집에서 저녁식사를 하게 되어 있어. 나도 가게 되어 있어. 그놈은 아직도 자기 영전을 모르고 있거든. 그자의 돌아오는 길목을 지

키고 있다가 마음대로 해치우게. 자정부터 1시 사이가 되도록 내가 꾸밀 테니. 나도 옆에서 거들어주겠네. 둘이 때려잡으세. 자, 그렇게 멍하니 서 있지 말고 나를 따라오게. 그놈을 작살내야 할 이유를 더 소상히 말해주겠네. 내 얘기를 들으면 납득이 갈 거야.

[로데리고] 이유를 더 자세히 들려주게.

[이야고] 가슴이 시원하도록 말해주겠네.

(모두 퇴장)

4막 2장 분석

이제 오셀로는 데스데모나의 불륜 증거를 찾아내기 위해 아내의 하녀 에밀리아를 심문하는 것으로 상황이 축소되었다. 그는 이미 그녀를 판단하고 정죄했지만 여전히 증거를 찾는 중이며 이미 자신이 취한 입장을 정당화하기 위해 노력 중이다. 이것은 조사관에게 만족스러운 마음가짐이 아니며 식민지 법과 질서를 책임진 군지휘관에게도 확실히 받아들일 수 있는 마음가짐이 아니다. 어느 정도까지 오셀로는 실제로 미쳤고 그의 집착에 너무 싸여 다른 것들을 거의 신경 쓸 수가 없다.

에밀리아는 오셀로에게 데스데모나가 충실하다는 것을 확신시키고 자신의 의견을 덧붙인다. 그녀는 처음으로 어떤 악당이 오셀로에게 데스데모나에게 대항하기 위해 거짓말한다고 주장한다. 지금부터 그녀는 생각할 때마다 이 이론을 발전시킨다. 그녀는 전적으로 맞지만 에밀리아는 너무 늦을 때까지 '비참한' 것을 식별하지 않는다. 어떤 면에서 그녀는 남편이 정직한 남자라고 정말 믿지만 일반적으로 남자에 대한 그녀의 믿음은 깊지 않다. 오셀로는 자신의 비난을 다시 생각하는 대신 데스데모나에 대해 더 씁쓸해하며 그녀가 죄를 짓고 기도하고 모든 사람, 심지어 그녀의 하녀까지 그녀의 결백을 확신시킬 수 있다고 판단한다. 그는 그녀가 자신을 배신했다는 생각을 버리지 않고 있다. 지금쯤 그는 이 생각을 자신에 대한 관점에 구축했기 때문이다.

오셀로와 데스데모나의 대화에서 셰익스피어는 희망과 두려움의 균형을 유지해 감정적 참여를 보장한다. 데스데모나는 자신이 '진실하고 충성스러운 아내'라고 선언하고 그녀가 '지옥 같은 거짓', '창녀', '공공 평민', 즉 매춘부라는 비난을 그에게서 끌어낸다. 이런 비난은 오셀로조차 그녀가 카시오와 바람피웠다고 믿기 때문에 과장되어 있지만 그의 열렬한 마음과 셰익스피어의 많은 등장 인물의 마음에는 가끔 간통하는 사람과 전체 시간에서 거리를 떠도는 매춘부 간에 차이는 없다. 그들은 모두 '거짓' 여성이라는 제목으로 나온다.

데스데모나는 비난을 즉시 전면적으로 물리치고 남편은 경멸적이고 격정적으로 말하고 창녀인 것처럼 그녀에게 돈을 던지고 나간다. 비난하고 부인한 그는 재평가보다 분노로 반응한다. 대결에 대한 데스데모나의 반응은 정반대다. 그녀는 에밀리아에게 사생활을 지키기 위한 손쉬운 거짓말이나 감정적 피로의 표현으로 '반쯤 잠들었다.'라고 말한다. 에밀리아는 오셀로의 변화에 놀라며 상처 입은 데스데모나를 위로하기 위해 주인님이 변했다는 것을 강조한다. 웨딩 시트는 잘 성장한 젊은 여성이 결혼생활에 가져다주는 가정용 린넨 세트의 주요 품목 중 하나다. 이 시트는 신부가 직접 수놓은 최고

급 천으로 만들어졌을 것이며 만드는 데 상당한 시간이 걸렸을 것이다. 일부 지중해 문화에서는 결혼식이 끝난 후 부부가 침실로 들어가는 것으로 결혼식을 마친다. 그런 다음 웨딩 시트를 발코니에 걸어 신부가 처녀였음을 모든 하객들에게 보여준다. 따라서 웨딩 시트는 올바른 절차에 따라 수행되는 작업에 대한 친밀하고 공개적인 의미를 모두 갖고 있다. 데스데모나는 웨딩 시트를 침대에 올려놓음으로써 행복한 결혼생활을 위해 노력하겠다는 것을 상징적으로 보여준다. 그리고 오셀로에게도 사랑의 의무가 있음을 상기시킨다.

이야고는 오셀로가 데스데모나에게 어떻게 말했는지 듣고 싶어 하지만 그녀가 울기 시작하자 당황한다. 많은 남자들처럼 그는 우는 여자를 남자를 약하게 하는 감정의 조종자로 해석하고 이야고는 본능적으로 동정이나 자비로 향하는, 끌어당기는 뭔가로부터 자신을 보호한다. 그는 그녀가 남편에게 곧 살해당할 것임을 알고 있으며 그녀가 지금 고통받고 우는 이 슬픔은 그에 비하면 사소한 문제. 학대하는 남편에 대한 반응으로 그는 "그를 위해 그를 구하십시오."라고 주장한다. 즉, 잔소리하라는 것이다.

에밀리아는 오셀로의 마음이 변해 그가 타락했다고 생각한다. 그녀는 오셀로를 "어떤 영원한 악당, 바쁘고 암시적인 도둑에 전염되었다"며 이야고는 서서 이런 칭찬할 수 없는 용어로 묘사된 자신에 대한 이야기를 들어야 했다. 이야고는 그녀에게 조용하라고 말하지만 소용이 없다.

갑자기 로데리고가 나타나 긴장을 풀겠다고 위협하는, 이전 계획에 대한 이야고의 관심을 촉구한다. 로데리고는 자신이 처한 상황을 후회하고 물러나고 싶어 한다. 그러나 그는 데스데모나를 위해 이야고에게 준 보석을 되찾고 싶어 한다(실패한 구애 선물은 전통적으로 구혼자에게 반환되었다). 로데리고의 돈과 보석을 주머니에 넣은 이야고는 이 시점에서 자신의 두 가지 속임수로 로데리고를 없앨 수 있다는, 미칠 만큼 즐거운 전망이 있다. 하지만 이야고는 그의 두 음모에 가담해 카시오를 죽이려는 계획에 로데리고를 끌어들인다.

OTHELLO

4막 3장

Act Ⅳ, Scene Ⅲ

"하나님! 악을 듣고 보더라도 그것을 본뜨지 말고
오히려 악으로 인해 저 자신을 개선하도록 인도해주소서!"
_데스데모나

● 성안의 다른 방

(오셀로, 로도비코, 데스데모나, 에밀리아, 수행원들 등장)

[로도비코] 장군! 이제 들어가시지요.

[오셀로] 별말씀을…. 좀 걷고 싶어서요.

[로도비코] 그럼 부인도 안녕히…. 너무나 융숭한 대접을 받았소.

[데스데모나] 이렇게 와 주셔서 고맙습니다.

[오셀로] 그럼 갑시다. 참, 여보.

[데스데모나] 네, 여보.

[오셀로] 당신은 일찌감치 주무시오. 금방 돌아오겠소. 하녀도 물러가게 하시오. 알겠소?

[데스데모나] 알겠어요.

(오셀로, 로도비코, 수행원들 퇴장)

[에밀리아] 장군님께서는 좀 어떠세요? 아까보다 기분이 풀리신 것 같군요.

[데스데모나] 금방 돌아오신다고 하셨어. 내게 먼저 자라고 하시더군. 에밀리아도 일찍 돌려보내라는 거야.

[에밀리아] 저를 돌려보내라고요?

[데스데모나] 그러셨어. 그러니 내 잠옷을 가져다주고 가서 자요. 지금 비위를 거스르면 안 돼.

[에밀리아] 마님께서는 왜 하필 그런 분을 만나셨을까?

[데스데모나] 나는 그렇게 생각 안 해. 그분을 진심으로 사랑하니까. 쌀쌀맞게 구셔도, 야단치셔도, 기분 나쁜 얼굴빛을 지으셔도, 다 우아함과 매력으로 보이거든.

[에밀리아] 말씀하신 대로 그 홑이불을 깔아놨어요.

[데스데모나] 아무래도 좋아! 인간의 마음은 정말 어리석나 봐.

[에밀리아] 그게 무슨 말씀이세요?

[데스데모나] 친정아버지께서 부리시던 바바라라는 계집애가 있었어. 그 애가 연애를 했는데 애인이 미쳐버려 바바라라를 버렸어. 바바라라는 늘 '버들 노래'를 불렀지. 오래된 노래지만 바바라라의 운명을 암시한 것 같았어. 그녀는 그 노래를 부르면서 죽었거든. 오늘 밤에는 웬지 그 노래가 생각나는군. 죽은 불쌍한 바바라라처럼 한쪽 어깨 위에 고개를 기울이고 그 노래를 부르고 싶어. 그럼 어서 가서 자요.

[에밀리아] 잠옷을 가져올까요?

[데스데모나] 아니, 이 핀 좀 뽑아줘. 로도비코님은 어느 모로 보나 정말 훌륭하신 분이야.

[에밀리아] 정말 잘 생기셨어요.

[데스데모나] 언변도 뛰어나시고.

[에밀리아] 베네치아의 어떤 여자는 그분과 키스할 수 있다면 팔레스타인까지라도 맨발로 쫓아가겠다고 했어요.

[데스데모나] (노래부른다.)
가련한 처녀는 무화과 나무 그늘 아래에서
한숨지으며 노래부르네.
푸르른 버들잎 노래를.
가슴에 손을 얹고
무릎에 머리를 묻고
버들잎 노래를 부르네.
시냇물도 처녀의 슬픔을
노래하며 흐르네.
버들잎, 버들잎, 버들잎.
하염없이 흐르는 눈물에
무정한 바위도
슬픔짓네.

이걸 다 저리 치워요. (또 노래부른다.)
아, 버들잎, 버들잎, 버들잎

어서 가봐! 장군님께서 곧 오실 테니.(또 노래부른다.)
아, 푸르고 푸른 버들잎은
내 꽃족두리
어찌 그를 원망하리, 죄는 내게 있다오.
아, 틀렸네. 이건 그다음이 아닌데. 누가 문을 두드리지 않아?
[에밀리아] **바람이에요.**
[데스데모나] (노래부른다.)
몰인정하다고 푸념했더니

님은 냉정히 대답하네.

아, 버들잎, 버들잎, 버들잎.

다른 여자를 사랑하거든

너도 다른 남자와 함께 자려무나.

(노래 끝)

어서 가서 자요. 눈이 가렵군. 눈물이 나려나 봐.

[에밀리아] 그런 게 아니에요.

[데스데모나] 그렇다던데. 아, 남자란⋯ 정말일까? 에밀리아! 어찌 생각해? 이 세상에는 남편을 감쪽같이 속이고 불륜을 저지르는 여자들도 있다던데.

[에밀리아] 물론 있겠지요. 물론.

[데스데모나] 이 세상을 다 준다면 너는 그런 짓을 하겠어?

[에밀리아] 그럼 마님께서는 안 하시겠어요?

[데스데모나] 저 달님에게 맹세해. 절대로 안 해.

[에밀리아] 저도 달님이 보는 데서는 안 해요. 하지만 어두운 데서야 어때요?

[데스데모나] 이 세상을 다 준다면 너는 그런 짓을 할 수 있어?

[에밀리아] 이 세상이 얼마나 커요? 손톱만한 죄를 저지르고 그렇게 큰 대가를 받을 수만 있다면 지옥에 떨어지더라도 하겠어요.

[데스데모나] 이 세상을 다 준대도, 나는 죽어도 그런 나쁜 짓은 할 수 없어.

[에밀리아] 나쁜 짓이라고 해도 이 세상 안에서 벌어지는 일 아닌가요? 대가로 이 세상이 마님 것이 된다면 결국 마님의 세계 안에서 벌어지는 일이네요? 마음먹기에 달렸어요. 죄가 안 된다고 말이에요.

[데스데모나] 과연 그런 여자가 있을까?

[에밀리아] 얼마든지 있을 거예요. 그뿐인가요? 그런 짓을 해 생긴 자식들로 이 세상을 가득 채울 거예요. 하지만 아내가 불륜을 저지른다면 남편 책임이

데스데모나와 에밀리아
데스데모나가 오셀로와 마지막 잠자리가 될지도 모르는 침실로 드는 장면이다.

에요. 남편 구실에 소홀하고 우리 아내들에게 줘야 할 보물을 다른 계집의 무릎에 쏟거나 어리석게도 질투해 우리를 가두고 매질이나 하고 심술궂게 밥먹듯 용돈을 줄이니 우리도 분노할 이유가 있지 않겠어요? 제아무리 정숙한 여자라도 복수하고 싶은 거예요. 아내들도 남자들처럼 감정이 있다는 것을 남편들에게 가르쳐주고 싶어요. 단맛, 신맛 다 볼 줄 알거든요. 남자들은 왜 이 여자에서 저 여자로 옮겨가는지 모르겠어요. 장난삼아? 그럴지도 모르지요. 여색을 좋아하는 것이 천성이기 때문일까요? 그럴지도 모르지요. 한때 바람 피우는 것은 의지가 약하기 때문일까요? 그것도 그래요. 그렇다면 우리 여자들이라고 바람기가 없어야 하나요? 색을 좋아할 줄도 모른단 말인가요? 약한 의지도 없단 말인가요? 그러니까 남자들도 우리 여자들을 소중히 생각하거나 남정네들에게 알려줘야 해요. 아내들이 저지르는 악행은 남자들의 죄가 본보기을 보여줬기 때문이라고.

[데스데모나] 그만해. 어서 가서 자요.

(에밀리아 퇴장)

[데스데모나] 하나님! 악을 듣고 보더라도 그것을 본뜨지 말고 오히려 악으로 인해 저 자신을 개선하도록 인도해주소서!

(퇴장)

4막 3장 분석

　　에밀리아는 뭔가 심각하게 잘못되었음을 느끼지만 데스데모나의 마음은 남편에 대한 사랑 문제에 몰두한다. 그녀는 그를 너무나 사랑해 그의 사랑이 사라졌는지, 아직 회복 가능한지 알 수 없다. 데그데모나는 죽음에 대한 막연한 예감과 에밀리아의 요청에 버림받은 여성의 전통과 마찬가지로 절망과 슬픔의 수동적인 태도로 이 위기에 대응했다. 반면, 오셀로는 데스데모나가 사랑과 충실을 잃었다고 생각하고 열정적으로 공격적인 비난과 폭력으로 반응한다.

　　데스데모나는 어머니의 하녀 바바라와 그녀의 슬픈 운명 이야기를 들려준다. "그녀는 사랑에 빠졌고 그녀가 사랑한 사람이 미쳤다는 것을 증명했다. 그리고 그녀를 버렸다. 그녀는 '버드나무' 노래를 가슴에 품고 있었다. 바바라는 데스데모나 자신과 비슷하다. 그녀의 어머니의 하녀는 어머니의 딸, 어머니의 보살핌과 보호를 받는 소녀와 같다. 이것은 데스데모나가 그녀의 어머니를 언급하는 유일한 시간이며 그녀는 그녀가 죽은 것처럼 먼 과거의 그녀의 이야기를 한다. 데스데모나의 어머니는 오셀로와의 구애와 결혼 이야기에서 아무 역할도 하지 않으며 데스데모나는 자신의 결정에 전적으로 책임지는 한 명의 여자로서 말하고 행동한다.

　　데스데모나와 바바라는 혼자 슬픔에 잠겼을 뿐만 아니라 둘 다 낯선 사람과 관련 있다. '바바라'라는 이름은 '외국인'이라는 뜻이다. 데스데모나는 미개한 야만인이라고 불리는 외국인과 결혼했다. 이야고는 결혼을 '잘못한 야만인과 매우 간사한 베네치아인'의 결혼으로 묘사했는데 이는 많은 베네치아인이 갖고 있었고 데스데모나가 잘 알고 있었을 의견이다.

데스데모나는 '버드나무' 노래를 부르고 이 간접적인 방식으로 오셀로가 미쳐버려 그녀를 버리고 마음이 상해 죽을 수도 있다는 현실적인 가능성에 부딪힌다. '버드나무' 노래는 셰익스피어가 그의 연극에 통합하기 이전에 여러 버전으로 존재했던 오래된 노래다. 특히 흥미로운 것은 데스데모나의 생각을 그대로 반영하는 52행이다. 노래에서 거짓은 남성 애인이며 가난한 여자의 한숨과 울음의 원인이다. 분명히 그 분위기는 노래에 등장하는 '불쌍한 영혼'이 연인의 '경멸'을 받아들이는 것처럼 사랑이 너무 강해 오셀로의 찌푸린 얼굴을 받아들이는 데스데모나의 심정을 완벽히 보여준다.

수양 버드나무로 알려진 버드나무는 셰익스피어의 연극에서 잃어버린 사랑과 관련 있다. 『오셀로』보다 3년 앞서 상연된 『햄릿』에서 오필리아는 버드나무와 꽃으로 둘러싸인 채 익사한다. 거트루드는 그 장면을 '시냇물에서 버드나무가 자라난다.'라고 묘사한다. 오필리아가 사랑하는 햄릿 왕자는 화난 것처럼 보였고 그녀를 거부했고 그녀는 정신을 잃고 물에 빠져 노래를 부르며 죽어갔다. 오필리아와 바바라는 거의 같은 이야기를 갖고 있다.

이 장면 내내 에밀리아는 데스데모나를 위로하고 격려하기 위해 애쓰지만 남편 이야고가 손수건을 갖고 있다는 것을 알고 있다. 에밀리아는 더 이상 그 문제를 듣고 싶어 하지 않거나 나중에 어딘가에 손수건이 나타나면 남편을 비난으로부터 지킬 생각이다. 에밀리아는 오셀로가 손수건을 보여달라고 요구했지만 데스데모나가 그것을 만들 수 없었을 때(3막 4장) 손수건 자체가 오셀로의 비난의 일부라는 것을 알고 있었다. 지금 말하는 것은 너무 늦어 보이지만 정보를 숨기는 것도 정직하지 않다.

에밀리아와 데스데모나는 결혼과 정절에 대한 접근 방식에서 분명한 대조를 보인다. 데스데모나는 사랑을 위해 결혼하고 충성을 절대적으로 소중히 여기고 낭만적이다. 에밀리아는 실용적 지능이 있으며 각각의 상황을 평가해 최선의 행동 방침을 정한다. 그녀는 아내의 불륜이 심각한 문제라고 생각하지만 "남편을 오쟁이(자기 아내가 다른 남자와 간통하다.) 진 남편으로 만들지 않고 군주로 만들지 않을 사람"이라는 분명한 이유 때문에 불륜을 허용한다고 생각한다. 아내가 충실하지 않아야 할 또 다른 이유는 남편의 잘못된 행동이나 학대에 대한 반응이다.

4막의 마지막 장면에 나오는, 남편의 악행에 대한 에밀리아의 대사는 2막에서 아내의 악행에 대한 이야고의 대사와 깔끔한 균형을 이룬다. 두 대사 다 데스데모나가 들었고 데스데모나는 그녀의 사랑과 관련 없다고 일축한다.

OTHELLO

5막 1장

Act V, Scene I

"오늘 밤 내 운명이 성공이냐 실패냐 결판나겠구나."
_이야고

● 키프로스의 어느 거리

(이야고와 로데리고 등장)

[이야고] 이봐! 이 가게 뒤에 숨어 있게. 곧 그 녀석이 오면 칼을 빼 들고 단번에 푹 찔러. 어서, 어서. 겁낼 것 없어. 내가 옆에 있잖아. 이거야말로 이기면 충신이요 지면 역적일세. 그러니 잘 생각하고 마음 단단히 먹어야 해.

[로데리고] 내 옆에 있어 주게. 실수할지도 모르니.

[이야고] 옆에 있을 테니 용기를 내. 칼로 찌를 준비를 해.

(한쪽으로 물러선다.)

[로데리고] 별로 내키지 않는 일이지만 저 친구 말을 들어보니 그럴 만한 이유가 있군. 사람 하나 없어지는 것뿐이다. 자, 칼을 빼자. 그 녀석 목은 이 칼로 댕강이다.

[이야고] (독백) '저 여드름 바가지를 아프도록 마구 비볐더니 성화가 나는 모양이군. 어쨌든 저 녀석이 카시오를 죽이든, 카시오가 저 녀석을 요절내든,

싸우다가 두 놈 다 죽든 나는 굿이나 보며 떡이나 먹어야지. 하지만 로데리고가 살아남으면? 데스데모나에게 준다고 우려먹은 막대한 돈과 보석을 내놓으라고 하겠지. 안 될 소리지. 하지만 카시오가 살아남으면? 그 녀석이 하는 일이 훌륭해 내 꼴이 볼품없어질 것이다. 게다가 내가 한 말을 무어놈이 카시오에게 해버린다면? 나는 절단날 거야. 안 돼! 살려두면 안 돼! 해치워야지. 오는 모양이군.

(카시오 등장)

[로데리고] 걸음걸이가 분명히 그놈이다. 틀림없다. 이 악당아! 내 칼을 받아라.

(카시오를 찌른다.)

[카시오] 하마터면 단칼에 목숨이 달아날 뻔했군. 옷이 두꺼워 다행이지. 네놈은 얼마나 두꺼운 옷을 입었나 보자.

(카시오가 칼을 빼 로데리고에게 상처를 입힌다.)

[로데리고] 아이고, 나 죽는다!

(그때 이야고가 뒤에서 나타나 카시오의 다리를 찌르고 도망친다.)

[카시오] 아, 다리가 찔렸다. 사람 살려! 살인이야! 살인!

(카시오 쓰러진다. 오셀로 등장)

[오셀로] 카시오 목소리군. 이야고가 약속을 지켰구나.

[로데리고] 아, 내가 죽일 놈이었어.

[오셀로] 당연하지. 그렇고 말고.

[카시오] 사람 살려! 사람! 불을 밝혀라. 의사를 불러.

[오셀로] 그 녀석이다. 이야고는 과연 용감하고 충직하고 의협심이 있어. 내가 받은 치욕을 훌륭히 갚아줬구나. 네게서 배운 점이 크다. 창녀 네년의 샛서방은 이렇게 죽었다. 네년의 저주받은 운명도 머지않아 끝장이다. 창녀야!

내가 갈 테니 내 가슴에서 네년의 매력의 샘도, 보석 같은 눈도 사라졌다. 정욕에 더럽혀진 네 침대를 피로 물들여주마.

(오셀로 퇴장. 로도비코와 그라티아노 등장)

[카시오] 아니, 경비병도 없나? 지나가는 사람도 없어? 사람 살려! 살인이다!

[그라티아노] 무슨 일이 있었나 본데. 심상찮은 소리다.

[카시오] 사람 살려!

[로도비코] 또 소리지르는군.

[로데리고] 아, 내가 몹쓸 놈이야.

[로도비코] 비명이 한 명 같진 않아. 으스스한 밤이군. 뭔가 흉계가 있는 것 같아. 섣불리 다가갔다간 위험해요. 안심할 수 없으니 몇 명 더 올 때까지 기다립시다.

[로데리고] 아무도 없어? 이렇게 피가 흐르면 나는 죽어!

(이야고가 햇불을 들고 등장)

[로도비코] 저건 또 뭐야?

[그라티아노] 누가 내복 바람으로 횃불을 들고 오는군. 칼도 들었네.

[이야고] 누구요? 살려달라고 외친 사람이?

[로도비코] 우리는 모르오.

[이야고] 비명을 못 들으셨나요?

[카시오] 여기오, 여기! 제발 살려줘요!

[이야고] 어찌 된 일이오?

[그라티아노] 틀림없이 오셀로 장군의 기수 아닌가?

[로도비코] 그렇군요. 용감한 친구예요.

[이야고] 누가 그렇게 죽는 비명을 질러?

카시오를 공격하는 이야고와 로데리고
어둠 속에서 로데리고가 카시오를 공격하는 사이 이야고가 뒤에서 공격한다.

[카시오] 이야고인가? 아, 당했어. 괴한들에게 당했네. 나 좀 도와주게.

[이야고] 아니, 부관님 아니십니까? 어떤 죽일 놈들이 이따위 짓을 했어요?

[카시오] 한 놈은 근처에 있을 것이다. 미처 도망치지 못했을 거야.

[이야고] 아, 괘씸한 놈들! 댁들은 누구시오? 이리 와 거들어 주시오.

[로데리고] 사람 살려!

[카시오] 저놈도 한패야.

[이야고] 에잇! 살인마! 죽일 놈!

(로데리고를 찌른다.)

[로데리고] 아, 나를 속였군. 이야고! 요놈의 개새끼!

[이야고] 어둠 속에서 사람을 죽여? 이 거리가 왜 이렇게 쥐 죽은 듯 고요할까? 야! 살인이다! 살인! (로도비코와 그라티아노에게) 댁들은 누구시오? 도대체 어느 편이오? 선량한 시민이오, 악당이오?

[로데리고] 사람을 보고 말하라.

[이야고] 로도비코 의원님 아니십니까?

[로도비코] 그렇소.

[이야고] 죄송합니다. 카시오가 괴한에게 당했어요.

[그라티아노] 카시오가?

[이야고] 어때요? 상처는?

[카시오] 다리가 부러졌어.

[이야고] 이거 큰일이군. 횃불을 좀 들어주십시오. 내 셔츠로 동여매겠습니다.

(비앙카 등장)

[비앙카] 무슨 일이에요? 네? 누구예요? 소리지른 사람이?

[이야고] 누가 소리를 질렀냐고?

[비앙카] 아이고, 내 카시오님이잖아요? 사랑하는 내 카시오님! 아, 카시오!

[이야고] 이름난 창녀로군. 카시오님! 누가 이런 중상을 입혔는지 짐작하시겠어요?

[카시오] 몰라.

[그라티아노] 여기서 뵙다니 유감이네요. 당신을 찾아다녔어요.

[이야고] 양말 대님을 좀 빌려주십시오. 됐어요. 단가 같은 것이 있었으면 편하게 운반할 텐데요.

[비앙카] 이를 어쩌나? 기절하셨네. 오, 카시오, 카시오, 카시오님!

[이야고] 여러분! 아무래도 이 말괄량이가 이 상해사건에 한패인 것 같습니다. 카시오님! 조금만 참으세요. 자, 횃불을 가까이 대주십시오. 이자가 누군지 얼굴을 살펴봐야지요. 아니, 이게 누구야? 내 친구잖아? 같은 고향사람 아닌가! 로데리고 같은데. 분명히 로데리고다.

[그라티아노] 뭐라고? 베네치아의…?

[이야고] 그렇습니다. 그를 아십니까?

[그라티아노] 당연하지.

[이야고] 그라티아노 의원님 아니십니까? 죄송하기 그지 없습니다. 이 피비린내 나는 북새통에 정신이 없어 미처 알아뵙지 못했습니다.

[그라티아노] 만나서 반갑군.

[이야고] 카시오님! 어떠세요? 야! 단기를! 어서 단기를!

[그라티아노] 로데리고라고?

[이야고] 네, 맞습니다. 그자입니다. (단기가 운반되어 온다.) 됐어, 잘됐어. 단가가 왔다. 누구든 좋으니 조심해 메고 가주세요. 나는 장군님의 주치의를 불러올 테니. (비앙카에게) 괜히 설치지 마. (카시오에게) 여기 죽은 사람은 내 친구인데. 둘 사이에 무슨 원한이라도 있었습니까?

[카시오] 전혀 없어. 나는 모르는 사람이야.

[이야고] (비앙카에게) 얼굴이 백짓장 같군. 어서 집안으로 메고 가요. (카시오

와 로데리고가 실려 나간다.) 여러분은 잠시 기다려 주십시오. (비앙카에게) 누님의 안색이 창백하군. (다른 사람들에게) 저 여자의 겁먹은 눈동자를 보세요. 그렇게 째려봐도 소용없어. 자백을 안 하곤 못 배길 테니까. 저 여자를 보세요. 잘 보세요. 아시겠습니까? 여러분! 악행은 혓바닥을 놀리지 않더라도 저절로 나타나는 법입니다.

(에밀리아 등장)

[에밀리아] 아이고, 웬일이에요? 여보! 어찌 된 거예요?

[이야고] 카시오님이 어두운 데서 로데리고와 패거리의 칼을 맞으셨어. 패거리들은 도망쳤고 카시오는 중상이고 로데리고는 죽었소.

[에밀리아] 가엾어라. 그 착하신 분이…. 가엾어라. 카시오님이 다치시다니!

[이야고] 그것이 다 계집질 때문이지. 여보! 카시오님이 오늘 밤 어디서 식사했는지 알아보고 와요. (비앙카에게) 왜 그래? 내 말을 듣고 떠는 거야?

[비앙카] 우리 집에서 식사하셨어요. 하지만 그것 때문에 떠는 것은 아니에요.

[이야고] 네 집에서? 체포하겠다. 따라오라.

[에밀리아] 더러운 창녀! 뒈져버려!

[비앙카] 나는 창녀가 아니에요. 욕을 퍼붓는 당신처럼 나도 떳떳이 살고 있다고요.

[에밀리아] 뭐라고? 나처럼? 쳇! 뒈져버려!

[이야고] 여러분! 카시오님이 치료받는 것을 보러 갑시다. (비앙카에게) 여봐! 네가 자백할 것이 또 있다. 여보! 당신은 성안으로 들어가 장군님 내외분께 이 일을 보고드려. 어서 가실까요? (독백) '오늘 밤 내 운명이 성공이냐 실패냐 결판나겠구나.'

(에밀리아, 이야고 퇴장)

5막 1장 분석

이 장면은 오늘 밤 일의 중요성에 대한 이야고의 의견으로 구성된다. 행동에 돌입하기 전 그는 로데리고에게 "용감해져라. 카시오를 죽이면 데스데모나를 가지게 될 것이다."라고 말한다. 그는 자신에게 "용감해져라. 로데리고! 카시오, 데스데모나가 죽으면 오셀로에게 복수할 것이다."라고 말하고 있다.

로데리고는 여전히 흔들리며 도덕적 감각의 마지막 깜빡임에 "내 옆에 있어 주게. 실수할지도 모르니."라고 말한다. 겁쟁이의 위로는 누군가가 그를 보호해줄 거라고 믿지만 결정을 내리기 위해 이야고에게 의존하기로 동의함으로써 로데리고는 자신의 행동에 대한 책임을 포기하고 더 이상 이길 수 없다고 생각하는 이유로 미워하지 않는 사람을 죽이도록 이끌린다.

이야고는 로데리고의 죽음에 대해 감정을 낭비하지 않지만 카시오가 죽었다는 생각에 어느 정도 만족한다. 오셀로를 포함한 모든 사람의 좋은 의견을 가진 카시오에 대한 질투의 오래된 분노가 있다(이야고의 이중성까지). 카시오의 행복한 삶의 불공평함은 1막 첫 연설에서 입증되었듯이 이야고를 압도하고 지금도 그를 계속 좌절시키고 있다. "카시오가 남아있다면 그와의 경쟁상대인 나를 추하게 만듭니다." 카시오가 오셀로와 이야기하는 것을 막아야 할 필요성에 이것을 추가하면 그의 죽음은 이야고의 기쁨이 될 것이다.

칼싸움은 위험한 사업이며 특정한 관습이 명예로운 관행을 지배하지만 이 매복에는 명예가 없다. 로데리고는 카시오를 공격하기 위해 숨는다. 카시오는 자신을 방어하기 위해 어둠 속에서 공격한다. 그리고 로데리고를 지원하겠다고 약속한 이야고는 그를 찌른다. 동지와 어깨를 나란히 하고 싸우기로 합의하고서 뒤로 물러서서 그에게 의지하는 사람을 찌르는 것은 군인이 할 수 있는 최악의 행동이다. 이제 그의 직업에서 신의를 저버린 이야고는 자신의 악명을 더한다.

죽어가는 자들의 절규는 오셀로에게 데스데모나를 죽이겠다는 결심을 상기시킨다. 그는 자신이 해야 한다고 알고 있는 것을 다시 후회한다. 그는 강인한 의지로 그녀에 대한 사랑을 억지로 제쳐두어야 한다. "창녀야! 내가 갈 테니 내 가슴에서 네년의 매력의 샘도, 보석 같은 눈도 사라졌다. 정욕에 더럽혀진 네 침대를 피로 물들여주마." 그는 그녀를 죽이기 전 그녀의 눈을 감기고 그녀는 더 이상 그를 바라볼 수 없다.

그는 과도한 폭력으로 사랑을 짓밟고 침대에서 그녀를 죽이는 장면을 다시 떠올리게 하지만 이 정신적 상상은 그를 광기로 몰아넣는 그림인 빨간색과 흰색 딸기의 얼룩덜룩한 손수건을 닮기 시작한다. 그의 마음속 침대는 정욕, 즉 데스데모나와 카시오의 불륜으로 얼룩져 있으며 복수로 그녀를 죽일 때 '정욕의 피'로 얼룩져 있다. 그 순간 오셀로는 이야고가 카시오를 칼로 죽인 것처럼 그녀를 칼로 죽이는 자신을 상상한다. 오셀로는 하얀 시트에 피를 흘리겠지만 이번에는 첫사랑의 열정과 정욕에서 나온 피가 아닌 필사적인 살인의 열정과 욕망에서 나온 피다.

이야고가 악당에게 빠져들수록 에밀리아의 입장은 점점 더 혼란해진다. 그 자리에 서서 그녀는 자동으로 남편을 지원하지만 상황은 점점 더 충성심을 높이고 그녀의 예민한 감정을 바탕으로 긴장감을 증가시킨다. 조만간 에밀리아는 자신이 아는 것을 말할 것이다. 남편에 대한 그녀의 모든 경멸적인 발언에도 불구하고 에밀리아는 다른 여자에 대한 비열한 공격이라는 것을 알아야 할 일에서 자동으로 남편 편에 선다. 그녀는 "나팔을 불어라! 네게 불어라!"라고 외치고 비앙카는 "나는 나팔이 아니라 정직한 삶을 사는 당신처럼 나를 학대합니다."라고 대답한다. 비앙카의 눈에는 에밀리아가 그녀와 함께 하는 것처럼 그녀가 하는 모든 것이 자기 남자 옆에 서 있는 것이기 때문에 이것은 사실이다.

이 시점에서 이야고는 어느 정도 만족한다. 로데리고는 이미 죽었고 그의 돈과 보석은 이제 이야고가 안전하게 보관 중이며 아무도 이 사실을 모른다. 카시오는 중상을 입고 도둑 떼의 습격을 받았다고 생각한다. 이야고에게 이것은 완벽하지 않은 결과이지만 카시오는 나중에 부상으로 사망하거나 불구가 될 수 있고 그렇게 되면 그의 군복무 경력은 끝난다. 하지만 이야고가 자신을 안전하거나 의기양양하다고 생각하기 전에 해야 할 일이 아직 많이 남았다. 밤은 아직 끝나지 않았다. "이 밤은 나를 완전히 용서하게 하는 밤이다."

OTHELLO

5막 2장

Act V, Scene II

"나는 용기마저 잃었다. 풋내기까지 내 손에서 칼을 빼앗아가다니!
아, 인간이 지녀야 할 명예마저 사라진 내가 무용(武勇)을 자랑한들
무슨 소용인가?"
_햄릿

● 성 안의 침실

(데스데모나가 침대에서 자고 있다. 오셀로가 촛불을 들고 등장)

[오셀로] 그것 때문이다. 진정으로 그것 때문이다. 순결한 별들아! 다시는 그것을 입 밖에 내지 않게 해다오. 오직 그것 때문이다. 하지만 아내의 피는 흘리지 말자. 눈보다 희고 대리석보다 매끄러운 아내의 살결에 상처를 낼 수는 없다. 하지만 살려둘 수는 없는 일. 살려둔다면 다른 남자들을 또 다시 농락할 것이다. 우선 이 촛불을 끈 다음 생명의 촛불을 끄자. 타오르는 촛불아! 너는 껐다가도 반성하면 다시 켤 수 있다. 하지만 생명의 빛, 정교한 대자연이 창조한 아름다운 빛이여! 너는 한 번 꺼지면 다시 켤 수 있다는 저 프로메테우스의 불을 찾아 어디를 헤매야 좋다는 말인가? 장미는 한 번 꺾으면 영영 살아날 길이 없다. 시들고 만다. 가지에 매달려 있을 때 향기를 맡아보자. (키스한다.) 아, 향기로운 입김. 정의의 사도가 이 냄새를 맡는다면 칼을 부러뜨리고 싶을 것이다. 또 한 번, 또 한 번만 더 입 맞추자! 죽어도 이대로 있어다오. 나는 너를 죽이고서 사랑하리라. 또 한 번만. 이것이 마지막이다. 이처럼 아름답고 죄

많은 여자가 또 있을까? 아, 눈물을 참을 수가 없구나. 하지만 이 눈물은 잔인하고 성스러운 눈물이다. 사랑하기 때문에 벌을 주는 신의 채찍이 다 눈을 뜨는군.

[데스데모나] 누구예요? 당신은?

[오셀로] 나요. 데스데모나.

[데스데모나] 어서 주무세요. 여보.

[오셀로] 데스데모나! 밤 기도는 올렸소?

[데스데모나] 네, 여보.

[오셀로] 아직도 신의 용서를 안 받은 죄가 있으면 지금 곧 용서의 기도를 드려요.

[데스데모나] 왜 그러세요? 여보! 어찌 그런 말씀을 하세요?

[오셀로] 자, 빨리 해요. 잠시 거닐고 있을 테니. 마음의 준비가 안 된 자를 죽이고 싶진 않소. 절대로 그럴 수는 없어. 당신의 영혼을 죽이고 싶진 않소.

[데스데모나] 죽인다고요?

[오셀로] 그렇소.

[데스데모나] 아, 하나님! 은총을 베푸소서!

[오셀로] 나도 진심으로 그렇게 빌겠소.

[데스데모나] 설마 저를 죽이진 않으시겠지요?

[오셀로] 흠!

[데스데모나] 저는 겁이 나요. 눈을 그렇게 굴리실 때는 으레 무서운 결심을 하시니까요. 왜 무서울까? 저도 그 이유를 모르겠어요. 나쁜 짓도 안 했는데 웬지 무서워요.

[오셀로] 당신이 저지른 죄를 생각하라고.

[데스데모나] 죄가 있다면 당신을 사랑한다는 것뿐이에요.

[오셀로] 그래, 그것 때문에 너는 죽어야 해.

[데스데모나] 사랑하기 때문에 죽이다뇨? 아, 왜 그렇게 아랫입술을 깨무세요? 온몸을 부르르 떠시는 것을 보니 뭔가 무서운 생각을 하시는 거지요? 그

런 예감이 들어요. 하지만 설마 저를 죽이진 않으시겠지요?

[오셀로] 에잇! 말도 안 되는 소리 닥쳐!

[데스데모나] 네, 그럴게요. 왜 그러세요?

[오셀로] 내가 소중히 여겼던 손수건을 당신에게 주었소. 그것을 당신은 카시오에게 줬겠다?

[데스데모나] 절대로 주지 않았어요. 맹세해요. 그를 불러 물어보세요.

[오셀로] 요 깜찍한 것! 잘 생각해봐! 거짓 맹세를 하면 안 돼. 너는 죽음의 침상에 있다.

[데스데모나] 그래요. 하지만 아직 죽진 않았어요.

[오셀로] 곧 죽는다. 그러니 사실대로 죄를 털어놔. 하나하나 맹세하고 방패막이해도 소용없어. 내가 이렇게 생가슴을 뜯으며 괴로워하는 분명한 이유를 뭉개거나 취소할 수 없어. 당신은 죽는 거다.

[데스데모나] 아! 신이여! 이 몸을 굽어 살펴주소서!

[오셀로] 나도 그렇게 기도한다. 아멘.

[데스데모나] 그럼 당신도 저를 지켜주세요. 저는 한 번도 당신을 배신한 적이 없어요. 카시오를 사랑하다니 말이 되는 소리인가요? 단지 보통 생각으로 그분에게 호의를 느꼈을 뿐이에요. 선물은 준 적도 없어요.

[오셀로] 그자가 내 손수건을 가진 것을 내 눈으로 똑똑히 봤어! 엄살떨지 마! 당신은 내 마음을 돌로 만들 셈이냐? 제물로 바치려는 나를 단순한 살인자로 만들 셈이냐? 나는 그 손수건을 봤어.

[데스데모나] 그럼 그가 어디선가 주웠겠지요. 저는 절대로 준 적이 없어요. 불러서 해 사실대로 들어보세요.

[오셀로] 벌써 다 말했어.

[데스데모나] 뭐라고요?

[오셀로] 당신을 손아귀에 넣었다고.

[데스데모나] 어떻게요? 간통했단 말인가요?

[오셀로] 그래.

[데스데모나] 그렇게 말했을 리 없어.

[오셀로] 천만에. 그의 입은 이미 굳었어. 충실한 이야고가 처치했거든.

[데스데모나] 아, 무서운 예감이 든다. 역시 그가 살해당했군요.

[오셀로] 그놈의 머리카락 하나하나에 목숨이 붙어있어. 그것을 다 죽여도 이 사무친 원한을 풀기에는 한참 모자라.

[데스데모나] 아, 그분은 함정에 빠졌군요. 나도 이제 파멸이군요.

[오셀로] 입 닥쳐! 창녀야! 내 앞에서 그놈 때문에 눈물을 흘려?

[데스데모나] 저를 쫓아내도 좋아요. 하지만 죽이진 마세요.

[오셀로] 그만해! 이 창녀야!

[데스데모나] 죽이는 것은 내일 하고 오늘 밤만은 살려주세요.

[오셀로] 꼴도 보기 싫다. 악을 써도 소용없어.

[데스데모나] 30분만이라도.

[오셀로] 이렇게 된 이상 기다릴 수 없어.

[데스데모나] 한마디 기도할 시간만이라도.

[오셀로] 이미 늦었어.

(데스데모나의 목을 조른다.)

[에밀리아] (문밖에서) 주인님! 주인님! 열어주세요. 네? 주인님! 주인님!

[오셀로] 저건 무슨 소리야? 아직 안 죽었나? 숨이 끊기지 않았나? 잔인한 짓은 했을망정 자비심마저 없는 것은 아니다. 오래 괴롭히고 싶지 않다. 이것으로 됐지. 됐지.

[에밀리아] (문밖에서) 저를 좀 보세요! 주인님! 주인님!

[오셀로] 누구야?

데스데모나를 살해한 오셀로
이야고의 음모가 성공하는 장면으로 오셀로는 큰 잘못을 저지르고 만다.

[에밀리아] (문밖에서) 장군님! 여쭤볼 말씀이 있어요.

[오셀로] 음, 에밀리아인가? 곧 열어주마. 이제 죽었지. 카시오가 죽었다고 통보하러 왔겠지. 아까까지는 목소리가 컸지. 음, 이제 움직이지 않는구나. 무덤처럼 고요하다. 저 여자에게 들어오라고 할까? 괜찮을까? 또 움직인 것 같다. 오냐, 어찌해야 좋을까? 저 여자가 들어오면 내 아내에게 말을 걸 것이다. 내 아내! 내 아내라니? 내게 아내는 없어. 아, 못 견디겠다. 가슴이 찢어질 것만 같구나! 지금이라도 굉장한 월식이나 일식이 일어나 이 지구도 천재지변에 소스라치게 몸을 떨며 입을 떡 벌릴 것만 같구나!

[에밀리아] (문밖에서) 주인님! 꼭 여쭤볼 말씀이 있습니다. 주인님!

[오셀로] 깜빡 잊었군. 들어와! 에밀리아. 잠시만 기다려. 지금 열어줄 테니. 휘장을 쳐놔야지. 어디 있어?

(문을 연다. 에밀리아 등장)

[오셀로] 이렇게 늦은 시간에 무슨 일이야?

[에밀리아] 주인님! 저기서 무시무시한 살인사건이 일어났어요.

[오셀로] 아니, 지금?

[에밀리아] 방금 전에요.

[오셀로] 달이 궤도에서 벗어났을 것이다. 여느 때와 달리 지구와 가까워지면 사람을 실성시킨다더군.

[에밀리아] 카시오님이 로데리고라는 베네치아 청년을 죽였답니다.

[오셀로] 로데리고가 죽었다고? 카시오도 죽었고?

[에밀리아] 아뇨, 카시오는 죽지 않았어요.

[오셀로] 카시오는 안 죽었다고? 아뿔싸! 계획이 빗나갔군. 달콤한 복수가 소용없어졌군.

[데스데모나] 앙, 억울해. 억울하게 살해당했어⋯.

[에밀리아] 주인님! 저 소리는?

[오셀로] 뭐? 저 소리라니?

[에밀리아] 이를 어째? 틀림없이 마님 목소리예요. 누가 좀 와 줘요! 사람 살려요! 제발 사람 살려요! (침대 커튼을 젖힌다.) 아이고, 마님! 한 번만 더 말씀하세요. 마님! 말씀 좀 하세요.

[데스데모나] 나는 죄없이 죽는다….

[에밀리아] 아이고, 누가 이런 짓을 했어요?

[데스데모나] 아무도 아니야. 내가 한 짓이야. 잘 있어요. 친절한 서방님께 잘 말씀드려요. 아, 잘 있어.

(죽는다.)

[오셀로] 이봐! 그 여자가 어떻게 살해당했다는 거야?

[에밀리아] 그걸 누가 알겠어요?

[오셀로] 내가 죽인 것이 아니라 스스로 자살했다고 했지?

[에밀리아] 네, 그렇게 말씀하셨어요. 사실대로 보고하겠어요.

[오셀로] 그 여자는 거짓말쟁이다. 불꽃이 이글거리는 지옥에 떨어졌을 것이다. 그 여자를 죽인 것은 나야.

[에밀리아] 오, 그렇다면 더더욱 마님은 천사이시고 당신은 사악한 악마예요!

[오셀로] 그 여자는 어리석은 짓을 했어. 창녀였어.

[에밀리아] 마님을 그렇게 모욕하시다니! 당신은 악마예요.

[오셀로] 물거품처럼 들뜬 바람둥이 계집이었어.

[에밀리아] 당신은 불처럼 분별력이 없어요. 마님이 바람둥이라고요? 오, 천사 같은 정숙한 부인이셨는데….

[오셀로] 카시오와 정을 통했어. 네 서방에게 물어봐. 무턱대고 이런 짓을 했다면 내가 지옥 밑바닥에 떨어져도 좋다. 네 남편이 잘 알고 있다.

[에밀리아] 제 남편이?

[오셀로] 그래, 네 남편이.

[에밀리아] 마님이 바람둥이라고요?

[오셀로] 그래. 카시오와 그녀가 정숙한 아내였다면 하늘이 순수하고 완벽한 보석으로 내게 별천지를 만들어 준다고 해도 나는 아내와 바꾸지 않았을 것이다.

[에밀리아] 제 남편이?

[오셀로] 그렇다. 맨 처음 내게 귀뜸해준 사람은 네 서방이었다. 충실한 사람이어서 행실이 부정한 꼴은 창자가 느글거려 못 참는다고 말이다.

[에밀리아] 제 남편이?

[오셀로] 여러 말 하지 마라. 이 여편네야! 네 서방이라고 했다.

[에밀리아] 아, 마님! 흉악한 계략이 사랑을 희롱한 거예요. 제 남편이 마님을 바람둥이라고요?

[오셀로] 그래, 네 남편이 그랬다. 이제 그 뜻을 알겠느냐? 내 친구이자 네 서방인 충직한 이야고 말이다.

[에밀리아] 그이가 그런 말을 했다면 그 간악한 영혼은 속속들이 썩어 문드러져라! 그따위 새빨간 거짓말이 어디 있나? 마님은 이 몹쓸 더러운 남자를 무엇 때문에 살뜰히 사랑하셨을까?

[오셀로] 뭐라고?

[에밀리아] 직성이 풀리도록 실컷 패악질해봐요. 분에 넘치는 부인을 이렇게 해코지한 당신은 천당에 가긴 글렀어요.

[오셀로] 잠자코 있지 못해? 그래야 이로울 걸?

[에밀리아] 저를 해치려면 해보세요. 이 이상 가슴 아플 수는 없으니까. 아, 천치! 아, 얼치기! 개차반! 이게 무슨 짓이야? (오셀로가 칼을 만진다.) 그따위 칼을 무서워할 것 같아? 당신이 한 짓을 만천하에 떠들어대겠다! 죽이고 싶으면 어서 죽여봐! 사람 살려! 아이고, 사람 살려! 사람 살려요! 무어가 마님을

죽였어요! 살인이다! 살인!

(몬테노, 그라티아노, 이야고, 기타 사람들 등장)

[몬테노] 무슨 일이야? 장군! 무슨 일입니까?

[에밀리아] 여보! 잘 왔소. 정말 장하시군요. 당신도 다른 사람의 살인죄를 뒤집어쓰게 되었으니.

[모두] 무슨 일이야?

[에밀리아] 여보! 당신도 사나이라면 이 악한을 내 앞에서 면박을 줘보세요. 글쎄, 마님이 간통했다는 것을 당신한테서 들었대요. 당신은 그럴 리 없지요? 당신은 그런 악당이 아닐 거야. 어서 말해봐요. 답답해 죽겠어요.

[이야고] 나는 생각한 대로 말했을 뿐이야. 그 내용은 장군님도 그대로 시인하시더군.

[에밀리아] 하지만 마님께서 행실이 부정하다고 말씀했나요?

[이야고] 했지.

[에밀리아] 거짓말했군. 어찌 그토록 엄청난 무서운 거짓말을 했어요? 맹세코 당신의 거짓말은 터무니없어요. 마님이 카시오와 간통했다고요? 카시오와?

[이야고] 그래, 카시오와. 이 여편네야! 입 조잘대지 마!

[에밀리아] 입을 닫을 수 없어요. 떠들어댈 거야. 마님은 이 침대에서 살해당했어요.

[모두] 설마?

[에밀리아] 당신이 그따위 말을 해 살해당한 거예요.

[오셀로] 아냐. 모두 그렇게 놀랄 것 없소. 다 사실이니까.

[그라티아노] 이런 해괴한 변이 있나?

[몬테노] 아, 끔찍한 일이군!

[에밀리아] 악독한 계략이야! 그래, 악독한 계략이야! 악독한 계략! 이제 생각

나는군. 어쩐지 예감이 이상했어. 아, 어떻게 그토록 악독할 수 있나? 어쩐지 수상했어. 너무 슬퍼 죽고 싶어. 아, 악독해! 너무해!

[이야고] 아니, 이게 미쳤나? 당장 집으로 가지 못해?

[에밀리아] 여러분! 제 말 좀 들어보세요. 남편의 말을 따르는 것이 아내로서 당연하겠지만 지금은 못 하겠어요. 이것 보세요. 나는 다시는 집에 안 가요.

[오셀로] 아, 아!

(침대 위에 쓰러진다.)

[에밀리아] 그렇게 쓰러져 실컷 으르렁거려 보세요. 당신은 이 세상에서 가장 아름답고 순결한 분을 죽였어.

[오셀로] (일어나며) 아냐. 저건 간통했어. (일어선다. 그라티아노에게) 몰라봤습니다. 숙부님! 저기 당신의 질녀가 쓰러져 있습니다. 방금 제 손으로 숨을 끊어놨지요. 물론 끔찍하고 잔인한 짓이라고 생각하실 겁니다.

[그라티아노] 가엾은 데스데모나! 아버지께서 먼저 돌아가신 것이 천만다행이다. 네 결혼 때문에 큰 충격을 받아 늘 비탄해하시다가 목숨을 끊으셨다. 더 오래 사셔서 이런 꼴을 보셨다면 무슨 짓을 하셨을지 몰라. 틀림없이 그분 곁의 천사들조차 저주하며 떠밀어 버리시고 지옥에 떨어지셨는지도 모르지.

[오셀로] 불쌍한 일이지만 이 여자가 카시오와 추잡한 짓을 수없이 해왔다는 것을 이야고가 잘 알고 있습니다. 카시오가 자백했으니까요. 그리고 내 사랑의 증표로 준 첫 선물을 애욕의 대가로 간부 놈에게 준 겁니다. 그놈이 손에 쥔 것을 봤으니까요. 손수건 말입니다. 아버님이 어머님께 드렸던 유품입니다.

[에밀리아] 아, 하나님! 이 일을 어쩌면 좋아?

[이야고] 바보! 아가리 닥치지 못해?

[에밀리아] 말하고야 말겠다. 하고 말고. 닥치라고? 어림없지. 모진 북풍처럼 거침없이 나팔을 불겠다. 하늘이든 사람이든 악마든 몰려와 입 다물라고 호

통쳐도 말하겠다.

[이야고] 나불대지 말고 순순히 집에 가.

[에밀리아] 안 가.

(이야고가 칼로 에밀리아를 찌르려고 한다.)

[그라티아노] 무슨 짓이야? 여자에게 칼을 쓰다니!

[에밀리아] 이 멍청한 바보 무어야! 네가 말한 손수건은 내가 주워 남편에게 준 것이다. 이상하게 생각했지만 훔쳐달라고 워낙 졸라서.

[이야고] 저 육시할 년이!

[에밀리아] 마님이 손수건을 카시오에게 줬다고? 말도 안 되는 소리! 내가 주워서 남편에게 줬다.

[이야고] 요년! 거짓말하지 마!

[에밀리아] 칼을 물고 엎어질 일이라도 거짓말은 안 한다. 여러분! 거짓말이 아닙니다. (오셀로에게) 이런 천치 살인마! 이런 못난 인간에게 저런 훌륭한 부인을 어떻게 그럴 수가?

[오셀로] 사람의 머리를 박살낼 하늘에는 벼락 말고 돌은 없는가? 간악한 악당!

(오셀로가 이야고에게 달려들지만 몬테노에게 칼을 빼앗긴다. 혼란을 틈타 이야고가 뒤에서 에밀리아를 찌르고 도망친다.)

[그라티아노] 이야고 부인이 쓰러졌다. 그자가 자기 아내를 찔렀다.

[에밀리아] 아, 그래요. 나를 마님 옆에 눕혀 주세요.

(이야고 퇴장)

[그라티아노] 도망쳤어. 아내를 찌르고.

[몬테노] 극악무도한 악당이다! 이 칼을 받아주시오. 무어한테서 **빼앗은** 것니다. 문밖에서 잘 지켜주시오. 무어를 밖으로 내보내면 안 됩니다. 덤벼들면

죽여버리시오. 나는 저 악당을 쫓아갈 테니. 천하에 죽일 놈!

(몬테노와 그라티아노 퇴장)

[오셀로] 나는 용기마저 잃었다. 풋내기까지 내 손에서 칼을 빼앗아가다니!
아, 인간이 지녀야 할 명예마저 사라진 내가 무용(武勇)을 자랑한들 무슨 소
용인가? 더 이상 아무 미련도 없다.

[에밀리아] 마님! 그 노래는 무슨 전조였나 봅니다. 들어보세요. 제 목소리가
들리세요? 저는 백조처럼 노래부르다가 죽겠어요. (노래부른다.)

버들잎, 버들잎, 버들잎.

무어 장군님! 마님께서는 정숙하셨습니다. 당신을 목숨만큼 사랑했어요. 잔
인한 무어님! 저는 진실만 말했으니 제 영혼은 천당에 갈 거예요. 그러니 마
음먹은 것을 이야기하며 아, 저는 죽어요.

(에밀리아 죽는다.)

[오셀로] 이 방에 칼 한 자루가 더 있을 것이다. 스페인 보검 말이다. 얼음처
럼 찬물로 두드려 만든 칼이지. 여기 있군. 숙부님! 밖으로 나가겠습니다.

[그라티아노] (문밖에서) 그따위 짓하면 죽을 줄 알아! 너는 무기도 안 가졌어.
틀어박혀 있어.

[오셀로] 그럼 이리 들어오셔서 제 말씀을 들어주세요. 그러지 않으면 맨주먹
으로라도 대들겠어요.

(그라티아노 다시 등장)

[그라티아노] 왜 그러나?

[오셀로] 자, 보십시오. 저도 칼이 있습니다. 이런 보검은 지금까지 어떤 군인
도 차본 적이 없습니다. 한때 저는 이 팔뚝과 이 멋진 칼로 당신 같은 사람들

오셀로 연극의 한 장면
오셀로가 자신의 잘못을 후회하고 절규하며
자결하려는 장면이다.

한 다발이 덤벼도 한칼에 무찌를 수 있었습니다. 아, 하지만 이제 쓸데없는 호언장담이지. 운명의 힘을 감히 누가 거스를 수 있단 말이오? 이제 다 글렀소. 제 손에 칼이 쥐어졌다고 두려워하진 마십시오. 이제 제 인생의 여로도 끝났습니다. 여기가 제 목적지, 제 인생 항해의 진짜 최후의 목적지입니다. 무서워 뒷걸음질치시는 겁니까? 걱정하실 것 없습니다. 오셀로의 가슴에 등심초 한 가닥만 와닿아도 저는 물러설 것입니다. 이제 오셀로가 갈 곳이 어디겠습니까? 이제? 자, 당신의 얼굴을 봅시다. 아, 가엾은 당신. 속옷처럼 창백한 얼굴. 최후의 심판의 날, 당신을 만나면 당신의 얼굴빛을 보기만 해도 내 영혼은 하늘에서 내팽개쳐져 지옥 아귀들이 덤벼들어 게걸스럽게 뜯어 먹겠지요. 아, 싸늘하다 못해 차디찬 당신. 당신의 정조도 그럴 것이오. 아, 저주받은 천하에 잔인무도한 놈! 악마들이여! 이 천사의 모습이 보이지 않는 곳으로 나를 채찍질해 쫓아다오. 저 모진 바람 속으로 나를 휘몰아 가다오. 나를 유황불 속에 지글지글 태워다오. 타오르는 불바다 속 깊이 던져다오. 데스데모나! 죽어버린 데스데모나! 당신은 갔구려! 아, 아!

(로도비코, 몬테노, 단기에 실린 카시오, 그 뒤의 관리들이 이야고를 체포해 등장)

[로도비코] 이런 경솔한 짓을 하다니! 그 불행한 사람은 어디 있소?

[오셀로] 오셀로라는 자는 여기 있습니다.

[로도비코] 그 독사 같은 놈은 어디 있소? 이리 끌어내시오.

[오셀로] 이놈의 발목을 보자. 악마는 발굽이 두 갈래라던데 지어낸 얘기인가? 네 놈이 악마라면 이 칼이 들어가지 않을 것이다.

(이야고를 찌른다.)

[로도비코] 저 칼을 빼앗아라.

(오셀로의 칼을 빼앗는다.)

[이야고] 피는 나지만 죽진 않는다.

[오셀로] 나도 서운할 것 없다. 살려두고 싶다. 죽는 것이 오히려 편할 것 같으니.

[로도비코] 오셀로 장군! 그렇게 훌륭하신 당신이 이런 간악한 자의 간계에 발목이 잡혀 불행해졌으니 뭐라고 드릴 말씀이 없소.

[오셀로] 뭐라고 하든 상관없소. 명예로운 살인자라고나 불러주시오. 나는 증오가 아닌 명예를 위해 죽인 것이오.

[로도비코] 이놈은 죄의 일부를 자백했소. 당신은 이놈과 공모해 카시오를 죽이려고 했소?

[오셀로] 그렇소.

[카시오] 장군님! 저는 미움을 받을 이유라곤 없습니다.

[오셀로] 나도 다 아네. 용서하게. 이 악마 같은 놈이 무슨 억하심정이 있길래 내 영혼과 육체를 구렁텅이 속에 틀어박았는지 물어봐 주시오.

[이야고] 물어볼 것 없소. 그만큼 알았으면 되었잖소? 지금부터 입을 열지 않겠소.

[로도비코] 뭐라고? 기도도 안 할 거냐?

[그라티아노] 무릿매로 넙치를 만들어 입을 열겠다.

[오셀로] (이야고에게) 그렇고 말고. 입을 닫치는 것이 상책이야.

[로도비코] 장군! 자초지종을 알려드리지요. 아직 모르고 계시리라 생각됩니다. 여기 살해당한 로데리고의 주머니에서 발견된 편지가 있소. 여기 또 한 통이 있소. 로데리고의 필적으로 카시오를 암살할 계획이 적혀 있소.

[오셀로] 죽일 놈!

[카시오] 천인공노할 놈!

[로도비코] 여기 또 하나 불평을 늘어놓은 편지가 있소. 이것도 로데리고의 주머니 속에 있었소. 틀림없이 저 악당에게 보내기 위해 쓴 것 같소. 보내기 전 이야고의 모함에 넘어간 모양이오.

[오셀로] (이야고에게) 천하에 못된 놈! 카시오! 자네는 내 아내의 손수건을 어떻게 손에 넣었나?

[카시오] 제 방에서 주웠습니다. 방금 이야고의 자백을 들어보면 일부러 계획적으로 떨어뜨려 그물에 제대로 걸린 것입니다.

[오셀로] 아, 나는 바보였어! 바보였어! 바보!

[카시오] 그뿐만이 아닙니다. 로데리고의 편지 속에 이야고를 원망하는 구절이 있었습니다. 사실 야간 순찰을 돌던 날 밤 로데리고가 제게 걸었던 싸움은 이야고가 시킨 짓이었습니다. 그것 때문에 저는 파면당했지요. 아까 죽은 줄로 알았던 로데리고가 숨을 겨우 돌리더니 자신을 찌른 것도 이야고라고 말했어요.

[로도비코] 장군은 이 방에서 나가 우리와 동행하셔야겠소. 당신의 권력과 지휘권은 모조리 박탈되었소. 카시오 부관이 대신 키프로스 통치를 맡게 되었소. 이 악당은 최대한 고통이 크고 가능하면 오래 살아 그 고통을 맛보는 형벌에 처할 작정이오. 당신은 베네치아 정부에 죄상이 상달될 때까지 감금되어 삼엄한 감시를 받을 것이오. 자, 데려가라.

[오셀로] 떠나기 전 잠시 한마디 드리고 싶소. 이 몸이 국가를 위해 바친 충정은 베네치아 정부도 인정해주리라 믿습니다. 이 사람이 세운 공적을 자랑하려는 것은 아니오. 다만, 간절한 부탁이 있기 때문이오. 이 불행한 사건을 상주(上奏)하실 때 이 사람을 사실 그대로 말씀해 주십시오. 조금도 두둔하지 말고 고의로 헐뜯지도 말고 우직스러웠지만 아내를 너무나 깊이 사랑한 사나이였고 질투심에 쉽게 눈이 어두운 사람은 아니지만 속임수에 넘어가면 두 치 앞도 내다볼 줄 모르는 사람이오. 비천한 인도인처럼 온 겨레와 바꿀 수 없는 귀중한 진주를 제 손으로 내팽개친 사나이오. 눈물 한 방울 흘려보지 못한 사람이 이번만은 슬픔을 못 이겨 아라비아 고목이 수액을 흘리듯이 눈물을 한없이 흘린다고 말씀해 주시오. 그리고 이런 말씀도 전해주시오. 알테포 항구에

있었을 때의 일입니다. 두건을 쓴 못된 터키놈이 베네치아인을 때리고 이 나라를 비방했을 때 나는 그놈의 멱살을 틀어잡고 찔렀소. 이렇게.

(오셀로가 자신의 배를 찌른다.)

[로도비코] 아, 처참한 최후로다!

[그라티아노] 모든 것이 허사가 되었군.

[오셀로] 나는 당신을 죽이기 전 당신에게 키스했소. 지금 내게는 이 길밖에 없소. 스스로 목숨을 끊고 당신의 입술에 내 입술을 포개며 죽겠소.

(오셀로가 침대에 쓰러져 죽는다.)

[카시오] 이런 일이 생길까 봐 걱정했지만 칼을 갖고 계신 줄은 몰랐습니다. 어쨌든 고결한 분이었습니다.

[로도비코] (이야고에게) 이 스파르타의 개 같은 놈! 고통, 굶주림, 거친 바다보다 잔인한 놈! 이 침대 위의 처참한 시신 더미를 봐라! 모두 네놈의 짓이다! 이것을 보면 눈도 찌그러질 것이오. 휘장을 덮읍시다. (침대에 휘장을 친다.) 그라티아노 의원님! 집을 관리해 주십시오. 무어의 재산을 몰수해 주십시오. 당신이 상속받으실 거니까요. 그리고 총독 당신은 이 악랄한 놈을 처형하시오. 시간, 장소, 고문 방법은 당신에게 일임합니다. 나는 곧 배에 올라 애통한 마음으로 이 슬픈 사건을 본국 정부에 보고하겠소.

(모두 퇴장)

5막 2장 분석

데스데모나는 침대에서 자고 있고 오셀로는 촛불을 들고 들어온다. 그는 더 이상 분노에 휩싸여 복수심에 불타는 남편이 아니다. 그의 독백은 조용하고 그는 질투심 많은, 오쟁이 진 남편보다 정의의 대리인 같다. 그는 '순결한 별들' 앞에서 데스데모나의 죄명을 큰소리로 말하기를 주저한다. 마침내 오셀로는 비극적 영웅의 태도를 취하고 그의 결정은 큰 잘못이지만 자신이 해야 할 일을 하기 위해 자신을 단련한다.

여기에 초기 행위의 오셀로가 된 것이 있다. '감탄할 정도로 자기 소유가 된 사람, 상황의 주인.' 이 독백에는 스트럼펫이나 창녀, 염소나 원숭이, 한때 질투로 그를 괴롭혔던 다른 이미지에 대한 언급이 없다. 그는 심하게 다친 자존심에 대한 복수심에 더 이상 사로잡혀 있지 않다. 하지만 그의 말에는 의에 대한 열정적 확신이 남아있다. 그의 기념비적인 오류에도 불구하고.

그는 자신이 해야 할 일을 자비롭게 행하고 있다고 확신한다. 따라서 그는 데스데모나가 피를 흘리지 않게 할 것이다(그는 그녀를 질식사시킬 것이다). 그는 그녀의 육체적 아름다움에 상처를 내지도 않을 것이다. 나중에 알게 되듯이 그는 그녀의 영혼을 죽이지도 않을 것이다. 하지만 그녀를 죽일 것이다. 데스데모나는 죽어야 한다. "그러지 않으면 그녀는 더 많은 남자를 배신할 것이다." 그리고 그가 "불을 끄고 나서 불을 꺼라."라고 말하는 것처럼 파괴적 아이러니가 있다.

한때 데스데모나는 그의 삶의 '빛'이었고 그 빛은 종종 엘리자베스 시대 드라마에서 이성, 특히 모든 사람의 목표인 올바른 이성과 동일시된다. 하지만 여기서 오셀로는 의롭게 행동한다는 의미이지만 논리나 이성을 사용하지 않는다. 그는 증거도 이유도 없이 데스데모나를 정죄했다. 그는 그녀에 대한 사랑(키스로 입증됨)과 정의를 성취하려는 결심 사이에서 갈등한다. 데스데모나는 '탁월한 본성의 패턴'이지만 '교활'하기도 하다. 그는 한 번 뽑아버리면 더이상 꽃피울 수 없고 시들어야 하는 장미에 그녀를 비유한다.

잠시 그녀에 대한 그의 사랑은 '정의'(오셀로를 의미)가 '그의 칼을 꺾도록' 거의 설득한다. 그는 울지만 목적을 되찾는다. 데스데모나의 아름다움은 그녀의 악행을 가리기 때문에 기만적임을 그는 깨닫는다.

오셀로의 말에 데스데모나가 깨어나자 그녀는 남편과 추리하기 위해 고통스러운 시도를 시작한다. 그런 다음 무어인은 그녀에게 그녀의 영혼 속에 있는 모든 죄에 대한 용서를 위해 기도할 것을 촉구하고 그녀는 점점 더 겁에 질린다. 그는 이것을 그녀의 죄책감에 대한 추가 증거로 잘못된 결론을 내린다. 그는 오셀로가 그녀를 죽이는 것에 대해 절대적으로 진지하다고 확신하듯이 이것을 확신한다. 논리적으로 그녀는 두려워할 이유가 없다는 것을 알고 있다. 하지만 그녀는 남편을 두려워한다.

오셀로는 카시오에게 손수건을 주지 않았다는 그녀의 주장에 전혀 흔들리지 않는다. 그리고 이 끔찍한 에피소드 전체에서 오셀로의 언어가 통제되고 고양된다는 것은 주목할 만하다. 데스데모나가 먼저 하늘이 그녀에게 자비를 베풀어달라고 부르짖고 나중에는 하나님 자신이 그녀에게 자비를 베풀어달라고 부르짖을 때 오셀로는 그녀의 기도에 엄숙하게 '아멘'을 외치며 그녀를 '달콤한 영혼'이라고 부른다. 지금도 그는 그녀를 '위증한 여자'(거짓말하는 여자), '살인을 강요하는' 사람으로 보는 것을 거부한다.

이 순간 개인적 복수의 동기가 그 안에서 다시 나타나 통제된 정의를 대체한다. 자제력에 대한 그의 결심은 데스데모나가 카시오를 부를 때 깨진다. 그는 실제로 카시오가 데스데모나와의 성적 연락에 대해 웃는 것을 들었다고 확신한다. 데스데모나는 이야고가 카시오를 죽였다는 소식에 자제력마저 잃는다. 그녀는 내쫓을 것을 요청하고 적어도 반나절은 처형에, 적어도 하루 동안은 머물러달라고 요청하지만 무어인에게 묵살당한다. 그는 마지막 기도를 하게 해달라는 그녀의 간청마저 묵살한다.

그때 에밀리아가 문밖에 도착해 오셀로에게 큰소리로 외친다. 무어인은 즉시 대답하지 않는다. 그의 대사에서 우리는 그가 잔인하지만 자비로운 사람임을 확신하며 아내가 죽었는지 확인하려고 한다는 것을 알 수 있다. 그가 저지른 큰 잘못이 그를 덮친다. 중요한 것은 그는 "지금이라도 굉장한 월식이나 일식이 일어나 이 지구도 천재지변에 소스라치게 몸을 떨며 입을 떡 벌릴 것만 같구나!"라고 말한다는 것이다. 즉, 만물의 자연질서가 심하게 뒤바뀌었고 데스데모나가 죽었다는 것을 인정해야 하는 하늘의 일부 증거다.

에밀리아는 오셀로를 다시 부르고 침실에 들어가자마자 '더러운 살인'에 비명을 지른다. 오셀로는 자신이 옳다는 것을 두려워하고 '사람들을 미치게 만드는' 달을 비난한다. 그때 그는 카시오가 살아 있다는 것을 알게 되고 데스데모나의 나지막한 목소리를 듣는다. 다시 한번 젊은 아내는 자신의 결백을 주장하고 자신 외에는 아무도 잘못이 없다고 주장한다.

처음에 오셀로는 아내의 죽음과 자신의 연관성을 부인한다. 하지만 그는 그녀를 '불타는 지옥에 간 거짓말쟁이'라고 큰소리로 비난하며 자신이 그녀를 죽였음을 인정한다. "그녀는 어리석은 창녀였습니다.", "그 여자는 물처럼 위선적이었습니다. 카시오는 그녀를 최고로 만들었습니다." 그의 증거는 "정직한 이야고"다. 망설임 없이 에밀리아는 이야고를 거짓말쟁이로, 오셀로를 속임수에 넘어간 바보라고 비난한다. 그녀는 이 살인의 부당함을 바로잡기 위해 오셀로의 칼을 무시하고 "당신의 잘못을 알리겠다."라고 맹세하고 오셀로가 데스데모나를 살해했다고 외치며 도움을 청한다.

몬타노, 그라티아노 등이 들어오자 에밀리아는 오셀로가 그녀에게 한 말을 반증하라고 남편에게 요구한다. 그녀의 날카로운 질문에 대한 응답으로 이야고는 데스데모나가 불충실했다고 말하지만 오셀로 자신도 같은 사실을 알게 되었음을 인정한다. 새로운 용기를 불러일으킨 에밀리아는 조용히 집에 가라는 남편의 지시를 무시한다. 그녀는 다른 사람들에게 자기 말을 들어달라고 간청하면서 이야고를 저주하고 집에 가지 않겠다고 예언적으로 말한다.

마침내 무어인은 사건의 전모에 견딜 수 없게 되고 아내의 침대에 쓰러지지만 에밀리아의 고뇌에 조롱당한다. 그런 다음 그라티아노는 데스데모나의 아버지가 살아서 이 비극을 듣지 않은 것이 다행이라고 말한다. 그는 데스데모나가 무어인과 결혼한 데 슬퍼하며 이미 죽었다.

오셀로는 여기서 "이야고는 안다."라고 주장하고 추가 증거로 손수건 이야기를 꺼낸다. 이 말을 듣고 에밀리아는 다시 절규하며 하나님께 호소한다. 이제 아무도 그녀를 막을 수 없다. 그녀는 이야고가 뽑은 칼에는 신경도 안 쓰고 손수건을 어떻게 찾아 이야고에게 줬는지 말한다. 그녀는 이야고가 그녀를 '악랄한 창녀', '거짓말쟁이'라고 비난함에도 불구하고 자신의 주장을 반복한다.

드디어 오셀로에게 완전한 진실이 펼쳐진다. 그는 이야고를 죽이려고 달려들고 몬타노에 의해 무장해제되고 이야고는 혼란을 틈타 에밀리아를 찌르고 도망친다. 죽어가는 에밀리아와 자책할 수 있는 무어인을 제외하고 모두 떠난다. 에밀리아는 자신이 죽을 뻔했다는 것을 깨닫고 데스데모나의 예언적인 '버드나무' 노래를 회상한다. 그녀는 죽기 직전 여주인의 결백을 재확인하고 "그녀는 당신을 사랑했습니다. 잔인한 무어인."이라고 결론짓는다.

오셀로는 자신이 아끼는 무기 중 하나인 스페인 보검을 발견하고 과거에 그 검을 대담하게 사용한 것을 회상한다. 하지만 이제 그는 '인생 여정의 끝'에 이르렀다. 그는 자신을 잃어버린 영혼으로 본다. "오셀로는 어디로 가야 하는가?" 그는 최악의 형벌을 받아 마땅한 '저주받은 종'이다.

로도비코, 몬타노, 이야고(지금은 죄수), 몇몇 장교들이 들어온다. 의자에 앉은 카시오가 들어온다. 계시의 마지막 순간이 다가왔다. 오셀로는 이야고에게 달려들어 부상을 입히고 무장해제당한다. 그는 이야고에게 죽음은 너무 편한 형벌이라고 말한다. '죽음은 행복하다.' 죽음은 자신의 최대 적에게 그가 주지 않을 안도감이다. 카시오가 자신을 불신할 만한 이유를 준 적이 없다고 무어인에게 조용히 말하자 오셀로는 그의 말을 기꺼이 받아들이고 용서를 구한다.

오셀로는 악행 자백을 거부하는 '반악마' 이야고에게 몸과 영혼이 올무에 걸렸음을 새삼스럽게 깨닫는다. 그런 다음 로도비코는 로데리고의 몸에서 발견된 편지 두 통을 보여준다. 각각 카시오를 죽이려는 계획과 로데리고가 이야고를 비난하는 내용이다. 카시오가 손수건을 손에 넣은 세부 경위가 공개되고 오셀로는 자신을 경멸한다.

로도비코는 이야고를 처벌할 것을 맹세하고 오셀로에게 그와 함께 베네치아로 돌아가야 한다고 말한다. 오셀로는 그 문장을 인정하지만 끌려가기 전 마지막 대사를 말한다. 틀림없이 그는 기본적인 귀족과 이야고의 유혹 이전에 차분한 오셀로로 돌아왔다.

오셀로는 베네치아 국가에 대한 자신의 과거 봉사를 청중에게 상기시키고 자신의 이야기가 정확히 보고되어 모든 사람이 그를 야만적인 외국인이 아닌 '현명하지 못하고 아내를 너무나 사랑한' 사람, 먹잇감이 되어 '극도로 당황'하고 '진주를 던져 그의 모든 부족보다 부유했던' 사람으로 기억해줄 것을 간청한다. 우리는 이 직유를 간과하면 안 된다.

오셀로는 자신을 세상에서 가장 귀중한 진주를 버린 '기본적인 유대인'과 비교한다. 자책에 집요한 오셀로는 암묵적으로 자신을 '악의적이고 터번을 두른 터키인'에 비유한다. 그런 다음 이미 벌어진 모든 불행을 속죄하기 위해 자신의 배를 찌른다. 그는 자신에게 필요한 공의 집행을 선택한다. 그는 죽어가면서 데스데모나를 죽이기 전 키스했다고 말한다. 이것은 그녀를 죽이기 전 그녀에 대한 그의 사랑이 그의 어두운 영혼 속에서 잠시 빛났음을 시사할 것이다. 그는 자신이 완전히 타락한 것은 아니지만 자신의 영혼을 잃었음을 알고 죽는다는 것을 상기시킨다.

로도비코의 슬픈 대사가 비극을 끝낸다. 데스데모나의 침대에 쓰러진 오셀로를 그는 안타까운 시선으로 바라본다. 그는 커튼을 걷어내고 그라티아노가 무어인의 영지를 관리하고 이야고를 처벌해줄 것을 요청한다. 그는 베네치아로 돌아가 '무거운 마음으로' '이 무거운 행동'을 이야기해야 한다.

셰익스피어의 4대 비극

초판 1쇄 인쇄 2023년 3월 10일
초판 1쇄 발행 2023년 3월 15일

—

지은이 윌리엄 셰익스피어
편　역 김성진
펴낸이 김호석
편집부 곽유찬 · 주옥경
마케팅 오중환
기획 · 홍보 김신
경영관리 박미경
영업관리 김경혜

—

펴낸곳 도서출판 린
주소 경기도 고양시 일산동구 무궁화로 32-21, 로데오메탈릭타워 405호
전화 (02) 305 - 0210
팩스 (031) 905 - 0221
전자우편 dga1023@hanmail.net
홈페이지 www.bookdaega.com

—

ISBN 979-11-92575-14-8(03840)